Zu diesem Buch

«Insgesamt vier Jahre habe ich an ‹Abgang› gearbeitet... Das Schreiben wurde für mich immer wichtiger, denn parallel dazu lief ein Prozeß, der seinesgleichen suchte, in dem ich total untergebuttert wurde. Da brauchte ich ein Schlupfloch, das sie nicht zumachen konnten. Der kritischste Punkt kam für mich, als die Bundesanwaltschaft meinte, den Roman als Beweismittel beschlagnahmen zu müssen. Damit hätten sie mich allegemacht... Zum Glück hat der Vorsitzende im Revisionsverfahren sie schließlich belehrt, daß eine fiktive Geschichte kein Beweismaterial sein kann» (Peter-Jürgen Boock in einem Interview mit der «taz»).

Peter-Jürgen Boock, geboren am 3. September 1951 in Garding (Schleswig-Holstein). Erste Drogenerfahrungen, erster Selbstmordversuch. Flucht in die DDR – Abschiebung. Mittlere Reife, Beginn einer Lehre. Kontakte zur Studentenbewegung. Flucht nach Holland, Festnahme wegen Drogenbesitzes. Zweiter Selbstmordversuch, Abschiebung in die Bundesrepublik. Heimaufenthalt in Glückstadt und Rengshausen. Flucht nach Frankfurt, Aufnahme in die Wohngemeinschaft, in der Baader, Ensslin und die Prolls leben, Untertauchen der vier. Umzug in eine neue Wohngemeinschaft, Kontakte zu RAF-nahen Kreisen. Festnahme von Baader und Raspe. Heirat. Engagement für RAF-Häftlinge, Kontakte zur RAF und zu den Revolutionären Zellen, RAF-Mitgliedschaft. Militärische Ausbildung im Libanon. Anschlag auf die Bundesanwaltschaft nach eigener Aussage sabotiert. Bagdad, Jugoslawien. Abschiebung nach Aden (Jemen). «Quasi-Gefangener» der RAF in Paris. Ende 1979: Lossagung von der RAF. Januar 1981: Verhaftung. Aufruf zur Einstellung des bewaffneten Kampfes, Distanzierung von Zielen und Methoden der RAF. Mai 1984: Verurteilung zu dreimal lebenslänglich plus 15 Jahren Haft. 1986: Im Revisionsverfahren Reduzierung des Strafmaßes auf einmal lebenslänglich. In seinem Schlußwort sagte er: «Ich bin kein Mörder. Ich habe niemals auf einen Menschen geschossen. Ich war niemals dabei, als Menschen getötet wurden oder als auf sie geschossen worden ist. Ich habe auch niemand anderen veranlaßt, das zu tun. Ich weiß, welche Verantwortung ich habe, dazu stehe ich.» – Außerdem liegt vor: «Schwarzes Loch. Im Hochsicherheitstrakt» (rororo Nr. 12505).

PETER-JÜRGEN BOOCK

ABGANG

Roman

rororo

Rowohlt

Veröffentlicht im Rowohlt Taschenbuch Verlag GmbH,
Reinbek bei Hamburg, Oktober 1990

Umschlaggestaltung Walter Hellmann
(Foto: Gerhard Steidl)
Gesamtherstellung Clausen & Bosse, Leck
Printed in Germany
1080-ISBN 3 499 12707 5

Inhalt

1 Rückkehr

So ist das also. Zurück und doch nicht zurück. Nur eins ist sicher, nichts wird je wieder so sein, wie es war.

Wie oft habe ich mir die Rückreise ausgemalt, mir die Städte vorgestellt, durch die ich kommen würde, überlegt, wen ich wo antreffen könnte. Die Palästinenser haben gelacht über meine Tagträume. »Es gibt Orte, von denen kehrst du nicht so ohne weiteres zurück. Aus Beirut kehrt keiner zurück!« So hat es einer von ihnen kommentiert. Als wäre es der beste Witz seit langem, fingen die übrigen an zu lachen. Albernheit steckt an. Ich war zwar verwirrt, aber dann hat es mich mitgerissen, auch ich mußte losprusten. Wie eben einer lacht, auch ohne die Pointe verstanden zu haben.

Da bin ich also, nördliche Halbkugel, Mitteleuropa, Deutschland, Frankfurt, die Zeil, ein Samstagnachmittag im Frühjahr 1977, der erste Samstag im Monat. Ein Gewimmel von Leuten um mich herum, völlig unbekümmert und arglos. Es ist unwirklich, sich einfach so zwischen anderen zu bewegen, sich treiben zu lassen. Keine sichernden Blicke mehr, kein Ausschauhalten nach der nächsten Deckung, kein hastiges Überqueren gefährlicher freier Flächen. Keine Ahnung, warum, aber ich muß an Said denken. Er wollte in der Bundesrepublik studieren...

Said war Student, bis die Uni wegen Beschuß geschlossen werden mußte, dann Arbeiter, bis die Fabrik nach mehreren Raketentreffern trotz aller Improvisationskünste nicht mehr instand zu setzen war. Und dann kam der Tag, an dem die Israelis einen Bombenangriff auf das Lager in der Nähe des Flughafens flogen, in dem Said mit seiner Freundin und seiner Familie lebte. Der Bombenteppich zerfetzte Saids Eltern und seine Freundin. Ein jüngerer Bruder verlor beide Augen, er würde für immer blind und hilfsbedürftig sein. In den arabischen Zeitungen hieß es später, daß der Angriff die Vergeltung für einen palästinensischen Überfall auf einen Kibbuz in der Nähe der Grenze zum Libanon gewesen sei.

Said ging zur PFLP, der Volksfront zur Befreiung Palästinas. Er wollte jetzt kämpfen und nicht länger ohnmächtig zusehen, was mit seinem Volk geschah. Einmal sagte er: »Weißt du, ich spüre es ganz genau, viele von euch Europäern halten uns für Verrückte, die sich einfach nicht mit der geschichtlichen Entwicklung abfinden wollen. Aber ihr habt kein Recht, so zu denken. Ohne den deutschen Rassismus und Faschismus würde Palästina heute nicht Israel heißen!«

Ein paar Tage später, an einem Abend, als der Wind vom Meer her die dunstige Schwüle aus der Stadt zu treiben begann, kam aus dem Lauf eines deutschen G3-Gewehrs ein Hohlspitzgeschoß. Said saß neben mir hinter einem Schutthaufen. Er rauchte eine Zigarette, als der Schuß die Ruhe zerriß. Etwas Warmes, Feuchtes klatschte auf mein durchgeschwitztes T-Shirt. Ich sah an mir herunter – und mußte mich auf der Stelle übergeben. Was da an mir klebte, war das Gehirn meines Freundes.

Der Schütze, der Said den Kopf wegschoß, trug wahrscheinlich voller Stolz das Erkennungszeichen seiner Miliz um den Hals, das Kreuz der Christen ...

Meine Bewegungen sind noch immer unsicher. Ich habe ständig das Gefühl, als müßten alle um mich herum erkennen, daß ich ein Fremdkörper in ihrer Mitte bin. Heute morgen wäre es beinahe schiefgegangen. Ein scharfer trockener Knall, ganz plötzlich und ohne daß die Richtung, aus der er kam, bestimmbar gewesen wäre. Meine Reaktion war antrainierter Reflex, nicht mehr vom freien Willen bestimmt: hinschmeißen, die Knarre ziehen, nach Deckung suchen. Es gelang mir im allerletzten Moment, die verräterische Bewegung in ein Stolpern abzuwenden und kniend an den Schnürsenkeln herumzufummeln. Die Menschen, die sich links und rechts an mir vorbeischoben, schenkten mir ebensowenig Beachtung wie der Fehlzündung des Pkws.

Aus manchen Orten kehrst du nicht zurück. Aus Beirut kehrt keiner zurück. Allmählich fange ich an zu begreifen ...

2 Anna

Wir werden uns heute wiedersehen – nach neun Monaten Trennung, Sehnsucht und Angst. Neun Monate sind eine sehr lange Zeit, wenn man so wie wir bis dahin jeden Tag zusammengelebt hat. Es gab Augenblicke, da war ich sicher, daß ich Anna nie wiedersehen würde. Es gab Tage, wo die sich überstürzenden Ereignisse Annas Bild aus meinem Kopf vertrieben. Das fremde

Land, die ungewohnte Disziplin in der militärischen Ausbildung, die nächtelangen Diskussionen, bis sich die Gruppe zusammengerauft hatte, der abenteuerliche Rückweg auf verschiedenen Flugrouten und schließlich die lange unfreiwillige Pause in Beirut, wo die Reise für mich beinahe zu Ende gewesen wäre.

Die Maschine nach Athen steht startklar am Rande der Runway, um sofort abzuheben, wenn die Passagiere an Bord sind. Ein Bus bringt uns vom Flughafengebäude zu ihr raus. Wir steigen aus, um die letzten Meter bis zur Gangway zu Fuß zurückzulegen. Ein langgezogenes, sich steigerndes Heulen kommt aus dem Himmel, dann eine trommelfellzerfetzende Explosion. Wie in Zeitlupe sehe ich die Cockpitreste unserer Maschine auf uns zufliegen. Wenige Meter neben dem Bus knallt der Bug des Flugzeuges auf den Beton. Ich erstarre, will wegtauchen – aber mein Körper gehorcht mir nicht mehr, ist viel zu träge für die rasende Ereigniskette.

In diesem Moment von Auflösung und Angst habe ich dein Gesicht gesehen. Ein Aufflackern für Sekundenbruchteile: Wo bist du jetzt? Was machst du in diesem Augenblick? Kennst du die Angst, die einem alle Flüssigkeit aus dem Körper treibt und ihn ausgetrocknet zurückläßt?

Anna. Für mich bist du Frankfurt, die Erinnerung an einen Sommer voller kurzer, warmer Nächte, durchdiskutiert bei Kerzenlicht und Rotwein, während die Sonne geht und wiederkommt. Unsere Streitgespräche waren aufgebaut wie Schachpartien: Beiläufige argumentative Winkelzüge im Vorgeplänkel, abtastend noch, lauernd darauf, daß sich der andere eine Blöße gibt. Du warst die erste Frau, die mich jederzeit auflaufen lassen konnte. Was auch immer ich zu sagen hatte, du kanntest die Argumente und wußtest um die Gegenposition. Vielleicht lag es daran, daß wir beide, bevor wir aufeinander trafen, in eine Sackgasse gekommen waren. Mit den Radikalitätsspielchen der Szene waren wir durch. Unsere Aufbruchstimmung hatte darunter nicht gelitten; alles schien machbar.

Die Revolution? Klarer Fall, sie steht weltweit auf der Tagesordnung, von Angola über Vietnam bis Nicaragua!

Westdeutschland? Das Land ist die vorderste Abfanglinie des US-Imperialismus bei seinen Rückzugsgefechten!

Die BRD-Regierung? Ein korruptes Marionettenregime, das sich nicht entblödet, noch fünf Minuten vor Toresschluß den von den Amerikanern bereits abgeschriebenen südvietnamesischen Diktator einzuladen, um dem Pentagon seine Willfährigkeit zu demonstrieren!

Die Sozialdemokraten? Der Rettungsring des Spätkapitalismus, um die unruhigen Studenten zu reintegrieren und die Revolte konsumierbar zu machen. – Wer hat uns verraten? – Sozialdemokraten!

Die Bewegung? Wir befinden uns in einer Phase der Umorientierung. Der richtige politische Weg ist nicht allein über den Kopf und durch die Theorie bestimmbar, er wird sich in den praktischen Kämpfen herauskristallisieren, also ihr Ergebnis sein. Und praktisch kämpfen bedeutet bewaffneter Kampf, Aufbau einer Stadtguerilla, die Organisierung des Untergrundes!

Wie einfach das alles war. Im Grunde kannten unsere Analysen nur zwei Ebenen. Die Ebene des undurchschaubaren Spinnennetzes von wirtschaftlicher, politischer und militärischer Macht, von Geheimdiensten, multinationalen Konzernen und korrupter Administration. Auf der anderen Seite die Gruppen, die wir mit einem schlichten »WIR« vereinnahmten: die Befreiungsbewegungen der Dritten Welt, die chinesische Kulturrevolution, der Kampf der Schwarzen in den Ghettos der USA, die Studentenunruhen in den Hochburgen des Kapitals, die Nationalrevolutionäre von ETA und IRA – und eben wir, die RAF, die Entwicklung der Stadtguerilla in der Metropole.

Was bei unseren Diskussionen einmal über alles und zurück nicht mehr vorkam, war die Welt des Herrn Meier und der Frau Schulze von nebenan, mit Vierzigstundenwoche, tausendachthundert Mark netto im Monat, vier Wochen Urlaub mit Neckermann und Reisen in der Spätsaison und durchschnittlich fünfunddreißig Stunden Mattscheibe pro Woche. Diese Wirklichkeit paßte nicht in unsere strategischen und taktischen Überlegungen. Da wir die Massen im eigenen Land nie erreichen konnten und sie im Grunde herzlich verachteten, haben wir uns konsequent ein neues Revolutionssubjekt gesucht: die Elenden und Unterdrückten der Dritten Welt.

Ich war zufrieden mit unserer Beziehung, mit der Wohngemeinschaft, in der wir lebten, mit dem Engagement in der Stadtteilarbeit, im Vietnamkomitee und in der Knastgruppe. Dir war das zuwenig. Du hast bald über die mangelnde Konsequenz beim Umsetzen unserer theoretischen Überlegungen geklagt.

Du nanntest das »vollaktiv Auf-der-Stelle-Treten«. Stimmt, viel Entwicklung fand nicht statt in dieser Zeit. Aber es war sicheres Terrain, und das konnte ich damals gebrauchen. Du konntest nicht verstehen, daß das, was dir inkonsequent und halbherzig erschien, für mich den Gipfel einer Entwicklung darstellte, für dessen Erreichen ich Jahre gebraucht hatte. Für dich war dieses Stadium von Anfang an nur eine Zwischenstation, Zeit, um den nächsten, den wichtigsten Schritt vorzubereiten. Du hattest alle Argumente auf deiner Seite, und du hast sie in unserer Auseinandersetzung genutzt. Ich war in der Rolle des Zaghaften und Ängstlichen, mit der ich mich zunehmend weniger abfinden mochte. Allmählich, fast unmerklich, übertrug sich dein Drängen auf mich, bis schließlich die Maxime für unsere Zukunft feststand: Es war genug geredet worden von Revolution und bewaffnetem Kampf. Alles ist gesagt, nun gilt es zu handeln.

Anna. Du bist die Erinnerung an diesen einen, alles entscheidenden Abend. Wir saßen mit Jochen in seinem Zimmer. Tagesschau-Zeit. Die erste Meldung, die Bilder der Verhaftung von Andreas Baader und Jan-Carl Raspe in Frankfurt. Zum ersten Mal seit der Zeit im Bunker des Erziehungsheims mußte ich weinen, zornig, ohnmächtig, gedemütigt. Ich war es selbst, den sie da schreiend und an die Trage gefesselt wegtrugen. Erst nach einer Weile konnten wir über das eben Gesehene reden. Jochens Gesicht hatte sich versteinert. Um irgend etwas zu tun, drehte er Zigaretten auf Vorrat. Du hattest ein Taschentuch geholt und es mir in die Hand gedrückt. Dann mußtest du selbst losheulen.

Mir gehen diese Bilder bis heute nicht aus dem Kopf. Andreas, bis auf die Unterhose nackt, sein Kopf von vielen Händen mit brutaler Gewalt in die Kamera gedreht. Jan-Carl, niedergeschlagen und hohlwangig, inmitten der feist triumphierenden »Großwildjäger«, die ihr »Abschußfoto« haben wollten. Die Szene war ein harter Kontrast zu unseren heroischen Entwürfen vom bewaffneten Kampf. Wenn es so etwas wie Vorahnung gibt, in diesem Augenblick hatte ich eine. Mir war klar, daß ich alles versuchen würde, um die, die mich aus dem Erziehungsheim herausgeholt hatten, aus dem Knast zu befreien.

Niemand war erstaunter als du, mit welcher Energie ich daranging, unsere vagen Überlegungen Zug um Zug in die Praxis umzusetzen. Dich störte es, deine Vorreiterrolle zu verlieren. Zwischen uns begann eine Zeit kleinlicher Streitereien mit umgekehrtem Vorzeichen. Bei diesem Hickhack haben wir beide erst sehr spät gemerkt, daß der Abstand zwischen uns und den Mitbewohnern der Wohngemeinschaft langsam immer größer wurde: Wir sprechen darüber, wie man Waffen besorgen kann. Die Mitbewohner überlegen, ob sie einen unabhängigen Kandidaten bei den Fachschaftswahlen an der Uni aufstellen sollen. Wir sammeln im Freundes- und Bekanntenkreis Ausweise und Führerscheine ein. Jochen will eine »Rote Zelle Jura« gründen. Wir beginnen systematisch, alle von uns vorhandenen Fotos unter irgendwelchen Vorwänden einzusammeln. Die anderen diskutieren, ob in diesem Jahr gemeinsam Urlaub gemacht werden soll.

Wir verdrängten die Kluft so lange, bis die Wohngemeinschaft schließlich auf einem klärenden Gespräch bestand. Am Frühstückstisch eröffnete uns Jochen im Namen aller, daß wir ausziehen sollten, weil unsere Aktivitäten zu heiß wären und sich die Wohngemeinschaft durch uns gefährdet fühlte. Wir akzeptierten verdächtig schnell, im Grunde unwillig, darüber zu diskutieren.

In der Zeit danach schenkten wir uns gegenseitig nichts: Du willst mich mit immer neuen und immer schneller auf die Illegalität abzielenden Vorschlägen provozieren. Zu deiner Überraschung nehme ich dir aber allen Wind aus den Segeln und nehme deine Vorstellungen ohne Umschweife in die Planung auf.

Eine Phase beginnt, in der du der Bremsklotz bist und ich der Antreiber. Aber auch diese Rollenaufteilung ist nur Intermezzo. Du findest schnell eine Möglichkeit, wieder aus der gewohnten Position heraus zu argumentieren. Ich verstehe das Leben und Kämpfen im Untergrund als Lernprozeß, bei dem es gilt, die notwendigen Erfahrungen langsam und aus eigener Kraft zu erwerben. Du aber willst so schnell wie möglich zur RAF, ein Teil der Gruppe werden, um von den bereits gesammelten Erfahrungen zu profitieren. Nun wirfst du mir vor, daß mein Hang zur Autonomie in Wirklichkeit nichts anderes ist als der Versuch, sich ein Hintertürchen offenzuhalten.

Am Abend vor meinem Abflug gab es im Fernsehen eine Sendung zum Thema »Terrorismus in Deutschland«. Ein Polizeipsychologe sagte, daß die politisch motivierten Kriminellen aus der RAF sich im Besitz einer höheren Moral wähnen und deswegen bereit wären, sogar ihr Leben zu opfern.

Du hast neben mir gesessen, Anna, und wir haben uns über die Erklärungsversuche lustig gemacht. Von Angst und Zweifel war in der Fernsehsendung sowenig die Rede wie in unseren Streitgesprächen.

3 Nachtfrost

Die Kälte kriecht Lage um Lage erst durch den Schlafsack, dann durch die Kleidung. Als ob die Haut es ahnt, zieht sie sich in Erwartung der eisigen Berührung zu tausend kleinen Knötchen zusammen. Der Schlafsack ist ein absoluter Flop! So geht es mit den schnellen Nebenbei-Käufen. »Termic Wonder«! Name und Aufmachung haben das Mißtrauen verdrängt.

Ich ärgere mich über mich selbst. Romantischer Depp, das hast du dir selbst eingebrockt! Der Vorschlag, hier die ganze Nacht zu warten, bis morgens der Sprengmeister die Tagesration an Sprengstoff aus dem Bunker holt, dieser Vorschlag kam von mir. Ich habe es so gewollt, eine Nacht ganz allein, eine Nacht Zeit zum Nachdenken. Na ja, wenn dieses termische Wunder von Kälteleitfähigkeit nicht so schmählich versagen würde, hätte es durchaus so sein können.

Nach der langen Zeit im Nahen Osten, in ständig spannungsgeladener Atmosphäre, waren die ersten Tage Europa und Deutschland eine regelrechte Erlösung. Ein Appartement, ein Bad mit kaltem Wasser. Wasser, das ich bedenkenlos trinken kann, ohne es erst abkochen und dann mühselig kühlen zu müssen. Kein ewig summender Ventilator und keine Moskitoschwärme nach Sonnenuntergang, paradiesisch!

Lange hält die Idylle nicht an. Nach und nach trudeln auf verschiedenen Rückflugrouten die anderen ein. Den Erstankömmlingen ist es in der kurzen Zeit nicht gelungen, weitere Wohnungen zu beschaffen. Das Resultat: Alle glucken aufeinander in einer Einzimmerwohnung. Nicht, daß wir da unten in einem Palast logiert haben, aber unser Haus hatte immerhin drei Räume, und es konnte uns egal sein, was die Nachbarn dachten. Das ist jetzt ganz anders. Hier hängen die Fahndungsplakate mit unseren Gesichtern an jeder Tankstelle, Fernsehsendungen befassen sich mit nichts anderem als mit unseren vermeintlichen

Angewohnheiten. Folgerichtig dürfen wir nach außen keine sichtbaren »besonderen Angewohnheiten« mehr haben, was eine völlige Veränderung unserer locker-legeren Verhaltensweisen erforderlich macht – und das von heute auf morgen.

Bürger Biedermeier als Mimikry der Brandstifter. Als grundsolides Ehepaar ohne Kinder mieten wir ein Appartement an. Ein gut in Szene gesetztes Einzugsritual wird arrangiert. Mit Möbelwagen und einer »Karstadt-Schöner-Wohnen-Multifunktionseinrichtung« beziehen wir unter den wohlwollenden Blicken der Nachbarschaft das neue Nest.

Inzwischen leben und arbeiten wir zu acht unter dieser viel zu kurzen Decke. Durch ein ausgeklügeltes Timing des Tagesablaufs und mit nervender Disziplin versuchen wir, diese Phase bis zum Anmieten weiterer Wohnungen zu überbrücken.

Die ersten müssen schon lange vor dem Zeitpunkt verschwunden sein, an dem das Haus die Masse seiner Bewohner ausspuckt. Diesen Teil unserer Gruppe nennen wir scherzhaft das Schichtarbeiterpärchen. Der »Frühdienst« wird von den Wohnungsanmietern gestellt, die sich in der morgendlichen hochhäuslichen Rushhour zu zeigen haben, um ihr Normalbürger-Image aufrechtzuerhalten. Geordnete Verhältnisse bedeuten in Deutschland: morgens geht man zur Arbeit. Der Rest der Gruppe darf die Wohnung nur in großem zeitlichen Abstand und einzeln verlassen, wenn es etwas Unaufschiebbares außerhalb zu tun gibt.

Es hat absolute Ruhe zu herrschen, kein lautes Hantieren in der Einbauküche und – ein Problem für unsere Nasen – die Toilette darf nicht nach jeder Verrichtung abgezogen werden.

Eine »Einzugsnacht« mit Musik, ein paar Flaschen Rotwein, zwei, drei Joints und jugendherbergsmäßigem Geschnatter haben wir uns erlaubt. Den Nachbarn kündigten wir die Fete als Einweihungsparty an. Seit diesem Abend geht es wie in einem Kloster zu, das von Mönchen und Nonnen bewohnt wird, die ein Schweigegelübde abgelegt haben.

Zu zweit oder dritt puzzeln wir an der Planung für die kommenden Monate. Ab zweiundzwanzig Uhr können Bad und WC nur noch in dringendsten Notfällen benutzt werden, weil die »Nachtschicht« sich daran macht, im improvisierten Fotolabor Ausweise zum Anmieten weiterer Wohnungen zu fälschen.

Da ich die Wohnung angemietet habe, die jetzt spöttisch »Maulwurfshügel« genannt wird, bin ich zusammen mit meiner »Frau« zur weiteren Wohnungsbeschaffung nicht mehr zu gebrauchen. Was mir an dieser Regelung nicht gefällt, ist der Umstand, daß ich zu den Zeiten anwesend sein muß, an denen »der« Mann normalerweise daheim ist. Sollte es Ärger geben, werden alle anderen verschwinden. Nur ich habe dann die undankbare Aufgabe, zu bleiben und Vermieter, Hausmeister, Nachbarn oder wen auch immer zu besänftigen und unsere kostbare Keimzelle der Weltrevolution zu retten. Sonst sitzen wir auf der Straße.

Dieser Zustand geht uns allen auf die Nerven. Die Reibereien nehmen ständig zu. Den Pedanten in der Gruppe kommt die rigide Tageseinteilung entgegen, es gibt keinen Abend mehr, an dem sich die »Chaoten« nicht Vorwürfe von dieser Seite anhören müssen. Aus dieser Spannung entwickelt sich eine Fluchtbewegung, mit dem Ziel, eine Aktivität vorzuweisen, die es erforderlich erscheinen läßt, sich an einem anderen Ort, in der Bahn oder im Hotel, eben unterwegs aufzuhalten. Die wahre Meisterschaft besteht darin, zusätzlich einen Grund für die unbedingte Anwesenheit des Freundes oder der Freundin zu finden.

Mir ist das bisher nicht gelungen. Statt dessen habe ich mich in die Idee einer romantischen Nacht am Waldrand verstiegen. Ich muß endlich einmal Ruhe finden und über die Dinge nachdenken, die mich in letzter Zeit beschäftigt haben.

Von wegen Romantik! Meine Muskeln haben sich verselbständigt. Ich schlottere vor Kälte, die Nase läuft, die Augen tränen und meine Zähne klappern aufeinander wie Kastagnetten. Stillsitzen geht nicht länger. Ich verlasse mein provisorisches Lager in der Hoffnung, daß etwas Bewegung mir den Frost aus den Gliedern treibt.

Die Schatten der tiefer hängenden Zweige scheinen nach mir zu greifen. Wald hat nachts etwas Bedrohliches. Ich entferne mich immer weiter vom Steinbruch. Ein kalter Wind läßt mich schuddern. Auf eine so dämliche Idee konnte nur ich kommen! Aber hier zu übernachten ist, wie ich auch der Gruppe lückenlos nachgewiesen habe, die einzige Möglichkeit, morgens um halb fünf vor Ort zu sein. Öffentliche Verkehrsmittel gibt es zwar, doch der letzte Bus kommt abends um halb zehn, und der erste fährt erst morgens um sieben. Sich von einem Taxi früh am

Morgen in diese gottverdammte Ecke fahren zu lassen, wäre viel zu auffällig.

Der dichte Nadelwald hat einem luftigen Laubwald Platz gemacht. Die Wolkendecke reißt auf, und der volle Mond taucht die Szenerie in ein diffuses Licht. Es könnte jetzt durchaus romantisch sein, wäre da nicht diese Kälte, die sich nadelspitz ins Fleisch beißt. Ich sehe auf die Uhr. Es ist halb vier. Noch eine lange Stunde.

Ich muß an Anna denken, an die erste Begegnung mit ihr nach der Rückkehr. Etwas hatte sich verändert zwischen uns, das spürte ich sofort im ersten abtastenden Gespräch. Mir kam der Verdacht, sie könne in der Zeit der Trennung jemand anderen kennengelernt haben. Im Laufe des Erzählens plazierte ich deshalb mehrere halb versteckte Fragen in diese Richtung. Sie gingen allesamt ins Leere.

Anna ist so ernst geworden, so sachlich und verschlossen. Sie erwartet offenbar von mir, daß ich mich genauso verhalte. Während die übrigen die Arbeitseinteilung unbekümmert dazu nutzen, sich die Jobs pärchenweise aufzuteilen, kommen von ihr nur Vorschläge, die ein Zusammensein von uns beiden ausschließen. Anfänglich halte ich das für Zufall, inzwischen kann ich es mir nicht mehr so erklären. Die Veränderung verunsichert mich. Ich hätte sie ansprechen müssen, sie fragen sollen, was los ist. Eine unbestimmte Angst hält mich davon ab.

Das Knacken eines morschen Astes holt mich aus meinen Überlegungen zurück. Ich sehe auf die Uhr, es ist kurz nach vier. Zeit, zurückzugehen. Zum ersten Mal auf meinem Spaziergang sehe ich mich gründlich um. Ich bin auf eine Lichtung geraten. Für Sekundenbruchteile öffnet sich die Wolkendecke, der Vollmond läßt mich einen Hochsitz erkennen, gerade lang genug, um den Schatten zu erfassen, der mich von dort oben zu fixieren scheint. Ich erstarre. Jetzt bemerke ich auch das Glimmen der Zigarette. Da sitzt einer, es ist nur die Frage, ob er mich schon gesehen hat. Mit Schrecksekundenverzögerung kommt der Adrenalinstoß. Ich zittere, aber nicht vor Kälte. Wie in Zeitlupe gehe ich in die Knie. Kein Warnruf, kein Knacken des Gewehrverschlusses, offenbar hat der Jäger mich nicht bemerkt. Ich ziehe die Pistole aus dem Hosenbund, spanne so geräuschlos wie möglich den Hammer und lasse die Sicherung einrasten. Ganz langsam, fast auf dem Bauch robbend, bewege ich mich rückwärts auf den dichten Wald zu. Einige Male ertaste ich gerade noch rechtzeitig trockene Äste, deren Brechen mich verraten hätte.

Wie sich die Sinne schärfen! Mein Blickfeld hat sich verdoppelt, wie mit einem Gefährlich-ungefährlich-Raster sortiere ich die Sinneseindrücke im Augenblick der Wahrnehmung.

Der Himmel hat einen Stich ins Anthrazitfarbene angenommen, es beginnt hell zu werden.

Endlich habe ich den Rand des Unterholzes erreicht. Trotzdem halte ich mich noch einige Meter flach am Boden, um jedes Risiko auszuschließen. Im gleichen Maß, wie die Anspannung nachläßt, kommt die äußere Kälte zurück. Als ich wieder auf dem Weg stehe, den ich gedankenversunken verlassen hatte, beginne ich zu laufen. Wenig später habe ich den Lagerplatz erreicht.

Ausatmen! Ich breite auf einer Zeitung aus, was ich beim Eintreffen des Sprengmeisters brauchen werde. Das Fernglas, die Kamera mit dem Teleobjektiv, mein Notizbuch, einen Kugelschreiber. Den Rest packe ich zusammen. Vor mich hinfluchend versuche ich, das »Termic Wonder« wieder in die Nylonhülle zu zwängen. Gestern abend hat es noch mühelos hineingepaßt.

Es ist jetzt hell genug, der Bunker ist deutlich zu sehen. Nachdem alles für einen schnellen Aufbruch verpackt ist, nehme ich die Kamera, visiere die Bunkertür an und stelle Entfernung, Blende und Verschlußzeit ein. Vogelgezwitscher setzt ein und kündigt den neuen Tag an.

Kurz nach halb fünf wird es von einem aufheulenden Motor durchbrochen. Das ist der Lastwagen! Der Weg vom Steinbruch zum Bunker ist bis zur nächsten Kurve einzusehen. Noch einmal wird der Motor hochgepowert, lauter und näher diesmal.

Ich nehme das Fernglas. Zwei Personen sind im Wagen, so wie wir es vermutet hatten. Ich sehe auf die Uhr und notiere: 4:37/Lkw/zwei Mann. Der Lastwagen bleibt seitlich des im Hügel eingelassenen Bunkers stehen. Der Fahrer steigt aus, mit eckigen Bewegungen streckt er sich. Auch der Beifahrer verläßt die Kabine, zieht etwas aus der Tasche und geht zur Stahltür des Bunkers. Ich nehme die Kamera und fotografiere den Vorgang durch das Teleobjektiv. Es ist, als würde ich nur einen Meter hinter dem Mann stehen. Als seine Hand, in der deutlich der Doppelbartschlüssel zu erkennen ist, sich dem Schloß nähert, schieße ich eine ganze Sequenz von Bildern. Die extra für diese Gelegenheit erworbene Kamera hat einen Motor, der bis zu sechs Bilder pro Sekunde transportiert.

Die Tür ist auf. Der Mann verschwindet im Bunker. Einen Moment später geht drinnen das Licht an, so daß ich durch die Kamera die untere Hälfte des Raumes einsehen kann. Er ist bis auf ein paar Besen leer. Die Füße des Mannes bewegen sich auf die dem Eingang gegenüberliegende Wand zu. Ich korrigiere die Schärfe und kann erkennen, daß die Wand aus Schließfächern besteht. Ich schieße eine Serie von Bildern. Die Kamera liegt fast auf dem Boden, damit der obere Teil des Raumes mit aufs Bild kommt. Vier Türen sind in die Rückwand eingelassen. Die obere linke Tür wird geöffnet. Hineinsehen kann ich nicht.

Die Hände des Mannes kommen ins Bild. Sie halten einen Kasten und setzen ihn vorsichtig ab. Der untere Rand der Tür verschwindet, der Mann hat sie geschlossen. Dafür öffnet sich die untere linke Tür. Das ist für mich viel günstiger, denn den dahinterliegenden würfelförmigen Raum kann ich durch das Teleobjektiv gut einsehen. Im Schließfach hängen verschiedene Rollen. An der Rückwand sind kleine Kästchen von einheitlicher Größe gestapelt. Ich drücke auf den Auslöser. Der Mann nimmt einen Kabelring von der Seite und eines der Kästchen. Er legt beides auf den oben herausgenommenen Kasten und schließt die untere Tür.

Ich kümmere mich nicht weiter um das Tun von Fahrer und Beifahrer, sondern nehme das Notizbuch und schreibe: Rückwand/vier Fächer/abgeschlossen/oben links Sprengstoff (rechts auch?) in Kisten/unten links Elektrozünder/Sprengschnur (rechts?).

Getrennte Aufbewahrung also, wie gesetzlich vorgeschrieben. Der Mann hat den Kabelring, geschätzte zehn Meter Sprengschnur, und das kleine Kästchen, in dem ich Elektrozünder vermute, aus dem Bunker getragen und in einem Schrank an der Rückseite des Führerhauses des Lastwagens verstaut. Der zweite Mann bringt den Sprengstoff. Der Kasten hat kräftige klappbare Griffe an den Seiten und muß einiges an Gewicht haben, an die dreißig Kilo, schätze ich. Der Mann trägt den Sprengstoff, leicht nach hinten gebeugt, mit gerade ausgestreckten Armen vor dem Bauch. Er stellt den Kasten vor den Beifahrersitz ... Das ist nach meiner, aus Fachbüchern erworbenen Kenntnis nicht erlaubt.

Offenbar haben die beiden noch Zeit. Der Fahrer geht am Wagen vorbei zu einem großen Stein und setzt sich. Ich kann sein Gesicht deutlich sehen und mache einige Aufnahmen von ihm. An einem Gesicht läßt sich oft ermessen, ob bei dem Betreffenden im Falle eines Falles mit Gegenwehr zu rechnen ist. Dieses gehört einem eher ängstlichen Zeitgenossen. Der Beifahrer stellt sich neben die Bunkertür. Ein gelber dampfender Strahl zeigt an, daß er einem menschlichen Bedürfnis nachkommt.

Minuten später besteigen beide den Lastwagen, wenden auf dem Platz vor dem Bunker und fahren die Abzweigung in den Steinbruch hinunter. Das war's! Alles ist so, wie wir vermutet hatten. Ich beginne, meine Sachen in den Campingbeutel zu stopfen. Zur Eile besteht kein Grund, ich werde noch zwei oder drei Stunden warten müssen. Über den bewaldeten Hügel führt ein Weg zu einem Dorf, das von hier aus nur an der Kirchturmspitze auszumachen ist. Dorthin werde ich gehen, um die Zwischenzeit zu überbrücken. Per Anhalter fahren kann ich nicht, Tramper sind so früh nicht unterwegs.

Auf der Rückfahrt beschließe ich, von meiner nächtlichen Begegnung mit dem Unbekannten auf dem Hochsitz nichts zu erwähnen. Ich habe keine Lust, mich auf endlose Diskussionen über mein leichtsinniges Verhalten einzulassen.

4 Check

Den dritten Tag allein mit Anna, ein unwirklich schöner Zustand. Wir können unseren Tagesablauf selbst festlegen. Ein unbeschwertes Leben zwischen Stadtbummeln, um eine Bank zu finden, die über zweihunderttausend Mark bringt, und unserer Turteltaubenstimmung in der spartanisch eingerichteten »Aktionsbude«. Die Wohnung soll nach dem Überfall leer zurückbleiben. Soviel wie in den letzten Tagen haben wir im ganzen letzten Jahr nicht gevögelt. Eine richtige Orgie. Ganze Geschichten, in Sekunden gelebt, Haut auf Haut geschrieben, und dabei klarer, als es Worte jemals ausdrücken könnten. Wir genießen es beide, lassen uns treiben, ganz entspannt. Vielleicht ist es so, weil wir beide wissen, dieser Zustand wird nicht von Dauer sein.

Der Zufall ist auf unserer Seite. Gleich am ersten Nachmittag finden wir eine Bank, bei der die Aufteilung der Räume und die äußere Lage unseren Erwartungen entsprechen. Auch scheinen dort die Geldeinnahmen hoch zu sein. Zwar haben wir noch andere Banken besichtigt, aber gemessen am ersten Objekt fielen sie merklich ab.

Eine Fußgängerzone im Zentrum, die Zufahrten sorgfältig mit Blumenkübeln verstellt. Die Baukastenfronten aller bekannten Warenhäuser aneinandergereiht, bei einigen auf der Rückseite angebaute Parkhäuser, die Ein- und Ausfahrten zu den Nebenstraßen. Und inmitten der Kaufrauschpaläste die Bank. Innen dominiert die moderne »Großraumbüro-Pseudo-Wohnlandschafts-Atmosphäre«, dämpfender grasgrüner Hochflor bedeckt den Boden. Die Schreibtische stehen wie zufällig über den ganzen Raum verstreut zwischen Hydrokulturen in großen Kästen. Dazwischen drei halbrunde Sitzgruppen für die Kunden. Die hintere ist ausgerichtet auf die Kassenräume.

Außen hat das Objekt eine durchgehende Fensterfront. Aber die senkrechten Lamellenvorhänge sind ständig halb geschlossen, ein Einblick ins Innere im Vorübergehen ist unmöglich. Drinnen ist seitlich über den Kassenräumen an der Decke eine Kamera installiert und auf den Eingang gerichtet. Sie stört nicht, im Gegenteil, wir werden sie uns zunutze machen. Wir haben uns angewöhnt, die Verkleidung für den ersten Teil eines Banküberfalls deutlich ausfallen zu lassen, um vom unauffälligen Image des zweiten Teils, der eigentlichen Flucht, abzulenken. Sie werden einen Bauarbeiter, einen Motorradfahrer oder einen auffällig in schwarz gekleideten Herrn suchen, während ein im Intercity-Look gekleideter junger Mann und ein mausgraues Pärchen auf getrennten Wegen per Bus und Bahn die Stadt verlassen. Geschlechter und Rollen sind bei festgelegter Regie schnell austauschbar, das zeigt die Erfahrung.

Bisher haben wir die Bank jeder nur einmal betreten. Dieser Teil des Jobs erfordert Konzentration. Es gilt, sich in wenigen Minuten so viele Details wie möglich einzuprägen. Wie viele Angestellte, wie viele Kassenräume und welcher ist wann wie besetzt? Kamera ja oder nein, wo sitzt der Filialleiter, wie sind die räumlichen Dimensionen? Gibt es Hinterräume, Türen,

Treppen, wie sind die Kassenräume aufgeteilt? Gibt es einen Tresor, und wieviel Geld befindet sich überschlägig in den Kassenräumen?

Es ist eine erstaunliche Erfahrung, wie sich die Wahrnehmugsfähigkeit erweitert, wenn man sie trainiert. Beim Vergleich der Details, die wir beide wahrgenommen haben, ergibt sich ein deckungsgleiches Bild. Wir sind sicher, das ist die richtige Bank. Sie läßt sich räumlich beherrschen und ist gut bestückt.

Morgen werden wir anfangen, einen »Ho-Tschi-Minh-Pfad« zu suchen. So nennen wir den ersten Teil des Fluchtweges. Es sollte ein kurzes Wegstück sein, aber dennoch so unübersichtlich, daß Verfolger abgeschüttelt werden können. Am Endpunkt muß Zeit genug bleiben, die Kostümierung zu wechseln. Dieser Teil kann zu Fuß, mit dem Fahrrad oder mit dem Auto zurückgelegt werden, je nach den Verkehrsverhältnissen. Für den zweiten Teil benutzen wir fast immer ein Auto, um in möglichst kurzer Zeit viel Distanz zwischen uns und das Objekt zu bringen.

Bei dieser Bank bietet es sich an, den Dschungel der umliegenden Kaufhäuser für einen Fußabgang zu nutzen. Wir sind guter Dinge, den passenden Fluchtweg zu finden. Sich zu Fuß abzusetzen ist bezüglich der Logistik eine Erleichterung, denn wir müssen nur ein Fahrzeug klauen. Ich finde, daß ein Lieferwagen, ein VW-Kasten zum Beispiel, gar nicht schlecht wäre, von denen wimmelt es morgens an den Lieferanteneingängen in beiden Nebenstraßen der Fußgängerzone.

Gemessen an anderen Auscheckzeiten sind wir diesmal schnell vorangekommen. Unsere Stimmung ist urlaubsmäßig, jedenfalls nicht allzusehr auf die Aktion fixiert. Anna schlägt vor, den heutigen Abend in der Badewanne, bei Steckschach, einer Flasche Champagner, Weintrauben, Käseschnittchen und dem Fernsehspätkrimi zu verbringen. Wir sind mit viel Getuschel, Geschmuse und Gelächter durch die Innenstadt gezogen und haben alles Nötige eingekauft.

So angeheizt kommen wir im »Verließ« an. Anna hat die im oberen Drittel eines Hochhauses gelegene Wohnung so benannt, ein anonymer Klotz, wo keiner keinen kennt. Kaum ist die Tür hinter uns ins Schloß gefallen, schon liegen die Plastiktüten auf dem Boden und wir uns in den Armen.

5 Hans

Ein Kichern. »Na du, schon schlapp?« Anna nimmt meinen Schwanz mit zwei Fingern hoch und läßt ihn zurück ins Haarnest fallen.

»Wer einen Vampir zur Frau hat, den verlassen schon mal die Kräfte!« Ich drehe mich zur Seite und suche die Zigaretten in dem wirren Haufen aus Klamotten, Gürteln und Pistolen. Ich zünde zwei auf einmal an. Anna setzt sich im Schneidersitz auf und nimmt die angebotene Zigarette.

»Es ist gleich sieben. Laß uns die Fernsehnachrichten gucken. Sonst verpassen wir über unserer Bumserei womöglich den Beginn des Dritten Weltkrieges.«

Wir haben alles Notwendige rund um die Matratze verteilt, Anna muß sich nur vorbeugen und die Hand ausstrecken, um den Fernseher anzustellen. Ich bin zu träge, um mich umzudrehen oder gar aufzusetzen. Außerdem, Annas leicht gebeugter Rücken, den ich mit einem Finger sanft berührend herunterfahre, ist ein wunderschöner Anblick. Der untere Teil, wo die zwei Halbkugeln ihres Hinterns im aufgewühlten Deckenberg verschwinden, reizt ungeheuer, erkundet zu werden. Eine leichte Welle läuft über ihren Rücken und läßt Gänsehautpusteln wachsen.

Der Fernseher plärrt die Erkennungsmelodie der heute-Sendung. Es geht alles viel zu schnell, plötzlich wird mir ohne Vorwarnung ein Kübel Eiswasser über den Körper gekippt. Anna schreit: »Mensch, du, guck mal! Das sind doch . . .« Sie spricht den Satz nicht zu Ende, denn die nüchterne Stimme des Nachrichtensprechers folgt übergangslos auf die letzten Töne der Erkennungsmelodie: »Guten Abend, meine Damen und Herren. Heute in den frühen Nachmittagstunden kam es an der Autobahnraststätte Göttingen zu einem Feuergefecht zwischen zwei mutmaßlichen Terroristen und der Polizei.« Die Worte hallen in meinem Kopf nach. Neben dem Gesicht des Nachrichtensprechers sind die Fahndungsfotos von Hans und Lore eingeblendet. »Wie der heute-Redaktion kurz vor Sendebeginn fernmündlich vom Sprecher des Bundeskriminalamtes mitgeteilt wurde, soll es sich bei den beiden in die Schießerei verwickelten Personen um die bereits steckbrieflich gesuchten mutmaßlichen RAF-Terroristen Heinz Goller und Leonore Stasch handeln. Nach noch nicht offiziell bestätigten Meldungen der Presseagenturen dpa und Reuter sollen bei der Schießerei die gesuchte Leonore Stasch und ein Polizist ums Leben gekommen sein. Diesen Meldungen zufolge gelang es dem mutmaßlichen Terroristen Goller, sich den Fluchtweg freizuschießen. Vermutlich nahm er den Fahrer eines auf dem Rastplatz stehenden Pkws als Geisel und zwang ihn mit vorgehaltener Waffe, ihm mit seinem Fahrzeug die Flucht zu ermöglichen. Der schwerverletzte Kollege des getöteten Polizisten soll Goller anhand von Lichtbildern eindeutig identifiziert haben. Die niedersächsische Polizei hat im Großraum Göttingen eine Ringfahndung ausgelöst. Wir bemühen uns, noch im Laufe dieser Sendung eine Bestätigung der Meldungen zu erhalten. Wir werden Sie weiter unterrichten!«

Wir sitzen da, erstarrt, wortlos. Unsere Blicke klammern sich an den Bildschirm. Die folgenden Meldungen rauschen an mir vorbei. Ein bedeutungsloser Wortfluß. Ich weiß nicht, wie lange es dauert, bis mir »Scheiße, verdammte Scheiße!« über die Lippen kommt und die Erstarrung sich löst. Schamhaft wird mir meine Nacktheit bewußt. Ich ziehe den Kleiderhaufen aufs Bett, teile ihn auf und beginne mich anzuziehen. Anna braucht einen Augenblick länger, um aus dem Gefühlswirrwarr wieder aufzutauchen. Auch sie zieht sich schweigend an.

»Die waren auf dem Weg zu uns!« Anna sieht konzentriert auf ihre Hose. Sie hat Schwierigkeiten, sie zu schließen.

»Versteh ich zwar nicht, es war doch anders besprochen, aber von der Richtung her hast du recht... Verdammt, was sollen wir jetzt machen?«

Um irgend etwas zu tun, beginne ich, unsere Sachen zu ordnen. Anna sitzt auf dem Rand der Matratze, hat die Knie vor die Brust gezogen und mit den Händen umklammert. Sie starrt mit leerem Blick auf den Fernseher, wo gerade ein Bericht über die Wirtschaftsministertagung gezeigt wird.

»Wenn es Hans wirklich geschafft hat, wird er versuchen, sich zu uns durchzuschlagen. Wir müssen hier klar Schiff machen, um jederzeit abhauen zu können.« Sie sagt das ohne Betonung. Ihr Kopf fällt auf die Knie und ein Zittern geht durch ihren Körper. »Lore ist tot. Hast du das eigentlich mitgekriegt? Tot, tot, tot...!« Die letzten Worte gehen in Schluchzen über. Hilflos starre ich an ihr vorbei ein Loch in die Wand. Die Bilder von Hans und Lore tauchen erneut hinter dem Nachrichtensprecher auf. Ich springe vor und stelle den Ton lauter. »Schluck's runter, bitte, wir müssen einen klaren Kopf behalten...«

Der Sprecher sortiert Papiere, räuspert sich, sieht wieder in die Kamera: »Meine Damen und Herren, unsere Meldung über die Schießerei zwischen mutmaßlichen Terroristen und der Polizei auf einer Göttinger Autobahnraststätte ist soeben vom BKA Wiesbaden offiziell bestätigt worden. Die tödlich verletzte Leonore Stasch konnte anhand eines Fingerabdruckvergleichs identifiziert werden. Bei dem getöteten Polizisten handelt es sich um einen achtundzwanzigjährigen Beamten der Autobahnpolizeidirektion Hannover, der gemeinsam mit einem Kollegen am heutigen Nachmittag auf dem betreffenden Autobahnabschnitt normalen Streifendienst versah. Die Fahndung der Polizei konzentriert sich jetzt auf einen hellblauen Pkw der Marke Ford Taunus 20M, dessen Fahrer von dem noch flüchtigen Terroristen vermutlich als Geisel genommen wurde. Die Polizei geht davon aus, daß es sich bei dem Flüchtigen um den dreißigjährigen Heinz Goller handelt. Goller gilt als sehr gefährlich und ist mit einer großkalibrigen Pistole bewaffnet. Sachdienliche Hinweise im Zusammenhang mit der Fahndung nach Goller nimmt jede Polizeidienststelle entgegen... Und nun das Wetter.«

Anna hat sich wieder gefaßt. Sie beugt sich vor, stellt das Gerät ab und steht auf: »Achte darauf, daß wir die Tagesschau um zwanzig Uhr nicht verpassen. Ich schlage vor, daß ich losgehe und die anderen über den telefonischen Nottreff zu erreichen versuche. Pack du hier alles zusammen, okay?« Im Gegensatz zum Zucken in ihrem Gesicht klingt ihre Stimme nüchtern und bestimmt.

»Einverstanden, obwohl ich die Notwendigkeit, zusammenzupacken, noch nicht sehe. Es gibt doch keine unmittelbare Gefährdung für uns und diese Bude!« Mir geht das alles etwas schnell, aber ich bin noch zu verwirrt, um eigene Vorschläge zu machen.

»Sieh mal«, Annas Stimme nimmt einen belehrenden Ton an, »die Ballerei ist offenbar gegen 14.15 Uhr gelaufen. Wenn es stimmt, daß Hans sich einen Wagen unter den Nagel gerissen hat, dann könnte er inzwischen ganz in unserer Nähe sein. Ich vermute, er hat den Fahrer unterwegs schachmatt gesetzt. Von der Autobahn ist er sicher an der nächsten Abfahrt runter. Aber auch querfeldein ist es nicht weit bis hierher. Wenn die den Wagen in der Nähe der Stadt finden, dann ist hier ganz schnell der Bär los. Darauf sollten wir vorbereitet sein!« Sie denkt offenbar weiter als ich.

Während Anna ihre Pistole durchlädt und sie gespannt und gesichert in den Gürtel steckt, hole ich die Mini, eine kleine tschechische Maschinenpistole, aus einem Aktenkoffer in der Abstellkammer. Ich will Anna die MP mitgeben, da mir klar wird, daß ich Angst um sie habe. Durchgeladen und gesichert gebe ich ihr die Waffe, die knapp in ihre Wildlederhandtasche paßt. Anna sieht mich an: »Keine Angst, ich paß auf. Einer muß ja hierbleiben, schon wegen Hans. Sie suchen nach einem Typ, da ist es das beste, wenn ich gehe.«

Sie weiß also, was mir durch den Kopf gegangen ist. Wir umarmen uns, dann schließe ich die Tür hinter ihr ab.

Jetzt, nachdem Anna gegangen ist, kann ich die Tränen nicht länger zurückhalten. Lore ist tot, einfach so, tot, unwiderruflich. Lore, ausgerechnet Lore. Sie hat mir vor dem Rückflug aus dem Trainingscamp gestanden, daß sie nicht glaubt, auf jemanden schießen zu können. Von mir wollte sie wissen, ob sie mit diesem Widerspruch zurück nach Europa gehen dürfe. Ich war mir selbst viel zu unsicher, um ihr einen Rat geben zu können. Das sagte ich ihr, obwohl ich Angst hatte, daß ihre Frage nur ein Test sein könnte, um etwas über meine Zweifel zu erfahren. Immerhin war sie seit dem Training mit Hans zusammen – und Hans steht für knallhart.

Das Leben ist nicht feinfühlig. Lore, die Hemmungen hat zu schießen, wird getötet. Hans, der bei jeder Gelegenheit propagiert, daß wir schneller sein müssen, entkommt.

Ich ertappe mich dabei, daß ich mir wünsche, es wäre umgekehrt ... und fühle mich im gleichen Moment wie ein Schwein. Wie kann ich so etwas nur denken? Ich heule und versuche gleichzeitig, das Wichtigste zusammenzupacken.

Es dauert einige Zeit, bis ich begreife, daß es geklingelt hat. Es ist nicht das mit Anna vereinbarte Klingelzeichen. Hans? Die Bullen? Angst wischt das Gedankenchaos beiseite. Meine Knarre? – Ist geladen und gesichert. Seitlich auf Zehenspitzen nähere ich mich der Eingangstür. Jetzt nur kein Geräusch! Atme ich nicht viel zu laut? Das Klingeln, diesmal länger und drängender, geht durch und durch. Langsam schiebe ich ein Auge vor den Türspion. Verdammt, im Flur ist das Licht aus. Ich sehe nur die schemenhaften Umrisse einer Gestalt. Eine Gestalt, nur eine! Das sind bestimmt keine Bullen.

Ich habe mich entschieden, leise ziehe ich die zusätzliche Kette vom Riegel und drücke mit angehaltenem Atem die Klinke herunter. Mit einem Ruck reiße ich die Tür auf, während ich gleichzeitig die entsicherte Pistole im Anschlag halte.

Vor der Tür steht Hans. Ich nehme ihn beim Arm und ziehe ihn in die Wohnung, sehe draußen kurz nach links und rechts – nichts – und schließe die Tür, so leise es geht.

»Hans, Mensch Hans, du hast es geschafft.« Ich flüstere, obwohl es unnötig ist. Hans sagt nichts, steht nur stocksteif da, mit einem Gesicht wie aus Stein. Ich schiebe ihn ins Zimmer, lasse ihn stehen, hole einen Stuhl und drücke ihn darauf. Er reagiert wie eine Marionette. Als er die Sitzfläche berührt, weicht alles Steife aus seinem Körper. Er sackt in sich zusammen, eine knochenlose Fleischmasse. Ein Weinkrampf beginnt ihn zu schütteln, ein lautloses Zucken, als stünde er unter Strom.

»Hans, Hans, ist doch gut, ist alles okay, laß es nur raus, laß die ganze Scheiße raus!« Ich hocke mich vor ihn hin, nehme ihn in die Arme und wiege ihn sacht hin und her, wie ich ein Kind schaukeln würde. Sein Körper in meinen Armen kann jeden Moment zerfallen. Nur der Druck meiner Umarmung hält ihn zusammen.

Gegen den Weinkrampf angepreßt, kommt ein einziges Wort aus der Dunkelheit zwischen uns. Jeder Buchstabe muß sich einzeln lösen: »Leonore.« Mir wird gar nicht bewußt, daß er Lores richtigen Namen benutzt.

»Ja, ich weiß, wir haben es aus dem Fernseher erfahren. Du, bitte, versuche jetzt zu beschreiben, wie du hierher gekommen bist. Anna ist draußen, sie versucht die anderen zu erreichen. Wir müssen jetzt entscheiden, wie es weitergeht. Bitte, nimm dich zusammen, versuch's!«

Ich will meiner Stimme einen beruhigenden Klang geben, aber es gelingt mir nicht. Langsam löst sich seine Verkrampfung. Unterbrochen von schniefendem Lufthölen und neuen Tränen kommen die nächsten Worte: »Sie . . . sie sitzt neben mir . . . und der Bulle kommt. Der hat die Knarre schon in der Hand

... Ich ziehe ... Was soll ich denn tun? Die Scheibe zerspringt ... und ihr Kopf, ganz starr die Augen. Ich habe geschossen, geschossen ... der Schlitten stand hinten, das Magazin war leer ... Lore lag auf meinem Schoß, weißt du, voller Blut, alles naß, alles rot.«

Er verliert sich in Tränen und Krämpfen. Ich lasse ihm Zeit, versuche nicht, ihn zurückzuholen. Seine Worte haben einen Eisklumpen in mir wachsen lassen. Ich kann nicht mehr weinen, ich fühle mich ausgedorrt. Wahnsinn das alles, ein nicht endender Alptraum.

Es dauert lange, bis Hans ruhiger wird. Als ich das Gefühl habe, daß er sich soweit unter Kontrolle hat, um nicht vom Stuhl zu fallen, stehe ich auf. Ich hole ein Glas vom Tisch, gehe zum Kühlschrank und schenke den Rest aus einer Limoflasche ein. Mein Mund ist so trocken, daß ich einen Schluck nehme. Ich hocke mich wieder vor ihm hin: »Hier, trink, es ist schön kalt.«

Er kommt aus der zusammengekauerten Stellung hoch. Die rotgeschwollenen Augen scheinen mich nicht zu sehen. Seine Finger schließen sich um das Glas, die Hand zittert so sehr, daß ich es weiter festhalte und der Bewegung seiner Hand folge, um ihm das Glas zum Mund zu führen. Er nimmt einen Schluck.

»Ich pack's nicht, sie ist tot, lag tot auf meinem Schoß. Sie hat nicht gezogen. Sie saß einfach da ... und dann schießt das Schwein, schießt ihr mitten ins Gesicht. Der hat meine Knarre gesehen und sie erschossen. Ich bin schuld ... ja, wenn ich nicht gezogen hätte, würde sie noch leben. Ich hab sie getötet, ich ... «

Wieder fängt er an zu weinen. Aber diesmal will ich ihn nicht absacken lassen. Ich packe ihn am Kinn und zwinge ihn, mich anzusehen.

»Hör zu und red jetzt keinen Scheiß! Ich war nicht dabei, aber eins ist sicher, nicht du, der Bulle hat sie erschossen. Hörst du! Es hilft jetzt keinem, wenn du dir einredest, du seist schuld. Hör auf damit!«

Doch ich spüre, da, wo er ist, komme ich nicht hin. Er hockt wie erstarrt auf seinem Stuhl, blicklos, mit rotunterlaufenen Augen.

Es klingelt, zweimal kurz und einmal lang. Das ist Anna, endlich. Ich tippe Hans auf die Schulter und höre mich sagen: »Alles in Ordnung, es ist Anna. Hoffentlich hat sie die anderen erreicht. Ich bin gleich wieder zurück.« Der Satz ist überflüssig, Hans sitzt völlig abwesend da. Ich bin mir nicht sicher, ob er meine Stimme überhaupt hört. An der Tür sehe ich durch den Spion, um mich zu vergewissern. Es ist Anna, ich öffne ihr.

»Hans ist gekommen.« Sie will an mir vorbei, aber ich halte sie fest. »Du, er ist völlig fertig, er redet kaum. Es ist zwecklos, ihn jetzt mit Fragen zu bombardieren. Lore ist offenbar neben ihm erschossen worden und auf seinem Schoß gestorben. Mehr hat er bis jetzt nicht von sich gegeben. Laß ihn am besten eine Weile in Ruhe, sonst kippt er uns um. – Hast du die anderen erreicht?«

»Ja, hab ich. Sie meinen, wenn es irgend geht, sollen wir die nächsten ein, zwei Tage auf Tauchstation gehen. Komm, wir müssen versuchen, rauszukriegen, auf welchem Weg Hans hergekommen ist. Am Ende hocken wir in einer Mausefalle, weil er die Karre samt Fahrer um die Ecke abgestellt hat.«

Ich will etwas einwenden, Anna kommt mir zuvor. »Keine Angst, ich bin vorsichtig. Ich kann mir vorstellen, wie ihm jetzt zumute ist.«

Wir gehen hinein. Anna sieht Hans und bleibt stehen. Sie sieht den abwesenden Blick, blickt mich an, verstört jetzt. »Hans, Hans, du ...« Hilflosigkeit schwingt in ihrer Stimme mit. Sie hockt sich vor ihm hin, genau wie ich es vorher getan habe. Sie streichelt ihn, nimmt seine Hand, die wie ein nasser Lappen auf seinen Knien liegt, und drückt sie. Hans sieht auf. Zum ersten Mal, seit er zur Tür hereingekommen ist, reagiert er bewußt auf etwas.

»Lore ist tot, das Schwein hat sie erschossen, direkt neben mir. Sie ist mir tot auf den Schoß gefallen.« Seine Stimme klingt jetzt müde und brüchig, nicht mehr so durchgedreht wie vorher.

»Ich weiß«, Anna deutet ein Nicken in meine Richtung an, »er hat's mir erzählt. Du, versuch jetzt bitte, deine ganze Kraft zusammenzunehmen, und erzähl uns ganz genau, wie du hergekommen bist. Stimmt es, daß du einen Wagen mit Fahrer hochgenommen hast? So haben sie's im Fernsehen erzählt. Sie suchen diesen Wagen, weißt du. Komm, versuch's mal, es ist wirklich wichtig ... für uns alle!«

Hans blickt zu mir herüber. Er setzt sich etwas gerader auf. »Das war wie im Film, Lores Kopf auf meinem Schoß. Ich hab sie angeschrien, obwohl ich wußte, sie ist tot. Es war plötzlich alles so ruhig, nachdem meine Knarre leer war. Ich hab nicht gezielt, hab sie einfach durch die Scheibe leergepumpt in Richtung auf den Bullen. Dabei ist der Rest der Scheibe raus, alles voller Glassplitterchen ... alles voller Blut, Lores Blut.« Wieder dieses Schütteln, aber Anna läßt ihn nicht, hält ihn, drückt seine Hand noch fester. Er fängt sich wieder. »Weiß nicht, wie lange ich dagesessen hab, mit Lores Kopf auf dem Schoß. Irgendwann kam's mir, du mußt hier raus, weg, nichts wie weg. Ich hab's dann noch gebracht, das Ersatzmagazin aus der Tasche zu fummeln und in die Knarre zu hauen. Dann bin ich raus. Der Bulle lag da, vorm Wagen auf dem Gesicht. Den zweiten Bullen hab ich nirgends gesehen. Die Türen des Bullenwagens waren offen, das Blaulicht hing nur noch an der Strippe, hat sich aber noch gedreht. Ich weiß nicht, warum, war wie'n Reflex, war wohl Wut, ich hab das Blaulicht zerschossen. Dann bin ich losgerannt. Grad, wo ich am Ende vom Parkplatz angekommen bin ...«

Anna unterbricht ihn, will ausnutzen, daß er jetzt halbwegs zusammenhängend erzählt: »Wie sind die denn auf euch gekommen? Haben sie euch verfolgt?«

»Nein, hab ich das denn noch nicht gesagt?« Jetzt ist sein Gesichtsausdruck verwirrt. »Wir hatten getankt, waren dann zum Parkplatz der Raststätte gefahren. Lore wollte Zigaretten und was zum Saufen holen. Als wir eingeparkt hatten ...«, Hans zögert für einen Augenblick, »haben wir ein bißchen geschmust.« Beim Reden laufen ihm langsam Tränen über die Wangen. Anna wischt sie mit einer sanften Bewegung weg. »Plötzlich sagt Lore, du, Bullen, da kommen Bullen. Vor Aufregung ist sie gegen die Lichthupe gekommen. Das Aufleuchten hat sich auf der Seite des Bullenwagens gespiegelt, sie hat sie regelrecht angeblinkt. Die sind auch sofort stehengeblieben. Der eine kam raus und auf uns zu. Lore hat die Panik gekriegt, wollte losfahren, hat aber den Wagen abgewürgt. Es war wie im Alptraum, wenn du fliehen willst und festklebst. Der Bulle hat dann gezogen ... und ich auch. Fast gleichzeitig. Dann hat's auch schon geknallt. Und die Scheibe war im Arsch, so milchig. Ich konnte nichts mehr sehen. Da habe ich dann einfach geschossen, richtig wie von Sinnen.«

Anna nimmt ihn in den Arm, streichelt ihn und fängt den nächsten Weinkrampf ab. »Ist ja gut, Hans. Du hast den Bullen erwischt, der die Lore erschossen hat, der schießt nie wieder auf Menschen!«

Wie sie das sagt, mit tröstender Stimme. Ich denke kurz daran, daß der Bulle vielleicht genausoviel Angst hatte. Ich will etwas dazu sagen, aber der Satz bleibt stecken, bevor er die Lippen erreicht. Sie macht das ganz richtig, Hans ist jetzt wichtig.

»Gut, du bist also losgerannt zum Ende des Parkplatzes, richtig?«

»Ja, ja, und da stand dieser Wagen, und der Typ saß hinterm Steuer, stiert mich mit großen Augen an. Da hab ich die Tür aufgerissen und ziemlich blödsinnig ›Hände hoch!‹ geschrien. Hat der auch sofort gemacht. Ich hab ihn angemacht: ›Nimm die Hände wieder runter und rutsch rüber.‹ Ich war reichlich durcheinander. Der Typ war wie eine Puppe, der hat alles gemacht. Ich also hinters Steuer und los. Von der Raststätte runter, rauf auf die Überholspur, Fuß aufs Gaspedal. Ich hab herausgeholt, was die Kiste hergab. Das lief alles automatisch. Der Typ hat sich nicht gerührt, keinen Muckser hat der gemacht. Die nächste Abfahrt bin ich runter von der Autobahn und parallel dazu über die Landstraße. Dann hab ich mir gedacht, daß das Scheiße ist, weil sie die Bundesstraßen sicher gleich als nächstes dichtmachen. Also runter von der Bundesstraße und quer ab in ein Kaff, den Namen hab ich vergessen. Es war ein bißchen Wald drumherum. Ich bin in so 'ne Art Waldweg reingefahren, da hab ich haltgemacht.«

Hans hält inne und sieht sich suchend im Zimmer um. Ich stehe neben dem Tisch, greife die Zigaretten und halte sie hoch. Er nickt, Anna auch. Drei Zigaretten werden nacheinander angezündet. Erst bekommt Hans eine, dann Anna. Zwischen uns liegt dichtes Schweigen. Hans kullern lautlos Tränen aus den Augen. Er kann die Stille nicht lange ertragen, er muß das alles loswerden. Zuviel hat sich in ihm angestaut.

»Der Bulle ist tot, ja?« Er fixiert Anna, Anna nickt. »Ach Scheiße, es war alles so sinnlos, völlig sinnlos. Warum hat der Arsch geschossen? Wieso hat Lore den Wagen abgewürgt ... und bleibt dann einfach sitzen. Nicht mal zur Knarre hat sie gegriffen ... und dann das klebrige warme Blut.« Er fängt an zu schluchzen, steht wieder am Rande des Lochs. Annas Umarmung kommt zu spät, er fällt.

Anna ist unruhig, ihre Haltung wird drängender. Die Sicherheit hat sich aus ihrer Stimme verflüchtigt. Stockend fragt sie:

»Nun sag doch aber mal ...« Aber Hans hat nichts zu sagen, er ist wie ein verwundetes Tier, das sich in eine Höhle zurückgezogen hat. Ich tippe Anna auf die Schulter. Sie sieht mich an, ich schüttle stumm den Kopf. Jetzt nicht, laß ihm Zeit. Resigniert zuckt Anna mit den Schultern. Hans hebt den Kopf, das nutze ich aus und drücke ihm eine Zigarette in die Hand. Wir mustern uns, ich spüre, er sucht Halt, etwas in ihm wehrt sich gegen den Sog.

»Hans, wir müssen jetzt wirklich wissen, wie du hergekommen bist. Versteh das doch bitte.« Ich fixiere ihn beim Sprechen, lege Dringlichkeit in die Worte. Er zieht an der Zigarette, stößt den Rauch mit einem Seufzer aus.

»Ihr müßt keine Angst haben. Ich bin clean hergekommen. Den Fahrer habe ich nackt und gefesselt im Wäldchen zurückgelassen. Er hatte meine Größe, und meine Klamotten waren blutverschmiert. Die Karre hab ich noch bis zum nächsten Städtchen benutzt, Holzminden war das, glaube ich. Ich hab den Wagen in 'ner Siedlung abgestellt, es wird eine Weile dauern, bis sie ihn finden. Da war ein Bus, der fuhr bis Hameln und dann – mit Umsteigen – hierher. Den hab ich genommen. Da kommt nichts nach, ihr könnt ruhig sein, bestimmt.«

Aufatmen, erst mal. Anna wird ruhiger und stellt das Auf- und Abwandern ein. Ich bin weiter beunruhigt über die Stabilität von Hans. »Willst du einen Kaffee oder sonstwas?« Er raucht und sieht das Tapetenmuster an. »Ein Tee wäre jetzt nicht schlecht, wenn ihr den habt. Kaffee behalte ich nicht unten.« Ich gehe zum Herd und setze Wasser auf. Solche Routineverrichtungen haben etwas ungemein Beruhigendes. Erst jetzt spüre ich, wie sehr die Ereignisse der letzten Stunden auch bei mir eingeschlagen haben. Nichts ist übriggeblieben von der romantischen Stimmung der letzten Tage. Es herrscht Krieg auf der Straße, wir haben ihn erklärt.

6 Hinrichtung

Der Traum kommt wieder und wieder. Ich sehe die Ruinen und rieche den penetrant süßlichen Geruch von verschossenem Kordit. Dieser Geruch hängt stundenlang in den zerschossenen

Häusern. Said ist vor mir, nur ein Schatten, gebückt, er bewegt sich sehr schnell. Das hier ist die grüne Linie, die die Christen von den Palästinensern trennt. Eine unstete Grenze, sie verändert sich über Nacht. Sie ist unsichtbar. Aber wir müssen weiter, es gibt keinen anderen Weg, wenn wir zum Hauptquartier wollen. Mit springenden Blicken die Mauern abtasten, ein Loch, eine Türöffnung, jede Deckung ist wichtig. Die Christen haben Scharfschützen, sie sind die Jäger, wir die Hasen. Das Haus steht wie ein angefressener Zahnstumpf in den Schuttbergen. Der Atem kommt stoßweise, wir werfen uns nebeneinander hin. Zuerst überlagert das verbrannte Schießpulver den seltsamen Geruch. Was ist das nur? Sowas habe ich noch nie gerochen. Auch Said scheint der Gestank zu irritieren. Vorsichtig geht er in die Hocke und sieht sich um. Abrupt steht er auf und verschwindet im Haus. Ich bin neugierig und folge ihm. Was einmal die Türöffnung war, ist nur ein ausgefranstes Loch. Ich will das Haus betreten, aber da ist Said, er stößt mich zurück. »Geh da nicht rein!« Aber ich dränge mich an ihm vorbei, und dann sehe ich sie. Eine Frau, gefesselt, nackt, aufgedunsen. Ihr Bauch ist offen, Gedärme hängen heraus. In ihrer Vagina steckt ein Stück Wasserrohr, das herausragende Ende verschlossen. Ich muß mich übergeben. Said zieht mich zurück und stellt mich draußen an die Wand. Er beruhigt mich, dann geht er weg, um Hilfe zu holen. Es dauert lange, bis Said mit zwei jungen Palästinensern wiederkommt. Schweigend wickeln sie die Leiche der Frau in eine Plane und tragen sie zum Stützpunkt. Sie ist eine Genossin gewesen. »Christen ...«, er lacht bitter. »Sie machen das immer so, wenn sie jemand von uns erwischen. Wenn du großes Glück hast, bringen sie dich sofort um. Aber es gibt zu viele Sadisten unter ihnen. Sie foltern nicht, um etwas herauszufinden, es macht ihnen einfach Spaß. In dem Rohr war eine ausgehungerte Ratte. Die Ratte frißt sich durch den Unterleib ins Freie.« Szenenwechsel. Ein Spähtrupp kommt zurück. In der Mitte ein Junge im grünen Tarnanzug, vielleicht siebzen, vielleicht achtzehn, älter nicht. Die Genossen sind ernst. Ihre Gesichter zeigen Trauer und Wut. Als Said den Jungen erblickt, steht er auf. Alle stehen auf. Said erklärt, daß sie ihn ganz in der Nähe der Stelle erwischt haben, wo Sheila umgebracht wurde. Ich denke an Exekution und Rache. Said liest an meinem Gesicht ab, was in mir vorgeht. Er sagt ernsthaft, daß sie den Jungen nicht foltern werden. Eine junge Frau kommt zum Stützpunkt. Alle zeigen große Achtung ihr gegenüber, kein lautes Wort, keine anzügliche Bemerkung. Der Kommandant bringt die Frau zu dem Zimmer, in dem der Junge gefangengehalten wird. Als sie wieder herauskommt, sind ihre Augen rot, sie hat geweint. Sie sagt: »Er war dabei!« Dann geht sie so schweigend, wie sie gekommen ist. »Das war Sheilas jüngere Schwester«, erklärt mir Said. Ich will wissen, was in dem Raum passiert ist. Said sagt: »Wenn die Folterknechte mit jemand aus der Verwandtschaft ihrer Opfer konfrontiert werden, brechen sie zusammen.« Ich frage mich, ob sie den Jungen jetzt erschießen werden. Später begleite ich Said und zwei jüngere Palästinenser. Wir bringen den Falange-Milizionär zu der Hausruine, wo wir Sheila gefunden haben. Die Palästinenser zwingen den Jungen, sich auszuziehen. Dann muß er sich eine palästinensische Milizuniform anziehen. Der Junge weiß, was kommt. Er zittert, ist bleich. Die Palästinenser stoßen den Jungen vor ein Einschlagloch in der rückwärtigen Wand der Ruine. Sie schießen seitlich an ihm vorbei ins Leere. Von der anderen Seite wird zurückgeschossen. Ich kann sehen, wie die Einschläge den Körper des Jungen herumwirbeln. Wie viele Treffer er bekommt, ist nicht auszumachen. Als er umfällt, ist seine Brust blutrot. Hinterher sagt mir Said, daß es viele solcher Hinrichtungen gibt. Die Christen nehmen es ihnen ab, einen Gefangenen erschießen zu müssen.

Immer wieder sehe ich den aufgedunsenen Körper von Sheila vor mir. Ich weiß nicht, wie oft ich diese Szene schon im Traum erlebt habe. Aus Beirut kommt keiner zurück.

7 Aufbruch

Ich bin froh, daß wir nach zwei Tagen das »Verließ« wieder verlassen können. Zurück im »Maulwurfshügel« bemühen sich alle, Hans wieder aufzurichten. Er reagiert nach wie vor verstört und abweisend. Ich kann ihn verstehen, es ist penetrant, wenn einem alle auf die Schulter klopfen und versichern, daß ein anderes Handeln gar nicht möglich gewesen sei. Hans weiß, daß das Unsinn ist. Es hätte – zumindest theoretisch – auch andere Möglichkeiten gegeben. Anna ist die einzige, die im Moment wirklich Zugang zu ihm hat.

Die Schießerei und Lores Tod haben unsere gesamte Planung durcheinandergebracht. Um eine neue Struktur für die angestrebten Aktionen zu entwickeln, ist es unumgänglich geworden, ein Treffen der ganzen Gruppe zu organisieren. Normalerweise hätten Anna und ich einen solchen Treff vorbereitet, da aber Hans darauf besteht, daß Anna bei ihm bleibt, beschließen wir, daß Renate und ich die Organisation übernehmen. Sie ist neu in der Gruppe. Gemeinsam mit Jürgen war sie erst vor kurzem untergetaucht. Als Legale hielt sie bisher den Kontakt zum Professor, der ein Wochenendhaus im Taunus besitzt. Für ein Treffen ist dieses Haus ideal. Der Professor ist eine schillernde Figur, und seit er vor kurzem bei einer Podiumsdiskussion in der Uni lautstark gegen die RAF und ihre »abenteuerlichen Machenschaften« zu Felde gezogen ist, weiß keiner sicher, ob wir weiter mit ihm zusammenarbeiten können. Auch das sollen wir herausfinden. Renate meint, daß der Professor nur überzogen habe, denn es war ausgemacht, daß sich von den legalen Unterstützern keiner öffentlich pro-RAF äußert. Im Gegensatz zu Renate ist der Rest der Gruppe der Meinung, zwischen Distanz und Diffamierung bestehe ein Unterschied.

Je länger wir über die notwendigen Kontaktaufnahmen reden, desto mehr franst die Auseinandersetzung aus. Am Ende verständigen wir uns nur darauf, daß Anna und Hans an den Dokumenten arbeiten, während alle anderen ihren Aktivitäten weiter nachgehen, bis Renate und ich das Treffen zustande gebracht haben. Bei mir bleibt nach dem Palaver Verwirrung und Hilflosigkeit zurück.

Der Zustand der Vereinzelung und Zusammenhangslosigkeit erinnert mich an die Zeit im Erziehungsheim. Das Heim, der Lange, die Gruppe, das alles ist in meiner Erinnerung untrennbar verbunden.

Mein Weg zur RAF beginnt in Rengshausen. Ich bin Heimzögling in einem konfessionellen Erziehungsheim. Unsere kleine Gesellschaft unterteilt sich in zwei Gruppen: Die Mitläufer, die sich anpassen und sich widerstandslos den Ritualen unterwerfen. Sie sind bei weitem in der Überzahl. Es gibt eine kleine Anzahl von Unangepaßten, solche, die von den Erziehern als Querulanten, als »aggressive Elemente« bezeichnet werden. Der

Lange und ich gehören zu den Außenseitern. Konfessionelle Erziehung bedeutet: Beten vor den Mahlzeiten, Kirchgangszwang am Sonntag, ein perfides Netz von Belohnung und Bestrafung, alles im Namen des Herrn. Für uns sind die Mitläufer allesamt Heuchler. Keiner von ihnen glaubt, was er willfährig praktiziert. Das ist sogar dem Pastor klar. Gerade deswegen werden die wenigen Außenseiter um so verbissener traktiert. Mit allen erdenklichen Tricks versuchen die Erzieher uns zum Einlenken zu bewegen. Sie fürchten, daß unsere Haltung Schule macht. Nach kurzer Zeit gibt es einen besonderen Bestrafungskatalog, exklusiv für uns erdacht. Auf die Nichtteilnahme am Morgen- und Mittagsgebet steht der Entzug der täglichen Zigarettenration. Wenn wir das Abendgebet verweigern, dürfen wir nicht fernsehen. Wenn wir nicht zum Sonntagsgottesdienst erscheinen, wird uns der Einkauf gesperrt. Ich versuche manchmal, mich mit den Vollstreckern christlicher Erziehung polemisch auseinanderzusetzen. Es war doch Jesus Christus, der Nächstenliebe und Toleranz gegenüber Andersdenkenden gelehrt hat. Aber solche Anspielungen sind vergebens. Das Weltbild der Erzieher ist von alttestamentarischer Art: Auge um Auge, Zahn um Zahn. Der Lange geht es viel praktischer an. Er sucht sich unter den Mitzöglingen die größten Arschkriecher heraus und droht ihnen, sie windelweich zu schlagen, wenn sie nicht »freiwillig« einen Teil ihrer Zigarettenration und des Einkaufs bei uns abliefern. Da wir als unbelehrbar gelten, ist uns klar, daß die Heimleitung versuchen wird, uns zu trennen. Wie Winnetou und Old Shatterhand schwören wir uns, zusammenzuhalten. Im Falle einer Verlegung wollen wir abhauen und uns draußen an einem vereinbarten Ort treffen.

Es ist Sommer und das Wochenende steht vor der Tür. Überraschend verkündet am Freitagabend der aufsichtsführende Erzieher, daß uns am Sonntag Studenten der Frankfurter Universität besuchen werden. Sie sollen die theoretischen Erkenntnisse ihres pädagogischen Studiums in der Praxis überprüfen, wird uns gesagt.

Wir sind neugierig, aber auch mißtrauisch. Der Lange sagt: »Die kommen zum Zoobesuch, wollen nachsehen, wie die Raubtiere leben.«

Als die Studenten schließlich kommen, ist unsere Überraschung groß. Ein kunterbunter Haufen, Lederjackentypen und

Langhaarige, Hippie-Frauen und pfeifenrauchende Jung-Dynamiker, alles ist vertreten. Sie duzen uns, so wie sie sich untereinander duzen, sie verteilen Zigaretten und haben Cola und Kaffee in Thermoskannen mitgebracht. Zukünftige Erzieher und Sozialarbeiter hatten wir uns anders vorgestellt. Drei Leute fallen dem Langen und mir auf, sie sind der Mittelpunkt der Gruppe. Ehrfürchtig von den einen, mit unterschwelliger Aggressivität von den anderen werden sie »die Brandstifter« genannt. Die Titulierung elektrisiert uns. Von einer Studentin erfährt der Lange, daß die drei ein Kaufhaus in Frankfurt angezündet haben und deswegen verurteilt worden sind. Bis zur Entscheidung über die Revision sind die drei mit der Auflage, eine Tätigkeit im sozialen Bereich aufzunehmen, auf freien Fuß gekommen. Deswegen sind sie beim Projekt der Pädagogen dabei.

Durch seine undiplomatisch-direkte Art schafft es der Lange schnell, die drei auf uns aufmerksam zu machen. Wenig später sitzen wir im kleinen Kreis, abseits von den übrigen, und unterhalten uns. Die drei klären uns auf, daß es in der Studentengruppe unterschiedliche Auffassungen darüber gibt, welches Ziel mit dem Projekt verfolgt werden soll. Der Teil, den die »Brandstifter« verächtlich als »JUSO-Fraktion« betiteln, will die Heime von innen her verändern. Die Mehrheit, die sich um die »Brandstifter« schart, hält Heime für überholt. Sie wollen für uns neue selbstbestimmte Lebensformen in Wohngemeinschaften. Bis zu diesem Augenblick ist es nur Äußerliches gewesen, was den Langen und mich an den dreien angezogen hat. Nun gibt es ein Ziel, mit dem wir uns identifizieren können. Der Lange drückt es auf seine Art aus: »Aus Scheiße kannste kein Gold machen. Und Heime sind Scheiße!«

Wir erzählen von den Schwierigkeiten mit der christlichen Heimhierarchie, von unseren kleinen Widerstandsaktionen und vom Spezialstrafkatalog. Die drei sind amüsiert. Andreas will wissen, ob es mehr Leute gibt, denen der Zustand stinkt. Natürlich, es gibt sie, aber wir sagen den »Brandstiftern« auch, wie schwer es ist, zwischen Denunzianten und Angsthasen zu unterscheiden. Gudrun meint, das sei draußen nicht viel anders. Überall gebe es Menschen, die etwas verändern wollen, und solche, die für ein Stück mehr vom Kuchen andere in die Pfanne hauen. Die »Brandstifter« schlagen uns vor, wir sollen zum nächsten Besuch so viele Unzufriedene wie möglich dazu bewegen, sich außerhalb der großen Diskussionsrunde mit ihnen zusammenzusetzen, um über konkrete Aktionen zu reden. Während ich euphorisch auf diesen Vorschlag reagiere, bleibt der Lange skeptisch.

»Was ist denn, wenn so eine Arschgeige zu den Heimfuzzies rennt und uns verpfeift? Bestenfalls verbringen wir das nächste Wochenende im Bunker, schlechtestenfalls kriegen wir 'n Einwegticket in 'n geschlossenes Heim!«

Andreas antwortet: »Das kann passieren. Aber wenn du kein Risiko eingehst, bleibt alles, wie es ist. Außerdem, wie lange werdet ihr als Einzelkämpfer eine Chance haben? Ihr habt selbst gesagt, ihr befürchtet, daß die Wichser euch trennen. Wenn ihr ein paar mehr seid, wird es viel schwieriger für sie. Es kommt darauf an, wie ihr mit den anderen redet. Ihr müßt ja nicht gleich alles auf den Tisch packen. Erst mal tut so, als würdet ihr alles, was von uns gesagt wurde, für dummes Geschwätz halten. Die, die euch zustimmen, könnt ihr vergessen. Bei denen, die zögern, müßt ihr vorsichtig weiterbohren. Laßt euch Zeit und besprecht untereinander, von wem ihr welchen Eindruck habt.«

Der Lange ist nicht zufrieden. Er fängt immer wieder davon an, daß wir erwischt und bestraft werden können und uns die Verlegung droht. Ich bin irritiert, normalerweise ist er ein Draufgänger, während ich eher zögerlich reagiere. Die drei versprechen, daß sie uns helfen und aufnehmen werden, falls wir abhauen müssen. Jetzt kapiere ich. Das war es, was der Lange hören wollte.

Als die Studenten abfahren, hocken wir uns allein auf unser Zimmer. Der Lange sagt, daß er keine Lust habe, den Märtyrer zu spielen. »Verstehste, wenn wir es geschickt anstellen, ist das die Möglichkeit für uns, die Platte zu putzen. Die auf Trebe gehen, sind ruckzuck wieder da, weil sie nicht wissen, wohin, wenn sie draußen sind. Die rennen zu Muttern oder knacken ein Auto nach dem anderen, bis sie eingefangen werden.« Ich frage ihn, was er konkret meint. Er weicht aus. »Ein paar Leute können wir schon ansprechen, aber nur die, bei denen wir uns ganz sicher sind. Wir dürfen uns nicht zu weit aus dem Fenster hängen, sonst vermasseln wir uns den Abgang!«

Wir sind elf, als wir uns am folgenden Wochenende mit den »Brandstiftern« und einer kleinen Gruppe Studenten zusammensetzen. Die drei sind sichtlich enttäuscht. Sie haben mit mehr Leuten gerechnet, sagen aber nichts dazu. Der kleinste gemeinsame Nenner zwischen den Anwesenden ist schnell gefunden. Uns allen stinkt es, bei den religiösen Pflichtritualen mitmachen zu müssen. Irgendwann fällt das Wort »Gottesdienststreik«. Der Vorschlag kommt zwar von einem aus unserer Gruppe, aber mir ist nicht entgangen, daß die »Brandstifter« das Gespräch so gelenkt haben, daß zwangsläufig einer auf die Idee kommen mußte. Der Lange und ich hatten vorher besprochen, daß wir uns in der Diskussion zurückhalten. Als der Gottesdienststreik für den kommenden Sonntag beschlossene Sache ist und die Runde auseinandergeht, um sich wieder unter die übrigen Studenten und Heiminsassen zu mischen, hält mich der Lange zurück. Den »Brandstiftern« bedeutet er, daß er mit ihnen etwas besprechen möchte.

Kaum sind wir allein, kommt er ohne Umschweife zur Sache: »Wir wollen hier raus, und zwar nicht irgendwann, sondern sofort! Was wir hier abziehen, Gottesdienststreik und so, ist doch Kinderkram. Das führt höchstens dazu, daß wir verlegt werden. Bevor ich mich darauf einlasse, will ich von euch wissen, ob ihr uns aufnehmt, wenn wir abhauen, ja oder nein?«

Die drei sind weder verblüfft über seine Direktheit, noch reagieren sie ablehnend. Gudrun sagt: »Okay, damit haben wir gerechnet, wenn auch nicht so schnell. Das hier ist nicht das einzige Heim, das wir besuchen. Wir waren schon in Staffelberg und ein paar anderen, und die Reaktion eurer Kumpels ist immer die gleiche. Diejenigen, die ein bißchen was auf dem Kasten haben, wollen raus. Aber überlegt mal, wenn ihr zu zweit abhaut und zu uns nach Frankfurt kommt, können wir euch verstecken, aber das geht nicht ewig. Wenn überall welche abhauen und, sagen wir, fünfzig oder achtzig Leute in Frankfurt zusammenkommen, sieht die Sache ganz anders aus. Achtzig Jugendliche können die Ämter und die Bullerei nicht sang- und klanglos einsacken, das macht Schlagzeilen. Wenn ihr ein bißchen Geduld habt und ein paar zum Mitmachen bewegt, dann gibt es eine echte Chance, euch draußen Wohnungen und Geld zu beschaffen. Verstehst du das?« Mit der Frage wendet sie sich an den Langen. Der grummelt erst vor sich hin, nickt aber schließlich.

Am Sonntag bricht die Revolution aus, nur leider ganz anders, als wir uns das gedacht haben. Als es nach dem Frühstück zum Gottesdienst geht, haben wir uns mit einigen Eingeweihten nach vorn gedrängt. Wir setzen uns vor die Tür zum Andachtsraum und beginnen mit einem etwas kläglichen Sprechchor: »Keinen Gottesdienst, wenn wir's nicht wollen, die Heuchler soll der Teufel holen!« Plötzlich geht die Tür hinter unserem Rücken auf. Das gesamte Heimpersonal vom Koch über die Erzieher bis zum Leiter der Metallwerkstatt ist gekommen, alle haben Schlaginstrumente in den Händen: Regenschirme, Spazierstöcke, einen Gummiknüppel, sogar ein Baseballschläger ist dabei. Der »Streik« ist vorbei, ehe er begonnen hat. Im Angesicht des Herrn werden wir jämmerlich verdroschen, und die Organistin läßt es sich nicht nehmen, die Prügelorgie mit »Eine feste Burg ist unser Gott« zu untermalen. Sie spielt so laut, daß die Schreie draußen nicht zu hören sind. Wer auch immer uns verpfiffen hat, er hat ganze Arbeit geleistet. Gezielt werden der Lange und ich herausgegriffen, nochmals extra verprügelt und dann nackt in den Bunker gesperrt. Offiziell heißt der Bunker Beruhigungszelle. Ein kahler Raum, das Oberlicht aus Glasbausteinen, eine übelriechende schimmelige Matratze, das ist alles.

Der Lange ist ungeheuer wütend. Ich bin niedergeschlagen. »Diese Wichser, die Arschkriecher, diese Schleimscheißer diese ... diese ... diese Christen!« Unter allen Schimpfwörtern, die ihm einfallen, ist das letzte eindeutig das schlimmste.

Gegen Mittag, zu der Zeit, wo die Studenten und die »Brandstifter« kommen wollten, ist von draußen lautstarkes Geschrei zu hören. Augenblicklich ist meine miese Stimmung verflogen. »Paß auf, die holen uns raus!« Der Lange sieht mich mitleidig an: »Mann, Alter, du träumst ... Weißt du, was da läuft? Die beziehen genauso Dresche wie wir!«

Im Schneckentempo kriecht die Zeit auf den Abend zu. Kein Laut mehr ist von draußen zu hören. Der Lange hat wieder mal recht gehabt.

Gegen Abend lassen sich unsere Kerkermeister dazu herab, uns etwas Essen aus der Küche bringen zu lassen: vier Scheiben trockenes Brot für jeden und eine Plastikkanne mit abgestandenem Tee. Der Junge, der uns das »Sonntagsmenü« in den Bunker bringt, kann uns zuflüstern, daß die Studenten sich mit dem halben Dorf eine Prügelei geliefert haben, unter tatkräftiger Mithilfe älterer Heimzöglinge, die kurz vor der Entlassung ihr Wohlverhalten unter Beweis stellen wollten. Aber der wichtigste

Satz ist der: »Guckt mal zwischen die Brotscheiben ... und verpetzt mich nicht!«

Die unteren Scheiben des einen Häufchens sind ausgehöhlt. Darin liegen in ein Stück Zellophan gewickelt vier dünne Selbstgedrehte, zwei mit der Rasierklinge in der Mitte gespaltene Streichholzstückchen, ein Fitzel Anreißfläche und ein Zettel. Die Zigaretten rauchend lesen wir: »Hab mitgekriegt, daß sie euch bis Mittwoch im Bunker lassen wollen. Einer von euch soll am Freitag nach Glückstadt verlegt werden. Von den ›Brandstiftern‹: Donnerstagnacht um 23 Uhr an der Autobahnraststätte. Sie haben gesagt, ihr wißt Bescheid.« Dem Langen geht es schlagartig besser. Mir nicht, denn ich weiß, daß das mit der Verlegung nach Glückstadt mir gilt, denn von dort komme ich.

Am Mittwoch werden wir aus dem Bunker rausgelassen und in die geschlossene Abteilung verlegt. Um uns zu beruhigen und um mich zu täuschen, sagt man uns, daß wir in einer Woche zurück auf unsere Abteilungen kämen. Von Verlegung ist nicht die Rede.

In der Nacht von Donnerstag auf Freitag brechen wir mit vereinten Kräften ein Tischbein ab, mit dem der Lange gegen 21 Uhr mit lautstarken Schlägen sechs Glasbausteine aus dem Rahmen der Außenmauer schlägt. Wir kommen gerade in dem Moment nach draußen, als die alarmierte Nachtschicht die Außenbeleuchter anschaltet. Die Erzieher haben wenig Chancen, denn ein paar Meter hinter dem Haus beginnt dichter Wald, der uns nach wenigen Schritten spurlos verschluckt. Wir sind frei.

Nach einigem Hin und Her an der Raststätte finden wir den alten Daimler der »Brandstifter«. Unbemerkt fahren wir in Richtung Frankfurt ab, voll diffuser Erwartungen und Hoffnungen.

8 Schlafwagen

Der Zug hat gut eine Stunde Verspätung. Mitten in der Nacht wachen wir in unserem Schlafwagenabteil auf. Renate sitzt mir gegenüber. Ich habe das Gefühl, sie sieht mich fragend an. Wir beide haben das einschläfernde Ruckeln der über die Gleise gleitenden Waggons vermißt. Der Zug steht. Ich ziehe den Bademantel über, den ich mir auf die Schnelle in einem Kaufhaus in

Bahnhofsnähe geholt habe. Wir werden die ganzen nächsten Tage und Nächte in Bundesbahnabteilen und Hotelzimmern verbringen, da wird er gute Dienste leisten. Ich ziehe das Fenster herunter, sehe nach vorn und nach hinten, es ist nichts zu erkennen. Der Zug steht zwischen Irgendwo und Nirgendwo in der freien Landschaft.

»Ich guck mal, ob ich den Schaffner kriege, mal sehen, was los ist. Soll ich dir was mitbringen?« Ich angele mit nackten Füßen die Schuhe unter dem Klappbett hervor. Renate ist irritiert. »Es kann doch nichts passiert sein ... oder? Ich mein, wegen uns?«

Ich muß lächeln. »Nöö, wenn was wäre, kannst du sicher sein, daß du von der Wiese da draußen vor lauter Bullen nichts mehr sehen würdest.« Ich schaue auf die Uhr, es ist knapp fünf Uhr morgens. »Wahrscheinlich ist mal wieder irgendein Bummelzug verreckt, der die erste Schicht unserer Werktätigen zu den Maschinen karrt. Ich gehe, um zu erkunden, was der Schaffner sagt, die wissen meistens Bescheid. Aber sag doch, soll ich dir was mitbringen?«

»Meinscht, daß du mir eine Cola mitbringen könnst?«

Erst jetzt begreife ich, daß Renate noch nie im Schlafwagen gefahren ist und deswegen das Repertoire der Bundesbahnschlafwagenbordbar nicht kennt.

»Das geht in Ordnung ... einen Whisky dazu?« Renate sieht mich erstaunt an. »Das ist aber noch ein bißchen früh?« Ich muß lachen, antworte aber nicht, sondern öffne die Tür zum Gang, sehe mich kurz um und mache mich auf die Suche nach dem Schaffner.

Fünf Minuten später bin ich mit zwei Flaschen Cola, Plastikbechern, zwei Minifläschchen Cognac und einer Tafel Schokolade wieder zurück. Renate beobachtet schweigend, wie ich die Mitbringsel auf dem Toilettentisch ablade.

»Wir dürften hier eine Weile stehen. Vor uns ist ein Güterzug entgleist, und der Schaffner konnte nicht sagen, wie lange es dauern wird, bis die Strecke wieder frei ist.«

Renate ist mit der Auskunft zufrieden, mustert aber mit sichtlichem Mißfallen, wie ich den Plastikbecher halb voll mit Cola schütte und den Cognac dazugebe. Ich fühle mich zu einer Erklärung herausgefordert.

»Hör mal, normalerweise trinke ich wenig oder gar keinen Alkohol. Weißt du, meine Alten hatten eine Kneipe, als ich noch klein war. Das hat mich von dieser Droge kuriert. Aber mir ist kalt, und ich bin leicht bammelig im Kopf, ein bißchen übel ist mir auch. Dazu kommt, daß mit einem normalen Rhythmus in der letzten Zeit sowieso nichts mehr gewesen ist, die Morgende sind zu Abenden geworden und die Nächte zu Tagen.« Nach einer Pause füge ich hinzu: »Das wird dir sicherlich auch bald so gehen, wart's nur ab. Wenn du das Zeug nicht magst«, ich deute auf das andere Fläschchen, »dann laß es halt einfach stehen. Ein Joint wäre mir auch lieber, aber leider ist der Stoff alle.«

Renate lächelt verlegen. »I hab schon gedacht, daß du säufscht.«

»Paß in Zukunft etwas auf mit deinem Akzent.« Ich nutze die Gelegenheit, das Thema zu wechseln. »Es ist nicht gut, wenn jeder hört, aus welcher Gegend du kommst.«

»Ich geb mir Mühe, draußen mein ich, aber wenn wir so untereinander reden, dann achte ich nicht drauf.« Sie nimmt die andere Cola, schenkt sich ein, zögert einen Augenblick, kippt dann den Cognac in die braune Brühe.

»Ich kann mir vorstellen, daß du Schwierigkeiten mit der neuen Situation hast. Ich meine, so frisch abgetaucht, plötzlich mit 'ner Knarre rumlaufen und neben jemandem, der steckbrieflich gesucht wird. Ich könnte mir vorstellen, daß einem dabei schon mulmig wird.«

Draußen hat es die Sonne geschafft, sich von den letzten Ästen der Bäume zu befreien, die sie bisher verdeckt haben. Ein warmer Ton überzieht jetzt alles, die Landschaft draußen vor dem Fenster, die Bettbezüge und auch unsere Gesichter.

»Das ist eine ziemliche Umstellung, stimmt! Aber ganz unvorbereitet war ich ja nicht. Ich hab mich sehr lang und sehr intensiv damit auseinandergesetzt, wie es sein wird, wenn ich untertauchen muß. Weischt, die Bullen waren kaum noch abzuschütteln in letzter Zeit... wir haben zuviel herumgemacht in der Szene, das war nicht gut. Ich bin sicher, daß sie uns demnächst hochgenommen hätten, so wie wir uns aufgeführt haben.«

Eine Frage geht mir seit Beginn unserer Fahrt durch den Kopf. Die Gelegenheit ist günstig, sie loszuwerden, ohne mit der Tür ins Haus zu fallen.

»Der Jürgen und du, seid ihr befreundet?«

Wieder ein verlegenes Lächeln. Sie sieht in ihren Becher, als ob es darin etwas Außergewöhnliches zu entdecken gäbe.

»Befreundet? Ja, befreundet schon, aber doch nicht so, wie du vielleicht denkst.«

Der Satz kommt stockend, als müßte sie erst Anlauf nehmen. »Ich wollt schon gern mit ihm schlafen.« Ein mühselig unterdrücktes Lachen verfängt sich in ihrem Bauch. »Weischt, es war ane Kataschtrophe, i han wirklich net gewußt, daß dor Jürgen schwul ist. I han schon gedacht, der steht drauf, daß ma ihn vergewaltigt.«

Wir lachen beide. Für Augenblicke füllt unser Gelächter das Abteil. Mit einem Ruck setzt sich der Zug langsam in Bewegung.

»Ich wußte das nicht... ich meine, daß der Jürgen schwul ist. Wenn das mal nicht zu Konflikten führt. Nicht, daß du mich falsch verstehst, für mich geht das in Ordnung. Aber für ihn könnte es einsam werden zwischen uns monogamen Heteros.«

»Das haben ihm die anderen auch gesagt, wenn auch nicht so deutlich. Er meint, daß ihm der Kampf wichtiger ist als das Problem, wo er seinen Schwanz reinstecken kann.« Ihr fragender Blick signalisiert, daß sie eine Antwort erwartet, obwohl es keine richtige Frage gegeben hat.

»Das klingt mir zu heroisch. Ich denke, daß eine sexuelle Beziehung wichtig ist, um die Balance halten zu können.« Ich tippe mir an den Kopf. »Da drinnen, meine ich.«

»Das glaub ich auch. Obwohl, ich weiß nicht genau, wie das bei euch ist, mit den Beziehungen. Du bist doch mit der Anna zusammen, gelle?«

Jetzt ist die Reihe an mir, verlegen dreinzublicken.

»Wir sind zusammen in die Gruppe gekommen. Es geht zwar manchmal rauf und runter zwischen uns, aber wir haben es geschafft, uns immer wieder gemeinsam aus dem Sumpf zu ziehen. Aber...«, ich zögere einen Moment, weil mir durch den Kopf geht, daß das mißverständlich sein könnte, was ich sagen will, »wir lassen uns gegenseitig viel Spielraum. Wir haben beide schon mit anderen aus der Gruppe geschlafen, und bisher gab es deswegen keine Probleme.«

Renate muß gespürt haben, daß meine Lust, dieses Thema weiter auszubreiten, nicht groß ist.

Der langsam fahrende Zug passiert die Unglücksstelle. Güterwaggons liegen wie von einer Riesenhand zerquetscht und ineinander verkeilt an der Seite der Bahnstrecke.

Renate starrt aus dem Fenster. »Den hat's aber aus den Gleisen gebrezelt. Wie das wohl passiert ist?«

Der Zug beginnt wieder zu beschleunigen. Ich sehe auf die Uhr, noch gut zwei Stunden bis zur Ankunft. Ich bin unschlüssig, ob wir die Zeit nutzen sollten, um zu schlafen, oder ob es besser ist, den bevorstehenden Treff zu besprechen. Das würde uns am Ankunftsort einiges an Zeit ersparen. Renate nimmt mir die Entscheidung ab.

»Du, der Cognac hat mich ein bissel müd gemacht. Legen wir uns noch mal hin? Bis i den Prof kontakten kann, haben wir noch genug Zeit, um alles zu besprechen, oder was meinscht?«

Ihr Akzent amüsiert mich, ich antworte lächelnd: »Wenn du mir versprichst, daß du bis zur Ankunft nur Hochdeutsch träumst, geht das von mir aus in Ordnung.« Ich kicke die Schuhe in die Ecke und will mich ins obere Bett hochziehen, als mich Renate festhält. Sie ist ganz in die Ecke gerückt und deutet auf den Platz neben sich, während sie mit der anderen Hand mein Unterhemd hält. »Isch doch blöd, so mit zwei Betten. Komm, leg dich dazu, i beiß net, ich versprech's.«

Arm in Arm dämmern wir langsam weg.

9 Arbeitsfrühstück

Bahnhofsrestaurants am frühen Morgen wirken auf mich stark appetitdämpfend. Lustlos kaue ich auf dem pappigen Brötchen mit der Schmelzkäsescheibe herum. Im Gegensatz zu mir hat Renate Heißhunger. Sie ist damit beschäftigt, ihr zweites Ei-im-Glas auszulöffeln. In Gedanken schimpfe ich über Abwaschwasserkaffee, feuchtklebrige Teigklumpen und Plastikkäse, was der Ober zu seinem Glück nie zu hören bekommen wird. Nicht auffallen ist die Devise ... leider!

Nachdem Renate ihr ausgedehntes Morgenmahl beendet hat, schaut sie mich erwartungsvoll an. Ich öffne ein frisches Päckchen Zigaretten, gebe ihr eine, nehme selber eine und zünde sie uns an.

»Okay, erklär mir doch mal genau, wie das mit der Kontaktaufnahme normalerweise läuft. Anschließend können wir gemeinsam überlegen, wie wir das mit den Wegen und dem Abdecken machen.«

Sie lehnt sich zu mir herüber und beginnt mit verhaltener Stimme zu berichten. »Das läuft zweiteilig. Ich kenne das Vorlesungsverzeichnis. Die Vorlesungen des Professors sind dreimal in der Woche, heute zum Beispiel um zehn Uhr. Er hat immer außerordentlich viel Zulauf, auch aus anderen Studienbereichen, da fällt eine mehr oder weniger überhaupt nicht auf. Ich gehe also in die Uni, in seine Vorlesung, immer etwas früher als die meisten,damit ich vorne einen Sitz kriege. Ich habe diesen roten Schnellhefter dabei . . .«, sie tippt auf die neben ihr stehende Reisetasche, »den lege ich deutlich sichtbar auf das Schreibpult, oder ich krame darin herum, so, daß er es sehen kann. Das bedeutet dann, daß ich ihn treffen will. Er hat einen grünen Schnellhefter dabei. Wenn er den aus der Tasche zieht, ist es das Okayzeichen. Zieht er aber auch einen roten Schnellhefter, bedeutet es, daß er den Eindruck hat, überwacht zu werden . . . Das ist aber noch nie vorgekommen.«

»Kunststück, wo er sich auf dieser Veranstaltung profiliert hat als jemand, der fest auf dem Boden der freiheitlich demokratischen Grundordnung steht.«

Renate reagiert unwirsch auf meine säuerliche Unterbrechung. »Ach, laß doch mal, der hat halt Angst, das kann man doch verstehen. Du mußt sehen, der hat Frau und Kinder, einen total bürgerlichen Background. Da ist der halt ein bißchen übers Ziel hinausgeschossen.«

Es ärgert mich, daß sie diesen Typen verteidigt. Meine nächsten Sätze haben einen so scharfen Unterton, daß Renate zusammenzuckt. »Ich habe den Eindruck, daß der gerne mehrere Eisen im Feuer hat, je nachdem, wie's kommt. Es ist ein Unterschied, ob er sich nur verbal distanziert – darüber hätte keiner ein Wort verloren – oder ob er uns offen angreift. Und ein Dummer ist er nicht, er wird sich des Unterschieds bewußt sein. Aber viel wichtiger als die Bauchschmerzen dieses Kleinbürgers ist deine Haltung dazu. Du bist jetzt RAF. Du hast die Haltung der Gruppe zu vertreten. Als wir gestern diskutiert haben, daß dem Typ Bescheid gestoßen werden muß, hättest du den Mund aufmachen müssen, wenn du der Meinung warst, das sei falsch. Wenn wir ihn treffen, können wir uns vor ihm keine Meinungsverschiedenheiten leisten. Ist das klar?«

Je länger ich rede, desto eindeutiger wird Renates Mimik. Sie ist noch wütender als ich.

»Redest du immer so mit einem? Echt wie ein Oberlehrer! Also danke, ich habe meine Lektion verstanden, auch wenn sie reichlich überflüssig war. Ich würde es ausgesprochen freundlich von dir finden, wenn du versuchen würdest, etwas sachlicher zu sein. Wenn ich dir erkläre, warum ich glaube, daß er diesen Mist erzählt hat, bedeutet das noch lange nicht, daß ich dir bei der Auseinandersetzung mit ihm in den Rücken falle. Ich weiß besser als du, daß man den Prof hart anfassen muß, damit er nicht abhebt. Ich habe das reichlich zwei Jahre mit ihm durchexerziert. Der Spruch war wirklich für 'n Arsch!«

Sie funkelt mich an. Aber sie hat recht, meine Reaktion war tatsächlich übertrieben.

»Schon gut, okay, tut mir leid. Ich bin noch etwas angekratzt von der Schießerei und von Lores Tod, obwohl das keine Entschuldigung sein kann.«

Ich wünsche mir in diesem Moment, Entschuldigungen würden bei mir nicht immer rausgequetscht klingen. Auch um Renate zu versöhnen, schlage ich vor, daß sie mit dem Gespräch anfangen soll. Ich will zunächst den stillen Lauscher spielen. Erst wenn ich etwas anzumerken habe, werde ich mich einschalten. Renate nickt.

»Gut, machen wir's so. Aber laß mich zu Ende erzählen, wie die Treffs ablaufen. Wenn der Prof mir also sein Okay signalisiert hat, warte ich eine Weile, dann gehe ich. Es kommt häufiger vor, daß bei Vorlesungen welche vorzeitig gehen. Zwei Stunden nach Vorlesungsende läuft dann der eigentliche Treff in einem Café in der Nordstadt, weit genug weg von der Uni. Ich habe ein Vierteljahr gebraucht, dem Prof zu zeigen, wie man sich absetzt und Bullen abschüttelt. Danach habe ich ihn von Zeit zu Zeit kontrolliert und muß sagen, daß er das wirklich gut macht. Er hat mich jedesmal bemerkt und sehr professionell abgehängt. Ich denke nicht, daß wir ihn extra im Auge behalten müssen. Was meinst du?«

Keine einfache Frage. Ich überlege und entscheide mich, ihrer Einschätzung zu vertrauen... auch wegen meines Ausrutschers vorhin.

»Wir werden die Szene um das Café bei seinem Eintreffen beobachten, das müßte reichen. Ich schlage vor, daß wir getrennt, aber in Sichtverbindung zueinander herumspazieren, bis wir beide sicher sind, daß die Gegend sauber ist. Ich kenn die Lage nicht genau, aber wenn in der Nähe eine Telefonzelle ist, schlage ich vor, daß du ihm ins Café folgst, während ich einige Zeit das Drumherum im Auge behalte. Sollte etwas unkoscher sein, rufe ich im Café an und verlange nach ›Frau Tanger‹. Das bist du, und du nimmst das Gespräch auch an. Ich erzähle dir dann, was mir aufgefallen ist . . . , obwohl ich natürlich hoffe, daß wir diese Vorsichtsmaßnahme nicht brauchen werden. Sollte aber doch was sein, schickst du den Typ sofort nach Hause. Er soll vor dir gehen, das ist wichtig! Wenn wirklich dicke Luft ist, dann hat er die Bullen mitgeschleppt. Es besteht dann immerhin noch die Chance, daß sie das Zustandekommen des Treffs gar nicht mitgekriegt haben und an ihm kleben bleiben. Wenn nicht, sind die Chancen groß, daß sie ihn festnageln und dabei einen Teil ihrer Kräfte binden. Das wird es mir erleichtern, dich rauszuhauen. Noch was, wenn diese Situation tatsächlich eintrifft, dann zieh die Knarre bitte wirklich erst dann, wenn es gar nicht mehr anders geht. Behalte bloß die Nerven!«

Mir wird im nachhinein klar, daß in die letzten Sätze meine unterbewußte Kritik an der Schießerei eingeflossen ist. So hat Lores Tod doch noch Folgen.

»Hat es das schon mal gegeben? Ich meine, eine Schießerei während eines Treffens?« Renate ist sehr ernst, meine Worte haben ihre Wirkung nicht verfehlt.

»Nein, das ist bisher noch nie passiert. Es wurden schon Treffen vorzeitig abgebrochen, weil wir gerade noch rechtzeitig bemerkt haben, daß der- oder diejenige mit einem Rattenschwanz von Bullen angezogen kam. Die Legalen haben das übrigens in keinem dieser Fälle selber bemerkt. Die waren beim versetzt. Es gab sogar mal richtig Krach, als einer aus dem Ruhrgebiet partout nicht glauben wollte, daß sie an ihm dranklebten.«

Renate nimmt nachdenklich eine Zigarette aus der Schachtel und zündet sie an der Kippe an. »Ich bin ziemlich nervös, das muß ich zugeben. Es ist ein ganz anderes Gefühl diesmal . . . , jetzt, wo ich dieses Ding trage.« Sie deutet auf ihre rechte Seite, wo ihre Pistole sitzt.

10 Professor

Der Mann ist überpünktlich und vorsichtig. Er betritt das Café nicht sofort, sondern verschwindet im Tabakladen gegenüber. Sicher wird er drinnen sein Augenmerk nicht auf die Dunhill-Pfeifen im gläsernen Tresen richten, sondern beobachten, was auf der Straße vorm Laden vorgeht. Drei Ampelphasen dauert es, bis er wieder herauskommt, sich suchend umsieht und die Straße hinaufgeht, noch ein Stück weiter weg vom Café. Allmählich werde ich ungeduldig. Doch als ich auf die Uhr sehe, muß ich feststellen, daß er noch drei Minuten bis zum verabredeten Zeitpunkt gut hat. Am oberen Ende der Straße verschwindet er in einem Blumenladen. Ich muß grinsen bei dem Gedanken, daß er für Renate einen Strauß kaufen wird.

Seit er angekommen ist, sind zehn Ampelphasen vergangen, ich habe mitgezählt. Der Autoverkehr ist übersichtlich, und ich bin mir sicher, daß kein einziges Auto zweimal die Ampel passiert hat. Entsprechend der Vereinbarung mit Renate nehme ich die zusammengerollte »Newsweek« unter dem Arm heraus und beginne darin zu blättern. Für sie ist es das Zeichen, daß ich den Professor für clean halte. Ich stehe an einer Bushaltestelle, sie sitzt schräg gegenüber auf einer Bank und ißt eine Bratwurst von der danebenliegenden Würstchenbude. Sie sieht mein Zeichen, wirft die Wurstreste samt Pappteller in den Abfallkorb, steht auf, nimmt ihre Tasche und hängt sie über die rechte Schulter. Das ist das Zeichen für mich, daß sie meine Einschätzung teilt. Ohne das Auftauchen des Profs abzuwarten, geht sie ins Café.

Inzwischen kommt der Professor aus dem Blumenladen, in der Hand einen großen Blumenstrauß in einer Wolke aus rosa Papier. Er überquert die Straße und geht, ohne zu zögern, ins Café.

Ich bin ein bißchen gefrustet. Es ist irrational, aber es wäre mir lieber gewesen, wenn das alles nicht so glatt gelaufen wäre. Ich muß mir eingestehen, daß meine Wut auf den Prof recht abstruse Wünsche hervorruft. Immer, wenn Gegenobservationen anliegen, die mehr mechanische als bewußte Aufmerksamkeit erfordern, entwickelt meine Phantasie die reale Situation weiter, hinein in surreale Szenen. Der blaue Mercedes mit den zwei seriös gekleideten älteren Herren hält in meinem Kopf mit quietschenden Reifen an. Seine Insassen, die Maschinenpistolen in den Händen halten, stürmen ins Café ... Oder das alte Muttchen, das die Straße hinunterschlurft. An ihr ist der Prof vor wenigen Sekunden vorbeigegangen. In meiner Phantasie bleibt sie an der nächsten Straßenecke stehen, um ein Sprechfunkgerät aus ihrem Einkaufskorb zu holen und das Eintreffen der Zielperson an die Einsatzleitung weiterzugeben. Mit einem Kopfschütteln vertreibe ich die Tagträume. Noch ein, zwei Runden um den Block, wenn dann nichts Auffälliges auszumachen ist, werde ich den beiden ins Café folgen.

Ich trete durch das Vorhanghalbrund hinter der Eingangstür in den von Brot- und Kuchenduft erfüllten Raum. Die beiden sitzen an einem der hinteren Tische, völlig ins Gespräch vertieft. Renate sitzt verkehrt, mit dem Rücken zur Eingangstür. Ich beschließe, mit ihr darüber erst nach dem Treff zu sprechen, um sie nicht vor dem Professor bloßzustellen. Ich gehe zum Tisch, mache erst ein demonstrativ erstauntes, dann ein erfreutes Gesicht, um schließlich laut zu sagen:

»Aber hallo, ist das nicht die Uschi? Wir haben uns lange nicht mehr gesehen, ein halbes Jahr ist das doch mindestens her, oder?« Bevor sie antworten kann, wende ich mich an den Prof: »Entschuldigen Sie bitte meine Aufdringlichkeit, aber mit der jungen Dame war ich während der Studienzeit eng befreundet. Wir waren der Schrecken aller Professoren, insbesondere der langweiligen und reaktionären Soziologen.«

Ohne eine Miene zu verziehen, schaltet der Professor und zeigt einladend auf den freien Platz neben sich. »Aber das macht doch nichts. Wenn unsere gemeinsame Freundin nichts dagegen hat, sollten Sie sich zu uns setzen. Ihre Freunde sind auch meine Freunde, in aller Regel jedenfalls.«

Renate sieht von ihm zu mir und meint halblaut: »So, nun reicht's aber, setz dich, wir haben nicht ewig Zeit.«

»Habt ihr schon was besprochen?« Ich bemühe mich um einen sachlichen Ton, denn aus Renates Gesicht ist abzulesen, daß sie jede weitere Faxerei meinerseits mit barschen Sätzen beenden wird.

»Nee, besprochen noch nichts, wir haben auf dich gewartet. Der Prof hat gefragt, wie die Sache mit der Schießerei passieren konnte.«

Er unterbricht sie: »Die, äh, Uschi hat gesagt, daß das Zufall gewesen ist. Wie auch immer, solche Ereignisse machen das

Arbeiten in einer Zwitterposition wie der meinen nicht gerade einfach.« Es ist sein erster inhaltlicher Satz, und obwohl ich mir vorgenommen habe, mich zurückzuhalten, rutscht mein »Wieso?« mit nicht zu überhörender Schärfe heraus. »Na ja, immer, wenn etwas passiert, geht eine Welle der Distanzierung durch die Szene. Diejenigen, die dir – aus welchen Gründen auch – am Zeug flicken wollen, achten dann sehr genau darauf, was du sagst und tust. Es ist inzwischen ein echter Zwang, mitzuhalten, nur um nicht aufzufallen . . . zumindest in meinen Kreisen.«

Seine ausweichende Erklärung hat unser Gespräch mit den ersten Sätzen auf den Punkt gebracht. Unter dem Tisch muß ich einen Fußtritt von Renate einstecken, der mir bedeuten soll, daß sie mein Vorgehen nicht gut findet. Sie leitet zu einem anderen Thema über: »Darüber müssen wir noch ausführlicher reden, weil in der nächsten Zeit einiges anliegt, was solche Reaktionen provozieren könnte. Aber laß uns erst mal die Punkte durchsprechen, die schnell abzuhaken sind.«

Wir werden unterbrochen, die Kellnerin kommt an unseren Tisch, um die Bestellung aufzunehmen. Als ich Cognac bestelle, sehe ich Renate an. Ihr Gesicht zeigt keine Reaktion.

Nachdem die Kellnerin gegangen ist, wendet sich Renate an den Professor. »Hast du noch dein Wochenendhäuschen im Taunus?« Ohne daß ihm anzusehen ist, was diese Frage bei ihm ausgelöst haben könnte, antwortet er: »Ja, sicher, das ist gerade renoviert worden.«

»Paß auf, wir wollen dort ein größeres Treffen organisieren, bei dem du dabei sein solltest. Das muß relativ kurzfristig auf die Beine gestellt werden, ist aber wahnsinnig wichtig. Ich hab dir schon angedeutet, daß einige Entscheidungen anstehen, von denen abhängen wird, was in nächster Zeit passiert.«

Ich beobachte ihn sehr genau während dieser Eröffnung und glaube, einen mürrischen Ausdruck ausmachen zu können, den er aber sofort wieder wegdrückt. Mein promptes »Paßt dir das nicht?« bringt mir einen weiteren Fußtritt von Renate ein, aber ich habe richtig getippt, denn mit heruntergezogenen Mundwinkeln sagt er: »In der Tat, einfach ist das nicht. Ich habe schließlich noch andere Verpflichtungen, meine Familie und meinen Beruf. Ich muß solche zeitintensiven Aktionen eine Weile vorher wissen, um das übrige darauf abstellen zu können. Einerseits erwartet ihr von mir, daß ich mich so verhalte, daß ich nicht auffalle, andererseits kommt ihr und wollt einfach etwas, ohne zu berücksichtigen, in was ich eingebunden bin. Das funktioniert nicht, das ist ein Widerspruch.«

Er holt tief Luft, um noch einen draufzusetzen, kommt aber nicht dazu, denn die Kellnerin bringt unsere Bestellung. Ich zahle sofort für uns alle. Noch eine Sache, die ich hinterher mit Renate besprechen muß. Immer gleich bezahlen, um im Falle einer unklaren Situation sofort aufbrechen zu können, ohne daß es wegen Zechprellerei einen auffälligen Tumult gibt.

Die Pause läßt die Gemüter etwas zur Ruhe kommen. Die Frage des Professors: »Wann braucht ihr denn das Häuschen?« klingt schon viel freundlicher. Renate verbessert ihn: »Wir brauchen dich und das Häuschen am kommenden Wochenende, ab Freitagabend bis Sonntagabend.« Wieder bewölkt sich sein Gesicht. »Da kann ich nicht. Ich habe zugesagt, am Freitagabend bei einem soziologischen Seminar in Berlin ein Referat zu halten. Anschließend bin ich zusammen mit meiner Frau bei einem dortigen Kollegen eingeladen.«

Jetzt ist es Renate, die sauer wird und in scharfem Tonfall erwidert: »Du wirst dir eine Ausrede einfallen lassen müssen. Erinnere dich mal, es ist noch nicht so lang her, da hast du rumgetönt, daß du auch in die Illegalität gehen würdest. Das verlangen wir gar nicht, aber die Revolution läßt sich auf Dauer nicht auf den Feierabend verschieben. Wir brauchen das Haus und wir brauchen dich, und zwar am kommenden Wochenende. – Vielleicht sollten wir jetzt lieber unsere Zeit darauf verwenden, eine Ausrede für dich zu finden, und überlegen, wie das Ganze zu organisieren ist.«

Dieser Ton Renates ist neu für den Professor, er sieht eingeschüchtert aus. »Aber ich kann doch meiner Frau nicht einfach sagen, daß die Berlinreise ausfällt und ich außerdem mit unbekanntem Ziel verschwinde. Und wenn ich's täte, wer weiß, vielleicht käme sie auf die Idee, ausgerechnet in den Taunus zu fahren – während wir dort alle versammelt sind!«

Ich schalte mich ein. »Wenn, unter Umständen, falls . . . Du gehst so an die Probleme heran, daß sie unlösbar erscheinen. Wenn du deiner Frau nun erzählen würdest, daß du krank bist, und sie bittest, an deiner Stelle nach Berlin zu fahren – unter Umständen sogar, um den Vortrag für dich zu halten, zumindest aber zu verfolgen, was denn da Ach-so-Wichtiges vorgetragen wird –, dann hört sich das doch alles gleich viel machbarer an, oder? Aber der Knackpunkt ist wohl eher, ob du das überhaupt willst. Noch mal und um's deutlich zu machen: Es ist für uns verdammt wichtig, daß dieses Treffen stattfinden kann, und zwar unter optimalen Bedingungen. Dich wollen wir aus mehreren Gründen dabei haben. Einmal, um das Ganze nach außen gegenüber unerwarteten Besuchern abzucovern, zum anderen auch, weil es sein kann, daß in der Zeit nach dem Treffen einiges passiert, was weitere Treffen erschwert oder sehr gefährlich werden läßt.«

Den sarkastischen Unterton der ersten Sätze ersetze ich im zweiten Teil durch einen unterkühlt sachlichen Ton. Es entsteht eine Pause, in der ich Renate ansehe, die ein Nicken andeutet.

»Also gut. Entschuldigt bitte, wenn ich genauer nachgehakt habe, aber einfach alles über den Haufen zu werfen, wenn es nicht wirklich wichtig ist, kann ich mir nicht leisten. Natürlich stehe ich dazu, euch – soweit es in meiner Macht steht – zu helfen. Ich werde mir etwas einfallen lassen. – Wie soll es konkret laufen, treffen wir uns dort, oder wollt ihr mich abholen und mit mir zusammen rausfahren?« Seine Sätze sind fischig, die Kehrtwende kommt mir zu schnell.

»Hör zu, Typ, mir stinkt, wie du jetzt 'ne Rolle rückwärts machst und dabei so tust, als wären deine Maulereien berechtigt gewesen. Du darfst dir sicher sein, daß wir das Risiko, hierherzukommen und vielleicht observiert, verhaftet oder abgeknallt zu werden, nicht aus Jux und Tollerei eingehen. Um das herauszufinden hätte es nur etwas gesunden Menschenverstand gebraucht und nicht deine Unmöglichkeitserklärungen. Es gehört zu unseren ›abenteuerlichen Machenschaften‹, wie du ja unsere Arbeit neulich bei dieser Podiumsdiskussion genannt haben sollst, uns genau zu überlegen, was wann wie nötig und vertretbar ist. Ist das klar?!«

Als ich die »abenteuerlichen Machenschaften« erwähne, zuckt er zusammen. »Ach, so ist das, daher weht der Wind, deswegen die aggressive Atmosphäre. Abgesehen davon, daß ich schon erklärt habe, wie es in der Szene aussieht und was mich zu solchen Sätzen zwingt . . . , laßt ihr mich vielleicht auch noch bespitzeln?« Jetzt sind Tonfall und Gebaren wieder glaubwürdig.

Bevor ich etwas erwidern kann, fährt Renate dazwischen: »Hör auf, rumzuwichsen. Ich weiß noch sehr genau, was du für superkonspirative Kontakt- und Kommunikationsmodelle entworfen hast, wo jeder jeden überwacht und niemand ein Detail zuviel weiß. Dich stört in Wahrheit, daß du nicht der Mann im Mittelpunkt bist und die Fäden in der Hand hältst, so wie in deinen hirnrissigen Traumkonstruktionen, die in der Praxis nie funktionieren würden. Ich hab bei dir immer das Gefühl, daß es dir gar nicht radikal genug zugehen kann, solang du nur nicht selbst gefordert wirst. Auch in Zukunft wird bei solchen Podiumsdiskussionen jemand von uns da sein, der sich das anhört. Aber nicht, um dich zu überwachen, du Arschloch, sondern weil wir uns bei der Einschätzung, was stimmungsmäßig läuft, nicht nur auf Informationen aus zweiter Hand verlassen können.«

Der Professor ist rot geworden. Etwas perplex sucht er nach einer Antwort. Schließlich kommt kleinlaut von ihm: »Okay, okay, laßt uns doch mit der Polemik aufhören. Vielleicht habe ich bei der Podiumsdiskussion tatsächlich überzogen. Ich gehe eben davon aus, daß bei solchen Veranstaltungen immer jemand vom Verfassungsschutz sitzt, da wollte ich's besonders gut machen.« Sein Selbstwertgefühl scheint gegen Null zu tendieren, so daß ich mich entschließe, nicht nachzukarten, sondern ihn aufzubauen.

»Du mußt unsere Situation verstehen. Wir sind angewiesen auf dich und deine Mitarbeit. Wir sind es, die abhängig sind von dir, und nicht umgekehrt. Wenn du versuchst, dich in unsere Situation hineinzuversetzen, wirst du sicher begreifen, weshalb wir sehr genau, vielleicht sogar manchmal kleinlich sein müssen.« Während er bei meinen Sätzen aufblüht, sieht Renate mich an, als könne sie ihren Ohren nicht trauen. Sie verkneift sich aber jede Bemerkung, was ihr bei mir einen Pluspunkt einbringt.

Ihre Überleitung zu einem weniger verfänglichen Thema ist elegant. »Wo wir schon mal dabei sind, du hast vorhin angedeutet, daß die Reaktionen aus der Szene auf die Schießerei, die tote Genossin und den toten Bullen, nicht besonders erbaulich gewesen sind. Erzähl doch mal mehr darüber.«

Animiert von der Möglichkeit, sich zu produzieren, legt der Professor los: »Solche Zwischenfälle sind immer Wasser auf die Mühlen der Legalisten, das ist klar. Sie argumentieren, daß ihr nichts mehr zuwege bringt, also keine politisch relevanten Aktionen mehr von euch gemacht werden, und eure Aktivitäten von der Auseinandersetzung mit der Polizei bestimmt sind. Ihr müßt überlegen, ob ihr nicht bei solchen Anlässen eine Erklärung abgebt, um den verkappten Sozialdemokraten den Wind aus den Segeln zu nehmen. Nach der Schießerei auf dem Autobahnrastplatz kam als Argument, die beiden hätten sich ergeben sollen, weil die Genossin dann noch leben würde. Aber die das sagen, sind auch ansonsten Kapitulanten, darauf darf man nichts geben. Was wirklich viel verändern würde, wäre eine gute Aktion. Die ist mehr wert als alle Erklärungen.«

Er hat sich warm geredet. Ich komme nicht umhin, seine Sätze in Beziehung zu dem zu setzen, was er vorhin sagte, als es darum ging, daß wir sein Wochenendhäuschen brauchen. Kurz überlege ich, ob ich das anspreche, entscheide mich aber, es zu lassen. Das Treffen ist wichtiger als die Auseinandersetzung mit diesem Januskopf. Renate unterbricht seinen Redestrom und meine Gedankenkette. »I geh mal ebe austrede.« Mir fällt auf, daß sie es bis jetzt geschafft hat, Hochdeutsch zu sprechen.

Als Renate verschwindet, rückt der Professor mit seinem Stuhl näher an mich heran und fragt mit wissend-verschwörerischem Unterton: »Nicht wahr, sie weiß nicht, daß wir uns kennen? Du warst doch deswegen so distanziert, oder?«

Einen Moment weiß ich nicht, ob ich laut lachen oder wütend sein soll. »Sie weiß es. – Was denkst du eigentlich? Soll ich dir jeden Scheiß durchgehen lassen, nur weil wir früher zusammen besoffen am Tresen gehangen haben? Manchmal laufen bei dir im Schädel wirklich merkwürdige Dinge ab.«

Meine kühle Zurückweisung läßt ihn seinen Stuhl wieder in die alte Position rücken. Mir ist vorhin ein Gedanke durch den Kopf gegangen, der aber im Eifer des Gefechts wieder abhanden kam. Die Situation bietet sich an, ihn loszuwerden. »Wie gut kennt ihr euch denn?«

»Na ja, du weißt ja, daß sie nach deinem Abtauchen die Treffen mit mir gemacht hat. Da bleibt es nicht aus, daß man sich näherkommt, das verstehst du doch?«

Die affektierte Art, in der er das sagt, schneidet wie ein heißes Messer. So was Blödes. Ich kenne die Frau grad ein paar Tage, habe eine feste Beziehung zu einer anderen und bin eifersüchtig auf diese Maske! Ich komme mir albern vor, kann aber nichts dagegen machen, daß die nächste Frage über die Lippen will: »Mit anderen Worten, ihr habt miteinander geschlafen?«

Für sein Lächeln könnte ich ihn würgen. »Na, na, na, eifersüchtig? Aber wenn es dir so wichtig ist, ja, wir haben ein paarmal miteinander geschlafen. Wenn es nach ihr gegangen wäre, sicher auch öfter, aber ich hab's nicht mehr gebracht. Hört sich vielleicht komisch an, aber ich hatte ein schlechtes Gewissen meiner Frau gegenüber!«

Scheiß Konkurrenzkisten, denke ich und gleich hinterher: Wie konnte sie sich nur mit diesem Quatschkopf einlassen. Stopp, nun mal ganz ruhig, du bist nicht hier, um deine Privatgefechte auszukämpfen! Hinter dem Wirrwarr flackert die Frage auf, wieso mich diese Erklärung überhaupt trifft. Was geht mich das an? Schließlich kann Renate ficken, mit wem sie will.

Das Objekt meines Gedankenchaos kommt zurück, sieht verwundert von einem zum anderen. Sie muß einfach merken, daß mein Kopf tomatenrot anläuft. Wenn sie es registriert hat, ist sie diskreter, als ich es während ihrer Abwesenheit war. »Habt ihr schon darüber gesprochen, wie wir das Wochenendtreffen praktisch organisieren?«

Es befriedigt mich, daß der Professor sich offenbar genauso ertappt fühlt wie ich.

Renate sieht auf die Uhr und dann zu mir. Sie tippt mich unterm Tisch mit dem Fuß an: »Wir müssen langsam zurück, wir kriegen grad noch einen passenden Zug.«

Ich fange mich wieder und gehe auf ihren Ausstieg ein. »Verdammt, ich hab gar nicht bemerkt, daß es schon so spät ist. Laßt uns schnell abklären, wie das am Freitag laufen kann.«

»Ich würde vorschlagen, daß wir uns am Freitagnachmittag um vier . . .«, sie wendet sich zum Prof, »paßt dir das?«, und als er nickt, »wieder hier treffen, abmarschbereit.«

»Von mir aus in Ordnung. Nur eine Frage, wenn es kein Geheimnis ist, mir geht's ums Essen und um die Schlafmöglichkeiten – wie viele werdet ihr sein?« Bevor Renate antworten kann, dränge ich mich dazwischen und drehe die Frage um: »Wie viele Leute können denn in deinem Domizil maximal unterkommen?«

»Wenn keine großen Ansprüche an Platz und Komfort gestellt werden – bis zu zwanzig.« Ihm ist anzusehen, daß ihn die

Zahl mit Stolz erfüllt. Um so erstaunter ist er, als ich lakonisch meine: »Fein, ungefähr mit dieser Anzahl mußt du auch rechnen. Eher ein paar mehr!« Um seine Verblüffung noch ein wenig zu steigern, hole ich meine Brieftasche hervor und gebe ihm fünfhundert Mark. »Hol genug zu fressen für drei Tage, zu saufen natürlich auch, Wein, Bier, Saft, harte Sachen müssen nicht sein.«

»So, du, jetzt müssen wir aber«, sagt Renate. »Du gehst vor ... und paß auf, wenn du am Freitag kommst. Wenn dann etwas passiert, kann dir auch kein Rechtsanwalt mehr helfen.«

Er sieht von mir zu ihr. »Ich passe immer auf, das weißt du doch genau. – Macht's gut, ihr beiden. Bis Freitag und ... ja, venceremos.« Er steht auf, nimmt umständlich seinen Trenchcoat vom Haken neben dem Tisch und geht ein wenig hölzern aus dem Café.

Ein paar Sekunden können wir an uns halten, dann prusten wir beide los. »Das Gesicht zum Schluß hätte ich mir einrahmen mögen. Der erwartet jetzt sicher die Freak-Brothers samt Anhang.« Ich muß nach Luft schnappen. Renate ist schon wieder ernst geworden. »Aber mal ehrlich, wir haben ihm heute reichlich was durchgehen lassen. Das kann nicht so stehenbleiben, oder?« Sie hat recht, es gibt an sich wenig zu lachen über dieses Gespräch. »Ich denke, daß die anderen erst Samstag früh kommen sollten und wir uns den Typen am Freitagabend noch mal zur Brust nehmen. Wenn ich ehrlich bin, glaub ich nicht, daß wir nach diesem Wochenende noch sehr viel mit ihm anfangen können. Spätestens nach der Aktion hat der die Hosen so voll, daß es ein Risiko wäre, ihn überhaupt noch zu treffen ...« Renate nickt: »Denk ich auch, der ist ausgebrannt.«

Wir warten noch fünf Minuten, dann lasse ich uns ein Taxi rufen.

11 Überdosis

»Erst zur Hauptwache, dann zum Interconti, bitte.« Der Taxifahrer quittiert die Anweisung mit undeutlichem Gemurmel.

Renate stupst mich. »Sag mal, Interconti, das ist doch tierisch teuer, muß das sein?« Sie flüstert es und mustert mich dabei prüfend.

»Stimmt, ist sogar verdammt teuer, aber dafür auch anonym. Wenn du den Zimmerpreis Cash hinlegst, fragt keiner nach deinem Personalausweis. Außerdem ...«, ich muß grinsen, »haben die einen hervorragenden Zimmerservice, den besten Shrimps-Cocktail weit und breit, sogar noch um drei Uhr morgens.« Ein wenig mulmig ist mir schon, nach Renates Anti-Cognac-Einlage im Schlafwagen. Ich befürchte, ihr Puritanismus wird meine Zwanzigstes-Stockwerk-City-bei-Nacht-Stimmung in ein schlechtes Gewissen umwandeln. In Gedanken verspreche ich ihr, mich nach Kräften zu wehren.

An der Hauptwache steigt Renate aus, um unser Gepäck aus dem Schließfach zu holen. Der Taxifahrer, ganz Mann von Welt, wartet, bis sie die Tür zugeschlagen hat, dreht sich dann um und fragt im vertraulichen Ton: »Da isses der Madame wohl zu teuer. Mache Se sich nix draus. Mei Ahle is aach net anners, als hat se was ze maule.« Ich muß lachen, Renate hat unser Image zerstört. Es kommt im Moment nicht darauf an, ist aber ein Kritikpunkt, über den ich später mit ihr reden muß.

Inzwischen hat feiner Nieselregen eingesetzt und die dämmernde City in ein Spiegelkabinett verwandelt. Vom glänzenden Asphalt werden die Scheinwerferlanzen der Fahrzeuge gleich dreifach reflektiert. Die wenigen Gestalten, die zu Fuß im Betondschungel unterwegs sind, wirken sehr einsam. Ich muß daran denken, was ich in dieser Stadt alles erlebt habe. Frankfurt, Anna, der Lange, die Geschichte, die mich immer wieder ins Interconti zieht.

Fünf Jahre ist es her, daß ich dort Abschied von einem meiner besten Freunde nahm. Der Lange ... noch heute, wenn ich an ihn denke, zieht es mir alles zusammen. Ich muß mich noch immer dagegen wehren, mich seinetwegen nicht schuldig zu fühlen ...

In Frankfurt trennen sich unsere Wege für kurze Zeit. Der Lange zieht in eines der Wohnkollektive, die das Jugendamt nach einer längeren Auseinandersetzung mit der pädagogischen Fakultät und einer breiten linken Öffentlichkeit zu finanzieren bereit ist. Es sind viele Trebegänger und Ausreißer angekommen. Die Möglichkeit, legal wohnen und leben zu können und nicht wieder ins Heim zurück zu müssen, hat sich in Windeseile durch alle Heime verbreitet. Beinahe täglich kommen neue Leute hinzu. Ich bin mit den »Brandstiftern« inzwischen befreundet, wir wohnen in einer alten Villa im Westend, die in der stillen Hoffnung an uns vermietet wurde, daß wir das Haus schnell ruinieren. Der Eigentümer will es abreißen lassen, um ein Hochhaus hinzustellen.

Eines Tages und für alle überraschend, verschwinden die »Brandstifter«. Es heißt, der Haftbefehl gegen die drei sei wieder in Vollzug gesetzt worden. Das inzwischen »Erziehungsheim-Kampagne« genannte Projekt ist nicht das, was sich die Behörden unter einer »Tätigkeit im sozialen Bereich« vorgestellt haben.

Im »Spiegel« lese ich später, daß sie in den Untergrund gegangen sind, in den Nahen Osten zur militärischen Ausbildung. Es ist die Geburtsstunde der RAF.

Ich bin völlig danieder, ich kann es einfach nicht begreifen. Wieso haben sie mich nicht mitgenommen? Bin ich zu dumm, trauen sie mir nicht, warum? Ich kann sie nicht vergessen, dazu ist unser Zusammenleben zu eng gewesen und sie sind für mich zu wichtig.

Das alles geschieht in der Zeit, als sich nach der Auflösung des »SDS« die »neue Linke« zu spalten beginnt und zahllose »Parteien«, Gruppen und Grüppchen entstehen. Kaum sind die »Brandstifter« untergetaucht, da tragen diese Gruppierungen ihre Fronten auch schon in die eben gegründeten Heimwohnkollektive. Plötzlich gibt es eine »marxistisch-leninistische« Wohngruppe, eine andere, die eher zu den Spontis neigt, eine dritte, die zufällig einen DKP-nahen Sozialarbeiter bekommt. Ich bin mir sicher, daß keiner der aus den Heimen Abgehauenen versteht, um was es bei diesen theoretischen Kulissenschlachten eigentlich geht. Was an »Mitmachen« läuft, ist motiviert von der persönlichen Bekanntschaft, von spontaner Zu- oder Abneigung oder auch einfach von der Menge der Bierkästen, die die entsprechende Gruppierung zwecks Anhängerrekrutierung springen läßt. Ich bin sauwütend auf die Studenten. Sie tragen ihre Widersprüche in unsere mühselig erkämpften Wohnprojekte, sie spalten uns und spielen uns gegeneinander aus.

Nicht nur mir geht das so. Auch der Lange hat eine kaum zu bändigende Abneigung gegen die »Theoriewichser« und »BAFöG-Partei-Gründer«. Eines Tages steht er vor der Tür der Wohngemeinschaft, in der ich untergekommen bin. Er hat seinen Sozialarbeiter verprügelt, als dieser ihn zu den Zielen der frischgegründeten KPD-ML bekehren wollte. Dabei hätte der

Lange ja vielleicht noch mitgespielt. Aber die Studenten sind darauf verfallen, daß eigentlich nur kurze Haare wirklich proletarisch sind und alles, was über den Kragen hängt, ein Zeichen unreifen und unreflektierten Protestes ist. Der Lange hat seinen Afro-Look voller Stolz durch sämtliche Ordnungsstrafen der diversen Heime seines Lebensweges verteidigt und bewahrt. Die Frisur zu stutzen, um eines höheren politischen Zieles willen, das geht nicht! Als der gerade von der Partei zum »Kader« ernannte Sozialarbeiter das nicht einsehen will, gibt es »was auf die Glocke«, und der Lange wird rausgeschmissen.

Er zieht zu mir. Aber das bleibt nicht ohne Folgen. Denn ich habe inzwischen eine Beziehung mit einer Studentin angefangen, und die ist eifersüchtig auf unsere enge Beziehung. Nach mehreren heftigen Auseinandersetzungen, über die sich die Rest-WG in zwei Lager spaltet, ist die Wohngemeinschaft bald in Auflösung begriffen und meine Beziehung zu der Frau kaputt.

Wir sitzen Knall auf Fall zusammen auf der Straße, beide wütend auf die Scheiß-Intellektuellen und beide chancenlos, weil ohne festen Wohnsitz, ohne Ausbildung, ohne Geld. Wir sind nicht die einzigen. Schon vor uns sind andere aus den Kollektiven weggegangen und bevölkern nun die Frankfurter Szene. Es ist die Hippie-Flippie-Flower-Power-Drogen-Zeit, die Zeit der GIs, die als nächstes nach Vietnam kommen und sich deshalb den Kopf zuknallen. Es ist die Zeit der legendären Haschwiese in der Bockenheimer Anlage, und dort finden wir schnell Anschluß und Aufnahme. Der Vorschuß vom Jugendamt, der zur Beschaffung einer Zweizimmerwohnung dienen soll, wird in Hasch angelegt und verdealt. Binnen weniger Wochen haben wir plötzlich soviel Geld wie nie zuvor in unserem Leben. Wir fühlen uns wie die Kings, sehen voller Verachtung auf die »linken Pseudos« herab, die sich zwischen zwei Vorlesungen verstohlen auf die Haschwiese schleichen, um ein Piece abzustauben. In den »marxistisch-leninistischen« Zirkeln sind Drogen verpönt, ein echter Proletarier ist kurzhaarig und säuft, er hascht nicht! Dem Langen macht es Spaß, die »BAFöG-Bettler« mit gepreßtem Oregano oder Henna übers Ohr zu hauen. Kohlemäßig haben wir das eigentlich gar nicht nötig. Er genießt unsere Situation, während bei mir ab und an schmerzlich durchbricht, daß Andreas, Gudrun und die anderen nicht mehr da sind. Sie tun etwas, woran ich nicht teilhabe.

Aus einer Laune heraus fahren der Lange und ich nach Hamburg, um Freunde zu besuchen. Seit ich von Zuhause weggelaufen bin, habe ich sie nicht mehr gesehen. Wie der Zufall spielt: Einer meiner Freunde ist inzwischen zu einer Größe in der Hamburger Haschszene aufgestiegen. Er handelt nicht mehr kleinklein, sondern im Zehn-Kilo-Bereich. Der Lange und ich haben unter den schwarzen US-Soldaten einen »guten Ruf« als korrekte Dealer oder als Vermittler, wenn es um größere Mengen geht. Unterschichttypen erkennen und respektieren sich gegenseitig. Jerry aus Harlem und Frankie aus Watts können trotz der Sprachbarriere am besten mit dem Langen aus Kreuzberg und diesem Typ aus Hamburg-Billstedt. Nichts liegt näher, als die Kilos meines Freundes aus Hamburg in Frankfurt an den Mann zu bringen.

Zwischen dem Langen und mir entsteht eine Art Arbeitsteilung. Er kann reden wie ein ausgebuffter Staubsaugerverkäufer, ich habe ein Händchen für Zahlen und den Umgang mit Kohle. Es spielt sich schnell ein: Er ist für den Verkauf zuständig, ich besorge den Einkauf und die Buchführung.

Der entscheidende Unterschied zu unserer bisherigen Karriere ist der, daß es nun nicht mehr um zwei-, dreitausend Mark geht, sondern um zehn- oder zwanzigtausend – Gewinn. Langsam, aber sicher ändert sich unser Lebensstil. Nur noch First-Class-Restaurants, zwei gefälschte Führerscheine irgendwann, große Leihwagen, Übernachtungen in einer Interconti-Suite oder im Frankfurter Hof. Nach Hamburg nehme ich nur noch den Flieger. Zurück, wenn ich die Droge dabei habe, fahre ich Erster Klasse Schlafwagen. Wir geben das Geld so schnell wieder aus, wie wir es verdienen. Es ist ein Rausch, der uns meilenweit über all die erhebt, die in ihrem alltäglichen Kleinkram herumkraucheln. Wir machen uns einen Spaß daraus, frühere Freunde aus der Linken zu überdrehten Parties in angemietete Suiten der feinsten Nobelhotels einzuladen. Wir weiden uns an ihrem schlechten Gewissen, sie sind ja alle vom Anspruch her Asketen. Wir zeigen es diesen Arschlöchern!

Doch allmählich bröckelt für mich der Glamour des neuen Lebensstils ab. Wer alles haben und kaufen kann, verliert sehr schnell das Interesse an den Dingen. Wir sind jetzt das, was wir noch vor kurzem am meisten verachtet haben: großkotzige Kapitalisten, Menschen, die sich ihre Freunde kaufen.

Sweet dreams will turn you on, sweet dreams will take you down.

Ein Herbstabend 1972, einer der letzten Abende, an denen die Cafés noch Stühle und Tische draußen stehen haben. Ich lerne Anna kennen. Sie hat hennarot gefärbte Haare, sie gibt sich kühl und ist überhaupt nicht beeindruckt von meinen Offerten. Ich überrede sie, mit mir ins Kino zu gehen. Wir sehen uns »Butch Cassidy und Sundance Kid« an, meinen Lieblingswestern. Es ergibt sich einfach ... Wir verbringen die Nacht bei ihr, weil sie sich weigert, mit mir ins Hotel zu gehen.

Es ist die erste Nacht seit einem Jahr, die der Lange allein verbringen muß. Er weiß nicht einmal, wo ich bin. Am nächsten Vormittag, als ich ihn auf der Haschwiese treffe, gibt es Krach. Die ganze Nacht, so sagt er, sei er nicht zur Ruhe gekommen. Er hat vermutet, daß die Rauschgiftbullen mich geschnappt hätten. Noch in der Nacht hat er einen befreundeten Anwalt aus dem Bett geworfen, der bei den Bullen anfragen mußte, ob diese »seinen Mandanten« in Gewahrsam genommen hätten. Aber nichts, ich war und blieb verschwunden. Er ist zu recht sauer auf mich. Besonders regt ihn auf, daß ich nur wegen »so einer ausgeleierten Votze« weggeblieben bin, »als wenn das Telefon noch nicht erfunden worden ist«. Er vermutet instinktiv, daß eine Veränderung in Gang ist, bedrohlich für unsere Partnerschaft, weit über das unmittelbare Ereignis hinaus. An Anna läßt er kein gutes Haar, obwohl er sie gar nicht kennt. Schließlich gelingt es mir, ihn breitzuschlagen, mit Anna und mir am Abend essen zu gehen.

Es wird ein gespenstisches Mahl. Drei getrennte Welten treffen aufeinander. Der Lange legt nervend übertriebene Fröhlichkeit vor, läßt bei jeder Gelegenheit seine prallgefüllte Brieftasche sehen und behandelt Anna so herablassend, als habe er es mit einem Dummerchen vom Lande zu tun. Ich bin gereizt, hilflos und verlegen, ich würde mich am liebsten in ein nicht vorhandenes Mauseloch verkriechen. Alles, was ich Anna ganz vorsichtig und verteilt über die nächsten Tage erzählen wollte – was wir machen, woher wir kommen, wie wir leben –, klatscht der Lange mit gespielt-naiver Unbekümmertheit auf den Tisch. Er spekuliert darauf, daß seine Geschichten »für die edellinke Tussie« abschreckend genug klingen. Mit Freß-, Sauf- und Bettorgien wirft er nur so um sich. Er läßt auch nicht aus, daß ich einmal im

Vollturn ins Foyer des Frankfurter Hofs gekotzt habe und er den Pagen mit einem Tausender animierte, den stinkenden Brei wegzuwischen. Ich könnte ihn erwürgen.

Anna ist wie am Vorabend, kühl und unnahbar. Sie hört interessiert zu, wirft auch mal eine Frage ein und – ungeheuerlich – fängt auch noch an zu lachen. Ein außenstehender Beobachter muß den Eindruck gewinnen, die zwei amüsieren sich köstlich. Ein Bild, das nur der sauertöpfische Dritte im Bunde stört, und der bin ich. Ich koche und warte nur auf die Blöße, die sich der Lange in seinem Wortschwall irgendwann geben muß.

Und es geschieht. Nach hundert Peinlichkeiten kommt er auf die Heimkampagne und auf mein Verhältnis zu den »Brandstiftern« zu sprechen. Das hätte er nicht tun dürfen. Er weiß, daß diese Zeit für mich unantastbar ist. Ich explodiere und schleudere ihm an den Kopf, was sich in mir angestaut hat. Wutentbrannt brülle ich, er sei doch nur ein kleiner Eierdieb, dem der Zufall das große Geld in die Finger gespielt habe. In meiner Wut rutscht mir heraus, daß mir seine großkotzige Art schon lange stinkt. Ich sage ihm voraus, daß er bald im Knast landen wird. Es ist eine einzige Haßtirade, die sich der Lange mit erstaunt-betroffenem Gesicht anhört.

Als ich alles losgeworden bin, fragt er völlig ruhig: »Sag mal, willst du damit sagen, daß Schluß ist mit unserer Partnerschaft? ... Oder wolltest du nur mal die Sau rauslassen? Wenn es das erstere sein sollte, dann teilen wir gleich hier und jetzt den Pott auf. Ist es aber das zweite, dann wirst du mit mir vor die Tür gehen müssen, weil ich dich verprügeln werde, bevor *wir* gehen!« Er betont das »wir«, und mir ist klar, daß er zwei Fliegen mit einer Klappe schlagen will: Er oder Anna, »wir« oder der Bruch. Leise antworte ich: »Hol die Kohle raus, ich will nur zehntausend, keinen Pfennig mehr. Die Klamotten und alles andere kannst du behalten. Es ist gelaufen!« Ohne eine Miene zu verziehen, zählt er die Scheine aus seiner Brieftasche ab, wirft sie auf den Tisch und sagt lässig: »Und einen Tausender von mir, damit sich die Herrschaften noch einen schönen Abend machen können.« Er geht.

Ich bin taub, gelähmt und unfähig, etwas zu sagen oder zu tun. Ich sitze nur da, starre das Geld an, starre Anna an und fühle mich einer in Eissuppe schwimmenden leeren Champagnerflasche verwandt.

Anna sammelt das Geld ein, faltet es und steckt es mir in die Tasche. Als ob sie mit einem kranken Kind reden würde, sagt sie: »Komm, wir gehen zu mir. Das hier bezahle ich, wie teuer es auch sein mag. Ich bin ja wohl schuld an diesem Bruch, obwohl ich nicht weiß, warum und wieso.«

Draußen ist es empfindlich kalt, es hat zu nieseln begonnen. Anna hängt sich bei mir unter und führt mich wie einen Blinden. Irgendwann hat sich die Kälte durchgefressen und zwingt mich, mir meiner Umgebung wieder bewußt zu werden. Wir haben die Strecke zu ihrer Dachmansarde zur Hälfte zurückgelegt, als ich ins Diesseits zurückfinde. Sie ist nicht zur Straßenbahnhaltestelle oder zu einem Taxistand gegangen, sie hat gespürt, daß ich nicht mit anderen Menschen in Berührung kommen möchte. Ich bin ihr dankbar für die Wärme und ihre Nähe ohne Fragen und Vorhaltungen. Geduldig hat sie gewartet, bis ich von mir aus bereit bin, das Schweigen zu brechen.

»Er hätte das alles sagen dürfen, das und noch viel mehr, aber er hätte nie meine Freundschaft zu Andreas und Gudrun ins Spiel bringen dürfen.«

Anna läßt mir Zeit. Es dauert eine Weile, bis sich der neuerliche Aufruhr in mir wieder legt. Schließlich fragt Anna zögernd: »Du weißt, daß ich Gudrun und Andreas auch kenne? Ich war mit Harry befreundet. Bevor er mit ihnen in den Untergrund gegangen ist, waren wir zusammen.«

Ich bin verblüfft und brauche einen Augenblick, bis ich den Namen einsortieren kann. »Der Harry, der in der vergangenen Woche bei dieser Razzia in München erschossen wurde?«

Ihre Antwort klingt sehr traurig: »Ja, das war Harry.«

So lernte ich Anna kennen.

Ich habe den Langen danach nur noch einmal wiedergesehen, und diese Begegnung trage ich bis heute mit mir herum.

Mit anderen zusammen sind Anna und ich in eine Wohngemeinschaft gezogen, und ich habe angefangen zu jobben. Wir gehören zu den ersten, die Inhaftierte aus der RAF betreuen. Wir versuchen, die unmenschlichen Haftbedingungen publik zu machen. Der Lange und die gemeinsame Zeit sind vergessen, so wie sich am Morgen nach dem Erwachen die Träume allmählich ins Chimärenhafte verflüchtigen. Es ist Frühjahr geworden, ich bin bis über beide Ohren in Anna verliebt, und wir turteln durch die Tage, als wenn dieser Zustand nie enden würde, ohne gestern und morgen.

Eines Abends klingelt das Telefon. Ich nehme den Hörer ab: »Hallo, ich bin's, ich muß euch dringend sprechen!« Ohne daß er mehr sagen muß, weiß ich sofort, daß es der Lange ist. Auch die Dringlichkeit ist mir sofort bewußt, denn anderenfalls hätte er nie seinen Stolz überwunden und angerufen. »Wo bist du?« Keine Aufregung, seine Stimme ist ruhig und beherrscht: »Na, wo wohl, im Interconti, Zimmer acht drei neun. Ich warte hier auf euch. Nehmt ein Taxi, ich ersetze euch die Kohle. Ihr müßt kommen, das wird heute meine Abschiedsparty, die will ich mit euch feiern, nur mit euch.« Widerspruch oder Fragen kommen mir nicht in den Sinn. »In Ordnung, wir kommen.«

Anna hat mich beim Telefonieren beobachtet. Sie konnte nur meine Antwort gehört haben. Aber sie hat gespürt, daß da etwas ist, was keine Debatte und keinen Aufschub duldet. »Es war der Lange, er will uns sprechen, hat was von einer Abschiedsfeier erzählt, das durchblicke ich aber nicht. Wir müssen hin, da stimmt was nicht.«

Als wir das Zimmer 839 betreten, sind die Vorhänge zugezogen und das Licht ist ausgeschaltet. Überall brennen Kerzen, auf der Bettablage, auf dem Sideboard und auf dem Fernseher. Es sind fünfzig oder mehr, die mit ihrem Flackern den Gegenständen ein instabiles Leben einhauchen. In der Mitte des großen Raumes stehen mehrere zusammengeschobene Tische, über die Damastdecken ausgebreitet sind. Sie sind überfrachtet mit einem opulenten kalten Buffet, vielen Flaschen, einem Champagnerkühler und zwei Kerzenständern. Dahinter, in einem überdimensionierten Ledersessel, eine Gestalt mit geschlossenen Augen, der Lange. Vor ihm steht ein silbernes Tablett. Darauf ein Schälchen mit weißem Pulver, daneben eine Glaskolbenspritze. Um das Tablett verstreut liegen Wattebäusche. In der Apothekenflasche befindet sich wahrscheinlich medizinischer Alkohol.

»Das ging aber fix«, die Gestalt kommt bei diesen Worten hoch. Die Stimme des Langen klingt wie gerade aus der Narkose erwacht. »Setzt euch, nehmt, was ihr mögt, es ist genug da von allem.«

Wäre ich allein gekommen, ich wäre vermutlich gleich wieder gegangen. Anna geht an mir vorbei und setzt sich auf die

Couch neben den Langen. Mir bleibt nichts anderes übrig, als mich in den Sessel auf der anderen Seite zu setzen. Anna legt ihre Hand auf den Arm des Langen und sagt im Krankenschwesterton: »Was soll das hier, willst du uns Angst machen?«

Er sieht sie an, mehr Totenschädel als Gesicht. Sein Grinsen hätte aus jedem streunenden Kater ein schnurrendes Schoßtier gemacht. »Wieso denn Angst, Quatsch, das hier ist meine Abschiedsfeier. Ich wollte meinen einzigen Freund dabei haben ... auch wenn du mich im Stich gelassen hast, um dich mit dieser Proletenvotze abzuseilen.« Er fixiert mich provozierend und wartet, ob ich Reaktion zeige. Ich will beruhigend antworten, aber er hat es mal wieder geschafft. Meine Stimme klingt mir fremd. »Langer, was sollen diese Inszenierungen? Wenn du mir Schuldgefühle einjagen willst, dann garantiere ich dir, daß du dich vergeblich bemühst. Wenn du mich beleidigen willst, ist das deine Sache, aber wenn du Anna beleidigst, gibt es was auf die Fresse, egal, in welchem Zustand du bist.« Bevor ich noch das letzte Wort ausgesprochen habe, fährt mir Anna in die Parade: »Da sind ja wieder die alten Mackertypen zusammen. Nur zur Erläuterung: Ich kann mich selber wehren und brauche keinen edlen Ritter, der sich für mich schlägt!« Das gilt mir, aber sie ist noch nicht fertig. »Und wenn ich dich abgetakeltes Wrack ansehe, ist Proletenvotze ein echtes Kompliment. Das Würstchen zwischen deinen Beinen dürfte kaum noch das Format der Nadel deiner Fixe erreichen, selbst wenn du dich anstrengst.«

Während sie redet, beobachtet der Lange sie. Sein Lachen ist häßlich. »Sie kann ja richtig witzig sein ... « Dann wendet er sich mir zu. »Aber mal ehrlich, die Tante muß doch nerven auf die Dauer. Hast du nie bereut, daß du mich damals rausgeschmissen hast?«

»Hör zu, Langer, sag mir jetzt klar, was du von mir willst und was dieser Zirkus hier soll. Mich kotzt das an!« Der Lange ignoriert mich und nimmt vom Tablett einen Löffel. Ganz vorsichtig tippt er damit an den Pulverberg im weißen Schälchen. Eine kleine Menge fällt in den Löffel. »Na ganz einfach«, sagt er ohne von seiner Verrichtung aufzublicken, »ich höre heute auf zu fixen! Ich höre auch auf mit der Dealerei, ich steige aus, das ist doch ein Grund zum Feiern, oder?«

Provozierend lakonisch fragt Anna: »Das wievielte Mal ist es, daß du aufhörst?«

Seine Antwort klingt ernsthaft. »Ich hab es schon zigmal probiert, aber weißt du, ich hab jedesmal gewußt, daß nichts draus wird. War wohl mehr zur Beruhigung des Tiers im Innern, Überlebenswille oder so. Aber heut hör ich wirklich auf, da sei sicher!« Inzwischen hat er aus einem Plastikfläschchen Zitronensäure auf den Löffel geträufelt, hält die Mixtur über eine Kerze und läßt sie einige Male aufschäumen.

Etwas im Ablauf beunruhigt mich, ich kann nur nicht benennen, was. Aus Unsicherheit frage ich schließlich: »Machst du das mit der Dosierung immer so locker über den Daumen? Das kann schnell ins Auge gehen!«

Der Lange setzt den Löffel mit der Brühe vor sich ab, nimmt die Spritze und beginnt die Flüssigkeit aufzuziehen. »Na, na, na, wer wird sich denn da Sorgen machen. Bis jetzt hat dich doch auch nicht interessiert, ob ich lebe oder verrecke ...« Er führt die Nadel mit einer kreisenden Bewegung über den Löffelboden, um ja kein Tröpfchen entkommen zu lassen. »Oder stört dich nur, wenn du dabei sein müßtest, von wegen der Ästhetik, kein schöner Anblick und so weiter?« Er zieht unter sich einen Ledergürtel hervor und sieht mich erwartungsvoll an, während er sich den Arm abbindet.

»Hör zu, Langer, wir hatten eine richtig gute Zeit, aber die wäre so oder so irgendwann zu Ende gegangen, das weißt du doch verdammt genau. Es war reichlich hohl, nur vollgepengt, verfressen und besoffen, das ist auf Dauer kein abendfüllendes Programm.« Ich bin nicht mehr wütend, ich will nur, daß er mich versteht.

Der Lange versucht es sachlich und stellt fest: »Du willst es Andreas nachmachen, so Robin Hood auf modern. Nee, im Grunde interessiert dich wahrscheinlich nicht einmal das, du kannst es nur nicht verkraften, daß die ›Brandstifter‹ ohne dich weg sind, stimmt's? Ist ja auch egal, wie unsereins verreckt. Vielleicht befriedigt es dich, wenn du noch ein paar mitnehmen kannst auf die Reise? Aber das ist nicht mein Trip, dafür hab ich keinen Nerv. Wenn du es schaffst, sie zu treffen, dann grüß sie von mir. Die waren auf ihre Weise ganz in Ordnung.« Seine letzten Worte kommen traurig und erschöpft. Jetzt, wo er den Arm abgebunden hat, sieht man die Nähmaschinennaht, die Hunderte von Nadeln in seine Adern gesteppt haben.

Anna beugt sich soweit hinunter, daß sie ihm ins Gesicht sehen kann. »Mach doch jetzt keine Scheiße!« Der Lange hört nicht zu. Mit stoischer Ruhe stochert er in seinen Venenresten herum. »Verdammt, hör mir zu. Wenn du einen Abgang machen willst, ist das ganz allein deine Sache, daran können wir dich sowieso nicht hindern. Aber ich glaube, daß du das hier bringst, um uns fertigzumachen. Das ist eine Schweinerei! Hör auf, hörst du, dann können wir darüber reden, wie wir dir helfen können.«

Die Nadel hat eine Lücke zwischen den Narben gefunden, eine rote Blume wächst in der klaren Flüssigkeit im Inneren der Spritze. Genau in diesem Moment weiß ich, daß ich einem Selbstmord zusehe. Ich weiß es, noch bevor der Lange aufblickt, den Kolben herunterdrückt und im gleichen Moment zu mir sagt: »Mach's gut, Alter, war echt geil zusam . . .« Seine Stimme bricht ab, er sackt vornüber aufs Tablett und wirft dabei das weiße Schälchen um. Ein Teil des Pulvers fliegt auf und bedeckt seine Haare. Ich erstarre. Anna sitzt steif da, unfähig zu reagieren.

An das, was danach geschah, erinnere ich mich nur noch in Bruchstücken: Anna, die mich fragt, was ich angefaßt habe. Anna, die mich anherrscht, das ich aufhören soll zu heulen. Anna, die mich in den Arm nimmt und tröstet. Anna, die selbst anfängt zu weinen und immerzu »Scheiße, Scheiße!« murmelt. Anna, die sagt: »Du, wir müssen gehen und unauffällig durch die Eingangshalle kommen, packst du das?« Sie zieht mich hoch, schiebt mich durch die Tür, zerrt mich in den Aufzug. Wir laufen durch einen Korridor. Viele Gesichter, alle starren uns an, als wüßten sie Bescheid . . .

Es sind mehr als nostalgische Gründe, daß ich nach wie vor ins Interconti gehe. Trotz ist dabei, es ist der Ort, an dem ich dem Langen auch heute noch zeigen will, daß ich mich damals richtig entschieden habe. Vielleicht muß ich mich selbst davon überzeugen.

12 Renate

Bei der Anmeldung im Hotel gibt es keine Schwierigkeiten. Ich lege einen amerikanischen Paß vor, wie er echter nicht sein könnte. Ich spreche englisch und kokettiere ein bißchen mit einigen fast richtig ausgesprochenen deutschen Einsprengseln. Der Etagenkellner soll sich nicht wundern, wenn er später deutsche

Gesprächssilben aufschnappt. Mir bereitet es einen Heidenspaß, solche Rollen zu spielen. Das war nicht immer so. Einmal wäre ich fast aus einem Reisebüro weggelaufen, nachdem ich schwitzend, zittrig und stotternd versucht hatte, einen Flug nach Beirut zu buchen. Ich bildete mir ein, daß alle sofort durchschauen müßten, was ich dort will. Nach Beirut fliegen höchstens Wahnsinnige oder Terroristen. Mein Puls beschleunigte, als mir die Dame am Buchungsschalter umständlich erklärte, daß ein solcher Flug leider nicht möglich sei. Erkannt? Ein Verdacht? Mitnichten, der Beiruter Flughafen war wieder einmal wegen Beschuß geschlossen. Nach meiner zaghaften Frage, ob es wirklich keine Möglichkeit gäbe, wurde ich an die Middle East Airlines verwiesen, und dort bekam ich mein Ticket. Am Schalter der Middle East arbeitet ein Mann mit Galgenhumor. Er versicherte mir, daß die MEA in jedem Fall fliegen würde. Wenn es ganz dick käme, würden sie an die Passagiere Stahlhelme ausgeben.

Durch eine Reihe solcher kleinen Zwischenfälle ist mein Selbstbewußtsein gewachsen. Renate dagegen ist noch sehr unsicher im Umgang mit derartigen Situationen. Mir entgeht nicht, daß der Page ihr das Köfferchen mit sanfter Gewalt entringen muß.

Als wir allein auf dem Zimmer sind, macht sie sich Luft: »Wahnsinn, warum hast du denn auch noch den Ami markiert? Und dann dieser sterile Plüsch-Puff, hätte es 'ne Nummer kleiner nicht auch getan?«

Was soll ich dazu sagen?

»Das ist eine Macke von mir. Vielleicht erkläre ich es dir, wenn ich in der richtigen Stimmung bin. Aber es gibt auch rationale Gründe. In den großen Hotels werden die Anmeldungen nicht polizeilich überprüft, wenn du nur kurz bleibst. Bleibst du allerdings länger, ist es weniger ideal, denn hier wird erwartet, daß du mit Scheck oder Creditcard zahlst. Für längere Aufenthalte sind mittlere oder kleine Hotels besser. Die haben allerdings den Nachteil, daß es ziemlich familiär zugeht und du nicht immer drumherum kommst zu erklären, was du in der Stadt machst. Du mußt mehr Sprüche vorlegen und dir deine Stories merken, damit du dich nicht bei einer Nachfrage verhedderst.«

Renate holt ihren Kulturbeutel aus dem Koffer, brummelt dabei undeutlich schwäbelnd vor sich hin und verschwindet im Bad. Kurz darauf ist das Rauschen von Wasser zu hören.

Ich bin froh, für einige Zeit meine puritanische Aufpasserin los zu sein. Beim Zimmerservice bestelle ich ein paar Schleckereien und eine Flasche Rotwein. Entsprechend meinem Kalkül trifft alles schön angerichtet auf einem Servierwagen ein, bevor Renate mit der Planscherei fertig ist. So erspare ich es ihr, sich über den sündhaften Preis aufzuregen. Zwei Gläser sind schnell eingeschenkt. Ich gehe ins Bad und stelle Renate eins auf den Wannenrand.

Sie lächelt und lädt mich ein, zu ihr in die Schaumberge zu steigen. Mir geht es sofort besser. Ich hole den Servierwagen herein und bugsiere ihn so nah an die Wanne, daß wir uns bedienen können.

Wir sind in Kleinkinderstimmung, es gibt kein Gut und kein Böse, hier und jetzt kann man sich alles sagen. Die Angst ist ausgesperrt, sie liegt etliche Stockwerke unter uns auf der Straße. Wir trinken die Flasche leer, essen Krabbencocktail und Lachsschnittchen. Wir lachen und albern herum, dabei wird das halbe Bad unter Wasser gesetzt. Nachdem ein Joint gedreht ist und Renate wider Erwarten ein paar Züge mitraucht, beginnt sie unvermittelt, von sich zu erzählen.

Es ist eine Schwarzweißgeschichte aus den fünfziger Jahren, die Geschichte von den Resten einer strenggläubigen mennonitischen Gemeinde im Schwäbischen, die nach dem Krieg weiterlebt, als sei nichts geschehen. Renate wächst in dieser Gemeinde auf, abgekapselt von allem Drumherum. Ihre Welt, das sind Bibelstunden und die Sonntagsschule, das asketische Leben in einer in sich geschlossenen Gemeinschaft. Das Böse und die Versuchung lauern draußen. Mit dem Wechsel von der gemeindeeigenen Grundschule auf ein Gymnasium in der Kreisstadt bricht schockierend grelles Leben in die Idylle. Die Mädchen tragen Hosen, schminken sich, tanzen Rock 'n' Roll und gehen mit Jungen aus. Renate ist verwirrt von alledem. Sie wird in der Klasse gemieden, man tuschelt hinter ihrem Rücken über sie. Aber das ist nicht das Schlimmste. Was ihr wirklich zusetzt, sind die peinlichen Befragungen, wenn sie nachmittags nach Hause kommt. Über alles muß sie Rechenschaft ablegen, über jede Minute und jedes Gespräch, über den Unterrichtsstoff genauso wie darüber, wie das Umziehen zum Turnunterricht vonstatten geht. Renate fühlt sich wie von einer ansteckenden Krankheit befallen. Zuerst unbewußt, dann immer offener und aggressiver beginnt sie, sich zu wehren. Die Eltern drohen damit, sie von der Schule zu nehmen. Davor hat Renate Angst. Das Lernen ist für sie zum Notausgang geworden. Sie lenkt zu Hause ein und tut, als ließe sie sich willig bevormunden. Durch diesen zwiespältigen Zustand vergrößert sich der Abstand zum Elternhaus und zum Glauben immer mehr. Renate ist gezwungen, Rollen zu spielen. Sie gilt als Streberin, das macht ihr inzwischen nichts mehr aus. In der Gemeinde, die bei allen Kontakten nach draußen ein Wort mitzureden hat, gilt sie als gefestigt. Es gibt keine Bedenken, sie nach dem bestandenen Abitur auch studieren zu lassen.

Während Renate ihre Geschichte erzählt, lasse ich ab und zu heißes Wasser nachlaufen. Als sie beim Abitur angekommen ist, haben wir beide eine so schrumpelige Haut, daß wir beschließen, die Wanne zu verlassen. Wir rubbeln uns gegenseitig mit dem Badelaken trocken.

Eine Spannung entsteht zwischen uns, sich wechselseitig übertragend. Ich würde gern mit Renate vögeln, aber ein diffuses Schuldgefühl legt sich um diesen Wunsch. Mir geht Anna durch den Kopf... und die Offenbarung des Professors, er habe mit Renate geschlafen. Dazu kommt die Erinnerung an den Langen. Das Ganze vermengt sich zu einem unentwirrbaren Knäuel, alle Erotik erstickt. Ich beginne, den Servierwagen aufzuräumen, die Kleidung einzusammeln und das Bad aufzuwischen. Alles nur Ablenkung, mechanische Verrichtung. Renate sieht erstaunt zu. Ob sie jetzt denkt, daß ich denke, daß sie denken muß, daß ich ein Trottel bin. Ich verliere mich im Dschungel bekifft-betrunkener Assoziationen.

»Woisch, nu isses awer gut... i wois ja nett, welche Sicherung grad durchbrannt isch bei dir, aber vielleicht sagscht emal ebbes dazu, statt hier so a Pantomimestückle uffzuführe!«

Es dauert einen Augenblick, bis ich kapiere, daß das keine unbekannte Fremdsprache ist. Renate spricht mich auf schwäbisch an. Aus der Assoziationslawine, die sie mit diesem Satz bei mir lostritt, lösen sich ausgerechnet die Worte: »Sag mal, du hast mit dem Professor gebumst, nicht wahr?«

Renates Gesicht wird zur Maske. Ihr nächster Satz ist hochdeutsch und voller Widerhaken: »Wie kommst du jetzt darauf...? Woher weißt du das überhaupt? Ein bißchen Tratsch, was, so von Macker zu Macker?«

Ein Zucken geht durch ihr Gesicht, es rollen die ersten Tränen. »Und überhaupt, was weißt denn du. Hast du schon mal erlebt, wie es ist, wenn um dich herum alles langsam zerbröselt, die Beziehung, Freundschaft, die Arbeit, das Leben, alles? Plötzlich stehst du allein da...«, ihre Sätze werden von Schluchzen unterbrochen, »und dann triffst du auf einen, mit dem du zusammenarbeiten mußt, und erzählst ihm deinen Kummer, und er versteht und versucht dir zu helfen. So war das, kapierst du das nicht?«

Ich nehme sie in den Arm, bringe sie ins Zimmer hinüber und lege sie aufs Bett. Ich kann mir den Prof in der Rolle des verständnisvollen Helfers nur zu gut vorstellen. In der Zeit, als ich bei ihm wohnte, habe ich erlebt, wie er verwirrten Studentinnen aus den Erstsemestern seine Hilfe angedeihen ließ. Ich nehme mir vor, ihn beim nächsten Gespräch so in die Mangel zu nehmen, daß er sich wünscht, nie geboren zu sein.

»Von deiner Isolation habe ich nichts gewußt, ehrlich. Wenn es dir nicht zu sehr an die Nieren geht, würde ich gern mehr darüber erfahren. Als ich gefragt habe, ob du mit dem Prof gepennt hast, war das nicht gehässig gemeint, das mußt du mir glauben. Ich geb zu, als er mir das erzählte, hat's bei mir 'nen Stich gegeben. Deswegen ist es mir vorhin wieder in den Sinn gekommen, denn ich hatte große Lust, mit dir zu vögeln. Nenne es Eifersucht oder auch mackerhaft, verletzen wollte ich dich jedenfalls nicht.«

Bei meinem letzten Satz muß Renate durch die Tränen hindurch lachen. Ich nutze die Gunst des Augenblicks, lege mich neben sie und schiebe meinen Arm unter ihren Kopf. Weich, warm und spürbar lebendig rollt sie sich an meiner Seite ein. »Erzähl noch mehr von dir. Meine Geschichte ist ganz anders verlaufen, und ich kann mir nur schwer vorstellen, wie es ist, plötzlich ausgeschlossen zu sein...« Ich fahre mit gespreizten Fingern durch ihr nasses Haar und lege es fächerförmig aus. Renate schnaubt, dann beginnt sie zu erzählen.

»Ich bin als Unschuld vom Lande an die Frankfurter Uni gekommen. Philosophie, Psychologie, Soziologie, ich wollte alles ausprobieren und mich dann entscheiden. Ich hatte Glück und hab ziemlich schnell gute Leute kennengelernt. Wir sind zusammengezogen. Aus der WG heraus haben sich verschiedene Projekte entwickelt, anfangs in Richtung Antimilitarismus, Abschaffung der Gewissensprüfung für Kriegsdienstverweigerer, Anti-Vietnamkrieg-Kampagne, eine Gruppe zur Aufklärung des BRD-Rüstungsexports in die Dritte Welt, was halt anlag. Die Leute in der WG waren Pazifisten, ich damals auch. ›Damals‹ hört sich komisch an. Dabei ist das erst drei, vier Jahre her.«

Renate richtet sich auf, angelt nach ihrer Umhängetasche und öffnet sie. Im vorderen Fach steckt in Griffrichtung ihre 9-mm-Pistole. Renate hat kleine Hände, sie kann eine 45er wegen des großen Griffs nicht richtig greifen. Im Fach neben der Pistole stecken Zigaretten und ihr Feuerzeug. Renate nimmt sie heraus und stellt die Tasche auf den Boden zurück. Sie zündet zwei Zigaretten an und gibt mir eine. Als sie versucht, den Aschenbecher vom Sideboard zu holen, rutscht sie fast aus dem Bett. Ich kann sie gerade noch halten. Zum Dank dafür stellt sie mir den kalten Aschenbecher auf den Bauch. Ohne meinen Protest zu beachten, fährt sie mit der unterbrochenen Erzählung fort:

»Bei einer Vietnam-Demo haben wir alle fürchterliche Dresche bezogen. Es war eine Sitzblockade auf einer Kreuzung, und wir saßen zufällig vorne. Wir waren die ganze Zeit zusammengeblieben, damit wir gegenseitig mitbekommen, falls einem was passiert. Vor uns fuhr plötzlich eine Schlange Bullentransporter auf. Als sie standen, Klappe auf und die Typen sprangen raus, im vollen Kampfdress, Visier runter, wie im Mittelalter. Nur eben absolut nicht ritterlich. Ohne Vorwarnung zogen die die Knüppel raus und dann drauf. Sie sind über die niedergeknüppelten Leute weg, ohne auf irgendwas zu achten. Neben mir lag meine Freundin Susi. Ein schönes Gesicht hatte die, richtig Mannequin. Es war nur noch eine riesige Platzwunde. Ich hatte noch Glück, nur Prellungen an der Schulter und eine Beule auf dem Kopf. Die Susi ist bei dieser Demo entstellt worden für den Rest ihres Lebens. Die Wunde war zu breit oder zu tief, was weiß ich. Sie mußte mehrfach genäht werden, und das hat eine Narbe wie einen Querbalken hinterlassen. Susi ist daran kaputtgegangen. Vor zwei Jahren hat sie mit Tabletten einen Selbstmordversuch gemacht. Sie wurde gerettet, hat aber einen Hirnschaden zurückbehalten und vegetiert heute in einer Pflegeanstalt vor sich hin.«

Die Handbewegung, mit der Renate die Zigarette ausmacht, ist mehr Stechen als Drücken. Ich denke an den Langen, obwohl das eine ganz andere Geschichte ist. Sanft ziehe ich Renate zu mir heran und frage: »Wie ging's weiter, wie habt ihr das verdaut in der WG?«

Renate kuschelt sich bei mir zwischen Hals und Schulter ein. »Gar nichts ging weiter. Über diesen Vorfall hat sich die WG zerstritten. Unser Pärchen meinte, daß sowas in Kauf genommen werden muß. Die laberten von den Tausenden von Opfern, die die Inder bei ihrem Befreiungskampf in Kauf genommen haben. Damit hätten sie die Engländer ins Unrecht gesetzt, die hätten vor aller Welt als die Aggressoren dagestanden. Susi selbst sagte klipp und klar, daß Pazifismus für sie gestorben sei. Sie entwickelte die Theorie, daß die repressive Staatsgewalt in der BRD schon wieder faschistoide Züge annimmt und nur mit organisierter Gegengewalt aufgehalten werden kann. Ihr Freund war ganz ihrer Meinung, so hat er jedenfalls getan. Später hab ich gehört, er habe was von Orgasmusschwierigkeiten abgelassen. Er soll gesagt haben, daß sich das nicht für ihn vereinbaren ließe, revolutionäre Berufsperspektive, um die ganze Kraft in den Dienst des Marxismus-Leninismus zu stellen und Blablabla, und Susis Ausflipps. Susi begann zu klammern, als sie spürte, daß der Typ sich von ihr abzukoppeln begann. Wenn du mich fragst, für den war es schnieke, den Revoluzzer zu spielen, noch dazu mit der heißesten Braut vom Campus. Aber als Susi auf einmal häßlich aussah und ihr Märtyrerstatus langsam verblaßte, da hat er sich auf die bequemste Art abgeseilt. Heute soll er Marketing machen. Das einzig Progressive, was bei ihm übriggeblieben ist, heißt jetzt Progressive-Product-Marketing. So in der Art: ›Leute, das sind die heißesten Würstchen, die es je gab, griffig, schlüpfrig, richtig geil‹. Ein absolutes Arschloch.«

Renate hat sich in Rage geredet, sie unterstreicht ihre Wut mit eindeutigen Gesten. »Ich wußte damals nicht weiter, ebensowenig wie Angelika, die sechste aus unserer Urbesetzung. Die komischen K-Gruppen waren mir suspekt, und von Groß-WGs hatte ich fürs erste die Schnauze voll. Angelika ging es ähnlich, deswegen haben wir uns zusammen eine Zweizimmerwohnung gesucht. In dieser Kombination wollten wir zumindest das Studium durchstehen.«

Renate lacht und gibt mir einen flüchtigen Kuß auf die Wange. »Aber statistisch gesehen besteht die Welt nun mal zur Hälfte aus Mackern, und wider besseren Wissens üben die eine gewisse Faszination auf uns Frauen aus. Angelika und ich hatten eine kurze heftige Liaison miteinander, aber wir wußten beide, daß wir nicht lesbisch waren. Es war ein Tabu, das noch übriggeblieben war, deswegen haben wir's gebrochen.«

Renate redet darüber mit einer Distanz, die mich an eine mechanische Verrichtung denken läßt. »Angelika begann nach unserem Zusammenzug in einer Knastgruppe mitzuarbeiten, die an der pädagogischen Fakultät aus einer Erziehungsheim-Gruppe hervorgegangen war. Die hatten auch in verschiedenen Erziehungsheimen gearbeitet ... Hey, das müßtest du doch eigentlich wissen, oder?«

»Ja, aber ich hatte mit den Studenten nichts am Hut. Ich hab zwar von dieser Knastgruppe gehört und von der Roten Hilfe und so, aber ich bin nie dort gewesen. Damals hab ich die Verteidigungskraft der Vereinigten Staaten zersetzt und ein bißchen den Lernwillen manches unentdeckten Einsteins, ich hab gedealt.« Ich möchte jetzt nicht über diesen unrühmlichen Abschnitt in meiner Biographie reden. Renate spürt das, ohne nachzufragen, erzählt sie weiter:

»Na ja, jedenfalls hat mich Angelika überredet, sie zu einem Treffen der Knastgruppe zu begleiten. Es war, Zufall oder nicht, grad der Abend, an dem ein Bericht über die Haftsituation der politischen Gefangenen auf dem Programm stand. Ich hatte schon vorher von der RAF gehört, aber aus dem Blickwinkel, wie man was Exotisches betrachtet. Richtig nachgedacht darüber, was die wollen und wer die sind, hatte ich bis dahin noch nicht.

In der Knastgruppe wurde ein Brief von Ulrike verlesen, in dem sie schilderte, wie es ihr ging und was mit ihr gemacht wurde. Das ging mir unter die Haut, toter Trakt, Tag und Nacht Licht, alle halbe Stunde geht die Klappe in der Zellentür auf und ein Bullenschwein feixt rein, gewaltsames Entkleiden und nackt vorführen ... Na, du kennst den Brief doch, oder?« Ich nicke stumm. »Was mich unheimlich beeindruckt hat, war die Kraft, mit der sie das schilderte, ohne sich zum bemitleidenswerten Opfer zu machen. Sie hat das eingeordnet als Teil der Praxis der Bullen, um die Guerilla zu vernichten.

Vorgetragen wurde der Brief von einer Frau, ganz sachlich und nüchtern, war wirklich gut. Sie hat jeden Satz unsichtbar unterstrichen. Hinterher haben wir darüber diskutiert, was die Gruppe dazu machen könnte und ob überhaupt, denn es gab da ein paar Arschlöcher, die versuchten, mit viel Blabla zu verschleiern, daß sie dachten, denen geschieht doch ganz recht. Die Atmosphäre war ziemlich angeheizt, und es wäre fast zu einer Prügelei gekommen. An mir ist das alles vorübergerauscht, ich hab mich daran nicht beteiligt. Ich war noch ganz voll von diesem Brief. Als sich die Versammlung ergebnislos vertagte, bin ich zu der Frau gegangen, die den Brief vorgetragen hatte. Ich hab sie gefragt, ob ich was tun könne.«

Renate unterbricht und sieht mich an. »Du weißt, wer die Frau war?«

»Ich kann es mir denken, es war Anna, nicht wahr?«

Renate nickt, greift nach den Zigaretten. »Ja, stimmt ... Kanntest du sie da schon?« Ich verneine. »Hab ich mir schon gedacht, aber sicher war ich mir nicht. Anna war wie ein Phantom. Keiner wußte, wo sie wohnte, was sie gerade machte, da war immer etwas Geheimnisvolles um sie. Es gab Gerüchte, daß sie Kontakte zu Illegalen hätte und Besuche im Knast machen würde. Jedenfalls hat mir Angelika so was erzählt.

Die war entsetzt darüber, daß ich mich ›mit denen‹ eingelassen hatte. Ich weiß noch wie heute, wie sie beschwörend auf mich eingeredet hat, von wegen, ich würde alles kaputtmachen, das wäre der sichere Weg in den Knast, das würde nichts bringen und so weiter. Du kennst ja sicher diese Litanei. Angelika war keine Verkehrte, nur sehr ängstlich. Ich glaube, heute arbeitet sie in einem Kinderladen im Westend, Modellversuch, mit Knete von der Stadt, Bezahlung nach Angestelltentarif und pipapo ...«

Für einen Augenblick bin ich nahe dran, Renate zu unterbrechen. Ich kenne Angelika auch, und es stimmt, daß sie ein bißchen ängstlich ist. Trotzdem hat sie ab und zu kleine Botengänge für uns gemacht. Anna hat damals die Trennung Renates von Angelika arrangiert und danach mit Angelika den Kontakt gehalten. Die Gruppe achtet darauf, daß die Legalen nach Möglichkeit nichts voneinander erfahren, damit bei einer Verhaftung das legale Netz nicht zerstört wird, wenn es der Polizei gelingt, Aussagen zu erpressen.

Am liebsten würde ich Renate alles erzählen, aber ich bin mir nicht sicher, ob sie das nicht falsch versteht.

Renate muß gespürt haben, daß ich mit meinen Gedanken woanders bin. Sie unterbricht ihre Schilderung. »Wo bist du gerade?«

Ertappt. Um Zeit zu gewinnen, beuge ich mich zu Renate hinüber und küsse sie erst auf die Stirn, dann auf die Nasenspitze und schließlich auf den Mund. Renate erwidert den Kuß nur kurz, dann entzieht sie sich. Ich komme um eine Erklärung nicht herum.

»Weißt du, deine Erzählungen wecken bei mir ziemlich widersprüchliche Erinnerungen an die Frankfurter Zeiten. Einerseits hab ich damals durchgehangen, andererseits war es eine Zeit des Aufbruchs, wo alles noch offen war ...«

Während ich spreche, beobachte ich, ob sie mit meiner Erklärung zufrieden ist. Als ich den Eindruck habe, daß das der Fall ist, schiebe ich die Frage nach: »Aber jetzt bist du wieder dran, wie ging es denn weiter mit dir und Anna?«

Renate zögert, dann erzählt sie: »Also, Anna hat nach meiner Adresse gefragt und angekündigt, sie würde mich in den nächsten Tagen besuchen. Ich war richtig aufgeregt deswegen und bin die nächsten Tage nicht aus dem Haus gegangen. Irgendwie wußte ich, daß die Begegnung mit Anna ein Einschnitt sein würde, einfach so ein Gefühl, verstehst du ...?«

Ich nicke, sage aber nichts. »Nach vier Tagen ist sie dann abends gekommen. Wir haben die ganze Nacht miteinander geredet. Das heißt, wenn ich jetzt darüber nachdenke, eigentlich habe ich geredet und sie hat verständnisvoll und interessiert zugehört. Sie wollte alles von mir wissen, was ich gemacht habe, was ich mir für die Zukunft vorstelle, wen ich kenne, eben alles. Sie macht so was ziemlich geschickt, weißt du ...«

Sie sieht mich kurz an, aber ich gehe nicht darauf ein. »Sie erzählte zwischendurch immer kleine Geschichten über sich, aber eigentlich Belangloses, wie mir hinterher aufging. Im Grunde war es ein Verhör. Ich muß die Prüfung bestanden haben, denn am Morgen war sie schon dabei, mich zu instruieren, wie ich mich am besten zukünftig verhalte. Sie sagte, es sei gut, daß ich bis dahin nicht erkennungsdienstlich behandelt worden wäre, noch sonst aufgefallen sei. Ich sollte mich so verhalten, daß ich nicht Gefahr lief, festgenommen zu werden. Also keine Demos mehr, Schluß mit der Marxismusschulung und Schluß mit der Knastarbeit. Allerdings nicht einfach von heute auf morgen, sondern über einen inszenierten Krach oder eine Ausrede. Am besten so, daß die übrigen denken, daß ich allmählich wieder zurückfalle ins Kleinbürgerliche. Studium vorschieben, Angst geltend machen, so in der Art. Außerdem sollte ich mich von Angelika allmählich trennen und ausziehen, mit dem Spruch, daß ich es in Frankfurt nicht mehr aushalte und mir lieber eine Wohnung auf dem Land suchen will.

Ich wollte natürlich wissen, wozu das gut ist, und nach einigem Hin und Her rückte Anna damit heraus, daß es sein könne, daß die Illegalen eine Übernachtungsmöglichkeit im Rhein-Main-Gebiet brauchen.

Für mich ein großes Abenteuer. Ich wußte was, was alle anderen nicht wußten, ich war die Hüterin des Schatzes. Die Linken redeten über Revolution und Guerilla, ich war dabei, in die RAF zu gehen, so hab ich das damals gesehen.

Ich hab Anna dann in den folgenden Wochen und Monaten häufiger getroffen und Stück für Stück umgesetzt, was wir besprochen hatten. Das einzige, wovor ich wirklich Bammel hatte, war die Auseinandersetzung mit Angelika, denn wir hatten bis dahin ohne Naht aneinandergeklebt. Ich war mir nicht sicher, ob sie meine Geschichte ohne weiteres fressen würde. Aber, was soll ich dir sagen, sie hat es nicht nur auf Anhieb geschluckt, sondern sogar gesagt, daß sie selbst schon mit dem Gedanken gespielt hätte, unsere Mini-WG aufzulösen, denn sie habe einen Typ kennengelernt. Davon hatte ich nichts mitgekriegt, aber es war eine gute Möglichkeit, die Beleidigte zu spielen und so den Vorgang zu beschleunigen.«

Als Renate dies erzählt, kriege ich ein pelziges Gefühl. Manchmal jagt mir Annas taktisches Geschick eine Gänsehaut über den Rücken. Sie hatte die beiden getrennt und gleichzeitig jede in dem Glauben gelassen, sie sei diejenige, die diesen tristen Akt im Dienste der großen Sache vollzieht.

»Anna hat mir dann Kohle gegeben für eine schnieke Hochhauswohnung in Bad Homburg, tierisch teuer, teilmöbliert und mit einer Abstandssumme, so hoch wie ein halbes Jahr BaFöG. Na ja, und dann das Übliche, ich mußte mir salonfähige Klamotten kaufen, mir einen relativ teuren Wagen zulegen, du weißt schon ...«

Diesmal nicke ich. »Eines Tages sagte sie mir dann, daß ich von nun an mit einem Prof von der Uni zusammenarbeiten werde. Sie erklärte mir, daß ich ihn zu überwachen habe und ihm kleinere Aufträge für die Gruppe übermitteln müsse. Anna sagte, die Illegalen wären zufrieden mit meiner Arbeit und würden mich – wenn ich wollte – gern als Bindeglied dazwischenschalten. Ihnen war der direkte Kontakt zum Prof zu dieser Zeit zu heiß.

Ich hab mich total gebauchpinselt gefühlt. Klar, daß ich das wollte. Aber dann kam der Haken. Anna hatte für mich ein Zimmer in Offenbach besorgt, weil die Illegalen Wohnung und Wagen benutzen wollten. Ich war verunsichert. War das nun Mißtrauen oder Abschottung? Anna meinte, ich dürfe nicht dort sein, denn um mich an Aktionen zu beteiligen, fehle mir die militärische Ausbildung. Um meinen Schutz zu perfektionieren, sollte ich die Wohnung sofort zur Untervermietung in der Zeitung annoncieren, möglichst einige Erscheinungstage hintereinander. Ich habe alle eventuellen Bewerber abgewimmelt. Bei dem Mietpreis waren es sowieso nicht viele. Meine Story war, daß ich für ein halbes Jahr nach Paris ziehen wolle, um dort Französisch zu lernen. Falls etwas schiefging, hätte es in Paris eine WG gegeben, die bestätigt hätte, daß ich dort war. In dieser Zeit durfte ich mich in Frankfurt nicht blicken lassen. Außerdem mußte ich mein Aussehen verändern, Haare färben, Brille besorgen und so weiter. Ich sah so aus, wie sich meine Mutter ihre Tochter immer gewünscht hat.

Dieses Eremitendasein wollte mir überhaupt nicht gefallen, und Anna hat einige Abende gebraucht, um es mir schmackhaft zu machen. Es gab ein irres Programm für mich, das ich zusammen mit dem Prof, der mich in Offenbach besuchen durfte, zu absolvieren hatte. Anfangen mußte ich damit, unter falschem Namen in einem Fremdspracheninstitut wirklich Französisch zu lernen. Auf der Penne hab ich leider nur Griechisch gepaukt. Ich mußte ständig allen möglichen Krimskrams besorgen, Theaterschminke, Perücken, Ventile, Rohre und was weiß ich nicht alles. Auch Fachbücher aus der Uni-Bibliothek über anorganische Chemie und Elektronik und so weiter. Was mit der Uni zusammenhing, habe ich an den Prof delegiert. Sogar einen halben Operationssaal mußte ich besorgen. Alles in verschiedenen Fachgeschäften und nie zuviel auf einmal. Ich sollte eine Quelle auftun, über die Medikamente, Tetanusimpfstoff, Morphium und Narkosemittel herangeschafft werden konnten. Manchmal fühlte ich mich erschlagen von dem Ganzen. Eine Zeitlang hab ich sogar mit dem Gedanken gespielt, alles hinzuwerfen. Aber dabei wurde mir zum ersten Mal so richtig bewußt, daß ich im letzten halben Jahr systematisch mit allem gebrochen hatte, so daß ein Zurück fast nicht mehr möglich war.

Heute denke ich, daß ich durch diese Zeit durch mußte. Aus Sicht der Gruppe war es ein Test und wohl auch notwendig, wenn ich zum Beispiel sehe, wie sich der Professor entwickelt. Aber diese Zeit, allein in der miesen Absteige in Offenbach, leben aus der Plastiktüte und nach außen Intercity-Outfit. In Wirklichkeit aber keinen einzigen Gegenstand um mich herum, zu dem ich einen Bezug gehabt hätte, das war ein Alptraum, ich schwör's dir. Ich hab nächtelang geheult, war sauer auf euch alle, hab diesen ganzen Scheißtrip verflucht. Abgeschoben und ausgenutzt hab ich mich gefühlt. Ich mußte mich zwingen, mit den Posten auf meiner Liste weiterzumachen.

Da kam dann der Prof ins Spiel. Er kann sehr lieb sein, weißt du. Immer, wenn er kam, brachte er mir etwas mit, einen Cassettenrecorder und geile Musik, Blumen jedesmal, ein witziges Buch, eine Flasche Wein, vor allem aber Zeit und Geduld beim Zuhören. Er nahm mir nie übel, wenn ich hemmungslos die Sau rausließ. Er hat mich zum Essen in irgendwelche ländlich-vornehmen Restaurants eingeladen und ist mit mir zum Baden an einen See bei Darmstadt gefahren. Er war meine Verbindung nach draußen. Das Verhältnis wurde genau umgekehrt, wie Anna es gern gehabt hätte. Trotzdem, was ich ihm an Aufträgen mit auf den Weg gab, erledigte er prompt. Ich hab nicht sofort mit ihm geschlafen, erst nach einer Weile. Er hat meine Situation wirklich nicht ausgenutzt, das darfst du nicht denken.«

Renate ist die letzten Sätze über immer leiser geworden. »Du, und dann ist da noch was, ich hab's noch keinem erzählt, es war das schlimmste Erlebnis in dieser Zeit. Eines Tages geh ich in Offenbach im Zentrum einkaufen. Weißt du, da, wo die Endhaltestelle von der 16 ist, die aus Frankfurt kommt. Es fuhr grad eine Straßenbahn ein, als ich vorbeiging. Der Zug stoppt direkt neben mir, die Tür geht auf, und vor mir steht Angelika. Ausweichen ging nicht, wir haben uns beide sofort erkannt. Ich hab halt versucht, das Beste draus zu machen. Ich frag sie, ob sie nicht Lust hat, mit mir einen Kaffee zu trinken. Sie mustert mich von oben bis unten – ich hätte mich in die Erde schämen können, wie ich aussah –, und dann sagt sie kalt: ›Nö, du, mit einer vom Jetset-Strich hab ich nichts zu schaffen.‹ Sprach's, drehte sich um und ging, ohne sich noch einmal umzugucken. Das war ein

Schlag. Ich hatte Mühe, nicht mitten auf der Straße loszuheulen.«

Während Renate erzählt, verändert sich ihr Gesichtsausdruck. Miene und Gestik verraten, daß sie trotz des zeitlichen Abstands seither noch keine Distanz zu den damaligen Vorgängen gewonnen hat. Sie redet, als sei die Geschichte erst gestern passiert, Enttäuschung und Trennungsschmerz zeichnen harte Linien in ihr Gesicht. In Gedanken frage ich mich, ob unsere Ziele es rechtfertigen, Menschen so zu funktionalisieren und gegeneinander auszuspielen. Ach, wie nett, der Herr leistet sich ein paar Skrupel . . . Ich bin doch gerade dabei, das Spiel fortzuführen! Eine Alternative weiß ich auch nicht. Verdammt, ich muß aufpassen, muß das Thema wechseln, bevor mir aus Unbeherrschtheit etwas herausplatzt.

»Du, laß uns was rauchen. Du hast mich auf eine reichlich schroffe Reise mitgenommen, und ich möchte weich landen.«

Ich strecke mich und stehe auf. Renate sieht aus wie ein verängstigtes Kind in einem fremden Haus, das plötzlich allein in einem Zimmer zurückbleiben soll. Ich gebe ihr einen Kuß, vorsichtig, so daß genügend Raum für sie bleibt, sich zurückzuziehen. Sie geht darauf ein, unterbricht dann aber, fährt mit den Fingerspitzen um meine Lippen und sagt: »Ja, komm, laß uns noch etwas rauchen. Ich möchte das alles abschütteln.«

Während ich den Joint drehe, schaltet sie das Radio ein. Auf einem der Kanäle spielen die Doors »Strange Days«. Renate zieht ihre Pistole aus der Tasche und steckt sie unter das Kopfkissen, dann rollt sie sich in die Mitte des Bettes und wartet darauf, daß ich mit dem Joint fertig werde. Ich staple zwei Kissen übereinander, damit ich aufrecht sitzen kann. Renate legt ihren Kopf in meinen Schoß, schweigend rauchen wir. Ein wohliges Gefühl der Erschöpfung nimmt uns die Anspannung, wir brauchen jetzt beide jemanden zum Anlehnen. Ich überwinde mich und rufe die Rezeption an, um für einen Tag zu verlängern und dafür zu sorgen, daß wir um zehn Uhr geweckt werden.

Renate ist auf meinem Schoß eingeschlafen. Ganz vorsichtig hebe ich ihren Kopf hoch und schiebe sie ein bißchen zur Seite. Sie schüttelt sich unwillig im Schlaf, wacht aber nicht auf. Ich werfe das obere Kissen aus dem Bett, hole meine Pistole aus der Reisetasche und lege sie unter's Kissen. Als ich mich zurechtlege und das Licht ausmache, kuschelt sich Renate an mich. Es ist nicht mehr dunkel und noch nicht hell. Genau an der Schwelle des anbrechenden Morgens schlafen wir ein.

13 Geschäftsgespräch

Vor uns liegt an diesem Vormittag nur noch ein Kontrollanruf. Im zweiten McDonald's des Frankfurter Telefonbuchs wird um zwölf Uhr eine aufgeregte Sekretärin ihren Abteilungsleiter Herrn Preuß vermuten und ihn dringend wegen einer unaufschiebbaren geschäftlichen Angelegenheit sprechen wollen. Anna versteht es, auch den unwilligsten Kaschemmenwirt zu überreden, nach einem bestimmten Gast zu forschen. Der Dringlichkeit ihrer am Rande der Hysterie balancierenden Stimme hat bisher noch niemand standgehalten. Wir haben es uns zur Regel gemacht, solche Gespräche nur zwischen Leuten zu führen, die sich gut kennen und aufeinander eingespielt sind. Sie können verschlüsselt über beinahe alles sprechen, ohne sich mißzuverstehen.

Wir sind zehn Minuten vor der verabredeten Zeit dort. Ich kann den Fraß bei McDonald's nicht ausstehen, aber erfahrungsgemäß klappt es dort mit den Anrufen. Ich trinke einen Milchshake, der nach Erdbeeren schmecken soll. Die Früchte sind offenbar auf den Retortenfeldern von Dow Chemical gewachsen. Das Telefonklingeln ist trotz des Stimmengewirrs zu hören, und die Frau hinter dem Tresen bittet lautstark einen Herrn Preuß, sich zu melden. Ich gehe zum Tresen und gebe der genervten Verkäuferin zu verstehen, daß ich Herr Preuß sei.

Unwirsch teilt sie mir mit, es sei ein Anruf für mich da. Ich soll mich kurz fassen, normalerweise hätte das Personal Anweisung, keine Anrufe an Kunden weiterzuvermitteln. »Das hier ist ein Restaurant und kein Postamt, mein Herr.«

Ich gehe auf diese Selbstüberschätzung nicht ein, bedanke mich und nehme den Hörer. »Hallo, hier Preuß.«

»Ja, Herr Preuß, hier ist Frau Steiger. Wir wollen uns erkundigen, wie der Stand der Verkaufsverhandlungen ist. Unser Kunde wird schon ungeduldig.«

Ich muß ein bißchen grinsen, Anna ist streng geschäftlich wie immer. »Sie können den Kunden beruhigen, wir haben das

Aktienpaket schon plaziert, der Vertrag wird am Wochenende fällig. Wenn der Kunde dafür sorgt, daß das Aktienpaket pünktlich am Samstag hier ist – je früher am Morgen, desto besser –, dann steht der Transaktion nichts mehr im Wege.«

Es entsteht eine kleine Pause. Anna überlegt, wie sie die nächste Frage stellen soll. »Wird der Abnehmer persönlich anwesend sein, und wo soll der Verkauf perfekt gemacht werden?«

»Ich schlage vor, daß ich einen Bevollmächtigten des Verkäufers noch vor dem Abschluß treffe, um ihm die Konditionen zu erläutern, die wir ausgehandelt haben. Der eigentliche Verkauf wird dann in der Villa des Abnehmers im Taunus vonstatten gehen. Der Ankäufer bevorzugt eine mehr private Atmosphäre bei einem so wichtigen Geschäft ...« Ich muß lächeln. »Ich übrigens auch, manchmal bahnen sich dabei noch Folgegeschäfte an, wenn Sie verstehen, was ich meine.«

Anna bleibt ernst und geht auf meinen Witz nicht ein. »Der Kunde hat mir für den Verkauf Vollmacht erteilt, ich würde also auch vorschlagen, daß wir uns vorher treffen, um die letzten Details zu klären. Wo können wir uns zusammensetzen?«

Ich bin nicht gewillt, so schnell lockerzulassen, leite meine Antwort aber mit dem gleichen Registrierkassenton ein, den Anna bevorzugt. »Tja, was würden Sie von dem kleinen Café halten, wo wir uns schon einmal – äh – so nahe gekommen sind ... ?«

Diesmal ist die Pause bis zur Antwort kurz, auch der Tonfall taut merklich auf. »Aber Herr Preuß, Sie sind mir ja einer ... Gut, wenn Sie mir versprechen, mir nicht wie beim letzten Mal unter dem Tisch zwischen die Beine zu greifen, abgemacht ...« Anna muß über ihren spontanen Einfall lachen, fährt dann aber sachlich fort: »Wir hatten nicht damit gerechnet, daß Sie den Abschluß so schnell perfekt machen würden. Immerhin gilt der Käufer ja als eine, sagen wir mal, schwierige Persönlichkeit. Sie sind sich sicher, daß er nicht im letzten Moment abspringt? Sollten wir nicht noch ein weiteres Telefonat verabreden? Ich würde es gar nicht schätzen, wenn wir den Kunden auf die Reise schicken, nur um ihm dann zu eröffnen, daß unser Makler sich auf vage Zusagen verlassen hat. Das wäre mehr als peinlich!«

Jetzt zögere ich für Sekunden. Wie bei einem schnell laufenden Film passieren die Gesprächsszenen mit dem Prof Revue. »Wissen Sie ...«, antworte ich schließlich, »man soll ja nie nie sagen, aber in diesem Fall bürge ich mit meinem guten Ruf dafür, daß das Geschäft ohne Schwierigkeiten getätigt werden kann. Sie können sich darauf verlassen ... vorausgesetzt natürlich, daß die Konkurrenz keinen Wind davon bekommt.«

Ohne Zögern erwidert Anna: »Von unserer Seite sicherlich nicht, aber wo Sie die Konkurrenz schon erwähnen ... Haben Sie einen Anlaß zu dieser Bemerkung, haben Sie etwa Unterhändler der Konkurrenz vor Ort ausgemacht?«

Ich beeile mich zu versichern: »Nein, Sie können völlig beruhigt sein, die Konkurrenz ahnt nicht einmal, daß ein solcher Abschluß unmittelbar bevorsteht. Der Käufer hat mir mehrfach versichert, daß er nur zu uns Kontakt aufgenommen hat. Diese Angaben haben wir überprüft, die Konkurrenz ist außen vor, das ist sicher.«

Annas Antwort kommt neckisch: »Na, das beruhigt mich aber sehr, ich danke Ihnen für Ihre Bemühungen, und ich freue mich schon sehr darauf, Sie am Samstag morgen um zehn Uhr am vereinbarten Ort persönlich zu treffen. Grüßen Sie doch bitte auch Ihre Sekretärin von mir ... und ...« Es kommt ein schmatzendes Geräusch durch den Hörer. Ich sage: »Ich Sie auch, bis Samstag dann und viele Grüße an die Damen und Herren des Aufsichtsrats, auf Wiedersehen.«

Ich lege den Hörer auf, drücke der mürrischen McDonald's-Verkäuferin ein Fünf-Mark-Stück in die Hand und gehe zurück an den Tisch. Renate würgt gerade den letzten Happen eines Cheeseburgers hinunter.

Ich setze mich zu ihr. »Noch zweieinhalb Stunden, bis wir den Prof aufsammeln. Hast du einen Vorschlag, was wir inzwischen machen können?« Während meiner letzten Worte habe ich ihre mit Ketchup beschmierte Hand genommen und zwischen jedem Wort einen Finger saubergeleckt. »Wenn es nicht eine so ungünstige Zeit wäre, würde ich gern mit dir spazierengehen ... Du kennst dich hier doch gut aus, vielleicht fällt dir dazu was ein?«

Den noch verschmierten kleinen Finger setzt sie mir auf die Nase. »Ach, weißt du, scheiß Vorsicht, sind wir mal leichtsinnig und gehen wirklich spazieren. Im Rothschildpark ist um diese Zeit schon Betrieb wegen der benachbarten Schulen. Der ist nicht weit von hier, das können wir uns leisten ... Komm, laß uns verschwinden.«

Es wird ein verschmuster Spaziergang. Die Stimmung ist gelöst, und wir verdrängen das bevorstehende zweite Gespräch mit dem Professor.

14 Außensicht

Wie beim ersten Treffen kommt der Professor pünktlich. Wieder tätigt er zuvor Einkäufe, diesmal allerdings nicht im Blumen-, sondern im Spirituosenladen. Erst danach betritt er das Café. Wir haben vereinbart, daß Renate ihm folgt, um ihn abzuholen. Ich warte auf der gegenüberliegenden Straßenseite, um die beiden aus einiger Entfernung auf dem Weg zum Auto des Professors abzusichern.

Wenig später sitzen wir alle im Wagen, unterwegs in den Taunus. In den ersten Minuten kommt kein richtiges Gespräch zustande. Jeder scheint zu hoffen, daß der andere beginnt. Es ist der Professor, der schließlich das Schweigen beendet. Ich sehe, wie er prüfend in den Rückspiegel schaut. Ich habe den Eindruck, er interessiert sich mehr für meinen Gesichtsausdruck als für die folgenden Wagen. »Um mit dem zentralen Punkt anzufangen: Ich habe in letzter Zeit Probleme mit meiner Arbeit für euch. Ich möchte nicht behaupten, ihr verlangt zuviel oder funktionalisiert mich nur. Es ist aber so, daß ich eigentlich nie mitbekomme, was aus den Materialien wird, die ich für euch zusammentrage. Außerdem weiß ich nie, was als nächstes auf mich zukommt. Ich habe Schwierigkeiten, in diesem Vakuum die Motivation für diese nicht gerade ungefährliche Arbeit zu finden. Versteht ihr, wie ich das meine?«

Der Professor redet lange. Noch einmal geht er alle Aufträge durch, die er in den letzten Monaten für uns ausgeführt hat. Nach wirkungsvoller politischer Arbeit hört sich dieser Kleinkram wirklich nicht an. Ich muß an das Telefonat mit Anna denken, an meine Versicherung, der Professor sei zuverlässig. Ein Schlafsack rutscht mir auf den Schoß, ich drücke ihn zurück auf den Nebensitz. Ich fühle mich eingeengt, aber es sind nicht die Gegenstände im überfüllten Wagen, es sind die Worte des Professors, die mich bedrängen. In letzter Zeit gab es häufig Auseinandersetzungen mit den Legalen, fast alle haben Schwierigkeiten mit ihrer Zwischen-den-Stühlen-Position. Mal offen, mal versteckt werfen sie uns vor, wir wären nicht bereit, sie umfassend zu informieren. Es hilft kein Ausweichen, ich gehe auf seine Kritik ein.

»Ich verstehe gut, was du meinst. Auch mit anderen in deiner Position gibt es solche Spannungen. Sie fühlen sich zu wenig informiert und einbezogen. Aber sieh mal, der Widerspruch der Geschichte liegt in der Sache und nicht in unserer Intention. Wir sind eine kleine illegale Gruppe, daher sind wir gezwungen, dichtzumachen. Wir können es uns nicht leisten, uns eine Blöße zu geben, Informationen müssen wir so behandeln, als wären sie Sprengstoff... In den Händen der Bullen sind sie es auch. Damit will ich nicht unterstellen, daß jemand von euch quasselt. Aber es gilt die Devise: was einer nicht weiß, kann er auch nicht verraten. Übrigens halten wir uns nicht nur nach außen an dieses Prinzip, es gilt auch unter uns. Wir teilen uns auf in Kommandos. In diesen Kommandos weiß immer nur einer beziehungsweise eine, was die anderen Gruppen gerade machen. Diese Struktur ist Schutz für jeden von uns und letztlich auch für euch. Die Nachteile sind jedem in der Gruppe klar. Aber weißt du eine bessere gangbare Lösung?«

Renate hat mich bei der Erwähnung der Kommandostruktur prüfend gemustert. Ihr ist meine Erklärung wahrscheinlich zu weit gegangen. Der Professor hingegen ist sichtlich erfreut, daß ich auf ihn eingegangen bin und den Vorhang etwas gelüftet habe.

»Wißt ihr, es ist immer schwieriger geworden. Für viele in der Szene seid ihr Phantome geworden, euch gibt es fast nicht mehr in den Köpfen der Linken. Den Mund zu halten ist schwer, wenn du zum Beispiel die Einschätzungen hörst, daß ihr aufgerieben worden seid oder euch ins Exil abgesetzt hättet. Die andere Erklärung, warum ihr so lange nicht mehr in Erscheinung getreten seid, ist nicht weniger schlimm: Einige behaupten, daß ihr als Söldnertruppe für die Palästinenser schießt und bombt. Das mußt du dir anhören und schlucken. Aber mal ehrlich, selbst wenn ich was rauslassen dürfte, was könnte ich dem entgegensetzen? Seit zwei Jahren kein Kommando, keine Aktion, nicht einmal eine politische Erklärung... und das in einer Zeit, wo in der Linken alles im Umbruch begriffen ist. Die K-Gruppen lösen sich auf, und unter den Hochschulgruppen gewinnen die Spontis und Jusos Arm in Arm die Oberhand. Die Illusion, über Stadtteil- oder Betriebsarbeit doch noch an das Subjekt der Revolution, also an das Proletariat, heranzukommen, hat sich zerschlagen. Viele seilen sich über sogenannte revolutionäre ›Berufsperspektiven‹ direkt in ein bürgerliches Nestchen ab. Und ihr? Ihr schweigt!«

Renate unterbricht ihn. »Hör mal, ich kann mir die Schwierigkeiten in einer isolierten Situation wie deiner vorstellen. Bis vor kurzem ging es mir ja auch nicht besser. Aber so bringt das wenig, du kannst endlos aufzählen, was alles passiert, was läuft, was sich verändert. Was mich interessiert: Hast du dir Gedanken darüber gemacht, was wir tun könnten, um diesen Zustand zu verändern?«

Mir geht durch den Kopf, daß wir eigentlich vorhatten, den Professor auszubooten. Dabei gehört der Mann zu den wenigen, die sich trauen, uns ganz offen die Meinung zu sagen. Ich beschließe für mich, ihn in der Gruppe zu verteidigen. Es wird nicht einfach werden, das ist mir bewußt. Nur wenige unter uns werden bereit sein, so eine Kritik anzunehmen. Renate hat den entscheidenden Punkt genannt: Es wird darauf ankommen, Konstruktives aus dieser Kritik zu entwickeln. Eigentlich sollte ich mich schämen, aber ich muß lächeln: Eifersüchtige Anwandlungen verstellen zu leicht den Blick für das Anliegen des anderen. Als Kader im bewaffneten Kampf darf einem so was eigentlich nicht passieren.

»Ja, ich hab schon darüber nachgedacht. Gestern war ich verdammt unsicher, ob ich überhaupt was dazu sagen soll. Ich hab mich ziemlich runtergebügelt gefühlt, um ehrlich zu sein.«

Ich habe einen Joint gedreht und zünde ihn an. Beim ersten Zug muß ich husten, damit unterbreche ich den Professor. Ich reiche ihm den Joint nach vorn. »Okay, wo du's nun schon mal ansprichst. Dein Auftritt bei dieser Podiumsdiskussion hat uns verunsichert. Dein Zögern, als es um das Treffen ging, hat auch nicht dazu beigetragen, uns den Eindruck zu vermitteln, du würdest voll hinter der Sache stehen. Einige bei uns – darunter auch ich – haben überlegt, daß man dich aus der Arbeit rauskicken sollte. Ich verstehe jetzt besser, in welcher Zwickmühle du dich befindest. Es geht aber darum, daß auch die anderen das begreifen. Was Renate grad angesprochen hat, ist deswegen doppelt wichtig!«

Der Professor gibt Renate den Joint, die ihn an mich weitergeben will, dann zögert und schließlich doch einen vorsichtigen Zug nimmt.

Der Professor stößt den angehaltenen Rauch aus und dreht das Fenster herunter. Er unterdrückt den aufsteigenden Husten nur mühsam. »Mit dem Rausschmiß seid ihr aber schnell bei der Hand. Ich weiß nicht, wer euch von der Podiumsdiskussion berichtet hat . . .« Er macht eine Pause. Als wir nichts sagen, fährt er fort: »Bis zu dem Punkt, an dem ich gesagt habe, daß ihr eine ›Bande von Abenteurern‹ seid, habe ich mich ziemlich neutral verhalten. Ein Sponti-Typ saß auf dem Podium, mit dem hab ich mich über Hochschulinterna in die Haare gekriegt. Der hat nicht locker gelassen und in den Raum gestellt, daß ich ein Opportunist sei. Da es um Militanz ging, konnte jeder daraus schlußfolgern, daß ich zur RAF ein ambivalentes Verhältnis habe, davon bestimmt, ob die Gruppe gewinnt oder verliert. Ich bin vielleicht über das Notwendige hinausgegangen, aber eine Distanzierung mußte sein.«

Renate wird ungeduldig, rutscht auf dem Sitz hin und her, als fände sie keine bequeme Position. Ich fahre ihr mit gespreizten Fingern durch die Haare und ein leichter Druck ihrerseits, ein sanftes Anschmiegen, läßt sie wieder ruhig werden. »Du, den Text haben wir schon gehört, lassen wir das jetzt mal beiseite. In Ordnung war's nicht, da gibt's nichts zu rechtfertigen. Jetzt ist es wichtiger, daß du aus deiner Kritik was entwickelst, womit wir arbeiten können. Laß mal hören!«

Der Professor biegt von der Autobahn ab. Von hier führt eine Landstraße in den Taunus hinein. Er antwortet im Rhythmus seiner Fahrmanöver, der Weg ist kurvenreich und beansprucht seine Konzentration.

»Ich denke, daß ihr eure Nichtexistenz auf zwei Ebenen überwinden könnt. Alle, die legal für euch arbeiten, könnt ihr schon damit enger an die Gruppe binden, wenn ihr sie über das nächste angestrebte Ziel besser informiert. Versteht mich nicht falsch, ich meine nicht, daß ihr konkrete Aktionsziele offenbaren sollt. Ich für meinen Teil bin froh, daß ich nichts Konkretes weiß. Ich meine aber, ihr solltet die grobe Zielrichtung erklären und den einzelnen Legalen dadurch die Möglichkeit verschaffen, mitzudenken, vielleicht sogar Vorschläge zu machen. Mal ins Blaue: Die nächsten Angriffe richten sich gegen die Amis wegen Vietnam ... oder gegen deutsche Politiker, wegen der Repression nach innen oder der Schmidtschen Aufrüstungspolitik nach außen ... oder gegen bestimmte Industrielle, wegen der Dritte-Welt-Politik deutscher Multis, versteht ihr? Sollte etwas anliegen, dann muß die politische Zielsetzung in der Kommandoerklärung deutlich werden. So stell ich's mir in etwa vor.«

Ich muß Zeit gewinnen. Seine Vorschläge stehen gegen die in der Gruppe praktizierte Abschottung und sind deswegen kaum durchzusetzen. »Du, laß uns lieber nachher im Haus weiter darüber reden, sonst landen wir im Eifer der Debatte noch im Straßengraben. Aber ich hab noch 'ne Frage, die ich eigentlich gestern schon stellen wollte: Wie geht es Gitte?«

Gitte ist die Frau des Professors. Früher, in meiner legalen Zeit, als ich durch die Erziehungsheim-Kampagne Kontakt mit der Familie hatte, habe ich sie sehr gern gemocht. Sie war viel lebendiger, quirliger als er. Aus unserer Sicht war sie zwar unpolitisch, aber aus ihrer Spontanität resultierten verblüffend einfache Vorschläge, die unsere theoretisch feinziselierten Überlegungen auf die Plätze verwiesen. Der Professor gerät in Verlegenheit, räuspert sich und beginnt stockend: »Ja, weißt du, das ist eine meiner Schwierigkeiten und seit gestern sogar eine wesentliche. Ich hab Krach mit Gitte wegen der plötzlichen Entscheidung, nicht nach Berlin zu fahren. Sie hat es zwar nicht deutlich gesagt, sie war in diesem Punkt immer – na ja – sehr großzügig. Ich bin sicher, sie vermutet, daß ich etwas mit einer anderen Frau habe. Meine Geschichten waren auch schon mal plausibler. Das Vertrauen zwischen uns ist angeknackst und ehrlich, ich weiß noch nicht, wie ich das wieder geradebiegen kann!«

Renate hat mich die ganze Zeit verwundert angesehen, jetzt bricht es aus ihr heraus: »Entschuldige Prof, aber ich bin etwas erstaunt ... nicht über dich, sondern über meinen Begleiter. Hör mal, Typ, mir war zwar klar, daß du ihn kennst, aber mir war nicht klar, daß dieses Kennen so weit geht. Sicher, du bist nicht verpflichtet, mir alles zu sagen, und ich bin neu bei euch ... aber irgendwie fühle ich mich über den Löffel barbiert.«

Sie hat ja recht, ich weiß viel mehr über sie als sie über mich. Es war nicht fair, sie über mein Verhältnis zum Professor im unklaren zu lassen. Zögernd antworte ich ihr: »Tut mir leid, daß bei dir ein falscher Eindruck entstanden ist. Du mußt mir glauben, ich hab dir's nicht aus Mißtrauen vorenthalten. Was den

Prof und mich angeht, das ist im Grunde ziemlich banal. Nach Demos und irgendwelchen Aktionen, wenn wir's für möglich hielten, daß es Hausdurchsuchungen geben könnte, hab ich ein paarmal woanders übernachtet. Der Prof hatte sich bereit erklärt, mich bei sich übernachten zu lassen. Es hat sich zwangsläufig ergeben, daß ich seine Familie kennengelernt habe. Das ist eigentlich schon alles.«

Der Professor ist bereit, sich für mich in die Bresche zu werfen. Er setzt hinzu: »Nimm es ihm nicht übel, ich war mir auch nicht ganz darüber klar, wer von uns nun wieviel über den anderen weiß. Gestern hat er mich gefragt, wie es um unsere Beziehung zueinander steht. Ich gebe zu, ich hab kurz überlegt, ob ich ihm nicht irgendeine Story erzähle. Es war mir peinlich, obwohl ich dir einen rationalen Grund dafür nicht nennen kann. Unsere Situation ist blöde, aber das liegt nicht daran, daß einer den anderen ›über den Löffel barbieren‹ will. Die Ursache sind die schizophrenen Umstände ... denk ich jedenfalls.«

Renate greift uns gleichzeitig in die Haare und wuschelt sie kräftig durch. »Na, na, manchmal weiß ich nicht, ob ihr nur Chauvies seid, die sich gegenseitig Deckung gewähren, wenn's drauf ankommt – oder ob ihr wie große Kinder mit weit aufgerissenen Augen von einem Fettnäpfchen ins andere tappt?«

Ich muß kichern, der Professor sieht über die Schulter nach hinten, und ich zwinkere ihm zu. »Im Zweifelsfall für den Angeklagten, aber wenn ich zu urteilen hätte: Vielleicht sind wir ja beides ... so ein bißchen wenigstens.« Der Professor grinst Renate an und ergänzt: »Du weißt doch, zwei Seelen wohnen, ach, in meiner Brust!«

Renate ballt die Linke zur Faust, knufft den Professor, dreht sich dann um und deutet mir einen Nasenstüber an. Erst im letzten Moment öffnet sie die Faust und zieht mich nach vorn, um mir einen Kuß zu geben. »Also gut, vergessen das Ganze ... Aber demnächst mehr Offenheit – vor dem nächsten Mißverständnis, bitte!«

Es dämmert und der Professor schaltet die Scheinwerfer ein. »Wir sind gleich da. Jetzt kommt eine kurze Strecke auf einem Waldweg, der schwer zu finden ist. Was Krach angeht, können wir uns hier draußen einigermaßen sicher fühlen. Trotzdem wäre es gut, besonders am Sonntag, wenn sich nicht mehrere auf einmal draußen tummeln. Es gibt hier einige Wanderwege, und einer davon führt unmittelbar am Haus vorbei. Ich halte es für wichtig, daß ihr das den anderen sagt.« Er schaltet einen Gang herunter und biegt in einen Weg ein, den man wirklich nur entdeckt, wenn man ihn kennt.

»Wir werden die Leute morgen abholen. Die kommen mit mehreren Wagen, aber ein paar werden wir mitnehmen müssen. Ich würde es gut finden, wenn du«, ich tippe dem Professor auf die Schulter, » das mit mir machen würdest. Ich könnte es zur Not auch allein. Dafür spricht, daß du hier wärst und eingreifen könntest, wenn etwas Außergewöhnliches passiert. Aber diese Möglichkeit halte ich für unwahrscheinlich. Viel wahrscheinlicher ist es, daß ich mich erstmal verfranse in dieser Gegend. Es ist also besser, wenn du mitkommst. Aber ich bitte, das nur so zu entscheiden, wie du dich fühlst. Ein nervöser und ängstlicher Fahrer ist gefährlich. Es ist viel verlangt, mit der ganzen Meute durch die Gegend zu fahren. Laß dir ruhig Zeit und – wie gesagt – fühl dich zu nichts verpflichtet.«

Die Hütte kommt in Sicht. Ein Haus, bei dem man sich im Dämmerlicht gut vorstellen kann, daß die Vordertür aufgeht und die Hexe herauskommt, um Hänsel und Gretel einzufangen. Der Professor läßt den Wagen die letzten Meter ausrollen. Die Scheinwerfer bleiben eingeschaltet. Nach einem leichten Einschlag des Steuers tastet sich der Lichtkegel über eine Natursteinwand und zwei Butzenglasscheiben, findet dann Halt auf einer groben Holztür. Wir sind angekommen.

Für einige Sekunden bleiben wir noch im Wagen, um uns an das Zwielicht zu gewöhnen. Schließlich öffnet der Professor die Tür. Nachdenklich sagt er: »Weißt du, gestern hätte ich gesagt, daß du allein fahren mußt, und ich hätte arge Bauchschmerzen gehabt, daß du mit meinem Auto unterwegs bist... Es war dringend nötig, mal wieder etwas länger mit euch zusammen zu sein. Ich fahre dich morgen, wenn du meiner Nervenstärke vertrauen magst... ?«

»Klar, ich hab auch eben bei der Fahrt darauf vertraut. So sehr sogar, daß ich nicht auf den Weg geachtet habe. Wenn du jetzt nein gesagt hättest, wäre ich in der Klemme gewesen!« Wir müssen alle lachen.

Innerhalb einer Viertelstunde leeren wir den Kombi. Neben einem Dutzend Schlafsäcken und zwei Kästen Getränke kommen mehrere Kartons mit Lebensmitteln zutage. Der Professor hat erkennbar mehr als die fünfhundert Mark ausgegeben, die ich ihm gegeben hatte. Nachdem alles verstaut ist und wir die Räumlichkeiten bewundert haben, zündet unser Gastgeber ein Feuer im Kamin an. Bei belegten Broten und einer Flasche Wein setzen wir das Gespräch fort.

Der Professor kramt einen Zettel mit Notizen hervor und sagt mehr zu sich als zu uns, daß einige Punkte abgehakt werden können. Renate ist neugierig und stibitzt ihm blitzschnell den Zettel.

»Öh, öh, was auch immer du vermutest, lesen kannst du es nicht.« Amüsiert beobachtet der Professor, wie Renate erst prüfend, dann verwirrt versucht, den Zettelinhalt zu entziffern. Schließlich gibt sie auf und reicht ihm das Papier zurück. »Versteh's nicht falsch, aber ich wollte mich vergewissern, daß du nicht mit einer Zeitbombe im Jackett herumrennst. Was ist denn das für eine Sprache?«

»Du bist wohl gar nicht mißtrauisch?« Der Professor hockt vor dem prasselnden Kaminfeuer wie ein kleiner Kobold. »Und das, wo ich bei dir drei Semester Konspiration studiert habe! Es ist altgriechisch, genauer: Es sind Zitate aus der Odyssee von Homer. – Offen wäre da noch der Punkt der Gefangennahme des Odysseus und seiner Mannen durch den einäugigen Zyklopen. Es geht um die List, mit der der Held und seine Mannen unter den Schafen des geblendeten Riesen hängend aus dem Verlies flüchten konnten. Verstehst du?«

Ich bin gerade dabei, einen Joint zu drehen, und unterbreche, um zu sagen: »Nun führ sie aber nicht vor. Mach's nicht so spannend, um was geht es?«

Der Professor zieht eine Grimasse. Affektiert schmollt er: »Es bleibt nicht mal mehr Zeit für kleine Gags in diesen Tagen. Na gut, dann im Klartext: Aus meiner Sicht – und hart am Puls der Szene – wollte ich euch mitteilen, daß die RAF für viele Linke nur noch in bezug auf die Gefangenen und deren Haftbedingungen faßbar ist. Ich finde, daß man sich das agitatorisch und organisatorisch unbedingt zunutze machen muß. Auf dieser Schiene kann die liberale Öffentlichkeit für unsere Sache mobilisiert werden. Humanitäres haben sich die Liberalen sowieso als ihre ureigenste Spielwiese ausgesucht. Wir könnten Interessierte an die Gruppe heranführen und gleichzeitig die Gefangenen über diesen Zusammenhang in die Arbeit einbinden. Ich stelle mir vor, Gruppen auf Städtebasis zu bilden, die sich am Ort mit Gefangenenarbeit und Unterstützung beschäftigen. Man muß Anlaufmöglichkeiten bieten, die sich zu Kristallisationspunkten entwickeln. Die Gefangenen können dann zum Beispiel strategische Konzepte ausarbeiten und sie getarnt als Auseinandersetzung mit den Liberalen rausgeben. So können sie die Zielsetzung der illegalen Arbeit mitbestimmen und ihre Texte über die legalen Gruppen durch die Zensur bringen. Mit Prominentenbesuchen und mit kleineren Aktionen auf der Ebene von Klebe- und Sprühgeschichten, Flugblättern oder auch mal einer spektakulären Besetzung könnte langsam eine richtige Öffentlichkeitsarbeit aufgebaut werden. Das ist das Wichtigste an meinem Vorschlag.«

Bis ich den Joint anzünde, ist es still. Beide, Renate und der Professor, warten auf meinen Kommentar. Sein Vorschlag hat es in sich, ist ebenso verlockend wie gefährlich. Ich wende ein, daß wir bei dieser Arbeit den illegalen Teil von der legalen Ebene scharf abgrenzen müssen, da es sonst für die Anwälte und die Verwandtengruppe gefährlich werden könnte. Ich mache klar, daß es von seiten unserer Gegner keiner tiefschürfenden Analyse bedarf, die Anwälte und exponierte Leute als Bindeglieder zu ermitteln und festzustellen, ob diese in das Konzept integriert sind oder nicht.

Renate teilt meine Ansicht nicht. »Stimmt, das ist nicht ungefährlich. Für die Legalen wäre es aber endlich etwas Greifbares. Es entreißt unsere Arbeit dem Mythos und hebt die Trennung zwischen Gefangenen, Legalen und Illegalen zumindest propagandistisch auf. Mir gefällt der Vorschlag. Morgen beim Treffen werden die Gefangenen ein wichtiger Schwerpunkt sein, dann können wir darüber reden. Endgültig können wir das erst abklären, wenn wir uns auf die Zielrichtung der Aktionen festgelegt haben. Wie wir uns auch entscheiden, brach liegen lassen können wir das Feld nicht mehr. Wenn an dieser Front nicht bald etwas geschieht, dann verlieren wir das letzte bißchen Bezug zur Linken und dürfen uns nicht wundern, wenn wir Rekonstruktionsschwierigkeiten kriegen.«

Renate nimmt den Schürhaken und stochert nachdenklich im Feuer herum. Fünkchenschwärme verschwinden im Schornstein, die Flammen werden heller und zeichnen unsere Schatten scharf an die Wand. In das Knistern hinein sagt Renate: »Bleibt die Frage, wie wir diesen Vorschlag morgen in die Gruppe einbringen. Die trauen dir nach deinem Podiumsauftritt nicht mehr über den Weg, davon müssen wir ausgehen. Am besten wäre es, wenn du deine Vorschläge selbst erläuterst. Wenn wir versuchen, die anderen davon zu überzeugen, wird das wenig Eindruck machen. Für die Gruppe bin ich in diesem Punkt befangen, schließlich haben wir lange zusammengearbeitet.«

Renate reckt sich, mit über den Kopf ausgestreckten Händen gähnt sie. »Müd bin ich, ich glaub, ich leg mich hin. Die letzte Nacht war zu kurz.« Sie lächelt mich an. »Und morgen sollten wir besser wach und fit sein. Wo schlafen wir?« Bei dieser Frage sieht sie mich an. Der Professor blickt von ihr zu mir und sagt: »Wer zuerst kommt, mahlt zuerst. Ich empfehle euch die kleine Kammer. Da könnt ihr morgen kaum Zuwachs bekommen.«

Ich sehe an Renate vorbei. Ich bin zwar auch müde, aber mir paßt nicht, daß der Professor den Eindruck bekommt, ich sei mit Renate fest zusammen. »Geh schon mal vor, ich hab noch nicht die richtige Bettschwere.«

Renates Gesichtsausdruck bleibt unverändert. »Na fein, ich merke schon, die Herren wollen noch ein wenig allein miteinander ... Da will ich nicht weiter stören. Gute Verrichtung allerseits.« Im Gehen wendet sie sich zu mir um: »Aber du kommst doch dann?« Ich nicke.

15 Schattenspiel

Nachdem Renate gegangen ist, steht der Professor auf und verschwindet in einem der Zimmer. Kurz darauf taucht er mit zwei alten Wollmänteln und Gummistiefeln wieder auf und schlägt mir einen Spaziergang vor. Diese Aussicht läßt alle Müdigkeit von mir abfallen. Ich stecke ein Bröckchen Haschisch, Zigarettenpapier und Tabak ein.

Tannen mit traurig herunterhängenden Ästen umstellen das Haus. Eine Gruppe greiser Indianer, die sich zum allerletzten Angriff auf das Fort aufgerafft hat, das sie schon seit Jahrzehnten erfolglos belagert.

Ich erzähle dem Professor von meinen Assoziationen. Die Indianer erstarren. Wir müssen beide lachen. Das Lachen ist das

Trompetensignal, mit dem die Eingeschlossenen ankündigen, daß sie einen Ausfall wagen. In allerletzter Sekunde, dann aber durch die ganze Tiefe ihres Belagerungsrings, geben uns die alten Krieger eine Gasse frei.

Wir sind mutig geworden. Mit jedem Meter, den wir auf dem kaum erkennbaren Waldpfad in die verwobene Dunkelheit eindringen, entwerfen die Schattenrisse der Bäume neue Spukgestalten. Wir passieren die glutroten Augen des Hundes von Baskerville, lassen die geköpfte Jungfrau hinter uns und unterlaufen die Keulen sich himmelhoch auftürmender Riesen. Wir flüstern und unterdrücken mühsam das Lachen, um die tausend abenteuerlichen Gestalten nicht zu wecken. Nachdem kein Alp, keine Fee, kein Gnom und kein Gespenst unbemerkt geblieben sind, zieht sich der Zauberwald plötzlich zurück und gibt eine Lichtung frei. Durch deren Mitte, glucksend und unsere Ausgelassenheit bestätigend, hat ein Bach sein Bett geschnitten.

Am Ufer finden wir den Stein der Weisen, einen Findling mit einem waagerecht abgeflachten Einschnitt, fast wie eine Bank. Sitzend rauchen wir einen Joint, schweigen inmitten der Geräuschkulisse aus geheimnisvollem Rauschen, Glucksen und Plätschern. Jeder hängt seinen Gedanken nach. Unvermittelt fragt der Professor: »Wie fühlst du dich eigentlich bei dem, was du jetzt machst? Wie kommst du zurecht mit der Gruppe und deinen Lebensumständen?« Er spricht leise, flüstert fast, kann aber seine Unsicherheit auch durch die reduzierte Lautstärke nicht verbergen.

Ich nehme einen Ast und reiße die mattbleierne Oberfläche des Bachwassers auf. Wie ich mich fühle, vermag ich wirklich nicht in wenigen Sätzen zu sagen. Ich brauche lange, bis ich ihm antworten kann.

»Es gibt keine Möglichkeit, Druck nach außen abzuleiten. Dadurch werden kleine Stimmungsschwankungen, die es natürlich auch bei uns in der Gruppe gibt, leicht selbstzerstörerisch. Viele versuchen, Reibung und Konfrontation zu vermeiden. Du entwickelst ein Gespür dafür, woraus in welcher Situation Spannungen erwachsen können. Das versuchst du, schon im Ansatz zu unterlaufen. Allerdings führt das auch dazu, daß unangenehme Themen ausgeklammert werden. Das wirkt sich auf die Dauer negativ aus. – Weißt du, es ist bezeichnend für unsere Situation, daß alles, was du tust, und auch das, was du läßt, direkte Konsequenzen hat ... Und manchmal auch keine guten.«

»Und versucht ihr nicht, diesen Zustand aufzubrechen? Es muß doch im Interesse aller sein, daß sich nichts aufstaut.« Der Professor zündet sich eine Zigarette an und schnippt den glimmenden Streichholzrest genau in das Wellendreieck, das ich mit dem Ast erzeuge.

Mein Lachen kommt mir gekünstelt vor. »Ach, weißt du, im Interesse aller müßte eigentlich vieles liegen, was trotzdem nicht passiert. Die Gruppe ist keine Insel, es gibt Machtkämpfe und Intrigen, seltsame Koalitionen, Außenseiter, alle Formen und Positionen, die du dir nur denken kannst. Mit dem Interesse aller wird's da schwierig. Es ist wirklich nicht viel anders als draußen. Oft ist es das wichtigste Interesse aller, daß Ruhe herrscht im Rudel.«

»Das hört sich ziemlich verbittert und desillusioniert an. Wie kommst du damit nur zurecht? Kannst du so was einfach hinnehmen und wegstecken?«

Ich merke, daß es mir immer schwerer fällt, direkt zu antworten. Ich möchte ihm antworten, aber ich möchte mich ihm nicht ausliefern.

»Du hast schon recht, wegstecken läßt sich das nicht. Ich will dir etwas verraten, worüber ich bis heute nur mit wenigen gesprochen habe. Ich denke oft daran, wie ich mich früher, bevor ich untergetaucht bin, mit meinem Vater gestritten habe. Der war Berufssoldat bei den Nazis. Mit seinem elitären Kommißgeist fand ich ihn manchmal schlimmer als den dumpfen Fanatismus der echten Parteigenossen. Ich hab ihn gelöchert mit Fragen: ›Warum hast du damals für diese Irren geschossen? Warum hast du Menschen getötet, obwohl du doch nicht mehr glauben konntest, daß du für die richtige Sache schießt?‹ Mein Alter hat von der Arbeitslosigkeit in den zwanziger Jahren erzählt, davon, daß er keine Lehrstelle kriegen konnte, vom Zwang der Umstände eben, dem er sich nicht entziehen konnte. Allmählich beginne ich, ihn zu verstehen. Auch bei uns sind leider Zwänge wirksam, die wir in ihren Konsequenzen nicht immer abschätzen können. Kann es uns nicht auch passieren, daß unsere Kinder und Enkel eines Tages fragen: Warum habt ihr mitgemacht, mitgeschossen, mitgebombt? Diese Verunsicherung trage ich mit mir herum und kann eigentlich mit niemandem darüber sprechen. Manchmal habe ich sogar das ungute Gefühl, mich opportunistisch wie ein Mitläufer zu verhalten. Diese Widersprüche sind meine, liegen begründet in meinem Handeln und Denken, mit der objektiven Situation hat das wenig zu tun.«

Der Professor richtet sich auf, streckt sich, macht ein Hohlkreuz und schüttelt sich. Seine Stimme klingt gleichmütig: »Ich kann dir nur raten, daß du deinen Zweifeln und Fragezeichen sorgfältig nachgehst. Wenn du aus Angst vor möglichen Konsequenzen schon vorher ausblendest, verlierst du deine Identität. Daß alles, was du tust oder läßt, unter dem Druck der Illegalität nicht folgenlos bleibt, hast du schon selber gesagt. Was du eben angedeutet hast, kann zum Kern einer Katastrophe werden, ist dir das bewußt?«

Er läßt eine Pause entstehen, in der ich hätte antworten, richtigstellen oder widersprechen können, aber es gibt nichts richtigzustellen. Der Professor spürt, daß er einen wunden Punkt getroffen hat. Es klingt mitleidig, als er in das unangenehme Schweigen hinein schließlich sagt: »Und was du über die Kinder und Enkel gesagt hast – das ist schon komisch, denn etwas Ähnliches habe ich gestern abend daheim überlegt, wenn auch unter umgekehrten Vorzeichen. Ich habe euch ja erzählt, daß ich Krach mit Gitte hatte, weil ich heute nicht nach Berlin fahren konnte. Gitte hat nicht mehr mit mir geredet. Als Versöhnungsgeste habe ich die Kinder zu Bett gebracht. Ich saß am Bettrand und hab mir ihre offenen kleinen Gesichter angesehen, Gesichter, die soviel blindes Vertrauen in uns zeigen. Mir ging durch den Kopf, daß mich diese Gesichter vielleicht eines Tages anklagen könnten. Was habe ich denn wirklich dafür getan, daß sie nicht in eine videoüberwachte, atompilzüberzogene Giftmülldeponie hineinwachsen müssen? Sie erben von uns eine kaputte und ausgepowerte Welt – und was tun wir dagegen? Selbst das, was ihr tut, ist im Grunde lächerlich, wenn du es in bezug setzt zu den Stahlbetonfakten, die täglich in die Landschaft gesetzt werden. Versteh mich nicht falsch. Mir steht es nicht zu, dich zu kritisieren, schließlich bekomme ich meine eigenen Ängste kaum in den Griff. Den Schritt in die Illegalität habe ich jedenfalls nicht gewagt.«

Ich stehe auf. »Laß uns auf dem Rückweg weiterreden, mir ist kalt.« Ich lasse den Ast los, das schnell dahinströmende Wasser nimmt ihn mit sich. Wir sind einige Meter schweigend gegangen, als der Professor das Gespräch noch einmal aufnimmt: »Und du glaubst, daß echte Veränderung mit den Mitteln des bewaffneten Kampfes zu erreichen ist, hier, in diesem Land?«

Obwohl ich verunsichert bin, antworte ich mit Bestimmtheit: »Wie wollen wir es je herausfinden, wenn wir es gar nicht erst ausprobieren? Daß die BRD eins der letzten Länder ist, in dem eine Revolution vorstellbar ist, bedeutet doch nur, daß hier jeder Angriff doppelt zählt. Hier ist das Gehirn des Molochs und ich denke, daß ihm Schläge hier mehr weh tun, als wenn etwas auf der anderen Seite des Globus irgendwo im Dschungel passiert. Das kannst du schon daran ablesen, was die Schweine in die Fahndung nach uns investieren. Daraus ist doch inzwischen eine regelrechte Aufrüstung nach innen geworden. Meinst du, sie würden das machen, wenn sie sich der Stühle sicher wären, auf denen sie breitärschig thronen ...?«

»Hatten wir das nicht alles schon?« unterbricht mich der Professor ruhig. »Bist du dir denn sicher, ob sie es nicht toll finden, daß wir ihnen immer wieder Gründe liefern, im Inneren mobil zu machen? Das Instrumentarium, das sie entwickeln, um euch zu fassen, läßt sich genausogut zum Niederhalten von sozialen Unruhen und Protesten verwenden. Ich bin jedenfalls nicht mehr so sicher wie du, welche Rolle ihr geschichtlich gesehen wirklich spielt ...«

Ich gebe keine Antwort. Wir sind wieder zurück am belagerten Fort. Doch hat der Ort jetzt seine Märchenhaftigkeit verloren. Es ist kühl geworden und ich fröstele.

Vor der Tür angekommen, sagt der Professor: »Ich habe eben ein bißchen Advocatus Diaboli gespielt. Wenn ich mir über den richtigen Weg sicher wäre, hätte ich längst die Konsequenz gezogen und würde nicht mehr weiter mit euch zusammenarbeiten.« Er hat die Hand schon an der Türklinke, als er sich noch einmal umdreht und mich an der Schulter packt.

»Ich möchte, daß du weißt, daß dieses Gespräch bei mir gut aufgehoben ist. Von mir erfährt es keiner, darauf kannst du dich verlassen! Ich hoffe nur, daß du es auch so hältst. Und noch etwas: Wenn du jemals Hilfe brauchst, dann kannst du dich an mich wenden. Das ist ein Versprechen.«

Ich sage einfach nur danke. Jedes weitere Wort wäre peinlich gewesen.

Wir sind beide müde. Nach einem Glas Rotwein und kurzem Aufwärmen am Kaminfeuer gehen wir schlafen. Der erste Tag des Treffens ist angebrochen.

16 Angst

Gibt es eine Angst unter diesem Himmel, die mich im Libanon nicht hinterrücks angesprungen hat? Wach liege ich neben Renate auf dem Bett. Ein bißchen Verunsicherung reicht, und Beirut ist wieder da. Seit dem Morgengrauen, als uns das Heulen der heranfliegenden Granaten aus dem Schlaf gerissen hat, vibriert die Erde. Straßenzug um Straßenzug schlagen die Geschosse ein. Sie treffen wahllos, es gibt hier nur weiche Ziele, die zurückgebliebenen Frauen, die zu früh alt gewordenen Kinder, Reste einer noch vor kurzem intakten Gemeinschaft. Es sind Männer, die die Granatwerfer in den Schufbergen bedienen, es sind Männer, die mit Stalinorgeln das Feuer erwidern. Ich renne. Eine Staubfahne, die vor meinen Füßen vom Wind verweht wird, zeigt mir, daß ich eben das Ziel eines Scharfschützen war. In Deckung werfen, so schnell wie möglich. Ich muß es schaffen, ich muß zu unserer Unterkunft durchkommen. Warum haben sie ausgerechnet mich geschickt? Seit die Offensive von Christen und Syrern gegen die palästinensischen Stellungen läuft, gibt es überall zuwenig Kämpfer, wahrscheinlich ist dies der Grund. Es war Zufall, daß ich an diesem Morgen im Hauptquartier war. Nachdem sich das erste Chaos gelegt hatte, begannen die Genossen, sich einen Überblick über die Stoßrichtung des Angriffs zu verschaffen. Es dauerte nicht lange, da war klar, daß unser bisher in der Etappe gelegener Stützpunkt jetzt zur Front gehört. Die Genossen dort haben es womöglich noch gar nicht gemerkt. Ich muß sie erreichen, bevor sie von der Angriffswelle überrollt werden. Ich habe Angst, Angst um sie, aber noch mehr Angst um mein eigenes Leben. Die Front? Das ist ja gerade das Dilemma, es gibt in dieser Stadt keine festen Fronten mehr. Der Krieg greift ziellos um sich. Ich werfe mich in einen Hauseingang, gerade noch rechtzeitig. Eine Maschinengewehrgarbe läßt Asphaltsplit aufspritzen. Etwas Scharfes reißt mir die Wange auf, Blut läuft mir in den Kragen. Keine Zeit, die

Wunde abzutasten, ich muß weiter, muß hier raus, sonst bin ich tot. Ein amerikanischer Dodge-Van kommt am Ende der Straße um die Ecke. Kein Nummernschild und auch kein anderes Zeichen zeigt an, zu welcher Miliz er gehört. Der Wagen bleibt stehen, zwei Männer springen heraus, rennen um den Wagen herum und springen unter die von einer Plane abgedeckte Ladefläche. Sekunden später fällt die Plane auf die Straße. Auf dem Wagen ist eine russische Vierlingsflak montiert. Die vier Rohre schwenken in meine Richtung ein. Ich weiß, was jetzt kommt. Systematisch beginnen die Männer aus allen Rohren in die dunklen Öffnungen zu schießen, die vor Zeiten Fenster gewesen sein könnten. Ich kann mir ausrechnen, wann die Türöffnung an die Reihe kommt, in der ich Deckung gesucht habe. Über die Straße rennen? Sie würden mich abknallen wie einen Hasen. Sich über die Trümmer des Hauses nach hinten zurückziehen? Keine Garantie, daß dort nicht das Territorium der Feinde beginnt. Je näher die Einschüsse kommen, desto hektischer verkrallen sich die Gedanken in meinem Kopf ineinander. Der Fluchttrieb siegt. Ich krieche über Berge aus Schutt und zerfetztem Hausrat. Meine Kleidung wird von Glasresten aufgeschlitzt, die Knie sind längst eine einzige blutige Wunde. Weiter, nur weiter, vielleicht kommen sie als nächstes auf die Idee, mit Panzerabwehrraketen in die Häuser zu schießen... Irgendwann falle ich plötzlich einen Steinhügel herunter – freie Fläche, die Rudimente einer Nebenstraße. Nach vorn, nach hinten? Aus welcher Richtung bin ich eigentlich gekommen? Der Griff der russischen Makarov-Pistole in meiner Hand ist glitschig vom Schweiß. Trotz des Risikos bleibe ich kurz stehen, um die rechte Hand an den Stoffresten meiner Hose trocken zu reiben. Sieg im Volkskrieg. Warum denke ich ausgerechnet in diesem Moment an den plakativen Slogan? Alles um mich herum, auch mein eigenes Handeln, führt diese Parole ad absurdum. Aber keine Zeit für philosophische Überlegungen, hinter mir nähert sich das Geräusch von Panzerketten. Ich habe keine Lust, herauszufinden, wer diesen Panzer fährt. Durch das Stückchen freie Gasse zwischen den Trümmern renne ich in die entgegengesetzte Richtung. Die Orientierung habe ich längst verloren, eine Richtung ist auch gar nicht mehr wichtig, wichtig ist nur noch, die nächsten Minuten zu überleben. Mitten zwischen den Ruinen steht ein kleines Haus, das wie durch ein Wunder heil geblieben ist. Ich zögere für einen Augenblick, soll ich hineingehen? Ich sehe die Straße hinauf und hinunter – nein, das Haus wäre eine Falle. Gerade weil es heil ist, wird es von jedem Schützen aufs Korn genommen werden. Also weiter. Aus einem Pfad zwischen den Trümmern drängt sich plötzlich eine Gruppe von Frauen und Kindern auf die Straße. Erschöpfte, ausdruckslose Gesichter, nur die Augen leben und tasten ängstlich die Umgebung ab. Sie entdecken mich und sehen die Pistole in meiner Hand. Für Augenblicke schwanken sie zwischen Flucht und der Möglichkeit, mich anzusprechen. Es ist ein kleines Mädchen, vielleicht elf oder zwölf Jahre alt, das sich schließlich überwindet und mich in gebrochenem Englisch anspricht. »Sorry, Mister, kennen Sie den Weg ins Tal 'Al Sataar-Lager, wissen Sie, ob der Weg dorthin noch frei ist?« Ich bin hilflos, ich habe selbst die Orientierung verloren, aber gegenüber den Frauen und den Kindern rutsche ich sofort in die Rolle des Beschützers. Ich bedeute ihnen, mir zu folgen. Ich weiß nicht, warum sie mir vertrauen, aber sie schließen sich mir an. Unsere kleine Karawane setzt sich in Bewegung, um die Trümmerwüste zu durchqueren. An die Einschläge von Granaten und Raketen haben wir uns alle längst gewöhnt. Nur das Malmen der Kettenfahrzeuge, das immer wieder zu hören ist, macht uns nervös. Wir kommen nur sehr langsam voran, müssen mehrere Male zurückgehen, um Kämpfen auszuweichen. Ich bin naßgeschwitzt, mehr aus Angst als vor Anstrengung. Am frühen Nachmittag passieren wir die Stelle, an der sich vorher der Stützpunkt meiner Freunde befand. Es ist nichts mehr übrig von dem Gebäude. Auch die Unterstände im Gelände sind mit Tonnen von Sprengstoff dem Erdboden gleichgemacht. Ich frage mich, was aus den Genossen geworden ist, wer noch lebt, wer bei diesen Kämpfen getötet wurde. Aber es bleibt keine Zeit für Trauer und Neugier, wir müssen weiter. Wir wollen nicht in die Hände der Christen oder der Syrer fallen. Seit Stunden sind wir keinem Trupp der Fatah oder der PFLP mehr begegnet, das ist ein schlechtes Zeichen. Irgendwann geraten wir in der Nähe des Lagers zwischen die Fronten. Es ist paradox, aber in dem kleinen Streifen, in dem wir uns bewegen, herrscht Ruhe. Die Geschosse fliegen in beiden Richtungen über uns hinweg. Unter dem massiven Artilleriebeschuß haben sich die Scharfschützen beider Seiten offenbar zurückgezogen. Trotzdem sitzt uns die Angst im Nacken. Wir wissen, daß es zwar im Auge des Sturms ruhig ist, die Gewalt aber jederzeit über uns zusammenschlagen kann. Erschöpft und ausgebrannt erreichen wir schließlich den Rand des Palästinenserlagers. Geschafft, wir sind gerettet. Die kleine Susu, die sich getraut hat, mich anzusprechen, verwandelt sich auf der Stelle von einer ernsten, vom Krieg geprägten Erwachsenen in ein fröhliches Kind. Die Miliz, die das Lager verteidigen soll, hört sich ungläubig den Bericht unserer Odyssee an. Sie können es kaum glauben. Auf dem Weg hierher haben wir zweimal die Fronten gekreuzt, ohne es zu merken. Ich werde vom Kommandanten zum Tee eingeladen, eine große Ehre. Als ich im Gespräch auf die kleine Susu zu sprechen komme, wird der Palästinenser sehr ernst. Wir müssen aufpassen, die Kinder dürfen nicht mehr draußen spielen. Zweimal waren heute israelische Düsenjäger über dem Lager und haben Butterflybombs abgeworfen. Ich habe keine Ahnung, was Butterflybombs sind. Er führt mich in einen Nebenraum, wo auf mehreren Tischen Blindgänger und requirierte Waffen ausgestellt sind. Ein Tisch sticht hervor, weil sich scheinbar harmloses Spielzeug auf ihm stapelt. Ein Gebilde, das aussieht wie ein bunter Plastikschmetterling, hat einer ganzen Generation von heimtückischen Waffen den Namen gegeben. Butterflybombs sind Spielzeugbomben, getarnt als Kreisel, Puppen oder Spielzeugautos. Diese Bomben haben Trägheitszünder, die sich beim Auftreffen selbst aktivieren. Werden sie danach angefaßt, explodieren sie. Sie sollen nicht unbedingt töten, sie sollen vor allem verletzen, um so die ärztliche Versorgung der Palästinenser zu blockieren. Noch in der folgenden Nacht schließt sich der Ring um Tel 'Al Sataar. Die Palästinenser wollen nicht, daß ich als Ausländer im Lager bleibe. Mit einem der letzten Trupps verlasse ich Tel 'Al Sataar, wir schlagen uns in den noch intakten Nordteil Ostbeiruts durch. Der Todeskampf Tel 'Al Sataars zieht sich über Wochen hin. Es gibt so gut wie keine Überlebenden. Von einem jüngeren Palästinenser erfahre ich, daß Susu bis zuletzt die Männer in den wenigen verbliebenen Stellungen mit Essen und Trinken versorgt. Bei einem dieser Botengänge wird sie von einem explodierenden Geschoß zerfetzt... Ich denke oft an Beirut, ich habe den Geruch von Angstschweiß noch in der Nase. Wir reden oft davon, daß es doch möglich sein müsse, mit richtigen Aktionen die Massen zu mobilisieren. Sieg im Volkskrieg – ich kann der

Parole nichts mehr abgewinnen. Ich habe es geschafft, aus Beirut herauszukommen, aber ich habe Beirut nicht verlassen können. In Beirut weiß oft keiner mehr, wer wann warum gegen wen kämpft. Und hier? Wir sind zwanzig Untergrundkämpfer in einem Land mit sechzig Millionen – gegen wen kämpfen wir?

17 Entscheidung

Das gibt es. Du siehst jemanden an und du weißt, daß etwas ganz und gar nicht in Ordnung ist. Es ist nicht das verräterische Zukken der Mundwinkel, es ist auch kein unüberhörbarer Unterton, es ist viel subtiler, an den Rändern des Wahrnehmbaren angelagert und doch überdeutlich. Als ich auf Anna zugehe, weiß ich es augenblicklich. Sie sieht an mir vorbei die Straße hinunter, wo der Professor im Wagen sitzt und wartet. Sie schürzt die Lippen, dann kommt es: »Hast du den Arsch offen, mit diesem stadtbekannten Idioten hier aufzukreuzen? Wo ist Renate, wieso ist sie nicht mir dir hergekommen? Das fängt ja gut an.« Ihr Blick kommt zurück, liegt auf der Lauer.

»Guten Morgen erst mal. Bevor wir in die zweite Runde gehen, läßt du mich vielleicht erklären. Es dürfte kaum unauffällig sein, wenn wir im abgelegensten Winkel des Taunus stundenlang im Konvoi herumkreuzen, bis wir unter hundert gleichaussehenden Waldwegen vielleicht den richtigen finden. Der Weg ist auf keiner Karte verzeichnet, und selbst nach dreimaligem Erklären bin ich mir nicht sicher, ob ich ihn wiederfinden würde. Deswegen haben wir beschlossen, daß es unauffälliger und ungefährlicher ist, wenn derjenige fährt, der den Weg auf Anhieb findet. An sich ist das doch 'ne ganz rationale Entscheidung, findest du nicht auch?«

Anna schweigt, ist eingeschnappt. Es dauert eine Weile, doch dann entschuldigt sie sich. »Noch bis heut morgen um vier war nicht klar, ob es Flipper mit seinen Leuten pünktlich schafft. Der Wagen, den sie geklaut haben, hat auf halber Strecke den Geist aufgegeben. Sie hatten aber nur Nummernschilder für dieses Fahrzeug dabei. Zweimal mußte ich gestern nacht raus zum Telefonieren in die einzige noch offene Freßkneipe. Zum Schluß haben die dort schon lautstark debattiert, ob ich nicht 'ne Nutte bin, die von ihrem Laden aus Freier aufreißt. – Komm, laß uns Hans holen und den anderen Bescheid sagen. Sie sollen sich dranhängen, und dann nichts wie los, sonst schlafe ich im Stehen ein.«

Eine halbe Stunde später fahren wir im losen Abstand mit vier Fahrzeugen über die Autobahn Richtung Gießen. Hans und Anna haben sich auf die Rücksitze gesetzt. Anna ist nach der Auffahrt auf die Autobahn an der Schulter von Hans eingeschlafen. Vorsichtig hat er ihren Kopf auf seinen Schoß gebettet. Seit der kühlen Begrüßung zwischen Anna und mir habe ich die beiden beobachtet. Ich bin mißtrauisch: Hans und Anna? Verdammt, warum denn eigentlich nicht? Daß zwischen mir und Renate nichts gelaufen ist, lag mehr an den Umständen. Aber solche Argumente taugen wenig, wenn sich die Eifersucht wie ein Vampir in den Gedanken festgebissen hat.

Ich versuche mich abzulenken und beginne übergangslos zu erzählen, was sich bisher ereignet hat. Hans unterbricht mich nach wenigen Sätzen und bittet, mit dem Bericht bis zur Ankunft zu warten. Er hat recht, denn ich müßte den übrigen alles noch einmal erläutern. Hans ist nervös, auch wenn er sich besser im Griff hat als Anna. Die weitere Fahrt verläuft schweigend.

Alle Überspanntheit und Verschlafenheit ist wie weggepustet, als wir ankommen. Siebzehn sind wir insgesamt, nur drei Leute fehlen. Sie müssen auf die Wohnungen aufpassen. Mehrere aus der Gruppe haben sich seit der Rückkehr von der militärischen Ausbildung nicht mehr gesehen. Die Begrüßung verläuft entsprechend lautstark und ausgelassen. Der Professor sieht dem Treiben hilflos zu, dann fängt er an, den Kindergarten ins Haus zu scheuchen. Drinnen hat Renate alle Tische zusammengeschoben und eine große Frühstückstafel gedeckt. Den Mittelpunkt bilden mehrere Kannen dampfenden Kaffees.

Es wird Mittag, bis der erste Mitteilungsdruck abebbt und Anna vorschlägt, anzufangen, und den Professor bittet, das Haus bis zum Abend zu verlassen. Der Professor zieht schweigend seine Stiefel an, nimmt den Mantel und geht.

Kaum ist die Eingangstür hinter ihm zugefallen, da beginnt Anna mit auf mich gerichtetem Blick zu erklären: »Hört mal alle zu, es gibt noch ein paar subjektive Geschichten, die besser vorab geklärt werden sollten.« Während sie das sagt, bemüht sich

Hans, nicht in meine Richtung zu sehen. Ich ahne, was nun kommt. »Ihr wißt inzwischen, daß ich nach der Ermordung Lores bei Hans geblieben bin. Ich wollte ihm helfen, mit der Scheiße zurechtzukommen. Um es kurz zu machen, wir haben uns verknallt, und wir wollen in der nächsten Zeit zusammenbleiben.«

Anna hat es klug angestellt, sie hat die Gruppe angesprochen, doch eigentlich nur mich gemeint. Ich habe also richtig vermutet. Langsam wandelt sich meine Anspannung in ein alle Emotionen einfrierendes Taubheitsgefühl. Die Botschaft dringt bis in die letzte Körperzelle. Anna geht, es ist aus zwischen uns!

Alle Blicke sind, von Anna ablassend, auf mich gerichtet. Ich bin Käthe dankbar, als sie das Schweigen durchbricht. »Sag mal, Gnädigste, wen interessiert es, daß du jetzt von einem Stinker zum anderen wechselst?«

Käthe belegt alle Leute, die sie ins Herz geschlossen hat, mit den gröbsten Schimpfwörtern. Umgekehrt ist sie gegenüber denjenigen, die sie nicht leiden kann, von ausgesucht süßlicher Höflichkeit. Sie ist zur Einzelgängerin geworden, seit ihr Freund bei einer Unterstützungsaktion für die Palästinenser in einem arabischen Land von der Geheimpolizei gefaßt wurde. Die Palästinenser sagen, er würde in ein paar Jahren frei kommen, so sei es ihnen zugesichert worden. Seit das passiert ist, hat Käthe trotz ihrer ruppigen Art beträchtlich an Ansehen gewonnen.

Anna ist verunsichert: »Ich wollte doch nur vermeiden, daß der Eindruck entsteht, es laufe was unter der Hand. Ich will nicht, daß es reinspielt in unsere Diskussionen, dafür sind sie zu wichtig!«

Käthe sieht mich an, sie sucht mein Einverständnis. Dann wendet sie sich Anna zu: »Na, Schätzchen, nun wissen ja alle, wer dein neuer Beischläfer ist. Vielleicht können wir jetzt endlich anfangen... Oder gibt es noch irgendwelche Scheidungen oder Ehen, die öffentlich gemacht werden müßten?«

Hans, bisher stumm und bewegungslos, wird lebendig: »Es gibt da noch 'ne Geschichte, die wir besser jetzt klären. Die meisten werden's schon mitgekriegt haben. Renate und Jürgen sind abgetaucht und zu uns gestoßen...«, er legt seine Hand auf Annas Schulter, nicht ohne dabei zu mir herüberzusehen, »wir waren in den letzten Tagen mit den beiden zusammen – und dabei ist etwas passiert, was meiner Meinung nach auf den Tisch muß. Jürgen hat einen früheren Freund getroffen – er behauptet zufällig – und ist mit ihm zusammen in dessen Wohnung gegangen, angeblich nur, um mit ihm zu reden.« Hans sagt »reden« so gedehnt, daß jedem klar ist, er denkt, Jürgen habe gelogen.

Während Hans spricht, ist Jürgen rot angelaufen. Nun kann er nicht mehr an sich halten und platzt heraus: »Hör mal, ich dachte, das ist erledigt. Ich find's echt fies, wie du das bringst. Ob du es nun schnallst oder nicht, ich hab ihn wirklich aus Versehen getroffen, und es wäre verflucht auffällig gewesen, wenn ich ihm nicht eine halbwegs glaubhafte Erklärung für meine äußerliche Veränderung und die lange Abwesenheit mit auf den Weg gegeben hätte. Ich hab schon versprochen, daß so was nicht noch mal vorkommt. Aber damit auch wirklich alles auf dem Tisch ist: Ich bin schwul! Das hat Hans seltsamerweise ausgespart. Offenbar macht mich das verdächtig ... wohl weil es ein Typ war, den ich getroffen habe und mit dem ich«, er sieht Hans mit einem verächtlichen Blick an, »auf seine Bude gegangen bin. In manchem Spießerhirn weckt das unvermeidlich bestimmte Assoziationen.«

Mehrere Stimmen überlagern sich vor Aufregung. »Ist doch für'n Arsch! – Was soll denn das? – Versteh ich nicht, was daran nun so brandwichtig ist! – War das alles oder gibt's noch Nachschlag?«

Wieder ist es Käthes Reibeisenstimme, die sich Geltung verschafft. »Ich weiß ja nicht, Hänschenklein, ob du der Berufenste bist, andere des Fremdgehens zu verdächtigen!«

Hans schnappt dazwischen. »Wie meinst du denn das?« Käthe läßt sich nicht beirren und fährt fort: »Aber wenn du beweisen kannst, daß der Jürgen lügt und es kein Zufall war, dann bring es jetzt ohne Umschweife oder halt die Klappe und laß uns anfangen!« Hans schweigt, mit einem Blick sucht er Rückhalt bei Anna, aber deren Augen fixieren die gegenüberliegende Wand.

Seit Anna mir eröffnet hat, es sei aus zwischen uns, ist alles an mir vorbeigerauscht. Wenn es im Moment etwas gibt, worauf ich keinen Bock habe, dann ist es, schmutzige Wäsche zu waschen. Ich stehe auf und gehe in Richtung Küche. Käthe erhebt sich schnell und tritt mir in den Weg. »Hey, kleiner Feigling, nicht kneifen jetzt. Laß dich doch nicht von Herrn und Frau Biedermann aus der Bahn werfen. Biste halt wieder Junggeselle, na und, ist doch nicht der schlechteste Status, so gut, wie wir gebaut sind.« Sie rempelt mich an, für sie ein Zeichen großer Vertrautheit.

»Schon gut, ich pack das, wirklich. Ich will nur eine Aspirin schlucken und 'ne Minute allein sein. Okay?! Ich bin sofort wieder da!«

Sie lächelt. »Mußte auch, sonst hol ich dich nämlich. Und das wird nicht ohne blaue Flecken abgehen. Laß es lieber nicht drauf ankommen.« Sie gibt mir einen Stoß in Richtung Küchentür. Das Getuschel bleibt hinter mir zurück – ich atme auf, als die Tür ins Schloß fällt.

Endlich allein. Scheiße, Scheiße, Scheiße, warum hat sie das gemacht, warum hat sie es ausgerechnet so gemacht? Na klar, sie wollte vermeiden, daß sie mit mir allein drüber reden muß. Aus der Ecke kriechen finstere Rachegedanken. Jetzt wieder reingehen und ihr eine scheuern! ... Oder besser ihm eins auf die Glocke geben? Das bringt doch alles nichts, erledigt, aus und vorbei. Aber warum soll das nur mir weh tun? Das ist unfair, verdammt unfair!

Während sich meine Gedanken verknäulen, lasse ich mechanisch Wasser in ein Glas laufen. Ich suche in den Vorräten nach einer Aspirintablette und werfe sie ins Wasser. Die Tablette beginnt sofort, sich sprudelnd aufzulösen. Ja, das Ding löst sich auf ... und ich auch. Von ganz tief unten kommt ein Druck, steigt durch alle Adern nach oben, schiebt einen Berg vor sich her, der ständig anwächst. Ich kann die Tränen nicht zurückhalten, das Glas in meiner Hand beginnt konturlos zu werden.

Die Tür geht auf, jemand kommt herein, kommt auf mich zu, nimmt mir das Glas aus der Hand und führt mich wie einen Blinden hinüber zum Küchentisch, um mich auf einen Stuhl zu setzen. Eine Hand erscheint im Blickfeld, hält mir ein Papiertaschentuch hin. Ich nehme es und wische mir die Tränen aus den Augen. Ich sehe auf. Renate steht vor mir und streicht mir die Haare aus der Stirn. Leise sagt sie: »Laß es nur raus, halt nichts zurück, wenn es weh tut.« Ihre Finger fahren beruhigend durch mein Haar. Langsam fange ich mich. Sie streichelt mich, bis ich ihre Hand ergreife und ihr einen Kuß auf die Fingerspitzen gebe. »Dank dir, du bist sehr lieb!«

Sie lacht leise. »Na ja, lieb vielleicht auch, aber vor allem ängstlich. Ich habe gesagt, daß es einen Punkt gibt, den Professor betreffend, den du vorbringen willst. Ich hab mich nicht getraut, es selbst zu erzählen, verstehst du?«

Ich nicke. »Ist schon klar, das wäre auch nicht besonders klug gewesen. Daß ich es mache, war ja so besprochen. Ich komme gleich, ich will mich nur landfein machen.«

Ich werfe mir ein paar Hände voll kalten Wassers ins Gesicht, trockne mich ab, trinke das Aspiringebräu aus und will gehen. Aber Renate hält mich fest. Sie legt die Hände um meinen Nacken und lächelt. Plötzlich stellt sie sich auf die Zehenspitzen und gibt mir einen Kuß. »Ich will, daß du weißt, daß du so allein auch wieder nicht bist. Auch wenn es im Augenblick vielleicht kein großer Trost ist, ich habe dich sehr gern!«

Meine Stimme ist noch belegt, aber ich höre mich sagen: »Ich mag dich auch, hab dich richtig liebgewonnen in den letzten Tagen, das weißt du ja. Leider . . . kommt immer alles Verquere auf einmal, sonst hätte ich dir . . . « Weiter komme ich nicht, denn Renate legt mir den Zeigefinger auf die Lippen und schüttelt den Kopf. »Ssscht, sag jetzt nichts. Was ich eben gesagt habe, soll dich nicht bedrängen, es verpflichtet dich zu nichts . . . « Sie beugt sich vor und rubbelt ihre Nasenspitze an meiner. »Aber ich würde es sehr schön finden, wenn wir heute nacht ein bißchen Wärme und Zeit füreinander übrig hätten.«

Ich nicke und gebe ihr einen Kuß. Wir gehen zurück zu den anderen.

Ich nutze die Situation, daß sich alle Blicke auf mich richten, als ich den Raum wieder betrete, und beginne übergangslos mit meinem Bericht. »Hört mal, einige haben sich vielleicht schon gewundert, daß der Prof herumrennt, als wäre nichts gewesen. Es stand ja an, ihn aus der Gruppe rauszuschmeißen. Renate und ich haben mit ihm darüber gesprochen, und er hat uns eine verständliche Erklärung für seinen verbalen Ausrutscher gegeben!«

Beim letzten Satz bricht unwilliges Gemurmel aus. Die meisten haben offenbar in den Ausfällen des Professors mehr gesehen. Wenn man in einer Gruppendiskussion seinen Standpunkt einbringen und durchsetzen will, muß man eine feine Antenne für Stimmungen haben und sie sofort aufgreifen oder zerstreuen. »Ich weiß, ich weiß, seine Attacken gegen uns waren reichlich überzogen. Was ihr nicht wißt, ist, daß jemand auf dem Podium saß, der den Prof aus Konkurrenzgründen in die Terrorismusecke drücken wollte. Als die Situation in der Diskussion eskalierte, wußte er sich nicht anders zu helfen, als diesen Typ in der Ablehnung revolutionärer Politik rechts zu überholen.«

Ein leiser Zwischenruf: »Na, das hat er auch gründlich geschafft.« Ein Stimmungswechsel vollzieht sich, der Ton ist schon viel freundlicher. Jetzt gehe ich zum eigentlichen Anliegen über. »Beim Gespräch über diese Geschichte hat der Prof ein paar Ideen erläutert, von denen Renate und ich glauben, daß alle sie anhören sollten. In letzter Zeit haben die Spannungen zwischen den Legalen und uns zugenommen. Dafür haben wir bisher nur oberflächliche Erklärungen gefunden. Der Prof meint, daß sich unsere Legalen, zwischen den Stühlen sitzend, doppelt isoliert fühlen. Er sagt, daß die meisten darauf warten, daß wir sie mehr in die Arbeit einbinden.«

Es wird wieder unruhig im Raum. Plötzlich steht Flipper auf und sagt aggressiv: »Ich will jetzt gar nicht wissen, auf welchen genialen Einfall er gekommen ist, um die Widersprüche seiner bürgerlichen Existenz für sich erträglicher zu gestalten. Ich sehe es so: Wir haben jetzt eineinhalb Tage Zeit, um die allerwichtigsten Fragen zu klären. Die Legalen stehen für mich ganz hinten auf der Tagesordnung. Solange wir nicht wissen, was wir konkret machen wollen, können wir sie in nichts einbinden, weil's nichts einzubinden gibt. Laßt uns jetzt anfangen! Wenn am Ende noch Zeit bleibt, können wir darüber reden. Ich will 'ne sofortige Abstimmung!«

Noch während Flipper spricht, wird mir klar, daß ich es falsch angefangen habe. Jetzt dagegen zu argumentieren, wird der späteren Erörterung des Themas nur schaden. Ich versuche zu retten, was noch zu retten ist. »In Ordnung Flipper, seh ich ein. Es ist aber wichtig, daß wir am Ende des Treffs darauf zurückkommen, denn was immer wir machen werden, wir werden die Legalen brauchen.«

»Also dann mal los.« Käthe schnaubt ungehalten und setzt gleich nach: »Also wir, das heißt Flipper, Erika, Karl und meine Häßlichkeit, wir haben so 'ne Art Tagesordnung zusammengestellt. Wenn andere sich auch Gedanken gemacht haben sollten, müssen wir zusehen, wie wir's zusammenpfriemeln. Flipper, lies doch mal vor.«

»Wir sind davon ausgegangen, daß wir uns bei der zukünftigen Struktur an das halten, was während der Ausbildung besprochen wurde. Entsprechend der politischen Bestimmung und der Zielsetzung unserer Aktionen, muß sich die Gruppe in Kommandos aufteilen. Wir müssen unabhängig und abgeschottet voneinander auf das jeweilige Ziel hinarbeiten. Daraus ergibt sich eigentlich schon der Schwerpunkt für jetzt. Arbeitstechnisches können wir, wenn die Zeit langt, auch noch am Schluß besprechen. Über die Bestimmung der Aktionsziele haben wir uns auch schon Gedanken gemacht. Es ist eigentlich klar, die Befreiung der Gefangenen steht auf der Tagesordnung! Alles andere hat sich an diesem Hauptziel auszurichten.« Flipper macht eine kurze Pause. »Nur mal zwischendurch, wenn einer von den Neuen nicht mitkommt, einfach fragen.« Renate und Jürgen nicken, und Flipper fährt fort: »Wir sind nur zwanzig Fighter, und das bedeutet, daß wir alle Kräfte auf diese eine Aktion konzentrieren müssen, die Infrastruktur wird sich aufs allernötigste beschränken müssen. Dieser Bereich hat in letzter Zeit zuviel Kräfte gebunden. Mit unserer jetzigen Kopfzahl können wir höchstens zwei Kommandos bilden und eine Gruppe abstellen, die sich um Infrastruktur, die Technik und die Verbindungen kümmert.«

Eine Pause entsteht, und Hans meldet sich zu Wort. »Flippers Vorschlag ist gut. Mir leuchtet allerdings nicht ein, wieso sich eine Gruppe extra um die Infrastruktur kümmern soll. Das können die Kommandos doch in eigener Regie machen?«

»Zu kurz gedacht«, Käthe sieht von ihrem Block auf. Sie macht sich seit einer Weile Notizen. »Wir haben nicht genug Leute, die Ausweise und Pässe perfekt hinkriegen. Dein Vorschlag würde bedeuten, zwei oder drei verschiedene Fotolabore einzurichten, obwohl wir mit einem auskommen könnten. Aber da ist auch eine grundsätzliche Frage zu überlegen. Wenn wir ex und hopp agieren, kann's passieren, daß es wieder so'n Loch wie nach der Stockholm-Aktion gibt. Nachdem die Stockholmer eingefahren sind, hat es ein Jahr gedauert, die Scheiße wieder aufzubauen. Sie haben uns nichts hinterlassen. Bei unserer momentanen Stärke muß das wirklich nicht sein!«

Hans gibt nicht nach. »Soll das heißen, daß die, die an den Ausweisen und den übrigen Papieren arbeiten, nicht an den Aktionen beteiligt werden? Das soll wohl so eine Art Sicherung der Gattung sein, für den Fall einer Niederlage?« Hans' Tonfall ist polemisch, aber Käthe zahlt ihm mit gleicher Münze heim.

»Wenn die Herren ihre Balztänze beendet haben, schlage ich vor, daß wir uns um die politische Zielsetzung kümmern. Das Organisatorische ist ja wohl nachgeordnet.«

Anna schaltet sich ein. »Hört mal alle zu, es gibt einen Brief der Gefangenen, von dem ihr bisher nichts wißt. Bevor ihr lange fragt, warum ich damit erst jetzt herausrücke, hört ihn euch an, das erspart mir lange Erklärungen.« Anna beginnt, vom Block abzulesen:

»Unsere Mitteilung an euch ist nicht für Voyeure bestimmt, die in uns keinen Teil der bewaffneten Politik sehen, die nicht verstehen, daß der politisch Handelnde zu jeder Zeit und an jeder Stelle zum Antagonisten der Herrschenden werden muß. Wir verpflichten die Übersetzenden – und das ist ein Befehl –, diesen Brief *nur dann* zugänglich zu machen, wenn klar ist, daß dieser Widerspruch aufgelöst wurde, ihr also beschlossen habt, uns zu befreien. Sollte dieser Brief wider Erwarten doch verlesen werden, als erstes dies: Wir mißtrauen euch! Darum: Wir haben seit Monaten nur taktisches Geschwätz von euch gehört. Kein Anzeichen dafür, daß ihr überlegt, wie ihr den Kampf auf eine andere Ebene transportieren könnt. Deshalb: Wir mischen uns ein. Auch wenn dies kapitulativ wirkt vor eurer großmäuligen Fassade, hinter der kleine Kinder Waffen, Wohnungen und Wagen sammeln wie Barbiepuppen. Falls ihr ernsthaft entschlossen seid, wieder selbst zu denken und euch nicht mehr vom BKA, der Counterpropaganda oder den eigenen verinnerlichten Ängsten die nächsten Schritte diktieren zu lassen – hier unser Beitrag. Wir, das heißt die RAF, sind: der manifeste Gegensatz zur militärisch-propagandistischen Maschinerie der US-Imperialisten. Nicht die Laienspielschar auf der Bonner Spielwiese bestimmt, was in diesem Lande geschieht. Die National Security Agency in Washington exekutiert über den Befehlsverteilungsapparat NATO, was in diesem Lande geschehen darf. Wenn ihr euch dieser Analyse anzuschließen geruht, dürfte es auch dem Schläfrigsten unter euch möglich sein, konkrete Ziele für konkrete Aktionen zu bestimmen. Da wir nicht sicher sein können, daß ihr euch aus eigener Kraft vom Objekt polizeilicher Maßnahmen zur selbstbewußt agierenden Guerilla regeneriert, wider alle Sicherheitsbedenken einige konkrete Ziele: der NATO-Militärapparat Brüssel/Frankfurt/Heidelberg – die

Typen an den Nahtstellen zwischen Pentagon/NATO/Bonn-Hardthöhe – auch wenn wir euch das nicht zutrauen, am besten natürlich: einen oder mehrere aus der NSA. Die tauchen regelmäßig zu Konsultationen in Brüssel/Bonn auf. Bei diesem Kaliber könnt ihr *sicher* sein, daß sie im militär-industriellen Komplex Gewicht genug haben, um alle Gefangenen aus der Guerilla freizubekommen. Bei Chargen unterhalb dieses Levels muß das sehr genau eingeschätzt werden. Überzogene Forderungen werden euch in Form unserer Leichen auf die Füße fallen, denkt daran! Zum Schluß noch dies: Wir können wohl nicht darauf hoffen, daß ihr euch mit dem Gedanken befaßt habt, eine militärische Einheit in einer bewaffneten Auseinandersetzung zu sein. Also, wenn ihr es noch nicht bemerkt haben solltet: *Es herrscht Krieg!* Im Krieg hat unter Revolutionären strikte Disziplin zu herrschen. Das ist kein Gegensatz zur Kollektivität. Es ist das Kollektiv, das entscheidet, wer sich zum Kader eignet. Über die allgemeine Zielsetzung muß geredet werden, über die Taktik des konkreten Angriffs dürfen jedoch nur die Kader entscheiden, sonst würde mit jeder Gefangennahme die ganze Struktur zerstört. Entschließt euch endlich zum Angriff!«

Eine ganze Weile ist es ruhig, man könnte die sprichwörtliche Stecknadel fallen hören . . .

Käthe hat sich Notizen gemacht, jetzt legt sie den Kuli auf den Block. »Ich hab alles in Stichpunkten notiert. Verbrenn den Wisch!«

Anna hangelt den großen Aschenbecher heran, nimmt das Blatt und hält die Feuerzeugflamme an eine Ecke. Erst als auch aus dem letzten Stückchen Asche geworden ist, kommt Bewegung in die Gruppe.

Mit gesenktem Kopf, aber eindringlicher Stimme sagt Erika: »Wir haben in den letzten drei Wochen ein Ziel ausgecheckt, wie es die Gefangenen in ihrem Brief anvisiert haben.« Sie will weiterreden, aber bevor sie dazu kommt, greift Hans ihren Arm.

»Um über die Frage zu diskutieren, ob wir uns an eine Aktion in dieser Größenordnung herantrauen, muß diese Information reichen. Ab sofort sollten wir wenigstens die simpelsten Abschottungsregeln einhalten und wirklich nur noch allgemeinpolitisch über die Aktionsziele diskutieren. Was das Organisatorische angeht, mach ich den Vorschlag, daß wir aus den Arbeitsgruppen der letzten Zeit die Kommandos bilden. Jedes Kommando sollte dann einen Kader wählen. Die endgültige Festlegung des Aktionsziels müssen dann die Kader vornehmen.«

Um einer erneuten ungezielten Debatte vorzubeugen, sagt Käthe: »Laßt uns sofort darüber abstimmen. Ich bin nämlich nicht bereit, über so grundlegende Voraussetzungen unserer Arbeit auch noch lange zu palavern.« Sie wartet einen Moment, um Widerspruch aufzufangen. Als nichts kommt, fährt sie fort: »Wer dafür ist, daß wir von nun an so verfahren, soll die Hand heben.«

Gleichzeitig und ohne Zögern gehen alle Hände nach oben. Hier kommt etwas ins Rollen, das ist mir beim Verlesen des Briefes klargeworden. Die Zeit der Stagnation ist zu Ende.

Käthe kann sich einen Kommentar nicht verkneifen: »Na, das ist doch mal was, Einstimmigkeit. Sollten wir am Ende doch noch auf dem Weg der Besserung sein?«

»Es reicht«, mischt sich Hans ein, »mit der Kritik war auch gemeint, daß wir konstruktiv arbeiten müssen. Der Analyse der Gefangenen ist eigentlich nichts mehr hinzuzufügen. Ihre Aktionsvorschläge sind die logische Weiterentwicklung der bisherigen RAF-Aktionen gegen die US-Militärmaschinerie während des Vietnamkriegs. Die Vorbereitung zur US-Intervention im Nahen Osten wird zur Zeit von Deutschland aus vorbereitet, das wissen wir. Damit werden die Kräfte der sozialistischen Länder gebunden, ebenso wie durch die kontinuierliche Aufrüstung in Westeuropa. Nachdem Anna und ich den Brief übersetzt hatten, haben wir die Infos gesichtet, die wir bisher zu diesem Komplex gesammelt haben. Wir sind dabei auf einen General gestoßen. Ich werde jetzt nicht sagen, wo der hockt. Allgemein gesagt hat er die Funktion, die Rüstungsanstrengungen der einzelnen NATO-Länder zu koordinieren und aufeinander abzustimmen. Wir halten es für möglich, daß wir uns an den Kerl heranarbeiten können. Es bleibt höchstens die Frage, ob wir nicht aus Sicherheitsgründen mehrere Ziele gleichzeitig auschecken sollten.«

Hätte ich unseren Zustand in diesem Moment beschreiben sollen, wäre Erregung das herausragendste Merkmal gewesen. Selbst Anita, die bisher stets geschwiegen hat, sagt nun zum ersten Mal etwas. Sie gehört zu denen, die sich bei allgemeinen

Diskussionen zurückhalten und, wenn überhaupt, dann eher pragmatische Einwände vorbringen.

»Nichts gegen den bisherigen Verlauf der Debatte, aber ich finde, wir sollten uns bewußtmachen, daß es für die Gefangenenbefreiung nur einen Anlauf gibt. Sollte der Druck der Aktion nicht ausreichen, dann wird die Niederlage endgültig sein. Die Hardliner und Counterstrategen aus den NATO-Geheimdiensten werden alles daransetzen, einen Austausch zu verhindern. Ich sage das deswegen, weil ich der Meinung bin, daß wir alle Kräfte konzentrieren müssen. Im Moment haben wir nicht mal die Struktur, auch nur eine Entführung durchzuführen, geschweige denn zwei. Für Täuschungs- oder Entlastungsaktionen bleibt überhaupt kein Raum. Lieber ein Kommando mit allen Kräften korrekt vorbereiten, als sich verzetteln. Außerdem gibt es noch den zeitlichen Faktor, der uns vielleicht nicht richtig bewußt gewesen ist. Das Verfahren gegen die Stammheimer ist bald zu Ende. Ob es danach noch möglich sein wird, mit ihnen zu kommunizieren, weiß keiner. Mir ist es jedenfalls sehr wichtig, den jeweiligen Stand der Dinge mit ihnen absprechen zu können. Wir haben ja heute gesehen, daß wir doch ab und an 'nen kräftigen Tritt in den Arsch brauchen.«

Erika greift das auf und ergänzt: »Kann ich nur unterstützen, was Anni grad gesagt hat. Wir reden über ungelegte Eier. Erst wenn's sicher ist, daß wir den Lamettatypen im Kasten haben, können wir uns was auf die schnelle zur Entlastung überlegen; 'n Anschlag oder was in so 'ner Richtung läßt sich zur Not auch kurzfristig vorbereiten. Ich hab aber noch 'ne Verständnisfrage an Hans. Mir ist nämlich nicht klar, ob diese Uniform nun aus dem rein militärischen Bereich kommt oder für Connections ins Zivile zuständig ist?«

»Das kann ich schon beantworten: Der Typ ist Militär im Rang eines Generals, und das ist auch die Ebene, auf der er sich bewegt. Mehr dazu zu sagen fände ich aber unnötig. Zufrieden?«

Erika nickt. »Ja, das langt mir. Weißte, bei einem Zivilen hätte ich Bedenken gehabt, denn nur über die Arbeitsfunktion und den Rang kann man nicht auf die Wichtigkeit fürs System schließen. Bei 'nem reinen Militärmacker gehe ich davon aus, daß allein schon das interne Wissen über Befehlsabläufe, die Maßnahmen im Kriegsfall und solcher Mist den Politikern Kopfschmerzen bereiten wird. Die müssen ja davon ausgehen, daß wir ihr Schwein durch die Mangel drehen und an sein Wissen rankommen.«

Hans hat mit gerunzelter Stirn zugehört und meldet sich jetzt. »Ihr habt recht, wir werden uns auf die vorhandenen Ansätze konzentrieren – und das wird schwer genug werden. Ich schlag vor, daß wir diese Diskussion nicht verlängern. Laßt uns abstimmen, ob alle einverstanden sind, daß wir uns auf den bisher angerissenen Aktionsvorschlag konzentrieren . . . Wer dafür ist, soll die Hand heben.«

Diesmal kommen die Handzeichen weitaus zögerlicher als bei der ersten Abstimmung. Ich weiß nicht, was die anderen zurückhält, bei mir ist es der Gedanke, daß dem Aktionsvorschlag bis jetzt keine überprüfbaren Informationen zugrunde liegen. Das ist kein Einwand, den ich jetzt vorbringen werde, denn eine Alternative habe auch ich nicht zur Hand. Ich stimme zu, nehme mir aber vor, bei der organisatorischen Debatte darauf zu achten, daß ich in die Gruppe eingeteilt werde, die das Ganze kritisch überprüfen kann.

Käthe steht nach der Abstimmung auf und sagt lachend: »Na also, 99,99 Prozent Zustimmung, ist ja wie im Politbüro. Bei so viel Kollektivismus kann ich ja beruhigt pissen gehen. Was haltet ihr übrigens von einer Pause, um den Nebel aus dem Zimmer zu schaufeln? Meine heiser geredeten Stimmbänder wären einverstanden, von frischem Kaffee geglättet zu werden. Und ich hab auch nichts dagegen, wenn in dem Kaffee ein kleiner Schuß ist, gelle.« Alle sind einverstanden, und binnen Sekunden löst sich die Tischrunde in einzelne Grüppchen auf. Ich will raus, um ein bißchen frische Luft zu schnappen. Als ich die Tür hinter mir schließen will, wird sie von innen aufgestoßen. Renate will mit. »Ich möcht dich mal was fragen. – Ich wollte die Diskussion eben nicht mit einem dummen Spruch unterbrechen. – Von wem genau war denn nun der Brief? Haben die drinnen euch gegenüber immer diesen Ton drauf?«

Mich stört der Unterton. »Wieso sagst du ›euch‹? Hast du dich von der Kritik nicht angesprochen gefühlt? Oder glaubst du, daß die abgestuft nach Länge der Vereinszugehörigkeit gilt?«

Die Schärfe der Erwiderung verunsichert Renate. »So war das nicht gemeint. Ich fühl mich allerdings wirklich nicht so angesprochen wie ihr, weil ich erst ein paar Tage dabei bin. Ich hatte bisher keine Gelegenheit, auf den Lauf der Dinge Einfluß zu nehmen. Oder siehst du das anders?«

»Das sehe ich in der Tat anders«, sage ich mit großer Bestimmtheit. »Nach dem Verlesen des Briefes sind wir auf dem gleichen Stand. Bei allem, was diskutiert wurde, hättest du wie jeder andere mitreden können. Und was den anderen Teil deiner Frage angeht, kann ich dir nur soviel sagen: Wer von den Gefangenen welchen Brief verfaßt, erfahren immer nur diejenigen, die das Dechiffrieren besorgen. Es ist auch im Prinzip gar nicht wichtig, weil die Gefangenen untereinander alles Wichtige abstimmen. Was den Ton angeht, klar, die Formulierungen sind direkt und scharf. Das hängt auch damit zusammen, daß bei chiffrierten Kassibern für überflüssige Schnörkel kein Platz ist. Die Länge der Nachrichten, die sie uns übermitteln können, ist begrenzt.«

Renate sieht auf den Boden, leise sagt sie: »Das ist jetzt schon das zweite Mal, daß du mich auf diese affige Art abfertigst. Wenn du nicht gut drauf bist, dann kick Steine durch die Gegend oder kompensier das sonstwie. Laß es nicht noch einmal an mir aus. Aber vielleicht wollte ich ja auch vom Falschen etwas wissen. Für dich müssen die drinnen ja fast wie Götter sein, sonst würdest du nicht versuchen, aus einer Kopfwäsche für euch eine leichte Schärfe zu machen, die nur aus Platzgründen entstanden ist. Deine Mackerhaftigkeit stinkt mir manchmal!«

Sie dreht sich um und geht wieder ins Haus, ohne abzuwarten, ob ich etwas sagen will. Die Euphorie, die der Brief bei mir ausgelöst hat, ist dünnes Eis. Verdammt, ich bin doch keine Maschine. Anna verkündet die Trennung, die Stammheimer erklären unsere bisherige Arbeit zur Kinderei und wir ... und ich ... und ich habe mich mitreißen lassen ... und ich wäre auch nicht auf die Idee gekommen, etwas anderes vorzuschlagen, als das, was die drinnen wollen. Mir ist bewußt, die Gefangenen stecken nicht so drin in den sechzehn, achtzehn Stunden Arbeit hier draußen. Immer aufpassen, immer angespannt, da fällt die Phantasie leicht hinten runter. Quatsch, bisher waren ihre Beiträge im besten Sinn Anregung für uns. Unsere eigenen hilflosen Versuche haben schon zu oft in die Sackgasse geführt.

Ich gehe wieder hinein, ich bin immer noch wütend auf Renate. Im Zimmer haben sich inzwischen alle wieder auf ihren

Plätzen eingefunden. Ich nehme eine Tasse und fülle mir Kaffee ein. Flipper eröffnet den zweiten Teil der Diskussion.

»Ein Problem haben wir bisher bei alledem nicht angesprochen: Wir werden Kohle brauchen, und zwar nicht zu knapp. In der Kasse herrscht Ebbe, und während der Aktion können wir nicht durch die Gegend ziehen und Banken überfallen. Ich sag das ausdrücklich jetzt, weil ich es nicht nur als organisatorisches Problem sehe. Auch deswegen erübrigt sich eine Diskussion über ein weiteres Kommando. Die Bank, die Anna und du«, er nickt zu mir herüber, »ausgecheckt haben, dürfte für die notwendige Preisklasse zu wenig bringen, oder?« Anna nickt, ich ebenfalls.

»Warte mal, da ist doch noch die Sache mit dem reichlich bestückten Nachttresor in der Bank auf der Zeil. Wenn wir das Ding auf die harte Tour angehen, mit Sprengstoff und ohne Rücksicht darauf, ob uns jemand sieht, dann dürfte es rasseln in der Kasse.«

Diesen Satz hat Käthe eingeworfen. Als sie die fragenden Gesichter bemerkt, erklärt sie: »Diese Entdeckung ist ein Abfallprodukt. Nach der Rückkehr aus Aden mußten wir einen Berg Devisen in Deutschmark zurücktauschen. Zufällig ging ich in die Bank auf der Zeil. Es war früh am Morgen, als ich reingekommen bin. Im Vorraum war gerade jemand dabei, einen Blechschrank aufzuschließen. Das Ding ›Tresor‹ zu nennen, wäre übertrieben, ist wirklich nur Stahlblech, keine echte Panzerung. Aus dem Kasten hat der Bankmensch nacheinander zehn oder zwölf Geldbomben rausgeholt. Ich hatte dann am Tresen einen Moment Zeit, weil die Kassentante mit dem Verrechnen der Kohle beschäftigt war. Erst dann bin ich drauf gekommen, daß das wirklich der Nachttresor gewesen sein muß. Während ich auf die Umrechnung gewartet habe, hab ich aus den Augenwinkeln mitgekriegt, daß zwei von diesen Nadelstreifenheinis dabei waren, die Bomben zu leeren. Der eine las die Rechnungszettel vor, die in jeder Bombe drin waren, der andere war an der Kassenmaschine zugange. Ich habe dann schließlich den Zettel für die Auszahlung an der Kasse bekommen. Als ich dort stand, sind die drinnen mit der Abrechnerei fertig geworden und ich hörte, wie der eine sagte: ›Nur siebenfünfundfünfzig. Das liegt am Kaufhof, der hat wegen des Regenwetters Umsatz unter Schnitt gemacht.‹ Das ist auch schon die ganze

Geschichte. Wie gesagt, der Blechkasten steht im Vorraum. Zwischen ihm und draußen ist nur noch eine popelige Glastür. Das heruntergelassene Gitter zum eigentlichen Schalterraum ist erst an der Tür zwischen Vorraum und Schalterraum angebracht. Die Eingangstür ist kein wirkliches Hindernis, ebensowenig wie die Tür zum Blechschrank. Wir können uns die Zeit aussuchen, zu der wir die Dose öffnen. Flipper hatte die Idee, daß man beide Türen nacheinander mit Ringen aus Plastiksprengstoff aufsprengt. Die Ringe kann man vorher fix und fertig auf eine Sperrholzplatte montieren. Die müssen dann nur noch an die Türen angebracht werden – und bums. Dankenswerterweise ist die Kohle ja gleich in handlichen Kassetten untergebracht. Das Ding kann schneller über die Bühne gehen als jede Bank.«

»Der Haken an der Geschichte ist doch wohl, daß wir erst den Steinbruch machen müssen. Ohne Bumsstoff kein Loch im Eimer – ohne Loch im Eimer kein Moos.« Die Feststellung kommt von Pelle, der bisher noch gar nichts gesagt hat. Er heißt Pelle, weil er aus Friesland kommt, wo Haut eben Pelle heißt. Und eine dicke Haut hat er wirklich. Er ist der Älteste in der Gruppe und hat sich das Image zugelegt, daß ihn rein gar nichts aus der Ruhe bringen kann.

»Schon richtig, Pelle«, verteidigt Käthe ihren Vorschlag, »aber wir werden das Stöffchen womöglich auch bei der Aktion brauchen. Außerdem ist der Steinbruch so gut wie fertig ausgecheckt. Eine Kohlekiste in dieser Preisklasse finden wir so schnell nicht wieder. Wir müßten halt beide Aktionen gleich nacheinander machen.«

»Kürzen wir es ab. Ist jemand der Meinung, daß wir eine andere Beschaffungsaktion auschecken sollten?« Flipper übernimmt es, die Debatte straff zu halten. »Ich registriere Einhelligkeit. Also halten wir fest, erst wird der Steinbruch gemacht, und danach knacken wir diesen ›Sesam-öffne-Dich‹. Jetzt aber zurück zum Wesentlichen. Wir haben uns also festgelegt, daß wir eine Aktion mit Stoßrichtung auf die militärische Ebene beziehungsweise den NATO-Bereich durchführen werden. Die Einschätzung, ob das Objekt genug Gewicht haben wird, um dafür die Freilassung aller Gefangenen fordern zu können, können wir im Grunde erst endgültig treffen, wenn wir die Aktion genauer durchdacht und die Zielperson gründlich ausgeforscht haben. Es ist noch offen zu besprechen, was wir tun, falls wir zur

Einschätzung gelangen, daß es für die Befreiung aller Gefangenen vom Druck her nicht reicht. Wir können uns dann von der Forderung her beschränken, also zum Beispiel nur den Austausch der Stammheimer fordern. Wir können uns aber auch ein neues Ziel suchen. Ich halte diese Frage für so wichtig, daß ich finde, wir können sie nicht vertagen.«

Anna schiebt ihren Stuhl zurück, während sie sich eine Zigarette anzündet. Sie sagt: »Das ist eine schwierige Entscheidung. Wir sollten das nicht opportunistisch nach der Machbarkeit entscheiden, dazu hat es eine zu starke politische Qualität. Einerseits sind die Stammheimer unsere Führung – andererseits sagen wir, daß in der Guerilla das Kollektiv die wichtigste Funktion hat. Auf die Aktion bezogen kann sich daraus ein Widerspruch ergeben. Eine Aktion, die nicht einmal die Stammheimer freibringt, scheidet von vornherein aus. Eine Aktion, bei der nur die Stammheimer, aber sonst keiner freikäme, wäre theoretisch vorstellbar. Den Widerspruch können wir mit den Argumenten der Gegenseite unterlaufen. Schließlich werden die vier seit Jahr und Tag als harter Kern, als die Rädelsführer bezeichnet. Eine Beschränkung auf die vier könnte sogar eine positive Seite haben. Bei der nächsten Aktion, wenn es dann um die – in Anführungsstrichen – weniger wichtigen Gefangenen geht, können die Bonner-Stahlhelm-Fraktionäre nicht nein sagen. Geht die Aktion aber schief, werden die Counterpropagandisten höhnen, daß wir auf die untergeordneten Leute gepfiffen hätten und nicht mal in der Lage wären, unsere zentralen Figuren zu befreien. Diese Optik potenziert die Niederlage, kapiert ihr, wie ich das meine?«

Ich fühle mich aufgerufen, Annas Einschätzung zu unterstützen.

»Ich denke auch, daß keine Aktion geht, die nicht den nötigen Druck bringt, die Stammheimer rauszuholen. Bei dem, was wir bisher anpeilen, halte ich das aber für wenig wahrscheinlich. Im übrigen, jeder Fehler unsererseits wird von den Counterschweinen verdreht und benutzt. Hundertprozentig läßt sich das nur vermeiden, wenn wir gar nichts machen. Nur wer nichts macht, macht auch keine Fehler. Es wär natürlich nicht das absolut runde Ding, wenn wir nicht alle auf einmal rauskriegen. Aber die Stammheimer müssen raus, sie haben für uns die wichtigste Funktion im Kollektiv, das haben wir ja gerade heute wieder bei ihrem Brief erlebt. Wir brauchen sie draußen, so sehe ich es jedenfalls.«

Ganz wohl fühle ich mich nicht bei dieser Argumentation. Mir wird bewußt, wie sehr ich die »Unantastbarkeit« der vier benutze. Im Grunde ist es meine Ungeduld, die meine Argumentation bestimmt. Ich sehe hinüber zu Renate. Was suche ich in ihrem Gesicht? Will ich prüfen, ob sie mich durchschaut hat? Aber sie schaut nicht mal in meine Richtung.

»Darüber können wir uns eine Abstimmung ersparen. Es sind wohl alle mit der Priorität der Befreiung der Stammheimer einverstanden, oder?« Flipper sieht sich in der Runde um – allgemeines Nicken.

Erika steht auf, beugt sich vor und macht zwei Liegestütze auf der Tischkante. »Leute, ich muß euch sagen, mir schwirrt der Kopf. Wir sind doch ganz gut vorangekommen, aber jetzt möchte ich erst einmal was essen, und danach sollten wir uns ruhig die Zeit nehmen, mal ohne Tagesordnung zu schwätzen. So wie ich das blicke, haben wohl noch einige einiges miteinander zu klären. Ich möchte beantragen, daß wir das Organisatorische morgen abhandeln. Heute abend«, sie muß lachen, »lassen wir die Sau raus.«

Als ich aus dem Fenster sehe, wird mir bewußt, es ist inzwischen später Nachmittag. Lautlos hat die Dämmerung Einzug gehalten. Der Kontrast wird noch deutlicher, als jemand das Licht einschaltet. Ich muß blinzeln, bis sich die Augen an das ungewohnte Licht gewöhnt haben.

Ich gehe vor die Tür. Frische Luft, ein Spaziergang vielleicht, Ruhe auf jeden Fall. Ich will keine Fragen hören, die auf eine Antwort lauern.

Jemand sitzt zusammengekauert auf einem Stein, die Knie an den Bauch gezogen, die Hände darüber gefaltet, das Kinn auf die gefalteten Hände gestützt. Von der Tür aus betrachtet, sieht der Professor wie ein Denkmal aus.

Ich gehe zu ihm und setze mich neben ihn. Er bleibt bewegungslos. »Sitzt du schon lange hier?« Die Worte müssen eine Mauer überwinden, bevor sie in die Ruhe des Versunkenen eindringen. Er bleibt in seiner starren Pose, auch als er antwortet.

»Schon gut zwei Stunden. Ich wollte euch nicht stören. Es macht aber nichts, es gab einiges, über das ich nachdenken mußte.« Mit einer Bewegung, die im Halbdunkel aussieht, als würde sich ein Entfesselungskünstler seiner Stricke entledigen, setzt sich der Professor aufrecht hin. »Erzähl doch mal, was ihr beschlossen habt. Hat mein Vorschlag für eine Zusammenarbeit mit den Legalen Gnade gefunden vor den Augen der Gruppe?«

Einmal mehr fühle ich mich unwohl in der Rolle des Vermittlers. Wenn ich schon in Gedanken herumdruckse, wie sollen dann meine Sätze überzeugend klingen? »Du mußt das verstehen, es gab soviel zu besprechen, wir haben uns seit Monaten nicht gesehen. Dein Vorschlag ist noch nicht erledigt. Wir werden darüber am Ende des Treffens diskutieren ... wenn dazu noch Zeit bleibt.« Der letzte Halbsatz ist ein Akt präventiver Notwehr, und so hört er sich auch an. Im Grunde rechne ich damit, daß keine Zeit bleibt, und ich bin mir sicher, daß auch die anderen davon ausgehen.

»Wenn dazu Zeit bleibt?« Der Professor sieht mich an. »Heißt das, daß euch die Zusammenarbeit mit uns als so unwichtig erscheint, daß ihr es dem Zufall und der Laune überlaßt, wie es zukünftig läuft?«

Die Stimme des Professors ist scharf, mit einem Hieb schlägt er die Tünche von meinen Sätzen herunter. Ich gebe mir alle Mühe, überzeugend zu klingen. »Wir haben unsere eigene Strategie noch nicht völlig durchdacht. Wie sollen wir in dieser Situation die Zusammenarbeit mit euch bestimmen? Manchmal habe ich den Eindruck, daß du die Organisierung der Illegalität und des bewaffneten Kampfes mit dem Erstellen eines Vorlesungsverzeichnisses für das nächste Semester verwechselst.«

Für ein paar Sekunden ist nur der Abendwind zu hören, der sich in den Kronen der Bäume fängt.

»Ich will dir mal erzählen, was mir durch den Kopf gegangen ist, seit ihr mich hinauskomplimentiert habt...« Die Stimme des Professors ist ganz ruhig. »Ich bin entschlossen, meine Zusammenarbeit mit euch zu beenden, unabhängig davon, ob und wie ihr euch entscheidet. Zwischen euch und mir geht nichts mehr richtig zusammen. Der Riß ist zu tief, um ihn mit einer veränderten Arbeitsteilung beseitigen zu können. Nach meinem Verständnis artikuliert eine militant-avantgardistische Bewegung, was sich in den Köpfen des politisch bewußten Teils der Massen vage abzeichnet. So definiert sich Avantgarde im Leninschen Sinn, darin liegt ihre Funktion. Bei euch habe ich das Gefühl, als habe sich manches verselbständigt. Ihr produziert die Umstände selber, aus denen ihr dann euer Handeln ableitet. Was Menschen wie mich angeht, Menschen, die noch – ich betone: noch – bereit sind, euch zu unterstützen, muß ich feststellen, daß ihr uns funktionalisiert. Das ist zutiefst dumm! Vieles an Anregung, an guten Ideen entgeht euch auf diese Weise. Ihr zerstört die Motivation derer, die euch zuarbeiten und die sich nie als Helfershelfer verstanden haben. Ihr verliert den Kontakt nach unten, weil ihr die Augen vor der Wirklichkeit verschließt. Ich wage vorauszusagen, daß ihr auf die Dauer zu einer Gefahr für alle legal arbeitenden Linken werdet. Die Isolation, in die ihr euch freiwillig begebt, wird euch dazu zwingen, immer spektakulärere Aktionen durchzuführen, um die Mauer des Schweigens zu durchbrechen. Euer Handeln wird sich mehr und mehr am Machbaren orientieren. Ihr werdet zunehmend weniger analysieren, was ihr in der gegenwärtigen politisch-geschichtlichen Situation wirklich erreichen könnt. Dieses Abdriften wird euch um die letzten Möglichkeiten zur propagandistischen Vermittlung bringen. Damit ist eure Isolation komplett. Das greife ich nicht aus der Luft... Gruppen mit elitären Konzepten und ohne Anbindung an eine soziale oder politische Basis gab es häufiger in der Geschichte – sie sind immer gescheitert! Ich bin nicht bereit, für eine solche Unpolitik ins Gefängnis zu gehen. Es ist nur fair, wenn ich das noch heute abend mitteile und dann von hier verschwinde. Selbstverständlich könnt ihr euer Treffen zu Ende abwickeln, aber danach möchte ich von euch in Ruhe gelassen werden!«

Eigentlich will ich ihm widersprechen, eigentlich müßte ich versuchen, ihm unsere Lage noch einmal zu erläutern. Aber ich müßte ihn zwingen, mir zuzuhören. Ich tue es nicht, sollen doch zur Abwechslung mal andere versuchen, zu retten, was nicht mehr zu retten ist. Ich stehe auf und wende mich dem Haus zu.

»Wenn du es so willst! – Gehen wir also rein, und du sagst es ihnen.«

Der Professor sieht mich fragend an. »Kein Widerspruch? Du verblüffst mich! Vorhin habe ich innerlich geflucht, daß ausgerechnet du als erster rauskommen mußtest. Dir meine Entscheidung mitzuteilen ist mir nicht leicht gefallen. Ich frage dich, wollen wir trotzdem Freunde bleiben?«

»Was erwartest du von mir? Die Absolution? Deine Argumente sind bestechend logisch, deine Entscheidung ist nur konsequent. Wolltest du das hören? Wenn du mich aber fragst, ob ich dein Verhalten gut finde, dann lautet meine Antwort nein! Du hattest eine Funktion, deine Fragen waren wichtig, deine Kritik notwendig. Du gehst, unsere Probleme werden bleiben – die Sache ist nicht am Ende, faktisch hat sie gerade erst angefangen. Was ich empfinde? Ich bin traurig darüber, daß du vor der ersten Klippe desertierst, nur weil du vermutest, daß wir auflaufen werden. Schade, wirklich sehr schade!«

Der Professor setzt an, etwas zu sagen, schluckt es wieder herunter, sagt schließlich: »Gehen wir also rein, ich will es hinter mich bringen.«

Die Diskussionsrunde hat sich in einzelne Grüppchen aufgelöst. Aus einem Kassettenrecorder dröhnt lautstark »Sympathy for the devil«. Es riecht nach frisch aufgebrühtem Kaffee. Auf einer Hälfte des Tisches liegen angeschnittenes Brot, Wurst und Butter. Ich gehe zum Recorder und stelle ihn ab. Nach vereinzelten Fragen, was das soll, wird es ruhig. »Der Professor hat mir gerade etwas mitgeteilt, was ihr alle erfahren müßt. Er wird es euch selbst erzählen.« Ich verdrücke mich nach hinten und setze mich neben Renate auf das Fensterbrett. Ich brauche ihre Nähe.

Unterkühlter noch als draußen mir gegenüber verkündet der Professor seinen Entschluß. Ich habe Geschrei und Pöbelei erwartet, aber alle bleiben ruhig und hören zu. Wortwörtlich wiederholt der Professor, was er mir gesagt hat. Nach dem Ende der Aufzählung seiner Beweggründe, mit der Gruppe zu brechen, bleibt es sekundenlang völlig still.

»Scheiße, du willst dich also absetzen? Na gut, von mir aus, verpiß dich, wenn's dir zu heiß wird unterm Arsch – aber du wirst nicht eher gehen, bis wir hier fertig sind. Du erwartest doch nicht allen Ernstes von uns, daß wir dich nach dieser Erklärung ziehen lassen und hier auf dem Präsentierteller hocken bleiben? Nee, mein Alter, du wirst schön hier bleiben, bis wir mit dem Programm durch sind, dann darfst du abschiffen.« Käthe hat die Sätze hastig in Richtung des Professors geworfen. Hans setzt an, etwas zu sagen. Während Käthe sprach, hat er auf Anna eingeredet. Die kommt ihm jetzt zuvor, fährt einfach dazwischen: »Prof, du wirst verstehen, daß wir über die veränderte Situation reden müssen. Deine Entscheidung tangiert unsere Sicherheit. Ich schlage vor, daß du mit Renate vor die Tür gehst, bis wir fertig sind!«

Der Professor ist verunsichert. Er sieht von einem zum anderen, findet aber nirgends Halt in den Gesichtern. »Was soll das heißen, ich soll mit Renate rausgehen? Bin ich von einem Augenblick zum anderen ein so großes Risiko geworden, daß jemand auf mich aufpassen muß?« Angst klingt durch seine Worte.

Anna reagiert, ohne auf ihn einzugehen. »Faß es auf, wie du willst, du wirst von nun an – und bis zu dem Augenblick, wo wir verschwinden – keinen Schritt mehr allein tun. Noch etwas, damit keine Unklarheit herrscht: Versuch nicht, dich zu verdrücken, du zwingst uns sonst, auf dich zu schießen. Jetzt geh bitte!«

Die Auseinandersetzung hat eine Wende genommen, mit der ich nicht gerechnet habe. An Renates Gesicht kann ich ihre Unwilligkeit ablesen. Trotzdem sagt sie: »Komm, wir gehen.« Sie zieht den Professor mit sich nach draußen.

Kaum sind die beiden durch die Tür, da schießen alle Stimmen durcheinander. »Dieses elende Arschloch – liberaler Wichser – Ende des Abenteuers – im Krieg werden Deserteure erschossen.« Haß ist spürbar. Ich bin wütend, aber nicht auf den Professor, sondern auf meine Genossen. In die allmählich abklingende Aufregung hinein sage ich: »Ihr führt euch auf wie die kleinen Kinder. Wollt ihr den Typ kreuzigen, nur weil er ehrlich genug ist, euch offen zu sagen, daß er nicht mehr mitmachen will?«

Hans starrt mich wütend an. »Sag mal, das klingt ja, als wenn du dieses kaputte Gewäsch unterstützt. Vielleicht sollten wir erstmal über das reden, was in deinem Kleinbürgerhirn herumspukt? Schließlich warst du es, der dafür gesorgt hat, daß der Uni-Guru sein Geseiber ablassen konnte. Ist dir eigentlich klar, wieviel er über uns weiß, was der alles auspacken könnte über unsere legale Struktur, über Kontakte oder Gott weiß was, was du ihm womöglich erzählt hast in deiner kindischen Naivität?«

Ich bin schlagartig ruhig, alle überflüssigen Schnörkel weichen aus meinen Gedanken. »Hans, vielleicht fällt dir wegen deiner neuen Beziehung schwer, dich mir gegenüber anders als aggressiv zu verhalten. Aber bevor das die Diskussion in der Gruppe belastet, schlage ich vor, daß wir vor die Tür gehen.«

»Wie zwei Gockel. Kamm geschwollen und Kikeriki. Von wegen ›vor die Tür gehen‹ . . . Ihr könnt beide jede Menge Tritte in den Allerwertesten kriegen, und zwar von allen Anwesenden, wie ich vermute . . .« Käthe sieht sich um und versucht, ihren nächsten Worten einen aufmunternden Ton zu geben: »Und jetzt machen wir einen eleganten Schlenker und kommen zum Wesentlichen, das im Grunde ganz und gar undramatisch ist. Ich denke, daß der Prof hierzubleiben hat, bis wir mit unserem Programm durch sind. Es wird immer hübsch abwechselnd einer von uns wach bleiben – was bei dieser einmaligen Zusammenballung krimineller Energie ohnehin ganz angezeigt ist. Wir passen halt auf, daß sich der Typ nicht verläuft. Morgen abend bringen wir ihn nach Hause, und damit ist der Käs' gegessen.« Sie dreht sich um, um Hans zu fixieren. »Und wenn du immer noch meinst, du müßtest auf Vendetta bestehen, dann frag dich mal, ob du jetzt hingehen, dem Prof die Pistole ins Genick setzen und abdrücken könntest . . . Peng, und vorn spritzt Gehirnmasse raus . . . Wenn du so geil auf die Szene bist, dann stelle dich vor den Spiegel und teste das mal an . . .«

Käthe macht eine Atempause. Sie hat sich über die letzten Sätze in Rage geredet und fährt nun abgekühlt fort: »Was mich angeht, ich bin müde, denn nach achtundvierzig Stunden hintereinander überkommt mich immer dieser merkwürdige Wunsch nach Schlaf.« Sie steht auf, gießt sich aus einer Whiskyflasche ein Wasserglas voll ein und verschwindet damit in den hinteren Räumen.

Flipper läßt das Lachen hören, das ihm seinen Spitznamen eingebracht hat. »Wieder einstimmig beschlossen. Ist euch eigentlich bewußt, wie doppeldeutig ›einstimmig‹ ist? Käthe versteht darunter jedenfalls, daß eine Stimme – vorzugsweise ihre eigene – völlig reicht. Ausnahmsweise gedenke ich mich anzuschließen, mir reicht's auch!«

Anna fragt mitten in die allgemeinen Auflösungserscheinungen hinein: »Wie machen wir das mit den Wachen, wer löst nachher Renate ab?« Verdammt, warum konnte das nicht untergehen im Tohuwabohu? Ich werde antworten müssen, und ich weiß schon jetzt, welche Reaktion das provozieren wird. Wahrscheinlich bin ich rot angelaufen wie ein Pennäler. Trotzdem sage ich laut: »Ich löse Renate ab.«

Wenigstens ist es Flipper, der unter allgemeinem Gelächter dazu antwortet: »Gut, nach der Turteltaubenstunde komm ich dran. Etwas Disziplin zwischendurch kann ja nicht schaden.«

Hans feixt, bringt die Mundwinkel fast auf eine Ebene mit den Ohrläppchen. Na, warte nur, Hänschen. Wir geraten schon noch aneinander... Ich gehe raus, ich will noch mit Renate und dem Prof reden...

War das eine Nacht! Zusammen mit Renate habe ich versucht, mit dem Professor zu reden, um ihn vielleicht doch noch umzustimmen. Es war nichts zu machen.

Ich reagiere hilflos, wenn Menschen weinen. Und der Professor hat gestern abend angefangen zu weinen, von einem Augenblick zum anderen. Er hat uns gefragt, ob es uns nicht klar sei, daß auch bei ihm mit diesem Schritt mehr in die Brüche ginge als nur der Kontakt zur Gruppe. Renate scheint sofort zu verstehen, was er meint, während ich anfangs nicht mitkomme. Nach einer Weile hat er sich soweit beruhigt, daß er zu erklären beginnt.

Für ihn ist das Konzept Stadtguerilla durch die Erfahrungen mit uns in Frage gestellt. Einerseits der Anspruch auf Kollektivität, andererseits aber Abschottung und die zur Durchführung von Aktionen notwendige militärisch-hierarchische Struktur. Wie das vereinbaren? Dann der Anspruch, Teil eines weltweiten Kampfes zu sein, und das ohne nennenswerte Verankerung im eigenen Land. Dem internationalistischen Anspruch widerspricht auch, daß wir – wie der Professor es ausdrückt – propagandistische Inzucht betreiben. Nachdenklich macht mich sein Vorwurf, unsere Erklärungen würden sich an den immer gleichen Kreis von Leuten richten und würden auch nur von diesen gelesen werden. Es stimmt, die Erklärungen sind manchmal sprachlich wirklich so abgefaßt, daß sie kaum jemand verstehen kann. Damit laufen wir Gefahr, das Vorurteil zu bestätigen, nur ein Haufen elitärer Mittelstandskinder zu sein.

In keiner Diskussion war der Professor je so polemisch, klangen seine Vorwürfe so sarkastisch. Hinterher habe ich Renate gefragt, wie sie unsere Position in dieser nächtlichen Debatte charakterisieren würde. Sie gab zu, daß sie sich genauso in der Defensive fühlte wie ich. Wir saßen länger zusammen, als es von der Einteilung der »Wachen« her vorgesehen war. Ich hätte zwar die Diskussion, die einem Schlagabtausch glich, gern beendet. Aber dann dachte ich, daß es besser sei, wenn sich der Professor bei uns auskotzt, wir waren ihm zumindest nicht feindlich gesonnen. Als es dämmerte, ließen wir uns ablösen. Auch der Professor hatte sich müde geredet und ging schlafen.

Der Morgen fällt auf den frühen Nachmittag. Alle sind mehr oder weniger unausgeschlafen, die Jugendherbergsatmosphäre fehlt, die Stimmen klingen wie durch Watte gedämpft. Der Professor zieht es vor, liegen zu bleiben. Die Diskussion, wer auf ihn aufpassen soll, erübrigt sich somit. Nach einem »Fraktionsfrühstück«, bei dem die verschiedenen Klüngel innerhalb der Gruppe zusammenhocken, eröffnet Hans die Debatte mit dem Antrag, die Einteilung der Kommandos vorzunehmen und einen organisatorischen Weg festzulegen, auf dem sich diese untereinander kontakten und besprechen können.

Flipper meldet sich zu Wort: »Ich denke, es gibt zwei Möglichkeiten, die Kommandos aufzuteilen. Beide haben ihre Vor- und Nachteile. Wir können das streng nach sachlichen Kriterien einteilen, also in jedes Kommando einen, der sehr gut fahren kann, einen, der gut schießen kann, einen, der sich aufs Anmieten versteht und so weiter . . . Militärisch gedacht wäre diese Einteilung sicher die sinnvollste. Es kann aber passieren, daß so Gruppen zustande kommen, die zwar optimal für Aktionen besetzt sind, aber ansonsten absolut nicht miteinander können.«

Flipper bekommt noch die letzte Silbe über die Lippen, dann fährt Hans dazwischen: »Womit alle Klarheit beseitigt ist. Wenn du mit deinem ausgewogenem Vortrag klarmachen willst, daß wir auf beides zu achten haben, auf die Fähigkeiten und auf die subjektive Seite, dann danke für den heißen Tip, ohne dich hätten wir das kaum bemerkt . . . Und jetzt kommen wir vielleicht zur Sache. Mein Vorschlag: Wir bestimmen zuerst mal, wer sich um Infrastruktur, die Vermittlung zwischen den Kommandos, Außenkontakte und später – wenn alles mit den Aktionen geklappt hat – um die Kommandoerklärung, die Forderungen und dergleichen kümmert. Ich halte das für den leichtesten Teil, weil die Spezialkenntnisse, die da gefragt sind, bei uns klar verteilt sind, die Zusammensetzung dieser Gruppe also auf der Hand liegt: Pelle, Renate, Käthe, Jürgen, Anita und Klopfer.« An dieser Stelle macht er eine Atempause. Für eine Sekunde glaube ich, daß er mich auf seiner Ausgrenzungsliste vergessen hat. Doch dann sticht er mit dem Zeigefinger in meine Richtung und setzt hinzu: »Da wir uns entschlossen haben, die Kommandos nach dem Leaderprinzip mit einer klaren Befehlsstruktur auszustatten und deine Befähigung dazu für mich außer Frage steht, schlage ich dich als Kaderkandidaten vor.« Er setzt ein Lächeln auf, das jedem Berufspolitiker zur Ehre gereicht hätte. Er will mich also abschieben.

Ich werde nicht losbrüllen, nein, das schafft Hans nicht! Außerdem hat er gerade einen Fehler begangen, er weiß es nur noch nicht. Während ich innerlich dabei bin, ihn mit einem Skalpell in hauchdünne Scheibchen zu zerschneiden, lächele ich und höre mich sagen: »Ich finde den Vorschlag ganz passabel, soweit es die personelle Besetzung angeht. Die Kandidatennominierung sollte jedoch aus dem Kreis derer erfolgen, die du aufgezählt hast. Werde ich vorgeschlagen, würde ich das annehmen, allerdings nur, wenn bei den einzelnen Beschaffungsaktionen – Sprengstoff, Kohle, Papiere – der Infrastrukturgruppe zugestanden wird, sich bei dem anderen Kommando einzelne Leute auszuleihen.«

Hans macht ein Gesicht, als hätte er an einer Haustür geklingelt und ihm ein grinsender Gorilla geöffnet. Sicherlich überlegt er jetzt krampfhaft, was dahintersteckt, daß ich sofort nachgebe.

Renate sieht Käthe an. Als diese kaum merklich nickt, sagt sie: »Da ich keine richtige militärische Ausbildung habe, bin ich einverstanden, daß ich in diese Gruppe komme. Zur Koordination des Kommandos – ich finde Koordination viel angebrachter als diesen Machotitel ›Leader‹ – würde ich es gut finden, wenn Käthe einen Vorschlag macht. Sie ist von allen genannten am längsten in der Gruppe und – soweit ich weiß – in keine der Rivalitäten verwickelt, die hier offenbar hinter den Kulissen ausgefochten werden.«

Das sitzt, gleitet aber dennoch an Hans ab. Der ist gerade dabei, sich eine Zigarette anzuzünden. Durch kein Zittern und keine Unterbrechung seines Tuns läßt er erkennen, daß er bemerkt hat, daß die letzte Anmerkung auch ihm gilt.

Käthe reagiert sofort und sagt mit einem Lächeln in meine Richtung: »Zuviel der Ehre, ich bin überwältigt. Eigentlich hätte ich ja lieber mit Flipper zusammengearbeitet. Aber da wir alle etwas zurückstecken müssen, bin ich auch einverstanden damit, zur Montage eingeteilt zu werden. Was die Besetzung des Vorstandspostens angeht, habe ich keine Ambitionen, mir ein Magengeschwür zuzuziehen – ich schließe mich dem Vorschlag von Hans an.«

Ich sehe die anderen an, die Hans genannt hat. Anita meldet sich schüchtern: »Um an Flippers Analyse der Möglichkeiten, die Kommandos zu besetzen, anzuknüpfen – ich bin einverstanden mit meiner Einteilung, wenn auch mehr aus Gründen der Sympathie für die anderen als aus Begeisterung über die Arbeit, die wir machen sollen.« Sie beugt sich über den Tisch und knufft mich an der Schulter. »Sieh zu, wie du mit uns klarkommst!«

Klopfer, fast immer schweigsam, vermeidet auch bei seiner Zustimmung zu reden und nickt nur. Jürgen sagt einfach: »Ja.« Nur Pelle rutscht unruhig auf seinem Platz herum und scheint nicht zufrieden zu sein. »Okay, ich weiß schon, warum Hans mich benannt hat. Kommt mir aber doch irgendwie ungerecht vor. Nur weil ich was von Autos verstehe, soll ich nicht bei 'ner richtigen Sache mitmachen. Nee, das paßt mir nicht, paßt mir echt nicht. Ich möchte viel lieber bei Flipper dabei sein. Das müßt ihr doch akzeptieren.«

»Ein bißchen was von Autos versteht er ...? Warum stellst du denn dein Licht unter den Scheffel? Du bist der einzige hier, der Karren aufpeppen kann und schon beim Motorklang erkennt, ob der Wagen eine Krücke ist. Ich kann verstehen, daß du weiter nach vorn möchtest, aber wir brauchen dich in der Etappe! Das ist durchaus ein Kompliment, auch wenn es dir schwerfällt, es so zu sehen.« Anna nimmt Pelle den Wind aus den Segeln.

Flipper ergänzt: »Ich find es ja sehr schmeichelhaft, daß du mit mir zusammenarbeiten möchtest, aber ich bin noch nicht mal eingeteilt. Um den Job, das zweite Kommando anzuführen, reiße ich mich bestimmt nicht. Findest du nicht auch, daß jeder das machen sollte, was er am besten kann? Komm, gib dir 'nen Ruck – und wer weiß, vielleicht gibt es ja später doch noch ein drittes Kommando. Dann bist du dabei, das ist doch klar!«

Mit Widerwillen blickt Pelle in die vor ihm stehende Kaffeetasse und ringt sich ein gerade noch hörbares »Na gut, wenn ihr's unbedingt wollt« ab.

Hans nickt zufrieden und schließt diesen Teil der Diskussion mit der Feststellung ab: »Prima, damit haben wir uns für die Aktionen die denkbar beste Basis geschaffen.«

Unausgesprochen sind sich alle einig, daß nun eine Pause angezeigt ist. Ich gehe kurz vor die Tür, als Hans mir nachkommt.

Er bietet mir eine Zigarette an und gibt mir Feuer, seinen Blick forschend auf mein Gesicht gerichtet. »Du nimmst es mir doch hoffentlich nicht übel, daß ich die Einteilung etwas forciert habe? Ich finde einfach, daß diese Strukturarbeit bei dir in guten Händen ist.«

Was will er? Ich bin ruhig, ich fühle mich ihm überlegen. »Hör zu, Hans, du kannst aufhören, rumzuschmalzen. Gestern abend hast du mich noch zum Abweichler abgestempelt ... Ohne es auszusprechen, denn dazu warst du zu feige, wolltest du den Professor zum Lynchen freigeben. Du ordnest alles – Autorität, Vertrauen, Integrität – deinen taktischen Spielchen unter, zur Zeit profitierst du wegen Lore noch von deinem Märtyrerstatus, aber der Putz bröckelt irgendwann. Ich werde dich beobachten, und sei sicher, ich werde keinen deiner Fehler übersehen! Noch was: Sollte irgend etwas mit Anna passieren, werde ich dich zur Rechenschaft ziehen. Und jetzt rate ich dir, mich für den Rest der Zeit hier nicht wieder von der Seite anzuquatschen.« Ich drehe mich um und gehe zurück ins Haus.

Im großen Zimmer sind wieder alle um den Tisch versammelt. Als ich die Eingangstür hinter mir schließe, kommt aus den hinteren Räumen der schlafzerknautschte Professor. Wie auf ein Stichwort öffnet sich für ihn eine Gasse bis zum Tisch, wo er sich eine Tasse nimmt. Er schenkt sich Kaffee ein und setzt sich, ohne jemanden anzublicken. Außer mir hat nur Renate ihn angesehen. Die anderen sind oder tun beschäftigt.

Renate geht zu ihm, setzt sich neben ihn und legt ihm den Arm auf die Schulter. Die beiden besprechen halblaut etwas miteinander. Renate sieht mich an, zeigt auf den Professor und auf sich und dann auf die Tür neben mir. Sie nickt fragend, ich nicke zurück. Renate steht auf und sagt so laut, daß alle Murmelgespräche unterbrochen werden: »Hört mal eben zu! Ich bin ja schon eingeteilt und habe auch nicht viel Ahnung, wer vom Militärischen her wie stark ist oder wer welchen Job besonders gut macht. Für die weitere Diskussion bin ich nicht unbedingt eine Bereicherung. Ich will mich mit dem Prof nach draußen verdrücken ... wenn ihr alle einverstanden seid?!«

Renate bekommt Zustimmung von allen Seiten. Die beiden stehen auf, gehen um den Tisch herum und kommen auf dem Weg zur Tür an mir vorbei. Renate bleibt stehen, beugt sich vor und gibt mir einen Kuß, den ich vor Verblüffung nur halb erwidere. Der Professor geht hinaus, im Türrahmen begegnet ihm Hans. Wort- und grußlos schieben sich beide aneinander vorbei. Renate folgt dem Professor und schließt die Tür.

Anna ist aufgestanden und kommandiert laut: »Laßt uns weitermachen, die Zeit läuft uns weg, und wir müssen auch die Bude noch aufräumen, bevor wir gehen. Also, los, come on!« Wir setzen uns, Anna spricht weiter: »Noch mal zur Einteilung. Ich schlage vor, daß der Rest der Gruppe um Flipper so bleibt wie bei den Arbeiten bisher. Wenn ihr es okay findet, dann kriegt ihr als Ausgleich für Käthe und Pelle die Karin und den Tricky. Karin könnt ihr in der Kohlenzeche abholen, Tricky paßt auf das Wasserschloß auf.« Die »Kohlenzeche« ist eine Wohnung im Ruhrgebiet, das »Wasserschloß« ein Appartementhochhaus an einem modrigen Tümpel in einem Kölner Vorort. »Nach dem, was ihr über den angecheckten Amioffizier erzählt habt, wird das Wasserschloß wohl auch gebraucht, um die Sache im Bonner Raum in Angriff zu nehmen . . . ?«

Bei den letzten Sätzen hat Anna Flipper angesehen, der offensichtlich mit sich kämpft, wie er reagieren soll. Anna hat ihn indirekt zum Kommandoführer proklamiert. Nach kurzer Pause antwortet Flipper: »Mit der personellen Besetzung bin ich einverstanden. Wir können uns, denke ich, die Zeit sparen, jetzt über die Kommandoführung abzustimmen. Das können wir auch noch ausdiskutieren, wenn wir vor Ort sind. Was dabei herauskommt, teilen wir euch telefonisch mit. Wäre gut, wenn die anderen aus unserer Gruppe was dazu sagen würden.«

Kein Zweifel, Flipper ist wegen seiner Ruhe und seiner integrativen Fähigkeiten eine Autorität in der Gruppe! Die Leute, die bisher mit ihm gearbeitet haben, sitzen alle in seiner Reichweite. Erika drückt seinen Arm und sagt: »Hey, du, ich freu mich drauf!« Kalle zwei, den manche für Flippers Schatten halten, nickt zufrieden. Er hat nichts anderes erwartet. Auch Pavian, der so heißt, weil er den aufrechten Gang nie erlernt hat, scheint mit der Schnelligkeit der Einteilung zufrieden zu sein.

Käthe kann sich ein Kichern nicht verkneifen: »So hat denn der wahre Geist der Kollektivität wieder den Sieg davongetragen, wie schön. Dann laßt uns doch jetzt auch noch den Rest über die Bühne bringen, bevor jemand anfängt, vor Glück zu heulen. Wir sollten jetzt vor allem die Telefondates vereinbaren, soweit wie möglich die Treffs für die nächste Zeit festlegen . . .

und auch die Nottreffs natürlich, falls was schiefgeht. Ich denke aber, daß das im kleinen Kreis gemacht werden sollte, sozusagen in Anwendung unserer neuen Struktur, daß nicht jeder alles wissen muß. Die Nottreffs können ja anschließend untereinander weitergegeben werden. Die Telefondates sollten zumindest zwei Leuten bekannt sein, aus Sicherheitsgründen, falls mal einem was zustößt. Mein Vorschlag: Während sich einige hinsetzen und das auf die Reihe bringen, können die übrigen schon anfangen, aus dieser waffenbestückten Müllkippe wieder das Wochenendhäuschen eines honorigen Professors zu machen.«

Wir haben die Telefondates, Treffs und Nottreffs relativ schnell abgeklärt. Käthe, Renate, Pelle und ich werden den Professor nach Hause »begleiten«, die übrigen aus der Infrastrukturgruppe von den anderen am Bahnhof abgesetzt und von dort direkt zu unserer Basiswohnung nach Kassel fahren. Da wir zuerst den Sprengstoff besorgen müssen, ist es die günstigste Wohnung, obwohl sie bis jetzt leerstand. Wir sind uns im klaren darüber, daß wir sie nach der Aktion aus Sicherheitsgründen aufgeben müssen.

In der Aufbruchstimmung des Abends, während die anderen dabei sind, die Fahrzeuge zu beladen und sich reisefertig zu machen, kommt Anna zu mir und bittet mich, mit ihr noch einen kleinen Spaziergang zu machen. Ich willige ein.

Wir schlagen den Weg zum Bach ein, den ich am ersten Abend mit dem Professor gegangen bin. Eine Weile gehen wir still nebeneinander her, bis Anna schließlich leise sagt: »Du, es tut mir leid, daß ich dir so weh getan habe, das ist alles sehr unglücklich gelaufen. Du mußt mich verstehen, ich hatte schon lange das Gefühl, daß es zwischen uns nicht mehr richtig läuft, ohne daß ich hätte sagen können, woran es liegt. Aus meiner Sicht hast du dich verändert, nach dem Aufenthalt in Beirut. Aber das allein ist es nicht. Ich weiß es wirklich nicht genauer.«

Ich will nicht darüber reden, will nichts sagen zu dem Schwelbrand in mir, zu meiner hilflosen Wut. Mir rutscht heraus: »War ja vielleicht ganz richtig, wie du's gemacht hast. Kann gut sein, daß es klebrig geworden wäre, hätten wir es allein auszufechten versucht. Aber etwas muß ich einfach loswerden: Paß auf Hans auf. Ich kann ihn nicht leiden, das stimmt. Aber seit Lore erschossen wurde, läßt er den Radikalen raushängen, und das halte ich für gefährlich. Hinter dem Bild vom harten

Fighter hat seine Fassade viele Risse – Einsturzgefahr, würde ich sagen.«

Anna antwortet ruhig: »Kann sein, daß du recht hast. Aber stell dir mal vor, daß ...«, sie zögert einen Moment, wird sich der Doppelbödigkeit dessen bewußt, was sie gerade sagen will, »es deine Freundin wäre, daß sie Renate neben dir erschießen. Würdest du nicht ganz ähnlich handeln? Stell dir's mal vor!«

»Ja, das hab ich mir vorgestellt, noch an dem Abend, wo Hans es geschafft hat, sich bis zu uns durchzuschlagen. Nur hab ich da nicht an Renate, sondern an dich gedacht ... Seltsam, nicht wahr?«

Anna bleibt stehen und nimmt mich in die Arme. Sie sieht mich lange an. »Verzeih, ich kann damit noch nicht umgehen. Ich hab dich immer noch sehr lieb, weißt du!« Sie gibt mir einen Kuß, den ich aber nicht erwidere. Alles in mir ist abgestorben, für Sekunden geistert mir der Gedanke durch den Kopf, ich könnte bei der Berührung ihrer Lippen zu Staub zerfallen. Um irgend etwas zu sagen, sehe ich auf die Uhr. »Du, laß uns zurückgehen. Die anderen warten sicher schon. Wird Zeit, daß wir uns auf die Socken machen, nach Mitternacht gehören die Straßen in diesem Land den Bullen.«

Wir gehen zurück. Anna hat sich bei mir eingehängt. Ich bin mir ihrer Nähe bewußt, die Stellen, an denen sie mich berührt, glühen.

Stunden später – der Professor ist inzwischen zu Hause – sind Renate und ich auf dem Rückweg. Das Geräusch des fahrenden Zuges wirkt einschläfernd. Ich sitze am Fenster, sehe die Oberleitungsmasten vorbeizucken, sehe die Lichternester in Fahrtrichtung aus der Nacht auftauchen und beim Näherkommen breiter werden, bis sie auf Höhe des Zuges dessen ganze Länge einnehmen, um dann nach hinten kleiner werdend über den Horizont zu kippen.

Renate hat die Schuhe ausgezogen, sich der Länge nach auf die Sitze gelegt und sich bei mir eingekuschelt. Ihr Kopf liegt auf meinem Schoß, mit den gespreizten Fingern meiner linken Hand fahre ich durch ihre Haare. Ihre Augen sind geschlossen. Lange betrachte ich ihr Gesicht. Es erscheint mir fremd und vertraut zugleich. Anna hätte sich auf den Sitz gegenüber gelegt. Außerhalb unseres Zimmers hat Anna ihre Selbständigkeit immer deutlich gezeigt, kein Kuscheln, kein Küßchen, kein Tändeln in der »Öffentlichkeit« – und öffentlich ist alles, sobald jemand zusehen könnte.

Der Zug rast durch einen nächtlich leeren Bahnhof. Die Beleuchtung der Bahnsteige und des Vorplatzes wirft orangefarbenes Licht. Die Gebäude liegen an den Schienen wie tote Gesichter, gardinenlose Fensterhöhlen, nur die Scheiben reflektieren die Lichter der vorbeihuschenden Abteile. Anna ist jetzt bei Hans, unterwegs in die entgegengesetzte Richtung. Die beiden reden jetzt sicherlich miteinander. Vielleicht sogar über mich!

Die Nacht da draußen gehört allein mir. Sie gehört immer dem, der einsam genug ist, sich von ihr schlucken zu lassen. Alleinsein. Ist es nur eine Sinnestäuschung, eine Art Rausch, wenn ich in der Gruppe glaube, nicht mehr allein zu sein? Ist man in Wahrheit vielleicht immer allein?

Später. Der Zug hat irgendwo gehalten, ist nun aus seiner Trägheit erwacht, hat sich kurz gestreckt und erneut Fahrt aufgenommen. Der Ruck hat Renate aus dem Halbschlaf geholt. Sie blinzelt, sieht zu mir hoch, lächelt. Ihre Hand, die dabei war, vom Sitz zu rutschen, kommt hoch, den Zeigefinger vorgestreckt. Renate setzt einen Kuß auf ihre Fingerspitze, gibt ihn sanft an meine Lippen weiter. Die Prinzessin hat den Frosch geküßt. Doch der Frosch ist immer noch ein Frosch, die Verwandlung fällt ihm schwer.

Ich löse meine Hand aus ihren Haaren, lasse sie langsam die S-Kurve von den Wangen über den Hals bis auf die Schultern hinuntergleiten, zögere dort eine Sekunde, dringe dann in die verbotene Zone ein und erklimme einen warmen, weichen Hügel, durchquere das Tal dazwischen und ruhe auf dem zweiten Hügel aus. Renates Blick hat mich nicht losgelassen. Leise fragt sie: »Hast du schon mal in einem Eisenbahnabteil gevögelt?«

Eine Woche nach dem Treffen teilt Flipper mit, daß sich das Kommando entschieden hat, wegen der Größe der Gruppe und der verschiedenen Aufgaben der Aktion zwei Leute zu Leadern zu bestimmen. Anna und er werden diese Funktion gleichberechtigt wahrnehmen, jeder für einen Teil der Komanndos. Aus der Art, wie er uns dies mitteilt, schließe ich, daß er sich in dieser Konstellation als zweiter Mann betrachtet. Ich vermute sofort neue Intrigen von Hans im Hintergrund, frage mich aber gleichzeitig, ob sich bei mir nicht Eifersucht und Paranoia miteinander vermischen.

18 Generalprobe

Stadtguerilla ist vor allem auch der Kampf gegen die Langeweile. Beobachten, stundenlang konzentriert auf die eine Minute warten, in der das passiert, worauf es ankommt. Wer geht wann in die Bank hinein? Auf welchem unbeleuchteten Parkplatz ist nachts ein blauer VW, Baujahr 75 zu klauen? Wo sind in dieser Stadt UV-empfindlich-beschichtete Zinkplatten zum Stempelfälschen zu bekommen? In welcher Bibliothek oder in welchem Archiv finden sich Unterlagen zur Struktur der NATO-Geheimdienste? Wie lang sind die Grün-Phasen der Ampeln auf der Ausfallstraße nach Norden? Wenn es ein Sinnbild für die Stadtguerilla gäbe, wäre es nicht das des heroischen Kämpfers in James-Bond-Pose, sondern eher das Bild eines jungen Mannes oder einer jungen Frau, unauffällig gekleidet, die durchnäßt und leicht verschnupft nun schon das dritte Mal die Straße hinunter von Haus zu Haus gehen und auf die Namensschilder sehen, um endlich die angegebene Adresse zu finden. Guerilla ist auch Gewöhnung daran, sich nur auf eine bestimmte Art zu bücken, weil sonst die Waffe aus dem Holster rutscht oder hinten aus der Jacke herausschaut. Gewöhnung daran, die Personen, die mit einem durch die Straßen gehen, nach einem Raster zu sortieren: Sie können zu neunundneunzig Prozent in die Normalbürger-Schublade gepackt werden. Beim Rest von einem Prozent gilt es durch Hakenschlagen und Abchecken herauszufinden, ob es tatsächlich Zivilbullen sind oder nicht. Das alles wird Routine. Angenommene Gewohnheit erfordert keine bewußte Anstrengung mehr. Routine ist gefährlich, aber das wird einem meistens erst bewußt, wenn etwas schiefgegangen ist. Keiner kann im permanenten Ausnahmezustand leben. Irgendwann wird der Ausnahmezustand zum Normalfall und man beginnt, sich in ihm einzurichten. Jede Scheibe wird zum Spiegel, in dem man sehen kann, wer hinter einem geht, wer auf der anderen Straßenseite läuft. Du nutzt diese Möglichkeit, ohne noch groß darüber nachzudenken; es gehört zu deinem Leben, wie es zum Leben der anderen gehört, nur die Dinge zu sehen, die hinter den Scheiben angeboten werden.

Die Ausnahme, der Augenblick, auf den alles andere zuläuft, ist die Aktion. Tagelang vorher ergreift ein fiebriger Zustand von dir Besitz. Eine Mischung aus Angst, Begeisterung, Zweifel. Die Empfindungen verweben und verdichten sich immer weiter, je näher die Aktion rückt. Diejenigen, die den Zustand schon erlebt haben, erkennst du daran, daß sie sich ein Ritual zugelegt haben, um die wachsende Spannung unter Kontrolle zu halten. Käthe, die sonst nur schwer dazu zu bewegen ist, auf ihr Äußeres zu achten, beginnt plötzlich, sich die Haare zu waschen, die Fingernägel zu lackieren und einen losen Knopf am Mantel anzunähen. Pelle hört einen Tag vor der Aktion auf zu essen. Mal sagt er, daß er nichts mehr runterkriegt, ein andermal erklärt er, es sei wichtig, als vorbeugende Maßnahme vor einer Aktion nichts zu sich zu nehmen, um einen eventuellen Bauchschuß zu überleben. Anna beginnt am Tag davor alles aufzuräumen und umzuschichten. Sie begründet es damit, daß die wichtigsten Dinge greifbar sein müßten, damit man sofort verschwinden kann, falls etwas schiefgeht. Sie räumt aber auch Sachen auf, die andere bereits durchgesehen und sortiert haben.

Ich habe auch ein »Kriegstanzritual«. Ich rette mich in Puzzlearbeiten, am liebsten ins Stempelretuschieren. Auf einem abfotografierten und auf DIN-A4-Format vergrößerten Stempel muß der gesamte Hintergrund mit Deckweiß zugemalt werden, bis nur noch der Stempel vorhanden ist, der dann noch um die Teile ergänzt und verbessert wird, die beim ursprünglichen Abdruck verwischt oder an den Übergangsstellen zwischen Ausweis und Bild verlorengegangen sind. Für mich ist das eine meditative Arbeit, bei der ich nach und nach alles andere aus dem Kopf verdrängen kann. Flipper hat mal behauptet, meine Stempel wären so gut, daß man sie beim Gebrauch besser verquetscht und ungleichmäßig aufdrückt, da er noch nie einen amtlichen Stempel gesehen habe, der so nagelneu und ohne Gebrauchsspuren gewesen sei.

Einige in der Gruppe nehmen vor einer Aktion – je nach Zustand und Persönlichkeit – Valium oder Captagon. Wenn ich kann, schlucke ich meistens eine Stunde vorher von beiden Medikamenten je eine halbe Tablette. Im Grunde hat auch das mehr einen rituellen Charakter, vergleichbar dem Zaubertrank des Medizinmanns, der die Krieger unverwundbar machen soll. Vor und während einer Aktion sorgt die körpereigene Chemie mit Adrenalin dafür, daß alle Sinne übersensibel reagieren. Der Zustand während der Aktion ist ein kristallklarer Rausch mit Zeitlupeneffekt. Bei Leuten, die sich gut kennen, erfolgt die Verständigung wortlos. Du weißt schon im Ansatz, was aus welcher Handlung für Konsequenzen erwachsen. Die Assoziationsketten rasen mit ungeheurer Schnelligkeit durch den Kopf, während um dich herum alles viel langsamer als gewöhnlich abzulaufen scheint. Eine Minute hast du Zeit, das Geld im Schalterraum der Bank in die mitgebrachte Einkaufstasche zu packen. Nur eine Minute? Eine ewig lange Minute! Du kannst plötzlich vieles gleichzeitig tun, ohne die Koordination zu verlieren. Du öffnest die Tasche, siehst beim Blickwechsel auf die Hand im Augenwinkel, daß die Tausender rechts und die Fünfer links liegen. Du packst die Geldbündel ein, ohne hinzusehen, und beobachtest gleichzeitig, ob sich hinter dem Tresen die Devisenkasse oder ein kleiner Schalterraumtresor befindet. Wie eine Vibration spürst du, daß der Kassierer überlegt, ob er unbemerkt den Alarmknopf drücken kann. Du sagst ihm, er soll stehen bleiben und sich nicht rühren, und siehst an seinem Gesicht, daß er sich ertappt fühlt. Du bist mit dem Einpacken schon nach dreißig Sekunden fertig und hast noch Zeit, die Schubladen aufzuziehen, wo du die Tasche mit den Devisen entdeckst und eine Geldkassette, die sich beim kurzen Schütteln so anfühlt, daß du weißt, sie enthält Geld. Du packst alles ein, Pistole und Tasche wechseln beim rückwärts Rausgehen automatisch von der rechten in die linke Hand, damit du dich beim Überspringen des Tresens aufstützen kannst. Alles geschieht wie in einem Film, bei dem du unbeteiligter Zuschauer und Hauptdarsteller zugleich bist.

Morgen ist es endlich soweit, morgen starten wir die Aktion zur Sprengstoffbesorgung. Vor drei Wochen, unmittelbar nach dem Gesamttreffen, haben wir uns hingesetzt und eine Checkliste gemacht. Auf dieser Liste standen alle Dinge, die zur Aktion benötigt werden, was noch einzukaufen oder zu klauen war, alle Beobachtungen, die durchgeführt werden mußten. Wir haben die Arbeit aufgeteilt. Zwei von uns besorgten Nummernschilder, passend zu einem VW-Bus und einem Opel Rekord-Kombi, entsprechend den Kennzeichen existierender Fahrzeuge gleichen Typs. Danach wurden zwei Autos des gleichen Jahrgangs und der gleichen Farbe ausgesucht und gestohlen, allerdings erst, nachdem eine Parkgarage gefunden war, wo sie ohne Bedenken für einige Tage untergestellt werden konnten. Andere gingen auf Einkaufstour. Sechs Paar OP-Handschuhe, wic sie in der Chirurgie verwendet werden. Damit vermeidet man Fingerabdrücke, ohne die Feinfühligkeit einzubüßen. Drei Walkie-Talkies mit Kurzantennen, möglichst im VHF-Bereich arbeitend. Wir müssen uns untereinander verständigen können. Für jeden von uns Wegwerfklamotten, je nach Wunsch entweder Overalls oder Trainingsanzüge, dazu Turnschuhe. Mehrere solide Reisetaschen zum Abtransport, keine mit genieteten Griffen, die reißen zu leicht aus. Mehrere Meßtischblätter der Gegend, in der die Aktion stattfinden soll. Auf diesen Karten sind die kleinsten Wege verzeichnet, was für Orientierung und Flucht wichtig ist.

Jeder aus der Gruppe war mehrfach und zu verschiedenen Zeiten vor Ort, um noch offene Fragen abzuklären: Wo ist der nächste Polizeiposten, und wie ist er besetzt? Welche Straßen werden bei einer Ringfahndung wahrscheinlich dichtgemacht, welche Ausweichmöglichkeiten gibt es? In welchen Städtchen kann man die Fahrzeuge unmittelbar vor der Aktion abstellen beziehungsweise abholen? Wo kann man sie nach der Aktion wechseln und dann stehen lassen? Ein Maximum an Zeit soll verstreichen, bis sie gefunden werden. Wie kann man sich nach 137 der Aktion aus der Gegend absetzen, mit dem Bus, mit der Bahn, mit dem Wagen, per Fahrrad oder Taxi?

Natürlich sind uns heute noch einige Dinge eingefallen, die wir vergessen haben und die in letzter Minute noch besorgt werden müssen. Es fehlen zum Beispiel zwei Paar Handschellen, um den Sprengmeister und seinen Gehilfen fesseln zu können, breites Tesa-Band zum Knebeln und ein großer Bolzenschneider, um die verschlossenen Boxen im Sprengstoffbunker zu knakken, wenn das Suchen nach dem Schlüssel zuviel Zeit kostet.

Nun ist alles besorgt, obwohl bestimmt alle das Gefühl haben, irgend etwas sei vergessen worden. Auch dieses Gefühl stellt sich bei Aktionen regelmäßig ein.

Renate und Jürgen nehmen wegen fehlender militärischer Ausbildung nicht an der Unternehmung teil. Ich habe Anna gebeten, einzuspringen. Große Chancen, daß sie teilnehmen würde, hatte ich mir zwar nicht ausgerechnet, aber wider Erwarten machte sie keine Einwände. Ich habe sie nach der Reaktion von Hans gefragt. Sie sagte, er habe sich neutral verhalten, ihr weder zu- noch abgeraten. Erstaunlich!

Heute abend wollen wir über die personelle Einteilung während der Aktion reden, über den Ablauf und das, was jeder zu tun hat. Wir haben das schon zigmal durchgesprochen. Aber wir wissen aus Erfahrung, daß das Durchspielen aller Eventualitäten, das Sich-Einfinden jedes einzelnen in seine Aufgabe, entscheidend für den Erfolg ist. Die Identifikation mit der eigenen Rolle in der Aktion wird durch Wiederholungen immer stärker.

Ich eröffne das Briefing mit der Einteilung der Anfahrtswege. Pelle und Käthe werden mit Anita und Klopfer im Bus fahren und nichts Verfängliches bei sich haben. Anna und ich besorgen den Transport der Waffen und der Wechselkleidung mit dem Zug nach Wetzlar. Von dort aus werden wir beides mit dem in Wetzlar abgestellten VW-Bus zum Treffpunkt am Waldtrimmpfad oberhalb von Kirchdorf bringen, wo wir die anderen wieder treffen.

Pelle nimmt den Faden auf: »Während Anita und Klopfer direkt vom Bus zum Trimmpfad gehen, machen Käthe und ich den Abstecher zur Kirchdorfer Neubausiedlung und holen dort den Rekord-Kombi ab, der als Fluchtfahrzeug am Trimmpfad stehen bleibt.«

Anna, die nicht alle Details der Vorbereitung kennt, fragt dazwischen: »Ist das nicht etwas auffällig, wenn der Rekord so früh morgens allein auf weiter Flur am Waldrand steht?«

Pelle muß grinsen: »Nö, überhaupt nicht. Da wir ein einig Volk von Trimmern in der Midlife-Crisis geworden sind, stehen dort am Morgen viele Frühsportlerautos. Für den Bus wie für den Kombi haben wir Wetzlarer Kennzeichen besorgt, die fallen überhaupt nicht auf. Sogar der Klamottenwechsel kann in aller Öffentlichkeit laufen, denn auch die Ausgleichssportfanatiker wechseln dort ihre verschwitzten Klamotten. Der Platz ist genial. Ein dickes Lob für Renate und Jürgen, die haben ihn aufgetan!«

»Schnickschnack«, sagt Käthe verärgert, »die beiden haben ihren Job gemacht, schließlich geht's auch darum, daß sie ihren eigenen Arsch auf die bestmögliche Art in Sicherheit bringen. Machen wir lieber weiter. Im VW-Bus sind zwei Fahrräder, die wir ein Stück vorm Parkplatz abladen werden. Beim Abgang wird es nämlich umgekehrt laufen. Anna und ich werden auf den Fahrrädern über die Feldwege nach Wetzlar reinfahren und von dort den Zug nehmen. Anita und Pelle, inzwischen mit Kitteln eines Reparaturschnelldienstes ausstaffiert, fahren die Beute und die Ausrüstung mit dem Kombi rein nach Wetzlar und nehmen von dort den Bus.«

Ich unterbreche Käthe, um meinen Part einzufügen. Unser Plan sieht vor, daß Klopfer und ich denselben Bus schon ab Kirchdorf benutzen. Wenn wir uns nach der Aktion vom Trimmpfad direkt zur Bushaltestelle begeben, werden wir die Vorausgefahrenen in Wetzlar nicht verfehlen, denn der Bus fährt im Zwanzig-Minuten-Rhythmus. Auffallen können wir kaum, da auch andere Jogger den Bus benutzen, um nach Wetzlar zurückzufahren.

Nachdem das Absetzen soweit besprochen ist, wende ich mich nun dem Aktionsablauf zu. »Wir sind also mit dem VW am Trimmpfad gewesen und haben Pelle, Käthe, Anita und Klopfer eingesammelt. Im VW läuft dann das große Umziehen. Für jeden gibt es einen Trainingsanzug und Turnschuhe. Noch was, ich rate jedem, doppelte Unterwäsche anzuziehen. Es wird verdammt kalt sein vor Ort! Aber nun zur Sache. Wir sind also oberhalb des Steinbruches angekommen, noch vor der Weggabelung. Dort wird der VW-Bus abgestellt. Pelle, Klopfer und ich verstecken uns im Gestrüpp genau gegenüber vom Steinbruch. Käthe kommt mit uns, geht aber noch ein Stück den Weg runter, so daß sie die Zufahrt im Auge hat und uns das Eintreffen des Sprengmeisters samt Gehilfen und Fahrzeug melden kann. Anna und Anita behalten währenddessen die Weggabelung oben im Auge. Weder von unten noch von oben kann uns jemand unbemerkt in die Quere kommen, wenn die Sache läuft. Anita, Anna, Pelle und Käthe sind bewaffnet mit Maschinenpistolen. Anna und Käthe haben je ein Walkie-Talkie. Das dritte hab ich, bei der Verständigung dürfte es also keine Probleme geben. So, jetzt liegt also alles in den Startlöchern, nun laßt uns das Ganze noch mal durchspielen, als wenn es wirklich läuft, okay!«

Käthe beginnt. Sie wird in der Aktion den ersten Part übernehmen und von unterhalb des Steinbruchs die Straße im Auge haben, um die Ankunft des Lastwagens zu melden. Sie spielt für uns ihre Funktion in der Anlaufphase der Aktion detailliert durch und vergißt auch nicht, auf mögliche unerwartete Zwischenfälle einzugehen. Bis wir den Sprengmeister und seinen Gehilfen außer Gefecht gesetzt haben, wird sie unsere Rückendeckung sein.

Ich mache da weiter, wo für uns übrige die eigentliche Aktion beginnt. Sobald Käthe die Ankunft des Lastwagens meldet, gehen Pelle, Klopfer und ich rechts und links des Eingangs zum Sprengstoffbunker in Deckung. Wir werden warten, bis der Sprengmeister alles aufgeschlossen hat, erst dann wollen wir ihn und seinen Helfer überwältigen.

An dieser Stelle des Plans ist Pelle dran. Er führt aus, daß er sämtliche Schließfachschlösser im Bunker mit einem Bolzenschneider knacken wird, während Klopfer und ich den Sprengmeister und seinen Fahrer fesseln. Danach werden wir alle gemeinsam den Sprengstoff, die Zünder und alles sonst Lohnende zum Abtransport nach draußen schaffen. Wenn wir mit dem Ausräumen der Schließfächer beginnen, werde ich erst Käthe und dann Anna informieren. Käthe wird sich von der Straße zu uns zum Bunker zurückziehen, dabei aber weiterhin nach hinten absichern. Anna hat Anita Bescheid zu sagen, die vom Waldrand mit dem VW-Bus zu uns stoßen wird. Wir werden vier große Reisetaschen vollpacken, mehr können wir nicht transportieren. Wenn die Beute eingesammelt ist, fahren wir alle zum Waldrand und sammeln Anna ein, die uns während dieser Zeit nach oben abgesichert hat.

Als wir mit dem Durchspielen an diesem Punkt angekommen sind, frage ich Anna, die bei den Vorbereitungen nicht dabei war, ob sie noch Fragen hat.

Anna schüttelt den Kopf. »Nein, keine wesentlichen jedenfalls. Der Ablauf ist ganz überzeugend so. Nur ein paar Details noch, die beim Durchspielen zu kurz gekommen sind. Was ist mit den Typen, dem Sprengmeister und seinem Helfer? Laßt ihr die draußen liegen oder wie?«

»Nein, die bringen wir in den Bunker und deponieren sie so, daß sie nicht nach draußen gucken können. Sie sollen nach Möglichkeit nicht mitkriegen, daß Frauen an der Sache beteiligt sind. Sonst wissen die Bullen gleich, daß wir es waren. Davon ausgehen werden sie sowieso, spätestens nachdem sie den VW-Bus am Trimmpfad gefunden haben. Aber für die erste

Fahndung macht es doch einen Unterschied, daß sie noch nicht richtig durchblicken. Wenn alles okay ist, werden die beiden frühestens nach einer Stunde entdeckt, wenn im Steinbruch die Arbeit beginnt. Grad kommt mir 'ne Idee: Das Gefälle an der Weggabelung bis zum Bunker ist ja ziemlich groß. Wenn Anita den Bus bringt, würd ich's gut finden, wenn sie nur anfangs mit Motor fährt, um die Büchse in Schwung zu bringen, und ihn dann wieder abstellt.«

Anita nickt. »Hab schon kapiert. So 'n Bulli hat einen leicht erkennbaren Klang. Ist aber trotzdem nicht logisch, denn vom Bunker wieder weg müssen wir den Motor ja doch laufen lassen, bergauf rollt er nicht allein.«

Ein bißchen steigt mir die Röte ins Gesicht. So was Blödes, sie hat recht!

Aber da schaltet sich Käthe ein: »Vom Ansatz her vielleicht doch keine so schlechte Idee. Wie wäre es, wenn wir einfach den Laster der Typen benutzen? Die Zeit für das Umladen, die wir dann zusätzlich brauchen, sparen wir, weil Anita den Bulli nicht runterbringen muß und der oben in Fahrtrichtung abgestellt werden kann. Dann kriegen die Typen den Bulli nicht mit, und die Bullen werden ein paar Minuten damit beschäftigt sein, nach dem Laster zu suchen!«

Damit ist die halbe Blamage wettgemacht – außerdem hat diese Änderung im Ablauf wirklich Vorteile. »Okay, das ist 'ne echte Verbesserung, laßt es uns so machen. Nun aber was anderes: Laßt uns auch mal durchspielen, was alles schiefgehen könnte und was wir dann tun.«

»Ja, das find ich auch ganz wichtig.« Käthe spielt noch immer mit ihrem Walkie-Talkie herum. »Der Nottreff in der Kirche in Wetzlar ist klar. Die Kirche ist von morgens um acht bis abends um acht offen. Wenn einer verschüttgeht, nachdem was quergelaufen ist, findet er sich dort ein und wird von Renate oder Jürgen abgeholt, die sich im Falle einer Katastrophenmeldung alle zwei Stunden dort blicken lassen. Außerdem sind die beiden bis zehn Uhr in dieser Kasseler Frühkneipe am Bahnhof telefonisch erreichbar. Wehe, jemand schreibt sich die Nummer auf! Ich mach vor der Aktion Taschenkontrolle!« Allgemeines Gelächter. »Was aber, wenn während der Aktion ein weiteres Fahrzeug hinter dem Laster in den Weg zum Steinbruch einbiegt? Soll ich das stoppen oder durchlassen?«

Ich muß kurz überlegen, nehme das Meßtischblatt zur Hand und erkläre dann:

»Du liegst rund vierhundert Meter unterhalb des Bunkers, der vom Weg her erst auf den letzten Metern einsehbar ist. Du kannst aber ein Fahrzeug bereits ausmachen, bevor es einbiegt. Wenn also eins kommt, dann sagst du sofort Bescheid. Je nachdem, wie weit wir inzwischen sind, warten wir dann ab oder nehmen es oben in Empfang. Du läßt es also auf jeden Fall durch, kommst aber sofort hinterher. Noch was, wo wir nun schon einmal bei möglichen Katastrophen sind: Solange euch niemand mit der Waffe bedroht, keine Schießerei! Wenn es sich absolut nicht vermeiden läßt, was ich mir nicht vorstellen kann, dann schießt auf die Füße. Wir werden als Handfeuerwaffen Revolver benutzen, jedenfalls diejenigen, die den Sprengmeister und den Fahrer schachmatt setzen. Die Dinger kennen die Leute aus jedem Western. Die Erfahrung besagt, daß die meisten Leute bei Revolvern wenig Lust verspüren, rauszukriegen, ob sie echt sind. Es bleibt natürlich jedem selbst überlassen, was er für Munition verwendet – ich jedenfalls werde in die beiden ersten Kammern Plastikschrot stecken. Der ist ziemlich schmerzhaft, aber nicht tödlich.«

Jetzt schaltet sich Anna noch mal ein. »Okay, soweit die Gefahr von unten. Was aber, wenn was von oben kommt?«

Wieder antworte ich. »Das ist so gut wie ausgeschlossen. Als es vor kurzem mal länger geregnet hat, war der Weg unterhalb der Gabelung matschig. Wir sind an zwei Tagen hintereinander dort gewesen: es waren keine Spuren von Fahrzeugen zu sehen. Sollte aber wider Erwarten doch eins kommen, laßt ihr es genau wie Käthe durch, nachdem ihr Bescheid gesagt habt. Da oben ist es um die Zeit so still, daß ihr selbst ein quietschendes Fahrrad schon zehn Minuten vorher hören könnt. Sollte ein Fahrzeug kommen, kann es sein, daß es an der Gabelung abbiegt. Zum zweiten ist die Chance riesengroß, daß es am Bunker einfach vorbeifährt. Der Versuch, es anzuhalten, ist die schlechteste aller denkbaren Verhaltensweisen. Die Chance, daß es gerade in dem Moment beim Bunker vorbeikommt, wo wir die beiden Typen ausschalten, ist gleich Null. Denn wenn ihr die Karre hört und Bescheid sagt, bleiben wir einfach liegen und lassen es passieren. Kommt es aber bei euch vorbei, wenn wir schon aus dem Versteck raus sind, sind wir längst fertig, bevor es beim Bunker ankommt. Aber, wie gesagt, die Wahrscheinlichkeit, daß überhaupt ein Fahrzeug auftaucht, ist minimal.«

Anna ist noch nicht fertig. »Was du zum Laden der Revolver mit Schrotpatronen gesagt hast, finde ich richtig. Wäre es dann nicht besser, wenn wir oben statt 'ner MP lieber ein Schrotgewehr nehmen?«

Pelle antwortet direkt: »Weißt du, die Dinger haben ja eigentlich mehr eine demonstrative Funktion. Eine MP macht einfach mehr her! Ich finde, wir sollten es dabei belassen. Außerdem schlage ich vor, daß wir Schluß machen und uns lieber noch ein paar Minuten Schlaf gönnen.« Unvermittelt fängt er an zu grinsen, greift zu seiner Umhängetasche und öffnet sie. »Ich hab noch was zur Ausrüstung beizusteuern, was ein bißchen Polsterung gegen das Temperaturgefälle bietet.«

Er holt sechs kleine Fläschchen mit verschiedenen Schnapssorten aus seiner Tasche. »Einmal Whisky für Käthe, einen Obstler für Anna, zweimal Rum für Klopfer und mich, einmal – brrr, wie kann man nur – Gin für Anita und ein Fläschchen Zuckerwasser für den Häuptling.« Pelle zeigt deutlich seinen Widerwillen, als er mir das Fläschchen mit Amaretto gibt. Renate sieht ein bißchen betrübt aus, fühlt sich zurückgesetzt. Nach einer Kunstpause greift Pelle noch einmal wie suchend in seine Tasche und meint dann: »Ach, fast hätte ich das Wichtigste vergessen. Ihr beide« – er nickt Renate und Jürgen zu – »habt ja diesmal den undankbarsten und nervigsten Job, Warten ist nicht jedermanns Sache. Deswegen zum Trost und Ausgleich ...« Er zieht zwei Pikkoloflaschen Sekt aus seiner Tasche. Renate gibt ihm einen Kuß auf die Wange.

Käthe betrachtet ihr Fläschchen mit kritischer Miene und kommentiert: »Typisch Pelle, selbst im Anblick des Todes noch knauserig wie Dagobert Duck, zuwenig, um sich zu besaufen und zuviel, um nüchtern zu bleiben!«

Die Scheinwerfer holen am Rand der nächtlichen Landstraße bizarre Erscheinungen aus dem Dunkel. Die riesigen Feueraugen einer Katze, die sich umblickt und dann mit drei eleganten Sprüngen im Gebüsch in Deckung geht ... vorbei ... Das Katzenauge eines schwankenden Fahrrades, auf dem die Gestalt des Fahrers erst auszumachen ist, nachdem wir fast auf seiner Höhe sind ... vorbei ... Ein offenes Gartentor, das nur noch am oberen Scharnier hängt und nirgendwo hinführt ... vorbei.

Anna fährt. Ich bemühe mich, sie nicht ständig von der Seite zu mustern, und suche mir schließlich Beschäftigung, um mich abzulenken. Ich kontrolliere die Magazine der MPs, nehme eine nach der anderen aus der Tasche, entlade sie, lade sie wieder neu und stecke sie in die Tasche zurück. Irgendwann sagt Anna: »Woran denkst du?« Ich antworte: »An die Aktion.«

Anna sieht zu mir herüber und sagt mit leisem Spott in der Stimme: »Und woran denkst du wirklich?«

Sie kennt mich einfach zu gut. Ich antworte knapp, möchte jetzt nicht reden. »Ich hab an unseren Streit denken müssen. Damals, als wir uns fragten, ob wir nun zur RAF gehen oder zu den Revolutionären Zellen.«

Anna hat es früher immer geschafft, mit ihrem »Was denkst du« genau da einzuhaken, wo es unangenehm wird. Sie durchschaut es, wenn ich versuche, mich mit einer banalen Antwort aus der Affäre zu ziehen. Komisch, jetzt denke ich daran schon in der Vergangenheitsform, dabei ist es noch nicht einmal drei Wochen her.

»Bereust du deine Entscheidung, mit mir in die Gruppe gegangen zu sein?« Die Frage kommt ganz leicht, fast als wäre sie ohne Absicht gestellt.

»Ob ich es bereue?« Ich wiederhole die Frage, um Zeit zu gewinnen. »Ja und nein. Als die von der RZ damals erklärten, daß für sie eine Gefangenenbefreiung nicht in Frage kommt, war die Entscheidung für die RAF klar. Ihre Thesen, zum Beispiel, daß es besser ist, sich so lang wie möglich legal zu halten, aus legalen linken Zusammenhängen heraus zu agieren und Aktionsformen zu wählen, die für viele nachvollziehbar und nachzumachen sind, also diese Thesen halte ich immer noch für richtig.«

Anna lacht auf. »Ja, ja, das Sachschadenprogramm, nur nicht die Nestwärme aufs Spiel setzen und sich immer ein Hintertürchen zurück zum Reihenhaus offenhalten, das käme dir wohl auch entgegen?! Sag mal, wenn die Stammheimer nicht eingefahren wären, wärst du dann überhaupt auf die Idee gekommen zu kämpfen?«

Die Art, wie sie die Fragen miteinander verbindet, macht mich wütend. »Zu kämpfen, zu kämpfen! Ganz schön elitär, nur das, was wir tun, und nur die Art und Weise, wie wir es tun, als Kampf gelten zu lassen, findest du nicht?!«

Wieder sieht Anna zu mir herüber, diesmal auf herablassend mitleidige Art. »Nun schmollt aber einer! Du hast meine Frage nicht beantwortet!«

»Und ich weiß nicht, was wäre wenn...! Sie sind nun mal eingefahren, und es ist klar für mich, daß ich ihnen helfen werde, wie sie mir geholfen haben. Was soll daran schlecht sein? Mit der abstrakten Kampfmotivation hab ich, das geb ich zu, nichts am Hut. Ich kann es beim besten Willen nicht als wichtige Tätigkeit im Rahmen des weltumspannenden antiimperialistischen Kampfes einordnen, daß wir in einem geklauten VW-Bus unterwegs sind, um zwei Steinbrucharbeiter zu überfallen, damit wir an Sprengstoff herankommen, mit dem wir Kohle aus einem Safe holen wollen! Manchmal denke ich, es ist alles Hühnerfickerei, was wir machen. Verstehst du? Jetzt, in diesem Moment, wo wir hier fahren, wird in Los Alamos die soundsovielte Wasserstoffbombe fertiggestellt, werden in Beirut wieder drei Häuserblocks in Schutt und Asche gelegt, verhandeln die Russen mit den Amis über Weizenankäufe in Milliardenhöhe, verhungern irgendwo ein paar tausend Menschen. Das sind doch die Relationen, oder?«

Anna schweigt. Das Scheinwerferlicht erfaßt ein gelbes Schild: Kirchdorf – 6 km. Anna schaltet von Fernlicht auf Abblendlicht. Schließlich erwidert sie: »Und was soll deine Aufzählung beweisen? Daß alles sinnlos ist, daß es gar keinen Zweck hat, noch etwas dagegen zu machen? Bist du wirklich nur wegen deiner merkwürdigen Gangsterehre hier, von wegen, die haben mir geholfen, als die Kacke am Dampfen war, also helfe ich ihnen, wenn sie schlimm dran sind? Das kauf ich dir einfach nicht ab!«

Sie hat ja recht. Was mache ich hier überhaupt? Ich wollte, ich wüßte es selbst genauer! »Weißt du, allein die Erkenntnis, daß die Welt am Umkippen ist, reicht mir als Motivation nicht aus. Ich brauch was Konkretes, die Menschen, wenn du so willst. Ganovenehre hin oder her, mir geht es wirklich hauptsächlich um die Stammheimer. Ich will natürlich auch rauskriegen, ob der bewaffnete Kampf das richtige Instrument zur gesellschaftlichen Veränderung in diesem Land ist, und ich stehe hinter der Politik der Gruppe. Trotzdem, im Gegensatz zu diesen Punkten, muß ich mir die Gründe dafür, daß ich die Stammheimer befreien will, nicht über den Kopf zusammensuchen. Nur weil dieser Teil meiner Beweggründe aus dem Bauch kommt, ist er noch lange nicht minderwertiger!«

Annas Antwort hat einen unsicheren Unterton. »Schon gut, reg dich ab. Sollte keine Anmache sein. Manchmal mach ich mir einfach Sorgen um dich, und die mach ich mir gerade deswegen, weil ich ein bißchen was über dich weiß. Ich frag mich oft, ob du mit diesem Ding im Kopf auch dann noch klarkommst, wenn du mal gefangengenommen wirst und von dem existieren mußt, was du in dir hast. Ich frag mich, ob du dann nicht umfällst, ob die Substanz reicht. Denkst du eigentlich manchmal darüber nach, daß es von einem Moment auf den anderen vorbei sein kann? Ich frag mich das ziemlich oft, und ich weiß nie genau, was mir lieber wäre: eine Kugel zu fangen und dann Filmriß oder die Handschellen klicken zu hören und dann Jahre, vielleicht Jahrzehnte Isohaft und immer die Versuchung, umzufallen. Ich weiß nicht, ob ich das packe.«

Anna spricht einmal mehr aus, was ich nicht so nah an mich ranlassen möchte. Obwohl ich Angst habe vor Worten, die, einmal ausgesprochen, nicht wieder zurückgenommen werden können, sage ich: »Ich weiß es auch nicht. Es gibt Augenblicke, da kommen mir merkwürdige Assoziationen in den Sinn. Als müßte es so sein, als wäre es vorbestimmt, daß wir leiden, gefoltert werden, umkommen, sozusagen stellvertretend für alle ... und vielleicht auch als Strafe dafür, daß wir es uns erlauben, alles in Frage zu stellen, auch das Leben anderer. Kannst du solche Gedanken verstehen?«

Anna läßt mit der rechten Hand das Steuer los und streichelt mir die Wange. Ich gebe ihr einen Kuß in die Handfläche. Anna sagt: »Ich denke, ja!« Sie lacht. »Wenn uns die anderen hören könnten. Behalte das bloß für dich! Solche defätistischen Gedanken passen zu unserer natürlich streng marxistisch-leninistischen Weltanschauung ungefähr so gut wie Vanillesoße zu einem Steak.«

Mir ist auf einmal ganz leicht.

19 Steinbruch

Ich lehne mich mit dem Rücken an den großen Findling, hinter dem ich in Deckung gegangen bin. Im rechten Ohr rauscht der Knopfkopfhörer des Walkie-Talkies, und das Rauschen vereint sich mit der über die Haut wandernden Kälte. Hoffentlich dauert es nicht mehr lang, bis der Lastwagen kommt. Ich denke an das merkwürdige Gespräch mit Anna, an die Nähe zueinander, die wir beide immer noch empfinden. Aus diesem Gedanken heraus drücke ich die Sprechtaste. »Eins, eins, bitte melden. Alles klar bei euch da oben?«

Nach einem Moment knackt es, dann höre ich die verfremdete Stimme von Anna. »Was soll sein, zwei. Es ist kalt, und es ist langweilig.« Ein weiteres Knacken. Nun erklingt Käthes Stimme: »Nicht mehr lange, eins, zwei. Da hinten rumpelt was ran. Ist ein Laster. Ob es unserer ist, kann ich noch nicht sagen. Haltet bis auf weiteres Funkstille.«

Ich komme aus der Hocke hoch, drehe mich und sehe hinüber zu der Stelle, wo Pelle und Klopfer vor dem Sprengstoffbunker hinter einem etwas schütteren Gebüsch Deckung gesucht haben. Pelle betätigt sich sportlich und hüpft auf der Stelle. Ich pfeife und gebe ihm ein Zeichen. Pelle verschwindet. Ich kann ihn und Klopfer zwar noch ausmachen, aber zu erkennen sind ihre Gestalten nur, wenn man weiß, wo man suchen muß. Ich gehe wieder in die Hocke.

»Eins, zwei, es ist das Objekt. Zwei Personen, wie gehabt. Biegt grad ein, in zwei, drei Minuten ist er bei euch. Bestätigen.«

Ich begebe mich vollends in Position und versuche, unter dem unten abgesplitterten Ende des Findlings hindurchzugucken, damit ich den Weg einsehen kann. Dann drücke ich die Sprechtaste. »Verstanden drei, Objekt im Anmarsch. Die Wölfe liegen auf der Lauer.«

Noch mal knackt es in meinem Ohr. »Eins für zwei, wenn das Ding dran ist, laß die Sprechtaste gedrückt, damit wir den Ablauf verfolgen können. Bestätigen.«

Jetzt sehe ich, wie sich der Lastwagen langsam den Hügel hinaufschiebt und die Kurve nimmt, die zum Parkplatz führt. »Okay, eins und drei. Ihr seid live dabei. Das Objekt ist in Sicht. Jetzt nur noch rufen, wenn es dringend ist.«

Ein leiser, grad noch vernehmbarer Pfiff von Klopfer und Pelle signalisiert, daß sie den Wagen gesichtet haben.

Als der Laster die Stelle erreicht hat, wo er auf den Parkplatz einbiegt, beginnt der Knopf im Ohr zu knattern. Ich fluche, die Karre ist nicht funkentstört. Ich drehe die Lautstärke herunter, um das Störgeräusch erträglicher zu machen. Vom Lastwagen kann ich aus meiner Position nur noch die Reifen sehen,die auf Höhe meiner Deckung zum Stehen kommen. Der Motor wird abgestellt, damit erlischt auch das Knattern im Kopfhörer. Ich drehe die Lautstärke soweit auf, daß wieder Rauschen zu hören ist.

Ein Paar Stiefel kommen in Sicht, sie verschwinden in Richtung Bunker aus meinem Blickfeld. Geräuschlos drehe ich mich um die eigene Achse, zwei kurze Schritte im Entengang und ich bin am anderen Ende des Findlings. Die Stiefel bekommen Beine und einen Rumpf. Der Mann schließt die Stahltür zum Bunker auf und verschwindet im Inneren. Licht geht an, läßt eine trapezförmige helle Fläche vor der Tür entstehen. Ich verlagere mein Gewicht mehrmals von einem Bein auf das andere, um zu verhindern, daß mir die Füße einschlafen. Ich muß auf dem Sprung bleiben. Das Warten dehnt sich, es dauert ewig. Renate fällt mir ein. Ich weiß, wie es ist, warten zu müssen, nicht selbst dabei sein zu können. Für Jürgen und sie ist diese Zeit schlimmer als für jeden von uns vor Ort.

Endlich läßt das Licht aus dem Inneren des Bunkers einen scharfen Schatten auf den Vorplatz wachsen. Der Mann kommt aus dem Bunker heraus, geht durch das Lichttrapez vor der Türöffnung hindurch. Beidhändig trägt er einen grau-grünen Kasten vor dem Bauch. Auf dem Kasten prangt schwarz auf gelb ein Dreieck mit dem Zeichen eines explodierenden Balls. »Vorsicht – explosiv!« Jetzt ist der Abstand zur Tür groß genug. Aus der Hocke hoch, fünf Sprungschritte und ich bin hinter ihm. »Stehen bleiben, keine Bewegung! Setz den Kasten ab!« Er erstarrt, steht wie festgewurzelt.

Zeitgleich wird auf der anderen Fahrzeugseite die Wagentür aufgerissen. »Beweg dich nicht, mach keinen Unsinn und dir passiert nichts!« Ich höre ein Geräusch, als würde Stoff zerreißen. Seitlich neben dem Mann, dem ich die Waffe in den Rücken drücke, geht die Fahrertür des Lastwagens auf. Der Hintern des Fahrers wird wie von einer unsichtbaren Kraft aus dem Innern der Kabine herausgedrückt. Aus dem Augenwinkel sehe ich, daß sich der Mann mit einer Hand ans Steuer klammert, während er mit der anderen am Armaturenbrett herumfummelt. Er will den Zündschlüssel aus dem Schloß ziehen! Ein Aufschrei und der Fahrer fällt aus dem Lastwagen direkt neben den von mir in Schach gehaltenen Sprengmeister. »Heinz«, sagt der verstört. Klopfer erscheint in der Türöffnung. Er hat seinen Revolver in der Linken am Lauf gepackt. Anscheinend hat er dem Fahrer auf die Hand geschlagen. Pelle ist währenddessen um den Lastwagen herumgekommen. Er richtet seine Waffe auf den am Boden Liegenden, in der anderen Hand hält er Handschellen. Ich drücke den Lauf meines Revolvers eine Spur fester in den Rücken des Mannes vor mir. »Los jetzt, setz langsam die Kiste ab. Keine Tricks! Wenn ihr tut, was wir sagen, wird euch nichts passieren. Wir wollen nichts von euch!« Der Mann reagiert, beugt sich langsam vor und setzt den Kasten vorsichtig ab. Besorgt wendet er sich seinem Kollegen zu. »Heinz, bist du in Ordnung?« Heinz, der Fahrer, rappelt sich auf und keift: »Diese Schweine, jaja, mit mir ist nichts weiter.«

Pelle tritt hinter den am Boden Liegenden und zerrt ihn am Kragen seiner Arbeitsjacke hoch. Nun stehen beide nebeneinander. Klopfer greift ins Innere des Lasters und zieht den Schlüssel aus dem Zündschloß. Er stellt sich vor die beiden, was komisch wirkt, denn er hält den Revolver immer noch am Lauf. Ich muß grinsen und rufe: »Hallo!«, um seine Aufmerksamkeit auf mich zu ziehen. Mit einem Nicken deute ich auf seine Linke. Verlegen dreht er den Revolver um und packt ihn wieder am Griff.

Pelle schnauzt die beiden Gefangenen an: »Hände auf den Rücken, ein bißchen plötzlich. Wir wollen hier nicht ewig stehen.« Erst zögernd und mit Blick auf seinen Kollegen, der mit einem knappen Nicken andeutet, sich der Anweisung zu fügen, streckt der Fahrer seine Hände nach hinten. Der Sprengmeister folgt ihm freiwillig, ich brauche nichts zu sagen.

Pelle legt dem Fahrer Handschellen an. Ich hole das zweite Paar aus dem Hosenbund, gebe es Pelle und trete einen Schritt zurück. »Okay, keinen Laut mehr! Wir bringen euch in den Bunker, legen euch mit dem Gesicht zur Wand und fesseln euch. Wenn ihr nicht hysterisch werdet, verzichten wir auf Knebel. Aber seid euch im klaren darüber, wir behalten euch im Blick, bis alles vorbei ist.«

Pelle dirigiert den Fahrer schweigend mit seiner Waffe zum Bunker. Der Sprengmeister folgt freiwillig. Klopfer bildet den Abschluß.

Der kritische Teil ist gelaufen. Ausatmen! Ich gehe ein paar Schritte, weit genug, um außerhalb der Hörweite der beiden Gefesselten zu sein. Ins Walkie-Talkie sage ich leise: »Eins und drei, Phase alpha ist over, alles in Butter. Bestätigen!«

Einen Moment Rauschen, dann überlagern sich die Stimmen von Anna und Käthe. Ich kann nichts Genaues verstehen, außer, daß der Stimmensalat zustimmend klingt. »Eine nach der anderen, erst drei.«

»Hier drei, alles klar, ich mache mich jetzt auf den Rückweg. Hier unten ist alles tot, kein weiteres Fahrzeug. Klasse, ist ja gut gelaufen!«

»Okay, drei komm rauf, wir beginnen mit dem Einbringen der Ernte. Eins, ist oben alles in Ordnung?«

»Hier eins, alles Paletti soweit! Sagt Bescheid, wenn ihr ablegt.«

»Wird gemacht. Dann bis gleich!«

Ich gehe zum Bunker, Pelle kommt mir entgegen. Er schleppt einen Kasten vom gleichen Format wie der, den der Sprengmeister neben dem Laster stehenlassen mußte.

»Alter, das Zeug kriegen wir gar nicht weg. Es ist viel zu viel. Guck dich mal in den Fächern um, da liegt viel Krimskrams, von dem ich nicht genau weiß, ob wir's brauchen oder nicht.« Er geht an mir vorbei zum Laster und stellt den Kasten auf die Ladefläche, dann bückt er sich und hievt den zweiten Kasten neben den ersten. Im Bunker liegen Fahrer und Sprengmeister wie siamesische Zwillinge nebeneinander, die Füße mit Textilband gefesselt. Klopfer hat seinen Revolver so in ein leeres Fach gelegt, daß er ihn jederzeit greifen kann. Er ist dabei, aus den anderen Fächern Kästen herauszuziehen und neben dem Eingang aufzubauen. Als er mich sieht, hält er inne und zeigt auf ein offenes Fach oben rechts.

»Da liegt allerlei Undefinierbares. Im Fach darunter ist eine Plastiktüte, falls du eine brauchst.«

Ich sehe mir den Inhalt des Faches an. Mehrere Sprengschnurringe, eine Spezialzange, mit der sich Schwarzpulverlunten an manuelle Zündkapseln klemmen lassen. Ich nehme mir die Plastiktüte und werfe die Zange und die Ringe hinein. In

Zigarettentabaksdosen liegen in Watte verpackt verschiedene Zündkapseln. Vorsichtig verschließe ich die Dosen und stecke sie ebenfalls in die Plastiktüte. Dann stoße ich auf ein älteres Zündgerät, eines mit Knebelgriff, wie man es oft in Western sieht. Ich überlege kurz, lasse es dann aber stehen. Jeder andere Schalter, kombiniert mit einer Sechs-Volt-Batterie, tut es auch und ist handlicher. In der hintersten Ecke des Fachs steht ein Schuhkarton. Durch die manuellen Zünder in den Tabaksdosen gewarnt, ziehe ich ihn sehr vorsichtig nach vorne und öffne ihn. Unwillkürlich muß ich pfeifen. Obenauf liegt eine alte Wehrmachts-08-Pistole mit zwei Magazinen, die aber leer sind. Darunter mehrere Schachteln mit verschiedenen Sorten 9-mm- Parabellummunition. Ich schließe den Karton, nachdem ich seinen Inhalt Klopfer und Pelle gezeigt habe. Sie haben ihre Arbeit bei meinem Pfiff unterbrochen und sind neugierig herangekommen. Im Rausgehen kommentiert Pelle: »Ganz schön militant, unser Herr Sprengmeister. Alte Schule, wie?« Ich sehe zu den am Boden Liegenden hinüber. Der Sprengmeister rührt sich nicht. Der Fahrer versucht den Kopf zu drehen, aber es gelingt ihm nicht.

Ich nehme mir das nächste Fach vor. Im hinteren Teil liegt ein in rotes Wachstuch gewickeltes Paket. Ich ziehe es heraus. Um ein Haar hätte ich wieder gepfiffen. Auf dem Wachspapier klebt neben dem üblichen Warenzeichen ein Herstellerschild. Es weist den Inhalt als zehn Stangen Plastiksprengstoff zu je dreihundert Gramm aus. Ein echter Glücksfund. Sehr vorsichtig lege ich das Paket in die Plastiktüte. Ich frage Klopfer: »Wieviel Kästen habt ihr schon draußen?«

Klopfer sieht zur Tür. »Ohne den Kasten mit dem Zündkram sind es jetzt sechs.«

Ich muß lächeln. »Dann hört mal auf. Mehr können wir beim besten Willen nicht schleppen.«

Mit diesem Gedanken kann sich Klopfer nicht anfreunden. Unschlüssig steht er da, als ich an ihm vorbei mit der Plastiktüte zum Laster gehen will. »Können wir den Rest nicht mitnehmen und irgendwo in der Nähe verbuddeln? Man kann den Stoff doch später abholen.«

Ich mustere die vier Kästen, die neben dem Ausgang stehen, zögere, sage aber dann sehr entschieden: »Ist verlockend, aber geht nicht. Wir kommen mit dem Zeitplan ins Schleudern. Spätestens in einer halben Stunde gibt es Alarm, denn dann kommen die Arbeiter und vermissen die beiden. Die Bullen werden die Gegend später bestimmt mit Suchhunden durchstreifen. Willst du dann hier auftauchen, ohne abschätzen zu können, ob die Bullen nicht schon am Depot warten? Los, Abgang!« Ich gehe hinaus zum Laster.

Pelle hat alle Kästen auf die Ladefläche gewuchtet. Hinter dem Laster steht Käthe, die die Maschinenpistole geschultert den Weg beobachtet und eine Zigarette raucht. Ich öffne die Tür zum Fahrerhaus und stelle die Tüte auf den Boden vor dem Beifahrersitz. Jetzt merke ich, wie verschwitzt meine Hände in den OP-Handschuhen kleben. Ich setze mich aufs Trittbrett, ziehe die Handschuhe aus und reibe die Hände an der Trainingshose trocken. In diesem Moment knackt es in meinem Ohr und Anitas aufgeregte Stimme überschlägt sich fast. Ich habe große Mühe, sie zu verstehen. »Zwei und drei, hier eins. Hier stimmt was nicht. Irgendwas ist hier los. Hört ihr mich?«

Ich fahre hoch und lasse die Plastikhandschuhe fallen. »Hier zwei, was geht da vor, wo ist Anna?«

Anitas Stimme kommt im Stakkatoton: »Vor zwei Minuten hat es oberhalb der Weggabelung angefangen zu knacken, als wenn sich 'ne Elefantenherde einen Weg bahnt. Anna ist los, um nachzugucken, Wild war das bestimmt nicht, Tiere machen nicht soviel Lärm.«

Ich laufe zum Bunkereingang, wo Pelle und Klopfer gerade die überzähligen Kästen ins Innere zurückschieben, damit sie die Tür schließen können. »Blitzstart, macht zu, oben stimmt was nicht. Ich renne rauf, Käthe hat ja das andere Walkie und kann euch auf dem lau ...« Weiter komme ich nicht, dreimal knallt es, eindeutig Schüsse! Mit einer Reflexbewegung reiße ich ich mir den Knopf aus dem Ohr. Anita hat in dem Augenblick, als die Schüsse fallen, die Sprechtaste gedrückt. Fast hätte es mir die Trommelfelle zerrissen. Ich stöpsle den Kopfhörer ins andere Ohr, lasse Pelle und Klopfer stehen und laufe los. Bergauf; auf dem weichen, sandigen Untergrund scheinen die Füße zu versinken. Keuchend rufe ich ins Walkie-Talkie: »Eins, eins, bist du noch da?«

Anitas Stimme ist erlösend: »Ja, ich bin da. Das waren zwei verschiedene Waffen, zwei helle und ein dumpfer Knall. Ich gehe nachsehen, was los ist.«

Ich schreie mehr, als daß ich spreche: »Bleib, wo du bist. Rühr dich nicht von der Stelle. Ich bin gleich da. Schrei nicht rum, so daß dich jeder ausmachen kann. Verstanden!« Das »Verstanden« war keine Frage, sondern ein Befehl. Ärgerlich kommt es zurück: »Hab verstanden, ich bleib, wo ich bin.«

Meine Luft beginnt knapp zu werden. Ich verfluche alle Zigaretten, die mir das Lungenvolumen genommen haben. »Zwei an drei, kommt mit dem Karren rauf, aber folgt mir nicht. Ihr ladet sofort um. Wenn Anna und ich nach fünf Minuten nicht da sind ... oder falls sich andere Gestalten zeigen, haut ihr auf der Stelle ab!«

Käthe klingt nüchtern und kühl. Sie hat mehr Nerven als Anita und ich. »Verstanden, paß auf dich auf. Wenn was schiefgeht und wir dich aus dem Knast holen müssen, kriegst du Dresche!«

Die Weggabelung kommt in Sicht. Im Unterholz in der Mitte erscheint Anitas Kopf. Mit Bleigewichten in den Beinen komme ich bei ihr an. Anita gibt mir einen Moment, um wieder zu Atem zu kommen, dann sagt sie: »Die Schüsse kamen nur aus einer Richtung, wenn ich's richtig gehört habe. Der einzelne dumpfe, ich glaub, 'ne Schrotflinte, kam etwas mehr von links. Die beiden hellen, das muß Annas MP gewesen sein, folgten von weiter rechts.« Sie deutet vage in eine Richtung.

»Gib mir die MP und nimm meinen Revolver und das Walkie-Talkie. Ich will mich bewegen können und in dieser Schlabberverkleidung besteht die Gefahr, daß ich den Kram verliere. Wenn die anderen da sind, ladet ihr augenblicklich um! Solang ich weg bin, hat Käthe das Kommando!« Anita gibt mir die MP, ich kontrolliere sie. Sie ist durchgeladen und gesichert.

In geduckter Haltung und so schnell es geräuschlos geht, arbeite ich mich in die angegebene Richtung vor. Ich hatte bisher keine Zeit, mir über die Ursachen des Ereignisses Gedanken zu machen. Alles geschah so überraschend und erforderte eine augenblickliche Entscheidung. Jetzt, im Vortasten und allein auf mich gestellt, schießt mir plötzlich durch den Kopf: der Hochsitz, verdammt, natürlich, der Hochsitz! Warum bin ich nicht sofort darauf gekommen? Die von Anita bezeichnete Richtung paßt genau!

Mit hin und her springendem Blick inspiziere ich Boden, Gras und Laub vor meinen Füßen. Nicht auf trockenes Bruchholz treten, dickere Äste überspringen, stehen bleiben und horchen, auf Bewegungen achten. Nichts zu hören und zu sehen, also weiter. Ich versuche, durch die Nase zu atmen, es gelingt mir nicht. Der Bedarf an Luft ist zu groß. Scheiße, das Keuchen muß doch jeder im weiten Umkreis hören. Wieder stehen bleiben, horchen, sichern. Vorsichtig, nur noch Schritt um Schritt, bewege ich mich vorwärts. Ich mache die MP schußbereit. Gut, daß ich langsamer geworden bin. Abrupt hört das Unterholz auf, viel früher, als ich es vom nächtlichen Ausflug her in Erinnerung habe.

Jetzt kann ich es sehen. Verdammte Scheiße, gottverdammte Scheiße! Zehn oder zwölf Meter vor dem Rand des Unterholzes, vom schütteren Buschwerk gerade eben gedeckt, liegt Anna auf dem Rücken, mit einem rotbraunen Fleck am linken Bein ihres Trainingsanzugs. Sie muß sich mit letzter Kraft hinter das Gestrüpp gezogen haben, sie liegt da wie ohnmächtig. Ich nehme ein Steinchen und werfe es im flachen Bogen in ihre Richtung. Nein, sie ist nicht ohnmächtig. Sie fixiert sofort den Auftreffpunkt des Steins und hält die Maschinenpistole im Anschlag. Jetzt registriere ich auch, daß noch jemand da ist, der sich vom Hochsitz herüber in Annas Richtung bewegt. Der Kerl scheint verrückt zu sein! Obwohl er erkannt haben muß, daß aus einer automatischen Waffe zurückgeschossen wurde, verschwindet er nicht. Es kann sein, daß er weiß, daß sein Schuß getroffen hat. Verrückte und Helden sind für alle gefährlich, am meisten für sich selbst. Wichser, denke ich, wenn du sie schwer verletzt hast, dann schieße ich dir die Eier weg. Eine ganz und gar kalte Wut bestimmt mein Handeln. Mein Blick folgt dem weiteren Verlauf des Unterholzes, das mir gerade noch Deckung bietet. Wenn sie aus dieser Lage hochkommt, wird sie zur Zielscheibe. Sie müßte sich umdrehen, um den Typ überhaupt sehen zu können. Er hält seinen Drilling schußbereit. Ich muß mich beeilen und darf kein Geräusch erzeugen, das ihn vorwarnt. Ich achte genau darauf, wohin ich trete, weiche noch im Schritt dem halb vom Moos verdeckten Zweig aus und drücke gleichzeitig einen tiefer hängenden Ast aus dem Weg.

Als ich auf der Höhe des Mannes bin, bleibe ich stehen. Ich muß nur warten. Wenn er noch ein paar Schritte weitergeht, bin ich hinter ihm. Zehn Meter vor mir schleicht er in Richtung auf Annas Versteck. Was für eine Gestalt, der ist direkt dem Bilderbuch entsprungen. Lederne Kniebundhosen, grobe Wollstrümpfe, halbhohe Schnürstiefel, grüner Pullover und Trachtenjacke, auf dem Kopf ein Hütchen mit Gamsbart, das wandelnde Klischee. Ich suche mir einen Ast, um ihn abzulenken und mir einen zusätzlichen Überraschungsmoment zu verschaffen. Daß er mich bemerkt, bevor ich an ihm dran bin, ist bei dieser Distanz kaum zu vermeiden. Noch zwei Meter, noch einen Meter, jetzt hat er die fiktive tote Linie überschritten. Im hohen Bogen werfe ich den Ast auf die gegenüberliegende Seite. Als der Ast auftrifft, dreht sich der Mann in diese Richtung und legt das Gewehr an. Ich sehe das alles im Laufen, versuche, in weiten Sprüngen so nahe wie möglich heranzukommen, bevor er merkt, daß ihn ein Ablenkungsmanöver getäuscht hat. Vier Sprünge lang habe ich Glück, beim fünften, trete ich auf einen morschen Ast, der krachend zerbricht.

Stehen bleiben, die MP zum Hüftanschlag hochholen, der Mann wendet sich um. Aber er sieht nicht in meine Richtung, er fixiert den Punkt, an dem er Anna vermutet. Er weiß es nicht, aber das rettet ihm das Leben. Drei Schritte und ich bin bei ihm. Er hat mich kommen hören, aber seine Waffe nimmt die Kurve zu träge. Ich bekomme den Lauf zu fassen, stoppe ihn genau zwischen Annas Position und mir. Der Ruck läßt das Hütchen des Mannes herunterfliegen. Meine Stimme klingt fremd für mich selber, ich höre mich schreien: »Knarre loslassen, du Arschloch, oder ich schieße dir den Kopf ab!« Um meinen Worten Nachdruck zu verschaffen, stoße ich ihm den Lauf so weit unters Kinn, daß er sich auf die Zehenspitzen stellen muß. Er ist kreidebleich, hat die Augen aufgerissen und beobachtet ängstlich, was mein Zeigefinger am Abzug macht. Den Drilling läßt er so plötzlich los, als hätte die Waffe angefangen zu glühen. Die Fallbewegung ausnutzend, schleudere ich die Waffe hinter mich. Erst danach lasse ich mit dem Druck unter seinem Kinn so weit nach, daß er sich wieder normal hinstellen kann. »Du Sau, wenn die Frau ernsthaft verletzt ist, schieß ich dich zum Krüppel!« Die kalte Wut ist von einem Moment zum anderen heiß geworden. Ich möchte dem Mann weh tun. Was ist das nur für ein Mensch, der keine Hemmungen hat, vom Hochsitz herab auf eine Frau zu schießen. »Los, vorwärts, du kennst ja die Richtung. Ich warne dich nur einmal, ein falsches Zucken und der Wind pfeift durch dich hindurch!« Ich drücke dem Mann den

MP-Lauf in den Nacken und halte die Waffe mit einer Hand am Pistolengriff und am Abzug. Mit der anderen fasse ich ihn beim Kragen und drücke ihn in Annas Richtung. Der Jäger geht weich, wie eine zu lang gekochte Spaghetti, fast muß ich ihn halten, damit er nicht in die Knie sackt. Er atmet schwer, sagt aber nichts.

Anna hat sich halb erhoben. Sie ist weiß im Gesicht, ich sehe, daß sie große Schmerzen hat. Aus der Bewegung heraus stoße ich den Lauf, so fest es geht, in den Nacken des Mannes. Die Haut platzt auf, er fängt zu bluten an. »Was hast du geladen? Womit hast du geschossen?« Er stottert, bringt die Worte kaum richtig heraus. »Saupo . . . S-s-sauposten.«

»Mann, ich sollte dich ausknipsen! Warum hast du das getan?«

Ein Zittern geht durch seinen Körper. »Ich wollte . . . ich dachte . . . Wilderer . . . ich weiß auch nicht . . .«, seine Stimme wird unartikuliert.

»Und du glaubst, wenn dir einer ein Reh klaut, darfst du ihn einfach umbringen? Du bist schlimmer als der tollwütigste Hund!«

Aus meiner Wut wird Ekel, Ekel vor der körperlichen Nähe dieser Ratte. Ich stoße ihn weg von mir und sehe jetzt, daß ein dunkler Fleck im Schritt langsam größer wird. Er hat sich in die Hose gepißt. »Leg dich hin, Gesicht nach unten.« Er wendet halb den Kopf, sein Gesicht ist verzerrt. Er stottert: »Nein, bitte . . ., bitte schießen Sie nicht, ich sag niemandem was, bestimmt nicht.« Ich muß ihn ruhig kriegen, sonst passiert doch noch was. So bestimmt, wie es mir möglich ist, kommandiere ich: »Leg dich hin, dir passiert nichts, aber leg dich sofort hin!«

Langsam geht er in die Knie, läßt sich dann auf die Hände fallen und legt sich langsam auf den Bauch. »Hände im Nacken falten, Kopf runter. Wenn ich deine Augen sehe, bist du tot!« Er fügt sich, hat sich mit der Situation abgefunden.

Ich gehe zu Anna. Sie starrt mich an, wie ein Gespenst. Tonlos flüstert sie: »Einen Augenblick habe ich gedacht, daß du ihn umbringst. Hey, komm zu dir, es ist vorbei – du kannst einem Angst machen, so habe ich dich noch nie erlebt.« Ich sehe, daß ihr linkes Hosenbein auf Oberschenkelhöhe von Blut durchnäßt ist. »Kannst du gehen?« Ich frage und beantworte mir die Frage gleich selbst: »Nein, so wie das aussieht, wohl kaum.«

Anna mustert ihr Bein, tastet vorsichtig den verletzten Oberschenkel ab, verzieht das Gesicht. »Fühlt sich an, als wenn eine Kugel durchgeschlagen ist, eine steckt wohl drin. Es können aber auch mehrere sein. Es ist alles etwas taub.«

Ich ziehe meine Jacke aus, stelle mich drauf und reiße mit aller Kraft am Ärmel. Systematisch zerlege ich die Jacke in brauchbare Streifen. »Behalt den Wichser im Auge! Ich will zusehen, daß ich das Bein abbinden kann. Wenn es weh tut, schrei ruhig, versuch nicht, es zu unterdrücken. Ich kneble, so vorsichtig ich kann.« Beim Anheben ihres Beines muß Anna schreien. Sie beißt sich in die eigene Hand und drückt den Schrei zum Stöhnen herunter. Vorsichtig schiebe ich einen Stoffstreifen unter ihrem Oberschenkel hindurch. Im blutfeuchten Stoff sind vier Löcher. Aus der Wunde in der Mitte quillt stockige Blutmasse. Ich muß mich zwingen, nicht zu zittern. Vorsichtig lege ich ihr Bein wieder zurück in die alte Position, ziehe den Stoffstreifen noch ein bißchen weiter nach oben und lege ihn dann zusammen. »Mach den Riemen von deiner MP ab.« Den Streifen habe ich druntergelegt, damit der Knebel nicht zu stark einschneidet. Anna nimmt den Riemen von ihrer Waffe ab. Noch einmal muß ich ihr weh tun, um den Riemen unter dem Bein durchzuziehen. Endlich ist alles in Position, und ich ziehe das Ende des Riemens durch die Schlaufe. »Paß auf, beiß dir in den Ärmel, jetzt wird es sehr weh tun. Ich muß das Ganze zusammenziehen und verknoten.« Anna schließt die Augen. Jetzt vorsichtig anzuziehen würde ihre Qual nur verlängern. Mit einem brutalen Ruck ziehe ich den Riemen straff, schlage ihn unter sich selbst hindurch und verknote ihn. Das Ganze sitzt so straff, daß es den Blutpropfen aus der großen Wunde herausdrückt. Anna hat nicht geschrien, der heftige Schmerz hat sie ohnmächtig werden lassen. Vielleicht ist das auch besser, denn ich werde sie tragen müssen, und das wird ihr mit Sicherheit wahnsinnige Schmerzen bereiten. Mir wird bewußt, wieviel Zeit vergangen sein muß . . . oder auch nicht. Mein Zeitgefühl ist so verwischt, daß inzwischen fünf oder fünfzehn Minuten vergangen sein können. Egal.

Was soll ich mit dem Jäger machen? Ob ich ihn K.o. schlage? Ich traue mir nicht zu, genau die richtige Dosis zu treffen. Dann kommt mir eine Idee. »Steh auf, ich laß dich laufen!« Viel schneller, als er sich hingelegt hat, ist er wieder auf den Beinen. »Los, ausziehen!« Er sieht mich verdattert an. »Entweder du ziehst dich sofort aus oder du hast ein Loch im Kopf. Es ist deine Entscheidung. – Zu schießen ist für mich einfacher.« Der Mann zögert nicht. Mit einer unglaublichen Geschwindigkeit entkleidet er sich... bis er bei Unterhemd und Unterhose angekommen ist. »Los, jetzt noch den Rest. Mach zu, oder ich verliere doch noch die Nerven.« Schamhaft dreht er sich zur Seite und zieht erst das Unterhemd und dann auch die Unterhose aus. »Mach aus den Klamotten ein Bündel und verknote es, ein bißchen plötzlich!« Die Kälte beschleunigt seine Bewegungen. Als er fertig ist, sage ich zu ihm: »Laß alles liegen und renn los, genau quer über die Lichtung. Noch eins, wenn du dich umdrehst, bevor du am anderen Ende angekommen bist, schieße ich. Und ich treffe auch. Also lauf und halt nicht an!«

Ohne noch etwas zu sagen, rennt der Mann los. Ich verliere keine Zeit damit, ihm lange hinterherzusehen, Anna ist jetzt wichtiger.

Ihr schlaffer Körper ist tonnenschwer. Mühsam schaffe ich es, sie auf meine Schultern zu ziehen. Vorsichtig gehe ich noch mal in die Knie und hebe ihre MP auf. So beladen mache ich mich auf den Weg in Richtung Straße. Erst als ich das Unterholz erreicht habe, drehe ich mich um. Der Typ läuft noch immer, aber ich bin überzeugt, daß er mit dem Gedanken spielt, sich umzudrehen. So weit es geht, ohne Anna ins Rutschen zu bringen, hebe ich den Lauf meiner MP und drücke ab. Die Schüsse rollen über die Lichtung. Der Mann wird schneller. Nichts wie zurück, hoffentlich sind die anderen noch da.

Kaum drei Schritte im Unterholz, knackt es vor mir. Verdammt, ist da noch jemand? Was soll ich tun? Ich will gerade in die Knie gehen, um Anna abzulegen, als ein leiser Auf-ab-auf-ab-Pfiff ertönt. Das ist Käthe. Gott sei Dank! In diesem Augenblick denke ich nicht daran, daß ich ihr befohlen hatte, nach fünf Minuten abzufahren. Ich erwidere das Pfeifsignal und rufe hinterher: »Hier bin ich, ich habe Anna, alles in Ordnung... Fast in Ordnung jedenfalls.« Den letzten Teil sage ich leise, mehr zu mir selbst.

20 Rückzug

In einem Kassiber aus Stammheim, das von Gudrun verfaßt wurde, hat mal gestanden: Guerilla bedeutet 40 Prozent Planung, 40 Prozent Improvisation und 20 Prozent Unmögliches, das trotzdem getan werden muß. Ich bin mir nicht sicher, ob unsere momentane Situation zur vorletzten oder zur letzten Kategorie gezählt werden muß. Die Planung ist jedenfalls über den Haufen geworfen – jetzt geht es darum, durchzukommen!

Anna ist aus ihrer Bewußtlosigkeit erwacht. Sie liegt hinten im Bus, Anita kümmert sich um sie, sie ist ausgebildete Krankenschwester. Ich fahre langsam, obwohl ich weiß, daß die Zeit gegen uns läuft. Ich will Anna nicht weh tun, und ich muß nachdenken, wie wir uns aus der Affäre ziehen können.

»Paßt mal auf, ich werde mit Anna im Kombi fahren. Pelle und Käthe, ihr geht zu Fuß nach Kirchdorf und ruft von dort aus Renate und Jürgen an. Die beiden sollen sofort zwei Fahrräder besorgen und sie zum kleinen Park in der Nähe der Bude bringen. Jürgen soll dort auf uns warten. Wir fahren direkt durch. Ich bringe Anna zur Wohnung. Jürgen muß dann die Karre so weit wie vertretbar in Richtung Göttingen wegschaffen. Von dort muß er mit dem Bus oder per Bahn zurückkommen. Wir werden im Kombi nur eine MP und das mitnehmen, was ihr nicht schleppen könnt. Die Gruppe braucht den Stoff, damit es weitergehen kann, das hat Vorrang. Klopfer und Anita fahren mit dem Fahrrad nach Wetzlar, Anita nimmt von dort ein Taxi. Das ist zwar ein Risiko, aber ich denke, daß es vertretbar ist, denn wir brauchen sie schnellstens in der Wohnung, damit sie sich um Anna kümmert. Um die weiteren Probleme, Arzt, Medikamente und was immer nötig ist, kümmern wir uns dann. Noch was: Wenn Anna und ich es nicht packen, hat Käthe das Sagen!«

Es gibt keinen Widerspruch. Schweigend beginnen die anderen sich umzuziehen. Minuten später setze ich Klopfer und Anita bei den Fahrrädern ab. Sie nehmen eine der Reisetaschen mit, über der dekorativ ein Paar Turnschuhe baumeln. In der Tasche ist ein Teil des Sprengstoffes, einige der Zünder und eine der Maschinenpistolen verstaut. Wenn auch nur eine der beiden Gruppen mit einer Tasche durchkommt, ist die Geldbeschaffung gesichert.

Als wir beim Kombi ankommen, stehen dort noch zwei weitere Autos. Zum Glück ist niemand zu sehen. So vorsichtig wie möglich hieven Pelle und ich die leise stöhnende Anna auf den Beifahrersitz des Kombis. Dann setze ich den Bus ein paar Meter vor die anderen Fahrzeuge. Die gerade joggenden Fahrzeugbesitzer werden womöglich schon bei ihrer Rückkehr von den Bullen vernommen. Mit etwas Glück bringen sie die Fahrzeuge nicht in Zusammenhang. Eine dünne Chance, aber immerhin, jede Sekunde Vorsprung ist wichtig für uns.

Auch Käthe und Pelle ziehen los. Pelle trägt die zweite Reisetasche, die er sich so über die Schulter hängt, daß es trotz des Gewichts noch sportlich aussieht. Käthe will auch eine Tasche nehmen, aber ich verhindere es. Als Kompromiß packt sie schließlich eine Plastiktüte voll, das ist nicht zu auffällig. Im Kombi bleiben immer noch zwei vollgepackte Taschen. Die MP stelle ich neben Anna in den Fond. Der Akt hat mehr psychologische Gründe, denn es ist offensichtlich, daß sie nicht schießen kann, selbst wenn sie will. Ich ziehe mir den Fernsehschnelldienstkittel an und setze mir eine Schiebermütze auf. Dann fahren wir los.

Um Anna von den Schmerzen abzulenken, beginne ich ihr zu erklären, welchen Weg ich nehmen will, und bitte sie, auf die Karte zu sehen, damit ich mich nicht verfahre. Anna erwidert kurz angebunden: »Hör mal, du mußt hier keine Beschäftigungstherapie mit mir veranstalten. Ich habe zwar tierische Schmerzen, aber im Kopf bin ich noch ganz klar. Du kennst den Weg doch ganz genau! Erzähl mir lieber, was du mit dem Försterverschnitt gemacht hast. Wie bist du den losgeworden?« Also erzähle ich vom Striptease des Waidmannes. Es gelingt mir sogar, Anna damit ein kurzes Lachen zu entlocken, was aber mit einem unterdrückten Schmerzensschrei endet.

Wir fahren über Feldwege und Landstraßen parallel zur Bundesstraße in Richtung Wetzlar. Bis dort ist der Weg ausgecheckt, danach müssen wir zusehen, wie wir klarkommen. An einer Stelle, zwei oder drei Kilometer vor Wetzlar, verläuft die Landstraße für eine kurze Strecke in Sichtweite der Bundesstraße. Mit Blaulicht und Martinshorn sehen wir drei Streifenwagen mit hoher Geschwindigkeit in Richtung Kirchdorf fahren.

»Es ist soweit«, sage ich, »ab jetzt wird es heiß. Sie sind schneller, als wir kalkuliert haben. Das verdanken wir dem Förster. Er hat sich offenbar doch nicht geschämt, nackt zum nächsten Bauernhof zu rennen.«

Anna antwortet nicht, sie hat erneut das Bewußtsein verloren. Ich fahre kurz langsamer und beuge mich über sie, um die MP aus der Ecke zu holen. Etwas Druck läßt sich dabei nicht vermeiden, stöhnend kommt Anna wieder zu sich. Ich greife die MP und lege sie mir über den Schoß.

Mit schmerzverzerrtem Gesicht sagt Anna: »Verdammt, ich kann nichts dagegen machen. Mir wird einfach schwarz vor den Augen und Ende.«

Ich nehme ihre Hand und drücke sie leicht. »Wehr dich nicht dagegen, laß dich fallen. Es macht nichts. Wir packen das schon, keine Angst!«

Leise kommt von ihr: »Mach keine Sprüche, ich hab Angst, verdammte Angst sogar! Am meisten davor, daß ich ohnmächtig werde und dann von den Bullen umringt wieder hochkomme. Ein Horrorgedanke!«

Mir fällt ein, daß es noch die Schnapsfläschchen gibt, die Pelle uns gestern abend geschenkt hat. Meines habe ich noch. Ich krame den Flachmann aus der Tasche und gebe ihn ihr. Sie sieht das Fläschchen angewidert an, öffnet es aber und trinkt es in einem Zug leer.

Endlich, wir sind in Wetzlar. Ich überlege: Die Stadt besteht wegen des mittelalterlichen Stadtkerns aus einer Menge Einbahnstraßen. Wir werden viel Zeit verlieren, wenn wir durch die Altstadt fahren. Die Einfallstraße, über die wir hereinkommen, zweigt kurz vor dem Zentrum auf eine Umgehungsstraße nach Kassel ab. Wenn eine Ringfahndung ausgelöst wurde, dann ist die Kontrolle vermutlich am Stadtrand auf der Bundesstraße aus Richtung Kirchdorf aufgebaut, also hinter uns. Je mehr Zeit wir vertrödeln, desto größer wird die Wahrscheinlichkeit, daß auch stadtauswärts kontrolliert wird. Also rauf auf die Umgehungsstraße. Augen zu und durch. Ich blinke nach links und fahre auf die mit »Ring« ausgezeichnete Umgehungsstraße. Hoffentlich . . .!

Glück gehabt, keine Kontrolle. Hinter Wetzlar zeigt ein Hinweisschild in Richtung Autobahn. Aber da ist auch noch die parallel verlaufende Bundesstraße. Die Landstraßen sind Terra incognita, ich habe sie mir nur bis Wetzlar eingeprägt. Ich sehe zu Anna hinüber. Sie ist schon wieder weggetreten. Dieser

Anblick gibt den Ausschlag, ich fahre auf die Autobahn. Schnell weiter. Das kann bedeuten, grad noch mal durch die Maschen zu schlüpfen oder aber ins Messer zu laufen.

Autobahn. Laut Schild noch sechzig Kilometer. Normalerweise eine Bagatelle, eine halbe Stunde Fahrt. Von Kilometer zu Kilometer verstärkt sich mein Gefühl, die falsche Entscheidung getroffen zu haben. Soll ich wieder von der Autobahn runterfahren? Jedesmal, wenn ich mich einer Ausfahrt nähere, verschiebe ich die Entscheidung erneut. Auf der Landstraße würde es viel langsamer vorangehen, und sicherer wäre es auch nicht. Die Strecke ist von der Ebene ins Bergige übergegangen. Mir hilft es ein wenig, das konzentrierte Fahren läßt den spekulativen Gedanken nicht viel Raum.

Anna hat sich bei mir angelehnt. Ich spüre, wie manchmal ein Zittern durch ihren Körper läuft. Sie hat die Augen geschlossen, aber ohnmächtig ist sie nicht. Ich verfluche meine Unüberlegtheit. Warum hab ich die nächtliche Begegnung am Hochsitz verschwiegen? Alles, was jetzt passiert ist, war im Grunde unnötig. Meinetwegen, nur meinetwegen hat Anna sich diesen Schrotschuß gefangen. Warum konnte es überhaupt dazu kommen? Bei mir ist der Wurm drin, daran gibt es nichts zu deuteln. Vielleicht hat Hans recht damit, daß ich im Grunde nicht kämpfen will, daß ich ausweiche. Bereitschaft zur Klarheit, Konsequenz, Konfrontation, daran mangelt es bei mir. Kann ich eigentlich noch guten Gewissens mit jemandem aus der Gruppe losziehen? Müßte ich nicht die anderen vor mir warnen? Ob es etwas bringt, wenn ich den anderen sage, was passiert ist? Meine Leaderposition in der Infrastrukturgruppe werde ich auf alle Fälle aufgeben! – Aber mache ich jetzt nicht schon wieder einen Deal mit mir selbst: Ich gebe etwas zu, was sowieso nicht mehr zu verheimlichen ist, und erspare mir damit die harte Auseinandersetzung mit den anderen. Mit wieviel Mißtrauen gegen sich selbst kann man noch leben?

Anna sieht mich an und fragt: »Wo sind wir denn?« Sie sieht sich um, ergänzt: »Du bist ja auf die Autobahn gefahren! Das ist doch verdammt gefährlich?«

Ich versuche ihr zu erklären, warum ich die Autobahn der Landstraße vorgezogen habe. Das Argument, daß es auf einer Landstraße sehr viel länger dauert, ein Mittelgebirge zu durchqueren, scheint ihr einzuleuchten. Ich erwähne nicht, daß ich den schnelleren Weg auch deswegen gewählt habe, weil mir ihr Zustand Sorgen macht. Ich frage sie nur, ob sie große Schmerzen hat.

Anna tippt mit dem Finger vorsichtig auf den abgebundenen Oberschenkel. »Es hämmert ziemlich, aber komisch, offenbar kann man viel mehr ab, als man glaubt. Ich hab das Gefühl, daß ich mich fast schon daran gewöhnt habe, obwohl es nicht besser, sondern schlimmer geworden ist.«

Sie kramt aus der Tasche ihres Jogging-Anzuges eine zerknautschte Zigarettenpackung heraus. Die erste Zigarette ist aufgeplatzt, aber die nächsten beiden sind noch ganz. Anna zündet sie an und gibt mir eine. Ich spüre, sie will etwas sagen, aber sie zögert. Nach ein paar tiefen Zügen sagt sie schließlich: »Du, ich muß dir einfach sagen, daß ich es echt stark von dir fand, daß du mich da rausgehauen hast. Das hätte bestimmt nicht jeder gemacht!«

In mir zieht sich alles zusammen bei diesen Worten. Ich kann das nicht so stehenlassen, aber ich kann in diesem Augenblick auch nicht darüber reden. »Du spinnst«, wehre ich ab, »dafür mußt du dich nun wirklich nicht bedanken. Das alles hätte nicht passieren dürfen, und da ich für die Planung verantwortlich war, fällt das letztlich auch auf mich zurück!«

Anna hört den Unterton, spürt etwas, kommt aber nicht an die versteckte Information heran. »Na, na, nun mach aber mal halblang. Nach der Methode wärst du auch für den Brand von Rom verantwortlich. Wenn jemand Scheiße gebaut hat, war ich das. Ich bin auf diese Lichtung gelaufen wie ein blindes Huhn... Ach, was erzähl ich da. Eigentlich hätte es völlig ausgereicht, euch über das Walkie-Talkie mitzuteilen, daß offenbar jemand im Wald rumschleicht. Dann hätten wir entscheiden können, ob man's ignoriert oder abgesichert dagegen vorgeht. Aber ich mußte losmarschieren, drauf und dran, ohne Verstand. Dafür bist du wirklich nicht verantwortlich!«

Ich will weg von dem Thema, aber jetzt einfach etwas anderes anschneiden, geht auch nicht. »Ich muß dir... und den anderen einiges erzählen, aber bitte nicht jetzt, sonst komm ich total ins Schleudern, und das können wir uns nicht leisten. Ich..., verdammte Scheiße, da vorn, Bullen!«

Wir sind gerade auf der Innenspur auf einem Hügel angekommen, von dem aus ein weites Stück Autobahn zu überblicken ist. Unten, vielleicht einen Kilometer vom Fuß des Hügels entfernt, liegt eine Raststätte. Vor der Zufahrt blinkt eine ganze Reihe von Warnleuchten die Überholspur auf die Innenspur zurück. Auf dem Parkstreifen stehen mit laufendem Blinklicht drei VW-Busse der Polizei. Die Gestalten der Bullen sind noch nicht richtig auszumachen, aber es sieht so aus, als ob sie bestimmte Wagen von der Fahrbahn auf die Raststätte winken, während andere weiterfahren dürfen. Auf dem Rastplatz kann ich zwei Streifenwagen ausmachen, daneben drei Fahrzeuge, die durchsucht oder überprüft werden.

»Was willst du machen, durchbrechen?« Annas Stimme klingt so nüchtern, als würde sie sich erkundigen, was es zu essen gibt.

»Weiß ich auch nicht. Wenn es irgend geht, sollten wir versuchen durchzukommen. Gas geben können wir immer noch. Aber ich kenne solche Kontrollen, du kannst sicher sein, daß an der nächsten Abfahrt noch ein paar Bullenwagen zum Abfangen stehen. Bei solchen Geschichten arbeiten sie bestimmt nicht ohne Netz und doppelten Boden.«

Anna ist leiser und tonloser geworden. »Hör mal, wenn wir in die Bredouille kommen, dann darfst du dich nicht schnappen lassen, nur weil ich nicht wegkomme, ja!? Du mußt mir versprechen, daß du 'nen Abgang machst, wenn es irgendwie drin ist!«

Ich gehe nicht darauf ein, starre jetzt konzentriert nach vorn. Eins, zwei, drei, der vierte Wagen wird rausgewinkt. Noch mal, eins, zwei, drei, wieder der vierte Wagen. Gibt es ein Anzeichen dafür, wonach sie suchen? Die herausgewunkenen Fahrzeuge sind alle PKWs, keine Kombis. Langsam kommen wir näher. In den rausgewunkenen Fahrzeugen, zumindest in den letzten beiden, haben immer mehrere Personen gesessen . . . und, ja, die durchgelassenen sind anscheinend Einzelfahrer.

»Anna, das ist jetzt vielleicht 'ne Zumutung, aber selbst, wenn es weh tut, rutsch runter, du mußt verschwinden!«

Es bleibt keine Zeit zum Erklären, ich drücke mit aller Kraft auf Annas Schultern. Mit einem Schrei sackt sie zusammen. Verdammt, ausgerechnet jetzt wird sie ohnmächtig. Ich greife über Anna hinweg und suche nach der Verriegelung der Rükkenlehne. Als ich daran ziehe, klappt die Lehne mit einem Ruck zurück. Annas Körper macht die Bewegung widerstandslos mit.

Vielleicht noch ein halbes Dutzend Wagen vor uns. Weiter vorn auf dem Seitenstreifen bemerke ich jetzt einen Polizisten mit der Maschinenpistole im Anschlag. Hat er was bemerkt? Nein, er sieht völlig unbeteiligt nach vorn. Langsam fahren ist eine Qual. Alles in mir möchte die im Motor schlummernden Kräfte von der Leine lassen, lospreschen, Distanz zwischen uns und den Läufen dieser Waffen bringen. Der Polizist ist ein junger Bursche, kaum älter als ich. Er sieht wie beiläufig zu mir hin. Ich weiß nicht, woher die Regung kommt, ich hebe den Daumen und mache das »Alles klar«-Zeichen. Ein Lächeln huscht über sein Gesicht. Er entscheidet darüber, ob es in den nächsten Sekunden dramatisch wird oder ob ein Fernsehmechaniker weiter ungestört seinem Tagwerk nachgehen kann. Komm schon, wink mich durch, ich bin doch total uninteressant, das siehst du doch. Und er tut es! Er winkt geradeaus, ist mit dem Blick schon auf der Windschutzhaube meines Nachfolgers angelangt. Unwahrscheinlich, geschafft, noch mal davongekommen, Wahnsinn . . . !

»Diese Deppen, jeder mit 'ner Matte und Jeans wird gefilzt, so ein Schwachsinn. Die können nicht mal einen Rentner von einem Rocker unterscheiden, aber mit dem Zeigefinger immer locker am Abzug.« Ich rede einfach drauflos, der Druck muß heraus, die Worte sind dabei ebenso unwichtig wie die Tatsache, daß mir niemand zuhört. Anna ist noch immer ohnmächtig. Erst jetzt beginne ich zu zittern, nein, eher zu frieren. Durchatmen, jetzt nicht vor Euphorie doch noch einen Fehler machen. Noch kann alles mögliche passieren. Trotzdem macht die Erregung einem Gefühl ruhiger Gewißheit Platz. Wir werden es schaffen.

Als wir uns der nächsten Auffahrt nähern und dort auf dem Grünstreifen zwischen Auf- und Abfahrt zwei Streifenwagen stehen, wirkt das nicht mehr verunsichernd, es ist eine Bestätigung.

Ich lache in mich hinein. Ich weiß, warum ihr da steht. Ich weiß auch, worauf ihr achtet. Hätte ich bei der Kontrolle Gas gegeben und wäre durchgebrochen, wäre ich jetzt dran. Jungs, ihr steht vergeblich hier, ich bin nur ein netter, ordentlicher Mensch, voller Verständnis für die schwierige Aufgabe der Polizei.

Da vorn fängt Kassel an. Ernüchterung. Jetzt kommt erneut ein schwieriger Teil. Ohnmächtig kann ich Anna kaum unauffällig transportieren. Unauffällig ist relativ, selbst wenn sie bei Bewußtsein ist, wird sie nicht Fahrrad fahren können. Ich werde sie schieben müssen. Nicht zuviel überlegen jetzt, sonst fahr ich mich nur fest. Hoffentlich wartet Jürgen am richtigen Ort! Sein Job danach ist reichlich undankbar. Mit der heißen Karre noch weiterzufahren, ist eigentlich Irrsinn. Aber sie stehenlassen geht auch nicht, Anna wird in der Wohnung bleiben müssen, ein schneller Wohnungswechsel ist nicht drin. Es muß halt irgendwie ... und es wird auch funktionieren, wo doch bis jetzt alles gut abgelaufen ist. Ich sehe zu Anna hinunter. Sie sieht aus, als würde sie schlafen.

Wir haben es geschafft! Wenn ich auch kaum Grund habe, auf mein Verhalten stolz zu sein, es ist doch ein kleiner Triumph! Stolz bin ich aber auch auf meine Genossen. Jürgen erwartet mich am vereinbarten Ort mit einem nagelneuen Rollstuhl. Ich bin verblüfft. »Wo hast du denn das Gefährt auf die Schnelle aufgerissen?«

Aus Jürgens Gesicht ist das flüchtige Lächeln schnell wieder verschwunden. »Das Gefährt wird wohl bei der nächsten Inventur im Marienkrankenhaus als abgängig registriert werden. Es war ein Kinderspiel, ich hab mich in den Stuhl gesetzt, Renate hat mir 'ne Decke über die Beine gelegt und mich einfach rausgeschoben. Fiel überhaupt nicht auf.«

Ich werde unruhig, ich will Anna so schnell wie möglich in der Wohnung wissen, also unterbreche ich ihn. »Hör zu, du mußt die Karre aus der Stadt rausbringen, die ist inzwischen heiß. Auf der Autobahn sind wir grad noch mal durch eine Kontrolle geschlüpft. Fahr nicht zu weit, 30 bis 50 Kilometer in Richtung Göttingen, Hannoversch-Münden liegt da, glaub ich. Und geh kein Risiko ein.«

Zusammen setzen wir Anna in den Rollstuhl. Durch die Bewegung kommt sie wieder zu sich. Sie betrachtet den Rollstuhl, als wäre er eine eiserne Jungfrau auf Rädern, sagt aber nichts.

Vorm Haus erwartet uns Renate. Man sieht ihr an, daß sie sich Sorgen gemacht hat. Sie fällt mir in die Arme und gibt mir einen Kuß. Über Renates Schultern kann ich Anna sehen, die uns beobachtet und etwas wie ein Lächeln zustande bringt. Mit bewußt übertriebenem Schmollton sagt sie schließlich: »Na, so was von Rücksichtslosigkeit, und wer küßt mich? Außerdem ist es pietätlos, einer Schwerverletzten auch noch etwas vorzuturteln!«

Renate versteht sich noch nicht auf Annas Zwischentöne. Sie wird steif in meinen Armen und löst sich von mir. Wir schieben Anna durch den Fahrradkeller ins Haus. Im Gegensatz zum Eingang hat der Keller eine Rampe. Behindertengerechtes Bauen ist für den Architekten dieses Silos ein Fremdwort gewesen.

Oben in der Wohnung angekommen, gibt es eine weitere Überraschung, denn wir sind allein. Die anderen sind alle ausgeflogen. Renate beruhigt mich, als ich mich über Anitas Abwesenheit aufrege.

»Sachte, sachte ...«, sie kommt mit einem Glas Wasser und zwei verschiedenen Tabletten aus der Küche, »das ist schon alles gut überlegt. Anita ist zusammen mit Klopfer nach Gießen, um dort bei einem Arzt Medikamente, ein Narkosemittel und ein Notoperationsbesteck zu besorgen. Sie sagt, daß sie ohne die richtigen Instrumente für Anna nicht viel tun kann. Wir sollen in einer Stunde den Knebel am Oberschenkel für einige Zeit lösen, damit das Bein wieder durchblutet wird. Nur wenn's zu stark blutet, sollen wir's gleich wieder abbinden. Die beiden sind seit eineinhalb Stunden weg und wollen spätestens gegen sechs wieder hier sein. Käthe und Pelle sind zum Telefontermin gegangen und besorgen noch Verbandskram, Desinfektionsmittel zur Wundreinigung und dergleichen. Anita hat ihnen eine Liste mitgegeben.«

Anna hält die beiden Tabletten unschlüssig in der Hand und fragt mißtrauisch dazwischen: »Was ist denn das für'n Zeug ... wenn wir die richtigen Medikamente offenbar noch nicht haben?«

Renate trifft den autoritären Krankenschwesterton problemlos: »Ich weiß, du lehnst normalerweise Tabletten ab, aber die wirst du jetzt nehmen, damit du zur Ruhe kommst und nicht dauernd vor Schmerzen umfällst. Die blaue ist eine Schlaftablette, die weiße ein starkes Schmerzmittel, das stärkste, was wir da haben.«

Anna will nicht widerstandslos nachgeben. Sie schluckt die weiße Tablette, legt die blaue aber demonstrativ neben die Matratze auf den Teppichboden. »Wegmacher schluck ich nicht, auch nicht in dieser Situation. Gibt es noch irgendwo einen Krümel Shit?«

Renate hebt die blaue Tablette auf, fügt zum Krankenschwestertonfall noch eine Spur geduldig erklärende Lehrerin hinzu und sagt: »Gelobt sei Anitas Weitblick. Paß auf, das Schmerzmittel allein ist zu schwach, außerdem hast du auch deswegen Schmerzen, weil eine oder mehrere Schrotkugeln ins Muskelgewebe eingedrungen sind und du deswegen krampfst. Das Zeug hier relaxed, das ist wichtig, damit die Blutung nicht wieder anfängt. Das passiert bestimmt, wenn du einen richtigen Krampf kriegst. Um die Schmerzmittelwirkung zu verstärken, hat Anita mir aufgetragen, dir die Tablette um jeden Preis einzuflößen – und genau das werde ich jetzt tun!«

Anna bekommt die Tablette von Renate wieder in die Hand gedrückt. Mit resignativem Schulterzucken schluckt sie schließlich das Schlafmittel. Renate steht auf und holt aus den anderen Zimmern alle vorhandenen Kissen. Zwei schüttelt sie auf und legt sie Anna unter den Kopf, ein drittes plaziert sie unter dem Bein. Sie hebt es vorsichtig und langsam an, Anna scheint es kaum zu spüren.

Trotzdem meint Renate nach beendeter Umbettung: »Hör mal, du mußt die Schmerzen nicht unterdrücken, wenn du dich verkrampfst, wird es nur schlimmer!«

Anna will lächeln, aber das mißlingt ihr. Wie eine Welle überschwemmt sie der Schmerz. »Ich hab Angst, wenn ich erstmal anfange zu schreien, kriegt mich wohl so schnell keiner dazu, wieder aufzuhören. Es tut aasig weh!«

Renate nimmt Annas Hand und streicht ihr mit der anderen zärtlich die Haare aus dem Gesicht. »Schon gut, war ein blöder Spruch. Wenn die Tabletten wirken, wird es bestimmt erträglicher. Möchtest du was trinken?«

»Nee, jetzt nicht. Aber erzähl mal, was das mit dem Arzt auf sich hat. Wie ist Anita denn auf den verfallen? Hoffentlich ist die Geschichte auch cool?!«

Renate schaut mich verlegen an. »Da gibt es eine Geschichte, von der in der Gruppe bisher keiner was wußte. Anita hat ja früher als Krankenschwester gearbeitet, zum Schluß sogar als OP-Schwester. Vor dem Krankenhausjob hat sie eine Weile bei diesem Arzt gearbeitet. Er hat in Frankfurt eine große Praxis in einem Ärztehaus gehabt. Anita hat davon bisher nichts erzählt.

Dieses Schwein hat versucht, sie zu vergewaltigen, und das sitzt ihr nach wie vor wie ein Stachel in der Seele. Anfänglich war's wohl nur spielerische Anmache, und da er das gegenüber der Sprechstundenhilfe auch drauf hatte, hat Anita es nicht weiter beachtet. Irgendwann waren die beiden mal nach der Sprechstunde allein in der Praxis, und da wurde er dann handgreiflich. Anita hat ihn nicht angezeigt, weil sie sich nicht richtig getraut hat und damals der Meinung war, wegen des Wohnens in einer WG sowieso schlechte Karten zu haben. Später hat der Typ in Frankfurt wegen ähnlicher Geschichten soviel Ärger bekommen, daß ihm von den lieben Kollegen nahegelegt wurde, sich in die Provinz zu verpissen. Anita hat noch mitgekriegt, daß er Gießen zum neuen Jagdrevier gewählt hat. Vorhin hat sie über die Auskunft seine Telefonnummer und die Adresse rausgefunden. Sie glaubt, er wird sich in die Hosen scheißen, wenn sie bei ihm auftaucht. Sie will ihm die Pistole auf die Brust setzen und ihm verklickern, sie würde ansonsten alle Geschichten über ihn seiner Frau, den Bullen oder 'ner Illustrierten erzählen. Wir haben natürlich vorher besprochen, ob er inzwischen durch einen Bullenbesuch wissen könnte, daß Anita im Untergrund ist. Aber Anita hat uns überzeugt, daß das seine Bemühungen, sie schnell wieer loszuwerden, noch mehr beflügeln dürfte. Sie war sich sicher, die nötigen Instrumente von ihm zu bekommen. Und sollte der Herr Doktor sich doch kleinlich zeigen, ist auch noch Pelle da, um ihn mit handgreiflichen ›Argumenten‹ zu überzeugen.«

Ich tippe Renate, die die Geschichte mit Blick auf einen imaginären Punkt an der Wand erzählt hat, sacht auf die Schulter und deute in Richtung Anna. Sie schläft. Jetzt, wo sie mit halboffenem Mund ganz ruhig da liegt, kann ich deutlich den Unterschied zwischen Schlaf und Ohnmacht erkennen.

Leise sagt Renate: »Ich kreuzige dich, wenn du's ihr erzählst: Die blaue Tablette war schweres Geschütz, ein Barbiturat oder so. Anita hat vorausgesehen, daß sie sich weigern würde, sie zu schlucken. Wir haben besprochen, daß ich's verharmlose und mit einer Story plausibel mache. Das Zeug ist so heavy, daß sie bis heute abend durchpennt und mit etwas Glück gar nicht spürt, wenn wir nachher den Knebel lockern.«

Ich nicke nur, denn mich beschäftigt etwas anderes. Trotz aller Geschäftigkeit um mich herum ist das drängende Schuldgefühl in mir nicht zur Ruhe gekommen. Ich will und ich muß jetzt darüber reden.

Renate sieht, daß es dringend ist, aber sie zögert. »Anna schläft, ich finde, wir müssen bei ihr bleiben, damit sie sich nicht falsch dreht und auf dem Bein zu liegen kommt.«

»Ich hab Angst, daß es laut wird. Was ich dir zu sagen hab, ist ziemlich übel. Ich komme nicht mehr klar, wenn ich die Geschichte jetzt nicht loswerde, knall ich durch!«

Alles ist mir im Weg, selbst meine eigenen Hände, die ich erst aufeinander lege, dann in die Taschen stecke und schließlich Finger um Finger ineinander verschränke. Was passiert ist, kann ich nicht wieder ungeschehen machen.

»Also, paß auf!« Renates Stimme ist trocken und signalisiert Distanz. Das ist mir im Moment ganz recht, es erleichtert mir das Reden. »Wir bleiben hier, du erzählst und ich verspreche dir, daß ich nicht laut werde und mir alles ruhig anhöre, egal, was für ein Flip es ist, den du unbedingt ablassen willst.«

Ich kann sie kaum ansehen. Zufällig bekomme ich ein Feuerzeug zu fassen, eine willkommene Beschäftigung, um die Unruhe loszuwerden. Stockend beginne ich zu erzählen. Ich berichte ihr alles, verschweige kein Detail, spare nichts aus. Renates Gesicht verschließt sich im Verlauf meiner Schilderung immer mehr. Ich dränge: »Verstehst du? Ich habe gewußt, daß der Hochsitz manchmal benutzt wird. Ich habe es nicht gesagt, weil ich keinen Bock auf das Rumgehacke wegen meines Leichtsinns hatte. Als die anderen bei den Folgechecks berichteten, daß der Hochsitz leer war, hab ich die Sache verdrängt.« Noch während ich rede, kommentiere ich innerlich meine eigenen Worte. Eine kalte Nacht, also bewegen, ziellos rumrennen, vor den Hochsitz geraten, alles für sich behalten – Ausflüchte, Rechtfertigungen der dürftigsten Art. Wenn einer mir so eine Geschichte erzählen würde, ich würde ihm den Arsch aufreißen.

Nach diesen Gedanken ist es eine Erlösung, als Renate nach endlos langem Schweigen schließlich sagt: »Das darf doch alles nicht wahr sein! Weil du keine Lust darauf hast, die Leviten gelesen zu bekommen, läßt du andere ins offene Messer laufen. Du bist ein Riesenarschloch! Vorhin war ich richtig stolz auf dich, weil du Anna zurückgebracht hast. Aber es war wohl das schlechte Gewissen und die Angst vor den Konsequenzen, die dich vorwärts bewegt haben?! Ich verstehe dich nicht. Wie kannst du nur so leichtfertig mit dem Leben deiner Freunde spielen.«

Jeder Satz ist ein Schlag ins Gesicht. Richtige Schläge wären mir lieber. Gerade weil Renate leise bleibt, gerade weil sie es sich nicht gestattet, auf mich loszugehen, treffen mich ihre Sätze doppelt. Sie hat recht, ich habe mich benommen wie ein egoistischer Kleinbürger. Es gibt nichts, womit ich mein Tun rechtfertigen könnte.

Renate zündet sich eine Zigarette an, ihre Hände zittern. Ich strecke die Hand aus, will auch eine haben. Sie wirft mir die Packung vor die Füße. Die Verachtung, die in dieser Geste steckt, ist noch größer als die Worte davor. Ich hebe die Packung auf, nehme mir eine Zigarette heraus und zünde sie an. Alles, was ich tue, ist Ablenkung. Das Schweigen liegt lähmend zwischen uns, die Entfernung scheint unüberbrückbar.

»Hast du diese elende Geschichte schon Anna erzählt?«

Renate lernt schnell, diesen inquisitorischen Tonfall habe ich bisher nur bei Leuten kennengelernt, die lange in der Gruppe sind.

»Nein, ich wollte es, aber Anna ist umgefallen und ohnmächtig geworden. Dann kam die Bullenkontrolle, und die Zeit war zu knapp.«

»Du mußt es ihr erzählen, bevor du es irgend jemand sonst erzählst, noch heute!« Auch der kategorische Befehlston ist neu.

»Warum soll ich es nicht gleich allen erzählen? Es fällt mir nicht leicht, das immer noch einmal zu wiederholen. Es ist sicher besser, wenn jemand dabei ist, damit sich Anna nicht zu sehr aufregt.«

»Ah ja, es fällt dir also nicht leicht? Soll ich dich jetzt bedauern? Du wirst schon den Mumm aufbringen müssen, ihr die Geschichte zu erzählen. Zum Verdrängen hat es doch auch gereicht. Und warum du es ihr allein erzählen sollst ... Bist du wirklich so dumm oder tust du nur so? Weißt du, was Hans mit dir macht, wenn er die Geschichte erfährt? Wir sind in einer zu wichtigen Phase, und wir brauchen dich, sonst würde ich Hans dabei helfen, dich zu verprügeln!«

Ich kann nicht mehr, die Deiche brechen. Ich heule, wie ich nicht mehr geweint habe, seit ich klein war, stumm, nach innen, auch wenn es reale Tränen sind, die meine Backen hinunterlaufen. Die aufgerissenen Löcher füllen sich mit gallenbitterer

Selbsterkenntnis. Nix tapferer Krieger, keine heroische Pose, ein gewöhnlicher winselnder Wichser.

Renate drückt mir ein Papiertaschentuch in die Hand. Bei der Berührung unserer Finger zuckt sie zurück. Bin ich ihr widerlich geworden? Aber ich kann sie ja verstehen... ich weiß, es ist vorbei mit uns.

21 Notoperation

Käthe und Pelle treffen ein, bleiben aber nur einen Moment. Der Telefontermin mit Hans hat geklappt. Käthe erzählt, Hans sei ihr zuvorgekommen, als sie ihm sagte, daß etwas schiefgegangen ist. Er hat sofort gefragt, ob Anna etwas passiert sei. Wenn seine Gruppe zustimmt, will er so schnell wie möglich herkommen. Außer Annas Verletzung gibt es noch einen handfesten praktischen Grund, über den er sich aber am Telefon nicht weiter auslassen wollte. Käthe und Pelle werden den zweiten Telefontermin mit Flipper machen, danach wird Hans sie anrufen, um ihnen zu sagen, ob und wann er kommt.

Die beiden haben die gedrückte Stimmung zwischen Renate und mir bemerkt, bringen sie aber mit Annas Zustand in Zusammenhang. Es ist schwer, nicht einfach mit dem herauszuplatzen, was wirklich passiert ist. Mir ist bewußt, daß ich es mir mit Renate endgültig verderbe, wenn ich nicht schweige. Als Pelle und Käthe sich auf den Weg gemacht haben, fragt mich Renate: »Hilfst du mir bitte mal! Der Knebel muß jetzt gelockert werden. Hoffentlich wacht sie nicht auf!« Sie hat »bitte« gesagt. Jedes Wort, das keinen schroffen Ton beinhaltet, ist mir wichtig.

Mit einem Schrei wird Anna wach, als wir den Knebel lokkern. Sie sieht elend aus, sie weint und beißt sich die Lippen wund. »Jeder Pulsschlag ist ein Peitschenhieb, ich halt das nicht mehr aus!«

Ich sehe Renate an. Wir fühlen uns beide hilflos. Renate streichelt Anna, tröstet sie, daß Anita und Klopfer bald mit den Medikamenten da sein werden und tupft ihr die Tränen ab. Nach einigen Minuten, die sich zum Verstreichen grausam viel Zeit nehmen, sackt Anna weg. Wir warten einen Moment, dann ziehen wir den Knebel wieder fest. Anna zuckt hoch. Renate und ich sehen uns an. Wie lang es wohl noch dauern wird, bis Anita und Klopfer zurückkommen? Ich empfinde das erzwungene Zusammensein mit Renate jetzt als peinlich. Sie tut so, als ob sie etwas suchen würde. Ich setze mich in die Küche und beobachte durch die Durchreiche, wie sich Renate um Anna bemüht. Anna hat angefangen zu schwitzen. Hoffentlich ist es kein Wundfieber. Renate sitzt neben ihr auf der Matratze und wischt ihr von Zeit zu Zeit den Schweiß ab. Zum x-ten Mal lege ich mir die Worte zurecht, die ich Anna sagen will. Doch alles, was ich zustande bringe, erscheint mir kläglich. So ist es also, wenn man zum eigenen Handeln nicht stehen kann.

Ich versuche, mich selbst zu beruhigen. Ich habe Scheiße gebaut, unwahrscheinlich große sogar. Trotzdem, ich will hier sein, ich will mit der Gruppe zusammen kämpfen. Daran ändern auch meine Widersprüche nichts. Ich muß aufhören, im Kreis zu denken. Selbstzerfleischung hilft mir sowenig aus der Situation heraus wie trotzige Wut.

Es klingelt. Durch den Türspion sehe ich Anita und Klopfer. Endlich! Ich lasse die beiden herein. »Habt ihr alles gekriegt?«

Anita nickt, grinst, hebt eine volle Plastiktüte hoch. »Blitzschnell, der gute Doktor hat sich fast überschlagen, nur um uns wieder loszuwerden. Aber die Geschichte erzähle ich später. Wie geht es Anna?«

Ohne die Antwort abzuwarten, geht Anita an uns vorbei. Sie untersucht Anna, ohne sie dabei aufzuwecken. Schließlich sagt sie: »Es sieht zwar optisch nicht so aus, aber ihr Zustand ist nicht schlecht. Ich will sofort anfangen und den Schrot rausholen. Hoffentlich kommen wir mit lokaler Betäubung aus. Eine Vollnarkose geht auf den Kreislauf, das wäre zuviel Risiko, weil sie noch die Barbiturate intus hat.«

Renate ist unsicher, will offenbar etwas sagen, muß sich aber erst überwinden. »Und du bist dir sicher, daß du das beherrscht?«

Anita mustert Renate lächelnd. »Ich verstehe, daß du Bedenken hast. Ich kann dir nur sagen, es sieht schlimmer aus, als es ist. Im Grunde sind es Fleischwunden, wenn auch in einem Fall eine ziemlich tiefe. Ein ausgebildeter Arzt würde nichts anderes tun. Die Bleikugeln müssen raus und die Wunden gesäubert werden, sonst gibt es eine Blutvergiftung. Die Kugeln haben beim Eindringen kleine Schmutzteilchen und Fasern mit in die Wunde gezogen. Wenn die Wunden gesäubert sind, werden wir die mittlere tiefe Wunde tamponieren müssen. Sie muß möglichst lang offen bleiben, damit sie von unten weg heilt. Es muß einen Abfluß geben, wenn es suppt. Laßt uns anfangen, es gibt keine Alternative.«

Renates Gesichtsausdruck ist nicht zu entnehmen, ob Anitas Erklärung sie beruhigen konnte. Schweigend geht sie in die Küche, um heißes Wasser zu holen.

Anita gibt uns Anweisungen, um die improvisierte Operation vorzubereiten.

Als ich mit Klopfer im Bad den Arbeitstisch abschrubbe, nutze ich die Gelegenheit, um Druck abzulassen. »Ich komme mir vor, wie der Gehirne sammelnde bucklige Gehilfe in einem Frankensteinfilm. Mir ist gar nicht wohl bei dieser Geschichte.«

Klopfer antwortet, ohne die Arbeit zu unterbrechen. Seine Sätze kommen stoßweise zur Schrubbewegung. »Mach dir nicht ins Hemd – ich hab großes Vertrauen zu Anita – du hättest mal erleben sollen – wie sie diesen Fiesling – mit drei Sätzen auf Null gebracht hat – und der Schlagabtausch mit medizinischen Fachbegriffen – von denen ich nicht mal die Hälfte kannte – dieser Wichser hatte soviel Hochachtung vor ihr – daß er zum Schluß gesagt hat – bei ihr sei der Patient in guten Händen – der wollte uns loswerden – aber der anerkennende Tonfall war echt – keine Angst, Anita schafft es.« Für ihn ist das Thema damit erschöpft, aber meine Unsicherheit bleibt.

Wir waschen die Tischplatte mit kochendem Wasser ab, und reiben sie mit einem frischen Handtuch trocken. Dann schleppen wir den Arbeitstisch ins große Zimmer und stellen ihn neben der Matratze auf. Typischer Krankenhausgeruch verbreitet sich, als Anita ihn mit Desinfektionsmittel besprüht. Auf dem Tablett, von dem wir normalerweise frühstücken, hat sie ihr »Operationsbesteck« zurechtgelegt. Auf einem Stück Leinen liegen Pinzetten verschiedener Länge, ein paar Skalpelle, ein Mitteldring zwischen einer Schere und einer Zange, eine große Flasche mit klarer Flüssigkeit und eine kleine mit rotbraunem Inhalt. Ein aufgebrochenes Päckchen in Alufolie verpackter Watte, verschiedene Binden und eine Pappdose mit Tupfern komplettieren die Operationsausrüstung.

»Okay, wenn Renate das Wasser bringt, werden wir Anna wecken. Ich will sie ausziehen und dann das Gebiet um die Wunden reinigen und desinfizieren. Erst danach werde ich Anna die Spritzen zur lokalen Betäubung geben. Für den Notfall lege ich aber auch eine aufgezogene Spritze zur Kurzanästhesie zurecht. Ich hoffe, daß wir sie nicht brauchen, denn, ehrlich gesagt, davor hätte ich Schiß. Wenn es sich aber nicht vermeiden läßt, werdet ihr mir helfen müssen. Annas Kopf muß dann in den Nacken gelegt werden, und sie muß einen Tubus eingeführt kriegen, damit ihr nicht die Zunge runterklappt und sie erstickt. Ich hab – wenn's ganz dicke kommen sollte – auch 'ne Pumpmaske zur Beatmung mitgebracht, die wird dann einer von euch bedienen müssen!«

Renate kommt herein und setzt eine Plastikschüssel mit heißem Wasser neben der Matratze ab. »Das übernehm ich dann, ich hab mal einen Erste-Hilfe-Kurs mitgemacht, da haben sie uns die Maskenbeatmung gezeigt: eins, pumpen, eins, zwei, zum Ausatmen den Brustkorb drücken, eins, zwei, pumpen und so weiter.«

Anita hat sich neben Anna auf den Rand der Matratze gesetzt. Mit einer liebevollen Bewegung streicht sie ihre verschwitzten Haare aus der Stirn und sagt leise, wahrscheinlich mehr zu sich selbst: »Tut mir leid, Liebes, ich werde dir gleich sehr weh tun müssen. Glaub mir, ich hab dich gern! Sonst hätte ich gar nicht den Nerv, dir das anzutun.« Sanft rüttelt sie Anna. Die schluckt und schüttelt sich unwillig. Der jähe Schmerz der Belastung des verwundeten Beins läßt Anna die Augen aufreißen. »Verdammt, aus dem Skilaufen wird wohl nichts in diesem Winter!« Was ein Witzchen sein soll, klingt wie durch die Trockenmangel gequetscht. »Ach, Anita, du bist zurück, das ist gut.«

Mit der beruhigenden Verbindlichkeit der erfahrenen Krankenschwester, die genau weiß, was sie tut, beginnt Anita zu erklären: »Paß auf, Anna, es kann jetzt noch mal ziemlich unangenehm werden und weh tun. Ich verspreche dir, daß du es danach überstanden hast. Je gründlicher ich das jetzt mache, die Kugeln rausholen und dann die Wunde säubern, desto größer ist die Chance, daß die Wunden ohne Entzündung in kurzer Zeit abheilen. Ich möchte versuchen, den Eingriff ohne Vollnarkose nur mit lokaler Betäubung zu bewerkstelligen. Dein Kreislauf ist durch die Verwundung, den Blutverlust und die Schlaftabletten ziemlich down. Wahrscheinlich wird die Lokalbetäubung nicht hundertprozentig allen Schmerz abdecken. Für ein paar Augenblicke wirst du sehr große Schmerzen haben.«

Annas Stirn hat sich in Falten gelegt, gekünstelt spöttisch fragt sie: »Schlimmer als jetzt kann's kaum werden? Mach ruhig zu, ich werde es schon aushalten. Hoffentlich kippe ich nicht wieder um, gerade wenn's spannend wird.«

Anita ist irritiert. »Umkippen? Heißt das, daß du ohnmächtig geworden bist? Laß uns mal lieber gleich den Blutdruck messen!« Die große Plastiktüte offenbart einen Schatz der verschiedensten medizinischen Instrumente. Ich komme aus dem Staunen nicht heraus. »Sag mal, Klopfer, ihr habt bei dem ja die halbe Praxis eingesackt!«

Klopfer nickt grinsend: »Ich hab's dir ja gesagt, Anita hatte den Typen voll im Griff.«

Anita ist mit dem Messen fertig und offenbar mit dem Resultat nicht unzufrieden. »Das ist die Aufregung, die Angst und der Schmerz. Dein Blutdruck ist niedrig, wie sollte es auch anders sein . . . aber nicht bedenklich! Wenn du soweit bist, können wir anfangen.«

Anna zögert, dann fragt sie hastig: »Kann ich noch eine Zigarette rauchen?« Sie lächelt gequält. »Ich weiß, das ist nur Einbildung, aber irgendwie glaube ich, daß ich dann ruhiger sein werde.«

Anita schüttelt den Kopf. »Nee du, das laß mal, verschieb's auf hinterher. Wenn du nicht stillhalten kannst und wir doch die Kurznarkose brauchen, ist es besser, wenn du den Kreislauf jetzt nicht noch zusätzlich belastest. So, und nun der Sprung ins Wasser.«

Sie wendet sich zu uns um. »Hebt Anna vorsichtig auf den Tisch.«

Anna verzieht beim Umbetten keine Miene. Sie liegt auf dem Tisch, den Kopf weit im Nacken und starrt an die Decke. Anita hat sie vorsichtig ausgezogen, das Bein der Turnhose hat sie einfach aufgeschnitten. Ganz vorsichtig, mit tupfenden und kreisenden Bewegungen, reinigt sie den Oberschenkel rund um die Wunden. Als sie den Knebel löst, geht eine Schmerzwelle durch Annas Körper. Aber kein Schrei, nur tiefes Ausatmen. Annas Hand sucht die von Renate, die auf der anderen Seite des Tisches steht und sich zu lächeln bemüht, um ihre Hilflosigkeit zu verstecken.

Mit einem Fingerschnipser befördert Anita alle Luftbläschen in der gerade aufgezogenen Spritze vor die Kanüle und drückt sie heraus, bis der erste Tropfen an der Nadel herunterläuft. Anita tastet die Wunden ab, dann sagt sie unvermittelt: »Summ, summ, summ, Bienchen brummt herum . . . und dann stichts.« Noch während sie redet, passieren eine Reihe von Dingen so schnell, daß man sie kaum mitkriegt. Mit einer Hand sprüht Anita Desinfektionsmittel auf die anvisierte Stelle, dann zuckt die andere Hand mit der Spritze vor. Kaum daß die Nadel halb im Fleisch verschwunden ist, wechselt der Daumen auf den Kolben und drückt ihn nach unten. Mit der letzten Silbe des letzten Wortes ist die Spritze schon wieder heraus. Anita sieht Anna an und lächelt. »So, das war schon das Gröbste. Ich warte jetzt, bis die Gegend taub ist, dann setze ich mit den anderen Spritzen nach, das merkst du dann gar nicht mehr!«

Ohne daß sie Annas Blick losläßt, hat Anita ihre Hand unbemerkt vorgeschoben und auf die Stelle gedrückt, wo die Nadel der Spritze einen winzigen blauen Punkt auf der Haut hinterlassen hat. Anna merkt es nicht. Anita nimmt die anderen bereitgelegten Spritzen und setzt eine nach der anderen schräg von der Ausgangsstelle weg in Richtung auf die einzelnen Wunden. Nur ein einziges Mal stößt Anna einen kurzen Schrei aus.

»Das war mein Sorgenkind«, sagt Anita entschuldigend, »die mittlere Kugel, die sitzt sehr tief und im Muskel. Da mußte ich versuchen, möglichst tief zu kommen. Um so weniger wirst du nachher spüren, wenn ich sie rausziehe.«

Wieder prüft Anita mit vorsichtigem Drücken, ob die Spritzen ihre Wirkung entfaltet haben. Als sie rund um die mittlere Wunde drückt, zieht Anna Luft durch die zusammengepreßten Lippen und stößt ein unterdrücktes Wimmern aus. »Das tut noch immer ziemlich weh, aber der Schmerz hat sich verändert. Es fühlt sich an, als ob du mir heißes Wasser auf die Wunde kippst. Renate, gib mir 'nen Taschentuch zum Draufbeißen, sonst schrei ich womöglich das ganze Haus zusammen.«

Anita nimmt eine der Pinzetten und beginnt, die Ränder der seitlichsten Wunde zu weiten. Jetzt reagiert Anna nicht mehr, die Spritzen haben ihre Wirkung getan.

Mit einer kurzen ruckartigen Bewegung holt Anita ein blutiges Klümpchen aus der geweiteten Wunde. Anna schreit auf, dieser Schmerzstoß kam unvermittelt. Anita läßt sich dadurch nicht aus der Ruhe bringen. »Ein häßlicher Vogel, ein Kuckucksei sozusagen, gehörte da jedenfalls nicht hin!« Sie zeigt Anna ihren Fund, die es mit einem zustimmenden Stöhnen quittiert.

Renate kommt zurück und bringt das zu einer Wurst gerollte Küchenhandtuch mit. Sie gibt es Anna. »Tut mir leid, Taschentuch ist nicht, aber das ist frisch aus der Wäsche.« Anna überlegt nicht, sondern beißt drauf, gerade rechtzeitig, weil Anita nun mit Entschlossenheit auch die zweite Kugel herauszieht. Um Anna abzulenken, aber auch, um selbst ruhig zu bleiben, beginnt Anita ihr Handeln zu kommentieren.

»Ich sag das vorher nicht an. Ein erwarteter Schmerz ist immer schlimmer als ein unvermittelter. Ich hole erst die an der Peripherie . . .« Wieder die ruckende Bewegung. Anna kommt mit dem Oberkörper hoch, ein gepreßt-langgezogener Schrei bleibt im Handtuch hängen. »Scheiße, bitte entschuldige, aber die Pinzette hat nicht gegriffen . . .«, Anita läßt die Pinzette achtlos neben den Tisch fallen und nimmt eine andere vom Tablett, das in Griffweite auf einem Stuhl neben ihr steht, »aber für solche Fälle haben wir ja noch ein Modell mit Spikes, das wird's schon bringen.« Wieder ein Ruck. Anna bäumt sich auf und brüllt trotz des Handtuchs so laut, daß wir alle zusammenzucken. Der Klumpen zwischen den löffelförmigen Pinzettenenden ist diesmal wesentlich größer. Anita hat ein Stückchen Gewebe mit herausgerissen. Mir wird schummerig, ich schlucke trocken gegen den sich aufbäumenden Mageninhalt an.

Zuletzt kommt die größte Wunde dran. Anna ist sich dessen bewußt, Anitas Ablenkung läuft ins Leere. Annas Körper krümmt sich schon, als Anita mit einer neuen Pinzette kaum den Wundrand berührt. Ohne ihren Redeschwall zu unterbrechen, hält Anita inne, legt die Pinzette wieder ab, fingert eine Ampulle aus der aufgeklappten Packung und bricht mit einem Daumendruck die Spitze ab. Vorsichtig läßt sie einige Tropfen in die Wundöffnung fallen und weitet sie danach einige Male, damit die Flüssigkeit auch aufgenommen wird und in die tieferen Schichten vordringt.

»Das wäre doch gelacht, diesen Bastard kriegen wir auch noch, laß uns mal ausprobieren, ob das nicht ein bißchen was bringt . . . zumindest wirst du vom Eindringen der Löffelpinzette nicht soviel merken . . . hoffe ich jedenfalls. Versuch, dich zu entspannen. Je doller du krampfst, desto mehr zieht sich der

Muskel zusammen, logisch, und desto mehr tut's dann auch weh. Denk doch dran, daß die Schmerzen bald vorbei sein werden, fast jedenfalls, wenn wir dieses ...« Sie hat beim Sprechen die Pinzette schon wieder aufgenommen und in die Wunde versenkt. Sie dringt viel weiter als vorher ein, drei, vier Zentimeter tief, dann hat sie die Kugel gefunden. Annas Oberkörper spannt sich wie die Sehne eines Bogens vor dem Schuß. Sie beißt so fest ins Handtuch, daß es aussieht, als würde sie sich dabei den Kiefer aushebeln. Ihr Schmerz überträgt sich, unwillkürlich greife ich mir an den Oberschenkel. »... Aas raus haben!« Obwohl es schon das vierte Mal ist, kommt der Ruck auch diesmal so überraschend, daß Anna erst realisiert, was geschehen ist, als Anitas Hand mit der Pinzette und einem blutigen Etwas darin in der Luft stehen bleibt. Mit einer Schrecksekunde Verzögerung kommt Annas Reaktion. Ihr tiefer Schrei stößt den Handtuchknebel aus dem Mund, knallt wie ein Peitschenhieb durch das Zimmer und läuft in Stöhnen aus. Wie von einer gespannten Feder geschnellt kommt Anna hoch, und die Hände zucken instinktiv in Richtung Bein. Renate hat sich soweit gefangen, daß sie den Griff gerade noch verhindern kann. Anna sackt auf den Tisch zurück.

Ein schnell dicker werdender Strom dunkelroten Blutes läuft aus der Wunde heraus. Auch Anita sieht das. Für einen Moment verschwindet ihre überlegene Haltung, und Verunsicherung gewinnt die Oberhand, dann fängt sie sich wieder. »Verdammter Mist, das mußte ja noch kommen. Es sieht jedoch schlimmer aus, als es ist. Ein größeres Gefäß ist es nicht, keine Angst.« Die letzten Worte sind zu ihrer eigenen Beruhigung gedacht. »Trotzdem Mist, jetzt muß ich mit dem Säubern und Tamponieren warten. Ich hätte doch besser das große Loch zuerst versorgen sollen. Jetzt muß es eben in umgekehrter Reihenfolge laufen.«

Sie nimmt die schon angebrochene Ampulle mit dem lokalen Betäubungsmittel und läßt in die drei peripheren Wunden je ein paar Tropfen fallen. Mit einer sehr dünnen Pinzette greift sie einen Zipfel Watte aus der aufgebrochenen Packung und dreht sie mit schneller Bewegung auf, bis sich die Watte gleichmäßig um die Spitzen gelegt hat. Sie öffnet das Fläschchen mit der roten Flüssigkeit und taucht den Wattetampon hinein. »Gleich wird es brennen, aber nur ganz kurz. Versuch möglichst nicht zu zucken, sonst tut's weh!« Energisch, als müßte sie sich erst über das Wissen hinwegsetzen, daß jede ihrer Bewegungen für Anna Schmerz bedeutet, führt Anita den Wattetampon in die äußere Wunde ein. Anna rührt sich nicht, nur ihr Atem wird schneller. Nachdem Anita den Bausch herausgezogen und abgestreift hat, stäubt sie aus einem kleinen Döschen Pulver auf und in die Wunde.

Inzwischen ist der Blutstrom aus der mittleren und tiefsten Wunde dünner und klumpiger geworden. Langsam kommt die Blutung zum Stillstand. Nachdem Anita die beiden kleinen Wunden behandelt hat, sieht sie sich das mittlere Loch noch einmal genau an. »Ich werde das Riesenloch morgen früh angehen, auch wenn ich dann ein paar Blutgerinsel rauspulen muß. Wenn ich jetzt auch nur einen Millimeter zu tief komme, fängt die Blutung wieder an. Durch die Blutung sind die meisten Fremdkörperchen herausgespült worden ... hoffe ich jedenfalls.«

Annas Antwort klingt gepreßt: »Ehrlich gesagt, ich mache mir andere Sorgen. Wenn das jetzt das Feeling unter lokaler Betäubung ist, wie wird es dann, wenn die Wirkung nachläßt?«

Anita ist dabei, das letzte Loch mit einem Antibiotika-Staubfilm abzudecken. Sie beruhigt Anna: »Keine Angst, die Reizung durch meine Rumbohrerei läßt allmählich nach. Du mußt dir die Schmerzsignale über die Nervenbahnen vorstellen wie den Ton einer angeschlagenen Glocke. Der hallt zwar sehr lang nach, wird dabei aber immer leiser. Außerdem kriegst du gleich noch ein Schmerzmittel gespritzt. Nach dem Zeug würde sich jeder Fixer alle zehn Finger lecken.«

Während des letzten Satzes wird Annas Gesichtsausdruck ablehnend. »Bin ich 'ne Fixerin? Bin ich nicht! Bleib mir bloß mit dem Zeug vom Leib, mir ist schon belämmert genug zumute!«

Anita ist inzwischen dabei, mit Hilfe von Renate, die Annas Bein hochhält, den ganzen Bereich mit einer locker gewickelten Binde abzudecken. »Schade, ich dachte, daß ich dir das schmackhaft machen könnte. Es ist weniger stressig, sich auf eine angenehme Erwartung einzulassen, als das, was unvermeidlich kommt, mit Widerwillen zu erwarten. Um den Schuß kommst du nicht rum! Das Zeug wirkt zudem entkrampfend. Auch wenn du glaubst, daß du ohne auskommst, dein Bein braucht jetzt Ruhe, basta!«

Anna murmelt halblaut etwas vor sich hin, was Anita zu einem Lachen reizt. »Macht nichts, schimpf mich nur aus, auch das entspannt. Ein gutes Zeichen, du wirst allmählich wieder gesund, ob du willst oder nicht.«

Anita gibt Anna die Spritze, ohne sich um deren fortwährenden Protest zu kümmern. Wir warten noch so lange, bis Anna in einen Erschöpfungsschlaf fällt, dann verlassen wir das Zimmer. Alle sind gleichermaßen ausgelaugt, unfähig, noch irgendwas zu diskutieren oder zu berichten. Renates Vorschlag, noch etwas zusammen zu rauchen und sich dann ebenfalls für ein paar Minuten hinzulegen, wird unkommentiert akzeptiert. Meine Verwunderung darüber, daß sich Renate neben mich legt, bemerkt niemand mehr.

Renate weckt mich unsanft. Ich habe ganz offensichtlich geträumt, denn beim Aufwachen sitze ich im Bett und meine Hände greifen ins Leere. Gerade mit diesem Griff halte ich auch den Traum fest. Ein Zustand zwischen den Welten, fast so, als könnte ich mich an der Schwelle entscheiden, welche wirklich ist, in welcher ich bleiben möchte. Diese Wahl fällt nicht schwer, nach diesem Traum ...

Im Traum nehme ich die Dinge meistens wie selbstverständlich hin. Die Frage »warum« hat keine Bedeutung mehr. Mit großer Selbstverständlichkeit hat mich in diesem Traum ein Kind begleitet. Ich wußte von Anfang an, daß es mein Kind ist, ein kleiner Junge. Es war auch kein Widerspruch dazu, daß mir eine Traumetage tiefer bewußt war, daß ich selber dieser Junge bin. Es gibt im Traum eine zwiespältige Einheit, die ich jetzt, wo ich wieder wach bin, Renate nur schwer erklären kann. Ich werde ihr den Traum erzählen, vielleicht versteht sie es dann.

»Wir spazieren über einen riesig großen Rummelplatz, durch eine Menschenmenge, die zwischen Kuriositäten und Karussells, zwischen Schießständen und Geisterbahnen hin und her flutet. Im Traum habe ich zwischen den vielen gesichtslosen Gestalten das Gefühl, mich im Wasser zu befinden, inmitten einer Wellenbewegung, die mich wie einen Korken hin und her trägt. Der einzige Halt ist der kleine Junge, der meine Hand fest umklammert und mich entgegen dem Rhythmus der Masse zu den Attraktionen ziehen will, die ihm gefallen. Seltsame Vergnügungen sind das. Da ist zum Beispiel ein geisterbahnähnliches Ding, dessen Vorderfront ein riesiger, beweglicher Mund ist, der eine Besuchergruppe nach der anderen kaut und schluckt. Mir ist es zu unheimlich, und ich widersetze mich dem Kind, das unbedingt verschluckt werden will. Ich will da nicht rein, will gar nicht wissen, was einen im Schlund des Monsters erwartet. Als sich der Mund im Vorbeigehen ein weiteres Mal öffnet und wieder einige Gestalten verschlingt, rieche ich vage den Geruch von Erbrochenem. Ich empfinde das als Bestätigung meiner Ängste, denke an Verdauen, Zersetzen, an den Tod. Der Junge versucht, mich in ein Karussell zu zerren. Wieder dieses Gefühl von Gefahr, ich bleibe stehen. Ich sage dem Kind, daß ich warten will, eine Fahrt lang zusehen möchte, bevor ich mich entscheide. Das Karussell sieht aus wie eine große Scheibe, auf deren Rand lauter Käfige montiert sind. In diese Käfige werden von Clowns diejenigen eingeschlossen, die bezahlt haben. Es ist aber kein Geld, das da den Besitzer wechselt, es sind Gegenstände. Mit einer Vogelfeder, einer Blume, einem Schuh oder einem Ring wird bezahlt. Ich sehe zu dem Kind hinunter. Der Junge reißt mit einem Ruck einen großen Knopf von seiner Jacke und streckt ihn mir hin. Ich weiß, er will, daß ich damit bezahle. Ich nehme den Knopf, aber ich warte. Als alle Käfige voll sind, setzt sich die Scheibe erst träge, dann immer schneller in Bewegung und steigt dabei an einer Art Säule langsam höher. Die Bewegung wird rasend schnell, und das anfängliche Jauchzen der Leute in den Käfigen wechselt unmerklich zu langgezogenen Schreien über. Ich sehe, wie die Gestalten an den Gittern kleben, mit entsetzlicher Kraft gegen sie gedrückt werden, wie sich die Gitterstäbe allmählich in die Körper der Gestalten eindrücken. Ich will dem Jungen die Augen zuhalten, ich ahne jetzt, was passieren wird. Aber der Junge schiebt meine Hand beiseite, sieht fasziniert auf die Scheibe und lacht mitten in das Geschrei hinein. Jetzt wird aus einem der über uns rasenden Käfige etwas herausgeschleudert. Ich kann es nicht genau erkennen, es wird über das Getümmel davongeschleudert. Da fliegt schon wieder etwas heraus, und noch ein Teil und immer mehr. Jetzt kann ich Einzelheiten erkennen, es sind Arme, Köpfe, Rümpfe, Beine. Die Scheibe verschleudert Körperteile, bis alle Käfige leer sind, dann wird sie langsamer und senkt sich wieder zur Erde. Ich kann es nicht fassen, als das Ding stillsteht, drängen sofort Leute nach, um einzusteigen. Auch die Clowns sind wieder da und kassieren. Der Junge sieht mich vorwurfsvoll an, zeigt auf die Hand, in der ich den Knopf festhalte. Als ich sie öffne, hat der

Knopf einen tiefen Eindruck im Handteller hinterlassen. Will der Junge wirklich in diese Maschine einsteigen? Hat er denn nicht kapiert, was eben passiert ist? Er schreit auf, als ich ihn von diesem Platz wegzerre. Sofort regt sich in mir das schlechte Gewissen: Ich habe ihm weh getan, das darf ich nicht! Ich nehme das Kind auf den Arm, streichel sein Haar und denke dabei an Spinnweben, ohne daß ich sagen könnte, warum. Wir gehen weiter, weiter auf das Zentrum des Rummels zu. Dort steht ein Riesenrad, größer als alles andere rundherum. Putzige kleine Kabinen, seltsam verziert, tragen die Menschen mit sanftem Schwung so hoch, daß sie nicht mehr zu erkennen sind. So sicher, wie ich die vorigen Male Gefahr verspürte, weiß ich nun, daß dieses Vergnügen ungefährlich ist. Den Widerwillen des Jungen, der zum Weitergehen drängt, empfinde ich als Bestätigung. Wir steigen in eine der Kanzeln, die sich, kaum daß wir sie betreten haben, in Bewegung setzt. Je höher wir kommen, desto leichter fühle ich mich. Kein Zweifel, allmählich werden wir gewichtslos, schweben in der Kabine, die ihrerseits über allem Getümmel schwebt. Von oben sieht der Rummelplatz wie ein riesiger Ameisenhaufen aus. Auf verschiedenen Straßen sind Menschen unterwegs, ohne ein Ziel und ohne erkennbaren Grund. Ein starkes Gefühl von Fremdheit wächst in mir. Gerade eben war ich doch selbst noch ein Punkt unter vielen. Mich ekelt der Anblick. Ich gucke mich nach dem Jungen um und sehe gerade noch, daß er durch das gegenüberliegende Fenster wegfliegen will. Mir wird wieder bewußt, daß auch ich schwebe. Ich kann den Jungen am Fuß greifen und ziehe ihn zurück. Ich weiß, daß die Kraft, die uns hier drinnen schweben läßt, da draußen nicht wirksam ist. Dort droht der Absturz. Die Kabine bewegt sich, sinkt langsam und gibt uns dabei unser Gewicht zurück, zusammen mit einer tiefen Traurigkeit. Mich zieht der Anblick der wimmelnden Ameisen erneut in seinen Bann. Da unten tut sich was. Das anarchische Gewimmel der Krabbeltiere bekommt vom Rand des Geschehens her eine feste Ordnung, die zum Zentrum hin wächst. Sie marschieren alle in Reih und Glied, im Gleichschritt, der für uns nun auch hörbar wird. Die Kabine nähert sich dem Boden. Ich begreife das Geschehen, bevor das Riesenrad ganz zum Stillstand gekommen ist. Wir stehen plötzlich sehr allein in der Mitte eines Platzes. Sie marschieren auf uns zu, eine Mauer von Menschengestalten, im donnernden

Gleichschritt. Sie werden uns zu Brei stampfen. Ich habe Angst ... und schäme mich, weil ich nicht an den Jungen gedacht habe. Er klammert sich an mich und drückt sein Gesicht gegen mich, um nicht sehen zu müssen, was mit mechanischer Präzision auf uns zukommt. Eine warme Welle durchflutet mich, tiefste Zuneigung und starkes Zusammengehörigkeitsgefühl. Das ist mein Kind, das bin ich. Ich weiß jetzt, ich werde das Kind mit meinem Körper schützen, und ihm wird nichts geschehen. Und ich weiß auch, daß dieser Junge später selbst mit einem Kind hier stehen wird, um die gleiche Entscheidung zu treffen. Alles entscheidet sich von Augenblick zu Augenblick immer wieder neu. Es ist alles klar, so leicht zu durchschauen in diesem letzten Moment, bevor sich die Stiefel der Marschsäulen über uns vereinigen. Die ersten, die über mich hinwegmarschieren, sind noch leicht zu ertragen. Der Junge hat sich unter mir zusammengekugelt wie eine schlafende Katze. Aber die Tritte hören nicht auf, sie werden immer härter. Ich knicke langsam ein, berühre irgendwann den Jungen und kann den Druck nicht mehr von ihm fernhalten. Zu wissen, daß ich ihm den Schmerz nicht ersparen kann, tut mehr weh als alle tretenden Stiefel auf mir. Der Junge schreit, will sich herausquetschen und entkommen. Ich versuche ihn zu halten und will ihm zuschreien, daß er draußen zertreten wird, aber ich greife ins Leere ...«

Ich erzähle und Renate sieht mich an, sie muß mich die ganze Zeit fixiert haben. Ich habe ihren Blick nicht bemerkt.

»Ach du ...«, sie beugt sich zu mir herunter und gibt mir einen Kuß. »Schlaf noch ein bißchen, nachher haben wir viel zu tun.«

Ich sinke ins Kissen, die Stelle, an der mich Renates Lippen berührt haben, brennt mit sanfter Glut. War das eben wirklich? Hat sie mich wirklich geküßt? Habe ich mit dieser Berührung nicht vielleicht nur einen schlechten Traum zu einem Happy-End gebracht? Ganz sicher bin ich mir nicht.

Sicherheit will sich auch beim Aufwachen am Morgen nicht einstellen. Renate ist wach und zieht sich an. Mit derselben frostigen Distanziertheit wie am gestrigen Tag fährt sie mich an: »Beeil dich mal und komm in die Hufe. Wir müssen gleich besprechen, was heute zu laufen hat!«

22 Beichte

Anna liegt auf dem Bett. Ihr wolkiges Haar, in das ich mich immer so gern hineingewuschelt habe, ist vom langen Liegen strähnig geworden. Sie sieht blaß und erschöpft aus, aber sie ist hellwach und sieht mich erwartungsvoll an.

Zögernd beginne ich zu reden. Es wundert mich, wie leicht das geht – oder genauer, wie leicht sie es mir macht. Alles, was ich mir zu meiner Rechtfertigung zurechtgelegt habe, ist in dem Moment verflogen, da ich ihr gegenübersitze. Ich stottere mich durch die Geschichte, Anna schweigt, unterbricht mich nicht und läßt mir Zeit, mich wieder aus dem Unterholz zu befreien. Eine kleine Unendlichkeit später bin ich am Ende des Dschungels angelangt. Ich bin mir sicher, daß nach der atemlosen Schweigeminute ein Donnerwetter losbrechen wird. Doch Anna fängt an zu lachen. Ja, sie lacht. Ich sehe sie an, verblüfft, rausgerissen aus meiner strengen Dramaturgie. Mein Gesichtsausdruck steigert Annas Lachen noch. Plötzlich verzieht sie das Gesicht und beginnt zu husten.

»Scheiße, das war wohl etwas zuviel Erschütterung für meine perforierte Extremität. Verdammt, das beißt!« Sie legt den Kopf für einen Moment in den Nacken und zieht durch die zusammengebissenen Zähne scharf Luft ein, um sie beim Vorbeugen wieder auszuatmen. Sie betrachtet mich jetzt ganz ernst und sagt dann leise: »Da hätten sich ja beinahe zwei Riesenstoffel gegenseitig ins Unglück gezerrt!« Ich verstehe nicht, wie sie das meint, und das muß mir anzusehen sein.

»Wir sind doch beide wie die Schafe auf diese Lichtung getrottelt. Erst du, dann ich. Keine Absicherung, kein Versuch, sich Überblick zu verschaffen, wie es sich gehört, wenn man dekkungsloses Gelände betritt. Wenn unser palästinensischer Ausbilder das gesehen hätte, hätte er nur trocken bemerkt, daß man Idioten nicht davon abhalten kann, sich zur Schießscheibe zu machen.«

Ich bin froh, daß sie den Vorfall so bewertet, trotzdem läßt mich mein schlechtes Gewissen widersprechen. »Aber was bei dir gelaufen ist, war nicht nötig, ich hätte nur vom besetzten Hochsitz erzählen müssen.«

»Stimmt, aber weißt du, wenn ich ehrlich bin, wenn ich heil wieder von der Lichtung heruntergekommen wäre und keiner den Zwischenfall bemerkt hätte, wüßte ich nicht, ob ich's erzählt hätte. Kann sein, kann aber auch sein, daß nicht. Versteh mich nicht falsch. Daß du ein Problem damit hast, nichts erzählt zu haben, ist nur in Ordnung. Dein schlechtes Gewissen will ich dir nicht ausreden, du hast Scheiße gebaut, das steht fest. Aber wir können uns die Hand reichen, mein Auftritt war auch nicht ruhmreicher. Ich kann dir einfach nicht böse sein, obwohl es dem Anlaß vielleicht angemessen wäre. Ich bin froh, daß ich hier liege und nicht von Bullen bewacht im Krankenhaus aufgewacht bin. Von der Alternative ›Leichenschauhaus‹ will ich lieber nicht reden.«

Eine seltsame Gedankenkette zieht an mir vorbei. Ich bin verwirrt. Ist Anna vielleicht nur deswegen so milde, weil sie mir für ihre Rettung einen viel zu hohen Bonus zubilligt? Ich wäre wohl umgekehrt über jeden hergefallen, der so gehandelt hätte, wie ich gehandelt habe. Aber Anna reagiert nicht so wie ich, das ist das wirklich Beschämende an dieser Situation.

Anna stubst mich sacht an. »Nun komm aber mal aus dem Schmollwinkel heraus, sonst werde ich doch noch sauer. Was ist los, was überlegst du so krampfhaft?«

»Weißt du, ich frage mich, ob die übrigen das auch so locker sehen wie du, da habe ich starke Zweifel. Haben sie dir schon gesagt, daß Hans auf dem Weg hierher ist?«

Annas Mundwinkel sinken herab, ihre Lippen werden zum Strich. »Das weiß ich bereits ... und mit Renate habe ich auch schon gesprochen.« Anna sieht meinen fragend-mißtrauischen Blick, als sie Renate erwähnt. »Was du jetzt denkst, stimmt nicht. Sie hat mir nur gesagt, daß du Mist gebaut hast und daß sie noch mit niemandem darüber gesprochen hat, weil sie erst wissen wollte, wie ich dazu stehe. Was genau passiert ist, hat sie mir nicht erzählt, das wollte sie dir selbst überlassen. So, wie ich das sehe, war es gut, daß sie's für sich behalten und nicht an die große Glocke gehängt hat. Wir stecken mitten in den Vorbereitungen für die seit langem wichtigste Aktion, und wir haben das Pech, mit dir und Hans zwei richtig holzköpfige Mackertypen in der Gruppe zu haben. Das ist Sprengstoff. Aber mach es dir bloß nicht zu leicht damit, daß du noch mal ohne Gesichtsverlust rauskommst aus der Geschichte. Ich hoffe für dich, daß du in Zukunft die Courage aufbringst, dich klar zu verhalten. So, wie die Sache läuft, hast du die Entscheidung, ob du kämpfen willst oder nicht, von uns zurückbekommen. Ich hoffe sehr, daß du es dir genau überlegst!«

Ich verstehe, sie hat recht. Nichts ist einfacher geworden, auch nicht, nachdem ich weiß, daß es das große Tribunal nicht geben wird. Mir ist bewußt, was passiert ist und wie ich gehandelt habe. Die Gegenwart von Anna, Renate und Hans wird verhindern, daß ich diesen Vorgang verdränge.

»Bevor du wieder im Grübelirrgarten verschwindest, sag bitte Renate, daß ich sie sprechen möchte. Aber allein.«

Mit gemischten Gefühlen gehe ich aus dem Zimmer. In Anna und Renate habe ich zwei »Gläubiger«, die mich sicher genau beobachten werden. Ich empfinde eine vage Angst, daß diese Beobachterrolle womöglich die solide Mauer zwischen Renate und mir verstärken wird.

Ich habe die Tür schon halb geschlossen, als Anna hinter mir herruft: »Ich wünsche mir sehr, daß du klarkommst mit dem, was passiert ist. Und – falls du da Zweifel hast – ich bin mir sicher, daß Renate es genauso sieht.«

Schweigend verlasse ich das Zimmer.

23 Kassiber

Die Spannung im Raum ist dichter als der Zigarettenqualm. Mit der Ankunft von Hans hat sich Unruhe breitgemacht. Seinen wenigen Andeutungen ist zu entnehmen, daß Flipper und er viel schneller vorangekommen sind, als wir ursprünglich vermutet hatten. Hans will sich vor dem Gespräch mit Anna nicht näher äußern. Formal ist Anna nach dem Gesamttreffen zusammen mit Flipper die Führung des Kommandos anvertraut worden. Hans hält sich daran. Wir übrigen sitzen im engen Nebenzimmer und schwängern die Luft mit Nikotin.

Es dauert fast eine Stunde, bis die Tür wieder aufgeht und Hans uns ins Zimmer ruft. An Annas angespanntem Gesicht ist abzulesen, daß wirklich etwas im Busch ist. Anna ist es auch, die beginnt, uns aufzuklären. Sie berichtet, daß es einen neuen Kassiber von den Gefangenen gibt. »Unterbrecht mich nicht mit Zwischenfragen, dann geht's schneller mit dem Vorlesen.«

»An die, die es noch interessiert, Wir haben die Geduld verloren! Euer zögerliches Kokettieren mit dem, was Guerilla sein könnte, veranlaßt uns, unser Schicksal selbst in die Hand zu nehmen. Wir werden einen Hungerstreik organisieren, einen Kampf bis zur letzten Konsequenz. Es wäre zuviel der Ehre, solltet ihr euch einbilden, dies sei eine Trotzreaktion auf eure müden Spielchen. Es ist einfach notwendig! Wir wollen und werden uns unsere Identität bewahren. Wir wollen nicht im defensiven Elend verkommen. Wir werden dem Plan zu unserer Liquidierung zuvorkommen. Während ihr unsere letzten Kräfte usurpiert, hat die Reaktion nicht geschlafen und unsere Schwäche, nämlich die Kluft zwischen uns und euch, zwischen drinnen und draußen, erkannt. Wir *wissen,* daß es einen konkreten Plan gibt, uns umzubringen, sobald die geeignete Situation da ist. Wir werden nicht wie die Schafe warten, bis der Schlächter kommt, dem ihr uns mit eurer Untätigkeit ausgeliefert habt. Bevor ihr euch jetzt darauf versteigt, uns winselnd um Aufschub zu bitten: Der Entschluß steht fest, das Gefangenenkollektiv hat sich entschieden, es gibt kein Zurück! Sollte euch euer schlechtes Gewissen zu irgendwelchen Aktivitäten treiben, sagen wir euch schon jetzt, daß wir uns nicht durch ein Aktiönchen abhalten lassen. In dieser Auseinandersetzung zwischen der Repressionsmaschinerie und uns wird es Tote geben. Kapitulation ist nicht drin. Wir haben euch trotz aller dagegenstehenden Sicherheitsbedenken konkrete Ziele genannt. Ihr werdet euch beeilen müssen, wenn ihr eine Aktion auf dieser Ebene zustande bringen wollt. Mehr haben wir euch nicht zu sagen: Guerilla definiert sich über die Qualität des Angriffs!«

Anna verliest den Test mit monotoner Stimme. Alle schweigen, bis es Pelle entfährt: »Scheiße, das grenzt doch an Erpressung. Was wissen die denn von unseren Schwierigkeiten hier draußen!«

Pelle ist im gleichen Augenblick erschrocken über seine Worte, aber zu spät!

»Du bist doch ein elender Wichser, ist das alles, was dir dazu einfällt? Hast du zumindest verstanden, daß sie umgebracht werden sollen?« Hans ist so wütend, daß Anna ihn auf den Matratzenrand zurückdrücken muß, weil er Anstalten macht, sich auf Pelle zu stürzen.

»Bevor wir demonstrieren, wie runtergekommen wir schon sind, sollte Hans lieber berichten, was er zusammen mit Flipper zustande gebracht hat. Das erscheint mir konstruktiver, als hier ein Lazarett zu eröffnen.«

Hans beruhigt sich nur langsam, und schon nach den ersten Sätzen schlägt seine Wut wieder durch. »Ich kann euch nur das Wesentliche mitteilen. Wir haben ja beim Treffen vereinbart, daß das Abschottungsprinzip einzuhalten ist. Wir haben einen Typen ausgeguckt und ihn so gut wie fertig ausgecheckt. Er ist ein hochrangiger Militär und sitzt in führender Position an der Verbindungsstelle zwischen dem Pentagon und Brüssel. Die Aktion ist machbar, sogar kurzfristig machbar. Vorausgesetzt, alle ziehen mit! Wir können die Aktion in drei Wochen über die Bühne bringen. Ich habe mit Flipper fest vereinbart, keine weiteren Details preiszugeben. Anna hat dem zugestimmt. Eine Information ist aber wichtig für alle: Im Raum Ruhrgebiet/Köln/Bonn darf ab sofort nichts mehr passieren, keine Bewegung, kein Treffen, gar nichts!«

Nach dem Zwischenfall mit Pelle sind die übrigen eingeschüchtert, ich auch. Aber dann siegt die Neugier und ich frage: »Und was heißt das jetzt? Zum Beispiel die Kohleaktion, läuft die jetzt noch, und wenn nicht, wie wollen wir die Zeit moneymäßig überbrücken? Was ist mit Anna? Die ist doch jetzt für mindestens eine Woche aus dem Verkehr.«

Hans, der mich bisher nicht beachtet hat, wendet sich mir zu. »Darüber habe ich schon mit Anna gesprochen. Die Kohle muß auf alle Fälle ran. Es läßt sich nicht abschätzen, wie lang die Kiste läuft und wie heiß es in dieser Zeit wird. Wir brauchen auf jeden Fall genug Knete, um längere Zeit klarzukommen. Außerdem müssen wir uns um eine Rückzugsmöglichkeit ins Ausland kümmern und genug Bewegungspapiere fälschen, um öfter wechseln zu können. Solange Anna hier festsitzt, wird Flipper das Kommando führen. Wir haben uns das so gedacht, daß zur Aktion und um den Typ zu bunkern nur ein Kommando gebraucht wird. Das andere wird sich um die Propaganda, die Forderungen und die Austauschmodalitäten kümmern. Zwischen denen, die den Typ abgreifen und bunkern, und denen, die die Verhandlungen führen, muß es zwei oder drei Verbindungspersonen geben. Auch da ist die Abschottung oberstes Gebot. Bei einer so hochkarätigen Uniform wäre es naiv, nicht davon auszugehen, daß die auch vor Folter nicht zurückschrecken, wenn sie einen von uns in die Finger kriegen. Deswegen sollten überhaupt nur diejenigen im Lande bleiben, die zur Durchführung unbedingt gebraucht werden. Der Rest der Gruppe muß die Rückzugsmöglichkeit ins Ausland nutzen oder sich in den Nahen Osten absetzen. Eine Kleinigkeit noch, die dich betrifft«, Hans wendet sich mir zu, »wir brauchen dich sofort nach der Kohleaktion für einige wichtige technische Geschichten. Darüber sprechen wir nachher allein. Soweit erst mal.«

Unser kleiner Kreis wird von Hans' Ausführungen überrollt. Die Stille ist so dicht, als würden alle gleichzeitig den Atem anhalten. Nach einer Weile fragt Anita: »Habt ihr schon 'ne Einschätzung, wie viele Leute bei der eigentlichen Aktion gebraucht werden?«

Hans ist durch diesen Einwurf irritiert, überlegt einen Augenblick, sagt dann: »Wahrscheinlich nicht mehr als vier, wieso fragst du?«

Nun zögert Anita: »Na ja, so ein Armeetyp, der läuft doch sicherlich nicht allein herum. Ich hab überlegt, wie ich das bestimmen würde, wer am Kommando beteiligt wird, das die Aktion durchführt!«

Statt Hans, der einen verärgerten Gesichtsausdruck zeigt, antwortet Anna: »Die Frage ist zwar berechtigt, aber erstens haben alle in Flippers Gruppe eine militärische Ausbildung, und zweitens sollte sich das Kommando aus denen zusammensetzen, die die Sache gecheckt haben. Geht dir das zu schnell oder weshalb fragst du?«

»Zu schnell ist nicht ganz richtig. Ich muß mich an die eigene Nase fassen, daß ich beim Gesamttreff nicht über Transparenz und die richtige politische Bestimmung nachgedacht habe. Es ist doch durch die Abschottung jetzt so, daß die ganze Geschichte für uns nicht direkt Beteiligte gar nicht mehr überprüfbar ist. Das habe ich vorher nicht so klar gesehen.«

Anna will etwas erwidern, aber Hans drängt dazwischen: »Vielleicht gibt es dir ja ein bißchen mehr Sicherheit, daß wir den Stammheimern mitteilen, wieweit wir sind, wie wir die Aktion angehen wollen und welche Zielrichtung sie haben wird. Wir haben überlegt, ihnen auch den konkreten Namen der Zielperson mitzuteilen, aber dafür ist uns der Weg zu unsicher. Ich traue ihnen zu, daß sie selbst draufkommen.«

Anita läßt sich auf keinen Disput mit Hans ein. »Ist ja schon gut, schade, daß du auf jede Frage so reagierst, als würde man deinen Durchblick in Frage stellen. Wir müssen schließlich alle hinter dem stehen, was da laufen soll. Es ist doch besser, wenn wir vorher fragen?!«

Seit Hans ihn angeraunt hat, starrt Pelle vor sich hin. Jetzt mischt er sich ein. »Ich komm damit noch nicht klar. Also gut, ihr habt einen Typen gecheckt. Einen! Und was sollen denn jetzt die Forderungen sein? Alle Gefangenen im Austausch gegen diesen einen Typen? Ich kann verstehen, daß die drinnen ungeduldig sind, und ich nehm es auch ernst, wenn die sagen, daß sie umgebracht werden sollen. Aber wenn wir uns jetzt selbst unter Druck setzen und 'ne Fehleinschätzung läuft, dann wird es sicher Tote geben. Ich will ja gar nicht konkret wissen, wer das ist, den ihr euch da ausgeguckt habt. Aber mich interessiert, ob bei den Kommandos Einstimmigkeit darüber herrscht, daß es der Typ wirklich bringt?!«

Hans antwortet fast ohne Zögern und mit einem Tonfall in der Stimme, als müsse er ein kleines Kind belehren: »Also, hör mal, glaubst du, wir haben jetzt alle darüber informiert, wer das ist? Konkret wissen das außer Anna und mir noch drei andere, und wenn's nach mir geht, werden es auch nicht mehr werden. Unter denen, die es wissen, herrscht Einstimmigkeit, daß diese Type genug Gewicht hat, wenn das deine Frage beantwortet.«

Pelle ist immer noch nicht zufrieden. »Also, mir geht's wie Anita, so hab ich mir das nicht vorgestellt. Aus dem bißchen, was du bisher erzählt hast, krieg ich noch keine Sicherheit. Ich will bestimmt nicht bremsen, aber von dieser Aktion hängt soviel ab, daß mir diese minimalen Informationen nicht ausreichen. Außerdem hast du meine Frage bezüglich der Forderung nicht beantwortet.«

»Darüber sind wir uns nicht einig, ehrlich gesagt. Es geht aber nicht um die Wichtigkeit des Typen für die Schweine. Da sind wir uns sicher. Wir haben beim Gesamttreff eingeschätzt, daß es richtig sein könnte, die Forderung auf die Stammheimer zu beschränken. Das ist ein Punkt, zu dem die Gefangenen etwas sagen müssen. Und es ist übrigens nicht so, daß das jetzt alles übermorgen passiert. Es wird bestimmt noch Gelegenheit zur Diskussion geben.«

Pelle schweigt, er hat offenbar keine Lust, weiterhin den Buhmann zu spielen. Da sonst niemand was sagt, erwidere ich schließlich: »So viel Zeit haben wir nicht mehr. Du hast am Anfang gesagt, daß das in drei Wochen durchgezogen werden kann. Das würde doch bedeuten, daß wir für die Kohlegeschichte, die Papiere und die Ausweichwohnungen höchstens vierzehn Tage haben?«

Hans will antworten, aber zum zweiten Mal geht Anna dazwischen. »Die drei Wochen sollten wir als Zielvorstellung stehen lassen. Damit ist nicht gemeint, daß wir bei den anderen notwendigen Logistikgeschichten ein Risiko eingehen, das wäre bestimmt nicht im Sinne der Gefangenen. Was die Kohlekiste angeht, sind alle Voraussetzungen erfüllt, der Sprengstoff ist da. Das Ding über die Bühne zu bringen, dürfte kaum vierzehn Tage in Anspruch nehmen. Zwei Wagen müssen besorgt werden, zwei Nachtbeobachtungen des Objekts, die Rahmen mit dem Sprengstoff sind zu bauen. Meinst du nicht, daß man das übernächste Wochenende für die Ausführung anvisieren sollte?«

Ich überlege kurz und kann keinen Einwand finden. »Das ginge schon. Ursprünglich hatte ich ja überlegt, daß es mehr bringt, wenn wir einen langen Samstag abwarten. Es scheint aber auch so genug zu holen zu sein. Zeitlich ist es zu machen, wenn wir die Checks und die Besorgung der Fahrzeuge richtig koordinieren. Ob allerdings noch genug Zeit ist, die Papiere zu fälschen und eine Auslandsreise zum Anmieten zu starten... da muß ich passen, das glaub ich eigentlich nicht!«

Anna ist trotz der Einschränkung mit meiner Antwort zufrieden. »Was die Papiere angeht, mach dir mal keine Gedanken, die übernehme ich. Ich kann sowieso nicht viel machen in den nächsten Tagen. Mich ins Bad zu setzen und den Vergrößerer zu bedienen, dazu wird es bestimmt reichen. Und die Auslandsreise mit dem Anmieten der Ausweichwohnungen können entweder Fummel und Irene oder Kalle und Erika erledigen. Die sprechen Englisch und Französisch, Fummel zusätzlich noch Holländisch und Spanisch. Als Pärchen klappt es sicher schneller. Zwei Leute werdet ihr doch erübrigen können, oder?«

Die Frage ist an Hans gerichtet, und er beeilt sich, sie zu bejahen. »Das geht schon. Bei uns liegt jetzt das Checken der Routen an, Wagen besorgen und Wohnungen fitmachen. Wir müssen eben zusehen, daß wir das konzentrierter bringen. Es geht, wenn es gehen muß!«

Anna hat sich bisher nicht anmerken lassen, daß ihr die Verletzung zu schaffen macht. Plötzlich verzieht sie das Gesicht. »Verdammt, das buttert doch noch ganz schön!« Das ist das Signal, die Runde aufzulösen. Nachdem wir die Aschenbecher geleert und die Fenster geöffnet haben, komplimentiert Anita alle hinaus.

Beim Rausgehen wendet sich Hans an mich: »Hör mal, laß uns einen Spaziergang um den Block machen ... oder was essen gehen. Ich will mit dir reden, und zwar unter vier Augen.«

Ich schwanke zwischen Abwehr und Neugier. Die Neugier ist stärker, und ich willige ein, mit Hans zu einem nahegelegenen italienischen Restaurant zu gehen. Nachdem wir die anderen informiert haben, ziehen wir los.

24 Konfrontation

Wir finden einen guten Platz in der rechten Ecke. Von dort haben wir die Eingangstür im Blick und die Wand im Rücken. Es ist früher Abend, und einige wenige Gäste verlieren sich im Raum: ein Pärchen und eine junge Frau mit einem quengelnden Sohn, der laut die Garnelen von der Pizza seiner Mutter fordert.

Der Kellner kommt, und wir bestellen beide lustlos etwas zu essen.

Hans ist nervös, offenbar hat er Schwierigkeiten, den Einstieg zu finden. Um ihm zu helfen, beginne ich mit einer Frage: »Sag mal, glaubst du, daß Anna damit klarkommt, für einige Zeit aus dem Verkehr zu sein? Ich habe das Gefühl, sie tut sich schwer damit, umsorgt zu werden, ohne selber was machen zu können?«

Hans lacht, die Falten auf seiner Stirn verschwinden. »Du müßtest sie doch besser kennen. Als ich ihr, vor dem Gespräch mit euch, den Stand der Dinge geschildert habe, hat sie mir sofort eine Liste mit Büchern und Zeitschriften aufs Auge gedrückt, die ich ihr zum Durcharbeiten und Archivieren besorgen soll.«

Wir unterbrechen, denn der Kellner bringt zwei Gläser und den Wein. Er macht es spannend und öffnet die Flasche am Tisch, schenkt Hans einen Probeschluck ein, wartet auf dessen Nicken und das anerkennende »Ist gut«, um dann unsere Gläser zu füllen. Als er geht, frage ich leise: »Laß mich raten, es geht um die NATO, deren Struktur, um US-Army-Zeitschriften und ähnliche Werke?«

Hans' Weinglas macht einen Bogen mit einem leichten Knick, der ein Zuprosten andeuten soll. »Treffer«, erwidert er, nimmt einen Schluck und fügt hinzu: »Aber das war ja auch nicht schwierig.«

Ich mag nicht mehr plänkeln und sage: »Bevor der Kellner das Essen bringt, wüßte ich gern, mit welcher Begründung ich diesen dekadenten Luxus vor meinem Gewissen rechtfertigen kann!?«

»Also ...«, Hans' Finger drehen das Weinglas. Sein Blick prüft die Flüssigkeit, als habe er darin eine Fliege entdeckt. »Also, ich wollte dir sagen, daß ich es mutig von dir fand, daß du nach den Schüssen los bist, um Anna rauszuhauen.« Er zögert, nimmt einen kleinen Schluck. »Ich weiß, daß es sich komisch anhört, aber das war Solidarität, wie ich sie mir vorstelle.«

Das Wort »Solidarität« kommt etwas kantig über seine Lippen. Eine schwache Ahnung taucht am Rand meiner Gedanken auf. Ich denke, ich weiß, worauf er nun wartet.

»Da war auch eine Menge schlechtes Gewissen dabei, eigentlich hätte das gar nicht passieren dürfen. Ich habe geschlampt. Ein intakter Hochsitz wird auch benutzt, daran hätte ich denken müssen. Abgesehen davon, ich hätte mir fast vor Angst in die Hosen gemacht, als es gekracht hat.«

Hans sieht mich verwundert an. »Mensch, Typ, es wird immer wieder Fehler geben. Wir fangen gerade an zu lernen. Wichtig ist doch, daß wir die richtigen Konsequenzen daraus ziehen und keinen Fehler zweimal machen!«

Ich würde ihm gern einfach recht geben, aber mir sitzt im Genick, was wirklich passiert ist. »Weißt du, ich hab noch mit keinem geredet, aber ich hab einen wahnsinnigen Schreck gekriegt hinterher. Diese Kanaille von Jäger, ausgestattet wie von den Gebrüdern Grimm, aufgeblasen ... aber kein Grund, jemand abzuknallen. Verstehst du, ich war kurz davor, abzudrücken. Wenn du sagst, daß ich die richtigen Konsequenzen ziehen soll, hilft mir das wenig. Mit Wut und Haß und einer durchgeladenen Knarre in der Hand kommst du verdammt in Versuchung. Ich hab Schiß davor, noch mal in so eine Situation zu kommen. Es beruhigt mich nicht, daß ich diesmal noch die Kurve gekriegt habe. An der Situation war jedenfalls nichts Heroisches.«

»So hab ich das auch nicht gesehen. Die Hilflosigkeit, das Zwanghafte in so 'ner Situation, das hab ich auch mitgemacht, als ich aus dem Wagen raus bin und Lore zurücklassen mußte.« Er hält das Weinglas am Stil, die eben noch glatte Oberfläche des Weins wird vom Zittern seiner Hand wellig. Ich fühle mich nicht wohl in meiner Haut.

»Du hast recht, Fehler lassen sich nicht vermeiden. Aber wenn wir uns mit Bullen oder mit Jägerheinis duellieren müssen, heißt das doch, daß wir Scheiße gebaut haben, findest du nicht?«

Er ist ernst, nickt. »Klar, das stimmt. Vor allem jetzt in der Vorbereitungsphase müssen wir vorsichtig sein und dürfen uns nicht in unnützen Gefechten verzetteln.«

Die Betonung liegt auf »jetzt«, und daran stört mich was. Ich hake nach. »Wie meinst du denn das? Du sagst, ›jetzt könnten wir uns das nicht leisten‹. Meinst du etwa, daß so was später anzustreben ist?«

Hans wird ärgerlich. »Was heißt anstreben, es wird unvermeidlich so kommen, wenn wir den Kampf eskalieren und ein militärisch ernstzunehmender Faktor werden. Statthalter Schmidt wird nicht tatenlos hinnehmen, daß es Flöhe gibt, die ihn vor den Augen seiner Pentagon-Bosse beißen. Wenn die Dinge sich entwickeln, wenn wir an Kampfkraft gewinnen, wirst du es an allen Ecken und Enden mit Bullen zu tun haben. Die werden versuchen, aus jedem braven Bürger einen Hilfssheriff zu machen, das kommt unausweichlich!«

»Mag sein, daß die Eskalation so läuft, wie du es eben entwikkelt hast. Ich frage mich nur, ob wir das als Gruppe überstehen werden. In diesem Land ist schon mehr als einmal Friedhofsruhe hergestellt worden, das weißt du auch. Ich glaub nicht mal, daß uns die Auseinandersetzung mit den Bullen das Genick bricht, jedenfalls nicht unmittelbar. Aber die Hilfssheriffs, von denen du geredet hast, die Spießbürger, die nach Ruhe und Ordnung verlangen, das wird uns aufreiben.«

Der Kellner kommt und bringt uns das Essen.

Hans sortiert das Fleisch und das Gemüse auf seinem Teller. Er sucht nach einer passenden Erwiderung. »Wenn du nicht bei der Geschichte mit Annas Verletzung soviel Mut gezeigt hättest, würde ich dich wegen dieser blöden Bemerkung auseinandernehmen. Nach Lores Tod hab ich auch zwischen Fatalismus, Zweifeln und Haß geschwankt, deswegen laß ich dir's durchgehen. Wir werden natürlich nicht blind eskalieren, sondern gezielt. Trotzdem ist klar, daß die Gegenseite Macht demonstrieren wird. Wie weit das gehen wird, bestimmen wir mit dem Grad, mit dem wir unsere Fähigkeit zum Kämpfen und Zuschlagen entwickeln. Mann, wir wollen die Revolution, wir wollen die Machtfrage stellen, erinnerst du dich?«

Ich will kein weiteres Wortgefecht mit ihm, also lenke ich ein: »Okay, das war mißverständlich. Ich meine, daß eine Eskalation, zur falschen Zeit vom Zaum gebrochen, fatale Folgen haben wird. Das würde sich nicht nur auf die Gruppe auswirken, das betrifft auch die gesamte legale Linke.«

Ich unterbreche, um ihm Gelegenheit zum Einspruch zu geben, aber er sagt nichts. »Aber sag mal, die Geschichte mit Anna ist doch nicht der einzige Grund, daß wir hier sitzen, oder?«

Hans bemüht sich konzentriert um das Zerschneiden seines Fleischstücks, er antwortet, ohne aufzusehen: »Richtig, da ist noch etwas anderes zu besprechen. Was ich dir sage, habe ich mit Anna und Flipper abgestimmt. Wir haben beschlossen, daß das vorläufig nicht allgemein erörtert werden soll.«

Hans macht eine kurze Pause. Für ein paar Augenblicke sind wir beide mit dem Essen beschäftigt. Dann sieht er mich ernst an: »Wir haben bei uns Probleme. Es gibt einige im Kommando, die mit dem Tempo offenbar nicht mitkommen. Es würde nichts bringen, wenn ich dir die Namen aufzähle. Ich glaube nicht, daß es ein generelles Problem ist. Nur, die Gefangenen haben mit dem Hungerstreik begonnen, und wir müssen die Aktion auf die Beine stellen, bevor es einen Toten gibt. Deswegen können wir auf zögerliche Haltungen keine Rücksicht nehmen. Bleibt die Frage, wie das Problem zumindest zeitweise gelöst werden kann, wenn die Aktion wirklich läuft. Du verstehst?«

Ich bin ehrlich erstaunt, und das schlägt sich in der Betonung nieder: »Nein, so ganz versteh ich das nicht. Warum soll das Problem nicht allgemein diskutiert werden?«

Hans hält inne beim Essen. »Das liegt doch auf der Hand. Wir wollen nicht, daß die Verunsicherung um sich greift. Wir werden in der nächsten Zeit viel zu tun haben, da können wir nicht auch noch Psychotherapie betreiben. Einen weiteren Gesamttreff zu organisieren, nur weil sich drei oder vier Leute in die Hose machen, wenn es ernst wird? Das würde viel zuviel Zeit und Aufwand beanspruchen, das müssen wir anders lösen.«

Ich werde langsam unruhig, weil Hans so unkonkret bleibt. »Und was heißt das, was genau habt ihr denn überlegt?«

»Wir denken, daß wir eine exaktere Arbeitsaufteilung einführen müssen. Es gibt ja genug Kleinkram zu erledigen, der die Leute beschäftigt, ohne so gefährlich zu sein, daß sie die Panik kriegen. Wenn die Aktion läuft, müssen sie so schnell wie möglich raus ins Ausland.« Hans zögert einen Moment. »Vielleicht sollte man auch bei dem einen oder der anderen von eurer Gruppe überlegen, ob er oder sie nicht besser aus dem Verkehr gezogen wird, bevor es zur Sache geht. Was meinst du?«

Ich weiß genau, wen er meint. »Wenn du damit auf Pelle und Anita anspielst, dann laß dir gesagt sein: Die haben sich bei der Aktion sehr gut verhalten. Nur weil sie in einigen Punkten nicht deiner Meinung sind, kannst du sie doch nicht einfach abschieben. Ich seh es genau anders. Wenn es kritische Anregungen gibt, Einwände oder Bedenken, dann kann es der Aktion nur nützen, wenn sie offen ausgesprochen und diskutiert werden. Du hast vorhin gesagt, wir müßten aus Fehlern lernen und dürfen keinen zweimal machen! Es kann nicht die Konsequenz aus dieser Überlegung sein, sich alle Opposition vom Hals zu schaffen. Ich finde, das ist ein Mißbrauch der Kommandostruktur. Ich will nicht über ›absetzen‹ reden, wenn damit gemeint ist, daß abgeschoben werden soll. So geht's nicht!«

Hans ist wütend und gibt sich keine Mühe, es zu verbergen. »Ich hab Anna gleich gesagt, daß man mit dir nicht darüber reden kann. Von wegen Mißbrauch der Kommandostruktur, du spinnst! Wir sind schließlich kein jakobinischer Disputierclub. Wir wollen eine Aktion durchführen und unsere Gefangenen befreien. Wenn das einigen zu heiß ist, dann sollen sie gefälligst gehen. Wir können nicht warten, bis auch der letzte überzeugt ist. Bis dahin sind die Gefangenen tot. Ich kapier dich einfach nicht. Auf der einen Seite betonst du immer, wie sehr du mit den

Stammheimern befreundet bist, auf der anderen Seite zögerst du, als ob wir alle Zeit der Welt hätten.«

Jetzt halte auch ich mich nicht länger zurück. »Ja, ich zögere, und ich zögere gerade deshalb, weil ich die Stammheimer raus haben will aus dem Knast. Wir haben nur diese eine Aktion, einen zweiten Anlauf wird es nicht geben. Fehler können wir uns also nicht leisten, und die, die wir im Laufe der Aktion machen, sind höchstwahrscheinlich irreparabel. Wenn deswegen Unsicherheiten über den Ablauf der Aktion bei mir aufkommen, will ich sie zur Sprache bringen können. Wenn du wirklich sicher sein willst, auf keine Opposition mehr zu stoßen, wirst du mich auch abschieben müssen.«

Sobald es Hans geschafft hat, einen zu provozieren, wird er selber völlig ruhig und kaltschnäuzig. »Was ich dir vorgetragen habe, ist nicht nur meine Meinung, obwohl ich keine Schwierigkeiten damit habe, zuzugeben, daß die Idee von mir stammt. Vergiß bitte nicht, daß Anna und Flipper dem zugestimmt haben!«

Er wartet, daß ich noch was sage. Ich habe keine Lust mehr, ich würde mich nur aufregen, und das wäre Wasser auf seine Mühlen.

Hans räuspert sich und sagt in mildem Tonfall: »Unsere Differenzen ändern nichts an dem, was ich eingangs gesagt habe. Ich bin dir dankbar, daß du Anna rausgeholt hast, da bin ich dir was schuldig.«

Ich kann mich nicht zurückhalten: »Du bist mir nicht die Bohne schuldig. Anna hätte ich so oder so geholfen... und auch jedem anderen in der Gruppe!« Beinah hätte ich noch hinzugefügt: »selbst dir«, aber das schlucke ich runter.

Schweigend essen wir auf, zahlen und gehen. Am liebsten würde ich jetzt nicht in die Wohnung zurückkehren, sondern allein durch die Stadt laufen. Wortlos ziehen wir zurück zur Wohnung.

25 Kohle

Es ist kalt. Eine beißende Kälte, der die Feuchtigkeit entzogen ist. Mit dem dünnen, grauen Trainingsanzug, den ich trage, bin ich kaum geschützt vor der Kälte, aber heute nacht wird es auf

Schnelligkeit und Beweglichkeit ankommen, und dafür ist diese Bekleidung gerade richtig. Ich öffne das beleuchtete Handschuhfach und sehe auf die Uhr. Noch fünf Minuten. Ich nehme mir vor, nach dieser Aktion eine Uhr mit großen Leuchtziffern zu kaufen.

Renate rutscht unbehaglich auf dem Fahrersitz herum. »Saukalt!« Der Feststellung ist nichts hinzuzufügen, also hänge ich weiter meinen Gedanken nach. Die Kälte gefriert sogar die Aufregung, die sonst vor einer Aktion alles andere verdrängt. Die letzten zehn Tage waren eine Mischung aus durchorganisierter Planung und hektischem Chaos. Es gibt keinen Hobbymarkt in und um Frankfurt, in dem ich nicht gewesen bin. Aus einem Zimmer in einer der uniformen Neubauwohnungen, die wir für diese Aktion angemietet haben, ist binnen einem Tag eine Werkstatt geworden. Zwei verschiedene Rahmen sind dort aus U-Profil-Blechen zusammengeschweißt worden. Der größere Rahmen hat das Maß 1,20 x 0,70 Meter, er soll das Loch in die Eingangstür zum Vorraum der Bank sprengen. Der kleinere Rahmen hat das Format 60 x 60 Zentimeter, mit ihm wollen wir die Blechtür des Nachttresors öffnen. Beide liegen fertig montiert, mit Plastiksprengstoff gefüllt und mit Elektrozündern bestückt hinten im Kombi. Wir parken in einer Nebenstraße der Frankfurter Zeil und warten darauf, die Gebilde einsetzen zu können.

Bis die Rahmen fertig waren, hatte es mehrerer Probesprengungen bedurft. Wir haben extra bei einem Glaser ein 1 x 1 Meter großes Stück Panzerglas gekauft und daraus auf Anhieb ein halbmetergroßes Viereck herausgesprengt. Beim gleichen Versuch auf dicken Stahlblechplatten hatte es Schwierigkeiten gegeben. Unsere ersten Sprengrahmen wollten nur Beulen produzieren. Die Plastikladung sprengte die Rahmen in tausend Stücke, aber kein Loch in das Blech, so wie wir es wollten. Auch ein Rahmen aus größerem U-Profil-Blech, der noch mehr Sprengstoff aufnehmen konnte, bewirkte nur die eigene systematischere Zerstückelung, nicht aber das erhoffte Loch in der Blechplatte. Ich war nahe dran zu glauben, daß die Sprengung mit diesem Plastiksprengstoff nicht machbar sei. Irgendwann bei meinen nächtlichen Basteleien in der Werkstatt war mir dann siedendheiß eingefallen: das Hohlladungsprinzip! Der Sprengstoff muß gerichtet, quasi in die Richtung fokussiert werden, in die er wirken soll. Am nächsten Morgen ging ich los, um für das größte U-Profil, das wir hatten, ein kleineres L-Profil als Einlage zu besorgen. Der Sprengstoff sollte wie ein Dreieck im Rahmen eingebettet werden. Die Sprengkapseln durften nicht mehr in der Mitte des Sprengstoffes stecken, sie mußten im spitzen Winkel des L-Profils liegen. So wird die Sprengkraft fokussiert durch die Form des Rahmens. Schon der nächste Versuch mit einer fünf Millimeter dicken Stahlplatte war erfolgreich. Ein fransiges, aber der Form des Rahmens entsprechendes Loch wurde aus der Platte herausgesprengt.

Die Sprengversuche waren jedesmal ein Abenteuer für sich. Als Übungsgelände diente uns eine entlegene und seit Jahren nicht mehr benutzte Kiesgrube. Doch die Explosionen waren so laut, daß wir uns nur kurz vom Erfolg oder Mißerfolg überzeugen konnten und dann für eine Stunde im umliegenden Wald verschwinden mußten. Erst wenn alles ruhig blieb, konnten wir eine weitere Sprengung wagen.

Zum Schluß mußten wir noch ein weiteres Problem lösen. Bei unseren Probesprengungen hatten wir Panzerglas- und die Stahlblechplatten samt Rahmen flach auf die Erde gelegt. Bei der Aktion müssen die Rahmen jedoch senkrecht am Glas der Eingangstür und an der Blechtür des Nachttresors angebracht werden. Das muß blitzschnell gehen, denn Zeit haben wir keine. Die Aktion selber darf höchstens drei Minuten in Anspruch nehmen. Bei dem großen und wuchtigen Rahmen für die Eingangstür hat sich das Problem paradoxerweise am schnellsten gelöst. Das Panzerglas ist in einem Türrahmen eingelassen, auf den wir den Rahmen stellen können. Oben an die Ecken habe ich doppelseitig haftendes Teppichklebeband geklebt. Da das Gewicht des Rahmens auf der Einfassung der Tür ruht, reicht das Klebeband, um den Rahmen nicht umfallen zu lassen.

Mit dem kleinen Rahmen für die Stahlblechtür des Nachttresors war es schwieriger, denn die Tür, die uns vom Geld trennt, ist rahmenlos eingelassen. An der Tür eines Kühlschranks, der uns als Versuchsobjekt diente, probierten wir aus, wie der Rahmen angebracht werden könnte. Wir versuchten es zuerst mit allen möglichen Magneten, aber die konnten das Gewicht nicht halten, oder es wurden so viele, daß der Rahmen selbst kaum noch transportabel war. Nachdem ich fast einen Tag erfolglos in Bastelbedarfs- und Heimwerkerläden herumgewühlt hatte, fand ich schließlich eine mit Saugnäpfen bestückte Handtuchstange, zur Befestigung an gekalkten Badezimmerwänden gedacht. Die Stange besteht aus billigem, verchromten Blechrohr, hält aber wegen der großen Saugnäpfe ein ziemliches Gewicht. Ich habe zwei Stück gekauft, was mir den verwunderten Blick der Kassiererin eintrug. Ich muß gleich zwei Exemplare des ältesten Ladenhüters erworben haben. Als ich den Laden verließ, amüsierte mich der Gedanke, daß die beiden potthäßlichen Dinger uns den Weg zu einer halben Million Mark freimachen werden.

Jetzt liegt der mit den Handtuchhaltern verschweißte Rahmen hinten im Kombi. Er wird sich gleich bewähren müssen. »Es ist soweit.« Renates Hinweis holt mich in die Gegenwart zurück.

Wir geben uns einen Kuß. In den letzten Tagen ist die Mauer zwischen uns allmählich zerbröckelt, obwohl wir über die Steinbruchaktion nicht mehr geredet haben.

Ich steige aus. Aus dem Fahrzeug vor uns kommen Pelle, Anita und Jürgen dazu. Hans verschwindet in der Passage, die die Nebenstraße kaum drei Meter vom Bankeingang entfernt mit der Zeil verbindet. Er hat einen weiten Trenchcoat an, unter dem sein Heckler & Koch-Sturmgewehr kaum zu sehen ist. Er wird die Aktion decken und sieht jetzt nach, ob noch Fußgänger auf der nächtlichen Zeil unterwegs sind. Zu dieser Stunde nachts um halb zwei ist die Wahrscheinlichkeit gering. Wir haben diese Zeit als die ruhigste ermittelt. Einige Checks zu Fuß und das Abhören des Polizeifunks haben den ersten Eindruck bestätigt.

Ich öffne die Hecktür des Kombis und nehme eine Tasche heraus. In der Tasche ist die Batterie zum Zünden der beiden Sprengrahmen, eine Kombizange, um eventuell das herausgesprengte Stahlblechstück aus dem Nachttresor zu ziehen, und ein großer Hammer, damit wir nachhelfen können, falls das herausgesprengte Stück doch an einer Ecke hängenbleiben sollte. Ich stelle die Tasche ab und nehme den kleineren Sprengrahmen, der mit den Handtuchhaltern verschweißt ist, aus dem Laderaum und hänge ihn mir über die Schulter. Dann trete ich zurück, um Pelle und Jürgen Platz zu machen, die den großen Rahmen herausziehen und damit sofort in der Passage verschwinden. Anita schließt die Kombitür. Sie wird den zweiten Wagen fahren, einen viertürigen Peugeot. Die Passage wird nur von einigen Schaufenstern beleuchtet. In zwei Minuten werden

Renate und Anita die Motoren anlassen, von da an läuft die Zeit, die drei Minuten, die wir uns für die Aktion gegeben haben.

Vorn, wo die Passage auf die Zeil mündet, steht Hans. Er nickt uns zu. Bisher ist alles völlig schweigend abgelaufen. Wir haben das alles so oft durchgespielt und durchgesprochen, jeden Griff geübt, die beiden Rahmen zigmal an die Zimmertür und am Kühlschrank montiert, daß es jetzt ohne Worte geht. Ich stelle den kleinen Rahmen und die Tasche ab, dann reiße ich das Stückchen Klebeband herunter, das bisher die aufgerollten sechs Meter Kabel am großen Rahmen gehalten hat. Ich rolle das Kabel in die Passage hinein ab. Dann nehme ich die Batterie aus der Tasche und stelle sie im Eingang der Passage bereit. Jetzt brauche ich nur noch die beiden blanken Kabelenden an die Pole der Batterie zu halten und die Sprengladung explodiert. Jürgen und Pelle sehen mich an, ich nicke, und sie nehmen den großen Rahmen und gehen los. Ich halte das Kabel so, daß es nicht an der Mauerkante aufratschen kann. Die Straße ist hell erleuchtet, die Schaufenster des Bekleidungsgeschäfts gegenüber, die Straßenbahnhaltestelle, alles ist mit Neonröhren bestückt, die kaltes Licht verbreiten. Wir agieren mitten auf einer von Flutlicht ausgeleuchteten Fläche, eigentlich Wahnsinn. Aber weit und breit ist niemand zu sehen, nur von der Hauptwache her wird für einen Moment ein Motorbrummen lauter und verliert sich dann in einer Nebenstraße.

Das laute Klacken, als Jürgen und Pelle den Rahmen an die Eingangstür der Bank drücken, ist das Zeichen für mich, das eine Kabelende vorsorglich an den Pluspol der Batterie zu drükken. Das andere Ende halte ich bereit. Jürgen und Pelle kommen zurückgehastet. »Sitzt, paßt, wackelt und hat Luft! Ab dafür.« Pelle kniet sich neben mir nieder, sprungbereit, während Jürgen den kleinen Rahmen aufnimmt. »Hans, geh lieber ein Stück zurück!« Ich warte, bis er zurückgetreten ist, dann drücke ich das zweite Kabelende an den freien Pol. Ein Wahnsinnsknall, Zerbersten und Klirren von Glas, das nicht aufhören will. Ein Glassplitterschauer schießt zusammen mit dem Qualm der Sprengung aus dem Eingangsbereich der Bank auf die Straße. Für einen Sekundenbruchteil sind wir alle betäubt, dieser Knall war hundertmal lauter als unsere Versuchssprengungen, er muß die halbe Stadt geweckt haben. Aber jetzt ist keine Zeit für zögerliche Überlegungen. Es ist Jürgen, der sich als erster aus dem Bann der Explosion löst und mit dem kleinen Rahmen an Pelle und mir vorbei um die Ecke hastet. Wir folgen ihm.

Die Eingangstür zur Bank ist einfach weg, der Vorraum total dunkel. Die Explosion hat offenbar die Neonröhren zerfetzt. Daran haben wir nicht gedacht. Aber es kommt von draußen genug Licht. Wir gehen hinein. Es knirscht unter unseren Sohlen. Ich habe die Ladung ein bißchen reichlich berechnet, sie hat das Glas der Tür regelrecht pulverisiert. Jetzt sehe ich auch den Türrahmen. Er liegt grotesk verbogen im hinteren Teil des Vorraums der Bank. Jürgen und Pelle sind schon dabei, den kleinen Rahmen an die glatte Stahlblechtür des Nachttresors zu drükken. Die Saugnäpfe fassen, der Rahmen sitzt fest und die beiden hasten nach draußen. Ich selbst habe das aufgerollte Kabel genommen und beginne es abzuwickeln. Draußen steht Hans, er hat die Batterie und die Tasche gebracht. So war es abgesprochen. Ohne auf irgend etwas um mich herum zu achten, drücke ich kniend die beiden Kabelenden an die Pole, und wieder gibt es einen Knall, diesmal dumpfer, aber immer noch laut genug, uns zusammenzucken zu lassen. Rauch quillt aus der Eingangstür der Bank. Hans hat jetzt das Sturmgewehr unter dem Mantel hervorgeholt und steht damit offen auf der hell erleuchteten Straße. Er sichert nach allen Seiten, aber es tut sich nichts. Pelle und Jürgen stürmen zurück in die Bank. Ich nehme die Tasche und folge ihnen.

Es ist so verqualmt im Vorraum, daß wir husten müssen. Der süßliche Geruch von verbranntem Teppichboden und explodiertem Sprengstoff beißt in der Nase und läßt die Augen tränen. Im Nachttresor klafft ein sauber herausgestanztes Loch. Jürgen greift hinein, zuckt zurück, greift dann aber entschlossen nach. »Verdammt, das glüht ja«, zischt er durch die aufeinandergebissenen Zähne. »Gib mal die Zange!« Ich habe sie schon in der Hand und gebe sie ihm. Einen Moment hantiert er damit in der Öffnung herum, dann kommt etwas Dunkles zum Vorschein, das er seitlich aus der Öffnung zieht und hinter sich wirft. Achtlos läßt er die Zange fallen, greift wieder hinein . . . und nun kommt die erste Geldkassette zum Vorschein. Ich habe inzwischen die Tasche abgestellt, nehme ihm die Kassette ab und verstaue sie. Pelle, der an der Tür steht und nach draußen guckt, sagt laut: »Noch eine Minute, beeilt euch, es wird knapp.« Eine Kassette nach der anderen verschwindet in der Tasche. Jürgen steckt jetzt immer abwechselnd den linken und rechten Arm durch die Öffnung, damit es schneller geht. Die Tasche füllt sich, ich schmeiße den Hammer raus, um Platz zu schaffen. Es sind mehr Kassetten, als wir gedacht haben. Einige klappern und sind schwer, andere wiegen fast nichts. Gerade als ich Jürgen eine weitere abnehme, gibt Pelle das Kommando: »Aus, Ende, machen wir, daß wir wegkommen.« Jürgen zögert, sagt: »Da ist noch mehr drin!«, aber ich ziehe ihn am Arm und stehe auf.

Die Tasche ist verdammt schwer, und ich habe Angst, daß die Henkel ausreißen. Ich presse sie mir an den Bauch und stolpere hinter Pelle hinaus auf die hell erleuchtete Zeil. Hans steht sichernd mitten auf der großen Straße und folgt uns halb rückwärts in Richtung Passage.

Wir hören ein lauter werdendes Tatütata, dessen Richtung noch nicht auszumachen ist. Die Bullen! Wir haben wirklich keine Sekunde zu verlieren! Aus schnellen Schritten wird bei den anderen Laufen. Ich darf nicht laufen, sonst fällt mir der Kassettenberg aus der Tasche. Ich gehe, so schnell ich kann. Nur Hans ist die Ruhe selbst. Als ich mich umwende, sehe ich, wie Hans rückwärts hinter mir geht, das Sturmgewehr im Anschlag auf den Passageneingang. Er sieht aus, als habe er sich aus einem Western hierher verirrt.

Ich hätte mich nicht umgucken sollen, denn ich komme ins Stolpern, und meine scheppernde Ladung will sich nach vorn verselbständigen. Ich kann die aufeinandergeschichtete Kassettenpyramide mit drei schnellen Trippelschritten gerade noch halten, aber eine der Kassetten rutscht heraus und fällt mit einem lauten Klirren auf den Kachelboden der Passage. Scheiße. Hans, immer noch völlig ruhig, sagt hinter mir: »Geh weiter, ich bring das Ding nach, keine Verzögerung mehr.« Ich komme aus der Passage, sehe die offene Beifahrertür des Kombis und lasse die Tasche vor den Vordersitz fallen. Renate sitzt mit einer Zigarette im Mund hinter dem Steuer, der Motor läuft. Ich blicke zurück, Hans steht breitbeinig im Passagenausgang, aus dem zuckend blaues Licht kommt. Scheiße, die Bullen sind schneller, als wir es ausgerechnet haben. Warum bleibt er stehen? Wir müssen weg! Ich schreie: »Komm endlich, verdammt!« Aber da knallen schon hintereinander fünf oder sechs Schüsse aus dem Sturmgewehr in die Passage hinein, eine ganze Salve. Erst dann rennt Hans zum zweiten Wagen. Ich werfe mich auf den Beifahrersitz, und Renate gibt im gleichen Moment Gas. Die Tür haut mir gegen den Schenkel, und ein stechender Schmerz durchfährt mein Bein. Ich ziehe es hinein, die Beschleunigung reicht aus, um die Tür zuzuschlagen. Renate brüllt wütend in das Aufröhren des Motors hinein: »Scheiße, wenn wegen der Kohle was schiefgeht, dann sollten wir uns wirklich nach 'ner anderen Betätigung umsehen. Deswegen Ärger zu kriegen ist doch das letzte.«

Ich sehe nach hinten. Die anderen folgen dichtauf. Da kommt auch schon die erste Kurve und drückt mich gegen die Tür. Die Reifen quietschen wie in einem amerikanischen Krimi. Für eine innerstädtische Flucht ist der Kombi wirklich nicht das ideale Fahrzeug. Hinter uns schleudern die anderen in die Kurve. Etwas zu weit, denn sie schrammen ein am Straßenrand geparktes Fahrzeug. Blech kreischt auf Blech, aber Anita kriegt den Wagen wieder unter Kontrolle. Noch eine Kurve, gleich sind wir am Umsteigeplatz. Ich rücke die oberen Kassetten in der Tasche so zurecht, daß ich diesmal keine Balanceprobleme befürchten muß. Renate bremst so abrupt ab, daß ich mit dem Kopf gegen das Handschuhfach krache. Etwas benommen öffne ich die Beifahrertür, steige aus und ziehe die Tasche hinter mir aus dem Fond. Ein paar Schritte vor uns steht der Lieferwagen, für alle gemeinsam das zweite Fluchtfahrzeug. Wir lassen die beiden Wagen mitten auf der Straße stehen, es ist keine Zeit zu verlieren.

Die Schiebetür des Lieferwagens ist nicht verschlossen, damit es kein unnötiges Schlüsselsuchen gibt. Ich falle mit dem von der Tasche kaum noch zusammen- gehaltenen Schatz in den Lieferraum, während Renate neben der offenen Schiebetür auf die anderen wartet. Sie hat ihre Pistole gezogen. Nacheinander steigen Pelle, Jürgen, Anita und Hans in den hinteren Raum des Transporters. Renate wirft die Tür mit einem Knall zu, geht um den Wagen herum und steigt auf den Fahrersitz. Ohne Vorwarnung fährt sie an, und wir fallen übereinander. Kaum haben wir uns entknäult, kommt eine scharfe Kurve, und der Vorgang wiederholt sich. Hans flucht: »Ich hab die Knarre noch nicht gesichert, sie geht los, wenn du so weiterrast!«

Endlich haben wir uns so verteilt, daß wir uns mit den Füßen gegeneinander stemmen können, um nicht in jeder Kurve durcheinander zu kugeln. Ich höre das Klack, mit dem Hans das Sturmgewehr sichert. »Das war aber verdammt knapp. Ihr habt dreißig Sekunden länger gebraucht, als wir veranschlagt hatten.«

Ich kann nur an den Stimmen erkennen, wer wo sitzt. Neben mir antwortet Pelle: »Kann eigentlich nicht sein, ich hab doch mitgestoppt... aber wenn du's sagst, ich kann nicht ausschließen, daß ich mich verguckt habe in der Hektik.«

Mich beschäftigt etwas anderes, und das muß ich jetzt loswerden: »Hans' Ballerei in der Passage hat uns Zeit gekostet. Sag mal, was war denn los, daß du plötzlich Django spielen mußtest?«

Von gegenüber kommt Hans' Stimme ohne eine Spur von Verärgerung. »Zwei Bullen kamen in die Passage gestürmt. Hätte ich sie weiterlaufen lassen, hätten sie von hinten auf uns schießen können. Ich hab sie festgenagelt.«

Nun mischt sich Jürgen ein: »Festgenagelt? Hast du sie über den Haufen geschossen?«

Hans zögert, sagt dann: »Nein, ich hab nicht gezielt geschossen, die sind auseinandergespritzt und haben sich flach hingeworfen. Die werden bestimmt noch eine Weile da gelegen haben. Die Salve dürfte ihnen die Lust genommen haben, Sturmtruppe zu spielen.«

Ich schäme mich. Wie er es jetzt erläutert, war sein Handeln logisch, auch wenn mein Unglauben bleibt. Einlenkend sage ich: »Sieht so aus, als wären wir noch mal davongekommen. Unseren Schatz haben wir auch, minus einer Kassette, die ist mir rausgefallen beim Rennen.«

Ein kurzer Lacher kommt von Hans. »Nix minus einer Kassette, ich laß doch nichts umkommen! Die hab ich natürlich eingesteckt!«

Alle lachen. Ein Lachen, in das sich die Erleichterung mischt, davongekommen zu sein.

Als das Fahrzeug sich plötzlich nach vorn senkt, wissen wir, daß die Aktion beendet ist. Das ist die Tiefgarage unter unserer Wohnung. Wir wollten ja eigentlich ohne Extrawohnung auskommen, aber das Einrichten der Werkstatt im gleichen Raum, in dem Annas Krankenzimmer ist, wäre nicht nur aus räumlichen Gründen nicht durchführbar gewesen.

Es scheint wirklich so, daß wir es geschafft haben. Ich bin gespannt, wieviel wir aus dem Tresor herausgefischt haben.

26 Pelle

Es ist kurz nach sechs Uhr, draußen dämmert ein neuer Tag. Die letzte Kassette ist aufgeknackt und das Geld gezählt. Dreihundertzweiundzwanzigtausend. Eigentlich sind es ja noch dreihundertfünfundsechzig Mark und fünfzig Pfennige mehr, aber die sind schon für einen Festschmaus am Abend verplant, wenn wir alle wieder aufgewacht sind.

Bis dahin werden nur Pelle und ich wach bleiben. Wir wollen den Lieferwagen um ein paar Ecken in eine riesige Neubausiedlung fahren und ihn dort in einer Tiefgarage mitsamt den leeren Geldkassetten stehenlassen. Erfahrungsgemäß dauert es ein paar Tage, bis er gefunden wird ... falls die Bullen ihn überhaupt suchen. Unsere Wohnung wird dann bereits geräumt sein, das Geld, verteilt auf einige Depots, sicher in der Erde liegen, und wir werden längst in einer anderen Stadt mit den Aktionsvorbereitungen beschäftigt sein.

Während die übrigen sich im Nebenraum auf Luftmatratzen schlafen legen, planschen Pelle und ich mit langen Haushaltshandschuhen in einer Schüssel mit Seifenlauge. Nacheinander wird Kassette um Kassette von eventuellen Fingerabdrücken gereinigt, abgetrocknet und in die schon ab- und ausgewaschene Tasche gelegt. Als wir damit fertig sind, stapeln wir über der Toilette auf dem Ofenbratrost einen Scheiterhaufen aus Banderolen, Rechnungen und sonstigem Papierkram. Einige recht hohe Verrechnungsschecks sind auch darunter, für uns sind sie wertlos. Wir verbrennen alles. Pelle flucht: »Scheiß Plastikpapier, das qualmt wie blöde. Wetten, daß diese süßlich-fette Stinke giftig ist?!«

»Schon möglich, aber unter deinen fünfzig Zigaretten am Tag fällt das bißchen Gift doch kaum auf.«

Wie die Pfadfinder ums Lagerfeuer hocken wir auf dem Kachelboden des Bads und kämpfen gegen die Müdigkeit an, während die Flammen das Papier erst schwärzen, dann aufflammen und schließlich als grauweiße Asche durch die Stäbe des Rosts fallen lassen. Ein paar winzige Ascheflocken werden von der Hitze nach oben getragen und fallen wie Schnee in die Wanne, ins Becken, auf den Boden, auf uns.

»Hat reichlich Kohle gebracht . . .«, Pelle läßt die Worte einen Augenblick so stehen, bevor er hinzusetzt: »War aber auch verdammt knapp an größerem Trouble vorbei. Lieber ein bißchen weniger, 'ne kleinere Sache eben, als 'ne Ballerei.«

Er hat recht, aber ich bin schlaff und müde und hänge lieber eigenen Gedanken nach. Pelle stochert mit der Klobürste den Haufen etwas auf, damit das Feuer auch ins Innere kommt. Das Ende der Klobürste ist schwarz und durch die Hitze angeschmolzen. Pelle betrachtet sie, als wenn er sich darüber wundert. »Wenn es bei der Aktion auch so läuft, dann aber gute Nacht.«

Ich habe eigentlich überhaupt keine Lust auf ein Problemgespräch. Mit abwehrendem Ton murmle ich: »Muß ja nicht so laufen. Wir lernen gerade, worin Theorie und Praxis sich unterscheiden. Da müssen wir durch.«

Aber Pelle läßt nicht locker: »Welche Theorie? Hört sich ja unheimlich politisch an . . . Das ist genau das, was ich vermisse bei uns. Wir stolpern von einer Sache in die nächste, setzen uns unter Druck und organisieren unsere Geschichten dann entlang der selbstfabrizierten Zwänge. Mir geht das alles zu hoppla, es fehlt die genaue Bestimmung. Läuft eben ohne Theorie. Bei der Ausbildung im Camp haben wir noch anders diskutiert, Kollektivität und so. Seit wir zurück sind, ist dafür keine Zeit mehr.«

Mir geht durch den Kopf, daß an dem, was er sagt, etwas dran ist. Dennoch wehre ich seine Kritik ab, um das Gespräch zu beenden. »Solange die Ziele der Aktion auf der festgelegten Linie liegen, sehe ich das Problem nicht. Außerdem, bei der Diskussion über die Aktion hast du nur praktische Bedenken vorgebracht. Inhaltlich-politische habe ich von dir jedenfalls nicht gehört.«

Pelle antwortet nicht darauf. Er steht auf und betätigt die Wasserspülung, um die angefallene Asche zu beseitigen. Während das Wasser gurgelnd im Rohr verschwindet, dreht er sich zu mir um und sagt: »Das stimmt schon, aber das lag daran, daß ich beim Treffen selber noch nicht richtig wußte, was mich stört. Hans hat mich gleich niedergemacht, wenn ich einen Einwand hatte. Aber weißt du, die Fehler, die wir machen, sind der Ausdruck unserer mangelnden Orientierung. Wenn ich nicht weiß, wo's lang geht, werde ich unsicher, und dann entstehen die Fehler. Belehre mich eines Besseren, aber ich bilde mir ein, daß es diese Sorte Unsicherheit auch bei euch gibt. Da bleibt 'ne Menge unausgesprochen. Zwischen dir und Hans zum Beispiel, das ist doch eine harte Konkurrenzgeschichte. Alles Zufall oder wie?«

Ich fühle mich angegriffen. In der Umkehrung würde es bedeuten, daß ich mitverantwortlich bin für die Ausfälle von Hans. »Hör mal, das sind aber auch keine politischen Einwände, du psychologisierst.«

Mit spitzen Fingern nimmt Pelle den heißen Ofenrost von der Toilettenschüssel und legt ihn in die Wanne. Er wedelt mit den Fingern. »Stell dich doch nicht dümmer, als du bist. Natürlich ist das auch ein politisches Problem. Kollektivität als Anspruch nach außen, aber nach innen Hierarchie. Einer übertrumpft den anderen. Und dann die Kommandostruktur, wo so viel infomäßig abgeschottet wird, daß 'ne wirkliche Diskussion gar nicht mehr laufen kann. Dazu noch die privaten Animositäten! Das ergibt zusammen 'ne solide Grundlage für einen Fehlschlag. Außerdem bestimmen wir unsere Aktionen nicht mal mehr selber. Alles, was wichtig war, kam aus dem Knast. Sicherlich, der Prozeß in Stammheim geht zu Ende, und die Haftbedingungen sind unerträglich geworden. Der Hungerstreik wird laufen, das können wir nicht verhindern. Aber was dann? Wir haben keine Einschätzung über den Tag hinaus. Was machen wir zum Beispiel, wenn die Aktion sich im letzten Moment als undurchführbar erweist? Wollen wir erst weiter überlegen, wenn das Kind in den Brunnen gefallen ist? Du kannst sagen, was du willst, ich finde, daß wir unseren eigenen Ansprüchen an bewaffnete Politik nicht gerecht werden. Wenn die bei den Haftbedingungen der Gefangenen die Schraube anziehen, zwingen sie uns zu handeln. Wir sind so berechenbar wie das Klingeln des Weckers am Morgen.«

Während er redet, duscht er mit der Brause den Ofenrost ab. Klebrige schwarze Flocken lösen sich, nur um gleich darauf an der Wand der Wanne festzubacken. Ich will einem Gespräch immer noch ausweichen. »Wenn du so weitermachst«, sage ich und nicke in Richtung Rost, »dann haben wir bald alles mit der Asche eingeschmiert, der Boden hat auch schon sein Quantum abgekriegt.«

»Scheiße, du hörst mir gar nicht zu. Der Schweinkram ist doch wirklich nicht wichtig, den können die anderen morgen früh – ich meine natürlich heute abend – jedenfalls können die die Scheiße wegmachen. Mir reicht's!« Pelle dreht das Wasser ab, läßt den Duschschlauch auf den Rost fallen und geht an mir vorbei aus dem Bad. Ich muß grinsen. Wenn Pelle richtig sauer wird, stolpert er durch seine Sätze und kriegt dabei erst richtig die Wut. Erst mal allein lassen, denke ich und gehe ins große Zimmer, um Zigaretten zu holen und das Fenster aufzumachen. Der Durchzug wird den Brandgeruch hoffentlich vertreiben.

Ich habe mich schon fertig gemacht, um den Wagen wegzubringen, da geht die Küchentür auf, und Pelle kommt herein mit Kaffee, Milch und einem Teller belegter Brote. Er benutzt das Backblech als Tablett. »Frohsinn, Frühstück, Frieden. Na ja, zumindest Waffenstillstand.«

Ich greife mir ein Käsebrot und beiße hinein.

Pelle lacht. »Ich werte das als Zustimmung. Bis der letzte Bissen runter ist, werde ich dich verschonen. Aber um nicht zuviel zu versprechen, anschließend werde ich dich weiter löchern, bis ich statt 'ner Ausrede endlich mal 'ne Antwort kriege.«

Der Montagmorgenverkehr klebt vor den Ampeln, scheibchenweise und für den Andrang viel zu langsam wird er auf Firmenparkplätze oder in Tiefgaragen gepreßt. Eigentlich die beste Tarnung, sich in der Masse zu bewegen. Die Bullen haben alle Hände voll zu tun, um den Verkehrskollaps abzuwenden. Zweimal fahren wir an leeren, auf dem Mittelstreifen abgestellten Streifenwagen vorbei.

Pelle hat die Heizung hochgedreht, um das verschlafene Frösteln zu bekämpfen. Die warme Luft macht uns nur noch müder. Bis jetzt ist es bei Pelles Drohung, das Gespräch fortzusetzen, geblieben. Er ist im gleichen Trancezustand wie ich.

Wir erreichen die Abzweigung zur Neubausiedlung und brechen aus der Schrittemposchlange aus. Durch öde Einheitsrasenflächen, die die Schlafstadtgiganten voneinander trennen, fahren wir zu einem Parkhaus. Morgens wirkt das alles deprimierender als sonst. Die drangeklebten Grünflächen können an Monotonie mit den Fassaden mithalten. Einkurven in die Einfahrt zum Parkhaus, die Spirale hinunter auf die unterste Parkebene, wo meistens Plätze frei sind, Motor abstellen. Noch einmal kurz mit einem feuchten Seifenlappen über Lenkrad, Innenspiegel, Türgriffe und den Knauf der Gangschaltung, geschafft. Bei der Aktion haben wir zwar Handschuhe getragen, aber sicher ist sicher.

Im Treppenhaus der Tiefgarage werfe ich Handschuhe und Seifenlappen in eine Mülltonne. Die kalte Luft draußen holt uns aus den Tagträumen zurück. Pelle reibt sich die Hände, klopft sich mit überkreuzten Armen vor die Brust und fragt: »Nehmen wir ein Taxi oder laufen wir uns warm?« Der Gedanke an den Stau läßt mich spontan den Fußmarsch wählen.

Wir schwimmen gegen den Strom. Die von der U-Bahn ausgespuckten Massen drängen alle in eine Richtung. Mich überkommt erneut Fremdkörpergefühl. So verspüre ich es fast jedesmal, wenn ich mich in der anonymen Menge bewege. In der Illegalität und mit der Pistole an der Hüfte nimmt die Paranoia zu. Was wäre wenn . . . ? Was wäre, wenn auf einmal die Leute stehenblieben und sich nach uns umsehen würden? Was wäre, wenn man uns erkennt? Was wäre, wenn sich einer die Belohung verdienen will? Ich bin Pelle sehr dankbar, als er die Gespenster verscheucht: »Hör mal, wegen vorhin, ich hab überlegt, ob es nicht gut wäre, auf die Schnelle doch noch ein Gesamttreffen zu organisieren. Unsere Orientierungslosigkeit läßt mir einfach keine Ruhe!«

Es braucht einen Augenblick, bis ich den Einstieg wieder finde. »Inhaltlich hab ich verstanden, was du für Bedenken hast. Ich sehe aber nicht, wie wir an diesem Zustand im Moment etwas ändern könnten. Du hast recht, die Gefangenen haben die Initiative an sich gezogen. Aber wir wollten sie doch so oder so befreien, das hat sich durch ihren Vorstoß nur beschleunigt. Auch auf einem Gesamttreffen wird das keiner anders sehen. Wenn wir jetzt versuchen, erst alle unausgesprochenen Geschichten zu bereinigen und dann auch noch über die große Perspektive zu diskutieren, wird aus der Aktion nie etwas. Wir können nicht warten, bis der erste im Hungerstreik stirbt. Aus dem Stand heraus etwas zu organisieren, dazu sind wir nicht in der Lage. Ich sehe nur die Möglichkeit, die Aktion so gut wie möglich durchzuführen, darauf müssen wir unsere Kräfte konzentrieren. Wenn die Aktion gelaufen ist, müssen wir diese Phase sowieso aufarbeiten, dann kommt alles auf den Tisch, die Konkurrenz, die Profilneurosen, und so weiter. Jetzt 'ne Auseinandersetzung vom Zaun zu brechen wird nur bewirken, daß Hans mit seiner Draufhaltementalität Oberwasser kriegt!« Ich warte und, als Pelle nichts erwidert, füge ich hinzu: »Außerdem sollten wir beide aufpassen, daß wir Hans nicht in die falsche Ecke drücken. Er fühlt sich schuldig wegen Lores Tod. Er glaubt, bei der Schießerei versagt zu haben. Das versucht er jetzt mit

Härte zu überspielen. Wenn wir es schaffen, das aufzudecken, ohne daß er's als Anmache empfindet, erreichen wir viel mehr.«

Es ist Pelle anzusehen, wie unwillig er sich auf diesen Gedankengang einläßt. Ausweichend sieht er sich um und entdeckt auf der gegenüberliegenden Straßenseite eine Bäckerei. Sein Vorschlag, ein paar Brötchen einzukaufen, ist eine Bitte um Bedenkzeit. Nachdem ich den Einkaufszettel um ein paar Joghurts erweitert habe, überquert Pelle die Straße und verschwindet im Laden.

In diesem Moment bricht die Sonne durch das dunstige Grau. Ich muß blinzeln, bis sich die Augen an das grelle Licht gewöhnt haben. Der Morgen hat sich verändert. Ein gelborangener Schimmer hat sich über die Szenerie gelegt und bringt Farbe in die angestrengten Gesichter der Vorbeihastenden. Ich denke an Morgenstunden, weit zurückliegend und wärmer als die heutige, an das Gefühl zufriedener Leere nach durchdiskutierten Nächten. Das waren »politische Diskussionen«, ganz so, wie Pelle sie jetzt gern hätte. Über die Funktion der Sozialistischen Internationale bei der Pazifizierung der Befreiungsbewegungen. Über Schmidts Helmut, dem besten CDU-Mann in der SPD, über seinen vorauseilenden Gehorsam gegenüber den Pentagon-Planern. Über die Aufrüstung nach innen, die mit der Existenz der RAF begründet wird, aber in Wirklichkeit dem Ersticken zukünftiger sozialer Konflikte dienen soll. Über den Zwang zur Rationalisierung, der mit der Einführung der Elektronik in die Fertigungsprozesse zwangsläufig verbunden ist und langfristig zu Massenarbeitslosigkeit führen muß. Darüber und über tausend andere Themen haben wir uns die Köpfe heiß geredet. Das Ergebnis waren ständig wechselnde Strategieansätze, die manchmal nur für einen Tag Bestand hatten. Irgendwann kam Mao ins Spiel, der von Haupt- und Nebenwidersprüchen sprach und für bestimmte Phasen des bewaffneten Kampfes die Konzentration auf die Hauptwidersprüche für notwendig hielt. Also selektierten wir alle bisherigen Ergebnisse erneut, und übrigblieb, daß sich unsere Angriffe gegen den US-Imperialismus und seine Militärmaschinerie richten müßten. Wir waren wieder so schlau wie am Anfang.

Zum zweiten Mal an diesem Morgen bin ich Pelle dankbar, daß er mich aus meinen Gedanken holt. Mit zwei Plastiktüten in den Händen kommt er im Slalom zwischen den Autos zurück.

Im Vorübergehen drückt er mir eine Tüte in die Hand und zieht mich am Arm mit. »Ich hab in der Bäckerei die Nachrichten im Radio gehört. Wegen der Bank gibt es reichlich Wirbel. Es war gleich die erste Meldung. Sie bringen die Bank mit dem Steinbruch in Zusammenhang und schreiben beides uns zu. BKA und Bundesanwaltschaft haben sich in die Ermittlungen eingeschaltet. Sie haben die Leute aufgerufen, in der Nachbarschaft zu spitzeln, weil sie eine konspirative Wohnung im Rhein-Main-Gebiet vermuten.«

»Haben sie etwas zu der Schießerei gesagt?« Ich zwinge mich, ruhig und langsam zu gehen und bremse damit auch Pelle etwas.

»Nein, die sagten nur, daß ein Bulle durch Glassplitter am Oberarm verletzt wurde und die Täter sich durch rücksichtslosen Schußwaffengebrauch der Festnahme entzogen hätten. Du kennst ja die Stimmungsmache.«

Ich versuche mir vorzustellen, wie ich reagiert hätte, wenn ich die Nachricht im Geschäft hätte mitanhören müssen. Ich weiß nicht, ob ich ruhig geblieben wäre. Dieser Gedanke veranlaßt mich, noch langsamer zu gehen. »So bringen sie's meistens, kein Grund, die Paranoia zu kriegen. Für eine Nacht ist die Bude noch allemal gut, selbst wenn sie heut abend im TV die Fahndungsfotohitparade bringen. Oder siehst du das anders?«

»Eigentlich nicht«, Pelles Blick hört auf, herumzugeistern, »aber für einen Augenblick habe ich mich wie gefangen gefühlt, wie in einem Riesennetz, das du nicht siehst, von dem du aber weißt, daß es da ist. Klar, die Bude ist noch sicher. Nur die Siegesfeier heute abend sollten wir besser absetzen.« Ich denke, er hat recht.

27 Lore

Wir haben Frankfurt ohne große Feier verlassen. Auch die Diskussion, die Pelle unbedingt wollte, hat nicht stattgefunden. Wir haben rational gehandelt, alles saubergemacht und die Kohle untereinander verteilt für den Fall, daß es beim Abgang Ärger gibt. Selbst wenn sie einen von uns fangen sollten, das Geld, das die übrigen durchbringen, wird allemal reichen. In den Meldungen wird es später heißen, wir hätten kaltblütig gehandelt... Wir wissen es besser. Es war pure Angst, die nur in Schach gehalten wurde von dem Zwang, voreinander nicht das Gesicht zu verlieren.

Ich fahre den gestohlenen Wagen, den Hans und ich nach Essen bringen sollen. Es bringt Spaß, die Kilometer zu fressen. Ich hätte Lust, immer so weiter zu fahren, raus aus diesem Land, weg von allen Zwängen. Die Realität heißt Hans und sitzt neben mir. Sein Gesicht haben sie gestern abend in der Tagesschau als erstes gezeigt. Seit der Schießerei, bei der Lore ermordet wurde, ist er der »meistgesuchte Top-Terrorist«, der »Killer«, die Nummer eins ihrer Hitparade. Dabei war er der einzige, den das Riesenaufgebot an Sonderkommissionen, die Appelle an die Bevölkerung und die Bilder von den Straßensperren kaltgelassen haben. Bei ihm ist durch Lores Tod mehr kaputtgegangen, als er selber ahnt, dessen bin ich mir inzwischen sicher.

Hans zündet zwei Zigaretten an und gibt mir eine. »Halte dich besser an die Geschwindigkeitsbegrenzung. Die Dubletten an der Karre halten einer genauen Kontrolle nicht stand.« Ich gehe runter vom Gas. Der Satz hat schon wieder gereicht. Ich möchte seine Fassade durchbrechen, frage mich aber gleich, ob das nicht die Konkurrenzgeschichte meinerseits ist.

»Wie kommst du damit zurecht, daß sie dich jetzt voll auf der Pfanne haben?« Ein kurzer Blick zur Seite, Hans hat sich ausgestreckt, seine Augen sind geschlossen.

»Soll ich dir was verraten - es ist mir scheißegal!«

Er will nicht reden, aber ich lasse nicht locker. »Und Lore?«

Das war das Stichwort, er richtet sich auf, reißt den Aschenbecher fast aus der Halterung.

»Lore, verdammt noch mal, Lore... Und alles andere auch. Die oder wir, so war die Situation, was hätte ich denn tun sollen? Die Machtfrage stellen, kein Hinterland lassen und den Kampf eröffnen, das wollten wir doch? Na also, jetzt kriegen wir die ersten Antworten, auch wenn sie uns nicht gefallen. Sie nehmen uns tatsächlich ernst, darauf waren wir wohl gar nicht vorbereitet...«

Der sarkastische Unterton ist neu, oder er ist mir bisher entgangen. Ich schwanke, ob ich es dabei belassen soll, kann mir aber die nächste Bemerkung nicht verkneifen. »Das hört sich nicht besonders optimistisch an.« Ohne ihn anzusehen, spüre ich, wie er wieder dichtmacht. Er bereut den kurzen Einblick, den er mir gewährt hat.

»Was heißt hier Optimismus, wir haben uns verflucht romantische Vorstellungen gemacht, was das ist und wie das läuft mit der Revolution. Aufgebauschte Gefühlsduselei hat keinen Bestand, Mythos, Pathos, alles Schatten, die aus den Nischen kriechen, wenn man selbst nicht ernst nimmt, was man macht. Manchmal glaube ich, wir sind viel zu egoistisch, um realistisch zu sehen, was wir sind, eine vorübergehende Erscheinung auf dem Weg zum Ziel. Sie werden uns verhaften, einige von uns werden draufgehen, ein paar werden auch umkippen und die Seite wechseln, danach machen andere weiter. Wenn sie ein bißchen was lernen können aus unseren Fehlern, dann haben wir schon viel erreicht. Eigentlich zählt nur die Kontinuität, der Prozeß in der Gruppe. Das ist wichtiger als deine oder meine augenblickliche Stimmung.«

Er muß sich selber von der Richtigkeit dessen überzeugen, was er sagt. Bei mir siegt die Neugier. »Das klingt, als wenn du dir etwas ganz anderes vorgestellt hast, als du in die Gruppe gekommen bist?«

Hans lacht wie über einen schlechten Witz. »Oh, Mann, wenn ich dir von meinen kindlichen Träumen erzähle, wirst du es kaum glauben. Bis ich zur Uni kam, lief bei mir alles völlig glatt. Meine Eltern gutbürgerlich und liberal, die Schule problemlos, mehr Taschengeld, als ich brauchte, Freundinnen konnte ich mitbringen, und sie durften sogar bei mir übernachten, es gab einfach nichts, an dem ich mich hätte reiben können. Damals war ich politisch zwar nicht desinteressiert, aber sozialistische Ideen habe ich wirklich nicht gehegt. Das fing erst an, als wir im historischen Seminar an der Uni über deutsche Revolutionsbewegungen gearbeitet haben. Bauernkriege, Buntschuh, industrielle Revolution, bürgerliche Revolution zur Überwindung der Feudalstruktur, diesen ganzen Quatsch eben. Ich habe schwer geschleppt an den humanistischen Bildungsgütern, aber irgendwann ließ sich das Aufwachen in diesem Land, fünfundzwanzig Jahre nach der perfekten Mordmaschine, einfach nicht mehr vermeiden. Und dann entdeckst du, daß wir schon wieder drauf und dran sind, den nächsten und endgültigen Knall vorzubereiten. Aber mit meinem geschichtlichen Wissen im Kopf ging erst einmal alles streng legalistisch bei mir ab. Die Revolution wird natürlich von den Massen gemacht. Also rein in eine der vielen Parteien des Proletariats. Da waren dann all die anderen idealistischen Traumtänzer von der Uni, nur kein Proletarier. Kleinbürger auf der Suche nach ihren verlorenen Privilegien, wenn du mich heute fragst. Und entsprechend gründlich haben wir uns dann auch organisiert. Wir hätten es mit jedem Fußballverein aufnehmen können. Kassenwart, erster Vorsitzender und zwei Vizepräsidenten, Vereinsausflug zum ersten Mai und gemütliches Beisammensein, aber natürlich alles hochpolitisch. Nur die dummen Massen fanden echte Fußballvereine und die Kleingärtnerei viel interessanter. Keiner hatte Interesse an unseren strategischen Spielchen mit der Weltrevolution. Ich war einer der letzten, denen bewußt wurde, mit wieviel Inbrunst wir der Inzucht frönten.« Es ist der gleiche sarkastische Ton wie vorhin, aber von einem Satz auf den anderen fällt der Unterton weg. Ich habe Hans schon verzweifelt und außer sich erlebt, aber noch nie hat er so traurig geklungen. »Auf einmal war ich wieder auf der Suche, die Illusionen waren geplatzt, und ich war viel vorsichtiger geworden. Da bin ich Lore begegnet ...«

Ich bin überrascht, bisher habe ich gedacht, daß sich die beiden erst in der Gruppe kennengelernt haben. Hans sieht mir die Überraschung an. »Das war keine richtige Beziehung damals zwischen uns. Wir kamen aus zu unterschiedlichen Ecken. Lore war zwar auch an der Uni, aber sie kam auf dem harten Weg, Abitur in Abendkursen, während sie tagsüber am Fließband Schreibmaschinen zusammenbastelte. Sie war viel weiter als ich, viel härter, ohne den ganzen Schmus, den ich mit mir rumschleppte.«

Er wird noch leiser, spricht mehr mit sich selbst. »Sie hat mich abblitzen lassen damals, fand mich nur komisch, einen von diesen romantischen Spinnern halt. Und das war ich auch. Sie dagegen eine Frau, absolut entschlossen, das erschien mir damals wie Besessenheit. Stadtguerilla und Imperialismusanalyse, bei allen Themen signalisierte sie mir, daß sie, was meine Person anging, Aufklärung für vergebene Liebesmühe hielt. Wenn sie mir riet, was Bestimmtes zu lesen oder mir den und den Film reinzuziehen, habe ich es meist auch gemacht. Anfänglich war das weniger wegen der Inhalte, ich wollte einfach zu ihrer Welt Zutritt kriegen. Eines Tages war sie plötzlich verschwunden, einfach weg ohne Ankündigung. Niemand konnte mir sagen, wohin sie gegangen war. Es gab geheimnisvolle Gerüchte, ›sie sei untergetaucht‹, oder Wunschgedanken wie ›sie wäre in ein Land der Dritten Welt gegangen‹, selbst von ›verliebt-verlobt-verheiratet‹ wurde gemunkelt. Keiner wußte was, aber jeder konnte dir was erzählen.« Hans unterbricht und zündet eine Zigarette an der anderen an.

»Ihr Abgang hat mir den Rest gegeben, und nach kurzer Zeit war mir auch klar, warum sie ohne Ankündigung weg ist. Es hat nur ein paar Tage gebraucht, dann war Lore kein Thema mehr. Jeder hatte sich eine plausible Erklärung für ihr Verschwinden zurechtgelegt, so in der Art, daß bei ihrem abstrusen Politikverständnis kaum etwas anderes zu erwarten war. All die Leute, mit denen ich bis dahin zu tun hatte und die ich für meine Genossen hielt, haben sich über Nacht als oberflächlich entlarvt. Da habe ich begonnen, Lores kleinen Tips systematisch nachzugehen. Ich habe gelesen und war auf Veranstaltungen, bin zu Demos gegangen und lernte schließlich neue Leute kennen. Dann habe ich gehört, Lore sei in Hamburg, um die Arbeit von Gruppen zu organisieren, die sich mit den Haftbedingungen der RAF befassen sollten. Mein erster Impuls war, die Sachen zu packen und nach Hamburg zu fahren. Meine neuen Freunde haben mir das ausgeredet. Ich war wichtig geworden für die Arbeit vor Ort, eigentlich, ohne es selbst zu merken. Klingt kitschig, aber meine Liebe zu ihr, so über die Distanz und ohne daß sie es wissen konnte, das hat mir vollauf gereicht.« Hans stockt, seine Stimme hat sich wieder verändert.

Ich sehe ihn an und sehe die Tränen. Hilflos fühle ich mich und auch ein bißchen schäbig. Ich habe ihn provoziert. Nach einer Pause frage ich schließlich: »Und dann habt ihr euch in der Gruppe wiedergetroffen?«

Seine Antwort ist eine Mischung aus Weinen und Lachen. »Weißt du was, als wir uns beim ersten illegalen Treffen gegenüber saßen, wußte sie echt nicht mehr, wer ich bin. Wir haben beide unsere Geschichte erzählt – ich allerdings, ohne ihr von meiner heimlichen Liebe etwas mitzuteilen - und sie ist dann drauf gekommen, daß wir uns doch eigentlich kennen müßten.« Hans lacht jetzt, aber es klingt hohl. »Den Durchbruch und das große Verständnis meinerseits gab es erst unten beim Training ... Aber das hast du ja mitgekriegt, wir sind euch ja genug auf den Geist gegangen mit unserer Honeymoonstimmung.«

Ich muß auch lachen und versuche Pelles spitzen norddeutschen Tonfall zu imitieren: »Also Hans, weißt du, einer muß's dir ja mal sagen: Die Integration in die Gruppe läuft nicht übers Bett. Die Palästinenser haben sich beschwert über euer nächtliches Brunftgeschrei. So geht das nicht, wir sind schließlich wegen der militärischen Ausbildung hier!«

Wir prusten beide los. Hans quetscht mühsam heraus: »Ich sehe noch heute Pelles dämlichen Gesichtsausdruck, als Lore ihn gefragt hat, ob er auch mal möchte.« Wir verlieren uns wieder in Gelächter, doch langsam setzt Beklemmung ein. Lore ist tot, es gibt sie nur noch in unserer Erinnerung.

28 Flipper

Der Wind drückt eine neue Regenschauerwelle in meinen Rükken. Ich bin klatschnaß, die Haare kleben mir im Gesicht, und die durchgeweichte Lederjacke hat Zentnergewicht. Verdammter Regen, warum ausgerechnet heute?! Flipper, der mit mir hinter dem Mauervorsprung hockt, schaut auf die Uhr. »Halb eins, was meinst du, wollen wir's probieren oder warten wir noch ein bißchen?«

Ich muß nicht lange überlegen: »Bei dem Wetter sind sowieso nur Verrückte, Kriminelle oder die Bullen unterwegs, also laß uns gehen!«

Die Mauer, hinter der wir uns verborgen haben, gehört zur Parkplatzeinfassung eines Supermarktes. Mauer ist eigentlich übertrieben, es ist ein Mäuerchen.

Der Parkplatz liegt leer und dunkel vor uns. Ein unbestimmtes Schimmern zeigt an, daß er voller Pfützen ist. Aber Schuhe und Strümpfe sind durchnäßt, also macht das auch nichts mehr. Wir überqueren den Parkplatz, gehen um den Flachbau des Geschäfts herum und stehen auf den Innenhof, an dem die Lieferantenrampe angebaut wurde.

Gegenüber der Rampe stehen zwei VW-Busse und ein großer Ford-Kombi, alle mit dem Firmenemblem an der Seite. Ich gehe zum Kombi und überprüfe, ob die Information stimmt, daß die Firmenschilder nur mit Folie aufgeklebt sind. Ich kratze an einer Ecke mit dem Fingernagel, kann den Rand etwas lösen und schaffe es dann, die Folie mit einem einzigen Ruck herunterzureißen. Das schmatzende Geräusch, mit dem sich die Klebefläche von der Wagentür löst, klingt aus nächster Nähe sehr laut, aber ich bin mir sicher, daß der Regenvorhang nach ein paar Metern alles schluckt.

Flipper trägt die Werkzeugtasche. Er ist um den Wagen herumgegangen und hat bereits die Akkubohrmaschine ausgepackt. Auf den Trick mit der Bohrmaschine sind wir erst vor kurzem gekommen. Bis dahin haben wir meist die Seitenfenster aufgehebelt, was aber selten ohne Krach abging. Verglichen damit ist das Summen der Akkubohrmaschine sehr nervenschonend. Flipper setzt die Bohrmaschine auf dem Wagendach über der Fahrertür an. »Guck mal, ob ich auf der richtigen Höhe bin?«

Ich sehe durch das Fenster der Beifahrertür, suche auf der gegenüberliegenden Fahrertür das Türschloß und ziehe von da in Gedanken eine senkrechte Linie nach oben.

Ich korrigiere ihn, und Flipper verschiebt die Bohrspitze ein wenig. Der Bohrer summt wie eine Hornisse. Die einen Millimeter dicke Bohrspitze läßt einen dünnen Blechspan in die Luft kringeln, dann wird der Ton des Batteriemotors eine Spur schriller, Flipper ist durch. Er schaltet die Maschine um auf Rückwärtslauf und zieht die Bohrspitze aus dem Loch. Nun führt er eine dünne Stahlahle in das Loch ein, um es noch etwas zu weiten.

Wir sind auf dieses Verfahren gekommen, weil die meisten Fahrzeuge inzwischen über versenkte, in die Tür eingelassene Schloßsperren verfügen. Flipper nimmt eine dünne Stahlröhre aus dem Werkzeugkoffer. Durch die Röhre ist eine Angellitze geführt, die an einem Ende als Schlaufe herauskommt. Am anderen Ende ist sie an einen Knebel zum Zuziehen gebunden.

Flipper führt das Ende der Schlinge vorsichtig durch das Loch im Wagendach ein und nickt mir dann zu, damit ich ihn einweise. Es dauert nicht lange, und die Schlinge sitzt über der Verriegelung. Flipper hält die Röhre mit einer Hand fest, während er mit der anderen den Knebel anzieht, bis sich die Schlinge geschlossen hat. Mit einem Ruck, bei dem sich das Röhrchen etwas verbiegt, öffnet er die Verriegelung. Die Tür ist jetzt offen und unbeschädigt. Selbst Wagen mit eingebauter Diebstahlsicherung lassen sich auf diese Weise öffnen. Nur wenn der Innenraum durch Ultraschall gesichert ist, kann es Ärger geben. Aber das kommt relativ selten vor.

Flipper öffnet die Wagentür, biegt das Röhrchen wieder gerade und zieht es aus dem Loch im Dach heraus. Aus der Tasche holt er eine Pappschachtel mit verschiedenen Sorten farbigen Modellierwachs. Von einem farblich ungefähr passenden Stück zwackt er ein Bröckchen ab und drückt es in das Loch im Dach. Der erste Teil ist erledigt, jetzt muß nur noch das Lenkradschloß geknackt werden.

Flipper setzt sich auf den Fahrersitz und untersucht den Schloßzylinder. Halblaut murmelt er: »Hat zwei Zentimeter Durchmesser, das geht ja noch.« Mit Hilfe einer Kombizange dreht er ein selbstgebautes Gerät, einem Korkenzieher ähnlich, in die Schlüsselrille im Schloßzylinder. Nachdem das getan ist, öffnet er die Beifahrertür.

»Komm, halt mal den Schlüssel, dann geht es schneller!« Ich setze mich auf den Beifahrersitz und halte mit dem Schlüssel die Konterschraube, während er mit der Zange den Schraubenausdreher in Schließrichtung dreht. Langsam, wie einen Korken aus der Flasche, zieht der Ausdreher den Zylinder aus dem Schloß. Es knackt laut und vernehmlich, als die Schließnoppen im Zylinder brechen. Jetzt ist das Lenkrad nicht mehr blockiert, und wir können den Wagen mit einem einfachen Schraubenzieher starten. Flipper säubert trotzdem den Zylinder von den restlichen Schließnoppen und drückt ihn dann mit der Zange so zusammen, daß er ihn zurück ins Schloß stecken kann. Nun kann von außen keiner mehr erkennen, daß das Schloß aufgebrochen worden ist. Nach kurzem Kramen in der Werkzeugtasche findet Flipper einen völlig abgeschliffenen Schlüssel, den er in das inhaltsleere Schloß steckt. Dann packt er das Werkzeug zurück in die Tasche. »Von mir aus können wir in den Wald fahren, um die Nummernschilder zu wechseln und die Karre zu säubern.«

Ich lasse mich auf den Beifahrersitz fallen, schüttel mich und antworte: »Dann mal los. Wenn wir fertig sind, ist der Wagen sowieso ein Swimmingpool, scheiß Regen!«

Flipper reicht mir die Werkzeugtasche und atmet vernehmlich aus. »Dann wollen wir das Baby mal streicheln.« Vorsichtig, als müsse er das Schloß zum Mitdrehen überreden, dreht er den Schlüssel. Der Motor springt sofort an, brummt sonor, und nach kurzem Suchen hat Flipper den Lichtschalter gefunden. Er läßt ihn aber vorläufig aus. Unbeleuchtet fahren wir vom Standplatz hinter dem Supermarkt auf die Straße, erst dort macht er das

Abblendlicht an. Zügig fahren wir über die vierspurige Umgehungsstraße in Richtung Dortmund. An der nächsten Abfahrt verlassen wir die Schnellstraße. Dort ist ein Waldstück, durch das ein Feldweg führt, auf dem wir schließlich anhalten.

Jeder nimmt ein Nummernschild aus der Werkzeugtasche, dann steigen wir aus. Wenige Minuten später hat der Wagen neue Kennzeichen. Zugelassen auf einen bau- und farbgleichen Wagen diesen Typs, nur eben aus Düsseldorf. Wir gehen um den Wagen herum und sehen nach, ob es individuelle Aufkleber oder identifizierbaren Nippes gibt, finden aber nichts. Geschäftswagen werden von den ständig wechselnden Fahrern nur selten geschmückt.

»Das ging ja wie geschmiert!« Ich sehe auf die Uhr, es ist kurz vor drei. »Wir sollten noch zwei Stunden warten, bis der Berufsverkehr beginnt, bevor wir die Kutsche zum Umbau in die Stadt fahren. Was meinst du?«

Flipper nickt: »So sollten wir's machen. Komm, wir hocken uns rein und lassen kräftig Heißluft durchblasen, damit wir wieder trocken werden. Ich quetsch mit jedem Schritt das Wasser aus den Schuhen.«

Wir setzen uns in den Wagen. Flipper sieht die Ablagen durch, findet einen Stadtplan, steckt ihn zurück und öffnet das Handschuhfach. Er stößt einen Pfiff aus. »Na, wie finden wir denn das? Guck an, da hat jemand an uns gedacht!« Er hält mir eine Flasche unter die Nase und ich lese: »Hansekogge-Rum-Verschnitt.«

Ich muß lachen: »Meinst du wirklich, daß dieser Jemand an uns gedacht hat? Wenn das stimmt, hätte er uns nicht dieses Rattengift hinterlassen. Riech lieber mal dran, sonst merkst du erst beim Schlucken, daß du Nähmaschinenöl säufst.« Flipper dreht den Verschluß auf und schnüffelt mißtrauisch. Dann grinst er und trinkt die Flasche in einem Zug halb leer. Es schüttelt ihn. »Brr, du hast recht, das würde ich nicht mal meinem Kaffee antun. Aber jetzt ist irgendwas immer noch besser als gar nichts.« Er hält mir die Flasche hin, aber ich wehre ab.

Nach einer Schweigeminute sage ich unvermittelt: »Wir sollten besser auf beiden Seiten die Scheiben runterdrehen, sonst bekommen wir nicht rechtzeitig mit, wenn ein Wagen kommt.«

Ohne mich zu kommentieren, dreht Flipper sein Fenster herunter. »Dir steckt wohl noch die Geschichte mit der Lichtung und dem Förster in den Knochen?«

Ich nicke. »Das und die Ballerei nach dem Abgang bei der Bank.«

Flipper legt die Stirn in Falten. »Ist da noch mehr? Hört sich so an!«

Ich bin eigentlich ganz froh, daß ich nach langer Zeit wieder mit jemandem reden kann, den ich als »neutral« betrachte. Ich erzähle ihm von den Bedenken und Einwänden Pelles, von Hans' Reaktion, von der Summierung möglicher Fehler und dem Konflikt zwischen kollektivem Anspruch und dem Abschottungsprinzip. Flipper hört zu und trinkt dabei die Flasche leer. Schließlich wirft er sie aus dem Wagen. Als ich fertig bin, seufzt er. »Geht das jetzt bei dir auch schon los. Pelles Sorgen, daß nicht genug diskutiert würde, sind doch ziemlicher Humbug. Nächtelang haben wir uns in der Wolle gehabt, weil einige Bedenken gekriegt haben. Natürlich funktioniert nicht alles so perfekt wie in der Theorie. Ich sehe das so: Im Camp, beim Training, und in unseren Endlosdebatten sind wir fälschlicherweise davon ausgegangen, daß hier alles weiterlaufen wird, wie wir's uns ausgemalt haben. Strukturprobleme haben wir mit ein paar lockeren Sätzen gelöst. Es werden halt Waffen besorgt, Sprengstoff muß ran, 'ne Werkstatt wird eingerichtet und Wohnungen gemietet. Aber das kostet alles Zeit, ist mit Aufwand verbunden, und ungefährlich ist es auch nicht. Darüber haben wir kaum nachgedacht. Außerdem haben wir nun mal unterschiedliche Meinungen in der Gruppe. Du glaubst doch nicht wirklich, daß zum Beispiel zwischen Hans und dir eine neue Diskussion die Probleme ausräumen könnte. Ich wage vorauszusagen, daß sich alle Probleme nur verlagern und ihr auf einem anderen Gebiet aneinandergeratet. Mit endloser Quasselei kommen wir nicht weiter!«

Seine Reaktion enttäuscht mich. Bisher habe ich geglaubt, daß er eine Antenne dafür hat, wenn sich in der Gruppe Spannungen aufstauen. »Ignorieren kannst du die Differenzen auf Dauer aber auch nicht. Pelle hat doch recht, wenn er befürchtet, daß sich diese Geschichten irgendwann auswirken.«

Nun klingt Flipper mürrisch. »Das kann passieren, wenn wir es nicht schaffen, auch einen Begriff von Disziplin zu entwikkeln. Wir kämpfen bergauf, unsere Gegner sitzen oben. Das sind nun mal die Bedingungen. Es ist wie mit dem Bergsteigen, blickst du zu lang nach unten, wird dir schwindlig. Ein todsicheres Rezept für den Absturz. Und fällt erst einer, besteht die Gefahr, daß er alle anderen mitreißt. Wir müssen lernen, die Dinge nach der Wichtigkeit für unseren Kampf zu sortieren, sonst können wir gleich aufhören.«

Ich wundere mich immer mehr. Flipper hat sich sehr verändert, seit wir zurückgekommen sind. »In Ordnung, nehmen wir mal dein Bild vom Bergsteigen«, sage ich. »Du vergißt dabei, daß wir nicht einzelne Leute in der Steilwand sind. Wir sind eine Seilschaft. Wir hängen an einem Seil – und wenn einem schwindlig ist, müssen alle das ihre tun, damit er nicht abstürzt.«

Trockenes Lachen kommt vom Nebensitz. »Weißt du was, ich würde das Seil durchschneiden. Mann, Typ, hast du dir noch nicht überlegt, daß es früher oder später einen geben könnte, der nicht mehr will? Entweder es geht jemand nervlich kaputt, oder er hat einfach die Hosen voll. Das läßt sich nicht aus der Welt reden, es wäre auch falsch.«

Ich werde wütend. Das sind fast die gleichen Argumente, mit denen auch Hans jede Diskussion in diese Richtung leerlaufen läßt. »Und was willst du dann machen? Willst du warten, bis die ersten verschwinden, oder hältst du es für sinnvoll zu versuchen, das vorher zu klären? Was würdest du denn mit einem machen, der nicht mehr will?«

Die Spitze sitzt. Er wird ganz leise, aber das nimmt seinen Worten nicht die Härte. »Gut, dann laß uns mal Tacheles reden. Bei einigen wäre es kein großes Problem, wenn sie morgen verschwinden würden. Es ist aber auch so, daß es andere gibt, die können wir einfach nicht gehenlassen, wenn es nicht einvernehmlich läuft und wir sie nicht in ein Land abschieben können, wo wir den Daumen draufhaben. Dann bleibt nur noch eins ...«

Ich weiß, was er meint, aber er soll es gefälligst auch aussprechen. Ich will es von ihm hören. »Nämlich was?«

Er sieht mich von der Seite an. »Also, wenn du zum Beispiel einen Abgang machen wolltest, dann würde ich dich abknallen. Ist es das, was du hören wolltest?«

Mir wird kalt. Eigentlich möchte ich aussteigen, aber ich fühle mich wie gelähmt. Mit Mühe kann ich das Zittern aus der Stimme heraushalten. »Das war deutlich.« Mir geht durch den Kopf, ihn zu fragen, ob er wirklich den Henker spielen würde. Ich drücke den Gedanken beiseite. Er hat ausgesprochen, was die logische Konsequenz aus allen anderen Zwängen und Überlegungen ist. Ich bin blockiert und habe keine Lust mehr, weiterzureden.

Nach einer Weile fügt Flipper im gleichen leisen Tonfall hinzu: »Weißte, ich finde, das ist ein Scheißspiel, die Rolle, in die du mich da eben gedrängt hast. Ich bin doch nicht schuld an den Bedingungen, unter denen wir kämpfen, und auch nicht an den Konsequenzen, die sich daraus ergeben. Aber ich versichere dir, ich will wirklich wissen, ob die weltweite Vernichtungsmaschine noch gebremst werden kann. Dabei sollte sich mir besser keiner in den Weg stellen.«

»Wenn das die Konsequenz ist«, wende ich ein, »dann mußt du dich fragen lassen, ob für dich der Zweck die Mittel heiligt. Wenn bei der ersehnten Veränderung nur neues Unrecht herauskommt, sind diesmal nicht die Umstände schuld ... oder ich, weil ich dich zwinge, sie nicht zu ignorieren, sondern dich veranlasse, Stellung zu beziehen. Auch auf die Gefahr hin, dich wütend zu machen, mein Alter hat mir ähnliches erzählt, wenn ich ihn gefragt habe, wie es zum Faschismus kommen konnte!«

Flipper ist irritiert und verunsichert. »Du machst es dir ja verdammt einfach. Wie sehen denn deine Alternativen aus?«

Er hat ja recht, an diesem Punkt war ich schon einige Male, ohne eine Antwort zu wissen. »Vielleicht kämen wir zusammen auf etwas«, sage ich zögernd, »aber dazu müßten wir erst mal das Fragen zulassen. Doch bevor wir uns ins Philosophische verzetteln, sollten wir lieber die Karre zum Umbau fahren, sonst wird aus eurer Observation nichts. Das soll jetzt kein Schlußwort sein. Ich werde weiter darüber nachdenken, denn mit solchen Zwangsläufigkeiten kann ich mich nicht zufriedengeben. Ich kämpfe für etwas anderes.«

Der Themawechsel kommt Flipper gelegen. »Apropos Observation: Glaubst du, daß es Schwierigkeiten gibt, die Videokamera und das Aufzeichnungsgerät einzubauen?«

Ohne meine Antwort abzuwarten, startet er den Motor und während wir aus dem Waldstück in die Morgendämmerung hinausfahren, erkläre ich ihm, wie die Anlage, in einem Pappkarton eingebaut, hinten im Wagen montiert werden könnte.

29 Ferkelei

Renate ist gekommen. Einen Augenblick habe ich mich gefragt, ob ich das Flipper zu verdanken habe oder ob sogar Hans daran gedreht hat. Aber eigentlich ist es mir gleichgültig, Hauptsache, sie ist hier.

In den vergangenen Tagen hat sich im Umgang untereinander mehr verändert als in den Wochen und Monaten zuvor. Es ist wie ein ansteckendes Fieber. Die Spannung, die aus der Vorbereitung der Aktion entsteht, überträgt sich selbst auf diejenigen in der Gruppe, die nur am Rande damit zu tun haben. Die Aktion wirkt wie ein Strudel, während alles Störende und Unproduktive über den Rand davongeschleudert wird. Ist das nun Verdrängung infolge von Aktionismus, oder ist es die neue Qualität des kollektiven Zusammenlebens, wie sie im Kampf entsteht? Sicher bin ich mir nicht, aber ich bin froh darüber, daß es ist, wie es ist. Mit Fragezeichen und fortwährenden Bedenken kann auf Dauer niemand leben.

Und nun Renate, die neben mir geht und sich wie selbstverständlich bei mir unterhakt. Ich habe sie vom Zug abgeholt. Wir sind uns auf dem Bahnsteig lachend in die Arme gefallen und haben uns geküßt, ganz so, als wäre alles im reinen zwischen uns.

Renate erzählt, daß es Anna so gut geht, daß sie ihre Rolle in der Aktion bald wieder ausfüllen kann. Ich berichte ihr verkürzt, was sich inzwischen hier ereignet hat. Unsicher werde ich nur, als ich ihr sage, daß ich sie auch nach der Steinbruchgeschichte einfach weiter in meine Planung einbezogen habe. Renate hat mein Zögern sofort gespürt.

»Hör zu, die Steinbruchsache ist aus der Welt, soweit es mich betrifft. Anfangs hab ich wirklich gedacht, ich könnte mit dir nichts mehr machen, ohne ständig daran zu denken. Ich hab nochmals mit Anna darüber geredet, nachdem du mit Hans weggefahren bist. Du wirst es sicher nicht glauben, aber Anna hat dich immer verteidigt ... Und sie hat recht. Wir werden bestimmt noch viele Fehler machen, und Fehler können in unserer Situation immer tödliche Folgen haben. Der Umgang mit solchen extremen Situationen ist keinem von uns in die Wiege gelegt worden. Wir müssen das, wie alles andere auch, erst in der Auseinandersetzung lernen. Dich hat es halt zuerst erwischt.

Das im nachhinein Wesentliche ist, daß du deinen Fehler offen gemacht hast, so daß du daraus lernen kannst. Ich hoffe, mir wird es gelingen, mit meinen eigenen Fehlern auch so umzugehen.«

Ich bin nur zu gern bereit, es so zu nehmen, wie sie es sagt. Ich bin verliebt, und ich will mit ihr zusammensein! Zum Teufel mit allen Psychowehwehchen!

Erst gestern abend habe ich erfahren, daß sie heute hier ankommt. Flippers Grinsen hat kaum Zweifel daran gelassen, daß keiner damit rechnet, daß wir heute für irgendwelche Arbeiten zur Verfügung stehen. Auch in dieser Hinsicht hat sich einiges verändert, seit die Aktion im Mittelpunkt steht. Ohne daß groß darüber diskutiert wurde, hat sich der Freiraum für Freundschaften und Beziehungen vergrößert. Sogar Hans hält sich an dieses stillschweigende Abkommen. Vor drei Tagen ist er abends einfach losgefahren, um Anna zu besuchen. Er hat es morgens kurz angekündigt und zugesagt, daß er tags darauf wieder hier sein wird. Damit war der Punkt auch schon erledigt.

Renate. Sie erkundigt sich, wie ich mit der Videoüberwachungsanlage weitergekommen bin. Vor der Fahrt hat sie sich eine Reihe von Fachzeitschriften besorgt und durchgearbeitet. Sie versteht auf Anhieb, daß das größte Problem bei einer mobilen Anlage die Stromversorgung ist, besonders wenn die Aufnahmelänge in die Stunden geht. Während wir ihr Gepäck in eine neu angemietete Wohnung bringen, fachsimpeln wir über die Möglichkeit, eine Autobatterie als Akku zu benutzen. Wir beratschlagen, ob wir eine Kamera mit einem festeingebauten Zoomobjektiv kaufen oder besser eine Systemkamera, für die man bei Bedarf andere Objektive besorgen kann. Wir sprechen darüber, als hätten wir nie etwas anderes gemacht.

Der Abend ist hereingebrochen. Wir haben den Tag in der Stadt vertrödelt, sind in ein paar Elektronikgeschäften gewesen und haben uns Prospekte über Kameras, Recorder und Batterien besorgt. Am Nachmittag haben wir in einem Café Hans getroffen, nur, um einen neuen Treff in der Wohnung für den morgigen Tag zu verabreden. Es ist schön, daß uns die übrigen diesen Abend in der neuen Wohnung allein lassen.

Heute abend wollen wir gut essen gehen. Renate macht den Vorschlag, anschließend auch noch eine Disco zu besuchen, um mal wieder zu tanzen. Der Vorschlag ist so spontan, daß ich mir wie ein Spielverderber vorgekommen wäre, hätte ich auf alle Gefahren und Einwände hingewiesen, die mir augenblicklich einfallen. Im Geiste sehe ich mich und Renate schon im Tangoschritt übers Parkett schieben.

Was für eine Nacht! Keine Frage, ich habe einen Schwips. Renates Zustand läßt sich nur mit betrunken beschreiben, allerdings im schönsten denkbaren Sinn. Nachdem wir in einem wahnsinnig teuren Freßtempel diniert haben, hat uns ein als Taxifahrer verkleideter Student zu seinem »Geheimtip« gefahren, einer kleinen Kellerbar in der Altstadt. Eine winzige Tanzfläche, von ein paar Sitznischen umgeben. Abgesehen von den Spotlights über dem Tresen sorgen nur Kerzen auf den Tischen für dämmriges Zwielicht. Das Licht harmoniert wunderbar mit den alten Rock- und Bluesballaden, die aus der übergroßen Anlage dröhnen. Außer uns sind noch ein, zwei andere Pärchen da. Aber vom Gefühl her haben wir den ganzen Raum für uns allein. Nur noch Berührung, verhaltene Erregung, die Bewegung unserer Körper zur Musik. Eine elektrisierende Spannung herrscht zwischen uns, die von jeder sachten Reizung weiter aufgeladen wird.

Renate sieht mich beim Tanzen an, als wolle sie mich hypnotisieren. Nein, sie hat mich schon in Trance versetzt. Ich schwebe. Die fliegende Jungfrau, zur Abwechslung einmal männlich. Ich muß sie küssen, genau jetzt und hier, und ich bin mir völlig sicher, daß in dem Moment, wo sich unsere Lippen berühren und sich die Zungenspitzen neugierig-schüchtern begrüßen, das ganze umliegende Universum innehält, um uns zuzusehen.

Aber leider, die Zeit bleibt nicht stehen. Als wir gegen ein Uhr nachts beschließen, zu Fuß zurück in die Wohnung zu gehen, sind die Straßen wie leergefegt. Ich habe erst Bedenken, denn die menschenleere Innenstadt gehört um diese Zeit der Polizei. Als ich jedoch unser Spiegelbild in einer Schaufensterscheibe sehe, Renate, wie sie sich an mich kuschelt, bin ich sicher, daß nichts passieren wird. Es gibt kein harmloseres Liebespaar als uns. Langsam gehen wir durch die Stadt, entdecken dabei einen winzigen Park mit einem Teich in der Mitte, den an dieser Stelle keiner vermuten würde. Zwischen dem Park und dem Viertel, in dem unsere Wohnung liegt, hat der Bauch der Stadt seinen Platz gefunden, der Schlachthof. Hier ist auch nachts Betrieb, und deshalb gibt es zwei Kneipen, die rund um die Uhr geöffnet haben.

Renate besteht darauf, noch ein Glas Wein zu trinken, also gehen wir in den Schlachthofkeller.

Als wir wieder auf der Straße sind, sehen wir schräg gegenüber einen großen Lastwagen abgestellt, aus dem schauriges Gequicke erklingt. Eine rosarüsselne Ferkelmasse brandet auf drei Ebenen todesängstlich gegen den Gitteraufbau des Lasters. Je näher wir kommen, desto lauter wird das Quieken und Schreien. Es sind Laute darunter, die dem Geschrei menschlicher Babies zum Verwechseln ähnlich sind. Renates Augen sind weit aufgerissen. Sie löst sich von mir und geht um den Lastwagen herum, sie redet auf die kleinen Schweinchen ein, will sie beruhigen und erreicht doch nur das Gegenteil. Diese Viecher sind an Menschen gewöhnt und glauben deshalb, daß auch nur Menschen sie aus dieser mißlichen Lage befreien können. Konsequenterweise drängt es die Vierbeiner immer in die Richtung, wo ihnen ein Zweifüßler am nächsten ist.

Als Renate wieder bei mir anlangt, heult sie. Mit wirren Tränenbahnen auf den Backen sieht sie mich wütend an. »In ein paar Stunden werden die armen Tiere alle umgebracht, weißt du das?«

Ich sinniere über die tränenseelige Wirkung des Alkohols nach, kann aber auch den Stich nicht ganz abwehren, der sich in Renates Worten verbirgt. »Stimmt, fressen und gefressen werden, eine hartherzige Welt, aber . . .«, ich drehe mich einmal um die eigene Achse und sehe die Straßen rauf und runter, »manchmal und im Einzelfall läßt sich der Lauf der Dinge ins Stolpern bringen!«

Renate begreift nicht, welche rabenschwarzen Gedanken sich bei mir zusammengebraut haben. Ich ziehe sie hinter den Lastwagen auf den Bürgersteig, gehe mit ihr zum nächsten Hauseingang und habe auf Anhieb Glück. Es ist ein Altbau, dessen Eingangstür nicht verschlossen ist. Erst, als ich Renate ins Haus ziehe, reagiert sie. »Was hast du vor? Irgend etwas los, Bullen oder so?« Ich habe ein Mephistogrinsen aufgesetzt, dränge mich ganz eng an sie und flüstere ihr verschwörerisch zu: »Gleich wird das Kommando Tricky-Dick-Big der Ruhrgebietssektion der deutschen Ferkelbefreiungsfront zuschlagen. Wir weigern uns, freiwillig die Speckschwarte des Imperialismus zu verstärken!«

Renates schniefendes Atemholen wandelt sich in ein Glucksen. »Du meinst, wir sollten . . . ?« Sie spricht den Satz nicht zu

Ende, sieht mich nur fragend an. »Ja, ich meine, wir sollten ... das heißt, eigentlich denke ich, ich sollte ... Während du dir die Nase putzt und im ersten Stock am Treppenhausfenster Schmiere stehst. Für diese ... äh ... Aktion reicht ein Ein-Mann-Kommando völlig aus. Für den Fall einer Störung ist es auch beweglicher.«

Ich taste mich mit Renate im Schlepptau die dunklen Stiegen hinauf in den ersten Stock. Nur schemenhaft sind die Türen zu den Wohnungen auszumachen. Neben der Tür, die dem Treppenhausfenster am nächsten liegt, glimmt der Leuchtknopf der Flurbeleuchtung. Ideal! Kurz gebe ich ihr einige Anweisungen. »Und wenn sich was tut, dann drückst du das Treppenhauslicht. Das ist für mich das Signal, zu verschwinden.«

Renate braucht einen Moment, um zu verarbeiten. Die Berg-und-Tal-Fahrt von trunkener Kneipenlaune über die tränenreiche Erkenntnis, daß Fleischgenuß einen unappetitlichen, blutigen Hintergrund hat, bis hin zu der kämpferischen Erklärung aus dem tierfreundlichen Untergrund, das war wohl alles etwas zuviel auf einmal. Schließlich zeigt mir ihr Kichern, daß sie über alle Stationen zum voraussichtlichen Resultat vorgestoßen ist. »In Ordnung, so machen wir's. Aber paß auf, kein Risiko. Wenn sie dich dabei erwischen ...«, sie lacht leise in sich hinein, zieht mich an sich und gibt mir einen schnellen Kuß, »dann müssen wir uns leider von dir distanzieren!«

Ich stehe hinter dem Lastwagen. Die Rampe für drei Etagen Ferkel, die mich bereits lautstark um Hilfe angehen, ist über zwei Meter hoch, aber nur mit einfachen Riegeln gesichert. Wenn ich die Riegel löse, wird die Rampe mit einem satten Rumms auf die Fahrbahn knallen. Langsam runterlassen geht nicht, für einen allein ist die Rampe zu schwer. Der Knalleffekt wird von Vorteil sein, denn die Spanferkelanwärter werden so in Panik geraten, daß sie von ganz allein in Richtung des kleinsten Widerstandes drängen. Vorsichtig löse ich den ersten Riegel auf der Fahrbahnseite. Noch einen Blick in beide Richtungen der Straße und hinauf zu dem Treppenhausfenster, hinter dem Renate steht, dann löse ich den zweiten Riegel auf der Bürgersteigseite. Für einen Moment balanciert die Rampe in der Senkrechten, dann neigt sie sich langsam, kriegt Schwung und prallt schließlich wie erwartet aufs Pflaster. Ich warte den Effekt gar nicht erst ab, mit vier großen Schritten bin ich im Hauseingang verschwunden.

Vor Aufregung stolpere ich die Treppe hinauf, kann mich gerade noch einmal fangen und stehe schließlich außer Atem neben Renate am Fenster. Leicht gekrümmt steht sie da und klammert sich an die Fensterbank. Prustend preßt sie zwischen den Lippen hervor: »Volltreffer, das quiekende Inferno, freie Flucht für freie Schweine.«

Ich sehe hinaus. Was für ein Bild! Die Straße ist übersät mit kopflosen Ferkeln, die sich nicht entscheiden können, wohin sie wollen, und sich deshalb im Zickzack über den Haufen rennen. Immer neue Flüchtlinge plumpsen herunter und halten die Masse in Schwung. Der Lärm hat die ersten Schläfer geweckt, vereinzelt gehen in den Wohnungen der gegenüberliegenden Häuser die Lichter an, und verschlafen-neugierige Gesichter glotzen ungläubig auf die quirlende Masse Borstenvieh hinunter. Auch vor dem Schlachthofkeller erscheinen immer mehr Zuschauer, mit Bierflaschen in der Hand, die die Ferkel beim Verlassen des rollenden Gefängnisses anfeuern. Ein Stück die Straße hinauf kommt eine Gestalt aus einem Hauseingang, greift sich eines der Ferkel und verschwindet sofort wieder. In diesem Moment wird der Lärm des Schweinchenschwarms übertönt vom Lalülala der anrückenden Ordnungshüter.

Renate, die sich an mich gekuschelt hat, wird von Lachbeben geschüttelt. Ihr Lachen überträgt sich auf mich. Wir ringen nach Luft, als wir sehen, wie die drei Uniformierten des ersten Streifenwagens hilflos vor dem Gewimmel stehen. Ich kriege gerade eben noch über die Lippen: »Wer kann die Massen aufhalten, wenn sie erst einmal ihre Stärke erkannt haben?« Mein unterdrücktes Lachen steigert sich bis nah an die Schmerzgrenze, als ein einziger Uniformierter unter den lautstarken Anfeuerungsrufen der Kneipengänger versucht, ein enteilendes Ferkel zu fangen. Olé!

Erst eine ganze Weile später, als beide Straßenzugänge durch je zwei Streifenwagen abgesperrt sind und die zahlreichen Zuschauer über Megaphon aufgefordert werden, nach Hause zu gehen und die Arbeit der Beamten nicht länger zu behindern, geben wir unseren Logenplatz auf. Wir schließen uns einfach einer Gruppe an, die die Straße in Richtung unserer Wohnung verläßt. So gedeckt gelangen wir ungehindert hinter die Absperrung. Die Polizisten sind viel zu beschäftigt damit, zu verhindern, daß sich einige schweinische Einzelkämpfer unter den

Streifenwagen hindurch davonmachen. Sie sind sichtlich froh über jeden, der sie nicht bei ihrer aufopferungsvollen Tätigkeit für das Allgemeinwohl beobachtet. Zwei Straßenzüge weiter hat uns die schlafende Stadt eingeholt. Hier ist es so ruhig, als wäre nichts geschehen. Langsam ebbt auch unser Kichern ab. Renate hat sich zuerst gefangen. »Wir sollten die Urheberschaft für dieses gelungene Attentat nicht unbedingt für uns reklamieren. Ich kann mir kaum vorstellen, daß die anderen begeistert sind, wenn sie herausfinden, daß wir das waren.«

Darüber habe ich noch gar nicht nachgedacht. »Stimmt, ist wohl besser, wenn wir das für uns behalten. Außerdem gefällt mir die Vorstellung, daß wir nun ein kleines Geheimnis teilen. Ab und zu können wir nun in uns hineinlachen, ohne daß es ein Außenstehender versteht.«

Renate stubst mich zärtlich in die Seite. »Alter Separatist! Daß ich deinen antikollektiven Individualismus teilen und unterstützen würde, hätte ich mir nicht träumen lassen.« Sie bleibt stehen, umarmt mich und flüstert in der Atempause zwischen zwei Küssen: »Ich liebe dich!«

Als wir zu Hause ankommen, fängt es gerade an zu dämmern.

30 Falle

Die Videoüberwachungsanlage ist fertig und sie funktioniert. Wir haben nur verschiedene frei käufliche Komponenten zusammengestellt, dabei aber auch einen Einblick bekommen, was auf diesem Gebiet inzwischen alles möglich ist. Da gibt es Objektive und Vorsätze für Videokameras, die nur einen Durchmesser von ein paar Millimetern haben, dafür aber in Längen bis zu eineinhalb Meter zu bekommen sind, sogar in flexibler Ausführung. Kein Wunder, daß diese Geräte in schönster Offenheit »Mauergucker« genannt werden. Es gibt auch einen Zusatz für alle Videokameras mit Monitor und Fernbedienung, bei dem Kamera und Aufnahmegerät sich nur einschalten, wenn sich im Blickfeld der Kamera etwas bewegt.

Ich habe den Händler gefragt, wer solche Kameraausrüstungen kauft. Der grinste und meinte, daß »Spezialausrüstungen«

dieser Art von Detekteien, von Werkschutzfirmen und von Privatpersonen gekauft würden. Er sei nicht neugierig, schließlich sei es nicht seine Sache, was die Kunden damit anstellen.

Der große Bruder ist jedenfalls im Kommen, und jeder kann sich an fünf Fingern ausrechnen, was auf diesem Gebiet in fünf oder zehn Jahren los sein wird, wenn diese Technik richtig ausgereift und noch weiter miniaturisiert sein wird. Unsere Anlage ist verglichen damit wirklich harmlos. Eine kleine Videokamera mit einem Teleobjektiv und einem Bandrecorder, der theoretisch Aufnahmen bis zu acht Stunden Länge zuläßt. Bei unserer Anlage ist die maximale Aufnahmelänge allerdings begrenzt auf vier Stunden, da sonst der Akkublock so schwer geworden wäre, daß das Ganze nicht mehr von einer Person hätte getragen werden können. Gemeinsam mit Renate habe ich die Anlage in einen mit Styropor ausgekleideten Pappkarton eingebaut. Das Loch für das Objektiv ist so klein, daß es nur aus allernächster Nähe zu sehen ist. Der Karton kann entlang der Berührungslinie der beiden Deckel ausgerichtet werden. Wir haben uns jedoch dafür entschieden, neben dem Fahrersitz des Kombis, in dem der Karton stehen wird, einen kleinen Kontrollmonitor zu installieren, der per Draht mit dem Karton verbunden ist. Über eine Taste am Kontrollmonitor läßt sich die Anlage auch einschalten.

Hans kann wenig später berichten, daß die erste Versuchsobservation gleich ein voller Erfolg war. Der Wagen hat etwa zweihundert Meter vom Eingang des zu observierenden Objekts entfernt auf einem Parkplatz gestanden und ist nach zwei Stunden vom Fahrer wieder abgeholt worden. Die Ankunft der Zielperson war auf dem Band und konnte am Abend vom Kommando in allen Details studiert werden. Auch die Anzahl der Sicherheitsbegleiter ist ermittelt worden, genau wie ihr militärischer Rang und ihre Funktion, die man der Sitzverteilung entnehmen konnte. Es frustriert mich, daß ich mir das Band nicht selber ansehen kann, aber Hans beharrt auf strikte Abschottung.

Für Renate und mich ist die Aufgabe damit erledigt. Da Anna inzwischen wieder auf den Beinen ist, wird sie zurückkommen und ihre Arbeit fortführen. Wir werden uns wieder um die Logistik kümmern, besonders um Pässe aus dem deutschsprachigen Raum, also aus Österreich, der Schweiz und aus Liechtenstein. Wir sind gerade dabei, uns reisefertig zu machen, als Hans mit einer neuen Aufgabe für mich dazwischenkommt.

Auf dem Weg nach Hamburg. Der Zug rast an reifbedeckten Feldern vorbei, die in der vergangenen Nacht vom Spätherbst mit einem ersten Eiskuß bedacht worden sind. Ich fühle mich ähnlich frostig. Renate konnte nicht mitkommen, sie muß sich um die Pässe kümmern. Statt Renate begleitet mich nun Ferdi, den ich bisher nur vom Gesamttreff kenne, wo er noch als Kalle zwei firmierte. Den neuen Namen hat er verpaßt bekommen, weil er ein bißchen wienern kann und weil es mit Kalle eins ständig Verwechslungen gab. Ferdi ist noch neu in der Gruppe, es wird sein erster Treff mit einer Legalen sein. Sie heißt Karla, und ich kenne sie flüchtig aus meiner Frankfurter Zeit. Sie ist zum letzten Treffen mit Sack und Pack erschienen und hat verkündet, daß sie jetzt zur Gruppe stoßen will. Natürlich war es so, wie sie es sich vorstellte, nicht zu machen. Flipper hat den letzten Kontakt mit ihr gemacht. Er hat ihr Geld gegeben und einen neuen Treff mit ihr vereinbart. Das war vor vierzehn Tagen. Wenn sie Flippers Anweisungen gefolgt ist, hat sie sich in der Zwischenzeit nicht von der Stelle gerührt, mit niemandem Kontakt aufgenommen und ein paar kleine, an sich unwesentliche, aber aufwendige Recherchen durchgeführt. Das war als Test gedacht und auch als letzte Möglichkeit für sie, es sich noch einmal zu überlegen. Die Gruppe hat allerdings inzwischen mit Mehrheit beschlossen, daß Karla zum jetzigen Zeitpunkt nicht aufgenommen werden kann. Nachdem Hans mir die Umstände geschildert hat, bin auch ich dagegen. In der Vorbereitungsphase einer wichtigen Aktion auch noch eine Neue zu integrieren ist einfach nicht drin. Die Aktion mit ihren aufwendigen Vorbereitungen bindet alle unsere Kräfte. Wir haben untereinander Schwierigkeiten, die noch nicht ausgeräumt sind und vordringlich geklärt werden müssen. Dazu kommt, daß es von Karla als Person sehr unterschiedliche Einschätzungen gibt. Auch unter normalen Bedingungen hätten wir sie nicht ohne eine längere Prüfungsphase in die Gruppe aufgenommen.

Ich bin verärgert, es ist einfach zu blöde, daß dieser Auftrag ausgerechnet an mir hängenbleiben mußte. Das hab ich Hans zu verdanken, der nicht vergessen hat, daß ich Karla von früher kenne. Ich habe dagegengehalten, daß ich bei keinem einzigen der zwischenzeitlichen Treffs dabei war. Es hat nichts genützt, gegen das Argument, daß es keiner besonderen Fachkenntnis bedarf, um ihr eine Absage zu erteilen, bin ich nicht angekommen. Und so sitze ich mit Ferdi zusammen in diesem Early-Morning-Express und fahre durch die reifüberzogene Lüneburger Heide nach Hamburg und ärgere mich.

»Hör mal, Ferdi, wir müssen noch besprechen, wie wir vorgehen. Kennst du dich in Hamburg aus?« Stumm schüttelt er den Kopf.

Ferdi schaut unwirsch. Der Zug ist überheizt, wir haben beide nicht richtig schlafen können und die Nacht halbwach in diesem schmuddeligen Abteil verbracht. Der Schlafwagen war ausgebucht, und auch in der ersten Klasse waren keine Plätze mehr frei.

Ich hole die Reisetasche von der Ablage. In der Tasche liegt eine Maschinenpistole mit Reservemagazin, ein Satz Wechselkleidung für jeden von uns und ein Stadtplan. Ich hole ihn heraus und gebe ihn Ferdi, der ihn auf den freien Sitzen ausbreitet.

»Der erste Treff mit Karla soll in einem Café hier in der Mitte der Mönckebergstraße laufen. Der Platz ist nicht besonders gut, zu unübersichtlich, die Mönckebergstraße ist ähnlich wie die Zeil in Frankfurt. Ich werde Karla nur abholen und gleich mit ihr verschwinden. Schräg gegenüber vom Café liegt Karstadt, ein Klotz von Kaufhaus mit einem Vordereingang zur Mönckebergstraße und einem Hinterausgang zu dieser Straße hier. Das ist eine relativ gute Schleuse, denn alle diese Nebenstraßen sind Einbahnstraßen, und wenn Karla einen Observationstrupp im Schlepptau hat, können die nur zu Fuß hinterher. Du baust dich am besten hier am Mönckebergbrunnen auf, von da aus hast du das Café und den Vordereingang von Karstadt im Auge. Erst wenn wir im Kaufhaus verschwunden sind, setzt du dich in Bewegung und gehst durch diese Fußgängerpassage, die oberhalb des Hinterausgangs auf die gleiche Nebenstraße mündet. Geh ruhig langsam, denn wir schlagen nur einen Haken und kommen dir dort entgegen. Wenn du eine Zeitung unter dem linken Arm trägst, ist bis dahin alles in Ordnung, hast du die Zeitung weggeworfen, ist was faul, und ich breche ab und verschwinde in Richtung Mönckebergstraße. Ich kenne mich in Hamburg gut aus, also werde ich mich auf eigene Faust absetzen. Wir nehmen auf gar keinen Fall Kontakt miteinander auf, einen erkennbaren Zusammenhang zwischen uns darf es nicht geben! Hast du's bis dahin verstanden?«

»Bin ja nicht blöde ...«, Ferdis Tonfall ist ungnädig, »aber was mache ich, wenn was sein sollte, hau ich dann einfach ab oder vereinbaren wir einen Nottreff?«

»Nein, wenn wirklich was ist, wirst du dich sofort abseilen. Setz dich ab mit öffentlichen Verkehrsmitteln Richtung Celle, Uelzen oder Lüneburg und nimm von dort den Zug, auf gar keinen Fall darfst du Hauptbahnhöfe benutzen, klar?!«

»Okay, okay, laß uns erstmal das Treffen selber durchsprechen, wir müssen ja nicht schon jetzt den Teufel an die Wand malen ...« Ferdi macht eine wegwerfende Bewegung und will sich wieder der Karte zuwenden. Ich kann das aber so unverbindlich nicht stehenlassen, also setze ich nach: »Nein, so nicht. Hör zu, das war ernst gemeint. Noch mal ganz klar und unmißverständlich: Wenn etwas passiert, wenn Karla die Bullen zum Treff mitbringt, wirst du auf gar keinen Fall eingreifen. Du setzt dich ab, und zwar sofort. Du berichtest den anderen, was passiert ist. Das ist ein Befehl!«

Ferdi zuckt zurück, mein Ton verunsichert ihn. »Ich hab's verstanden und werde mich danach richten, zufrieden?«

»Jetzt, ja, also laß uns weitermachen.« Ich wende mich wieder dem Stadtplan zu. »Ich hole also Karla aus dem Café, nehme Karstadt als Schleuse, komm dir hier entgegen und kriege von dir signalisiert, ob bis dahin alles in Ordnung ist. Ich werde dann mit Karla die Parallelstraße zur Mönckebergstraße raufgehen, und du folgst uns mit einigem Abstand auf der anderen Straßenseite. Am Ende der Straße kommt der Eingang zur U-Bahnstation Hauptbahnhof Nord. Es gibt einen Weg unter dem Hauptbahnhof durch zur Südstation. Das wäre dann die zweite Schleuse, denn um auf einem anderen Weg von einer Seite des Bahnhofs zur anderen zu kommen, ob mit dem Auto oder zu Fuß, braucht man auf jeden Fall erheblich mehr Zeit. Du mußt allerdings den Abstand etwas vergrößern, sobald wir die U-Bahn betreten, damit kein Beobachter checkt, daß wir zusammengehören. Beim anderen U-Bahn-Ausgang ist ein Zeitungskiosk. Dort werde ich Zigaretten und eine Zeitung kaufen, um dir die Zeit zu geben, wieder aufzuschließen. Du wirst uns überholen und vor uns aus der U-Bahnstation gehen. Genau gegenüber ist ein Weinkeller mit einem kleinen Restaurant daneben, dort werden wir hingehen. Du guckst dir die Szene an, wenn wir im Restaurant verschwunden sind. Dann gehst du einmal um den Block und beobachtest die weitere Umgegend. Der Stadtteil heißt St. Georg, da gibt es einen Straßenstrich, Spielkasinos und jede Menge Kneipen, nur daß du Bescheid weißt und dich nicht wunderst. Die Seite zum Hauptbahnhof ist aber sauber. Etwas weiter runter ist übrigens auch eine Bullenwache, da stehen immer ein paar Streifenwagen rum, also keine Panik. Wenn dir was auffällt – für uns sind nur die Zivilfahnder interessant –, dann rufst du sofort im Restaurant an. Unter keinen Umständen kommst du hinterher, du wirst das Restaurant nicht betreten, capito!«

Ferdi ist meinen Erläuterungen auf dem Stadtplan mit dem Finger gefolgt. Gegen Ende meiner Ausführungen legt sich seine Stirn in Falten. »Findest du das wirklich so gut? Direkt beim Bahnhof und dann noch den Kiez gleich nebenan ... Ich weiß nicht, mir erscheint das gewagt.«

Ich muß grinsen, normalerweise hätte er sicherlich recht, aber in diesem besonderen Fall ... »Stimmt schon, es ist natürlich ein kleiner Trick dabei. St. Georg ist ein alter Stadtteil. Zwischen den einzelnen Häuserzeilen liegen sehr verwirrende Hinterhoflabyrinthe. Einige Keller, die früher als Lagerräume genutzt wurden, sind häuserübergreifend und verlaufen stellenweise sogar unter den Querstraßen durch. Wer sich dort nicht auskennt, kommt hoffnungslos ins Schwimmen. Ich hab da früher oft gespielt und später, als ich 'ne Zeitlang gedealt hab, die heißen Geschäfte meistens dort abgewickelt, sozusagen mit doppeltem Boden für alle Fälle. Also mach dir keine Sorgen, wenn es noch eine Chance gibt, wegzukommen, dann dort!«

Ich falte den Stadtplan zusammen, hole die Tasche von der Ablage und lege ihn wieder hinein. Als ich aus dem Fenster sehe, fährt der Zug in den Bahnhof Hamburg-Harburg ein. Noch eine Station, dann sind wir am Ziel.

Bis jetzt hat alles geklappt. Ich sitze im Karstadt-Restaurant und trinke meinen Kaffee aus. Ferdi ist schon gegangen, er will nicht von vorn zum Mönckebergbrunnen kommen, sondern ein Stück zurück in Richtung Hauptbahnhof gehen und sich dann von dort nähern, so daß es aussieht, als kämen wir aus entgegengesetzten Richtungen. Ich bezahle und klemme mir die frisch erworbene Aktentasche unter den Arm. Durch die Wäsche hindurch fühle ich die Maschinenpistole. Das Ding ist zwar klein und handlich, aber eigentlich überflüssig für einen Treff wie diesen. Renate hat sie eingepackt, und ich hatte das Gefühl, daß es sie beruhigt, wenn ich das Ding mitnehme. Also habe ich nichts gesagt.

Langsam fahre ich die Rolltreppen hinunter ins Erdgeschoß zum Ausgang Richtung Mönckebergstraße. Für einen Wochentagmorgen ist erstaunlich viel los. Ein ununterbrochener Strom von Käufern wird von einer Etage in die andere geschaufelt, berieselt von kaufanimierender Musik. Ich atme auf, als ich den Konsumtempel verlasse und ins Freie trete. Es ist kalt draußen, und die Luft hat eine Spur Salzgeruch, den sie von der Nordsee mitgebracht hat. Ich überquere den Platz vorm Mönckebergbrunnen und sehe aus dem Augenwinkel, wie Ferdi mir aus Richtung Hauptbahnhof entgegenkommt. Ohne auf ihn zu achten, überquere ich die Straße und bin nach ein paar Metern beim Eingang des Cafés. Die Drehtür am Eingang schirmt die süßlich-warme Schlaraffenlandatmosphäre drinnen von der kalten Betriebsamkeit der Einkaufsstraße ab.

Karla sitzt im hinteren Teil des Cafés. Sie hat sich verändert, die langen Haare sind verschwunden, und was noch übrig ist von der ehemaligen Pracht, hat sie kastanienrot gefärbt. Ich erkenne sie trotzdem sofort, auch ohne die Ausgabe von »Business Weekly«, in der sie angestrengt liest.

»Aber das ist ja eine Überraschung, Fräulein Karla, Sie hier? – Die Welt ist wirklich ein Dorf, ich sag's ja immer wieder – darf ich mich setzen?«

Karla sieht mich irritiert an. Schließlich glätten sich ihre Züge, sie hat mich erkannt. »Ja, aber gern . . .«, sie macht eine einladende Geste und zeigt auf den freien Platz neben sich, »das ist auch für mich eine Überraschung. Es ist eine ganze Weile her, daß wir uns das letzte Mal gesehen haben – es sind jetzt zwei Jahre her oder gar drei, ich weiß es gar nicht mehr.«

Die Kellnerin kommt, ich bestelle einen Kaffee und bezahle gleich. Ferdi soll draußen nicht festfrieren. Als die Kellnerin gegangen ist, sage ich leise zu Karla: »Ich finde es hier nicht besonders. Wenn die den Kaffee bringt, dann zahl gleich und laß uns gehen. – Wie war es inzwischen, gibt es irgendwas Berichtenswertes?«

Karla zieht einen Flunsch. »Nein, passiert ist überhaupt nichts, langweilig war's, die Zeit ist im Schneckentempo dahingeschlichen. Von Hotels und Pensionen hab ich fürs erste die Nase gründlich voll. Wie sieht es aus, ist die Wartezeit jetzt endlich vorbei, oder bist du nur gekommen, um mich wieder zu vertrösten?« Sie macht ein verzweifeltes Gesicht, etwas zu theatralisch, zu übertrieben. Meine Abneigung ist spontan. Ich könnte sie nicht begründen, würde mich jetzt jemand fragen. »Ich will hier erstmal raus, laß uns später darüber reden.«

Die Kellnerin kommt und erspart es mir, noch mehr sagen zu müssen. Karla zahlt und ich trinke hastig ein paar Schlucke, mehr des Eindrucks als des Durstes wegen. »Hast du die Sachen besorgt, die auf der Liste standen?«

Karla zieht eine Plastiktüte unter ihrem Stuhl hervor und schiebt sie mir zu. »Ist alles drin, ein Accustomat, dieses Spezialmikrofon und auch der elektrische Kleinkram. Der Laden war sehr seltsam, wo ich den Kram gekauft habe. Aber dein Vorgänger hat ja gesagt, daß es der einzige wäre, wo es den Krempel gibt.«

Scheiße, wieso hat mir das niemand gesagt. Ich wußte zwar, daß Karla ein paar Sachen besorgen sollte. Aber ich hatte keine Ahnung, daß es um Abhörelektronik ging. Ich bemühe mich, mir meine Verunsicherung nicht anmerken zu lassen. »Okay, laß uns jetzt gehen, du kannst mir unterwegs erzählen, was so seltsam war an dem Einkauf.«

Während wir die Mönckebergstraße überqueren und im Kaufhaus verschwinden, beginnt Karla zu erzählen. »Eigentlich war das gar kein richtiger Laden. Diese Firma hat zwar eine Etage für sich, aber da steht alles leer, bis auf ein paar Regale, zwei Schreibtische und den schmierigen Typ, der mich behandelt hat, als sei ich Mata Hari. Ich hab aus dem Stegreif eine ziemlich windige Geschichte erfunden, wofür ich das Zeug brauche. Richtig dramatisch und herzzerreißend, von wegen, daß ich meinen Mann verdächtige, eine andere zu vögeln, und das in unserer Wochenendwohnung, und daß ich deswegen dort ein Tonband installieren wolle, das nur dann angeht, wenn gesprochen wird und so weiter. Der Typ sah nicht so aus, als würde er mir ein Wort glauben, aber er hatte den Geierblick, dem war das Geschäft wichtiger als meine Geschichte.«

Wir sind durch den Hinterausgang von Karstadt auf die Nebenstraße abgebogen und gehen jetzt auf die Stelle zu, wo die

Passage vom Mönckebergbrunnen auf die Straße trifft. Ich sehe Ferdi. Er steht an der Fußgängerampel, und er hat die Zeitung unter dem linken Arm, soweit scheint also alles in Ordnung zu sein. Trotzdem habe ich ein ungutes Gefühl. Blödsinn, ich dränge die Fragezeichen in meinen Gedanken zurück, ich muß mich auf Ferdi verlassen. Ich kann jetzt nicht einfach improvisieren, nur weil die Frau unsympathisch ist. An Ferdi vorbeigukkend antworte ich Karla: »Es geht immer ums Geschäft. Solche Leute wissen, was sie verkaufen. Denen ist klar, daß ihre ›Produkte‹ immer in einer Grauzone und selten legal angewendet werden. Das muß dir keine Kopfschmerzen bereiten, du mußt nur selbstbewußt auftreten, dann brauchst du keine Herzschmerzgeschichten erfinden, die dir doch keiner abkauft. Aber, egal, du hast die Teile bekommen, und das ist, was zählt. War sonst noch was oder ist das alles?«

»Ich bin aus der Pension in ein Hotel umgezogen. Die Wirtin in der Pension hat es mit dem Familienanschluß übertrieben und in meinen Sachen rumgeschnüffelt. Von dem Elektronikkrempel hatte ich noch nichts gekauft, aber die Prospekte lagen herum. Deswegen bin ich vorsichtshalber umgezogen, man kann ja nie wissen. Jetzt sag mir aber endlich, wie es weitergehen soll. Ich bin's leid, mich hinhalten zu lassen!«

Scheiße, warum muß immer ich in solche Situationen geraten? Ich mag nicht mehr ausbaden, was andere verbockt haben! Also dann, Augen zu und durch. »Nun mal langsam. Von wegen hinhalten – du tauchst bei einem Treffen auf, hast deinen Hausstand unterm Arm und sagst, ich komm jetzt zu euch. Ich hab das dumme Gefühl, du hast dir keine Gedanken darüber gemacht, was das eigentlich bedeutet. Das ist kein Schritt, den man mal eben so macht, weil es sich gerade anbietet. Hätte ich den letzten Treff mit dir gemacht, hätte ich dir gleich gesagt, daß es jetzt nicht machbar ist. Die Gruppe ist nicht in der Lage, eine Neue zu integrieren, es geht nicht!« So, nun ist es raus.

Ich versuche Karlas Reaktion aus den Veränderungen ihrer Mimik herauszulesen, aber da verändert sich nichts. Wenn es ihr so wenig ausmacht, dann war die Entscheidung doppelt richtig. Etwas irritiert mich an ihrer Reaktion. Ich möchte wissen, was sie überhaupt bei uns wollte. Aber bevor ich fragen kann, sagt Karla: »Okay, ihr wollt mich also nicht. – Vielleicht kannst du mir mal verraten, wohin ich jetzt gehen soll? Zurück nach Frankfurt kann ich nicht! Hat der Typ vom letzten Treff nicht erzählt, daß ich in letzter Zeit keinen Schritt mehr machen konnte, weil die Bullen an mir dranklebten wie mein Schatten? Versetz dich mal an deren Stelle, für die bin ich seit drei Wochen spurlos von der Bildfläche verschwunden. Für die bin ich doch längst illegal abgebucht und wahrscheinlich schon zur Fahndung ausgeschrieben.«

Wir haben inzwischen den U-Bahn-Eingang erreicht und fahren mit der Rolltreppe in den Untergrund. Die Frau fängt an, mich zu ärgern, so naiv kann man doch gar nicht sein. »Und weswegen sollten sie dich auf die Fahndungsliste setzen, welches schlimme Verbrechen hast du begangen – außer, daß du drei Wochen lang deine Tante im Himalaja besucht hast? Die können dir doch gar nichts!«

»Mag schon sein, daß sie nichts haben, was für eine Anklage reicht. Aber das hatten sie bei anderen auch nicht, was sie aber noch nie daran gehindert hat, trotzdem zu verhaften und zu verhören. Das ist in letzter Zeit mit vielen Legalen passiert, das müßtest du doch eigentlich wissen.«

Ich habe wenig Lust, zu diesem Thema auf der Straße in die Bütt zu gehen, deswegen bin ich ganz froh, daß wir beim Kiosk am Ausgang des Bahnhofs angekommen sind. »Einen Augenblick, ich will mir noch ein paar Zigaretten und den ›Spiegel‹ kaufen. Willst du irgendwas?«

Karla ist stehengeblieben, lustlos sagt sie: »Nein.« Während ich Kleingeld aus meinen Taschen krame, geht Ferdi an uns vorbei. Bis jetzt war also alles sauber. Ich bezahle und folge Ferdi mit Karla. Bis wir in der »Weinkellerei am Hauptbahnhof« an einem rustikalen Tisch Platz nehmen, beharrt Karla nicht auf einer Fortsetzung des Gesprächs. Nachdem der Kellner die Bestellung aufgenommen hat, beeile ich mich, ihr zuvorzukommen.

»Hör mal, Karla, zur Gruppe stoßen zu wollen, weil es sein kann, daß die Bullen versuchen, dich zu verhören, das ist doch kein ernstzunehmender Grund. Ich frage mich, was du eigentlich von uns willst, was dir die Gruppe, was dir der Kampf bedeutet. Für uns ist es das einzige, was wirklich zählt. Selbst wenn du wirklich nicht zurück nach Frankfurt könntest, bedeutet das nicht automatisch, daß du in den Untergrund gehen mußt. Du könntest zum Beispiel im europäischen Ausland legal für uns arbeiten.«

Karla ist unruhig, vielleicht auch ein bißchen sauer. Mich stört das wenig, denn im Grunde finde ich ihr Benehmen unmöglich. Karlas Antwort fällt sehr spitz aus: »Ich hab schon verstanden, ihr wollt mich nicht. Aber dieser Vorschlag, mich irgendwohin abzuschieben, das kann doch nicht dein Ernst sein. Natürlich will ich zu euch, weil ich den bewaffneten Kampf richtig finde, was denn sonst?! Ich habe fast zwei Jahre die Drecksarbeit für euch gemacht, dabei hab ich fast alle meine Freunde verloren, nur damit über mich an euch keiner rankommt. Das alles hab ich doch nicht gemacht, um mich jetzt von dir in ein Kreuzverhör über meine Motivation nehmen zu lassen. Diese billige Tour soll doch nur kaschieren, daß die Entscheidung längst gefallen ist, egal, was ich dir vordröhne.«

An dieser Stelle platzt mir der Kragen: »Ganz schön arrogant, Mylady lassen sich nicht hinterfragen, die Mylady haben schon genug ›Drecksarbeit‹ für uns verrichtet. Du hast eine merkwürdige Auffassung von einer Arbeit, die du schließlich freiwillig und auf eigenen Wunsch gemacht hast. Du wirst schon entschuldigen müssen, daß wir alle sehr genau in die Mangel nehmen, die zu uns wollen. Nach diesem merkwürdigen Gespräch kannst du dir das abschminken, ich werde alles dazu tun, daß du auch später nicht in die Gruppe kommst. Du benimmst dich wie ein Backfisch, der seinen ersten Korb gekriegt hat. Du fragst nicht, was in der Gruppe vorgeht, du willst auch nicht wissen, ob es sonst vielleicht wichtige Aufgaben zu erledigen gäbe. Statt dessen schmollst du hier herum und ziehst deine eigene Arbeit in den Schmutz. So geht das wirklich nicht, jetzt nicht und auch in Zukunft nicht!«

Ich bin froh, daß Karla keine Möglichkeit hat, sofort etwas zu erwidern. Der Kellner bringt unsere Bestellung. Während er seine Last abstellt, fragt er höflich: »Entschuldigung der Herr, sind sie Herr Ferdi?«

Verdammt, ich habe vergessen, mit Ferdi einen Namen für den Anruf auszumachen, aber »Ferdi« ist klar genug ...

»Ja, der bin ich ... !«

»Da ist ein Anruf für Sie, es sei dringend, sagt der Herr am Telefon ...«

Mehr aus Reflex als aus bewußter Überlegung heraus schnappe ich mir beim Aufstehen die Aktentasche und dränge mich zum Tresen durch, wo mich der Kellner mit entgegengehaltenem Hörer erwartet. Ich drehe ihm den Rücken zu, bevor ich schnappe: »Ja, hier Ferdi, was gibt es denn?«

Ferdis Stimme sprudelt mir aufgeregt entgegen: »Keine langen Reden, mach, daß du wegkommst, die Bullen sind bereits dabei, die Kneipe von draußen abzuriegeln. Verpiß dich, Mann, die Alte ist uncool, nimm sie bloß nicht mit!« Wortlos lege ich auf.

Mir ist schwindelig, mein Herz hämmert in Panik. Der Hinterausgang ... der ist seitlich von den Toiletten. Ich muß noch mal an Karla vorbei. Ich renne jetzt, nehme keine Rücksicht mehr auf das, was die Gäste oder die Kellner denken könnten. Als ich auf Karla zurenne, springt sie auf, wirft dabei ihren Stuhl um und schreit: »Nein, nein, ich kann doch nichts dafür, die haben mich gezwungen, nicht bitte ...«

Ich registriere die Worte, bin aber in einem ganz anderen Film. Ich schleudere Karla beiseite. Sie stürzt auf den nächsten Tisch, reißt dabei Gläser und Gedecke mit.

Weiter, der Gang zur Toilette, jemand kommt mir entgegen, ich renne die Person über den Haufen und kriege nicht mal mit, ob es ein Mann oder eine Frau ist. Da, diese Tür muß es sein. Dahinter beginnen die rettenden Hinterhöfe. Ich greife nach der Türklinke, drücke sie herunter, drücke, drücke ... Scheiße, die Tür ist zu, abgeschlossen. Aus der Kneipe hinter mir kommt eine Lärmwelle angerollt, das Getrampel vieler Stiefel. Keine Zeit zu überlegen, die Pistole liegt wie von Geisterhand gezogen in meiner Hand. Ans Schloß halten, ein ohrenbetäubender Knall. Ein Holzsplitter sirrt mir am Kopf vorbei, ich werfe mich gegen die Tür, ein Krachen, sie fliegt auf. Ich renne ein Treppchen hinauf und dann nach rechts. Ein Stapel Holzkisten mit leeren Weinflaschen. Im Vorüberrennen reiße ich ihn um, ein Teil poltert hinter mir das Treppchen hinunter. Vielleicht hält das die Verfolger etwas auf. Eine knapp schulterhohe Mauer, schon beim Draufzurennen schätze ich den Schwung und die Möglichkeiten zum Greifen ab. Meine Aktentasche fliegt über die Mauer, ich stoße mich ab, schwebe für einen Augenblick über der Krone, falle dann tiefer als erwartet und komme falsch auf. Der Schmerz ist der Biß eines spitzzähnigen Reptils, gleichzeitig holt mich die Angst ein und wird zu einer Wand, an der ich hilflos zitternd abrutsche.

Ruhig jetzt, tief durchatmen. Die Aktentasche ... mit den Händen rudernd finde ich sie und rapple mich hoch. Verdammt, wieder dieser Schmerz, der Knöchel ist sicherlich angeknackst. Ich sehe mich um. Da drüben ist der Eingang des Kellers, der unter der nächsten Querstraße hindurchführt. Wie beim einbeinigen Wetthüpfen im Kindergarten überquere ich die freie Fläche, rutsche aus, falle die Treppe des Kellereingangs hinunter. Verwirrt komme ich hoch, greife nach der Klinke der Kellertür – Gott sei Dank, sie ist offen. Ich werde ein bißchen ruhiger, wenigstens werde ich meinen weiteren Weg nicht für die Verfolger mit Schüssen markieren. Vorsichtig schaue ich über die Einfassung der Kellertreppe und sehe zurück in Richtung Mauer.

Auf dem anderen Hof zersplittern Flaschen. Die Verfolger arbeiten sich durch den Kistenberg auf der Kellertreppe, aber lange wird es nicht mehr dauern. Die Überlegung, das erste Gesicht, das sich auf der Mauer zeigt, herunterzuschießen, wird aus der Angst geboren und dirigiert die Hand mit der Pistole. Wie in Trance lege ich an und ziele sorgfältig. Die Sekunden haben Stundenvolumen, die Hand, mit der ich die Pistole halte, wird schweißig und zwingt mich, nachzugreifen. Trotzdem bleibt die Visierlinie der Waffe immer auf die Mauerkrone gerichtet. Irgendwo dort wird es gleich eine Bewegung geben, auf die ich schießen werde.

Als der Kopf auftaucht, ist der Visierbalken fast im gleichen Augenblick im Ziel – jetzt noch ein minimaler Druck des Zeigefingers, dann . . . Aber ich drücke nicht ab. Aus dem Kopf wird Schulter, aus der Schulter Oberkörper. Der Bulle ist sehr jung, vielleicht zwanzig, höchstens zweiundzwanzig Jahre alt. Er sieht zu mir herüber, sieht mich und wird sich gleichzeitig bewußt, wie hilflos ausgeliefert er meiner Pistole ist. Unsere Blicke treffen sich, ich ziehe die Waffe etwas zur Seite, dann drücke ich ab. Der Schußknall platzt über den Hinterhof.

Der Bulle läßt sich auf seine Seite der Mauer zurückfallen. Ich drehe mich um, öffne die Kellertür und befinde mich in einem riesigen Gewölbekeller, der bis auf ein paar Kisten im entgegengesetzten Eck leer ist. Die gegenüberliegende Tür ist fußballfeldweit entfernt, ich hinke auf sie zu, jetzt ganz ruhig, die Angst ist verflogen. Ich könnte nicht sagen, wieso, aber ich bin sicher, daß ich davonkomme, ich bin ganz sicher.

31 Zweifel

Die Dunkelheit hat etwas Wohltuendes. Renates warmer Körper an meiner Seite nährt die Illusion von Geborgenheit. Das Aufleuchten der Zigarettenglut beim Ziehen sagt mir, daß Renate noch wach ist.

Noch einmal davongekommen! Mit mehr Glück als Verstand, so nennt man das wohl. Trotzdem kann ich nicht recht froh werden über dies Ereignis. Ich sehe immer wieder das Gesicht des jungen Polizisten, sehe die Visierlinie meiner Pistole, die auf ihn zeigt. Ich habe nicht geschossen, zum zweiten Mal habe ich nicht geschossen. Als ich den anderen die Situation geschildert habe, war für sie aus meiner Beschreibung nicht zu entnehmen, daß es eine ganz bewuße Entscheidung war, das habe ich verschwiegen. Ich habe kein schlechtes Gewissen deswegen. Aber mir selbst kann ich nicht verschleiern, daß alle meine Bekenntnisse zum bewaffneten Kampf mit einem Fragezeichen versehen sind. Mag es auch aus der Situation heraus erklärbar sein, warum ich so reagiert habe, ich bin mir nicht mehr sicher, ob ich nicht auch in anderen Situationen nicht abdrücken kann. Soll ist daraus Konsequenzen ziehen? Welche Konsequenzen wären das? Ich bin ratlos.

Renate spürt, daß etwas nicht stimmt mit mir. Sie hat schon ein paarmal versucht, mit vorsichtigen Fragen meine Barrikaden zu durchbrechen. Ich habe sie abgespeist . . . das hat sie wahrscheinlich gemerkt, auch wenn sie sich nichts hat anmerken lassen. Nun schweigt sie, und die Stille zwischen uns ist ein einziger unausgesprochener Vorwurf. Ich wälze mich auf die andere Seite, um dem Druck auszuweichen, von dem ich mich doch nicht abwenden kann. Wie soll es weitergehen?

In der Gruppe hat diese Beinahe-Katastrophe zu einschneidenden Veränderungen geführt. Im Blitztempo und einstimmig ist vom Kommando, das die Aktion durchführen wird, beschlossen worden, daß die Kontakte zu den Legalen bis auf eine Ausnahme abgebrochen werden. Die Ausnahme wird der Kontakt zu den Stammheimern sein – solange der noch möglich ist, denn die Gefangenen sind im Hungerstreik und es geht ihnen mit jedem Tag schlechter.

Für mich gibt es trotz allem eine neue Arbeit. Es ist sicherlich gut gemeint, mich damit zu beauftragen, aus Holland einige

Pässe zu besorgen. Unter normalen Umständen wäre es ein leichter Job, noch dazu, weil ich einen alten Freund aus Vor-RAF-Zeiten treffen werde. Die ausländischen Legalen sind vom Kontaktverbot ausgenommen. Das ist inkonsequent, aber auch für Militante gibt es Sachzwänge. Die Reisepapiere werden gebraucht, und sie sind nicht anders zu besorgen.

Mir paßt diese Reise nicht, nicht jetzt, nicht nach dem, was gerade passiert ist. Ob das Angst ist, die Angst davor, daß wieder etwas passieren könnte? Ich weiß es nicht. Am liebsten würde ich mich unter die Erde verkriechen und erst wieder herauskommen, wenn ich mir im klaren darüber bin, was mit mir los ist, was ich will und was nicht. Wieder und wieder sage ich mir, daß ich es auch unter diesen Bedingungen klären kann. Dieser Anspruch kommt mir wie ein guter Vorsatz vor, zu Sylvester zurechtgelegt und im neuen Jahr ganz selbstverständlich wieder vergessen. Aber vergessen ist leider nicht drin. Ich weiß schon jetzt, daß ich in Zukunft in jeder kritischen Situation wieder vor meinen Widersprüchen stehen werde.

Renate dreht sich zu mir um und streichelt mir übers Haar. »Willst du nicht versuchen, wenigstens ein paar Stunden zu schlafen? Du hast morgen einen langen Trip vor dir, und an der GeGe mußt du deine sieben Sinne beisammen haben!«

Die GeGe, die »grüne Grenze«, das könnte womöglich schon die nächste kritische Situation sein. Eine Grenzschutzstreife, ein paar Zöllner auf Schmugglerhatz, eine routinemäßige Polizeikontrolle zur Ausweisüberprüfung, und schon könnte ich erneut vor einer Entscheidung stehen. »Mir hängt die Geschichte einfach noch an, versteh doch. Ich würde ja gern einschlafen, aber bevor ich mich in stundenlangen Versuchen erschöpfe, denke ich lieber bewußt darüber nach.« Wieder etwas gesagt, ohne zu sagen, was wirklich mit mir los ist.

Renate schüttelt mich sacht an der Schulter. »Hey, Typ, worüber denkst du denn bewußt nach? Dreh dich doch mal um und guck mich an, vielleicht läßt es sich ja zu zweit einfacher lösen. Ich fühle mich von dir ausgeschlossen und weiß nicht mal, warum, muß das sein?«

Ich habe schon eine patzige Bemerkung auf den Lippen, schlucke sie aber herunter. Ich bin froh, daß die Dunkelheit mich zumindest optisch abschirmt. »Es ist schwer zu erklären. Sind so ›Was-wäre-wenn-Fragen‹. Was wäre, wenn der Bulle mit der

Knarre in der Hand über die Mauer gekommen wäre und geschossen hätte; was wäre, wenn ich zurückgeschossen und ihn getötet hätte; was wäre, wenn ich gezögert und er mich getroffen hätte? Sag jetzt bloß nicht, daß das überflüssige Selbstquälerei ist, das sag ich mir schon selber, und es nützt gar nichts!«

Renate lacht leise und zieht mit dem Finger die für sie unsichtbaren Konturen meines Gesichtes nach. Das stört mich mehr, als wenn sie sofort geantwortet hätte. Am liebsten würde ich ihre Berührung abschütteln, aber ich halte still, inkonsequent auch noch im Detail.

»Was wäre wenn – glaubst du etwa, daß du allein solche Gedanken wälzt? Stell dir vor, ich zum Beispiel habe überlegt, was wäre, wenn du nicht zurückkommen würdest. Wie wäre ich damit zurechtgekommen, daß ich nicht mit zu diesem Treff gefahren bin? Was wäre, wenn ich an deiner Stelle gefahren und in diese Situation geraten wäre? Auf solche Gedanken hast du kein Monopol. Aber das ist doch nicht alles! Los, gib dir mal 'nen Ruck und erzähl mir auch den Rest ... bitte!«

Ihr »bitte« ist sanft und verlockend. Einfach alles sagen, einmal alles rauslassen, was sich in mir um sich selbst windet. Aber es geht nicht, ich kann nicht. Ich will Renate nicht mit hineinziehen. Das denke ich und weiß auch, daß es nur eine Ausrede ist. Ich kann nicht darüber sprechen, weil ich Angst davor habe, daß Renate dann Konsequenzen von mir fordert, die ich aus eigenen Stücken nicht bereit bin zu ziehen. »Na ja, Angst ist auch im Spiel. Angst davor, in einer ähnlichen Situation auszuticken, meine Reaktionen nicht mehr unter Kontrolle zu kriegen, Scheiße zu bauen.« Ein elegantes Ausweichmanöver, was ich sage, stimmt und stimmt auch wieder nicht, denn Renate wird es in eine ganz andere Richtung interpretieren. Ich komme mir schäbig vor.

Renate lacht zum zweiten Mal. »Manchmal bist du wie ein Kind, wirklich. Angst – klar hast du Angst! Wenn du in einer solchen Situation keine Angst haben würdest, wäre das selbstmörderisch. Und von wegen Scheiße bauen, die Gefahr besteht immer, unvermeidlich. Ich will nichts beschönigen, und ich kann verstehen, daß dich dieses Problem beschäftigt, aber auch wenn du dir den Kopf zergrübelst, so kommst du keinen Schritt weiter ... Was wäre, wenn du nachts im Bett neben deiner besorgten Freundin liegend den Verstand verlierst? Komm, hör auf!«

Ich nicke im Dunkeln. Nur zu gern. Aber die Fragen sind noch da, und neue kommen hinzu. Warum fange ich jetzt schon an, in der engsten Beziehung zu taktieren? Wie lange kann ich mich in einem Luftschloß aus aufgesetztem Anspruch verbergen, einem Anspruch, von dem ich im Grunde glaube, daß ich ihn nicht erfüllen kann?

Renate bemerkt mein Zögern. Sie kneift mir in den Arm, zieht an den Haaren und versucht mich zu kitzeln. »Mann o Mann, wie siehst du dich eigentlich selber? Wenn du die Ansprüche an dein Handeln weiter dermaßen hochschraubst, wirst du bald genau das erleben, vor dem du die meiste Angst hast! Daran mußt du früher oder später scheitern, das ist mal sicher.«

Mein Lachen klingt gequält. Sie hat recht, nur in einem anderen Sinne, als sie denkt. Schluß jetzt, finito, Ende, aus, ich drehe allmählich wirklich durch. Morgen werde ich allein nach Holland fahren, ich werde Zeit genug haben zum Nachdenken, und – vielleicht – werde ich jemanden treffen, mit dem ich reden kann, ohne Angst vor den Folgen haben zu müssen. Ich drehe mich zu Renate um. »Ist okay, dank dir, daß du mich aus der Gedankenachterbahn rausgeholt hast!«

Renate rückt näher und gibt mir einen Kuß auf die Nasenspitze. »Nichts zu danken, nur noch ein Wunsch: Wenn es mal wieder Würmer regnet in deinem Kopf, dann fang doch bitte von dir aus an, darüber zu reden. Beziehung zeigt sich vor allem in dem Vertrauen, daß einer dem anderen entgegenbringt. Ich mag nicht immer nachfragen müssen, und in der Rolle des Inquisitors sehe ich mich auch nicht!«

Renates Finger gleiten mit berührungsloser Flüchtigkeit über meine Haut, was mich normalerweise sehr erregt. Aber der Eisblock in mir ist noch nicht abgetaut. Das Gefühl, ich hätte sie betrogen, überzieht mich wie eine Gummihaut. Trotzdem tue ich so, als ob ich mit ihr schlafen will. Sie merkt es nicht, läßt sich von ihrer eigenen Erregung davontragen. Eine Show bis zum bitteren Ende, verdammte Scheiße, muß denn alles kaputtgehen? Ich finde mich selbst zum Kotzen.

32 Willem

Dem Taxifahrer habe ich gesagt, er soll mich zur »Leidse Plain« fahren. Den Rest des Weges will ich zu Fuß gehen. Ich fühle mich so gut wie lange nicht mehr. Mit dem Überschreiten der Grenze habe ich mehr zurückgelassen als nur meine Widersprüche gegenüber der Gruppe und dem Land, in dem es jedem zur Ehre gereicht, als »vaterlandsloser Geselle« tituliert zu werden. Ich kenne das Gefühl von früher: Die ersten holländischen Töne, das erste »Koppje Koffie«, die erste gerauchte Caballero, und die Republik fällt von mir ab wie ein aufgetragener Schuppenpanzer. Damals war es noch extremer, da wurde ich drüben noch von keifenden Kniebundhosen mit dem Spazierstock attackiert, weil sie in der Länge meiner Haare das Symbol für den Ausbruch von Anarchie und Kommunismus sahen.

Der Grenzübergang war ein Spaziergang durch ein Birkenwäldchen im sonnenscheinfunkelnden Frühtau, einfach unwirklich schön. Meine Stimmung wurde weder vom Grenzschutz noch vom Zoll getrübt. In Venlo habe ich ausgiebig gefrühstückt und dann den Zug nach Amsterdam genommen, wo ich vor ein paar Minuten angekommen bin. Ich freue mich darauf, nach so langer Zeit Willem wiederzusehen. Willem, den Uraltfreak, der Bluesbreaker aus Profession, Willem, der alle Platten aus den Bereichen Jazz, Blues und Rock 'n' Roll schon nach wenigen Tönen erkennt, der den Jahrgang, die Interpreten und das Label nennen kann.

Kennengelernt habe ich Willem bei einem Konzert von Eric Burdon in Offenbach. Die Spannung bei diesem Konzert war mit Händen zu greifen gewesen. Eric Burdon declares war, die Stimme des weißen Rock- und Bluessängers, getragen von einer tiefschwarzen Rockgruppe. Viel Percussion stampfte die Tobacco Road rauf und runter. Die Halle war voll mit schwarzen GIs, gerade auf dem Weg nach Vietnam, um sich für Uncle Sam in einem aussichtslosen Krieg den Kopf wegschießen zu lassen. Wie dieser Krieg aussah, das wußten sie bereits. Sie hatten die ausgebrannten Gesichter gesehen, die auf dem Weg nach Hause waren und doch nie mehr ankommen würden. Für sie war der American Dream geplatzt wie der Schädel eines erschossenen Freundes. Das wilde, verängstigte, überreizte Tier Mensch füllte den Saal, bereit, die Aggressionen an allem und jedem abzureagieren. Eric Burdon wurde vom American Forces Network, der amerikanischen Militärrundfunkstation, nicht mehr gesendet, seit sein Song »Sky Pilot« den Überlegenheitswahn der amerikanischen Kriegsmaschinerie aufs Korn genommen hatte. Das Verbot trieb die GIs in Scharen in dieses Konzert.

Don't tell me, I don't give a damn, next stop is Vietnam. Die Haschwolke lag wie schwerer Nebel über der aufgeheizten Masse. Eigentlich hätten es zwei Konzerte nacheinander werden sollen, aber die Leute weigerten sich, die Halle nach dem ersten Konzert zu verlassen. Kein Saalordner hätte es gewagt, sich mit den angeturnten, überdrehten Soldaten anzulegen. Ein Vorwand, in Arrest genommen zu werden, wäre vielen gerade recht gekommen, denn es bedeutete ein paar weitere Tage relativer Sicherheit in Good Old Germany.

Wir waren mit der ganzen Wohngemeinschaft gekommen und hatten uns vor der Bühne niedergelassen. Der von Mary-Jane geputschte Rockrausch hatte uns angefallen wie ein ausgehungerter Wolf. Es gab nur noch die peitschenden Gitarrentöne, die von selbst bis zur Erschöpfung tanzenden Füße, die Ekstase einer sechsstündigen Rocksession. Burdon wurde von der aufgeheizten Stimmung aufgesogen und schrie sie über die Lautsprecherberge zurück in die Menge. Seine Stimme lockte, schlug um sich, lag auf der Lauer, fing jeden einzelnen im Saal. Es war der pure Wahnsinn!

Mir war schon länger ein Typ aufgefallen, der ab und zu wie ein Derwisch tanzte, um in der nächsten Minute bewegungslos über seinem Schreibblock zu meditieren. Nur der schreibenden Hand erlaubte er, sich zu bewegen, was in dieser Atmosphäre von großer Willenskraft zeugte. Irgendwann zwischen »House of the rising sun« und »San Francisco nights« hatte ich einen Riesenjoint gedreht. Wir rauchten reihum. Ein paar amerikanische Freunde, Schwarze aus Harlem/New York, zwangsweise eingezogen und voller Haß auf den Krieg der »weißen Bestie«, rauchten mit. Plötzlich stand dieser Typ vor mir, sah mich fragend an, und wie hypnotisiert gab ich ihm den Joint. Er zog daran wie eine Dampflok, dann schob er sich durch die zukkende Menge vor zur Bühne. Ich wollte erst hinterher und protestieren, aber die Entschiedenheit seiner Bewegungen hielt mich zurück. Am Bühnenrand angekommen, winkte er Burdon zu. Der sah ihn, grinste, ließ die Band für ein paar Takte leer spielen, kam zum Bühnenrand, nahm ihm den Joint aus der Hand, hob ihn feierlich wie eine Reliquie in den Saalhimmel und begann vor allen Augen zu rauchen.

Die Stimmung überschlug sich, das »Right-on-brother«-Gebrüll wurde zum triumphierenden Sprechgesang. Die Band nahm diesen Rhythmus auf, und während unser Joint auf der Bühne von einem zum anderen wanderte, entstand eine spontane Einlage, ein Wechselgesang zwischen oben und unten, immer schneller, immer wilder. Als der Galopp mangels Luft und der Unmöglichkeit, Lautstärke und Schnelligkeit noch weiter zu steigern, schließlich zusammenbrach, war mein zweiter Joint bereits fertig. Der Typ war vom Bühnenrand zurück und gab mir beim Anrauchen Feuer. Er nahm selber einen Zug, gab den Joint dann weiter und ließ sich im Schneidersitz nieder, um wieder etwas auf seinen Block zu schreiben. Ich war neugierig geworden und setzte mich zu ihm. »Was schreibst du denn da auf?«

Er sah auf, als hätte er mich nicht richtig verstanden. »Einen Kommentar für einen Piratensender in Holland.« Er konnte sich nur lautstark verständlich machen, aber den Akzent in seiner Aussprache hatte ich sofort erkannt. Auf holländisch fragte ich ihn zurück, woher er käme. Daß ich seine Sprache sprach, schien ihn nicht zu verwundern, und übergangslos wechselte er vom Deutschen ins Holländische. »Ich bin aus Amsterdam. Die Leute von Radio Caroline haben vermutet, daß hier was los sein wird, wegen der vielen Ami-Soldaten. Darüber soll ich berichten.«

Ich nickte, wollte etwas erwidern, aber da brach ein neues Rockgewitter los, und das Stampfen der Menge ließ den Saalboden so stark erzittern, daß der Typ trotz seiner Ruhe nicht mehr weiterschreiben konnte. Erst als Burdon nach vier Stunden ununterbrochenen Spielens um eine Pause flehte, kamen wir dazu, länger miteinander zu sprechen. Ich erfuhr, daß er Willem hieß und von Amsterdam aus Plattenbesprechungen und Musikkommentare für eine Reihe von Radiostationen und Piratensendern vertrieb. Unser Gespräch wurde unterbrochen, als ein amerikanischer Freund zu mir kam und mich dringend sprechen wollte. Mike war einer der Brothers aus Harlem, Mitglied der Black Panthers und in der Gruppe »Up against the wall« organisiert, die in der Army gegen den Vietnamkrieg und die US-Politik agitierte. Wir halfen dieser Gruppe manchmal, desertierte

Schwarze über Hamburg nach Schweden zu schleusen, wo ihnen meistens politisches Asyl gewährt wurde. Mike fragte mich, ob ich zwei Brothers unterbringen könnte, bis genug Geld beisammen sei, um sie nach Schweden zu bringen. Die beiden hatten schon ihren Marschbefehl bekommen und sollten in zwei Tagen von der Rhein-Main-Air-Base nach Saigon geflogen werden. Es eilte also. Ich war im ersten Moment hilflos. Bei uns konnte ich die beiden nicht einquartieren, da wir mit unverhofftem Besuch vom Rauschgiftdezernat rechnen mußten. Nach Hamburg konnte ich sie auch nicht schaffen, dort saßen schon zwei andere und warteten auf einen Freund aus Dänemark, der sie über Kopenhagen nach Schweden bringen würde. Für unser schwaches Netzwerk waren es in letzter Zeit einfach zu viele Leute gewesen. Aber hängenlassen wollte ich Mike und seine Freunde auch nicht, und so versprach ich ihm, mich bei der auf dem Konzert gut vertretenen Frankfurter Linken umzuhören, wer bereit wäre, die beiden Deserteure für ein paar Tage zu beherbergen. Mike wollte die Pause nutzen, um sich unauffällig mit einigen anderen Panthers zu treffen, und verabschiedete sich fürs erste.

Willem hatte während des Gesprächs neben uns auf dem Boden gehockt und scheinbar teilnahmslos geschrieben. Nachdem Mike in der Menge verschwunden war, holte er eine Pfeife aus seiner Umhängetasche und zog aus dem Schaft seines Stiefels einen Beutel mit Gras. Wir rauchten seinen Stoff, und der hatte Spitzenqualität. Weil seine Pfeife zu klein war, um meine ganze Wohngemeinschaft zu beköstigen, stopfte er ohne eine Bemerkung eine zweite, dritte und vierte. Schließlich wandte er sich an mich und sagte auf holländisch so leise, wie es die Umstände erlaubten: »Hör mal, ich habe eben unfreiwillig mitbekommen, daß ihr ein Problem habt. Amsterdam ist zwar ein Umweg für deine schwarzen Freunde, aber dafür kann ich dir versprechen, daß sie von dort aus direkt nach Schweden können. Wenn du mir vertraust, dann schick sie zu mir, ich gebe dir meine Adresse. Solltest du mißtrauisch sein, was ich verstehen könnte, dann lade ich dich ein, mich zu besuchen. Du kannst dich überzeugen, daß ich keine Story erzähle, einverstanden?«

Ich wußte nicht recht, einerseits war das eine schnelle Lösung meines Problems, andererseits war ich unsicher, von Amsterdam direkt nach Schweden, wie sollte das funktionieren. Ich fragte ihn, und Willem erklärte mir, daß es in Holland ziemlich viele Schwarze aus den ehemaligen Kolonien mit holländischer Staatsbürgerschaft gebe. Längst nicht alle könnten auch holländisch sprechen, das sei nichts Außergewöhnliches. Viele dieser Kolonialkinder würden offen mit den Black Panthers sympathisieren. »Ich kenne eine Gruppe militanter Surinamer, die sicherlich sofort bereit wären, den schwarzen Brothers Pässe zu überlassen. Außerdem kenne ich sehr viele Rockbands, englische, amerikanische und natürlich auch holländische, in denen Schwarze mitspielen und die in Skandinavien auftreten. Da läßt sich vielleicht sogar ein richtiger Pendelverkehr organisieren, bei dem dieselben Pässe mehrere Male hintereinander benutzt werden könnten.«

Was er erzählte, hörte sich gut an, fast zu schön, um wahr zu sein. Den Ausschlag gab aber, wie er es sagte, ruhig, ohne übertriebenen Eifer, aber so bestimmt, daß ich mir nicht vorstellen konnte, daß das zusammengesponnen sei. Vorsichtig und ohne feste Zusage willigte ich ein. Damit war für Willem dieser Teil des Gesprächs beendet, er gab mir eine Visitenkarte mit seiner Amsterdamer Adresse. Ich mußte lächeln, ein Freak mit einer Löwenmähne, der Visitenkarten verteilt.

Zwei Tage später habe ich ihn das erste Mal in Amsterdam besucht. Er besitzt ein eigenes kleines Häuschen an einer Gracht im Amsterdamer Zentrum, das er von seinen Eltern geerbt hat. Die Leute von »Up against the wall« hatten mich gebeten, die neue Verbindung zu testen. Die Deserteure warteten wie auf glühenden Kohlen auf meinen Anruf, um nicht doch noch in den Reisfeldern Vietnams für eine Sache krepieren zu müssen, die nicht die ihre war. Am nächsten Morgen holte ich die beiden zusammen mit Willem auf der deutschen Seite der Grenze in der Nähe von Enschede ab. Willem hatte in der Zwischenzeit nicht nur zwei Pässe besorgt, er kannte auch einen Feldweg, auf dem man ohne Schwierigkeiten und Kontrollen von Deutschland nach Holland kommen konnte.

So hatte ich Willem kennengelernt, und aus dieser Begegnung war eine Freundschaft gewachsen, die über die Jahre hielt. Willem hatte meine Entwicklung zur RAF mitgekriegt und half auch weiterhin, auch wenn er sich selbst als Anarchist und Pazifist definierte und Gewalt strikt ablehnte. Er war ein Freak gewesen, bevor der Begriff Flowerpower überhaupt existierte, und er blieb es, als die Blumenkinder längst dabei waren, sich reihenweise in Bahnhofstoiletten und schäbigen Absteigen zu Tode zu fixen. Mit der RAF-Ideologie konnte er nichts anfangen, und er bat mich, ihn mit Politergüssen zu verschonen, wenn ich wieder mal versuchte, ihn von der Richtigkeit des bewaffneten Kampfes zu überzeugen. Irgendwann sagte er kategorisch: »Mein Freund, ich helfe dir. Dir, verstehst du, nicht diesem Verein. Ich mag dich und du bist mein Freund und ich hoffe, daß du möglichst schnell einsiehst, daß diese Scheiße nicht deine Sache ist. Ich bin kein Prediger, deswegen versuche ich auch nicht, dich davon zu überzeugen, wie sinnlos Kriegsspiele sind. Aus Gewalt ist noch nie etwas Gutes entstanden. Aber versuch nicht, mich vollzuquasseln mit dieser Weltrevolutionsscheiße. Es haut nicht hin und ich denke, im Grunde weißt du das längst selbst!«

Trotzdem hat er mir mehrmals Pässe und Ausweise besorgt und beim Anmieten von Wohnungen in Holland geholfen. Die Gruppe ist ihm gegenüber mißtrauisch, denn er weigert sich strikt, mit jemand anderem zusammenzuarbeiten. Diesmal ist es mir ganz recht so, ich freue mich auf unser Wiedersehen. Die Tür von Willems Haus ist nicht abgeschlossen. Ohne den altmodischen Türklopfer zu benützen, trete ich ein. Die Tür rechts zu seinem Arbeitszimmer ist halb offen, und ich höre seine Stimme und eine Schreibmaschine.

»Es handelt sich bei dieser LP auf dem Bronco-Label von ABC um Mainstream-Rock der Schubidibidu-Machart, besser geeignet zur Fahrstuhlberieselung als für euren Plattenteller. Die Band zupft zwar wacker gegen den Winterschlaf an, besonders der Schlagzeuger Jerry Pulp versucht sich zwischendurch als Wecker, aber es bedarf titanischer Kräfte, den Bassisten aus der Agonie zu holen und den Keyboarder daran zu hindern, über den beiden von ihm beherrschten Tasten den Geist aufzugeben. Ihr werdet euch beim Hören fragen, was das soll ... Um ehrlich zu sein, euer Willem hat es auch nicht herausfinden können!«

Willem sitzt zusammengesunken in einem altehrwürdig angestaubten Ohrensessel, der seine Midlife-crisis schon lange hinter sich hat. Seine Augen sind geschlossen, und sein Gesichtsausdruck ist aufs höchste genervt. Er hat Kopfhörer auf, das mag auch der Grund sein, warum er den Text quer durch den Raum schreit. Auf der anderen Seite des Zimmers sitzt ein Mädchen an einem Schreibtisch und gibt sich Mühe, seine galoppierenden Sätze einzufangen und in die Maschine zu tippen.

Willem reißt den Kopfhörer runter, schreit: »Aus, Ende . . .«, wird, erschrocken über seine eigene Lautstärke, leiser und beendet den Satz: »Erinnere mich beim nächsten Besuch von dem ABC-Typen daran, daß ich ihn zu ein paar Zyankali-Häppchen einlade. Diese Platte ist eine Zumutung!« Willem steht auf und geht quer durch den Raum hinüber zum Schreibtisch, er hat mich noch nicht bemerkt. Er beugt sich von hinten über die Schulter des Mädchens, streicht mit einer liebevollen Geste die langen schwarzen Haare beiseite und küßt sie auf die Schulter. »Sorry, daß ich so gebrüllt habe. Offenbar wollte ich diese Horde scheintoter Affen übertönen. Kommt nicht wieder vor!«

Das Mädchen zieht die Schreibmaschinenseite aus dem Wagen, sortiert das Durchschlagpapier heraus und wirft es zusammengeknüllt in den Papierkorb. Willem dreht sich um, stockt mitten in der Bewegung, grinst mich dann an. »Hallo, das ist aber eine Überraschung, der Muffkopp ist mal wieder im Lande, unglaublich, aber wahr!« Er rennt mich fast um, wir umarmen uns, lachen und reden zur gleichen Zeit. Willem schaut mich prüfend an. »Mein Freund, du siehst nicht gerade fröhlich aus. Aber komm, laß uns nach oben gehen, du mußt mir alles erzählen.«

Das Mädchen hat die Szene schweigend beobachtet, sie mustert mich skeptisch. Willem sieht ihren Blick und sagt: »Ina, das ist Karl Muffkopp aus Deutschland. Er sieht zwar aus wie ein Handlungsreisender für Dentalzubehör, aber er ist ein echter Freund. Tu mir den Gefallen und scheuch alle weg. Ich bin nicht zu Hause, und ihn hast du nie gesehen, okay!«

Ina lächelt jetzt, nickt und fragt: »Soll ich euch einen Kaffee machen?«

Willem, der mich schon halb die Treppe raufgezogen hat, dreht sich noch mal um. »Wäre toll, und ein paar Schnittchen würden gut dazu passen . . . Ich übernehme dafür deinen Küchendienst morgen, es soll ja niemand behaupten, daß ich dich ausbeute.«

Inas »alter Schlappschwanz« erreicht uns, bevor Willem die Tür zu seinem privaten Reich ins Schloß wirft.

Ein Mädchen bei Willem, das wirft Fragen auf. »Sag mal, habt ihr was miteinander?«

Willem muß lachen. »So was kannst auch nur du fragen. Mann, ich bin schwul, war immer schwul und werde es auch bleiben.«

Dann erzählt er, daß Ina bis vor kurzem an der Nadel hing. Er besorgte ihr einen Therapieplatz bei Release. Ihre Beziehung wurde sehr eng in dieser Zeit, wohl auch deswegen, weil die beiden füreinander keine Gefahr bedeuteten. Nach der Therapie zog Ina zu Willem, und seither leben und arbeiten die beiden zusammen. Ich muß daran denken, daß Willem mehrmals versucht hat, die Arbeit mit einem der jungen Stricher zusammen zu machen, in die er sich ebenso regelmäßig verliebt, wie diese ihn ausplündern. So gesehen ist Ina für ihn wahrscheinlich ein Glücksfall. »In der Biologie nennt man eine Beziehung wie unsere, glaub ich, Symbiose«. Willem schmunzelt, »hey man«, sagt er dann übergangslos, »wenn ich dir das alles so erzähle, fällt mir erst auf, wie lange du nicht mehr hier warst!«

Womit er recht hat. Ich rechne kurz nach, es muß schon ein dreiviertel Jahr her sein, seit wir uns zuletzt gesehen haben. Willem stopft ein Pfeifchen, wobei er mich immer wieder angrinst, so, als wüßte er genau, daß ich schon lange nichts Gutes mehr geraucht habe. »Nun bist du aber dran, erzähl mal, was macht die Weltrevolution, wie steht es an der Front?«

Verdammt, warum kann er meine Sache nie ernst nehmen? Ich bemühe mich um einen lockeren Tonfall. »Ach du, da gibt es viel zu erzählen. Hat sich alles ein bißchen anders entwickelt, als ich es mir vorgestellt habe. Ich weiß gar nicht, wo ich da anfangen soll. Vielleicht hast du mitbekommen, daß die Gefangenen im Hungerstreik sind. Wenn wir es nicht schaffen, in allerkürzester Zeit was auf die Beine zu stellen, wird es Tote geben. Der Staatsschutz hat die Haftbedingungen so verschärft, daß den Gefangenen keine andere Möglichkeit mehr bleibt, wenn sie sich nicht selbst aufgeben wollen. Das setzt uns draußen doppelt unter Druck. Wir versuchen eine Aktion auf die Beine zu stellen, um sie endlich rauszuholen. Die Sache ist nur die, daß dabei das Verhältnis untereinander, mal simpel gesagt, ›das Zwischenmenschliche‹, ziemlich auf der Strecke bleibt. Und nicht nur das, auch in der politischen Diskussion geht es nicht weiter, es sei denn, es handelt sich um die Aktion. Na ja, wir sind eben über die Sachzwänge der Illegalität gestolpert, so hatte sich das vorher keiner vorgestellt.«

Ich muß unterbrechen, weil Willem mir die angerauchte Pfeife gibt. Er hat mit gerunzelter Stirn zugehört, jetzt nutzt er die Pause. »Von dem Hungerstreik habe ich im Radio gehört. Ich glaube, daß das im Ausland mehr Aufmerksamkeit erregt, als ihr es bei euch überhaupt mitkriegt. Hochsicherheitstrakt, Stammheim, politische Gefangene, das sind Worte, die sich in Holland für viele mit Deutschland verbinden. Ich denke aber, wenn ihr jetzt eure sogenannte ›Aktion‹ durchführt und dabei etwas schiefgeht, dann wird das den Bonus für eure Leute schnell kaputtmachen. Hört sich für dich sicherlich mies an, aber im Moment habt ihr das Mitleid auf eurer Seite.«

Ich versuche ihm zu erklären, daß die Opferrolle das letzte ist, was die Gefangenen wollen. Ich sage, daß sie den Hungerstreik als Kampf betrachten, als das letzte ihnen verbliebene Mittel, sich ihre Identität zu bewahren. Aber ich sehe an seiner Mimik, daß ihn meine Argumente nicht überzeugen. Statt darauf einzugehen, fragt er ziemlich unvermittelt: »Bist du schon mal im Knast gewesen?« Als ich verneine, fährt er fort: »Ich hab in Griechenland im Knast gesessen und in Spanien, und es war beide Male die absolute Horrorshow. Erzähl mir nichts von Hungerstreik als Kampfmittel. Ihr Deutschen habt die größenwahnsinnige Eigenschaft, selbst die pure Verzweiflung in was Heroisches umzudichten. Als schon alles in Trümmern lag, wurde daraus der Kampf bis zum Endsieg. Ich will das nicht mit dem vergleichen, was du mir gerade erzählt hast, aber ich habe den Verdacht, daß die Auseinandersetzung zwischen denen drinnen und euch draußen – wenn es überhaupt noch eine gibt – alles andere als ehrlich läuft, sonst würdest du nicht versuchen, mir eine solche Scheiße unterzujubeln. Weißt du, wenn ich das so höre, dann frage ich mich, wie offen und ehrlich es wohl unter euch auf anderer Ebene zugeht?«

Er hat mich erwischt, ohne zu wissen, was inzwischen alles passiert ist. Willem konnte das schon immer gut, er hat ein Gespür für Zwischentöne und ist so radikal offen dabei, daß ich ihm gegenüber immer wieder in die Defensive gerate. Ich versuche den Spieß umzudrehen und frage ihn, was er denn tun würde, um den Gefangenen zu helfen. Ich beantworte mir die Frage gleich selbst, indem ich feststelle, daß uns gar nichts anderes übrigbleibt, als zu versuchen, sie rauszuholen. Ich erkläre die innenpolitische Situation in der BRD, und ich erkläre sie so, daß am Ende die militante Aktion zur Befreiung der Gefangenen die einzige Möglichkeit bleibt, ihnen zu helfen. Willems Gesichtsausdruck während meines Vortrags läßt keinen Zweifel daran offen, daß er von der Zwangsläufigkeit in meiner Argumentation wenig hält.

Als ich fertig bin, sagt er: »Du fragst, was ich tun würde? Also gut, ich würde die Gefangenen als erstes auffordern, ihren Hungerstreik zu beenden, und zwar sofort. Ihr habt gute Leute, die euch unterstützen. Warum setzen sie sich nicht vor die Knäste und machen einen Hungerstreik? Draußen hätte das eine ganz andere Wirkung, denn die es dann tun, können sich äußern, können erklären, warum. So was ließe sich wahrscheinlich sogar europaweit organisieren. Daraus könnte man mit ein bißchen propagandistischem Geschick eine Begnadigungs- oder Amnestiekampagne machen, je nachdem, wie bei euch in Deutschland die gesetzlichen Möglichkeiten sind. Bevor du mir jetzt wieder ellenlang erklärst, daß Westdeutschland der Lakai des gefräßigen US-Imperialismus ist und darum zu keinem Zugeständnis bereit sein wird, überleg doch mal einen Augenblick lang, in welcher Verlegenheit ihr all die kalten Law-and-order-Krieger bringen würdet, wenn ihr den Kampf unter der Bedingung für beendet erklärt, daß ihr aus dem Untergrund zurückkehren könnt und eure Gefangenen in absehbarer Zeit freigelassen werden. Damit könntet ihr gerade die Sozialdemokraten in Zugzwang bringen. Schmidt und Genscher brauchen euch als innenpolitische Buhmänner, das hast du selber gesagt. Sich dann auch noch freiwillig in diese Rolle einzufinden, ist doch politisch einfach dämlich. Ich bin sicher, daß ihr bei einer solchen Strategie Unterstützung von allen Intellektuellen, Humanisten, Liberalen und so weiter bekommen würdet. Voraussetzung wäre allerdings, daß ihr euch darüber klarwerdet, daß die Strategie des bewaffneten Kampfes gescheitert ist. – Und ich denke, da liegt der Hase im Pfeffer, das bringt ihr nicht, da seid ihr ganz die Söhne eurer Väter!«

Mir bleibt eine Pause zum Nachdenken, denn Ina kommt mit einem Tablett mit Kaffee und einem Teller mit belegten Broten. Sie sieht Willem fragend an, der schüttelt kaum wahrnehmbar den Kopf, und sie geht wieder. Die beiden müssen wirklich sehr gut zurechtkommen miteinander!

Statt etwas zu erwidern, ziehe ich mich aufs Fragen zurück. »Wie kommst du darauf, daß der bewaffnete Kampf in der BRD gescheitert ist? Das sieht in der Gruppe keiner so, die Gefangenen schon gar nicht. Insofern kannst du dein Szenario schon vom Ansatz her vergessen.«

Willem hat eine Schnitte in der einen und die Kaffeetasse in der anderen Hand. Er unterstreicht seine Worte mit kurzen Handbewegungen und ignoriert, daß dabei der Kaffee überschwappt.

»Du hast mir etliche Vorträge über Guerillastrategie gehalten, über Che Guevara und Régis Debray, über Mao und Carlos Marighela. Ich hab mir die Mühe gemacht, das alles mal nachzulesen. Du hast mir Stuß erzählt, du hast die Hälfte unterschlagen, du hast alles weggelassen, was in den Theorien dieser Leute über bewaffneten Kampf nicht mit eurer Wirklichkeit in Einklang zu bringen ist. Ausgangspunkt bei allen Guerilla-Theoretikern ist der soziale Konflikt. Bei Debray und Marighela ist die Guerilla die bewaffnete Avandgarde – Debray nennt sie, glaube ich, den Fokus –, die den Konflikt aufgreift und eskaliert und damit den Massen demonstriert, daß sie nicht die Ohnmächtigen, die Entrechteten und Geknechteten bleiben müssen, sondern die Initiative ergreifen können. Die Aktion hat dabei nur die Funktion eines Verstärkers, sie richtet sich nicht aus an den staatlichen Macht- und Repressionsmitteln, sondern am sozialen Konflikt, an den Lern- und Entwicklungsmöglichkeiten der sozial unterdrückten Schicht. Wo bitte gibt es bei euch diesen sozialen Konflikt? In welchem Wasser schwimmt der Fisch bei euch? Worin besteht die emanzipative Funktion eurer Aktionen? Ich frage dich ganz ernsthaft, diskutiert ihr über solche Zusammenhänge und Widersprüche überhaupt noch, seid ihr noch in der Lage, eure Position grundsätzlich in Frage zu stellen, oder seid ihr längst das Opfer eures eigenen Irrtums, das Opfer einer Strategie, die sich ohne Basisbezug verselbständigt hat?«
In Willems Fragen finde ich einige meiner eigenen Zweifel wieder, Zweifel, denen ich in letzter Zeit ausgewichen bin. Ich fühle mich in der Defensive und rede drauflos, viel zu laut und ohne eigentlich auf seine Fragen einzugehen.

»Das ist typische Kopfwichse, verstehst du. Wie willst du je herausbekommen, was geht und was nicht, wenn du es nicht ausprobierst? Ich weiß in der Tat nicht, ob der bewaffnete Kampf in der BRD eine Chance hat, aber ich glaube auch nicht, daß sich das am grünen Tisch in endlosen Diskussionen ermitteln läßt.

Wir haben diesen Weg eingeschlagen, weil wir rauskriegen wollen, was geht, wie es geht, ob es geht. Und was den sozialen Konflikt angeht, du hast zwar recht, daß es den in dieser Form in der BRD nicht gibt. Aber es gibt doch unterschiedliche Formen der Verelendung. Die in der Dritten Welt ist materiell, schon klar, und auch klar, daß die aus dem Bauch raus kämpfen müssen, ums pure Überleben, um nicht zu verhungern. Es gibt aber auch die Verelendung in den Köpfen, den Hunger nach wortwörtlich ›sinnvoller Veränderung‹ jenseits von Konsumterror und TV-Verblödung. Weißt du, ob das nicht auch ein so starker sozialer Konflikt ist, daß er den Fischen genügend Wasser bietet? Überleg doch mal, was da zur Zeit mit einer ganzen Generation passiert, nicht nur in der BRD, auch hier in Holland und anderswo in Westeuropa: Drogenabhängigkeit, Sekten, Verslumung, sinnlose Gewalt als Ventil für die psychische Verelendung. Du hast behauptet, ich hätte bei meinen Argumenten alles weggelassen, was zu meinen Theorien nicht paßt. Ich sehe das umgekehrt genauso. Du übersiehst auch, was du nicht sehen willst. Nimm doch mal deinen Job, das ganze Rock-, Pop- und Plattenbusiness, den Superstar- und Supergruppenrummel. Kommt mir so vor, als würdest du meine Position schon deswegen ablehnen, weil du sonst eingestehen müßtest, daß du selber davon lebst, daß die riesengroße kunterbunte Illusionsmaschine ruhig am Laufen bleibt, samt Drogen und Callgirl-Groupies und feuilletonistischer Zuhälterei. Komm mir bloß nicht mit Ehrlichkeit, da ziehst du den kürzeren!«

Was ich gesagt habe, sollte Willem verletzen. Seine Reaktion zeigt, daß mir das nicht gelungen ist. »Über Sinn und Unsinn meines Gewerbes können wir uns gern bei anderer Gelegenheit streiten. Jetzt nur eines: Mit Rock kannst du keine Revolution machen, und das Pop-Business ist sicherlich alles andere als gesellschaftsverändernd... aber dafür wird mit einer Langspielplatte auch keiner totgeschossen. Bei dem, was ihr macht, werdet ihr zwangsläufig zu Mördern. Für mich sind Killer aus ideologischen Gründen genauso unakzeptabel wie die, die es aus Profitgier tun. Erzähl mir jetzt nur nicht wieder die Arie vom weltweiten Befreiungskampf, was ihr da ausfechtet, ist ein deutsches Problem. Die Dritte Welt befreit sich auch ganz gut ohne euch. Meines Wissens hat euch keiner aufgefordert, einen Stellvertreterkrieg zu führen.«

Was Willem sagt, verunsichert mich immer mehr. Du wirst zwangsläufig zum Mörder, hat er gesagt, und ich muß an den Treff in Hamburg denken und an die Steinbruchgeschichte. Beide Male habe ich nicht abgedrückt. Aber wie werde ich beim nächsten Zwischenfall reagieren? Was wird aus unserer Geisel, wenn die Aktion zwar geklappt hat, aber die Regierung nicht zu einem Austausch bereit ist? Andererseits: die Gefangenen, der Kopftod hinter Panzerglas in geräuschisolierten Zellen. Zigfach vergitterte Fenster, die mit ihren Sichtblenden weder Ein- noch Ausblick gewähren. Said fällt mir ein und die Kugel aus einem deutschen Gewehr, die ihn getötet hat. Einen Augenblick wird der Impuls, über all dies mit Willem zu diskutieren, fast übermächtig. Dennoch sage ich nichts. Das hat wenig mit der Disziplin eines Revolutionärs zu tun. Ich habe einfach Angst vor der wachsenden Unsicherheit. Angst davor, daß sie mich unfähig machen könnte, unter Bedingungen zu leben, die ich nicht einfach abstreifen kann.

Willem merkt, daß ich an eine Grenze gestoßen bin. Er bohrt nicht nach, sondern wechselt das Thema. »Sag, wie lange kannst du denn bleiben? Können wir uns mal richtig besaufen und dem großen Weltschmerz frönen?«

Dankbar greife ich den Strohhalm auf.

33 Ina

Ein Morgen in einem fremden Zimmer. Doch was für ein Unterschied zu den zweckgerichteten Quartieren der Gruppe in den letzten Monaten. Ich genieße es, ausschlafen zu können. Ein Tag liegt vor mir, der nicht von Terminen, Verpflichtungen und gefährlichen Situationen bestimmt sein wird. Nur kurz denke ich an den gestrigen Abend zurück.

Zu vorgerückter Stunde habe ich Willem erklärt, daß ich wenigstens vier, besser aber sechs Reisepässe brauche, darunter mindestens zwei »saubere«, die nicht als gestohlen gemeldet sind. Willems Reaktion auf meine Bitte hat mich beschämt, nach unserer Diskussion hatte ich erwartet, daß er nein sagt. Statt dessen hat er sofort überlegt, welche seiner Freunde ihm Papiere überlassen würden. Heute früh ist er losgefahren, um die Leute abzuklappern. Vor morgen abend wird er kaum zurück sein ... was mir einen »freien Tag« verschafft.

Die Tür zu Willems Rumpelkammer öffnet sich, Ina kommt herein. Sie trägt einen seidenglänzenden, knöchellangen indischen Sari. Während sie durch den Raum geht, fängt sich das Sonnenlicht ein paarmal in ihrem Haar und läßt es trotz seiner schwarzen Farbe rötlich schimmern. Ina scheint leicht ironisch zu lächeln. Ich versuche mir vorzustellen, wie sie mich wohl einordnet. Für Willems Bekanntenkreis bin ich mit meinem Saubermannlook sicherlich alles andere als normal. Unter anderen Umständen würde Ina vor einem, der so aussieht wie ich, wahrscheinlich flüchten. Rauschgiftdezernat, Zollfahndung, Gerichtsvollzieher, wenn ich mich im Spiegel sehe, würde ich mich selber in diese Ecke einordnen. Ina kramt in einem der oberen Regale, zieht eine Zeitschrift heraus, blättert darin, findet schließlich, wonach sie sucht. »Sag, hast du Lust, mit ins Kino zu gehen ... und anschließend zum Chinesen, eine Kleinigkeit essen?« Sie fragt mit unüberhörbarer Distanz.

Ich zögere, frage mich, ob diese Frage nicht pure Höflichkeit ist, die Höflichkeit, wie jemand sie einem Fremden gegenüber an den Tag legt, der unverhofft an die Tür geklopft hat und nun nicht einfach hinauskomplimentiert werden kann. Aber wie, wenn nicht so, soll sie reagieren, sie kennt mich nicht. Wenn, dann ist es an mir, die Fremdheit zwischen uns zu überwinden.

Ich frage nach dem Film, sage, daß bei meinem großen Hunger ein Besuch beim Chinesen das einzig Richtige sei.

Ina lächelt, sieht noch einmal in der Zeitschrift nach. »Wir können auch in die Spätvorstellung gehen und vorher essen. Ich würde mir gern Casablanca mit Bogart und der Bergmann angucken, es ist die englische Originalversion mit holländischen Untertiteln ... Kennst du den?«

Ich sage, daß Casablanca der einzige Film ist, bei dem ich ganze Passagen mitsprechen kann. Es mag zwei Jahre her sein, daß ich ihn zuletzt gesehen habe, gegen eine Auffrischungskur ist also nichts einzuwenden. Auch die Reihenfolge sagt mir zu, mit einem wohlgefüllten Magen werde ich die Atmosphäre in Ricks Spelunke bestimmt besser verkraften.

Ina lacht, dann mustert sie mich inquisitorisch. »Ich will dir ja nicht zu nahe treten, aber was hältst du davon, wenn du dir von Willem ein paar Klamotten ausleihst?«

Ich will protestieren, aber da fällt mir siedendheiß ein viel gewichtigeres Problem ein, an das ich bis jetzt nicht gedacht habe. Ich kann nicht einfach mit Ina losziehen, die Knarre in der Tasche, und sie weiß von nichts. Wenn etwas passiert, gerät sie blindlings in meine Geschichten hinein. Andererseits habe ich nicht die geringste Ahnung, wie sie es aufnehmen wird, wenn ich ihr erzähle, wer ich wirklich bin. Verdammt, darüber hätte ich unbedingt mit Willem reden müssen, auch wegen der Situation hier im Haus. Ina merkt, daß mein Zögern mit mehr zusammenhängt als nur mit ihrer Anregung zum Klamottenwechsel. Aber sie wartet. Eine verfahrene Situation; ohne wirklich zu reflektieren, was ich tue, springe ich ins kalte Wasser. »Hör mal, es gibt etwas, was du wissen solltest, wenn wir zusammen losziehen. Ich werde von der Polizei als Terrorist gesucht. In dieser Umhängetasche ist eine Pistole, die ich im äußersten Notfall auch benutzen werde. Die Wahrscheinlichkeit, daß so etwas passiert, ist zwar ziemlich gering, aber ich könnte gut verstehen, wenn du jetzt deine Einladung rückgängig machst. Fühl dich zu nichts verpflichtet, ich akzeptiere deine Entscheidung so oder so, okay!«

Ina, die bis jetzt am Regal stand, kommt zu mir herüber und setzt sich in einen von Willems Sperrmüllsesseln. Nichts in ihrem Gesichtsausdruck verrät, was sie denkt. Die Zeit füllt den Raum mit Überdruck, Ina sieht mich unverwandt an. Ich würde am liebsten weggucken, aber ich klebe fest. Erst, als sie zum Sprechen ansetzt, entläßt sie mich aus ihrem Blick. »Ich habe viel über euch gehört und gelesen. Willem hat mal vage angedeutet, daß er jemanden von euch kennt ... komisch, daß ich nicht gleich darauf gekommen bin, daß du das bist. Ich weiß nicht, was Willem dir über mich erzählt hat. Ich war eine ganze Weile auf der Nadel, und ich bin auf den Strich gegangen, um die Kohle für den Stoff und das Arschloch zusammenzukratzen, mit dem ich damals befreundet war. Ich erzähle das nur, weil der auch immer mit einem Revolver rumlief, so als Möchtegern-Al-Capone. Ich fand das albern, und ich muß dir ehrlich sagen, daß ich gegen solche Mordinstrumente eine tiefe Abneigung habe, egal, wer sie wann und warum mit sich herumträgt ...«

»Du kannst mich nicht mit diesem Zuhälterverschnitt vergleichen«, unterbreche ich sie, »ich habe ernsthafte Gründe, eine Waffe zu tragen.«

Ina schüttelt den Kopf. »Ich weiß zu wenig über deine Gründe und über das, was du machst, um darüber urteilen zu können. Trotzdem, ich habe bisher noch keinen akzeptablen Grund gehört, warum ein Mensch einen anderen tötet. Ich kann mir auch nicht vorstellen, daß du mir einen nennen kannst. Aber abgesehen davon, du hast eben gesagt, daß es äußerst unwahrscheinlich ist, daß irgend etwas passiert. Ich hab das so verstanden, daß du mich beruhigen wolltest. Wenn es wirklich so unwahrscheinlich ist, dann laß das Ding doch bitte hier!«

Sie sagt das mit großem Ernst, und das bringt mich in Verlegenheit. Warum muß ich in Amsterdam trotz eines gut gefälschten Passes auch noch mit einer Waffe herumlaufen? Andererseits, wenn etwas passiert und ich ohne Waffe festgenommen werde, fällt das auf die ganze Gruppe zurück, und ich habe womöglich viele Jahre Zeit, diesen Schritt zu bereuen. Doch ist das nicht alles nur Oberfläche? Würde ich das Ding auch benutzen, würde ich tatsächlich gezielt schießen, wenn ich in so eine Situation gerate? Ich schwimme, geht es mir durch den Kopf. Ich trickse sogar mit mir selbst, ich habe keine klare Haltung zu dem, was ich gleichwohl immer weiter mache. Ich sehe Ina an – sie lächelt, wartet, ahnt nicht im geringsten, was sie in mir ausgelöst hat. Meine Entscheidung ist spontan, kommt aus dem Bauch. »Einverstanden, überredet, ich laß die Waffe hier. Aber du mußt bitte mitdenken, daß wir nicht gerade in eine Gegend laufen, wo Razzien oder Personenüberprüfungen an der Tagesordnung sind!«

Ina freut sich, klatscht in die Hände und überrascht mich ein weiteres Mal. »Ich bin froh, daß du kein Militarist bist. Du mußt das verstehen, ein Deutscher mit einer Waffe, da kommt bei mir einiges hoch.« Ihre Stimme wird leise. »Meine Mutter und mein Vater haben ein deutsches Konzentrationslager überlebt. Ich habe mit Religion nichts am Hut, aber ich bin Jüdin.«

Inas Worte machen mich betroffen. Ich fühle mich angegriffen, obwohl mir klar ist, daß sie es so nicht gemeint hat. Ich rede drauflos, ohne lang zu überlegen. »So paradox es klingt, daß ich heute mit einer Waffe herumlaufe, hängt auch mit der Nazizeit zusammen. Damit, daß viele der Massenmörder von damals heute noch immer in Führungspositionen sitzen und deutsche Politik wieder kräftig mitbestimmen. Du kennst sie doch auch, unter dem demokratischen Mäntelchen hocken Flick, Abs,

Schleyer und wie sie alle heißen. Volksgerichtshofhenker sitzen immer noch in den Gerichten, und Euthanasiekiller lehren an deutschen Universitäten Psychiatrie. Aller Protest dagegen, von den Kampagnen gegen die Wiederbewaffnung in den fünfziger Jahren bis zum Versuch der APO, wenigstens die Universitäten von diesem Gesocks zu befreien, sind vergebens geblieben. Verstehst du, nicht zuletzt deswegen gibt es heute die RAF, viele meiner Genossen haben dagegen vorher vergeblich gekämpft. Die Faschisten, die in Bürokratie und Administration Spitzenpositionen einnehmen, die Militärs, die Wirtschaftsbosse, die Juristen und Mediziner, die ohne Bruch vom Faschismus ins Wirtschaftswunderland rübergerutscht sind, das sind unsere Gegner, gegen diese Schweine kämpfen wir.«

Während ich rede, sehe ich, wie sich Inas Gesicht verzieht. Ihr Gesichtsausdruck verunsichert mich, meine Worte kommen mir plötzlich hohl und pathetisch vor, aber ich kann nicht aufhören, rede zwanghaft zu Ende.

Ina reagiert heftig, ihre Stimme hat alle Weichheit verloren. »Wer hat euch denn dafür ein Mandat erteilt? Beruft euch bitte nicht auf Menschen, die ihr nie gefragt und wahrscheinlich auch nie verstanden habt. Ich kann eigentlich nicht für meine Eltern sprechen, aber ich bin mir ganz sicher, daß sie eins bestimmt nicht mehr wollen: Kampf, Schüsse, Tote. Wie anmaßend ihr seid!«

Verdammt, wieso lande ich immer wieder in dieser Position? Wie soll es weitergehen, wenn ich jetzt schon vor dem Sprechen weiß, daß ich zu dem, was ich sage, nicht mehr stehen kann? Ich bin fertig, ich will nicht mehr – aber ich kann auch nicht einfach aufhören. Ich möchte Ina anschreien, stellvertretend für Flipper, Pelle, Hans, Willem, Renate, stellvertretend für alle, die mir ihre Fragen aufzwingen.

Ina scheint zu spüren, was ihr Vorwurf bei mir ausgelöst hat. Sie steht auf, kommt zu mir herüber und setzt sich neben mich. »Ich weiß zwar nicht, was da oben bei dir vorgeht, aber ich weiß genau, wie unbequem manche Erkenntnis sein kann. Komm, laß uns essen gehen und wenn du magst, erzählst du einfach. Ich kann dir nichts abnehmen, aber ich kann zuhören.«

Wir gehen zu Fuß in die Stadt, an Puppenstubenfenstern vorbei, die die Straße nicht durch Vorhänge aussperren, wie es bei uns üblich ist.

Ein Abend, eine Nacht. Ich habe stundenlang erzählt, und Ina hat zugehört, geduldig und neugierig. Ich denke, daß es lange überfällig war, all die aufgestauten Zweifel einmal aussprechen zu können. Gerade weil Ina nicht im entferntesten in den Dunstkreis der Gruppe gehört, haben ihre naiven Fragen mich gezwungen, sehr präzise zu sein. Mit Ina gibt es keine stillschweigende Einigkeit über die Auslegung von Politphrasen, sie stellt auch in Frage, was in anderen Diskussionen tabu gewesen ist. Ihr gegenüber muß ich nichts rechtfertigen, aber sie zwingt mich durch ihre Unwissenheit, meine Motivation mit all ihren Widersprüchen offenzulegen.

Wir haben uns beim Chinesen so festgeredet, daß wir erst in »Casablanca« ankommen, als der durch seine verschwundene Angebetete frustrierte Rick schon Kaschemmenbesitzer in der Kasbah geworden ist. Der Film mit seiner Glorifizierung des wahren Widerstandes und der reinen Liebe, die Verzicht bedeutet, paßte gut zu der zwischen uns gewachsenen Stimmung. Es ist ein gutes Gefühl, Ina in den Armen zu halten. Unser erster Kuß im Halbdunkel des Kinos ist ohne Fremdheit. Arm in Arm sind wir später durch die Stadt und entlang der Lichtreflexe spiegelnden Grachten zurück zum Haus gegangen, wieder vertieft in unser Gespräch. Ich habe von den Palästinensern erzählt, von den Lagern im Libanon, von ihrem Kampf für ein selbstbestimmtes Leben in einem eigenen Staat, den sie Israel abtrotzen wollen.

Ina hat nach der Geiselnahme einer Air-France Maschine mit Hilfe von Deutschen gefragt, die schließlich in Entebbe mit dem Sturm einer israelischen Kommandoeinheit und der Befreiung der Geiseln endete. Sie hatte in der Zeitung gelesen, daß es ausgerechnet die Deutschen waren, die die jüdischen Passagiere der Maschine von den übrigen »selektiert« hätten. Ich konnte den Vorgang nicht abstreiten, so ist es wirklich gewesen. Als ich aber sage, daß es hinterher in der Gruppe eine selbstkritische Diskussion über die Teilnahme an dieser Aktion gegeben hat, wird sie wütend.

»Ja, hinterher! Hinterher wollte es auch in Auschwitz, Majdanek und Treblinka keiner gewesen sein. Ihr Deutschen schießt immer erst und beginnt anschließend nachzudenken. Wenn euer revolutionärer Anspruch auch nur irgend etwas zu bedeuten hätte, dann hättet ihr wenigstens versuchen können, das, wenigstens das, anders zu machen als eure faschistischen Väter!«

Obwohl mir die Rechtfertigungsversuche schon auf der Zunge liegen, schaffe ich es diesmal zu schweigen. Ina hat recht, daran gibt es nichts zu deuteln.

Wir haben Willems Häuschen erreicht. Ich habe beim letzten Teil unseres nächtlichen Spaziergangs versucht, Zeit zu gewinnen. Ich habe Angst vor der Situation, die jetzt kommt. Wir gehen die Treppe hinauf nach oben, links liegt Inas Zimmer, rechts das von Willem, in dem ich schlafen soll. Als hätten wir's abgesprochen, bleiben wir oben stehen und umarmen uns. Ina zieht mich ein Stückchen zu sich hinunter, genau so weit, daß sie ihre Nasenspitze an meiner reiben kann. Leise sagt sie: »Ich möchte dich einladen, mit mir zu kommen. Ich möchte mit dir schlafen... Aber ich hab auch ein bißchen Angst davor. Ich hab dir noch sehr wenig von mir erzählt. Seit den häßlichen Szenen bei der Trennung von meinem Ex-Freund hab ich es nicht gebracht, einen anderen Typ an mich heranzulassen. Ich weiß nicht, ob ich es jetzt kann, auch wenn ich es will. Der Block sitzt tief. Du mußt mir Zeit lassen...«

Ich denke an Anna, ich denke an Renate. Beide sind weit weg, ein Ozean liegt zwischen ihnen und mir. Ich habe kein schlechtes Gewissen. »Ich mag dich. Ich möchte, daß du mir mehr von dir erzählst. Wir haben alle Zeit der Welt, du mußt keine Angst haben, nichts drängt.« Wir gehen in Inas Zimmer.

Was für ein Raum. Als Ina Licht macht, sehe ich mich staunend um. Neben der Tür steht eine mittelalterliche Ritterrüstung, die zum Kleiderständer umfunktionalisiert worden ist. Passend zum Ritter lehnt an der rechten Wand eine Kleiderpuppe in einem weiten Barockkostüm. Ein riesiges Himmelbett füllt den hinteren Teil des Raumes. Davor liegt ein Kissenberg im Halbkreis um einen intarsienverzierten chinesischen Lacktisch. An den Wänden hängen Federboas, spanische Fächer, ein türkisches Krummschwert und einige chinesische Kalligraphien. Links vom Eingang steht eine Straßenampel, die von einem findigen Bastler zu einer Minilightshow umgebaut worden ist. Ein großer Bauernschrank, bunt bemalt, schließt das Spektrum ab. Ina sieht meine verblüfften Blicke und lacht. »Ich habe den ganzen Krempel auf einmal erworben. Bei der letzten Sturmflut ist der Fundus im Keller des Amsterdamer Stadttheaters abgesoffen. Als der versteigert wurde, habe ich den Zuschlag gekriegt. Was du hier siehst, stammt aus der Opern- und Operettenrequisite, ›Tosca‹, ›Land des Lächelns‹, ›Aida‹, ›Carmen‹. Mir gefällt es. Auf dem Dachboden gibt es immer noch ein paar Kartons, die ich noch nicht ausgepackt habe. Die sind wie eine Wundertüte, immer wenn ich Lust auf Abwechslung habe, packe ich wieder einen Karton aus, und sofort kriegt das Zimmer einen neuen Schwerpunkt.«

Ina hängt ihren Mantel an das erhobene Schwert des Ritters, geht zum Himmelbett und zieht die Tüllwolke zusammen, die das Bett vollkommen eingeschlossen hat. Sie läßt sich fallen, kickt die abgestreiften Schuhe in den Raum und winkt mich zu sich.

Das Licht der Straße zeichnet die Spitzen des Bettvorhanges an die Wand. Ina beginnt zu erzählen. Ich bekomme eine schwache Ahnung davon, wie es sein muß, Jüdin zu sein. Von Inas näheren Verwandten hat kaum jemand die Nazizeit überlebt. Mit vierzehn oder fünfzehn begann sie, der Geschichte ihrer Familie nachzugehen. Sie will endlich wissen, warum ihre Eltern so verstummt sind. Sie findet heraus, wie gründlich die Nazimaschinerie ihre Opfer ausgelöscht hat. Die wenigen Dokumente, die es über die Vorgänge um ihre Familie gibt, verschleiern die wirkliche Geschichte durch Verwaltungsakte und bürokratische Formeln. Erfassung als Nicht-Arier, Ausweisung aus der Wohnung in ein jüdisches »Sammelquartier«, Beschlagnahme des Familienbesitzes, Ausstellung von Sonderausweisen, die die Familie zu Menschen zweiter Klasse degradiert. Am Ende der Umsiedlungsbescheid, die Eintragung in die Transportliste, auf der als Zielbahnhof Treblinka angegeben ist. Als Ina sechzehn wird, fährt sie nach Polen. Sie sieht die Lager, die Gaskammern und das Krematorium, sie geht an den Massengräbern vorbei, in denen ihre Onkel und Tanten verscharrt worden sein müssen. Nur ihre Eltern kamen davon und konnten die Last des Erlebten doch nie wieder abstreifen. Ina entdeckt noch mehr. Sie erfährt vom Widerstand vieler Holländer gegen die deutsche Besatzungsmacht. Sie erfährt von den vielen einfachen Menschen, die trotz der Gefahr für das eigene Leben Verfolgten Unterschlupf gewährten und ganze jüdische Familien bis zum Abzug der Deutschen versteckt hielten. Sie entdeckt aber auch die Zusammenarbeit holländischer Stellen mit den Nazis, sie erfährt von der Kollaboration, von holländischen Gestapo-Spitzeln, die sich ihr Geld damit verdienten, untergetauchte Juden zu denunzieren. »Über all das hätte ich damals gern mit meinen Eltern geredet, aber die wollten daran nicht erinnert werden. Einmal hat mein Vater mir gesagt, daß er sich nach der Befreiung lange Zeit richtig geschämt habe, daß er überlebt hat. Damals konnte ich weder ihn noch meine Mutter verstehen.« Ina isoliert sich immer mehr, verläßt schließlich mit siebzehn ihre Familie und zieht in ein kleines Zimmer nach Amsterdam.

Sie beginnt mit Drogen zu experimentieren. Das tun damals viele, und für kurze Zeit scheint die große Hippieflowerpowerzeit alle Aggressionen und Widersprüche mit einem kunterbunten Mantel bewußtseinserweiternder Erfahrungen zu überdecken. Ina lernt einen Jungen kennen und zieht mit ihm zusammen. Die zwei beginnen mit Hasch und Trips zu dealen, sind aber selbst ihre besten Abnehmer. Dann taucht Opium auf. Sie probieren es, danach Morphium und schließlich Heroin. Es dauert lange, bis Ina sich das erste Mal eingestehen muß, daß sie süchtig ist. Ihr Freund will das nicht hören, er glaubt immer noch, jederzeit aufhören zu können, wenn er nur will. Ganz allmählich verändern sich beide, und ihre Beziehung wird zur Junkie-Ehe. Das Geld reicht nicht, um die tägliche Heroinmenge für beide abzuwerfen, der Eigenkonsum übersteigt den Verdienst beim Kleindealen bei weitem. Inas Freund lernt eine Zuhälterclique kennen. Er läßt »durchblicken«, daß er nichts dagegen hätte, wenn sie mit anderen Männern schlafen würde. Ina will nicht. Eines Abends sind die neuen Kumpane von Inas Freund in ihrer Wohnung. Es ist kein Stoff da, und auch das Geld ist alle, Ina ist auf Entzug. Einer der Zuhälter holt ein Päckchen Heroin aus der Tasche und legt es auf den Tisch. Inas Freund tut, als würde er das alles nicht mitkriegen. Ihm geht es gut, er hat seinen Fix schon bekommen. Der Zuhälter sagt, Ina könne das Päckchen haben, sie müsse ihm nur einen runterholen, das sei doch wirklich nicht zuviel verlangt. Das Spiel geht über Stunden, Ina kämpft mit sich, mit ihrem Körper, mit der Gier. Am Ende verliert sie. Sie wird nach dem Schuß von allen fünf Typen vergewaltigt, auch ihr Freund beteiligt sich daran. Ina ist am Ende, ihr Widerstandswille ist zerbrochen. Von da an geht sie auf den gehobenen Strich, wird zur »Hostess«, zur »Reisebegleiterin«, zum Callgirl. Ihr früherer Freund ist nun ihr Zuhälter. Er nimmt ihr das Geld ab, er teilt ihr die Heroinmengen zu, er bestimmt, was sie anzuziehen hat und für wen sie sich ausziehen muß. Manchmal regt sich bei Ina noch ein Funke von eigenem Willen. Dann verprügelt und vergewaltigt er sie. Zweimal muß Ina ins Krankenhaus, einmal wegen einer Überdosis, einmal wegen innerer Blutungen, nachdem sie von ihrem Freund zusammengeschlagen worden ist. Diesem geht es immer schlechter, er ist genauso süchtig wie Ina, aber er sitzt an der Quelle. Im Laufe der Zeit nimmt er immer mehr Stoff, während Inas Portionen kleiner werden, da er sie heimlich streckt.

Im Frühsommer 1975 wird in Amsterdam ein großes Open-Air-Konzert veranstaltet. Die Rockszene hat ihre Jungfräulichkeit längst eingebüßt. Jimi Hendrix und Jim Morrison sind schon lange an einer Überdosis verreckt. Die Hälfte der Gage mancher Bands wird in Stoff ausgezahlt, und auch das Beschaffen von Nutten für den schnellen Fick zwischen zwei Auftritten gehört bereits zum Standard. Ina ist in dieser Szene gefragt. Sie sieht nicht aus, wie das, was sie längst ist. Ein Promotionmanager hat sie »entdeckt«, ihre Telefonnummer wird als »Geheimtip« von Band zu Band weitergereicht. Für das Open-Air-Konzert hat Inas Zuhälter für drei Tage ein Wohnmobil angemietet, damit sie direkt auf dem Festivalgelände und in Reichweite der Bühne »arbeiten« kann. Ina ist es völlig egal, sie hat sich damit abgefunden, die Beine breit zu machen, um dafür den nächsten Schuß zu bekommen.

Am zweiten Tag des Festivals kommt der Bassist einer bekannten englischen Band zu ihr. Er »kauft« Ina für diesen und den ganzen folgenden Tag, und da er hoch bezahlt, tut sie, was er verlangt. Er nimmt sie zum Essen mit, macht sie mit den anderen Mitgliedern seiner Band bekannt und schließlich auch mit einem holländischen Freund, der gerade eine Reportage über Callgirls macht. So lernt Ina Willem kennen.

Willem ist schwul, und daraus macht er kein Geheimnis. Es ist Willems Desinteresse an der Sexualität mit Frauen, das ihm Zugang zu Ina verschafft. Er wird Freund, Beichtvater und Blitzableiter für sie. Es kommt zu einigen Szenen mit Inas früherem Freund und jetzigem Zuhälter, der instiktiv spürt, daß hier Gefahr heranwächst. Er verbietet Ina, Willem zu treffen oder anzurufen, und er verprügelt sie immer öfter. Vergewaltigen kann er sie nicht mehr, das Heroin hat ihn impotent gemacht. Aber er kriegt Ina nicht mehr unter Kontrolle. Ina hat gemerkt, daß er trotz aller Gewalt abhängiger von ihr ist als sie von ihm. Eines Tages dreht der Typ durch und lauert Willem auf. Im Treppenhaus schießt er auf Willem, verfehlt ihn aber. Nachbarn alarmieren die Polizei, und er wird festgenommen. Er bleibt nur wenige Tage in Untersuchungshaft, aber dieser Zeitraum reicht Ina, sich abzunabeln.

Willem hat ihr einen Therapieplatz bei einer Release-Gruppe weit weg von Amsterdam besorgt. Der Entzug ist grausam. Ina ist mehrere Male nahe daran, die Therapie abzubrechen und zurück nach Amsterdam zu gehen. Willem ist in dieser Zeit öfter bei ihr als in Amsterdam. Es gibt Augenblicke, wo Ina Willem haßt und ihn verantwortlich macht für ihren Zustand. Sie fällt über Willem her, sie schlägt ihn, beißt ihn, kratzt ihn und schimpft ihn einen impotenten Schwulen, der nur aus Angst vor den Frauen über Typen steigt. Sie beleidigt ihn auf alle nur erdenklichen Weisen – aber Willem steckt es weg, wird nie laut, ist immer für sie da, auch nach den schlimmsten Szenen. Nach einem dreiviertel Jahr hat sich Ina so weit stabilisiert, daß die Release-Leute zustimmen, sie mit Willem zurück nach Amsterdam gehen zu lassen. Ein paar Tage, nachdem sie zurück ist, steht in einer Amsterdamer Zeitung: »Der süchtige Herman F. ist in der Toilette der Discothek ›Clear Light‹ tot aufgefunden worden. Die tödliche Spritze steckte noch in seiner Armvene.« Das war ihr ehemaliger Freund.

Ina hat mir ihre Geschichte erzählt. Ihr Kopf liegt an meiner Schulter, ihr warmer Atem fängt sich in der Kuhle meines Nackens. Ich kann jetzt nichts sagen, ihre Geschichte ist eine kalte Dusche. Während sie erzählt hat, habe ich sie gestreichelt. Ich will ihr zeigen, daß sie nicht allein ist, daß es Vergangenheit ist, von der sie berichtet.

Ina kommt hoch, stützt sich auf die Ellenbogen und gibt mir einen Kuß. Schweigend genießen wir die zärtliche Geborgenheit. Alles ist ruhig in uns, alles, was vorher war, ist unwichtig in diesem Augenblick. Wir sind zusammen, zwei Menschen, nackt voreinander, suchen und finden wir Schutz in den Armen des anderen.

Wir haben nicht miteinander geschlafen an diesem Morgen. Engumschlungen sind wir weggedämmert und Stunden später in der gleichen Position wieder aufgewacht. Wir wissen beide, etwas ist geschehen mit uns, etwas Schönes, etwas, das sehr selten passiert zwischen Menschen.

Ich bin verliebt in Ina. Ich habe nicht die geringste Ahnung, wie es weitergehen kann zwischen uns, und es interessiert mich jetzt auch nicht. Wichtig ist nur, daß es so ist, alles andere muß sich finden. Ich will mit Ina zusammen sein, jenseits aller politischen Ansprüche und unabhängig von der Tatsache, daß ich steckbrieflich gesucht werde.

34 Zwischenzeit

Dieser Morgen ist wie die Einlösung eines vor langer Zeit gegebenen Versprechens. Aufwachen im hellen Licht des Tages, aufwachen ohne Entfremdungsgefühle, aufwachen und eine dunkle Haarsträhne neben sich auf dem weißen Satin des Kissenbezuges sehen, aufwachen und frisch verliebt sein. Verliebt in den Duft des anderen Menschen, verliebt in die milde Wärme, die er ausstrahlt, so erwachen und sich wünschen, noch tausend solcher Augenblicke zu erleben.

Vorsichtig drehe ich mich zur Seite. Inas Gesicht ist zur Hälfte im Kissen begraben. Ein Auge, die halbe Nase und ihr leicht geöffneter Mund liegen neben mir. Ich zwinge mich, dem Impuls, sie zu streicheln, nicht nachzugeben. Mit den Augen ziehe ich alle Linien ihrer Gesichtshälfte nach, entdecke den Haarflaum über der Oberlippe, beobachte, wie die Nase sich zusammenzieht und wieder weitet im Atemrhythmus, fahre den Bogen der Augenbrauen hinauf, und hinunter, sehe die Wimpern zucken, als sich das Licht in ihnen fängt.

Vorsichtig versuche ich mich unter der Decke hervorzuwinden, ohne Ina zu wecken. Nicht vorsichtig genug. Aus dem Dekkenberg kommen zwei Hände, greifen mich und ziehen mich zurück auf die Matratze. Das eine Auge öffnet sich, guckt mich gespielt böse an. »Davonschleichen wie ein Dieb, na warte!« Ina zieht mich an sich, und im Bettenmeer bricht ein Orkan aus. Wir lieben uns, bis die wohlige Erschöpfung uns erneut im Halbschlaf davontreiben läßt.

Ein Flüstern weckt mich. Ich will nach Ina greifen, sie aus der Welt der Laute zu mir zurückholen. Ich greife ins Leere, das

Flüstern verstummt für einen Moment, dann holt mich Willems Stimme endgültig aus dem süßen Nichts. »Kaum ist die Katze aus dem Haus, da tanzen die Mäuse auf dem Tisch. Aber ich hätte es wissen müssen, daß man Don Juan nicht mit einer Jungfrau allein lassen darf.«

Zu einer anderen Zeit wäre mir eine schlagfertige Antwort eingefallen, jetzt reicht es nur zu einem unbestimmten Protestgemurmel. Dafür sagt Ina lachend: »Recht so. Aber auch auf die Gefahr hin, deine Illusionen zu zerstören, ich kann dir versichern, ich bin keine Jungfrau mehr!«

Ina knufft Willem kräftig in die Seite, ehe sie fortfährt: »Die entjungferte Jungfrau hat sich auch kaum gewehrt, als sie vernascht wurde, ich schwör's dir.«

Willem streichelt mir über den zerzausten Kopf. »Tut mir fast ein bißchen leid um dich . . . aber auch nur fast. Ich habe vergessen, dir zu sagen, daß Ina Manns genug für uns beide ist.«

Ich bin endgültig wach und richte mich auf. Willem und Ina sitzen am Rand der Matratze. Jetzt kann ich sehen, daß sie vor sich ein Tablett mit Frühstücksutensilien stehen haben. Ina zeigt einladend auf Brot, Butter, Marmelade und Kaffee. »Darf ich Ihnen eine kleine Stärkung reichen, mein Herr? Ich will mir ja nicht nachsagen lassen, ich hätte sie bis zur Erschöpfung gevögelt und dann entkräftet liegengelassen.«

Ich bin wieder soweit im Diesseits, daß ich mitspielen kann. »Ich danke Ihnen, Prinzessin, ein Täßchen Kaffee wird sicher genügen, meine Lebensgeister wieder zu wecken. Ich hoffe nur, sie lassen mich austrinken, bevor sie erneut über mich herfallen?!«

Wir blödeln noch eine Weile weiter, bis mein Blick auf die Uhr fällt und ich zusammenzucke. Es ist halb zwei nachmittags, und um vier Uhr habe ich einen Telefontermin im ersten »Wienerwald« im Amsterdamer Telefonbuch. Ich weiß noch nicht einmal, wo er liegt. »Hör mal, Ina, krieg das jetzt bitte nicht in den falschen Hals, ich muß kurz mit Willem allein sprechen. Es ist nichts zu verbergen, aber es ist kein schlechtes Prinzip, jeden nur mit soviel Wissen zu belasten, wie es unbedingt nötig ist.«

Ina schmollt ein bißchen, aber dann nimmt sie das Tablett und geht.

Die Heiterkeit in Willems Gesicht ist wie weggeblasen, kaum daß die Tür hinter Ina ins Schloß fällt. Er greift in die Innentasche seiner Lederjacke und holt einen großen Umschlag heraus, den er mir auf die Bettdecke wirft. »Es sind nur drei Pässe, mehr habe ich auf die schnelle nicht auftreiben können. Dafür sind noch zwei Touristenausweise dabei, eine Art Paßersatz innerhalb der EG, der drei Monate gültig ist. Die Papiere sind alle sauber, die Pässe wurden nicht als gestohlen gemeldet. Ich habe mit den Leuten vereinbart, daß sie wenigstens zwei Monate warten, bevor sie zur Polizei gehen.«

Ich bin verunsichert, denn Willems Stimme hat einen scharfen Unterton. »Hör mal, wenn du wegen Ina und mir so gereizt bist, sag das bitte offen. Ich hab dir wohl einiges zu erklären . . .« Weiter komme ich nicht, Willem unterbricht mich.

»Du Idiot! Wenn du wirklich was für die Frau übrig hättest, würdest du sie nicht in deine verpfuschte Geschichte mit reinziehen! Ich hab geglaubt, soviel Feingefühl wäre bei dir noch vorhanden, sonst hätte ich dich nicht mit ihr allein gelassen. Wie soll denn das jetzt weitergehen, willst du sie mit in den Untergrund schleppen oder verschwindest du einfach, so wie du aufgetaucht bist? Wenn Ina nicht im Haus wäre, würde ich dich zusammenschlagen, mein Wort drauf!« Den letzten Satz brüllt er so laut, daß Ina ihn unten auch hören muß.

Ich schwanke zwischen aufkeimendem Schuldbewußtsein und dem Gefühl, ungerechtfertigt angegriffen zu werden. Ich sage leise: »Du hast ein bißchen voreilig geurteilt. Ich habe dir schon von meinen Schwierigkeiten in der Gruppe und mit der Politik erzählt. Vielleicht hat zu einer Entscheidung noch gefehlt, was jetzt passiert ist. Was zwischen Ina und mir ist, ist mehr als Frust- oder Zufallsvögelei. Ich werde aus der RAF aussteigen, sobald es möglich ist. Ich kann es dir jetzt nicht beweisen, daß ich verantwortlich mit unserer Beziehung umgehe, ich kann dir nur versichern, daß ich mich bemühen werde! Ich habe Ina erzählt, was mit mir los ist, und ich habe es ihr erzählt, bevor sich irgend etwas zwischen uns abgespielt hat!«

Was ich sage, scheint Willem weder zu beeindrucken, noch kann es ihn beruhigen. Im Gegenteil. »Na bravo, war es die Räuberromantik oder dein Märtyrerbonus, mit dem du sie ins Bett gekriegt hast? Du bist ein noch mieserer Wichser, als ich dachte. Wie generös, daß du der Liebe willen mit der Politik und der Gruppe brichst. Nur die Fahndungsplakate werden deswegen nicht verschwinden, das BKA wird nicht aufhören, dich zu jagen, und wer weiß, vielleicht ist die Gruppe auch nicht unbedingt einverstanden damit, daß du dich abseilst. Du Arschloch, daß du Ina erzählt hast, daß du fertig und am Ende bist, entläßt dich kein bißchen aus deiner Verantwortung. Von mir aus kannst du zum Teufel gehen oder dich lebendig begraben lassen, das ist mir egal, aber warum ziehst du andere mit in deine Scheiße.«

Ich bin wie betäubt. So habe ich Willem noch nie erlebt. So hart hat er mir noch nie die Meinung gesagt. Willem ist rot im Gesicht und ballt seine Hände zu Fäusten. Würde er jetzt auf mich einschlagen, wäre mir wohler. Ich würde mich nicht wehren. Aber er sitzt nur da, starrt voll hilfloser Wut an mir vorbei aus dem Fenster. Bevor ich mich soweit gesammelt habe, um etwas antworten zu können, wird die Tür aufgerissen und Ina stürmt ins Zimmer.

»So, jetzt reicht's, Ende der Konferenz! Von euren letzten Ausbrüchen habe ich jedes Wort verstanden. Hätte jemand vor dem Haus auf der Straße gestanden, wäre er jetzt auch im Bilde. Vielleicht fragt ihr mich auch mal, was ich zu der Situation zu sagen habe . . .?!«

Willem steht wortlos auf und will zur Tür gehen, aber Ina stellt sich ihm in den Weg. »Nein, du bleibst jetzt hier, was ich zu sagen habe, wirst du dir schon anhören müssen!« Sie drängt Willem zum Schaukelstuhl und drückt ihn auf den Sitz.

»Du hast mir sehr geholfen, ohne dich wäre ich mit dem Junk nie fertig geworden und bestimmt an einer Überdosis verreckt. Für deine Hilfe danke ich dir, aber du wirst es mir nicht ersparen können, in diesem Leben eventuell noch mal auf die Nase zu fallen. Du kannst nicht ewig auf mich aufpassen, und das will ich auch gar nicht! Und was deinen Freund angeht . . .«, sie wendet sich mir zu und sieht mich prüfend an, »ich kenne ihn jetzt rund vierundzwanzig Stunden, und es war sehr schön und ich möchte, daß es so bleibt. Aber wir haben bis jetzt nicht drüber gesprochen, ob, wie und unter welchen Umständen wir zusammenbleiben können. Es ist nichts passiert, was einen von uns dazu verpflichtet, all seine Lebensumstände über den Haufen zu werfen. Wenn ihr euch also partout gegenseitig den Schädel einschlagen wollt, müßt ihr euch schon einen anderen Vorwand suchen, mich laßt bitte aus dem Spiel!«

Ina geht zur Tür, öffnet sie und macht eine sehr eindeutige Geste. »Raus jetzt, dies ist mein Zimmer, und ich möchte jetzt allein sein!« Wortlos gehen wir hinüber in Willems Zimmer, während Ina ihre Tür mit einem lauten Knall zuwirft.

Als ich zwei Stunden später im »Wienerwald« sitze, schwirren mir diese Szenen noch immer durch den Kopf. Jetzt kann ich darüber lächeln, wie Ina uns in die Parade gefahren ist. Auch Willems anschließendes kleinlautes Geständnis, daß wohl bei ihm etwas Eifersucht mit im Spiel gewesen sei, amüsiert mich im nachhinein.

Mit mir selber komme ich allerdings weniger denn je zurecht. Als ich probiert habe, darüber mit Ina zu reden, hat sie mir durch die geschlossene Tür gesagt, sie wolle jetzt nachdenken und ich solle dasselbe tun. Sie hat vorgeschlagen, daß wir nach dem Telefontreff darüber reden. Ich habe das akzeptiert, und seitdem versuche ich mir darüber klarzuwerden, was ich eigentlich will.

So sitze ich im »Wienerwald« in Amsterdam und warte auf einen Anruf aus dem deutschen Untergrund und überlege gleichzeitig, ob ich nicht alles sausen lassen soll, was mich an diesen Platz und in diese Situation gebracht hat. Es wundert mich eigentlich kaum, daß der Zeitpunkt des ersten Anrufs verstreicht, ohne daß etwas passiert ist.

Ich bin aus dem fettigen Bratenmief geflüchtet. Zwei Stunden bis zum Ausweichtermin, ich bin froh, diese Zeit zum Nachdenken hinzugewonnen zu haben. Ich lasse mich von der Feierabendwelle hektischer Käufer durch die Straßen schieben und versuche, meine Gedanken zu ordnen. Ich bin fest entschlossen, mich nicht ohne Auseinandersetzung von der Gruppe zu trennen. Im Kopf gehe ich die einzelnen Leute durch und versuche mir vorzustellen, wer sich wie dazu verhalten wird, wenn ich sage, daß ich aussteigen will. Das Ergebnis ist nicht gerade animierend. Für die meisten wird die Sicherheitslage der Gruppe wichtiger sein als die persönliche Integrität, die sie mir vielleicht zubilligen. Ganz sicher wird Hans auf den Sicherheitsargumenten herumreiten. Vor ihm habe ich Angst.

Ich muß an die Gefangenen denken, an den laufenden Hungerstreik, an die bevorstehende Aktion. Ein Teufelskreis. Nein, ich werde nicht gehen können, ohne versucht zu haben, den Stammheimern zu helfen und sie zu befreien. Schon beim Gedanken daran, mich vorher in die Büsche zu schlagen, komme ich mir wie ein Schwein vor. Und die Politik, die Frage, ob der bewaffnete Kampf Sinn macht? Die Zweifel sind gewachsen, aber die Frage bleibt. Und ich, kann ich überhaupt schießen, wenn es darauf ankommt? Kann ich wirklich nicht? Daß davon die Befreiung von Andreas, Gudrun und Jan-Carl abhängt? Im Grunde bin ich mir in dieser Frage genauso unsicher wie in allen anderen. Wie zwischen Mühlsteinen zerbröseln meine Versuche, Klarheit zu gewinnen, zwischen lauter Wenns und Abers. Ich nehme mir vor, Ina meine Zwiespältigkeit zu erklären. Seltsamerweise habe ich großes Vertrauen, daß sie mit meiner Offenheit gewissenhaft umgehen wird. Dabei kenne ich sie doch kaum und sie mich noch weniger. Nichts ist schöner als dieser erste Rausch, die erste Welle des Verliebtseins, die einen von den Füßen reißt. Aber verdammt, spätestens seit dem Scheitern der ersten großen Liebe weiß ich, daß nichts trügerischer ist.

Ohne meinen Weg bewußt gesteuert zu haben, bin ich den Damm in Richtung Hauptbahnhof hinuntergegangen. Ich habe andere Personen kaum richtig wahrgenommen und nur auf die Lücken geachtet, durch die ich gegangen bin. Erst als eine Gestalt direkt auf mich zukommt und meine automatische Ausweichbewegung mitmacht, komme ich aus dem Gedankengestrüpp los und registriere, daß ich das Gesicht kenne. Die Überraschung ist groß. »Jürgen, wie kommst du denn hierher?«

Jürgen zuckt hilflos-entschuldigend mit den Schultern. »Tut mir leid, ich hab's nicht rechtzeitig zum ersten Treff geschafft. Am Hauptbahnhof war kein Stadtplan zu kriegen, und mit dem Durchfragen war es schwierig. Deutsche Hähnchenbratereien scheinen hier keine besondere Attraktion zu sein.«

Ich muß grinsen: »Stimmt, die gibt es nur, damit sich die Touristen nicht ganz heimatlos fühlen und sie zumindest der Fischmehlgestank daran erinnert, daß es bis Deutschland nicht weit ist. Aber Spaß beiseite, wie kommst du hierher, was ist los?«

Ich nehme Jürgen beim Arm und steuere auf ein Café zu. Wir gehen hinein und setzen uns an einen Ecktisch in die Nähe des Eingangs. Jürgens Gesichtsausdruck verheißt wenig Gutes. »Scheiße, wo anfangen? Es ist viel passiert! Erstmal das Wichtigste: Pelle ist verschwunden – wahrscheinlich abgehauen. Du sollst jedenfalls so schnell wie möglich zurückkommen. Hans und Anna haben vorgeschlagen, daß du für Pelle bei der Aktion mitmachst. Da das alles schlecht über Telefon zu vermitteln ist und weil es hier noch was zu tun gibt, haben sie mich geschickt, um es dir zu erzählen.«

Ich brauche einen Moment, bis ich auf Jürgens Eröffnungen reagieren kann. »Was heißt ›Pelle ist verschwunden‹? Was ist passiert? Pelle haut doch nicht einfach ab, da ist doch was gewesen . . . !«

Jürgen wird sichtlich verlegen, er zündet sich eine Zigarette an, bevor er antwortet. »Na ja, stimmt schon, so ganz aus heiterem Himmel ist es nicht passiert. Es gab einen großen Krach zwischen Hans, Anna, Flipper und Pelle. Sie haben sich wegen der Aktion in die Wolle gekriegt. Worum es dabei ging, kann ich dir nicht genau sagen. Wenn ich's richtig weiß, dann hat es irgendeine Veränderung gegeben, irgendein neues Checkergebnis, das die bisherige Planung über den Haufen geworfen hat. Pelle war mit dem neuen Aktionsplan nicht einverstanden, hatte aber die Mehrheit des Kommandos gegen sich. Vorgestern, einen Tag nach deiner Abreise, sollte er außerhalb nach geeigneten Plätzen zum Wagenwechsel suchen. Er ist nicht zurückgekommen. Am anderen Morgen hat Anna einen Brief von ihm im Briefkasten gefunden. Den Inhalt kenne ich nicht, ich weiß nur, daß drinstand, daß er unter den gegebenen Umständen nicht mehr weitermachen kann und will und deswegen die Konsequenz daraus zieht. Hans hat vorgeschlagen, daß wir nach ihm suchen sollen . . . er war so wütend, daß er eine Treibjagd auf Pelle veranstalten wollte. Aber damit konnte er sich nicht durchsetzen, alle anderen waren dagegen.«

Bei einigen von Jürgens Sätzen ist deutlich zu spüren, daß er sich sehr genau überlegt, wie er sie formuliert. Er hat offenbar Angst, zu deutlich zu werden. Ich will ihn nicht in die Enge treiben, also verzichte ich auf Nachfragen.

»Ich soll also zurückkommen . . . Vor morgen geht aber gar nichts, ich muß erst noch die Sache mit dem Besorgen der Pässe zu Ende bringen, das kannst du nicht für mich übernehmen. Der Typ, der uns die Dinger besorgt, will mit niemand anderem Kontakt, da ist nichts zu machen!«

Es ist eine Lüge, aber ich muß jetzt Zeit gewinnen. Was auch passiert, bevor ich nicht mit Ina und Willem gesprochen habe, bevor ich mir nicht im klaren bin, wie es weitergeht, werde ich nicht zurückgehen.

Jürgen scheint nicht richtig zuzuhören und sieht abwesend auf die Bestellkarte. Bevor es peinlich wird, kommt der Ober, und ich bestelle nach kurzer Rückfrage zwei Kaffee und für Jürgen ein Stück Kuchen. Erst danach sage ich vorsichtig: »Du, das war doch noch nicht alles. Ich sehe es dir an der Nasenspitze an, daß noch was nachkommt, also raus damit!«

Verlegen drückt Jürgen die Zigarette im Aschenbecher aus. Er muß sich überwinden, bis er schließlich sagt: »Ich ... ich bin schon seit gestern abend hier, weißt du. Na ja, und da bin ich ein bißchen rumgestreunt, ich war schon so lange nicht mehr allein unterwegs, verstehst du?«

Ich verstehe und verstehe auch wieder nichts. Ich sage nichts, obwohl er auf einen Einwurf oder eine Frage zu warten scheint wie auf einen Rettungsring.

»Also, ich war in diesem Viertel hinterm Hauptbahnhof, da ist so ein Platz, ein bekannter Szenetreff, den kannte ich noch von früher, und da wollte ich mich mal umsehen ...«

Langsam dämmert mir, welche Szene Jürgen meint, und ich habe Mühe, mir das Feixen zu verkneifen. Jürgen kommt immer mehr ins Haspeln. »Und ... und ... ach verdammt, ich hab halt so 'nen jungschen Stricher aufgerissen und bin mit ihm ins Hotel ...«

Mit mühsam unterdrücktem Lachen schiebe ich ein: »Und dann hat dir der nette, schnellfingrige Junge die Kohle geklaut, stimmt's ... ?«

Jürgen bekommt einen roten Kopf, mit dem Finger kratzt er auf der Tischdecke, als wolle er einen Fleck beseitigen. »Nee, wenn's nur das wäre, die Kohle hab ich noch, denn die habe ich vorsichtshalber im Hotel gelassen – die Knarre übrigens auch –, aber die Papiere, meine ganzen Papiere hat mir das Aas geklaut. Er muß sie mir aus der Tasche gezogen haben, als ich ... als ich ...«

Ich erlöse ihn von seinen Qualen: »Ist doch egal, welche ›Hilflosigkeit‹ oder Ablenkung er ausgenutzt hat. Die Pappen sind also futsch! War bei den Papieren irgend etwas von Belang, Treffs, Telefonnummern oder so ...?«

Jürgens Gesichtsausdruck hellt sich auf, er ist augenscheinlich froh, die Situation nicht genauer erklären zu müssen. Verschwunden sind sein Reisepaß, sein Studentenausweis und ein internationaler Jugendherbergsausweis. »Ich hab versucht, den

Typ wiederzufinden, aber der hat sich heute noch nicht blicken lassen. Ich denke, ich werde heute abend noch mal seinen Aufreißplatz beobachten, aber es ist unwahrscheinlich, daß er so dumm ist, schon wieder zu erscheinen. – Was soll ich jetzt machen, ganz ohne Papiere ...? Ich mag gar nicht daran denken, was passiert, wenn die anderen davon erfahren, die zerreißen mich doch in der Luft!«

Als ich mir ausmale, wie die Gruppe auf diese Neuigkeit reagieren wird, komme ich nicht umhin, Jürgen zuzustimmen. »Das kann schon sein – wenn sie es jemals erfahren. Paß auf, der Freund, von dem ich die Pässe beziehe, ist auch schwul und kennt die Szene hier wie seine Westentasche. Vielleicht kann er uns helfen ...«

Als ich Willem anrufe, sage ich ihm, daß er über die Pässe kein Wort verlieren soll. Willem ist zwar wenig begeistert, daß er jemanden aus der Gruppe treffen soll, aber als ich ihm erkläre, worum es geht, willigt er amüsiert ein. Wir treffen ihn eine halbe Stunde später am Hauptbahnhof. Nachdem ich ihn mit Jürgen bekanntgemacht habe, ziehen die beiden los, denn Jürgen soll Willem zeigen, wo er den Stricher aufgelesen hat und in welches Hotel er mit ihm gegangen ist. Willem macht Jürgen wenig Hoffnung, sagt aber, daß man die Papiere vielleicht zurückkaufen kann, wenn der Stricher sicher ist, daß es sich nicht um Bullen handelt, die ihn reinlegen wollen. Ich bin ganz froh, daß ich mich ausklinken kann, ich will mit Ina reden.

Das Gespräch mit Ina kommt nicht richtig in Gang. Ich sage ihr, daß ich zurück muß, daß ich die Gefangenen nicht im Stich lassen kann. Ina erwidert nur distanziert: »Das mußt du selbst wissen.« Ich versuche ihr zu erklären, wie die Widersprüche aussehen, die ich mit mir herumtrage. Ich möchte, daß sie mich versteht. Aber Ina wird wütend.

»Ich habe keinen Bock auf diese Germanen-Dramatik, von wegen Schwur und Treue bis in den Tod. Ich hab überhaupt keinen Bock mehr auf Dramatik, verstehst du! Ich kenne dich nur kurz, und wenn ich mir jetzt dein Geschwafel anhöre, frage ich mich, ob ich dich überhaupt kenne. Vielleicht hast du einen ganz simplen Robin-Hood-Komplex und kannst überhaupt nur vögeln, wenn du die Prinzessin vorm Drachen retten kannst – aber nicht mit mir, ich muß das nicht haben. Wenn du zurückwillst, um dir den Schädel einschlagen zu lassen, dann ist das ganz allein deine Sache. Hör bitte auf, mir von deinen edlen Motiven vorzuschwärmen. Bilde dir bloß nicht ein, daß ich hier sitzen und auf dich warten werde ... Und jetzt laß mich zufrieden und mach die Tür von außen zu!«

Niedergeschlagen ziehe ich ab.

Ich setze mich in Willems Zimmer und versuche, Ordnung in mein Oberstübchen zu bringen. Ich bin verliebt, sehr sogar, und ich möchte mit dieser Frau zusammensein. Ich bin illegal, und ich werde steckbrieflich gesucht. Wenn ich geschnappt werde, erwarten mich zehn oder mehr Jahre Gefängnis. Trotzdem, alles läuft darauf hinaus, daß ich zurückgehe, meine Geschichte kann sich nur dort klären. Als ich in Gedanken bei der Rückfahrt angekommen bin, überflutet mich ein Gefühl großer Traurigkeit. Die Zwangsjacke ist fest verschürt, ich kann nicht heraus. Ich will nicht gehen und kann doch nicht bleiben ...

Als Willem und Jürgen kurz nach Mitternacht zurückkommen, sitze ich immer noch im dunklen Zimmer. Mit der Helligkeit der Deckenbeleuchtung und brutal guter Laune brechen die beiden in meine Götterdämmerung ein. Triumphierend hält mir Jürgen seine Papiere unter die Nase. »Es war nicht ganz billig, aber immerhin haben wir die Scheißer von tausend Gulden auf fünfhundert runtergehandelt. Willem kannte den Besitzer der Absteige, und der wollte offenbar keinen Ärger und hat den Stricher unter Druck gesetzt, daß er die Pappen wieder rausrückt.«

Während Jürgen meine Stimmung nicht bemerkt, sieht Willem sofort, was mit mir los ist. »Laß ihn mal in Ruhe, der ist im Moment für unsere Abenteuer in der Amsterdamer Unterwelt nicht zu begeistern!«

Jürgen stockt in seiner Erzählung und sieht mich prüfend an. »Was ist denn mit dir passiert, hattest du Ärger?«

Ich habe wenig Lust, über meine Seelenlage zu sprechen, und noch weniger Lust, Jürgen über Ina und mich aufzuklären. Ich sehe nur auf die Uhr, dann sage ich: »Ist schon ziemlich spät, und morgen früh muß ich los, damit ich zu einer einigermaßen günstigen Zeit die Grenze erreiche ...« Ich sehe Willem an. »Ich denke, Jürgen hat dir erzählt, daß ich zurück muß, oder?« Willem nickt stumm, ich fahre fort: »Ich habe mit euch beiden vorher noch einiges zu besprechen, es wäre deswegen gut, wenn Jürgen heute bei dir übernachten könnte!«

Willem zögert einen Sekundenbruchteil, dann sagt er mehr zu Jürgen als zu mir: »Du kannst heute nacht oben auf dem Speicher schlafen, da liegt eine Matratze und ein Schlafsack. Aber ich möchte dich schon jetzt bitten, daß du dir morgen wieder ein Hotelzimmer suchst. Das ist nicht gegen dich gerichtet, aber ich möchte einfach nicht, daß diese Wohnung zur Anlaufstelle für Illegale wird, das mußt du akzeptieren.«

Es ist Jürgen offensichtlich peinlich, so direkt angesprochen worden zu sein. Er entgegnet nur kurz: »Verstehe ich, ich werde mir morgen ein Zimmer suchen.«

Nachdem Willem Jürgen auf den Dachboden gebracht hat, erzähle ich ihm, wie Ina reagiert hat. Aber Willem hat offenbar keine Lust, über Ina zu reden. Ohne auf meine Erzählung einzugehen, sagt er: »So allmählich wird mir dein Verein doch noch sympathisch. Wenn ich deine Erzählungen mal vergleiche mit dem, was ich heute mitbekommen habe, bleibt jedenfalls ein Rest an Hoffnung. Ihr seid alles andere als eine straff durchorganisierte Untergrundtruppe, dafür geht es bei euch viel zu chaotisch zu, und mit der ideologischen Festigkeit ist es wohl auch nicht so weit her.«

Willem grinst und schüttelt den Kopf, während er auf dem Tisch die Utensilien zusammenklaubt, um einen Joint zu drehen. »Dein Freund darf nicht wissen, daß du die Pässe schon hast, damit du einen Tag Zeit gewinnst. Die Gruppe darf nicht wissen, daß dein Freund sich seine Papiere von einem Stricher in einer Absteige hat klauen lassen. Die Gruppe und dein Freund dürfen nicht wissen, daß du dich verliebt hast und dich abseilen willst. Du aber, ganz aufrechter Ritter, gehst erstmal zurück, um dich am letzten Kreuzzug gegen das Böse zu beteiligen, damit du vor dir selbst die moralische Legitimation hast, dich anschließend davon zu machen. Du mußt zugeben, daß das mehr an eine Operettenhandlung erinnert. Die Struktur einer Untergrundorganisation hab ich mir jedenfalls anders vorgestellt!«

Mein Lächeln über Willems Analyse fällt etwas verkniffen aus, ich gehe auf seine Äußerung nicht ein. »Den Tag zusätzlich brauche ich jetzt nicht mehr, ich glaube nicht, daß der etwas ändern würde. Ich werde Jürgen nachher sagen, daß ich die Pässe schon habe. Ich werde zugeben, daß ich nur Zeit gewinnen wollte. Er wird bestimmt nicht weiter nachfragen, schließlich weiß ich etwas über ihn, das verpflichtet.«

Willem reicht mir den Joint und lehnt sich zurück. »Inas Reaktion ist doch nur zu verständlich. Du wirbelst hier rein, stellst ihr Leben auf den Kopf, verschwindest wieder und erwartest auch noch, daß sie dafür Verständnis aufbringt und auf dich wartet. Versuche mal für eine Sekunde, dich in ihre Lage zu versetzen. Aber dazu reicht es bei dir wahrscheinlich nicht mehr. Trotzdem gebe ich dir mit auf den Weg, dich blicken zu lassen, falls du alles heil überstehst, Ina wird hier sein. Aber bilde dir bloß nicht ein, daß ich das aus Verständnis für deine Entscheidung sage. Ich sage dir ganz offen, vorhin, als Jürgen mir angedeutet hat, warum du sofort zurück müßtest, ging mir durch den Kopf, daß es für Ina besser wäre, wenn du bei der Aktion draufgehst.«

Willems Worte lassen meine Dämme brechen. Ich kann nicht mehr, ich bin fertig. Die Tränen kommen wie von selbst. Willem bleibt auf Distanz, er hat keinen Trost für mich. Ich verstehe ihn, ich weiß, er will mir nicht weh tun, aber helfen kann er mir auch nicht.

Es dauert eine Weile, bis ich mich gefangen habe. Schließlich habe ich mich wieder soweit im Griff, daß ich zu Jürgen auf den Dachboden gehen kann.

Der Raum ist voll Gerümpel, aber die Kerze, die neben der Matratze brennt, auf der Jürgen liegt, gibt den Dingen ein wenig Lebendigkeit. Ich sage Jürgen, daß ich die Pässe schon habe, ich sage ihm, daß ich einen Tag Zeit gewinnen wollte. Jürgen hört zu, unterbricht nicht und sagt und fragt auch nichts, als ich fertig bin. Um ihn nicht weiter in Verlegenheit zu bringen, wechsle ich das Thema und frage ihn, ob er mir etwas darüber sagen kann, was er sonst noch hier machen soll. Ich spüre, daß es ihn Überwindung kostet, darauf zu antworten.

»Wahrscheinlich wirst du es ja sowieso erfahren ... Ich soll ein gutes Dutzend Flugtickets nach Beirut besorgen, in vierzehn Tagen sollen sich die ersten drei oder vier nach dort abseilen.«

Ich bin verblüfft, ich brauche einen Augenblick, bis ich das verdaut habe. »Es war ja im Prinzip so besprochen, aber daß es so schnell gehen wird und gleich so viele verschwinden, überrascht mich etwas. Kannst du mir nicht ein bißchen mehr dazu sagen?«

Wieder glaube ich zu spüren, daß Jürgen sich erst überwinden muß. »Genau weiß ich es auch nicht, ich war schließlich nicht dabei, aber das hat wohl auch was mit dem Krach zu tun, den es gab, bevor Pelle verschwunden ist. Pelle hat Anna, Hans und Flipper ZK-Allüren vorgeworfen, er hat sie nur noch als ›unser Zentralkomitee‹ bezeichnet. Er wolltc wohl, daß über die veränderte Aktionsplanung mit allen geredet wird. Das wurde abgelehnt. Einige Leute waren derselben Meinung, teils aus Frust, teils aber auch aus Besorgnis. Die drei haben darauf sehr scharf reagiert, von wegen Zweifel und Ängste könnten die Aktion mehr gefährden als die technischen und organisatorischen Schwierigkeiten beim Ablauf. Als Pelle dann verschwunden ist, haben sie sich hingesetzt und eine Liste derer erstellt, von denen sie glauben, daß sie unsichere Kandidaten sind. Sobald der erste Teil der Aktion über die Bühne ist, sollen die verschwinden, und nur das Kommando soll hierbleiben.« Ich weiß nicht, woher der Verdacht kommt, der plötzlich in mir aufkeimt, trotzdem frage ich spontan: »Du hast also eine Liste, na klar, die mußt du ja haben, um die Tickets entsprechend reservieren zu können. Kann ich die mal sehen?«

Jürgen sieht mich an, als hätte ich eben von ihm verlangt, aus dem Fenster zu springen. »Nein, ich habe keine Liste, jedenfalls nichts Schriftliches. Ich habe die Namen für die Reservierungen im Kopf, es sind nur acht, fünf Pärchen und drei einzelne. Aber verlang jetzt bitte nicht von mir, daß ich sie dir sage. Wenn du morgen abend wieder zurück bist, kannst ja du die anderen danach fragen.«

Keine Antwort ist auch eine Antwort, und an Jürgens Gesichtsausdruck sehe ich, daß er weiß, daß ich jetzt weiß, daß einer der drei einzelnen Namen meiner ist. Ich will ihn nicht weiter in Verlegenheit bringen und wechsle erneut das Thema. Ich gebe ihm noch ein paar Tips für Hotels und Reisebüros, bevor ich ihn allein lasse und nach unten gehe.

Fünf Stunden später sitze ich im Zug nach Venlo. Als ich herkam, wollte ich Klarheit gewinnen und war froh, ein bißchen Abstand zur Gruppe zu kriegen. Von dieser Idee ist nichts übrig, das Durcheinander in meinem Kopf ist größer als je zuvor. Warum fahre ich jetzt zurück? Geht es wirklich nur um das Gefühl der Verpflichtung gegenüber den Gefangenen, oder kann ich einfach nicht nein sagen? Vielleicht traue ich mir Eigenständigkeit gar nicht mehr zu? Es ist zum Kotzen, immer, wenn ich glaube, daß ich auf eine Frage eine Antwort gefunden habe, tauchen zwei neue auf. Zum Beispiel Ina. Ich hatte mich schon damit abgefunden, daß sie nichts mehr von mir wissen will. Im gewissen Sinn war ich sogar froh darüber. Aber als ich gegen morgen in Willems Büro saß und mich so richtig im Selbstmitleid suhlte, stand Ina plötzlich neben mir. Ich hatte sie nicht kommen hören, sie war barfuß und hatte nur eine Decke über den Schultern. Ich sehe sie an, ich bin überrascht und bringe nur den dummen Satz zustande: »Du hast ja geweint.«

Ina lacht. Lacht so leise, als gäbe es einen unsichtbaren unerwünschten Zuhörer im Raum. »Ich und weinen – du täuscht dich, wirklich, es hat nur ein bißchen geregnet in meinem Zimmer!«

Bevor mir wieder etwas Banales herausrutscht, halte ich lieber den Mund und nehme Ina in die Arme. Schweigend halten wir uns aneinander fest. Irgendwann sagt Ina: »Du mußt auf dich aufpassen, ich will, daß du zurückkommst!« Ich sage nichts, drücke sie nur ein bißchen fester an mich. Gegen Morgen ist sie wieder in ihr Zimmer gegangen, ohne große Abschiedsszene. Ich wiederhole ihren Satz in Gedanken noch, als der Zug bereits in Venlo einläuft.

35 Streit

Ich bin froh, daß Anna mich vom Zug abholt. Sie sieht übernächtigt aus, hat Ringe unter den Augen und eine rauhe Stimme. Als ich vorschlage, etwas essen zu gehen und miteinander zu reden, ist sie trotz ihres Zustandes sofort einverstanden. Kurze Zeit später sitzen wir in einem Restaurant. Das erste Glas Wein ist fast leer. Der Weinrest auf dem Facettenboden zerlegt Annas Gesicht in Puzzleteile, die nicht mehr zueinander passen wollen. Rotwein und Kerzenlicht, die Atmosphäre ist zeitlos, ein Kontrast zu den drängenden Fragen, die sich in meinem Kopf auftürmen. Ich lasse das Glas soweit sinken, bis über dem oberen Rand Annas Gesicht erscheint. Die Anspannung der vergangenen Tage hat ihre Züge hart werden lassen, sie mustert mich prüfend.

»Sag mal, irgendwas ist doch passiert in Holland, das sehe ich dir an der Nasenspitze an.«

Ich lasse das Glas sinken und versuche zu lächeln.

»Bei dir haben die vergangenen Tage auch ihre Spuren hinterlassen ... Aber ich will nicht ausweichen, du hast recht, es ist einiges passiert, und darüber will ich mit dir reden, aber bevor wir damit anfangen, möchte ich doch gern genauer wissen, was zwischen euch und Pelle gelaufen ist. Warum hat sich der Typ einfach abgeseilt?«

Eine Spur Trotz klingt durch, als Anna antwortet.

»Das Arschloch, er hat es sich wirklich einfach gemacht. Wir haben geackert wie blöde, um die Aktionsvorbereitungen so schnell wie möglich abzuschließen, und ihm fiel dazu nichts weiter ein, als uns Fahrlässigkeit vorzuwerfen. An seiner Kritik war nichts Konstruktives mehr, nur noch Negation. Wenn du mich fragst, dann war für ihn längst klar, daß er sich bei passender Gelegenheit verdrücken wird.«

Ungeduldig unterbreche ich Anna. »Das mag ja sein, aber ich kapier deswegen immer noch nicht, was sich abgespielt hat. Es muß doch irgendwas Konkretes vorgefallen sein?«

»Vorgefallen? Vorgefallen ist fast jeden Tag etwas. Er sollte mit Hans einen Check machen zum Beispiel. Am Morgen, als die beiden losziehen wollten, hat er sich dann geweigert, mitzugehen, weil alles zu wenig gründlich vorbereitet sei. Wenn er den Einwand am Abend vorher zur Sprache gebracht hätte, wäre darüber geredet und eventuell noch etwas geändert worden. Aber darauf kam's ihm offenbar gar nicht an. Natürlich gab es zunehmend Stunk wegen seiner Haltung, wir waren überarbeitet und nicht gerade die Geduldigsten. Aber einen einzelnen Grund für seine Flucht kann ich dir nicht nennen. Ich glaube, wir hätten uns verhalten können, wie wir wollten, sein Entschluß zu gehen stand eh längst fest.«

Ich fühle mich abgespeist mit dieser Antwort, aber ich dränge nicht weiter. Ich bin sicher, daß wir in den nächsten Tagen noch oft über Pelle reden werden.

»Jetzt aber mal zu dir, was ist passiert in Holland, wie geht es Willem?« Anna nutzt meine Gedankenpause, um den Spieß umzudrehen.

»Wo soll ich da anfangen? Als ich losgefahren bin, steckte mir der Hamburger Treff und die Beinahe-Verhaftung ziemlich in den Knochen. Ich sag dir jetzt was, das sonst niemand weiß. Ich hab in Hamburg gezielt geschossen, aber nicht auf den Bullen, sondern daneben. Ich hab es nicht gebracht, auf ihn zu schießen, und ich weiß nicht, ob ich es je bringen werde. Das ist schon mal ein Teil des Problems.«

Annas Gesichtsausdruck ändert sich schlagartig. »Warum hast du das nicht erzählt, bevor du losgefahren bist? Hast du aus der Steinbruchgeschichte nichts gelernt?«

Um Zeit zu gewinnen, zünde ich mir umständlich eine Zigarette an. »Als ich losgefahren bin, war mir das selbst noch nicht so klar. Ich wollte in Ruhe nachdenken, war froh, noch mal davongekommen zu sein. Aber du hast schon recht, vor seinen Widersprüchen kann man nicht davonfahren. Das hab ich dann auch gemerkt. Aber laß dir erstmal erzählen, was in Holland passiert ist ...« Trotz einer vagen Angst vor den möglichen Folgen beginne ich zu berichten, von den Gesprächen mit Willem, von der Begegnung mit Ina, von meinen Zweifeln. Ich erzähle Anna alles, auch, daß ich daran gedacht habe, die Gruppe zu verlassen. Anna macht es mir leicht, sie unterbricht mich nicht, wird weder wütend noch abweisend. Als ich fertig bin, dauert es noch eine ganze Weile, bis sie schließlich antwortet.

»Das hat uns jetzt gerade noch gefehlt! Warum bist du mit alledem nicht früher rausgerückt? So was baut sich doch nicht von heut auf morgen auf! Ich finde es übel, daß du dich erst mit deinen Widersprüchen auseinandergesetzt hast, als die bewaffnete Politik und die Aktion im Widerspruch zu deiner Verliebtheit in diese Junkiebraut standen.«

Annas Stimme ist scharf geworden. Als sie verächtlich »Junkiebraut« sagt, will ich dazwischenfahren. Aber das hat Anna erwartet, ihre Stimme wird lauter, und sie redet weiter, ohne mir die Möglichkeit zu lassen, meinen Protest loszuwerden. »Aber hier geht es nicht um deine Bumsgeschichten. Mich interessiert nur, wie du zum bewaffneten Kampf stehst, zur Gruppe und zur Aktion. Laß uns das mal festhalten: Du sagst, daß für dich offen ist, ob die Guerilla in der BRD überhaupt eine Daseinsberechtigung hat, das müsse sich erst rausstellen. Du sagst, daß du nicht weißt, ob du schießen kannst, wenn es drauf ankommt, aber daß du die Aktion willst. Wenn ich dich richtig verstanden habe, willst du anschließend die große grundsätzliche Diskussion mit uns führen. Von dem Ergebnis soll dann abhängen, ob du uns weiter mit deiner Anwesenheit beehrst oder zwecks Familienbildung nach Holland zurückkehrst. Ich kann es dir nicht ersparen, da mal in die Einzelheiten zu gehen. Wenn du wirklich ...«

Bis dahin kommt Anna, dann ist meine Wut groß genug geworden, und ich fahre dazwischen.

»Das reicht fürs erste. Du hast vorhin gefragt, warum ich nicht eher darüber geredet habe. Daß es so schwer ist, sich in dieser Gruppe zu öffnen und seine Fragezeichen auszusprechen, liegt unter anderem genau an der Runtermache, wie du sie jetzt betreibst. Ich wette, daß ich nicht der einzige bin, der so ein Päckchen mit sich rumträgt. Vielleicht wäre Pelle noch hier, wenn er mit euch über seine Zweifel hätte reden können. Aber eine halbwegs sachliche Auseinandersetzung über Unsicherheiten ist offenbar gar nicht mehr möglich. Ihr reagiert entweder aggressiv und zynisch oder ihr droht, so als wäre das Anmelden von Zweifeln ein Angriff auf das kollektive Selbstverständnis. Weißt du, warum ich Pelles Abgang beschissen finde?!« Er hat es euch zu leicht gemacht!«

Ich warte auf eine Reaktion, aber Anna trägt eine Maske. Nichts dringt nach außen. Also rede ich weiter. »Was auch immer bei ihm vorgegangen sein mag, er hätte es hier ausfechten müssen. Ja, ich will die Gruppe, ich will rausfinden, ob der bewaffnete Kampf in der BRD politisch sinnvoll ist, und ich will die Aktion und Andreas und Gudrun rausholen. Daß es Widersprüche in mir gibt, daß ich zum Beispiel nicht genau weiß, ob ich in jeder Situation fähig wäre, auf einen anderen Menschen zu schießen, resultiert aus diesem Wollen!«

Anna hat mich während des Redens ununterbrochen fixiert. Jetzt holt sie tief Luft, so als müsse sie erst innerlich Anlauf nehmen.

»Ich weiß nicht, ob ich dir glauben kann. Du willst also die Gruppe. Aber was für ein Begriff von Kollektivität ist das, wenn – wie bei der Steinbruchgeschichte – deine Angst vor ein paar harten Fragen so groß ist, daß du einfach unterschlägst, daß du Mist gebaut hast? Okay, ich geb zu, daß der Umgangston unter uns manchmal wenig sensibel ist, aber das ist doch nicht das wirkliche Problem. Wenn du motiviert genug bist, die Aktion zu wollen, müßtest du damit umgehen können. In diesem Kollektiv, von dem du sagst, daß du es willst, sind nun mal Leute mit ganz unterschiedlichem Background versammelt. Abgesehen vom Willen zu kämpfen, hat jeder auch seine Mängel und Kaputtheiten mitgebracht. Soll ich dir was sagen: Ich glaube, daß dein Problem deine Motivation ist. Ich kauf dir noch ab, daß du die

Stammheimer rausholen willst. Aber ich hab allmählich das Gefühl, daß du die Guerilla, die zum Kämpfen einfach notwendige Kollektivität, die Illegalität und die ideologischen Grundlagen unserer Politik bisher als notwendiges Übel in Kauf genommen hast.«

Trotz steigender Wut habe ich Anna genau zugehört. Ich schaffe es, mich soweit zu beherrschen, daß ich antworten kann, ohne aggressiv zu werden.

»Bleiben wir mal bei der Kollektivität. Ist dir nie aufgefallen, daß bei allen gemeinsamen Diskussionen der letzten Zeit immer einer aus der Gruppe das schwarze Schaf abgegeben hat? Als Pelle beim Gesamttreff gesagt hat, daß er das Gefühl hat, unsere Praxis würde zu sehr von den Gefangenen diktiert, ist das nicht diskutiert worden, sondern Pelle wurde niedergemacht. Das Gleiche passierte, als Renate und ich versucht haben, die Fragen und Anregungen des Professors einzubringen. Oder um noch weiter zurückzugehen: Denk mal an Lores Schwierigkeiten mit dem Kampftraining. Wir haben mit ihr nicht darüber geredet, daß es kein Wunder ist, wenn ein bisher verwöhntes Gör schlappmacht, sobald zehn Kilometer Dauerlauf anliegen. Ihr wurde sofort unterstellt, nicht die richtige Motivation zu haben und sich nicht mit dem Kampf zu identifizieren, sonst würde sie's schon schaffen, sich bei den Nahkampfübungen nicht ständig was zu verrenken und zu verstauchen. Ist übrigens auch bezeichnend, daß von alledem nach ihrem Tod nicht mehr die Rede war! Aber ich will mich nicht aussparen, ich habe mitgemacht, die Kritik trifft mich genauso.«

Ich unterbreche, um Anna Möglichkeit zu geben, etwas zu sagen. Aber sie sieht mich nur unverwandt an. Unsicher geworden, fahre ich fort: »Ich glaube, daß meine Probleme mit unserer Form zu kämpfen hauptsächlich daraus resultieren, daß wir unsere Motivation zur Guerilla nur abstrakt und theoretisch ableiten können. Wir kämpfen nicht, weil wir Hunger haben, wir kämpfen nicht, weil man uns unser Land weggenommen hat oder weil uns die blutige Repression einer Militärdiktatur keine andere Wahl läßt. Wir haben nur den internationalen Zusammenhang, die Wut darüber, daß die Ausbeutung eines Großteils der übrigen Welt von unserem Land aus maßgeblich mitorganisiert wird. Wir können nur mit der psychischen Verelendung der Kinder von Marx und Coca-Cola argumentieren. Daher unser

Bedürfnis nach Gruppe, Kollektivität und gemeinsamer politischer Identität. Aber wie in jeder Gruppe gibt es auch bei uns Gegensätze. Da ist die notwendige Anpassung an die Bedingungen, unter denen wir kämpfen. Trotzdem bleibt das Bedürfnis nach Individualität und Bestätigung. Genau da setzt meine Kritik an, daher kommen viele meiner Zweifel. Es gibt inzwischen ein Tabu, die Lücken zwischen Anspruch und Praxis, zwischen kollektivem Wollen und individuellem Können offen anzusprechen. Jeder, der droht, aus der selbstgeschnürten kollektiven Zwangsjacke zu schlüpfen, wird als Gefahr für die Gruppe betrachtet und entsprechend behandelt. Kritik und das Ansprechen von Zweifeln sind fast unmöglich geworden. Die Gruppe hat recht, basta!«

Ich sage das und sehe gleichzeitig an Annas Gesichtsausdruck, wie ihre Ablehnung wächst. Annas Erwiderung kommt prompt.

»Ich bin zwar in Frankfurt und nicht in Soweto geboren, aber das ändert nichts an meiner Betroffenheit, wenn dort Menschen umgebracht werden, nur damit der Rohstoffraub ungehindert weitergehen kann. Ich brauch mir meine Motivation gar nicht so abstrakt ableiten, die Wut über diese Zustände kommt aus dem Bauch! Du lenkst ab! Sicherlich haben wir alle Schwierigkeiten, unsere Ansprüche auch straight umzusetzen. Aber der Lernprozeß hin zum Kollektiv findet eben nicht in der Diskussion über die eigenen Schwierigkeiten statt, so wichtig das auch sein mag. Für mich läuft dieser Lernprozeß im Kampf, in der Aktion. Da geht es in erster Linie um Ängste, darum, daß wir eigentlich alle nicht gelernt haben, die Konfrontation zu suchen. Wie ist das bei dir? Kann es sein, daß du erst jetzt, wo es langsam ernst wird, richtig realisierst, daß es in dieser Phase des Kampfes nur zwei mögliche Perspektiven für uns gibt? Es ist bitter, aber entweder sie knallen uns ab, oder sie schnappen uns irgendwann, und dann kommt Schauprozeß und endlos Knast. Vielleicht kannst du das nicht richtig an dich ranlassen? Im Untergrund gibt es keine ›Geld-zurück-Garantie‹, wenn du plötzlich bemerkst, daß du deine Energie in etwas investiert hast, hinter dem du nicht stehst. Du machst für das Motivationsloch, in das du offenbar hineingefallen bist, die Gruppe verantwortlich. Aber sei froh, daß das alles jetzt hochkommt und nicht in einer konkreten Situation, wenn du von vorn in die Mündung einer Bullenknarre guckst oder in einer Isolationszelle langsam vor dich hinschimmelst und nur noch deine Substanz zum Leben hast.«

Von Satz zu Satz ist Annas Tonfall trockener geworden. Die Schärfe der ersten Worte hat in den letzten Sätzen einer Spur von Resignation Platz gemacht. Anna hat zum Schluß nicht nur mich gemeint. Was sie da sagt, muß sie schon länger beschäftigt haben. Kann ich bestreiten, daß das, was sie entwickelt hat, auch auf mich zutrifft? Wenn ich ehrlich bin, kann ich das nicht. Aber wie weiter? Wir sind an einem toten Punkt angekommen. Vorsichtig sage ich: »Ich will nicht abstreiten, daß einige der Punkte, die du angeführt hast, bei meinem Motivationsloch eine Rolle spielen. Motivationsloch allerdings nur, soweit es darum geht, daß es für mich eine ganze Reihe offener Fragen gibt, die ich bisher verdrängt habe. Ich kann jetzt nicht sagen, was am Ende dabei herauskommt, ob ich weiter in der Gruppe bleibe oder nicht. Was ich mir nicht absprechen lasse und was für mich auch nicht zur Debatte steht, ist meine Motivation, die Aktion mitzutragen und die Stammheimer zu befreien. Ich hoffe, daß du mir das glaubst!«

Ich kann im ersten Moment nicht genau erkennen, ob Annas Lächeln eine Andeutung von Verständnis signalisieren soll. Sie läßt sich Zeit, trinkt erst ihr Glas aus, bevor sie antwortet.

»Ich glaub's dir, immerhin bist du hier und hast nicht das Weite gesucht. Aber bevor wir jetzt zu den anderen gehen, möchte ich dich bitten, darüber nachzudenken, ob es unbedingt sein muß, daß du deinen Müll jetzt auf den Markt wirfst. Die Entscheidung, ob du das jetzt zur Debatte stellst, überlasse ich dir. Ich werde dieses Gespräch von mir aus nicht erwähnen.«

Ich bin erleichtert. Nicht auszudenken, wenn Anna mich jetzt, so unmittelbar vor der Aktion, dem Kommando zum Fraß vorgeworfen hätte. »Gut«, sage ich. »Erstmal müßtet ihr mich sowieso über den Stand der Vorbereitungen zur Aktion unterrichten. Das ist fürs erste wirklich wichtiger.«

Während wir die Rechnung bezahlen, muß ich an Willem denken. Er wäre überhaupt nicht mit mir zufrieden gewesen. Wahrscheinlich hätte er mich einen Opportunisten genannt.

36 Planspiel

Wenn ich noch gestern gedacht habe, daß das Gefühl von Distanz gar nicht mehr größer werden kann, weiß ich heute, daß das ein Irrtum war. Zu sechst sitzen wir im Kreis um einen großen Bogen Packpapier, auf dem mit dicken Filzstift Straßen und Feldwege eingezeichnet sind. Hans und Anna erklären abwechselnd, rücken Streichholz- und Zigarettenschachteln hin und her, die Autos darstellen. Anita und Flipper stellen ab und zu kurze Verständnisfragen, ich höre nur zu. Anna irritiert mein Schweigen, sie fragt schließlich nach: »Hast du das verstanden? Du sollst mit dem Kombi auf dem zweiten Feldweg stehen und kriegst dann über Walkie-Talkie Bescheid.« Einen Augenblick lang bin ich verwirrt, dann tippe ich auf eine Zigarettenschachtel und sage: »Entschuldige, ja, also ich schneide der Generalskarosse nach der Kurve den Weg ab. Die können mich wegen der L-Kurve erst im letzten Augenblick kommen sehen und haben keine Zeit mehr, zu reagieren. So, wie ihr es erklärt habt, muß ich doch aber damit rechnen, daß die mich rammen?«

Flipper holt hörbar Luft, Hans stöhnt vernehmlich auf, aber Anna läßt den beiden keine Gelegenheit. Wie einem kleinen Kind erklärt sie mir: »Die Zigarettenschachtel ist der Lastwagen, der zwischen dem Generalswagen und den Bodyguards fahren wird. Die Streichholzschachtel einen Weg weiter ist der Kombi, in dem du sitzen wirst. – Sag mal, was ist los? Seit du zurück bist, hab ich von dir noch nichts Vernünftiges gehört. Vielleicht sollten wir erst mal über dich reden, bevor wir weitere Zeit darauf verschwenden, an dir vorbeizureden?«

Ich habe mich auf diesen Verlauf vorbereitet, ich habe ihn im Grunde sogar provoziert. »Seltsam, nicht wahr, seit ich zurück bin, habe ich umgekehrt den Eindruck, daß ihr euch krampfhaft um Normalität bemüht. Warum reden wir nicht einfach mal über Pelle – oder über die Abschiebeaktion nach Beirut und die Tatsache, daß ich offenbar zu denjenigen gehöre, die ihr ganz schnell aus dem Weg haben wollt?«

Einen Augenblick ist es so still, daß man die sprichwörtliche Stecknadel fallen hören könnte. Mir ist klar, daß ich jetzt alle gegen mich aufgebracht habe, man bringt nicht ungestraft gleich zwei Tabuthemen auf einmal zur Sprache. Es wundert mich nicht, daß Hans sich erst an alle anderen wendet, bevor er mich anspricht: »Ich hab euch doch prophezeit, daß er wie ein Arschloch reagiert... Stimmt, wir wollen, daß du mit nach Beirut fliegst, und dreimal darfst du raten, warum. Natürlich hat bei unseren Überlegungen keine Rolle gespielt, daß du dich dort am besten auskennst. Wir haben auch unberücksichtigt gelassen, daß du in der militärischen Ausbildung mit der beste warst und daher am geeignetsten wärst, den anderen das ihnen fehlende Wissen zu vermitteln. Wir haben uns nur die Köpfe darüber zerbrochen, wie wir dich klammheimlich abschieben können, damit du nicht zuviel von dem Ruhm abkriegst, die Gefangenen befreit zu haben. Mann, was für kaputte Gedanken geistern dir eigentlich durch den Schädel?«

Hans sieht aus, als wolle er mich anspringen. Ich lasse mich nicht aus der Ruhe bringen, ohne jeden Unterton frage ich: »Und was ist mit Pelle passiert? Außer der Tatsache, daß er verschwunden ist, habe ich über den Ablauf bisher nichts erfahren, was mir seinen Schritt erklärt.«

Hans nimmt Anlauf zu einer Entgegnung, aber Flipper kommt ihm zuvor. »Um dir das genauer zu erklären, hättest du eben aufpassen müssen. Wie du dir ja denken kannst, gab es Krach mit Pelle, und zwar wegen eben diesem Plan, über den wir hier gerade brüten. Am Tag, als du nach Holland gefahren bist, hing zum ersten Mal dieses neue Begleitfahrzeug mit den Bodyguards an der Generalskarosse. Der Plan, den Lastwagen zwischen diese beiden Fahrzeuge zu fahren, ist erst danach entstanden. Pelle war damit nicht einverstanden. Seiner Meinung nach ist das so nicht durchführbar, hängt von zuviel Unwägbarkeiten ab. Darüber sind wir so sehr aneinandergeraten, daß wir schließlich gar nicht anders konnten, als ihm zu sagen, daß er raus ist aus dem Kommando. Ehrlich gesagt, ich glaube inzwischen, daß der Streit um den Plan nur vorgeschoben war. Bei Pelle hatte sich schon vorher eine Menge Scheiße angesammelt, und er hat es nicht gebracht, mit uns darüber zu reden. So sehe ich das.«

Ich muß an mein letztes Gespräch mit Pelle denken. Flippers Einschätzung stimmt. Trotzdem habe ich das Gefühl, daß das noch nicht alles war. Ich spüre aber auch, daß ich jetzt kaum mehr erfahren werde, also lenke ich ein. »Ich denke, daß ihr versteht, daß mich das merkwürdige Drumherumreden bezüglich Pelle irritiert. Was Beirut angeht, wundere ich mich noch immer ein bißchen. Ihr wißt genau, daß mir der Zwangsaufenthalt dort ziemlich zugesetzt hat, trotzdem teilt ihr mich ein, ohne mich vorher zu fragen!«

Anna hat das Signal verstanden. »Du mußt schon entschuldigen, aber wie hätten wir dich denn fragen können? Hier haben sich die Dinge überschlagen, und es war keine leichte Entscheidung, mit der Aktion fortzufahren, nachdem sich Pelle davongemacht hat. Hans hat zwar gesagt, er sei sich sicher, daß du damit nicht einverstanden sein wirst, aber das haben wir nicht gelten lassen. Beim Gesamttreff haben wir gesagt, daß wir alle unsere Kräfte auf die Aktion konzentrieren wollen und daß dabei jeder nach seinen Fähigkeiten eingesetzt wird. Wir haben beschlossen, daß während der Verhandlungsphase der Aktion möglichst wenig Leute greifbar sein sollten. Das alles kann also gar nicht so überraschend sein, oder?«

In Gedanken habe ich umgeschwenkt. Wegen Pelle und der Landverschickung ihrer Majestät loyaler Opposition jetzt Streit vom Zaun zu brechen, hat keinen Sinn. Es ist wichtiger, alle Details über die Aktion zu erfahren. Es muß Punkte dabei geben, wegen derer es mit Pelle zum Eklat kam. Die muß ich herausfinden, vielleicht läßt sich dann noch etwas am Plan verändern.

»Nein, ganz überraschend kam das nicht. Aber es ist eine Sache, etwas allgemein zu diskutieren und für richtig zu halten, und eine andere, wenn man den Eindruck gewinnt, daß ein elitärer Führungsklüngel etwas über die Köpfe hinweg beschließt. Aber ich möchte jetzt nicht darüber streiten, ob dieser Eindruck berechtigt war oder nicht. Ich würde vorschlagen, daß wir die ganze Aktion noch einmal generalstabsmäßig durchspielen. Ihr dürft bei mir nichts voraussetzen, schließlich habe ich von der Aktion bisher nicht mehr erfahren als das, was beim Gesamttreff angedeutet worden ist.«

Anna tuschelt kurz mit Hans, der nach einigem Hin und Her zwischen den beiden vernehmlich »einverstanden« sagt. Dann wendet sich Anna an mich: »Ich denke, daß wir nicht alle dabei sein müssen. Ich werde mit Flipper und Anita nebenan an einigen Details weiterfeilen, während Hans dir ausführlich erklärt, was wir bisher herausgefunden haben und wie wir uns den Ablauf vorstellen.«

Nachdem die drei gegangen sind, setzt sich Hans neben mich und dreht den Packpapierbogen so, daß die Zeichnung direkt vor uns liegt. Er tippt auf die linke obere Ecke, wo ein kreisrunder Platz aufgezeichnet ist, um den sich einige Vierecke gruppieren. »Das hier ist eine kleine amerikanische Wohnsiedlung mit einem eigenen Hubschrauberlandeplatz. Zusammen mit der daneben gelegenen Kaserne gehört dieser Komplex zum Verbindungsstab zwischen dem US-Kommando Europa Mitte, der Bonner Hardthöhe und dem Brüsseler NATO-Stab. Die Leute, die ständig dort stationiert sind, beschäftigen sich ausschließlich mit Kommunikationssystemen, deren Abstimmung, mit koordinativen Aufgaben. Von hier braucht man mit dem Auto nach Bonn – je nach Verkehr – zwischen zwanzig und fünfunddreißig Minuten, mit dem Hubschrauber nach Brüssel ist es kaum weiter, ebensowenig wie zur Ramstein Air Base. Der General, auf den wir es abgesehen haben, hat persönlich eine koordinierende Funktion zwischen der geostrategischen Ebene im Pentagon beziehungsweise dem Weißen Haus und der eurostrategischen Ebene in Brüssel, Bonn und der US-Führung Europa Mitte. Er ist aber – nach allem, was wir wissen – sehr viel mehr als ein Postbote. Zwischen den eben angesprochenen verschiedenen Ebenen gibt es offenbar manchmal Reibereien, Widersprüche und auch nationale Animositäten. In einem Aufsatz in einer militärischen Fachzeitschrift wurde der Job unseres Generals verglichen mit dem Ausputzer, dem Libero beim Fußball. Es ist also eine Mischung aus diplomatischer und militärischer Funktion, die der Typ innehat. Was die Geschichte für uns so schwierig macht, ist die Hin- und Herhüpferei des Generals. Er pendelt zwischen Heidelberg, Ramstein, Bonn, Brüssel und Washington, leider nach keinem festen Fahrplan, sondern ganz entsprechend den Erfordernissen seines Jobs. Für uns gibt es aber einen festen Anhaltspunkt dafür, ob er da ist beziehungsweise daß er kommen wird, und das ist dieser Hubschrauberlandeplatz. Der Typ hat einen eigenen Hubschrauber, eine Spezialmaschine mit den entsprechenden Funk- und Kommunikationssystemen, die regelmäßig von den Technikern dieser Kaserne gewartet werden.«

Hans macht eine kurze Pause. Er sieht mich fragend an, aber als ich sage: »Mach weiter«, fährt er mit seinen Erläuterungen fort. »Wenn der Hubschrauber auf dem Platz steht, ist der Typ im Lande und wird demnächst erscheinen. Dazu kommt eine Besonderheit des Platzes, die wohl ursprünglich eine Schutzmaßnahme war, die aber für uns einen großen Vorteil bringt, weil wir uns nicht verzetteln müssen. Früher war das Gelände um die Kaserne im Umkreis von fünf Kilometern militärisches Sperrgebiet. Es gab nur eine Zu- und Abfahrt, egal, aus welcher Richtung man kam. Inzwischen wurde der Sperrbezirk aufgehoben, nur der Bereich unmittelbar um die Kaserne ist eingezäunt und wird bewacht. Das restliche Gelände ist längst verwildert, und es gibt Überlegungen, daraus ein Naturschutzgebiet zu machen. Geblieben ist die fünf Kilometer lange Zufahrt, die mit vielen Kurven durch den Wald und durch verwilderte Wiesen parallel zu einem Bach zur Kaserne führt, und zwar von dieser Bundesstraße aus.« Hans zeigt auf eine mit Filzstift gezeichnete Straße, von der als sich schlängelndes Band der Weg zur Kaserne abzweigt. »Diesen Teil . . .«, er fährt mit dem Finger von der linken oberen Ecke des Packpapierbogens ganz zur unteren Mitte, »haben wir noch mal als Ausschnitt vergrößert, denn auf ihn kommt es an.«

Ich begreife jetzt, daß der weit geschwungene Weg in der Mitte der Zeichnung nur eine Vergrößerung des oberen Ausschnitts ist, gespickt mit vielen zusätzlichen Details, kleinen Wegen, die abbiegen, zwei Brücken, mit denen der Bach an ungünstigen Stellen mal in die eine, mal in die andere Richtung überquert wird. Hans läßt mir einen Augenblick Zeit, das aufzunehmen, dann fährt er fort: »Du siehst hier, genau neben der Einfahrt des Weges, einen kleinen Hügel. Von dort aus hat man den Hubschrauberlandeplatz und die Einfahrt zum Weg zur Kaserne im Blick. Für uns ist dieser Hügel der strategisch wichtigste Punkt, von ihm aus wird der Beginn der Aktion koordiniert. Alle bisherigen Checks haben ergeben, daß der General zwei- oder dreimal in der Woche kommt. Genauer gesagt: Er landet hier, besteigt einen bereitstehenden Wagen und läßt sich nach Bonn fahren, kommt dann wieder zurück – meistens noch am gleichen Tag – und fliegt dann weiter. In berechenbarer Regelmäßigkeit kommt er vor größeren NATO-Tagungen, und zwar jeweils am Vortag.«

Ich unterbreche Hans: »Habt ihr mal versucht, ihren Funkverkehr abzuhören? Vielleicht können wir so genauer einkreisen, wann unser Mann im Anmarsch ist?«

Hans sieht so vergrätzt auf, als wenn ich eine beleidigende Frage gestellt hätte. »Natürlich haben wir das versucht, aber bei denen läuft alles verschlüsselt und verzerrt, da ist kein Rankommen. Außerdem darfst du nicht vergessen, daß das eine Kommunikationseinheit ist, da fiept und blubbert es auf sämtlichen Frequenzen den ganzen Tag. Wie willst du das auseinanderhalten?« Als ich auf seine Zurechtweisung nicht weiter reagiere, nimmt er den Faden wieder auf. »Wenn der Typ kommt, dann in neunzig Prozent aller Fälle am Vormittag, meistens zwischen neun und elf Uhr. Die Zeitspanne ist allerdings so groß und der Vorgang von der Ankunft bis zur Weiterfahrt nach Bonn so kurz, daß es keinen Sinn hat, sich mit der Aktion auf seine Ankunft zu konzentrieren. Für unsere Planung ist seine Ankunft nur das Signal, daß wir die Falle aufbauen und dann auf seine Rückkehr warten. Für diesen Teil der Aktion reicht es aus, morgens um acht Uhr jemand vom Kommando beim Hügel abzusetzen, der Rest wird erst alarmiert und mit den Fahrzeugen vor Ort geschafft, wenn der Ausguck auf dem Hügel grünes Licht gibt. Es ist noch nie vorgekommen, daß er weniger als vier Stunden dort war, das ist also die Zeit, die wir – abzüglich einer halben Stunde Sicherheitsfrist – zum Aufbau zur Verfügung haben.«

An dieser Stelle unterbreche ich Hans ein weiteres Mal. Ich gebe mir Mühe, meine Frage neutral klingen zu lassen, denn ich will mich nicht mit ihm anlegen. »Wie oft habt ihr das denn beobachtet, ich meine, seine Ankunft und die Rückkehr nach etwa vier Stunden?«

Ich merke sofort, daß ich damit einen wunden Punkt erwischt habe, denn Hans kramt erst in einigen Zetteln, die er neben sich liegen hat, bevor er mir antwortet.

»In der alten Konstellation dreimal, in der neuen zweimal... bis jetzt jedenfalls. Früher oder später erfährst du es ja doch: Renate ist heute draußen, es kann also sein, daß es heute abend auch in der neuen Konstellation drei positive Checks sein werden.«

Seine Anspielung auf Renate ignoriere ich. Ich hatte schon vermutet, daß sie ebenfalls eine Aufgabe im Zusammenhang mit der Aktion wahrnimmt, obwohl mir das bisher niemand gesagt hat.

»Was heißt denn ›alte und neue Konstellation‹?«

Einen Augenblick ist Hans aus dem Konzept, wahrscheinlich hat er eine Frage wegen Renate erwartet. Aber er fängt sich rasch und erläutert ganz ruhig: »In der alten Konstellation ist der

General mit nur einem Wagen, also ohne Begleitfahrzeug gefahren. Das war ein großer Ami-Schlitten, in dem er neben dem Fahrer noch von zwei Typen begleitet wurde, entweder Bodyguards oder zuarbeitende Offiziere, ganz klar war das nie. Seit ein paar Tagen ist es nun so, daß der General von einem weiteren Fahrzeug begleitet wird, das ständig an seiner Stoßstange hängt und mit drei Typen besetzt ist, die bewaffnet sind. Wir halten es für möglich, diesen Mini-Konvoi auf der bewußen Zufahrt zur Kaserne aufzuspalten, also mit einem Lastwagen aus einem der vielen Waldwege zwischen Begleitfahrzeug und Generalskarosse zu fahren.«

Hans macht eine Pause und wartet, ob ich dazu Fragen habe. Ich will aber erst den Rest der Checkergebnisse hören, sage also nichts. Hans zeigt auf die L-förmige Kurve etwa in der Mitte der Zufahrt zur Kaserne. »Das hier ist die ideale Stelle für den Hold-up. Die beiden Fahrzeuge müssen wegen der Enge der Kurve langsam fahren. Die Straße ist exakt zwei Fahrzeuge breit, ohne jedes Spiel. Auf der einen Seite fällt die Straße zum Bachbett zwei Meter tief ab, auf der anderen Seite ist dichter Wald. Wir haben vorgestern einen kleineren LKW geklaut, klein, aber lang genug, um die Straße zwischen den Fahrzeugen völlig dicht zu machen. Du siehst, daß genau am Anfang und etwa in der Mitte der Kurve zwei Wege auf die Straße münden . . . fast so, als wenn die jemand für uns angelegt hätte. Der Witz dabei ist, daß der zweite Weg, der direkt in die Kurve einmündet, auch noch der einzige ist, der eine Verbindung zur Landstraße hat. Alle anderen Wege führen kreisförmig um das Kasernengelände herum und münden dann von der anderen Seite kommend auf die Straße. Wahrscheinlich waren das früher einmal Patrouillenwege, auf denen das Sperrgelände kontrolliert wurde.«

Daß Hans an dieser Stelle unterbricht, hat wohl dramaturgische Gründe. Wenn alle seine Erklärungen richtig sind, kann ich seinen Stolz verstehen, denn was er bisher entwickelt hat, hört sich wirklich gut an. Ich habe vergeblich nach dem Haken gesucht, der zum Streit mit Pelle geführt hat. Hans zieht den Plan noch ein Stück näher zu uns heran und beginnt nun die Streichholz- und Zigarettenschachteln aufzubauen, mit denen Anna am Anfang herumhantiert hat.

»Jetzt paß mal genau auf! Am Morgen meldet also derjenige von uns, der auf dem Hügel Posten bezogen hat, daß der General angekommen ist. Mit soviel zeitlichem Abstand, daß nie mehr als ein Fahrzeug auf einmal unterwegs ist, beziehen wir dann auf beiden Feldwegen Posten. Vorn, am Anfang der Kurve, und zurückversetzt, so daß er von der Zufahrt aus nicht zu sehen ist, steht der Lastwagen. Auf dem hinteren in die Kurve mündenden Weg steht mit der Schnauze zur Straße ein Kombi. In Richtung Fluchtweg wird dahinter ein VW-Bus plaziert, mit dem wir den General wegschaffen. Vom Lastwagen abgesehen haben wir das alles schon getestet. Wenn du nicht mitten in der Kurve anhältst und aussteigst, kannst du die Wagen wegen der Bäume und des Unterholzes nicht sehen. Aber selbst wenn ... das ist inzwischen eine Ausflugsgegend, bei zwei geparkten Wagen wird sich keiner was denken.«

Hans unterbricht und fragt mich, ob ich den Plan bis dahin verstanden habe. Ich nicke. Hans fährt mit seinen Erläuterungen fort.

»So, es ist jetzt etwa vier Stunden später, also früher Nachmittag. Aus Richtung Bonn sieht unser Ausguck die beiden Ami-Schlitten kommen und sagt uns über Funk Bescheid. Jetzt fährt der Lastwagen soweit vor, daß er gerade noch von den Bäumen verdeckt wird, der Kombi einen Weg weiter macht's genauso. Die beiden Ami-Fahrzeuge biegen in die Zufahrt ein und nähern sich langsam der Kurve. Unser Beobachter vom Hügel kommt runter und legt sich auf der Höhe des LKWs auf die Seite, da, wo's zum Bach runtergeht. Von dort aus kann er die beiden Wagen ab der letzten Kurve kommen sehen und dem Lastwagen- und dem Kombifahrer Bescheid geben. Sobald er das tut, lassen die Fahrer die Motoren an und stehen, Gang eingelegt, Kupplung durchgetreten auf dem Sprung. Sobald der erste Ami-Wagen – das ist der, in dem unser Mann sitzt – auf Höhe des Lastwagens ist, fährt der Laster ohne Rücksicht auf Verluste auf die Straße. Wir haben überlegt, daß es unproblematisch ist, wenn er dem Generalswagen sozusagen noch den Hintern küßt. Je knapper er ihn vom Begleitfahrzeug absäbelt, um so besser. Gleichzeitig fährt auch der Kombi raus und blockiert den Generalswagen nun von vorn, so daß der weder vor noch zurück, noch zur Seite kann.«

Während Hans den Plan erläutert, hat er entsprechend seinen Schilderungen die Streichholz- und Zigarettenschachteln auf dem Packpapier verschoben. Nun ist in der Kurve eine Streichholzschachtel zwischen zwei querstehenden Zigarettenschachteln eingekeilt und von einer weiteren dahinterstehenden Streichholzschachtel abgeschnitten. Ich betrachte mir diese Konstellation sehr genau und glaube auf einmal zu wissen, welche Bedenken Pelle gehabt haben könnte.

»Okay, soweit hab ich's verstanden, aber nun mal in die Details. Wenn ich das richtig sehe, sitzen die Leibwächter also im hinteren und nunmehr abgeschnittenen Wagen. Wir können aber nicht davon ausgehen, daß die sich damit abfinden. Die werden rausspringen und versuchen, um den Laster herumzukommen. Die haben ihre Schießeisen sicherlich nicht nur zur Verzierung dabei und werden davon Gebrauch machen. Wie sollen wir das im Griff behalten?«

Hans lächelt, als wenn er genau diese Frage erwartet hätte. »Natürlich werden die eingreifen wollen ... aber das wird nicht so einfach, denn fliegen können sie nicht. Sieh mal, seitlich von ihrem Wagen geht es auf ihrer Höhe fast zwei Meter steil abwärts in den Bach, noch dazu ohne jede Deckung, da läuft schon mal gar nichts. Direkt auf den Laster zu wäre selbstmörderisch, denn unser Fahrer – das werde wahrscheinlich ich sein – sitzt höher als sie und hat die Beifahrertür als Deckung. Bleibt noch die Möglichkeit, daß sie sich seitlich rausrollen lassen und versuchen, den Lastwagen durch die Waldseite zu umgehen. Aber da ist wie eine Feuerschneise der Feldweg, auf dem vorher der Laster stand. Wenn hier vorn an der Einfahrt der- oder diejenige steht, die vorher dem Laster das Anfahrtsignal gegeben hat, läßt sich der Weg in gut hundert Metern Länge sichern, ohne daß wir aus der Dekkung hinter dem LKW heraus müssen. Wenn du dazu noch das Überraschungs- und Verwirrungsmoment nimmst und wir das Abschleppen des Generals ohne zeitliche Verzögerung hinkriegen, haben die Bodyguards null Chance.«

Jetzt bin ich mir sicher, daß ich den richtigen Punkt getroffen habe. »Findest du nicht, daß ein paar zu viele ›Wenn‹ in dem Plan eine Rolle spielen? Die Typen, die auf den General aufpassen, sind genau für solche Zwischenfälle geschult. Es ist nur zu wahrscheinlich, daß sie auch das Gelände, durch das sie sich bewegen, vorher studiert haben. Sie werden also kaum zögern, sondern sich auf der richtigen Seite aus dem Wagen fallen lassen. Wenn sie auch nur ein bißchen clever sind, wird das Ganze zu einem verdammten Wettrennen, bei dem wir sehr leicht die

Hasen werden können. Außerdem – und das ist eine grundsätzliche Frage – sollten wir uns darüber im klaren sein, wie die Aktion dasteht, wenn es gleich zu Beginn Tote gibt. Selbst wenn sie wollen, welche politische Instanz kann einem Austausch des Generals gegen die Gefangenen noch zustimmen, wenn im Wald drei Tote zurückbleiben? Habt ihr das nicht diskutiert?«

Je länger ich rede, desto unzufriedener und abweisender wird Hans' Gesichtsausdruck. Ich habe versucht, ohne scharfe Töne auszukommen, aber das hindert Hans nicht daran, in schnappendem Tonfall zu erwidern: »Ob wir schon darüber diskutiert haben? Bist du blöde? Die Sache ist doch die: Eine Aktion in dieser Größenordnung und ohne Risiko ist illusorisch! Ein paar ›Wenn‹, wie du es ausgedrückt hast, werden immer bleiben. Wir finden, es ist wichtiger, daß sich die Situation beherrschen läßt – und wir sind alle der Meinung, daß das hier der Fall ist. Und was den Austausch angeht... Es ist nicht irgendein General, den wir dann in der Hand haben; seine Person ist dabei völlig sekundär, denn wir haben eine Schlüsselfigur, wir haben den Kopf, den Vermittler, denjenigen, der weiß... Verstehst du, es geht um die Position und das damit verbundene Wissen, und das werden sie zurückhaben wollen. Wie sollen sie sicher sein, daß wir ihren Typ nicht nach allen Regeln der Kunst ausquetschen, mit Drogen, Schlägen, Schlafentzug, dem ganzen Arsenal, das sie ja umgekehrt auch hemmungslos anwenden. Das ist die eigentliche Drohung, kapiert?«

Hans hat sich richtig in Rage geredet. Wenn ich jetzt falsch reagiere und ihn weiter aufbringe, wird es nicht mehr möglich sein, vernünftig miteinander zu reden.

»Hab ich verstanden. Du mußt mir schon zubilligen, daß ich vielleicht Fragen stelle, die für euch schon abgehandelt sind. Für mich ist die Aktion neu. Ich denke, daß es wichtig ist, über alle Eventualitäten Klarheit zu haben. Je mehr Situationen wir vorher durchspielen, um so weniger Fehler können wir in der Aktion machen – oder siehst du das anders?«

Hans nickt versöhnlich. »Ist ja schon gut, tut mir leid, daß ich ein bißchen heftig geworden bin. Es war eben genau der Punkt, mit dem uns Pelle schier zum Wahnsinn getrieben hat. Als wir in der Auseinandersetzung mit ihm schließlich bis zur 999. Variante gekommen waren, hatte keiner mehr Lust, noch weiter zu diskutieren. Weißt du, ich glaube, daß Pelle zu dieser Zeit schon fertig war mit der Aktion, der wollte gar nicht mehr. Er hat nie nach Alternativen gesucht oder zu seinen Einwänden Vorschläge entwickelt, wie es besser zu machen wäre. Darauf reagiere ich verdammt empfindlich, denn für mich sieht die Kehrseite so aus, daß es jeden Tag im Knast einen Hungertoten geben kann, wenn wir uns nicht beeilen.«

Hans fängt an, die Streichholz- und Zigarettenschachteln abzuräumen und die Packpapierzeichnung zusammenzufalten. Welche Alternativen könnte ich anführen? – Keine! Und wenn tatsächlich einer der Gefangenen stirbt, wird die Eskalation danach viel schlimmer sein, schlimmer als die Unwägbarkeiten, die sich hinter den ›Wenn‹ der bisherigen Planung verbergen. Ich erkenne, Pelles Ausweg, sich jetzt in die Büsche zu schlagen, ist für mich nicht gangbar. Nicht, solange der Hungerstreik läuft, und nicht, solange ich nicht wenigstens versucht habe, meine Freunde aus dem Knast zu befreien.

Daß ich trotzdem gebohrt und Hans mit Fragen genervt habe, erscheint mir jetzt wie das Verhalten einer gefangenen Ratte, die immer wieder mit der Nase an die Glaswände des Käfigs stößt und nicht begreift, funktionierender Bestandteil einer für sie nicht zu überschauenden Versuchsanordnung zu sein. Erst als die Tür aufgeht und Anna, Anita, Flipper und Renate hereinkommen, werde ich aus diesen bedrückenden Gedanken herausgerissen. Renate kommt schnurstracks auf mich zu, lacht, haut mir eine Ohrfeige runter und küßt mich dann. Ich bin viel zu verblüfft, um zu reagieren. Renate dreht sich zu Anna um und sagt: »Der Tip, ihm für alle schmutzigen Gedanken präventiv eine zu kleben, war wirklich ausgezeichnet. Siehst du, wie er jetzt krampfhaft nachdenkt, was er wohl verbrochen haben könnte? Eigentlich müßte ich ihm für jede Sekunde Verzögerung noch eine scheuern, denn offenbar fällt ihm eine Menge ein . . .!«

Inas Bild steht kurz vor meinen Augen, aber es fällt mir erstaunlicherweise nicht schwer, diese Erinnerung sofort wieder zu begraben. Nachdem der Überraschungsmoment vorüber ist, freue ich mich doch sehr, Renate wiederzusehen. Ich umarme sie und gebe ihr einen Kuß. Renate lacht noch immer und ruft schließlich: »Hey, laß mich mal runter. Was du machst, ist doch reiner Revanchismus . . .« Gehorsam lasse ich sie los, und wir setzen uns hin. Renates Fröhlichkeit ist ansteckend, und wir flachsen noch eine Weile herum, ehe sie beginnt, von ihrem Check zu berichten.

»Leute, ich habe heute nur gute Nachrichten. Der General ist am Morgen um neun eingeflogen und gleich Richtung Bonn verschwunden. Zurückgekommen ist er gegen halb zwei, ansonsten keine besonderen Vorkommnisse. Ich hab ein gutes Gefühl bei der Sache. Wenn es am Tag der Aktion vom Timing her genauso abläuft wie heute, kann eigentlich nichts schiefgehen.«

Entgegen meinen Erwartungen – oder muß ich sagen, entgegen meinen Vorurteilen? – gibt sich Hans mit dieser Auskunft nicht zufrieden. »Wie viele Fahrzeuge sind denn in der Zeit nach der Abfahrt des Generals und bis zu seiner Rückkehr über die Ausfahrt rein- oder rausgefahren?«

Renate überlegt kurz, dann antwortet sie: »Vier, ein Kleinlaster, wohl ein Versorgungsfahrzeug, zwei Privatwagen, war nicht zu sehen, wer da am Steuer saß, und schließlich noch ein Jeep. Der Jeep ist nach etwa zwanzig Minuten zurückgekommen, die beiden Privatwagen sind bis zu meiner Ablösung noch nicht wieder zurück gewesen.«

Hans hat einen Notizblock aus seiner Hosentasche geholt und sich die Zahlen aufgeschrieben, zufrieden ist er aber immer noch nicht. »Hast du dir die Zeiten gemerkt, ich meine, wann die weggefahren sind und wann der Jeep zurückgekommen ist?«

Renate kramt in ihrer Umhängetasche, holt schließlich einen Zettel heraus und liest Hans die präzise notierten Uhrzeiten vor.

Hans schreibt, blättert dann zurück, lächelt und sagt: »Der Kleinlaster und die beiden Privatwagen fahren regelmäßig um dieselbe Zeit ab, denen können wir also ausweichen. Der Jeep ist neu im Programm, da müssen wir darauf achten, ob das Zufall war oder ob der regelmäßig um diese Zeit wegfährt. Versteht ihr, je weniger Fahrzeuge beziehungsweise je konstanter die Zeiten, zu denen wir mit einem rechnen müssen, um so sicherer für uns. Im Idealfall werden die Amis von unserer Anwesenheit und dem Aufbau zur Aktion überhaupt nichts mitbekommen. Trotzdem sollten wir natürlich immer eine Geschichte parat haben, was wir dort machen, falls doch mal jemand auf uns aufmerksam wird: Pissen gehen, Frühstücks- beziehungsweise Mittagspause machen, da bietet sich einiges an!«

Anna schüttelt den Kopf. »Ich denke nicht, daß die eine Chance haben, etwas von uns mitzukriegen. Ich möchte vorschlagen, daß wir morgen oder übermorgen an einer anderen Stelle eine Art Generalprobe veranstalten, bei der es hauptsächlich darum gehen sollte, das Absperren mit den Fahrzeugen richtig zu koordinieren. Ansonsten müssen wir uns nur noch um den Feinschliff beim Abgang kümmern, dann kann es doch losgehen ... Oder seht ihr das anders?«

Ich mache geltend, daß ich mir alle Örtlichkeiten ansehen und auch die Wege mindestens ein- oder zweimal abfahren will. Hans schlägt vor, daß er mich am nächsten Morgen rausfährt, mir dort alles zeigt und erklärt und dann auch gleich den Check vom Hügel aus mit mir fortsetzt. Damit sind alle einverstanden. Ich muß mir selbst eingestehen, daß auch mich die Erregung gepackt hat. Es gibt kein Zurück mehr.

37 Tatort

Büsche und Bäume sind von Rauhreif mit einem feinen Pelz überzogen worden. Die Morgenkälte läßt die Worte zu weißen Wölkchen kristallisieren, und ich fröstele, obwohl es erst ein paar Minuten her ist, seit uns Renate an der Einmündung des Kasernenweges abgesetzt hat. Wir stehen im Unterholz auf einem Hügelchen neben der Einfahrt. Da das Gelände von hier zur Kaserne hin abschüssig ist, haben wir einen relativ guten Überblick. Mit gepreßten Worten erklärt mir Hans die Anlage. Er friert genauso erbärmlich wie ich.

Meine Gedanken schweifen immer wieder ab, ich muß an die gestrige Nacht denken. Ich hatte erwartet, daß mich Renate nach dem Hollandaufenthalt fragt. Aber es kam keine Frage, es war, als hätte ich ein paar Tage auf einem fremden, uninteressanten Stern verbracht. Die Aktion war das einzige, wovon Renate sprach, sie beherrscht ihr Denken. Obwohl ich einerseits froh darüber bin, mit der Hollandgeschichte nicht in ein Kreuzverhör geraten zu sein, nervte es mich andererseits, daß es kein anderes Thema gibt, das sie noch interessiert. Vorsichtig habe ich versucht, das Gespräch auf Pelle und sein Verschwinden zu lenken. Renate hat unerwartet aggressiv reagiert. »Was willst du, der Typ hat es vorgezogen zu desertieren. Er hat seine Wahl getroffen – und seine Wahl ist der Verrat. Offenbar fasziniert dich der Staub von gestern mehr als unsere Aufgaben für morgen, was ist los mit dir?« Einen solchen Satz hätte ich von Hans erwartet, aber es war Renate, die mich so anfuhr. In verstörter Sprachlosigkeit lagen wir nebeneinander, und so sind wir auch eingeschlafen.

»Hallo, Meister, hörst du mir überhaupt zu ...?« Das war nicht Renate, das ist Hans, und er ist ungehalten, weil ich nicht zuhöre.

»Entschuldige, ich muß mich erst wieder an die gleitende Arbeitszeit gewöhnen!« Mein Einwurf versöhnt Hans, lachend meint er: »Ein paar Tage im Ausland und schon verweichlicht. Du hast die Zeit wohl nicht sinnlos verstreichen lassen?«

Dankbar gehe ich auf die Flachserei ein. »Du weißt doch, Holland, Meisjes, Marihuana, Milchschokolade, wer könnte da widerstehen ...«

Hans hüpft ein paarmal von einem Bein aufs andere, um die Kälte abzuschütteln. »Komm, pirschen wir uns vorsichtig an, dann kannst du dir das Gefechtsfeld mal aus der Nähe angucken.«

Wir steigen vom Hügel herunter, überqueren den Bach auf ein paar flachgewaschenen, glitschigen Steinen, gehen ein kurzes Stück auf dem Kasernenweg entlang, bevor wir uns auf der gegenüberliegenden bewaldeten Seite in die Büsche schlagen. Hans redet ununterbrochen und erklärt mir noch einmal den ganzen Ablauf der Aktion. Er zeigt mir, wo die beiden Wege in die Kurve auf die Straße münden, und kommt das erste Mal auf den Abgang zu sprechen. Bisher habe ich nur mit einem halben Ohr zugehört, aber nun merke ich auf. Hans muß grinsen. »Könnte es sein, daß du neugierig bist?«

Ich maule: »Ihr habt ja bis jetzt nur geheimnisvolle Andeutungen von euch gegeben, klar, daß ich endlich wissen will, wie es hinterher weitergeht!«

Wir gehen den Feldweg hinauf, der zur nächsten Bundesstraße führt. Kurz bevor wir die Straße erreichen, zieht Hans eine Straßenkarte aus der Tasche und faltet den innersten Teil vierseitig auf. »Hier kannst du die Umgebung in zirka vierzig Kilometer Umkreis sehen. Versuch mal, wie ein Bulle zu denken. Was würdest du tun, wenn sich hier ein ›terroristischer Anschlag‹ abgespielt hat und du wolltest der Täter habhaft werden?«

Wir gehen in die Knie. Hans legt den Kartenteil auf ein Grasstück am Wegrand. Ich konzentriere mich auf das Straßenbild, finde den Punkt, wo wir jetzt sind, und fahre mit dem Finger von hier aus die Straßen der Umgebung ab. »Das liegt hier in der Mitte vom Nirgendwo. Im Grunde gibt es nur zwei gängige Richtungen und zwar einmal Richtung Autobahn Köln-Bonn und von dort aus nach Köln – oder in die entgegengesetzte Richtung nach Koblenz, was aber eher unwahrscheinlich ist, denn das nächste Ballungsgebiet wäre erst Rhein-Main, und das ist noch über hundert Kilometer entfernt. Also, ich würde die Bundes- und Landesstraßen in einem sich stündlich vergrößernden Kreis absperren, an den Autobahnauf- und -abfahrten in hundert Kilometer Umkreis Kontrollen einrichten, außerdem würde ich die ganze Gegend von Hubschraubern absuchen lassen, da werden im konkreten Fall sicherlich auch die Amis mitmachen. Konzentrieren würde ich mich auf die Ost-West-Achse Köln-Bonn-Koblenz!«

Hans scheint zufrieden mit meinen Ausführungen. »Ja«, sagt er, »so haben wir das auch analysiert. Wir müssen damit rechnen, daß nach fünf Minuten überall Alarm läuft und nach zehn Minuten die ersten Hubschrauber da sind. Bis dahin und mit dem notwendigen Wagenwechsel als Zeitverlust für uns ist keine der nächstgelegenen Städte zu erreichen. Es ist auch einigermaßen sicher, daß sie sich auf Bonn, Köln und Koblenz konzentrieren werden, auf die Autobahnen und Bundesstraßen, letztere in alle nur erdenklichen Richtungen. Deswegen kommen all diese Wege für uns nicht in Frage.«

Jetzt holt Hans eine Plastikfolie aus seiner Tasche. Er legt sie über den aufgeklappten Kartenteil. Auf der Folie ist eine sehr wellige Linie aufgemalt, die neben und quer zu allen auf der Karte verzeichneten Straßen in südwestlicher Richtung auf den Kartenrand zuläuft, wo sie kurz vor Düren aufhört. Mit der Miene eines Zauberers, der soeben das Kaninchen aus dem Zylinder gezogen hat, erklärt Hans: »Und das ist unsere ›Straße‹, die es, wie du siehst, eigentlich gar nicht gibt.«

Ich verstehe, finde seine Enthüllung allerdings nicht sonderlich begeisternd. »Feldwege, na klar. Aber glaubst du nicht, daß wir da mit einem Kombi oder gar 'nem Bus auffallen? Sicherlich können sie nicht alle Wege kontrollieren, aber habt ihr da nicht die Hubschrauber vergessen?«

Hans' Grinsen wird eine Spur breiter. »Womit du recht hast. Mit einem Personenwagen oder einem Kombi würden wir auffallen wie die bunten Hunde. Aber jetzt paß mal auf. Der Ausgangspunkt für uns ist eine heruntergekommene Feldscheune, etwas die Bundesstraße runter auf der gegenüberliegenden Seite und leicht innerhalb der Fünf-Minuten-Frist zu erreichen ...« Er deutet vage mit der Hand in die angegebene Richtung. »Diese Scheune haben wir für 'nen Appel und 'n Ei gepachtet, angeblich, um daraus in Wochenendarbeit ein Urlaubsdomizil zu basteln ...« Hans muß lachen. »Der Bauer hat gedacht, er hätte das Schnäppchen seines Lebens gemacht, als er uns die Ruine angedreht hat, der wird sich noch wundern. Aber im Ernst, dort werden wir den Kombi stehenlassen und den letzten ›Wagenwechsel‹ machen.«

Er betont das Wort »Wagenwechsel« so, daß klar ist, daß nun der Gag kommt. Ich bin gespannt. »Jetzt steht in der Scheune ein Traktor und ein alter Jauchewagen mit 5000 Liter Fassungsvermögen. Dem Bauern haben wir erzählt, daß wir das Ding brauchen, um zum Zementmischen und Bauen das nötige Wasser zu holen. Das hat ihm sofort eingeleuchtet ...« Wieder muß Hans lachen. »Was meinst du, wird es ein Hubschrauber für meldungswürdig halten, wenn er einen Traktor mit angehängtem kleinem Jauchewagen über einen Feldweg tuckern sieht?«

Ich bin verblüfft, das sieht wirklich nach einer idealen Lösung aus. Nach kurzem Nachdenken kommen mir aber die ersten Bedenken. »Hört sich gut an, aber die Dinger sind doch verdammt langsam, schneller als dreißig oder vierzig Stundenkilometer sind die doch nicht, oder?«

Hans faltet die Plastikfolie und die Karte zusammen und steckt beides getrennt voneinander in verschiedene Taschen seiner Jacke, dann steht er aus der Hocke auf. »Weniger ...«, erwidert er, »unsere Knatterwalze fährt höchstens zwanzig. Aber dafür stimmt wirklich alles, die Zulassung, der namentlich dazugehörige Personalausweis und der Führerschein passend dazu, Nummernschilder, alles so echt wie das Original. Aber ich glaube nicht, daß wir damit überhaupt in eine Kontrolle kommen. Sie können die Feldwege nicht systematisch kontrollieren, höchstens großflächig aus der Luft. Die Richtung ist atypisch, weg von der Autobahn, weg von den nächstgelegenen größeren Städten. Bundes- und Landstraßen kreuzen wir nur. Rein äußerlich fährt da eine einzelne bäuerliche Gestalt im Blaumann, schön schmutzig, die speckige Arbeitsmütze auf dem Kopf, querfeldein mit einem kleinen Jauchewagen entweder zur Arbeit oder nach Hause. Damit eine Gruppe von Terroristen nach einer Entführungsaktion zu assoziieren – da kommen sie nicht drauf, das liegt für die Rasterdenker jenseits des Horizonts. Es ist ein so langsames Fahrzeug, gefahren von nur einer Person und in die Umgebung passend, gerade das ist unsere Deckung!«

Hans sieht auf die Uhr, dann zieht er mich am Ärmel. Langsam gehen wir zurück in Richtung Kasernenzufahrt. »Wenn wir Glück haben, kommt in der nächsten halben Stunde unser General mit seinem Schrabschrab aus Brüssel, dann kannst du dir den Konvoi auch noch angucken.«

In Gedanken beschäftigt mich noch immer der Abgang nach der Aktion. »Was liegt denn am Ende des Weges in Düren?«

Hans hat sich eine Zigarette angezündet, er bietet mir auch eine an, ich lehne mit Kopfschütteln ab. Wir verschwinden im Unterholz oberhalb der Kasernenzufahrt. Bis wir einen Platz gefunden und uns niedergelassen haben, unterbrechen wir unsere Unterhaltung. Erst als wir uns setzen, beginnt Hans zu erläutern: »Der Weg endet etwa zwei Kilometer vor Düren auf einem kleinen Resthof, den wir gemietet haben. Der liegt wirklich ab von allem. Was jetzt kommt, wird dir vielleicht nicht gefallen, aber wir waren nach langem Überlegen einstimmig der Meinung, daß es so am besten bist. Auf dem Hof wohnen schon seit drei Wochen zwei Legale mit einem Kind. Die haben den Mietvertrag gemacht und sind dort offiziell gemeldet. Sie sind noch nie aufgefallen oder im Zusammenhang mit uns registriert worden, sind absolut sauber. Unauffälliger geht es wirklich nicht mehr. Der Jauchewagen wird das ›Volksgefängnis‹ für unseren General bleiben, bis der Austausch läuft. Ist zwar nicht sonderlich bequem, aber dafür zur Not mobil. Die Legalen werden mit der Sache selber nichts zu tun haben. Von uns bleiben nur drei dort zur Bewachung. Mit den Verhandlungen, den Austauschmodalitäten und so weiter haben sie sich nicht zu befassen. Sie werden die Scheune, wo der Jauchewagen von einem Berg gepreßter Heuballen verdeckt stehen wird, erst am Ende der Aktion verlassen, um den General nach Hause zu schicken. Da das unfreiwillige Generalsdomizil beweglich ist, können wir uns aussuchen, wo wir ihn freilassen. Wir haben halb im Scherz überlegt, daß wir ihn im Jauchewagen auf der Bonner Marktplatz stehenlassen.«

Hans witzige Ablenkung gelingt nicht, was er mir eben eröffnet hat, geht mir total gegen den Strich. »Das darf doch nicht wahr sein! Wir können doch nicht einfach unsere legalen Leute verheizen! Was soll denn aus denen werden, wenn die Sache schiefgeht oder wenn die sich auf einen Austausch nicht einlassen?«

Hans sieht mich so interessiert an wie ein Botaniker eine seltene Pflanze, die er an diesem Ort nicht vermutet hätte. »Ich glaube fast, daß du diese Aktion noch nicht zu Ende gedacht hast! Erst mal, die beiden Leute, die den Hof angemietet haben, haben auch vorher für uns gearbeitet und sind ein Risiko eingegangen. Sie wissen, was die Aktion bedeutet, auch wenn sie natürlich keine Ahnung haben, wann es passiert und um wen es geht. Sie sind sich darüber im klaren, daß sie anschließend ins Ausland müssen und wahrscheinlich in absehbarer Zeit nicht mehr nach Deutschland zurück können. Damit sind sie einverstanden! Ob die Aktion nun schiefgeht oder klappt, im Ergebnis wird danach für uns erstmal für lange Zeit Pause sein. Kannst du dir vorstellen – im einen wie im anderen Fall –, was danach bullenmäßig los sein wird? Mal locker 'ne Wohnung anmieten, unbekümmert durch die Gegend fahren, ein halbes Dutzend Mal im Monat über die grüne Grenze rein und raus, das ist danach alles vorbei! Ob es dir nun paßt oder nicht, mit dieser Aktion, mit jeder Aktion in dieser Größenordnung, setzen wir alles auf eine Karte. Danach wird nichts mehr so sein wie vorher. Die Bullen werden rumwirbeln wie noch nie, wahrscheinlich wird es zig Verhaftungen geben, und von unserem Netz an Legalen wird nicht mehr viel übrigbleiben. Ich schätze, daß für mindestens ein Jahr Feierabend ist, wahrscheinlich sogar für länger.«

Hans hat recht, in diesem Sinn habe ich die Aktion wirklich noch nicht zu Ende gedacht. Mir wird bewußt, wie weit ich dieses Kapitel für mich bereits abgeschlossen habe. Bei aller Unsicherheit und auch ohne daß ich jetzt weiß, wie es danach weitergeht, für mich ist nach der Aktion Schluß!

Mir geht durch den Kopf, daß es feige wäre, wenn ich nicht trotzdem alle meine Widersprüche zu dieser Vorgehensweise zur Sprache bringe. Quatsch, ich will heil aus der Sache rauskommen, sich jetzt mit allen anzulegen, wäre selbstmörderisch. Nach dem, was mit Pelle passiert ist, werden die anderen nicht ruhig hinnehmen, daß ich mich absetzen will. Ich muß das jetzt ganz pragmatisch angehen, ich muß . . .

Weiter komme ich nicht mit meinen Überlegungen. Hans hat mich angestoßen, er geht in die Hocke. »Hör mal, ich glaube, wir haben wirklich Glück. Wenn mich nicht alles täuscht, dann ist das die Kaffeemühle des Generals.«

Auch ich höre jetzt, wie das schwirrend-schlagende Geräusch von Hubschraubermotoren schnell näher kommt. Es steigert sich in Sekundenschnelle zum alles erdrückenden Lärm, obwohl die Maschine selbst noch nicht auszumachen ist. Ich sehe, daß Hans den Mund bewegt. Was er sagt, ist nicht zu verstehen. Erst nachdem der Hubschrauber über uns hinweg ist, kommt der Rest des Gesagten bei mir an; ». . . und er's wirklich ist, dann kommt er in ein paar Minuten hier vorbei!«

Hans zieht mich am Arm weiter in Richtung Straße. »Laß uns so dicht wie möglich rangehen, damit du's genau siehst . . . Und jetzt aufgepaßt, der kommt sicherlich gleich.«

Seine Aufforderung, ruhig zu sein, ist mehr Ritual als Notwendigkeit. Aus einem schnell fahrenden Wagen heraus kann man nichts hören. Ich hocke hinter einer zerfledderten kleinen Fichte, Hans liegt einen Meter weiter hinter einem dichten Busch. Die Ruhe nach dem Geräuschsturm bei der Hubschrauberlandung erhöht die Spannung. So habe ich mich in der Kindheit beim Fangenspielen gefühlt, wenn ich wußte, daß sich der Suchende meinem Versteck nähert. Nach einer endlosen Weile höre ich das Brummen näherkommender Motoren. In Gedanken kann ich mit den lauter und leiser werdenden Fahrzeuggeräuschen jede der Kurven nachzeichnen, die der Weg von der Kaserne bis hierher nimmt.

Dann geht alles ganz schnell. Ich höre, wie sie die Geschwindigkeit vor der Kurve, in der wir liegen, zurücknehmen, dann fahren zwei Wagen Stoßstange an Stoßstange unter uns vorbei. Im vorderen Wagen glaube ich drei Leute ausmachen zu können, im hinteren scheint nur der Fahrer zu sitzen und ein Mann auf dem Rücksitz. Das Ganze geht aber zu schnell, als daß ich mir wirklich sicher sein kann. Gleich nach der Kurve sind die Wagen aus unserem Blickfeld verschwunden. Nur das Hochziehen der Motoren, als die Fahrzeuge wieder beschleunigen, beweist, daß sie eben dagewesen sind. Was für ein unspektakulärer Vorgang, verglichen mit der Spannung und der Erwartung bei mir.

Hans richtet sich auf und kommt zu mir herüber, er sieht mich an, als erwarte er einen Kommentar.

»Das ging ja verdammt schnell. Ich hatte nicht erwartet, daß die mit solcher Geschwindigkeit vorbeirauschen. Fahren die immer so dicht auf? Wird nicht einfach sein, dazwischenzukommen!«

Hans sieht erneut auf die Uhr und setzt sich neben mich. »Stimmt, die waren ziemlich schnell heute. Ich hab sie jetzt schon zweimal gesehen, und beide Male waren sie langsamer. Vielleicht liegt es daran, daß sie heute etwas später dran sind.« Für Sekunden sind wir beide ruhig, jeder rekapituliert in Gedanken das eben Geschehene.

Unvermittelt fragt Hans: »Sag mal ehrlich, was für ein Gefühl hast du bei der Sache?«

Die Frage trifft mich unvorbereitet. Was will er hören?

»Es geht alles so verdammt schnell. Wirklich schade, daß ich bei der Vorbereitungsarbeit nicht dabei war. Ich wünschte, daß wir mehr Zeit hätten. Kennst du das, daß man beim Tun von irgendwas immerzu das Gefühl hat, man habe etwas Wichtiges vergessen? Na ja, und dann ist da noch der Abgang von Pelle. Ich bin ehrlich, das, was ihr bisher dazu gesagt und erzählt habt, hat meine Verunsicherung nicht gerade verkleinert.«

Zu meinem Erstaunen folgt kein lautstarker Protest. Hans blickt ins Leere und nickt, als würde er zustimmen. »Es geht wirklich alles sehr schnell. Weißt du, ich bin mir nicht sicher, ob das tatsächlich nur am Zeitdruck liegt. Manchmal hab ich das Gefühl, als sparten wir untereinander bestimmte Themen und Probleme einfach aus, um nicht die bei jedem vorhandene Unsicherheit durchbrechen zu lassen. Und Pelle . . . Ich hab in den Tagen, seit er verschwunden ist, immer wieder darüber nachgedacht, was wohl in ihm vorgegangen sein mag, wie es zu dem Entschluß kommen konnte. Du mußt nichts dazu sagen. Ich weiß doch, daß ich in deinen Augen die Hauptschuld daran trage, weil ich oft aggressiv reagiere und mir alles nicht schnell genug gehen kann. Wahrscheinlich hast du sogar recht. Ich hab ihn ziemlich angemacht, und der Ausschluß aus dem Kommando geht auch auf mein Konto. Es ist nicht so, daß ich keine Angst habe - aber ich denke eben, wenn man die Angst zuläßt und sich auch noch gegenseitig damit verunsichert, wird es immer schwieriger zu kämpfen.«

Ich bin zu verblüfft, um die Pause, die er macht, zu nutzen. Ist das noch Hans? Ich muß an unsere gemeinsame Autofahrt denken, als ich das Gefühl hatte, er sucht jemanden, dem er sich öffnen kann. Aber warum ausgerechnet mir gegenüber?

Mit einem Stöckchen malt Hans eine Art Gitternetz in den Waldboden, während er zögernd weiterredet. »Nicht wahr, jetzt denkst du, was will der Arsch von mir? Hat dir Jürgen gesagt, daß der Vorschlag, dich anstelle von Pelle mit reinzunehmen, von mir kam? Als ich dich vorgeschlagen hab, war mir selbst nicht ganz klar, warum ich ausgerechnet dich will. Aber ganz spontan fiel mein erster Gedanke auf dich! Hinterher bin ich mir darüber klar geworden, daß du – außer Anna und Flipper – der einzige in der Gruppe bist, dem ich vertraue. Hört sich seltsam an, nicht wahr, wo wir doch bei jeder Auseinandersetzung im Clinch miteinander liegen?«

Daß ich lache, ist ein Ausdruck meiner Verlegenheit. Meine Abneigung ihm gegenüber ist nicht weg, aber er ist offen, und ich will ihm nicht ausweichen. »Bisher wußen wir wenigstens immer voneinander, wo wir stehen. Weißt du, bei unseren Duellen hatte ich immer das Gefühl, daß es hinter der politischen und praktischen Ebene noch eine andere Dimension gibt, auf der unsere Streiterei beruht, die wir aber sorgsam aussparen. Ich hab lang nachgegrübelt, was das sein könnte. Eine einfache Erklärung hab ich nicht gefunden. Ich vermute, daß es damit zu tun hat, daß wir aus völlig unterschiedlichen Ecken kommen und sich jeder von uns mit einem total anderen Lernprozeß von seiner Herkunft freimachen mußte. Verstehst du, wie ich das meine?«

Zum ersten Mal, seit sich Hans neben mich gesetzt hat, sieht er mich offen an. Sein Lächeln ist traurig. So hat meine Großmutter gelächelt, wenn sie von ihrem Mann erzählt hat, der schon vierzig Jahre tot war.

»Ja, ich verstehe. Jetzt, wo du es sagst, würde ich fast wetten, daß jeder von uns gedacht hat, er hätte es auch gern so leicht gehabt wie der andere. Ohne es auszusprechen, hab ich dir das nämlich immer vorgeworfen. Schade nur, daß ich mir über solche Dinge erst Gedanken gemacht habe, seit das mit Lore passiert ist. Vielleicht wundert es dich, denn in der Zeit danach war ich wahrscheinlich schlimmer als vorher. Aber das war nur nach außen, so was wie Notwehr. Drinnen ist damals alles in die Grütze gegangen und seither nicht wieder verheilt.«

Als er Lore erwähnt, lege ich spontan meine Hand auf seine Schulter. Wir schweigen beide. Es ist ein anderes Schweigen als sonst, es trennt uns nicht, es hält uns beide gefangen.

38 Isolation

Die letzten Tage hatten ihren eigenen Rhythmus. Die Aktion frißt uns, okkupiert alle Sinne, läßt keinen Platz mehr für irgendwelche anderen Gedanken. Der Umgang innerhalb des Kommandos ist aggressiv und zwingt zum Mithalten. Es gab bereits Ärger wegen des ruppigen Stils beim letzten Treffen mit der übrigen Gruppe. Kein Wir-Gefühl mehr, nur noch Sachlichkeit und Zweckdenken. Klopfer, Irene und Fummel haben die Kritik an uns vorgetragen. Sie sagten, wir hätten sie zu Zulieferern degradiert, wir seien autoritär und unkooperativ. Wir sind auf diese berechtigte Kritik im Grunde gar nicht eingegangen, sondern haben uns hinter der Feststellung verschanzt, daß die Aktion unmittelbar bevorsteht und wir keine Zeit haben, uns mit den psychologischen Feinheiten gruppendynamischer Prozesse aufzuhalten. Der zweite Punkt, der der restlichen Gruppe zu schaffen machte, war die geplante Abschiebung aller in Europa nicht benötigten Gruppenmitglieder in den Nahen Osten. Klopfer sagte dazu: »Ihr wollt uns loswerden, das denken alle. Mag sein, daß die Entscheidung richtig ist, weil wir uns nach der Aktion im Land nicht halten können, wenn hier der innere Notstand ausgerufen wird. Trotzdem, wir sehen nicht ein, warum wir nicht versuchen, Stützpunkte im angrenzenden Ausland einzurichten. Uns macht es mißtrauisch, wie ihr den Zwang der Umstände mit der plötzlich ungeheuer wichtigen Ausbildung bei den Palästinensern zu versüßen versucht.«

Obwohl die Argumente meinen früheren eigenen Überlegungen ähneln, antworte ich, wie es das Kommando erwartet: »Red keinen Quatsch, das hört sich an, als würde uns nur interessieren, wie wir euch schnell aus dem Weg schaffen können. Wir haben schlicht nicht die Zeit, jetzt eine Struktur im Ausland aufzubauen. Es reicht gerade noch, um ein paar Wohnungen zu organisieren, über die sich das restliche Kommando nach der Aktion absetzen kann. Abgesehen davon, daß ich ebenfalls mitgehe ... es ist doch nur gut, daß wir anschließend die Zeit und die Ruhe haben, an einem relativ sicheren Ort unsere Fehler zu analysieren und neu zu planen, wie auch immer die Sache ausgehen mag!«

Hans ergänzte meine Erwiderung noch mit der Bemerkung, daß es einfach sei zu bemängeln, was alles nicht so gut laufe. In dieser Situation, so kurz vor der Aktion, könne sich das Kommando aber nur mit konstruktiver Kritik befassen, mit Kritik, die auch eine Lösung anbietet.

Zufrieden war niemand mit dem Gesprächsverlauf, aber für Nachdenklichkeit war im dichtgedrängten Programm kein Platz. Der Rest des Treffens war von der Planung der nächsten Schritte bestimmt. Die restlichen Wohnungen sollten aufgelöst und eine Reihe von Depots neu angelegt werden. Eine Reihe von Telefontreffen und Anlaufpunkte für den Notfall wurden vereinbart. Für uns, die wir zum Kommando gehörten, waren das alles Nebensächlichkeiten. Nach dem Treffen hat es keine Stunde gedauert, da war das Thema vergessen, und die Aktion beherrschte wieder die Gespräche.

Ich drehe mich zum x-ten Mal um. Nur noch ein paar Stunden, ich kann mich nicht entspannen, der Schlaf flüchtet vor mir. Die Luftmatratze quietscht bei jeder Bewegung, die Wolldecke kratzt, und mir ist es abwechselnd zu heiß und zu kalt. Die Leere des Zimmers verstärkt alle Geräusche. In der Wohnung sind nur noch sechs Luftmatratzen, sechs Plastikgeschirrsets, die Waffen für die Aktion und wir. Alles andere ist entweder im Depot, oder wir haben es bereits auf den Müll geworfen.

Am Atmen höre ich, daß auch Renate noch nicht schläft. Entnervt gebe ich den Kampf um die richtige Position auf. Die Zigaretten liegen griffbereit neben der Matratze. Ich zünde mir eine an. Renate dreht sich zu mir um, ihre Matratze liegt neben meiner. Wortlos nimmt sie mir die Zigarette ab, raucht ein paar Züge und gibt sie mir zurück. »Nervös?«

Warum muß sie das ausgerechnet jetzt fragen? »Nee, ich versuche nur krampfhaft, wach zu bleiben, ich hab gehört, unausgeschlafen kämpft es sich besser.«

Was patzig gemeint war, hält sie für witzig. »Ja, ja, ich weiß, man hält es dann bloß für einen bösen Traum, wenn man erschossen wird.«

Ich geb mir einen Ruck, was soll's, wenn wir schon beide nicht einschlafen können, können wir ja versuchen, die Spannung durch ein Gespräch etwas abzubauen. »Seit ich mich hingelegt habe, dreht sich ein Karussell in meinem Kopf. Immer wieder spiele ich meinen Part in der Aktion durch. In Gedanken habe ich schon jedes Schlagloch beim Abgang durchfahren, das läßt sich einfach nicht abstellen. Geht's dir auch so?«

Renate nimmt mir zum zweiten Mal die Zigarette ab, im Halbdunkel sehe ich die Glut aufleuchten. »Ist dir aufgefallen, daß wir in den letzten Tagen kaum noch miteinander geredet haben? Ich hatte das Gefühl, daß du einen Bogen um mich machst. Seltsam auch, daß du so plötzlich ein Herz und eine Seele mit Hans bist! Was ist passiert?«

Dieser Themenwechsel paßt mir nicht. Ich weiß, früher oder später werde ich darüber reden müssen, aber nicht jetzt, nicht so unmittelbar vor der Aktion. Trotzdem, anlügen kann ich sie auch nicht.

»Da vermischt sich vieles«, wehre ich ab, »die Unsicherheit, wie es weitergehen soll, die Möglichkeit, vielleicht bald die Stammheimer wiederzusehen ... und auch die Angst davor, daß die Sache voll in die Hose geht. Wir haben es doch alle vermieden, auch den schlimmsten Fall durchzusprechen. Ich habe mich in den letzten Tagen an Hans gehalten, weil er es schafft, die Sache so anzugehen, als gäbe es nicht die geringsten Zweifel, daß alles klappt. Wenn wir beide zusammengearbeitet hätten, wären alle meine Vorbehalte und Zweifel wahrscheinlich schnell wieder an die Oberfläche gekommen ...« Das ist zwar nur die halbe Wahrheit, aber nicht direkt gelogen.

Renate antwortet nicht sofort. Als sie schließlich spricht, klingt es sehr ernst: »Ich komme mir blöd vor, aber du zwingst mich, das zu fragen, obwohl ich vor der Antwort Angst habe: Was ist mit uns los?«

Ich will nicht, nicht jetzt, verdammt. Sie hat mir das Messer in die Hand gedrückt und fragt auch noch, warum ich nicht zustoße. »Ich weiß auch nicht ... alles ist so durcheinander. Ich hab dich sehr lieb, weißt du, aber ich habe oft das Gefühl, als wenn bei dem, was wir machen, für Liebe kaum Platz ist. Die Situation zwingt uns, Abstand zu wahren, weil die Verliebtheit das Funktionieren bedroht ... so ungefähr jedenfalls. Verstehst du, wie ich das meine?«

Renates Stimme klingt alt, abgespannt und müde. »Du weichst immer aus. Da ist irgendwas sehr konkretes, gar nicht so vages, das spüre ich deutlich. Aber du willst nicht, daß ich es greife, begreife. Hat es was mit Jürgen zu tun... oder mit deinem Amsterdamer Freund?«

Sie treibt mich in die Enge. Wenn sie wengistens wütend würde, dann könnte ich zurückholzen. Einen Augenblick schwebe ich über dem Abgrund, dann lasse ich das Seil los. »Ich habe eine Frau kennengelernt und mich verliebt, das ist passiert. Ich hätte es dir gesagt, aber erst nach der Aktion.«

Kein Ton, kein Zusammenzucken, keine Ohrfeige. Aber die Stille zwischen uns ist schlimmer als alle Worte. Wir liegen im Dunkeln nebeneinander, zwei Welten, zwei Kontinente, zwei Inseln, die Landverbindung zwischen uns hat das Meer weggespült. Ich würde gern weinen. Es geht nicht, ich bin vertrocknet. Über hundert Lichtjahre hinweg kommt schließlich doch noch ein Satz: »Du tust mir leid!«

Renate dreht sich um, zieht die Decke hoch, und ein paar Augenblicke später signalisieren ihre regelmäßigen, tiefen Atemzüge, daß sie wirklich und wahrhaftig eingeschlafen ist.

Du tust mir leid, wie hat sie das gemeint? Die Verwirrung in meinem Kopf ist groß genug, um nur noch Bruchstücke zu produzieren, die sich zu unsinnigen Assoziationsketten verknüpfen. Der Übergang in einen erschöpften nervösen Schlaf kommt unmerklich. Ich träume vom Schwimmen. Das Wasser füllt alles aus, nirgendwo ist Land zu sehen. Aber während ich schwimme, wird mir die Tiefe unter mir immer bewußter. Sie ist da, sie wartet auf meine Erschöpfung, sie greift nach mir, sie zieht mich hinunter. Atemringend wache ich auf... Es dauert lange, bis mir klar wird, daß das Klingeln nicht in meinem Kopf ist. Ich stelle den Wecker aus. Blaßgrau liegt der Morgen im Zimmer. Aus der Perspektive im Liegen betrachtet, sieht der Staub auf dem Teppichboden wie eine Schicht Asche aus. Ein Geräusch hinter meinem Rücken läßt mich herumfahren. Renate sitzt auf ihrer Luftmatratze und zieht sich gerade ihren Büstenhalter an. »Guten Morgen«, sagt sie, ohne sich umzudrehen.

39 Vorspann

Wir sind aufgestanden und haben zusammen gefrühstückt. Bis auf die Bitte, die Butter herüberzureichen oder eine Scheibe Brot abzuschneiden, wird nicht viel gesprochen. Jeder ist mit sich beschäftigt, richtig ausgeschlafen ist niemand. Nach dem stillen Mahl wandert die verbliebene Wohnungseinrichtung, von den Luftmatratzen über die Wolldecken bis zum Plastikgeschirr, in einen großen Müllsack. Nichts wird zurückbleiben.

In der letzten Stunde vor der Abfahrt praktiziert jeder sein eigenes Ritual. Anita sitzt im Schneidersitz vor ihrer Ausrüstung und starrt jedes einzelne Teil in den Boden. Ich habe meine Sachen in einer bestimmten Reihe aufgebaut und beginne damit, sie anzuziehen und zu verstauen. Turnschuhe mit Profilsohlen, sie bieten selbst auf nassen Gras guten Halt. Der bewußt ein wenig zu groß gekaufte Trainingsanzug behindert die Bewegungen nicht. Die Thermojacke schützt vor Kälte und läßt dem Schweiß genügend Luft. In den breiten Gürtel sind extra Löcher gestanzt, um ihn genau der Hüftweite anzupassen. Daran hängt das offene Holster für die Fünfundvierziger, schräg nach vorn gestellt, um der Schußhand entgegenzukommen. Auf der anderen Seite ein Doppelmagazinclip mit gefüllten Ersatzmagazinen. Die Pistole, deren Magazin immer abwechselnd eine panzerbrechende und eine Hohlspitzpatrone enthält. Auf jedes Ziel in schneller Folge zweimal schießen, dann ist es egal, ob der Gegner frei steht oder sich hinter einer Tür verschanzt. Eine Defensivhandgranate mit Splittermantel, eine Offensivhandgranate ohne.

Ich bin dagegen gewesen, Handgranaten mitzunehmen, aber ich wurde überstimmt. Wir haben uns darauf verständigt, sie nur zu benutzen, wenn es gar nicht anders geht oder wir von einem Fahrzeug verfolgt werden. Ein paar Operationshandschuhe, gekauft in einem Fachgeschäft für medizinischen Bedarf. Eine Uhr mit Sekundenanzeige und Stoppmöglichkeit. Ein Walkie-Talkie, ein Achtkanalgerät, das im VHF-Bereich arbeitet. Über das Walkie-Talkie werde ich erfahren, wann ich Gas zu geben habe, um den Generalswagen zu blockieren. Nachdem alles verstaut ist, lege ich meine Wechselkleidung sorgfältig zusammen. Ein Cordanzug, ein neutraler Rollkragenpullover und ein paar Lederhalbschuhe kommen in eine weiße Plastiktüte ohne Aufschrift. Die Tüte werde ich in der Scheune deponieren, dem Platz, wo wir die Kleidung und das Fahrzeug wechseln werden.

Noch am Vortag haben Hans und ich das Innere des Jauchetanks sorgfältig ausgewaschen und mit Schaumgummi ausgekleidet. Jetzt läßt es sich im Inneren während der Fahrt aushalten, der Anhänger mit dem Jauchetank hat keinerlei Federung. Jeder Stein auf dem Weg gibt die Erschütterung über die Räder direkt ans Tankinnere weiter. Außerdem können wir jetzt sicher sein, daß kein Geräusch nach außen dringt, wenn es zu einer Kontrolle kommen sollte. Wir haben Klingeldraht verdeckt vom Traktor in den Tank verlegt, auf dem Traktor angeschlossen an einen Schalter und die Fahrzeugbatterie, im Tank bei einer Birne endend. Wenn sich draußen etwas Verdächtiges zeigt, betätigt Hans den Schalter, die Birne leuchtet auf, und wir wissen Bescheid. Die Unterseite des Tanks ist von Luftlöchern perforiert. Von außen sind die Öffnungen nicht zu erkennen. Wir werden, wenn alles gutgeht, zu sechst im Tank sein, fünf Kommandomitglieder und der amerikanische General. Von der Fahrt wird er nichts merken, für ihn liegt eine Barbituratspritze bereit, die ihn für Stunden außer Gefecht setzt. Es wird eng sein im Tank, aber nach menschlichem Ermessen auch sicher.

Ich bin fertig, von mir aus kann es losgehen. Anita ist aus ihrer Meditation erwacht und zieht sich nun systematisch und schnell an. Hans steht mit Flipper im Flur, sie sind bereits fertig. Hans hält den ausgebeulten Müllsack fest, während Flipper ihn zubindet. Aus dem Nebenraum, wo sich Anna und Renate zurechtmachen, ruft Anna fragend: »Okay, kann's losgehen, seid ihr soweit?«

Wir versammeln uns auf dem Flur. Hans und Flipper haben neben den Plastiktüten mit ihrer Wechselkleidung jeder eine Tennistasche umhängen. Darin befinden sich zwei Kalaschnikov-Sturmgewehre in Klappschaftversion mit je drei Dreißig-Schuß-Magazinen. Damit werden sie die Bodyguards im zweiten Wagen festnageln, während Anna und Renate den General aus den Wagen holen und zum Bus bringen.

Wir umarmen uns gegenseitig und küssen uns. So haben sich die Palästinenser voneinander verabschiedet, wenn sie zu einer Aktion aufbrachen. Ich muß wieder an Beirut denken, an meinen Abflug, als der Flughafen endlich wieder freigegeben war.

Mussa, Abu Achmed und Ali Nasser haben sich auch so von mir verabschiedet.

»Okay, ich geh mit Anna zuerst, wir bringen den Müllsack noch zum Container. Flipper, du kommst mit Renate in zwei Minuten nach, wir treffen uns beim Kombi in der Tiefgarage.« Hans nimmt den Müllsack auf die Schulter, während Anna durch den Türspion den Flur beobachtet.

»Niemand weit und niemand breit... wir schicken euch den Lift wieder rauf, wenn wir im Keller ausgeladen haben. Also dann, bis gleich!« Die beiden verschwinden.

Flipper schließt die Tür hinter ihnen und preßt dann sein Ohr ans Holz. Als er hört, wie sich der Aufzug in Bewegung setzt, sieht er auf die Uhr. Renate steht neben mir, wir sehen uns an. Spontan und doch wie abgesprochen umarmen und küssen wir uns. »Paß gut auf dich auf, ich brauche dich noch, damit ich was zum Anbrüllen habe.« Sie sagt es leise und zärtlich. Ich nicke. »Keine Angst, ich werde mir alle Mühe geben!« Flipper hat gestoppt, daß der Aufzug wieder da sein muß. »Keine Zeit zum Turteln, wir müssen gehen!« Er stubst mich in die Seite und wuschelt Anita das Haar. »Bis später, Compañeros, Hals und Beinbruch.« Ich lasse die beiden raus.

Anita und ich haben etwas länger Zeit. Die anderen müssen erst noch das dritte Fahrzeug holen, das etwas abseits in einer anderen Tiefgarage auf einem angemieteten Platz abgestellt worden ist. Anita zieht ein Kuvert aus der Tasche. Es ist ein Brief an den Vermieter, in dem Frau Kahlbach bedauert, daß sie völlig unerwartet ans Sterbebett ihrer Nichte nach Neuseeland gerufen wurde und deshalb nicht ordnungsgemäß kündigen kann. Sie teilt mit, daß sie die Miete für drei Monate entsprechend den vertraglichen Kündigungsbedingungen auf das Konto des Vermieters überwiesen hat. Einen Extrabetrag für eventuelle Ausbesserungsarbeiten hat sie vorsichtshalber gleich draufgeschlagen.

Ich gebe Anita den Wohnungsschlüssel, sie steckt ihn zum Brief ins Kuvert. Wir werden den Brief dem Hausmeister in den Kasten werfen, wenn wir das Haus verlassen. Ich höre, wie der Fahrstuhl auf unserem Stock hält. Anita öffnet die Tür. »Gehen wir.«

40 Aktion

Ich stehe unter Strom. Obwohl es vergangene Nacht mit dem Schlaf nicht recht klappen wollte, bin ich hellwach. Im Walkie-Talkie, das ich neben mir auf den Beifahrersitz gelegt habe, knackt es vernehmlich. Das ist Anitas Zeichen, sie ist auf ihrem Posten. Einen Augenblick später knackt es dann zweimal hintereinander, das verabredete Signal: Hans steht jetzt mit dem Lastwagen auf dem Nebenweg bereit, Flipper, Anna und Renate haben das Unterholz erreicht und sich dort verschanzt.

Ich lasse das Steuer los und wische mir die Hände an der Turnhose ab. Sie sind vor Aufregung feucht geworden. Der Hubschrauber des Generals ist pünktlich gelandet. Anna und Renate waren hier und haben es beobachtet. Sie haben noch gewartet, bis der Wagen des Generals und das Fahrzeug mit seinen Bodyguards in Richtung Bonn vorbeigefahren ist, dann sind sie zur Scheune zurückgekommen, um uns Bescheid zu sagen. Wir hatten dort inzwischen alles für den Kleidungs- und Fahrzeugwechsel bereitgelegt und ein letztes Mal die Waffen und die Funkgeräte überprüft. Selbst die Spritze mit dem Schlafmittel liegt aufgezogen bereit. Nachdem von Anna und Renate das Okay kam, begann das eigentliche Aktionsprogramm. Hans und Flipper sind zu einem Industriehof im Bonner Gewerbeviertel gefahren, um den Lastwagen abzuholen. Der Pkw bleibt dort stehen, um den Vorgang wieder rückwärts abspulen zu können, falls die Aktion noch einmal verschoben werden muß.

Bis jetzt hat alles nach Plan funktioniert. Es gab gar keine Zeit, nervös zu werden oder sich Gedanken zu machen. Das Programm ist so dichtgedrängt, daß eins ins andere übergeht. Aber jetzt beginnt das Warten. Ich spüre, daß ich noch Nerven habe. In immer kürzeren Abständen fröstelt es mich, obwohl es gar nicht kalt ist. Ich warte auf Anitas Signal, mit dem sie mitteilen wird, daß sie die beiden Wagen auf der Bundesstraße kommen sieht. Sie wird dann den Hügel verlassen, den Bach überqueren und in der Kurve gegenüber den beiden Feldwegen am Bachrand Stellung beziehen. Von diesem Zeitpunkt bis zum endgültigen »Los« werden etwa zwei Minuten vergehen. Ich denke, Anita hat den undankbarsten Job. Von der Präzision ihrer Kommandos hängt alles weitere ab.

Ich schüttele mich, will den Gedankenzirkel durchbrechen, der mich zwingt, krampfhaft den weiteren Ablauf durchzuspielen. Ich kurbele das Seitenfenster des Kombis herunter, frische Luft verscheucht die angestrengten Gedanken. Sogar das Wetter hat sich auf die Aktion eingestellt. Schnelle Wolkenschiffchen lassen der kalten Sonne immer nur kurz die Chance, alles auszuleuchten. Der Flickenteppich aus Licht und Schatten sieht wie ein Tarnnetz aus, das sich über die Landschaft gelegt hat. Ich drehe mich um, hinter meinem Wagen steht abfahrbereit in entgegengesetzter Richtung der VW-Bus, mit dem wir das Weite suchen werden. Immer wenn die Sonne für einen Moment durch die Wolken kommt, schimmert die Heckscheibe grünlich auf, um gleich danach in stumpfes Grau zurückzufallen.

Es durchzuckt mich wie ein Blitz, einmal... zweimal... dreimal, das Walkie-Talkie knackt, es ist soweit. Ich drehe den Zündschlüssel, der Motor springt willig an. Die Kupplung treten, den Motor zweimal kurz hochziehen, es kann losgehen. Gedämpft durch die zwischen uns liegenden Bäume höre ich, wie auch der Lastwagenmotor zweimal hochgepowert wird. Die Zeit dehnt sich ins Unendliche, verdammt, die müssen doch längst kommen, warum dauert das so lange? Nervös greife ich nach dem Funkgerät und drehe die Lautstärke bis zum Anschlag. Ich will es gerade zurück auf den Beifahrersitz legen, als es erneut knackt und Anitas Stimme ganz ruhig sagt: »Achtung... fertig ... los!«

Vom Generalswagen und dem seiner Bewacher höre ich nichts. Gas durchtreten, die Kupplung kommen lassen, der Wagen springt nach vorn und aus dem Feldweg heraus auf die Kasernenstraße. Aus dem Augenwinkel nehme ich schemenhaft eine Bewegung wahr. Die olivgrüne Generalskarosse schießt auf meinen Wagen zu. Von diesem Moment an verläuft alles wie in superlangsamer Zeitlupe. Der Generalswagen ist schneller, als ich es erwartet habe. Ich verkrampfe mich, weil der Zeitpunkt des Aufpralls deutlich voraussehbar ist. Seitlich knalle ich dem amerikanischen Straßenkreuzer auf den linken vorderen Kotflügel und drücke die Wagenschnauze in Richtung Bachbett. Langsam dreht der schwere Wagen weg, bis er in spitzem Winkel zu mir zum Stehen kommt. Der Aufprall hat mich hart gegen die Wagentür geschleudert. Der linke Arm ist taub. Für einen Sekundenbruchteil konnte ich das Gesicht des Fahrers sehen, seine weitaufgerissenen Augen, die nicht schnell genug erfassen konnten, was alles passiert. Instinktiv benutze ich meine rechte Hand, drücke die Tür auf und bin draußen. Mit schmerzhaftem Stechen kommt wieder Gefühl in den Arm. Ich habe nicht gehört, daß das Begleitfahrzeug mit den Bodyguards auf den Lastwagen geknallt ist. Wahrscheinlich ist das im gleichen Moment passiert, als ich den Generalswagen gerammt habe.

Ein Stakkato von Schüssen zerreißt die Stille. Darum darf ich mich jetzt nicht kümmern. Ich springe auf die Motorhaube und von dort direkt neben die Fahrertür des Generalwagens. Der Fahrer hat sich noch nicht wieder aufgerappelt, er kämpft mit seinem Gurt. Ich sehe, daß die hintere Tür auf der gegenüberliegenden Seite aufgerissen wird. Zwei Hände zerren den General aus dem Wagen. Jetzt hat mich der Fahrer bemerkt, er starrt mich an, in seinem Blick mischen sich Unglauben und Angst. Ich reiße die Fahrertür auf, die Pistole springt mir geradezu in die Hand. In Combathaltung stehe ich vor der offenen Tür, die Laufmündung auf den Fahrer gerichtet. »Don't move, hands up, rühr dich nicht von der Stelle!«

Die Worte sind viel schärfer und lauter, als ich es eigentlich will. Abwehrend hebt der Fahrer die Hände. »Please, don't shoot, nix schießen, bitte.« Seine Stimme kommt von ganz weit her. Viel lauter ist das Geschrei, das gleichzeitig auf der anderen Wagenseite losbricht. Ich kann nicht alles verstehen, nur daß es eine männliche Stimme ist, kriege ich mit. Eine Serie von Schüssen schluckt den Großteil dessen, was der General brüllt . . . »Bunch of bitches« ist alles, was bei mir ankommt. Die Schüsse nehmen kein Ende, doch dann übertönt eine Explosion alle anderen Geräusche. Das war eine Handgranate! Die Ruhe danach gibt mir Zeit, und ich entscheide mich, mich nicht länger mit dem Fahrer aufzuhalten. Mit einer Hand greife ich nach ihm. Er versucht meine Hand abzuwehren, aber er ist zu langsam. Ich ziehe ihn am Kragen nach vorn, bis der Kopf aus dem Wagen ragt. Mit der anderen Hand, in der ich die schwere Fünfundvierziger halte, hole ich weit aus und schlage zu. Das dumpfe Geräusch, als der Lauf den Kopf trifft, kommt mir lauter vor als die Handgranatenexplosion. Der Fahrer bricht zusammen, ich lasse ihn los. Er hängt halb aus dem Wagen, der Sicherheitsgurt hält den schlaffen Körper in der Schwebe. Wieder krachen mehrere Schußsalven. Ein häßliches Sirren, ein ratschendes Geräusch, auf dem Wagendach ist eine schnurgerade Schramme, keinen halben Meter neben mir. Farbsplitterregen springt mir ins Gesicht, schneller, als ich die Augen schließen kann. Es brennt scharf, und mir verschwimmt die Sicht. Ich gehe in die Hocke und reibe mir die Augen. Dadurch wird das Brennen nur noch schlimmer. Der Tränenschleier macht die Umgebung konturlos. Viel zu langsam nehmen die Bäume und das Wagenheck wieder ihre gewohnten Formen an.

Ich umrunde das Wagenheck, was ich sehe, verwirrt mich. Geduckt steht da der Ami-General, bereit zum Sprung. Seine Uniformjacke ist aufgerissen, er preßt eine Aktenmappe an den Bauch. Mit der freien Hand wedelt er herum wie ein Messerstecher, nur daß er kein Messer hat. Vor ihm steht Anna und macht jede seiner tänzelnden Bewegungen mit, ohne die Pistole von ihm abzuwenden. Neben den beiden kniet Renate auf dem Weg. Ihr Gesicht ist schmerzverzerrt, sie hält sich den Unterleib. Mein erster Impuls: Ich will zu ihr gehen. Aber zwischen uns tanzt der General. Drei schnelle Schritte, dann bin ich bei ihm. Er will sich umdrehen, erstarrt aber mitten in der Bewegung, als ich ihm den Lauf an die Schläfe drücke.

»Bleib stehen oder ich knall dich über den Haufen!« Er rührt sich nicht. Ehe ich noch etwas sagen kann oder tun kann, springt Anna vor und tritt ihm mit aller Kraft in den Schritt. Stöhnend fällt er auf die Knie und läßt die Tasche fallen.

»Bist du übergeschnappt, was soll das?«

Anna funkelt mich wütend an. »Misch dich nicht ein, das Schwein hat Renate in den Bauch getreten. Kümmer dich lieber um die anderen, mit dem hier werde ich jetzt allein fertig!«

Ich will etwas einwenden, aber ich bremse mich.

Ein weiterer ohrenbetäubender Knall läßt mich zusammenzucken, schon wieder eine Handgranate. Was machen die bloß, das ist ja wie Stellungskrieg? Dann ein Schrei, wie das Aufheulen eins tödlich verwundeten Tieres. Ich sehe zum Lastwagen hinüber, der knapp zehn Meter weiter hinten die Straße blokkiert. Mit den Vorderrädern steht er hart am Rand der Bachböschung. Die Fahrertür steht offen, quer über den Sitzen liegt Hans, die Kalaschnikov durch das Beifahrerfenster im Anschlag. Er schießt, ich sehe die Hülsen im Halbkreis aus dem Auswurf springen. Anita läuft gebeugt am Lastwagen entlang, nach vorn, stoppt kurz und sieht mich an. »Komm her, verdammt, komm endlich. Flipper ist angeschossen, mach zu, beweg dich!«

Während ich laufe, knallt es, seitlich von mir spritzt Erde hoch. Da schießt einer aus dem Wald auf mich. Der Schütze muß auch Renate und Anna im Schußfeld haben. Ich registriere das, noch bevor ich neben Anita beim Lastwagen ankomme. Rücken an Rücken stehen wir am Ladebord des Lastwagens. Anita hat eine Handgranate in der Hand und zieht den Sicherungsstift heraus. Ich will etwas sagen, aber bevor ich dazu komme, dreht sie sich und wirft dabei die Handgranate an mir vorbei in den Wald. Zweiundzwanzig ... dreiundzwanzig ... vierundzwanzig, der Knall sprengt das Trommelfell. Ein Regen von Ästen, Steinchen und feuchter Erde fliegt uns um die Ohren. Etwas Hartes trifft mich an der Schulter. Nur ein Ast, der kraftlos herunterfällt. Anita schreit mich unvermittelt an.

»Mensch, Flipper liegt hinten unterm Wagen zwischen den Rädern. Den hat's an der Schulter erwischt, jedenfalls blutet er. Du mußt ihn rausholen, ich gebe dir Deckung... Mach schon!«

Ohne meine Antwort abzuwarten, wirbelt sie um mich herum, die Pistole beidhändig im Anschlag, abwechselnd auf den Wald und die Rückseite des Lasters deutend. Ich gehe in die Knie und rolle mich unter den Wagen ab. Nun kann ich Flipper zwischen den Hinterrädern liegen sehen. Ich sehe den roten Fleck an seiner Schulter, sehe, daß sein Kopf zur Seite weggeknickt ist, sehe, daß seine Hand verdreht nach hinten zeigt. Im gleichen Moment weiß ich, daß er tot ist. Keine Panik, kein besonderes Gefühl, nur dieser kalte und endgültige Gedanke. Trotzdem robbe ich zu ihm hinüber, ich achte nicht darauf, was um mich herum geschieht. Ich will nach seiner Schulter fassen ... aber das ist gar keine Schulter mehr – ich greife in eine Puddingmasse. Ich fühle das Blut zwischen meinen Fingern, warm und klebrig. Das Gefühl, mich übergeben zu müssen, ist kaum zu unterdrücken. Es ist schlagartig vorbei, als ein Ruck durch Flippers Körper geht und gleichzeitig ein Knall unter dem Wagen hindurchrollt. Anitas Handgranate hat den Waldschützen nicht unschädlich gemacht, er ist noch da, und er schießt auf mich. Ohne nachzudenken, rolle ich mich mit einigen schnellen Drehungen unter dem Laster weg und gehe am Hinterrad in Deckung. Anita ist verschwunden. Wieder knallt es – und ächzend senkt sich der Lastwagen ein Stück ab. Das Schwein hat schon wieder auf mich geschossen, aber nur den Reifen getroffen. Ein paar Zentimeter weiter seitlich und er hätte mich erwischt. Der Haß, der Wunsch, den Feind zu vernichten, ist so plötzlich da wie ein uralter Instinkt.

Diese Drecksau hat Flipper umgebracht, und jetzt will er mich töten. Mein Blickwinkel verkürzt sich auf den kleinen Waldausschnitt, wo ich den Schützen vermute. Die Pistole in meinen Händen ruckt vor und zurück, so schnell ich kann, schieße ich eine Serie in die Richtung des vermuteten Gegners. Aufspringen, im Zickzack rennen, nur kein fixierbares Ziel bieten. Mit dem Rücken werfe ich mich an den ersten breiteren Baum, die Pistole schußbereit vorm Bauch. Ein Ausfallschritt nach links, eine halbe Drehung – ich feuere eine weitere Schußserie ab. Hastig wechsele ich das Magazin. Rechts von mir ein Knacken. Fallenlassen, abrollen. Als die Welt aufhört, sich zu drehen, sehe ich wenige Meter rechts von mir Mündungsfeuer auf Brusthöhe. Der Zeigefinger krümmt sich, noch bevor ich die Gestalt hinter den Blitzen ausmachen kann. Immer wieder knallt es, dann klick und noch mal klick, das Magazin ist leer, der Verschluß steht offen. Durchs Unterholz torkelnd kommt eine grüne Gestalt auf mich zu. Der rechte Arm hängt so schlaff herunter, wie bei einer Marionette, der die Fäden gerissen sind. Erst jetzt ein Gesicht, aufgerissene weiße Augen, ein schwarzes Gesicht. Ein Schwarzer in US-Uniform. Unmittelbar vor mir bricht er zusammen. Er stöhnt, alle Luft scheint aus seinem Körper entweichen zu wollen. Seine Füße scharren den Sand nach hinten weg, der Hintern kommt noch einmal hoch, aber um sich aufzurichten, reicht die Kraft nicht mehr.

Ich liege auf dem Bauch, noch immer die leergeschossene Pistole im Anschlag, noch immer unfähig, mich zu rühren. Ich habe gerade einen Menschen getötet. Wie eine Eiswelle schlägt der Gedanke über mir zusammen. Der ist tot, ich habe ihn erschossen! So liege ich da, bis das Gewicht der Waffe meine Hände erlahmen läßt. Es ist ganz ruhig jetzt. Keine Schüsse mehr, kein Knacken von trockenen Zweigen, nichts. Wieviel Zeit mag seit Anitas »Los jetzt« vergangen sein? Ich lasse die Hand mit der Waffe sinken und sehe auf die Uhr.

Es erscheint mir unwirklich, aber seit Beginn der Aktion sind noch keine drei Minuten vergangen. Langsam stehe ich auf. Automatisch lasse ich das leere Magazin aus der Waffe fallen, ziehe mit der linken ein volles aus dem Clip am Gürtel, schiebe es in die Pistole und lasse den Verschluß vorschnappen. Als ich mich umdrehe, kommt mir Anita entgegen, verstört und mit Tränen in den Augen.

»Er ist tot!« Sie flüstert es fast, wiederholt es mehrfach, ihre Worte werden beim Sprechen immer blasser. Ich nehme sie in den Arm und drücke sie fest an mich. Ihr Körper zittert.

»Ja, er ist tot. Aber wir müssen jetzt weg hier. Sonst war sein Tod umsonst.«

Ich warte nicht ab, was sie dazu sagt. Ich ziehe sie aus dem Wald heraus. Rückwärts schieben sich aus dem Lastwagen die Beine von Hans heraus. Renate ist wieder auf den Beinen, nur der General kniet noch, als wenn er betet. Renate hinkt im Halbkreis um ihn herum zu Anna, die stur ihre Pistole auf seinen Kopf richtet. Hans ist aus dem Führerhaus des Lastwagens heraus, aber er geht geduckt und hält die Kalaschnikov weiter im Anschlag. Fragend sehe ich ihn an.

»Da ist noch einer, eins von den Schweinen hat sich hinter dem Wagen in die Büsche geschlagen. Ich hab's deutlich gesehen.« Hans zischt die Worte, er ist blaß, und seine Augen springen suchend um mich herum in den Wald hinter mir.

»Nein, da ist keiner mehr, du kannst unbesorgt sein, es ist keiner mehr da.«

Ich muß das nicht erklären, Hans versteht, dreht sich um, richtet sich auf und geht hinüber zu dem knienden General. Mit dem Lauf der Kalaschnikov drückt er das Gesicht des vor ihm Knienden hoch. »Stand up! Los, aufstehen, du Yankee-pig ... Oder ich blas dir den Kopf vom Hals!«

Ohne den Blick von Hans zu wenden, hebt der Uniformierte langsam die Hand und drückt den Lauf beiseite, dann steht er auf. Mit verächtlichem Ton sagt er: »You bloody German terrorist bastards, fuck you!«

Kaum hat er das letzte Wort ausgesprochen, da hat Hans auch schon ausgeholt und ihm den Lauf des Sturmgewehrs durchs Gesicht gezogen. Ein langer blutiger Riß bleibt zurück. Mit einem Satz ist Anna neben Hans und fällt ihm in den Arm, gerade, als er zum zweiten Mal ausholt.

»Laß das, für solche Scheiße haben wir jetzt keine Zeit, wir müssen weg hier. Nimm dich gefälligst zusammen! Los, zum Wagen mit ihm!«

Anna hat gerade zu Ende gesprochen, da passieren mehrere Dinge auf einmal. Linker Hand im Wald knackt und kracht es überdeutlich. Wir alle haben es gehört und starren Löcher in die Bäume. Der General will den Moment der Ablenkung nutzen, er bückt sich, greift die Aktenmappe und sprintet mit einer Geschwindigkeit, die ihm keiner zugetraut hätte, in Richtung Bach. Er kommt nicht weit, Hans hat ihn schnell eingeholt und tritt ihm von hinten in die Kniekehle. Der Länge nach fällt der General aufs Gesicht, Hans stellt ihm den Fuß in den Nacken. Anita löst sich von mir, will Hans folgen, bleibt dann aber stehen.

»Los, stellt ihn wieder auf die Beine, und ab zum Wagen mit ihm. Benutz ihn ruhig als Deckung. Wenn sein Bodyguard dich erschießen will, muß er erst mal seinen Herrn und Meister aus den Schuhen blasen.«

Hans kommt nicht dazu, auch nur irgend etwas zu tun. Wieder bewegt sich jemand im Unterholz. Ich ducke mich instinktiv und reiße die Pistole hoch. Da steht jemand halb verdeckt vor einem Baum, die Waffe in der Hand, er zielt auf mich. Ich will abdrücken, der Impuls ist schon unterwegs vom Kopf zum Finger. Ich sehe Mündungsfeuer und höre den Knall der Waffe des anderen. Ein ungeheurer Schlag trifft mich auf der linken Seite und reißt mich halb herum. Ich will die Bewegung bremsen, will die Waffe wieder in Anschlag bringen. Mein Körper gehorcht nicht. Die Verbindungen zu den Muskeln sind abgeschnitten. Wie eine Gummipuppe breche ich zusammen.

Der Boden, ein Grasbüschel, mit irrsinnigem Tempo rast die Erde auf mich zu und rammt sich mir ins Gesicht. So viel Sandkörner. Eine Ameise rennt davon. Die Erde besteht aus Kälte und Sand. Langsam dämmert es mir. Ich bin getroffen worden, natürlich . . . Wer auch immer da im Wald gestanden hat, er hat mich voll erwischt. Seltsam, kein Schmerz, keine Panik, eher ein Gefühl von Erleichterung. Ich habe keinen Körper mehr, auch kein Gehör, nur noch Augen, und die sehen Sand, eine Wüste von Sand. Ob Said das auch so empfunden hat?

Wie komme ich jetzt nur auf Said? Nein, der konnte nichts mehr empfinden, es hat ihm den Hinterkopf weggerissen. Beirut, der Sand ist dort viel heller, nicht so stumpf. Und es ist viel wärmer, so viel wärmer als hier. Aus Beirut kehrt keiner zurück . . . ich will lachen, aber es geht nicht, zum Lachen muß man Luft in die Lungen kriegen . . . Beirut, ich sehe die weißen, noch unzerstörten, aber längst verlassenen Häuser am Stadtrand. Prächtige Häuser sind das, inmitten blütenüberladener, verwilderter Paradiesgärten. Ich will gar nicht zurück, ich will nicht...

aktuell ESSAY

Willy Brandt
Menschenrechte mißhandelt und mißbraucht (12135)

Erhard Eppler
Wie Feuer und Wasser
Sind Ost und West friedensfähig? (12470)

Václav Havel
Am Anfang war das Wort
Zeugnisse der Widerspenstigkeit (12838)
Briefe an Olga
Betrachtungen aus dem Gefängnis (12732)

Robert McNamara
Blindlings ins Verderben
Der Bankrott der Atom-Strategie (12132)

Bahmann Nirumand
Leben mit den Deutschen
Briefe an Leila (12404)

12622

12503

Herausgegeben von
Ingke Brodersen
Begründet von
Freimut Duve

rororo aktuell

C 2311/6

aktuell ESSAY

Peter Jürgen Boock
Schwarzes Loch
Im Hochsicherheitstrakt (12505)

Alain Finkielkraut
Die Niederlage des Denkens
(12413)

Wolfgang Huber
Protestantismus und Protest
Zum Verhältnis von Ethik und Politik
(12136)

Ivan Illich
H_2O oder die Wasser des Vergessens
(12131)

Gisela Marx
Eine Zensur findet nicht statt
Vom Anspruch und Elend des Fernsehjournalismus (12350)

Thomas Meyer
Fundamentalismus - Aufstand gegen die Moderne
Essay (12414)

12249

12384

Herausgegeben von
Ingke Brodersen
Begründet von
Freimut Duve

rororo aktuell

C 2311/7 a

Wolfgang Körner

Der einzig wahre Anlageberater
Rockefellers Kopfkissenbuch
(5954)

Der einzig wahre Ehe-Berater
Verheiratet und trotzdem glücklich
(12614)

Der einzig wahre Karriere-Ratgeber
Über Leichen zum Erfolg
(12164)

Der einzig wahre Opernführer
(5648)

Der einzig wahre Patienten-Berater
Vom Kreißsaal bis zur Intensivstation
(12324)

Der einzig wahre Schauspielführer
Das klassische Erbe
(5821)

Büro, Büro
Der Roman zur Fernsehserie
(12469)

TOMATE rororo

C 2375/1

Václav Havel

Das Gartenfest
Die Benachrichtigung
Zwei Dramen
Essays
Antikoden
rororo theater 12736

Vaněk-Trilogie
Audienz – Vernissage – Protest
und
Versuchung, Sanierung
Theaterstücke
Mit einem Vorwort von Marketa
Goetz-Stankiewicz
rororo 12737

Largo Desolato
Schauspiel in sieben Bildern
rororo 5666

Versuch, in der Wahrheit zu leben
rororo aktuell Essay 12622

Briefe an Olga
Betrachtungen aus dem Gefängnis
Neuausgabe
rororo aktuell 1273

Fernverhör
Ein Gespräch mit Karel Hvlždala
Deutsch von Joachim Bruss
288 Seiten. Kartoniert

Am Anfang war das Wort
Zeugnisse der Widerspenstigkeit
rororo aktuell Essay 12838

Fernverhör
Ein Gespräch mit Karel Hvižďala
Deutsch von Joachim Bruss
288 Seiten. Kartoniert

C 2370/4

Blickpunkt DDR

Robert Havemann
Die Stimme des Gewissens
Texte eines Antistalinisten
aktuell essay 12813

Rolf Honrich
Der vormundschaftliche Staat
Vom Versagen des real existierenden Sozialismus
aktuell essay 12536

Rudolf Herrnstadt
Das Herrnstadt-Dokument
Das Politbüro der SED und die Geschichte des 17. Juni 1953
Herausgegeben von Nadja Stulz-Herrnstadt
aktuell 12837

Walter Janka
Schwierigkeiten mit der Wahrheit
aktuell essay 12731

Der Prozeß gegen Walter Janka und andere
Eine Dokumentation
aktuell 12894

rororo AKTUELL

C 2384/3

Blickpunkt DDR

Michael Heine/Hansjörg Herr/
Andreas Westphal/Ulrich Busch/
Rudolf Mondelaers (Hg.)
«Die Zukunft der DDR-Wirtschaft»
sachbuch 8728

Hubertus Knabe (Hg.)
Aufbruch in eine andere DDR
Reformer und Oppositionelle zur
Zukunft ihres Landes
aktuell 12607

Jonas Maron/Rainer Schedlinski
Innenansichten DDR
Letzte Bilder
sachbuch 8533 (August '90)

Michael Naumann (Hg.)
«Die Geschichte ist offen»
DDR 1990: Hoffnung auf eine
neue Republik
aktuell 12814

Charles Schüddekopf (Hg.)
«Wir sind das Volk!»
Flugschriften, Aufrufe und Texte einer
deutschen Revolution
sachbuch 8741

AKTUELL rororo SACHBUCH rororo

C 2384/3 a